三山凹

李天岑

著

河南文艺出版社
作家出版社
·郑州·

图书在版编目（CIP）数据

三山凹/李天岑著. --郑州:河南文艺出版社,
2022.2

ISBN 978-7-5559-1239-2

Ⅰ.①三… Ⅱ.①李… Ⅲ.①长篇小说-中国-当代 Ⅳ.①I247.5

中国版本图书馆 CIP 数据核字（2021）第 247511 号

选题策划　马　达
特邀编辑　田小爽
责任编辑　王淑贵
责任校对　赵红宙
书籍设计　吴　月
特邀美编　郝　强

出版发行　河南文艺出版社
本社地址　郑州市郑东新区祥盛街 27 号 C 座 5 楼
承印单位　河南瑞之光印刷股份有限公司
经销单位　新华书店
纸张规格　700 毫米×1000 毫米　1/16
印　　张　33
字　　数　537 000
版　　次　2022 年 2 月第 1 版
印　　次　2022 年 2 月第 1 次印刷
定　　价　56.00 元

印厂地址　河南省武陟县产业集聚区东区（詹店镇）泰安路
邮政编码　454950　　电话　0371-63956290

一

来啦!

来啦!来啦!

放炮!

放炮!

快放!快放!

在一片嚷嚷声中,鞭炮噼噼啪啪地响了起来,呛鼻的火药味四散,大红色的炮纸像蝴蝶般在人们头顶上飞舞……

别,别……慌!宝山一边挥着手喊叫着,一条腿边跷过自行车车梁着地。这时候,那挂三百响的鞭炮已经放完,碎了的炮纸落了一地。那年头一千响的就是长鞭,通常都是三五百响。宝山扭头向身后张望着——哎,白娃呢?黄花琴呢?刚才他身上冒的是热汗,这阵子冒出一身冷汗……

三山凹百十户人家,四五百口人,虽有不少标致的小伙子,却一年多没进过新媳妇了。所以,一听说大林今天要娶新媳妇,太阳刚出来,大大小小老老少少男男女女都在村头聚着等看热闹。鞭炮声一落,十几个年轻妇女和一群娃娃就上来拉扯宝山身后那个年轻女人。娃娃们还唱着,等新娘,盼新娘,新娘快快掏喜糖!等新娘,盼新娘,看看新娘啥模样!那年轻女人羞得满脸通红,红得像红漆刷过,猪血抹过,染红布的染缸里染过。她一边用双手推着围上来乱扯她衣服的娃娃们,一边叫嚷着,错了,错了,我不是新娘!我不是新娘!我是伴娘!她的声音被乱嚷嚷的声音淹没了。

你就是新娘!你就是新娘!娃娃们喊得声音更高,撕扯得更乱,巴掌拍得更响。等新娘,盼新娘,新娘快快掏喜糖……他们唱着叫着一窝蜂似的拥上去,有的手伸到她的上衣口袋,有的手伸到她的裤子口袋,还有两只小手摸住了她白嫩而富有弹性的肚皮子。她两只脚交替着踢那些小娃娃，两只手捂住脸呜呜地哭着说，我不是新娘，我真是伴娘！

这时，大林慌忙从院子里跑出来。他的穿着虽然不像新郎——一件白色的衬衣，月蓝色的裤子，一双解放鞋——但胸前的红花，洋溢着喜悦的笑脸，还是给人新郎的感觉。他忙过去拦住拉扯那年轻女人的一群娃娃和妇女说，她不是新娘，不是黄花琴，她是黄花琴的二姐姐黄新月！

新娘呢？在场的人全都愣住了！就连空气也凝固了似的，风也不吹了，树梢也不摇摆了，树梢上的鸟儿也不飞了，不唱了！大家的目光都唰地聚向大林。大林很从容地扭过身子，很从容地问宝山，白娃呢？黄花琴呢？

宝山边抹着额上冒出的冷汗边说，刚开始白娃带着黄花琴在前边走，他带着黄新月在后边跟着，过了桥，白娃突然从车子上下来，说自行车掉链了，让他们前边走，他后边会撵上的。宝山本要下车等，黄新月不想下车，不让等，他们就边走边聊。虽然两人不是一个村，以前并不熟悉，因是一个生产大队，见了也脸熟。

这女人毕竟是结过婚的，性格泼辣，路上还给他讲起笑话。说很早以前，女人们封闭保守，小姑子出阁前一夜，还不懂婚后性生活，就问嫂子，恁大个男人压身上好受吗？嫂嫂笑笑不说话，去弄来一条布袋装上百十斤粮食，让小姑在床上躺下，把装满粮食的布袋放在小姑子肚子上，小姑子自然难受得喘不过气。入了婆家门，怎么也不让相公上床。快三天了，望着如花似玉的新娘，相公实在忍耐不住，便心生一计，夜半时分将后院一堆柴火燃着，喊着失火了，他趁新娘去救火之机钻进被窝。新娘梦中被大火惊醒，自然顾不得多穿衣服，新娘回房时相公便趁其不备按住了她，很容易地扒掉她的衣服，相公也顺势进入她的体内，新媳妇这才感觉到男人压身上是舒服的，不像那布袋……三天后她回到娘家，两手扑打嫂子，让你骗我，让你骗我……宝山正听得津津有味，鞭炮声突然响了，他才发觉已经到了，脖子轴承般地四周扭了扭，哎，白娃呢，黄花琴呢？他才想到刚才只顾听那女人讲笑话，忘了白娃和黄花琴。

大林表情严肃起来，对宝山说：你快拐回去看看！

宝山说了一声好，腿就要往那辆51型永久自行车上跨，突然他意识到了什么，腿没跨过去又下来，将车子把扭给大林说，你过去看吧！我先把这个女人看着。他嘴朝黄花琴姐姐黄新月撇着说，不能让她跑掉！我先把她……

大林什么话也没说，从宝山手中接过自行车，大腿一跷骑上去一溜烟似的朝罗圈崖方向飞去……

黄花琴二姐黄新月这时也要去，宝山一把抓住她的胳膊，你不能去！宝山回想起黄新月在白娃说掉链的时候不让等，坐自行车后座上连说带笑地给他讲故事，他现在怀疑这女人是在转移视线，或许是与黄花琴合计过的阴谋。他就一把抓住黄花琴姐姐黄新月的胳膊，走，先到屋里坐。黄新月挣着不上屋，两眼瞪得圆溜溜的，我又不是新媳妇我去屋干吗！宝山不依仍往大林屋里拽她，管你新媳妇旧媳妇，找不来黄花琴你就不能走！那小女人眼翻白着，另一只手扑打着宝山，放开我！你放开我！我要走！宝山不依，紧紧扭住她的胳膊，你不去他家去我家，反正黄花琴找不来你别想走。宝山说着给旁边的几个弟兄一招手，来，把这女人拉我家里去。那几个小弟兄早就手痒痒的，听宝山这一声吆喝，连推带拥把黄花琴姐姐黄新月弄到了宝山家西厢房里，然后宝山出来把门锁上。那小女人在屋里连哭带骂，王八羔子！你们是王八羔子……

大林骑上自行车就猛劲地蹬，那件白衬衫早被汗水浸透了。路上没见白娃和黄花琴，觉得事情有些不妙，心里格外上慌，他直接过了河来到黄花琴家。黄花琴父母说，人早就打发走了！没回来呀，咋回事？大林二话没说，扭头就走，过了河就往通往黑龙镇的大路上追，追了半个多小时也没见个人影，就丧气地往回返。他把那辆永久车往大门外一扎，一把扯掉贴在木门上的大红"囍"字，而后进到院里。他娘和几个亲戚一齐围了上来，急切地问，人呢？人呢？大林一句话不说，扑通坐在一把木椅上，木椅发出咯吱吱响声。娃，你说呀，人呢？人到底往哪儿去了？娘一个劲儿追问。大林还是不说话，他从桌子上放的白河桥烟盒里抽出一支烟，这是待客用的上等纸烟，一般自己不舍得吸的。他用打火机打火，打火机直冒火星就是不起火。去你妈的！他把打火机猛地摔到地上，又拿起火柴划着点上了烟，一口气就吸下去大半截子。娘明白了，新媳妇肯定是跑了！她放声大哭起来，跑啦，跑啦！这就到屋的人咋跑了？娘越哭越痛。大林忽地站起来，不知是冲着娘吼还是冲着天吼，跑了去球！林彪出逃，毛主席就说，天要下雨娘要嫁人！由他去吧！没办法！娘听了这话，更明白那就要进门的媳妇是跑了，跺着脚哭着，我的老天爷呀！老天爷呀！你睁睁眼看看新媳妇跑哪儿了……大林的舅妈、姨妈、姑妈都过来劝娘也劝不住，她一个劲儿地哭。大林把烟头扔到地上,用脚狠劲踩踩,朝娘吼了一句,别哭了! 哭管屁用!
然后进到他的卧室扯起单子蒙住头睡觉了……

芒种那天,生产队长派他去县城拉化肥,他愉快地接受了这项任务。因为
有了化肥庄稼才能长得好。化肥是个宝啊! 这化肥指标是县里分到公社,公社
分到生产大队,大队分到小队,八百斤的碳酸铵。大家伙都盼着呢! 三山凹离
县城将近六十里,还得去县化肥厂直接提货。他下午就出发了。天黑时到了化
肥厂,乖哟,拉化肥的人排成长龙队。他同其他拉化肥的人一样,用搪瓷缸子去
化肥厂大门口的茶桶里接来白开水,喝一口白开水,啃一口玉米面掺红薯面蒸
的窝窝头。吃完了窝窝头,就把铺盖卷摊在架子车上睡觉,睡也睡不好。因为
队伍要不停地挪动,每挪动一次,排在后边的人都要吵醒他一次,一夜之间睡了
几十次,被吵醒了几十次,睡了一夜也是混混沌沌的。第二天上午 10 点来钟才
装上化肥往回赶。尽管一夜没睡好,浑身乏力,但一装上化肥他浑身就来了劲,
因为车上满载着全生产队人的喜悦。他拉起车子快走如风,下午 2 点多钟就到
了黄龙镇。

过了黄龙镇约有两公里,他看见一位五十多岁的老汉躺在大路旁的一棵碗
口粗的洋槐树下,头枕着一袋化肥,双手捂着肚子,"哎哟哎哟"地呻吟着。大林
认出了他,他不是黄花琴的爹吗? 看见这老汉,他立即想到了黄花琴,黄花琴是
他上初中时的校花,不少男同学追她。他看见黄花琴时心里也总有一种冲动,
想搭讪而没搭过讪。他把架子车停靠在路旁,上前去问了病情,手搭凉棚看了
看远方的村庄,估摸有两公里。隐隐约约地听见那村庄大喇叭断断续续传来举
旗抓纲学大寨,干起来呀干起来的歌声,他估计那村会有大队部,大队部的地方
会有卫生所,卫生所也会有赤脚医生。他看了看通往那村的土路,高低不平,满
是雨后过牛车轧的一道道壕子,太阳晒干后成了泥渣子,车子分量太重不容易
拉过去。他思索了一会儿,把车子上的化肥一袋一袋搬下来,码在路旁,然后下
巴朝老汉一挑,来,大伯,上车。老汉这时也不推辞,试了几试站不起来,大林就
伸手把老汉扶上了车子,然后把他那一袋化肥也抱过去放在那堆化肥的旁边,
便拉上车子往远处的村庄走去。

到了村里,确实有卫生所,也有赤脚医生,不过不是电影上看到的那种扎着
小辫子穿着花格衣服的赤脚医生,而是一个五十多岁秃了顶的男赤脚医生。医
生经验很丰富,一看就说是急性胃炎,给了几片胃舒平,说吃了就会好的。老汉

服了两片胃舒平，过了半小时，真痛得轻了。大林让老汉把剩的两片胃舒平装进口袋里，拉上他就往回返。

路上，老汉的病缓解多了，开始说话，娃娃你是哪村的？

三山凹的。

三山凹是个大村子。我是罗圈崖！你们河东，我们河西，一个生产大队的，应该都算是三山凹。老汉眉飞色舞地说——看来是胃不痛了。

说话间，又回到了原来的地方。大林把一袋袋化肥又搬到了架子车上，并要老汉还坐车上。老汉怎么也不肯，说车子够重了的。大林说，没事，我有的是力气，你的病刚轻，不能再让跑犯病了！老汉见推辞不过，只得坐到车子上去。大林不是一头牛，这时却有牛一般的力气；大林毕竟不是牛，五月天，大热天，一会儿就大汗淋漓。老汉看着真心疼，多次要求下车，大林就是不停车，一股劲儿往前拽。

过了一会儿，老汉问大林，学生，你家贵姓？

姓柳，柳树的柳。

哦，你妈姓啥？

姓花，花木兰的花。

老汉点点头。花氏可是三村五里有名的，二十二岁就守寡把一个孩子拉扯大。他便问道，你爹是不是1958年修铁河水库被炸的那个？

嗯，大伯。

你读过几年书？

在寺上中学读过……三年！大林拉着车子说话上气不接下气。

俺家三妞花琴也在寺上中学读过书。老汉说。

哦，是吗！大林继续装模糊说，有点小印象！

老汉笑笑，没笑出声。前边是个小上坡，他看大林说话很费力，不再说话。又过了半小时，三山凹已隐约可见，车子却发出"嘭"的一声响！车子不动了。大林只得停下脚步，他看看瘪着的左轮胎，嘿，快到家了，放炮了！老汉尴尬地红着脸说，是我坐上负荷太重了！不是，不是！大林摇着头说，轮胎太旧了。他们席地而坐休息一会儿，老汉掏出旱烟袋抽了一锅烟又抽一锅，他边抽烟边端详着大林的眼睛、鼻子、嘴巴……还独自无声地点头，莫名其妙地嗯着。大林被他看得有点不好意思，"呼"地站起来，从车子上抱起老汉那袋私有化肥，走，大伯,先送你回去!老汉急忙站起来拦着,不行,不行,我自己扛吧!大林不容他说,扛上就走……

大林前边走,老汉后边跟,快要过河了,过了河就到家了。老汉问大林,学生你定亲没定?

大林摇摇头,没定。

有人提亲吗?

大林把化肥袋从左肩换到右肩上,没,什么都没。过了河就是罗圈崖,大林心想,把化肥扛到他家就可以见到黄花琴了。他边走边对老汉说,这么重的东西你这把年纪竟敢扛?老汉无奈地笑笑说,这还是在镇上供销社托亲戚"开后门"弄来的,有了这袋化肥今年自留地种秋就不愁了。过了河,很快就到黄花琴家门口了,老汉硬从他肩上夺下那袋化肥自己扛上说:好啦,我也不说感谢你学生了!隔天请你来家喝茶……这次他没见上黄花琴,挺遗憾。

大林在床上翻了个身。守在身边的娘说,林娃,起来吃饭!不吃?不吃也得起来!亲戚们都在院里等着呢!此时,他一个表哥一个表弟进来半是埋怨半是玩笑地说,林,你就是个菜鸟,不会安排事,你为什么不让宝山用永久车接黄花琴?那就永久了!你偏让白娃用飞鸽车接黄花琴,不飞才怪!飞了就飞了,黄花琴也不是你的人,娶过来你也戴绿帽子!……

大林烦躁地摆着手,去去去,你们都走!让我冷静冷静……说着又扭了个面朝里。

小时候,爷爷给他讲过,三山凹原名叫下河村。1958年"大跃进",全民鼓足干劲争上游,村里人说,我们不能当下游,强烈要求改村名,因这里三面环三座小山,紫山、丰山、磨山,中间低洼,是个小盆地,就取名三山凹。三山凹是个好村子,山好,水好,人也好。北边是巍峨的伏牛山主峰,传说伏牛山里有一公一母两只虎,是镇山虎,可谁也没见过。有虎的地方就是好地方。俗话说,藏龙卧虎嘛!这条铁河是从伏牛山前怀里流出来的,发源处是一条叮咚作响的小溪,下山后慢慢成了一条小河,小河越往下走越宽,到这里绕了一个弧形的弯,然后奔流向南一直进入丹江。这个弧形的地形,好多风水先生研究过,说是风水宝地,会出人物,可这一带至今也没出过一个吃皇粮的人。但有一条可以认定,是个聚人养人的地方。据说明朝嘉靖年间,侯家先来到这个地方,明末发展到十几户人家。清初张家为避战乱从山东迁到这个地方。柳家是清朝嘉庆年间才从山北一个叫怪家庄的地方迁过来。怪家庄不是他们的故乡，因为只有地下埋有祖先尸骨的地方才可称为故乡，柳大林高祖父的祖父只在那里生活了十几年，因为那里是个夜里鬼哭白天狼嚎的地方，只有三四户人家，所以他高祖父的祖父就迁到了这里。至今已繁衍生息了七代，他就是柳氏第七代。以后陆陆续续来了一些杂姓，但没有几户。三山凹是个融合的村子，三大姓氏之间不排斥，村民们几百年来都是友好相处，从没动过干戈。哪家有喜事大家跟着乐，哪家有难事大家跟着忧……村里人几百年流传一句口头禅，谁叫咱是一个村的……

今天发生的怪事应该是三山凹有史以来第一次发生的不愉快事情……

白娃、宝山、大林是要好的发小。从小学一年级一直到初中毕业，都是同班同学。白娃他爹是大队支书，有机会上了高中，宝山和大林初中毕业就回村里当了人民公社的"小社员"。

那时候，他们上小学要跑五里地，早晨5点钟就得起床去上早自习，头顶还是满天星辰，有时有月亮，有时没月亮，大地黑洞洞的，各家大人也不送他们，他仨就手牵着手，走着吼叫着，为的是给自己壮个胆，不怕狼，不怕鬼。有一次，大林不小心跌倒了，崴着了脚，白娃和宝山替换着把他背到学校，下了晚自习又替换着背他回家。那时候上晚自习，别说没电灯，连蜡烛也没有。有的学生用煤油灯，有的学生用柴油灯，柴油灯冒黑烟，一会儿熏得脸上鼻子上全是黑烟。可大林连柴油灯也点不起，白娃就让大林与自己合用一盏煤油灯读书写字……上初中他们搭不起伙，就走读，有时候天下雨了不能回家，需自带干粮，可大林连黑窝窝也带不起，往往是白娃把自己带的干粮分给大林吃。逢年过节的时候，白娃家有人送点心，饼干、芝麻糖、胶切、油炸的馃子蘸白糖，白娃就偷出来分给大林、宝山一块儿吃，他仨那时候可比"亲密战友"还要亲密。一次，白娃家来客，中午爹拿出伏牛白酒招待，喝剩下半瓶子，白娃偷偷把那半瓶酒揣到怀里跑出来，喊上大林和宝山到生产队的菜地里偷了一根带着刺儿和毛毛还没长熟的黄瓜，轮换着一人咬一口带着苦味的黄瓜抿一口白酒。这是他们来到这个世界上第一次饮酒，辣得嘴巴嗓门很难受但又浑身爽爽的，一会儿都觉得身子飘飘的。白娃先打了个嗝，大林、宝山都说，这味儿好闻！白娃笑了笑说，你们还喜欢闻什么怪味儿？大林说，我喜欢闻划火柴的味儿。宝山说，我喜欢闻煤油味儿。然后他俩又一齐问白娃，你呢？白娃迟疑着不说。快说！快说！白娃诡谲地摇着头不说。快说！快说！白娃吞儿一笑说，我喜欢闻的味儿太丢人！别卖关子快说！咱仁有什么不能说的。在大林、宝山的一再逼迫下，白娃憋出一句，我喜欢闻吃了臭鸡蛋放屁的味儿！说完，仁人哈哈笑着抱作一团！他仁是无话不谈的，三个人的友谊也是坚如磐石的。

1976 年腊月二十三，临近春节，人们还沉浸在粉碎"四人帮"的伟大胜利的喜悦中，虽然也还没有完全走出毛主席逝世的沉痛阴影，但毕竟要过新年了，街上不少人燃放烟花爆竹。大林和宝山、白娃一起在黄龙街上看热闹，见别人放烟火玩心里也痒痒的，他仁把口袋里的零钱凑凑也买了几根炮仗燃放着玩。每当一根炮仗燃着一溜火星飞上天空后发出"噼""嘣叭"的炸裂声时，他们都欢快地蹦着笑着。突然，一根炮仗没有直升而是斜着飞向公社大礼堂的方向，从一个破窗口钻进礼堂内不见了。

黄龙人民公社大礼堂是 1958 年时建造的。由于"大跃进"时期工期赶得紧，质量不高，屋顶多处露天，夏天进雨，冬天进雪，门窗也多处腐朽，玻璃破碎，已经多年弃用。这年 9 月，毛主席逝世后，公社举行悼念大会，各社直单位各中小学校各生产大队和生产小队敬送了许多花圈。追悼会结束以后，那些花圈没处放，就全部存放在这破烂的公社大礼堂内，花圈堆得几乎挨着房顶。那根钻进礼堂里的炮仗竟在礼堂内爆炸了，瞬间燃着了堆放的花圈，立即冒起熊熊大火。他仁喊着救火呀，救火呀，吓跑了。由于花圈太多，火势太大，迅速燃着了礼堂的房顶。当时也没有消防车，全靠人担车拉弄水，杯水车薪无济于事，礼堂很快被烧毁了。

黄龙公社"革委会"以最快的速度上报到丰和县"革委会"，县"革委会"同样以最快的速度上报到南都地区（以后才改市）"革委会"。当时政治形势已发生变化，此事难以把握定性，既然下边按重大火灾报告，地区"革委会"就以火灾事故批给地区公安处研究处理。公安处当即定为重大火灾，责成丰和县公安局立案侦查。丰和县公安局根据目击者提供的线索，将柳大林、张宝山、侯子耀锁定为火灾肇事者。把送给毛主席的花圈全烧了，礼堂也毁了，还不是天大的事吗？咋也躲不过去。

在公安侦查过程中，他仁商量着投案。白娃说他爹是支书他不怕，把他抓去有他爹去说情。宝山说，不行，那样弄不好会把你爹支书也弄掉！大林说，还是我承担了吧，我脑子比你们好使，比你们反应快，知道怎样应对。宝山说你也不行,你单根独苗,一个老娘有什么事没人照应,还是我投案吧!我走了有我哥哥照顾二老。就这样,张宝山主动去公社找公安特派员投了案。县公安局将张宝山定性为重大火灾肇事者,在公社所在地黄龙街上和全公社二十三个生产大队及各个中小学校游斗一遍后才放他回家。

宝山替大林、白娃挡了祸,他俩非常感动。在宝山回家的当晚,他俩商量要给宝山接风压惊。大林娘那晚没在家,接风就在他家进行。白娃从家里偷来一瓶酒,大林提议,咱弟兄三个虽然不是同月同日生,但都是马年生,算是三匹马,今晚喝个鸡血酒,结拜为永远的弟兄。白娃、宝山举双手赞成。可是没有鸡血,大林娘虽然没在家,但也不敢把家里鸡杀了啊!他拿出半瓶红墨水说,以红墨水代替鸡血可以不可以?白娃、宝山都说可以,只要是红的都可以当血。大林把白娃拿的酒分在三只碗里,每只碗里滴三滴红墨水,算是鸡血酒了。喝酒前,大林说,今晚咱弟兄仨虽不是在桃园三结义但胜过古时刘关张,喝过这碗鸡血酒,仨人就是一个头,苟富贵,勿相忘。白娃说,咱虽不是同月同日同母生,必要同心同力同祸福。宝山说,我同意。说完他两眼又看看大林、白娃说,现在你俩有没有后悔?后悔现在拉倒还不晚!白娃第一个说,不后悔,谁后悔谁是王八蛋!宝山说,喝了酒不算的才是王八蛋!当时三人都说,不会当王八蛋。三人齐声喊着一二三,干干干!鸡血酒喝了……无论怎么说,刚喝了鸡血酒不够一年,白娃怎么可能当了王八蛋呢?

半个月前,与黄花琴的婚期订下来了,就在农历七月初八。大林把这个消息首先告诉了白娃和宝山,他俩高兴得像自己娶媳妇似的。可大林却惆怅了。他自己做不做新衣服没关系,得给黄花琴扯一身新衣服;也不说新箱子、新柜子,起码得打张新床。那时候,什么物资都是紧缺的,布票也很缺,每人每年三尺三。宝山二话不说,回家问娘要来一丈五尺布票和八块钱送过来。白娃回家说服他爹,把从黄石庵林场刚拉回来的那根棣木,没给大林说就直接拉镇上用电锯解了后送到大林家,并请来木匠连夜打床……白娃和宝山还过来帮助他家打扫卫生粉刷墙壁扎糊顶棚。糊顶棚用不起白纸,白娃就去大队部把那些旧报纸拿过来糊了顶棚。就在接亲的前一天,大林要白娃把他爹骑的那辆飞鸽车(全村就大队支书有辆这种自行车)借过来接黄花琴,让宝山去县城把他表姐夫的自行车借过来——表姐夫车子虽然旧一点,但是51型永久也挺排场。就这样,决定今早他俩同时出发,白娃接黄花琴,宝山用那辆旧些的永久车接伴娘黄新月……

　　此刻，白娃和黄花琴蹲在一块玉米地里，头上落满了玉米花絮絮，衣服上不少地方被玉米叶子蹭上了青青的颜色。他俩用惊慌的目光你看我一眼我看你一眼，然后黄花琴耷拉下头……

　　早上她和二姐踩着石头过了河就看见白娃和宝山在路口等候，她与白娃对视了一眼，羞羞的。

　　白娃拍拍自行车座对黄花琴说，来，坐这辆！

　　黄花琴看见那是一辆崭新的 62 型飞鸽车，眼前唰地一亮，欣喜得不亚于当今时代的小美女看见一辆小宝马。她摆摆手示意白娃先骑上，她身子轻轻一欠，很自然地跨上了自行车的后座，白娃没一点儿感觉，车子也没任何摆动，显然她坐车是很熟练的。"文化大革命"期间，白娃和黄花琴都被学校抽在公社毛泽东思想宣传队。当时，有一位姓蒋的公社"革委会"副主任兼毛泽东思想宣传队队长，他常骑着一辆飞鸽自行车带着黄花琴来来往往……

　　黄花琴在学校是校花，脸红扑扑的，双眼皮，长睫毛，眸子明亮亮的有光有水，高鼻梁，下巴尖尖的，就像今天说的"V"字脸。谁见谁喜欢。终日里男生们就像成群的蜜蜂在她身边嗡来嗡去。到了宣传队演出节目化了妆，电灯光一照更是美丽动人。特别是表演舞蹈，她领唱又领舞，歌声像林中溪水声、树上鸟叫声般的清脆悦耳，舞姿也十分优美，身子柔软，步子轻盈，特别是唱到末尾做亮相状时，台下一片掌声喝彩声并夹杂着小伙子们的呼哨声。还可听见孬娃们在说，这妮嫁给我当媳妇多好！想得美，给你当媳妇？戴绿帽子吧！戴就戴，前半夜跟我睡，后半夜跟别人睡我也愿意！白娃那时也暗恋着黄花琴，总想上前献殷勤……

　　走了一段路，白娃似笑非笑地说，其实咱在宣传队的时候我心里也暗暗追过你！

　　现在还不晚！

　　你说什么？白娃头发梢怔了一下。

　　没听见就当风吹了！黄花琴说着脸向后背着。

　　白娃实际听见了。他只是随便说一句，没想到黄花琴来了这么一句话，他想再证实一下。他从黄花琴的话语里明白了弦外之音。他放慢了蹬自行车脚镫的双脚,他乱了方寸……超他几米远的宝山在吆喝他快些,他应声道:车子掉链子了,你先走,很快就撵上! 他说着下了车子,蹲在地上装作挂链子的样子。他的心格外乱,做梦都没敢想……求之不得……到口的菜……俗话说朋友妻不可欺,不道义吧?……还有一句俗话,田地老婆不让人……容不得多想,容不得犹豫,这时刻,一分一秒也不能耽误……他下巴朝黄花琴一挑,上车! 他弯弓着腰,用足全身力气猛蹬着车镫飞也似的往黄龙镇方向而去……这时候,白娃不说话,黄花琴也不说话,已是心照不宣了。

其实,黄花琴在公社毛泽东思想宣传队时对白娃也有好感,不仅是他长得帅,身个高,皮肤白(白娃的称号也因此而来)。她更欣赏白娃聪明,他能用地方戏种南阳曲剧的调子改唱京剧革命样板戏,特别是他竟能一人唱《沙家浜》中《智斗》一场戏中胡传魁、刁德一、阿庆嫂三人的对唱,而且唱男是男腔,唱女是女调,可以说是绝技。每当他登台演唱这一段时,台下总是掌声一阵接一阵。后来,公社毛泽东思想宣传队解散了,他们不在一起了,也就淡忘了。今天,她一看见白娃骑的这辆崭新的飞鸽车,不由得心里一动。回想起前几年在宣传队时,公社"革委会"蒋主任总骑着这种飞鸽车带着她跑来跑去,心里就好生羡慕,什么时候我黄花琴也能骑上这么漂亮的自行车就好了……

糟糕! 前边小河沟上面的桥塌了! 肯定是前几天下那场暴雨时发洪水冲塌的,白娃一直箭飞般地向前猛蹬,发现桥塌的一刹那,他捏闸已刹不住了,两个人一翻一骨碌,一同掉进河沟里。黄花琴正要埋怨还没出声,白娃似乎听到了后边远处传来柳大林的叫喊声,他顾不得安抚黄花琴,一手抓住自行车的大梁扛在肩上,一手扯住黄花琴的胳膊,上了岸顺势钻进这块玉米地里。为了确保安全,他拉着黄花琴钻到这一望无际的玉米地的深处,当地人称这地方叫"鳖盖崖"。铁河走到这地方绕了一个弯,地形东高西低,恰像个老鳖,因此而得名。"鳖盖崖"中间是一片乱坟茔,坟茔中还有一座新坟,尽管已经过几场暴雨,新坟上还残留有几根扎花圈的竹架子。这地方的确是安全,没人会找到这鬼地方来的!

倒霉死了! 黄花琴沮丧地眼翻着白娃,她用手指扑扇着上衣抖动着。她那被水浸湿透了的衣服紧贴在身上,可以看见雪白的皮肤。白娃伸手拉着试着能拧出水来,黄花琴把他的手推过去,不用献殷勤! 白娃故作无奈地摇摇头。太阳升到了头顶。可能再过几天就要立秋了,这太阳拼命地耍着威风,仿佛要把大地烤焦似的。这玉米地里就像蒸笼似的蒸热蒸热,似乎太阳公公想把他俩闷死在青纱帐里。苍蝇、蚊子也不停地往他们的脸上胳膊上扑,想吃他们的肉喝他们的血,连地上的虫子也趁机来欺负他们,爬到了他们的脚上腿上……白娃还能忍受,黄花琴实在是忍受不住了,她站起来用脚踢踢白娃,走吧,出去吧!白娃摇摇头,不行,田野里到处都是人!黄花琴白他一眼,大中午都收工了哪儿还有人!白娃还是摇头,不行,必须得坚持到天黑!去你娘的,我是受不了这种罪!

　　黄花琴说着就要走,咔嚓咔嚓踩倒了几棵已掰了棒子的玉米。白娃急忙起来双手紧紧地拽住她,花琴,花琴,再坚持……老娘坚持不了!黄花琴胳膊挣着要走,你把老娘遭罪死了!白娃听她一句一个老娘的,忍不住辩驳道,还是你说……我说什么?黄花琴停住脚,眼瞪得溜圆,连珠炮似的说,我说让你领我跑了?我说让你领我到这玉米地里了?还是那句话,现在还不晚!走,你不走我走,各走各的。黄花琴说着又咔嚓咔嚓踩倒几棵玉米。白娃见黄花琴真要走,他担心黄花琴反悔,心想,女人嘛,把她占有了也就了了。他抢一步上去拽住她,边是拦她,边伸手摸她胸,边说着甜言蜜语,边要解她的裤带。黄花琴不从,两人推推搡搡,踩倒一大片玉米棵子。白娃死死抓住她的裤带不丢……就在黄花琴欲从不从之时,一条青色的蛇刺刺溜溜蹿了过来,黄花琴"哇"的一声惊叫,白娃才惊慌地松了手。黄花琴吓破了胆,一屁股蹲到地上喘着粗气,浑身冒着虚汗。白娃知道此时已没那种可能了,又趁机献殷勤,走到那个新坟上扒掉供桌搬来几块砖头摆在地上让黄花琴坐。黄花琴早已腰酸腿疼,也不顾晦气不晦气就坐在砖头上,仍喘着粗气……

　　两个多月前的一天晚上,吃过晚饭爹把她叫到他和娘住的房间里对她说,琴,你也不小了,爹给你选了个女婿。

　　她翻眼看看爹,没吭声。

　　这娃你也认识,你们一个学校念过书。爹装上一锅烟吸着说。

　　她还是翻眼看看爹,不吭声。

　　爹使劲吸了一口,边吐着烟雾边说,就是河东那个柳大林。

　　他家穷死了!她的话如同吃了火药般的冲。

　　不怕人穷,就怕志短。爹慢条斯理地说,这娃德行好。后边就叙述着路遇柳大林的经过。

三转一响，二十八条腿，自行车、缝纫机、手表和收音机，他能给我吗？黄花琴眼瞪着她爹。爹说，你别讲究那个，别鼠目寸光，爹不会坑你！大林这娃有德行，必有福报！我也仔细端详过，这娃的长相天庭饱满，狮子鼻，五官正，都是福相，日后肯定会有出息，你嫁给他受不了苦！

你说那太遥远了！黄花琴脸偏着说。

爹没有同她争辩，就把这任务交给了娘。娘也说不转她，就把两个姐姐叫回来，对她"现身说法"，就用这种"车轮战"逼她同大林见了面。见了面她还不同意，爹和娘就变花样，找理由叫大林来她家干活、吃饭……日子长了，她感觉到大林谈吐文雅，肚里有墨水，举止有度不轻佻。她记得在公社宣传队时，白娃曾以欣赏她戴的毛主席像章为名蹭她的胸……她觉得大林是爹说的那样，有德行，便默认了。爹娘怕夜长梦多，担心她变卦，就速速择了婚期……

天，终于黑下来了。白娃扛着自行车前边走着，黄花琴后边跟着走出了那片让人恨死了的玉米地。白娃迷茫地望着四周，问黄花琴，往哪儿去啊？

黄花琴朝白娃屁股上踹了一脚，厉声道：还能去哪儿啊？快回去开介绍信办证，有本事你就明媒正娶接回家，不然我就还到柳大林家去！……

也是在夜幕降临的时候，大林扛着一把铁锹往家走。黄花琴的事似乎对他没有多大打击，他也没有觉得多么丢脸面。生产队长王春宝安排男劳力下午沤绿肥，王春宝还特意到他家门口喊，大林，没娶成老婆没婚假，还得出工干活！他没吭声，去出工。出门时，娘还拦他说，你出什么工，给队长请个假，还是去找找黄花琴，找个媳妇不容易。他知道娘还抱着幻想，轻声对娘说，她是带腿的东西，往哪儿找？不找了，死了张屠夫，不吃浑毛猪！扛起铁锹就去了。下午干活时间，大林其实是很躁脸的，男人们到一起尽是胡喷乱侃说着骡子马屌的，这煮熟的鸭子飞了能会没有看笑话的？黄花琴那么漂亮的大闺女娶到家少不了有人嫉妒的，也少不了吃不着葡萄说葡萄酸。现在黄花琴跑了，更少不了幸灾乐祸的。别人说什么他不去听不去想也不去分析，就低着头干活，坚持到收工。收工后他拐到村小学找到郝校长，他知道郝校长手里有本苏联小说《钢铁是怎样炼成的》。这种书以前人们是偷着看的，去年粉碎了"四人帮"后人们才敢公开看。郝校长把书递给他时，他才发现已没书皮了，内文还少了两页。尽管如此，他还是如获至宝喜滋滋地揣到怀里回家去。他一推开那扇木门，看见黄花琴的父亲和黄新月的丈夫黑毛(他六七岁时跟大人们一起在河里洗澡,问爹,他们腰里咋长些黑毛? 大人们听了大笑,从此叫他绰号黑毛)跟娘坐在院子里的水泥桌旁。这是当时农村很流行的一种固定性饭桌或茶桌,因为缺少木材,做不起木桌,就用混凝土铸成这种水泥板,夏天不怕雨淋冬天不怕雪打。他们看见大林说了许多抱歉的话,大林最后听明白,黑毛说他媳妇来送花琴还没回去!大林这时才想起,下午没见宝山上工。他回想起早晨那阵子宝山拉扯着黄新月,后来的情况他就不知道了。大林一声没吭往宝山家去。黄花琴的父亲和二姐夫随即跟在身后。

到了宝山家门口,大林问他父母才知道宝山上午把自行车给他之后出去一直没回来。这时候,西厢房里传来黄新月的声音,大概她是听到了大林的声音,她哭着呼喊着:快放我出去! 快放我出去! 大林要宝山父母把门打开放了这女人。宝山爹说,钥匙宝山带走了。他仨只好坐院里等宝山回来。黄新月还不停地一阵阵呼喊:快放我出去! 快放我出去! 大约近 10 点钟的时候,他们听见自行车着地发出的呼啦啦的响声,知道是宝山回来了。大林抢先走过来,一手扶着宝山手中自行车把一手朝西厢房指着说,快开门! 放人家走! 宝山边扎着自行车边气冲冲地说,放个球! 找不到黄花琴就拉住她拜花堂! 别胡说! 快开门! 大林指指黄新月的爹和老公说,他们专门来接黄新月的! 宝山边用毛巾擦着脸上的汗水边冲着那父子俩说,你们还有脸来河东? 该把裤子脱了蒙住头过来! 花琴父亲嘿嘿赔着笑说,学生你说得是,俺就是嫌没脸才等天黑过来! 宝山已经很累了,他拉一把椅子坐下,继续用毛巾擦着脸上的汗,他妈的! 这黄花琴算啥东西! 你这爹是咋当的? 花琴爹继续赔着笑说,是,没当好,没当好,养女不教如养猪啊! 猪也不如,猪还能圈起来,跑不掉!

宝山气愤至极,看上去比大林还气愤,连说带骂说了很多大林都说不出的话。他之所以这样气愤,是因为白娃说车子掉链时他要下车等一等,黄新月不让他下车子,而且坐在车子上还给他说黄段子。他认为这女人是白娃带跑黄花琴的万恶之源。还有,鞭炮响过那阵,没见新媳妇,左邻右舍的嫂子们有的责怪他,有的埋怨他,有的要笑他,你宝山迷啥的? 嗯,你接的是伴娘,伴娘在后边啊,你急着跑前边干啥? 你抢着跟这女人拜花堂! 你宝山是个女人迷! 看见黄新月晕吧! 千错万错都是自己的错,跳到黄河也洗不清啊! 所以,无论谁怎么说,宝山就那一句话,不放她走! 找不到黄花琴就拉着她去拜花堂。

大林看咋也劝不进。白娃他爹是大队支书，去河南辉县参观学大寨经验去了。这事牵扯白娃，哪个队干部也管不了。大林知道不能让黄新月在这里过夜，如果夜里不放黄新月回家，事情肯定会闹大。黑毛家就住在二三里地外的黑龙庙，也是个大户村，如果再坚持不放人，极有可能闹出两村械斗。他走过来，小声对宝山说了一句狠话，你还想把这女人留下过夜？敢吗！宝山眼睖睖他，目光示弱了。大林说，不敢就放了吧，留下何用？

大林从宝山家回来并没有睡觉，他在一盏煤油灯下如饥似渴地读起那本苏联小说《钢铁是怎样炼成的》，正读得津津有味，听见门外有敲门声，他起身去开了门，是宝山。

宝山扑通坐到了他的床上，说话带着唾沫星子，他娘的，放了这女人我心不甘！放了她，黄花琴可就彻底没想了！

大林收起那本书，在屋里来回踱着方步，他虽没有领导和大家们的那种气质和风度，但也显出了稳重与沉着，他低声说，宝山，都什么时候了，你还抱有幻想？

我不死心！宝山也站了起来。他妈的，这究竟是白娃拐走了黄花琴，还是黄花琴拐走了白娃，还是黄家的计谋？我想弄清……

大林拍拍手中的书本说，你要明白，世界上唯有知识和学问装进自己的脑袋是谁也偷不走的！把那闲工夫用来读书吧！

这道理我懂，可黄花琴这事我真咽不下去！

咽不下去也得咽，你拿黄新月当人质没道理！

宝山噘着嘴起来走了，到门口又甩一句，拐走的是你老婆不是我老婆！

大林脱下衣服准备睡觉，衣兜里掉出来一张纸。他捡起来一看，是昨天大队开的介绍信，介绍他和黄花琴到公社去登记领结婚证。他锁上眉坐床沿上叹息一声，唉，昨天要是领了结婚证她黄花琴今天就跟白娃跑不了了，也是命啊！也许真的是命。他昨天下午从金斗哥那里开了介绍信与黄花琴一道去公社登记领结婚证的，到了公社，管登记的干部回家了。他通过供销社一个亲友千方百计打电话找到管颁发结婚证的干部，那干部说，刚回到家，让明天上午先举行婚礼，下午再来登记，不耽误他们晚上睡觉。末了还开玩笑说，如果一旦拿不到结婚证晚上可不能睡一张床啊！邪门，今早就让白娃领跑了！难道黄花琴真不该是自己的老婆？如果命中不是自己的老婆,昨天没登记领证也好,若是昨天领了结婚证明天还得去办离婚证,更臊脸的!大林又回想到,他和黄花琴从公社院里出来,去到街上国营食堂里,掏了娘给他的一元钱,买了两碗肉片汤,一人一碗,一碗里其实只有两片猪肉。他只吃了一片,把另一片用筷子夹到黄花琴的碗里,黄花琴还朝他笑了笑,笑得还很好看……想到这些,大林又掉下了两颗泪,唉,到底是咋回事……

后夜,白娃悄悄溜回了村里。他一进村,村子里的狗就汪汪叫个不停,狗的叫声大了把鸡子也吵醒了,鸡子也跟着叫起来。鸡鸣狗叫,打破了寂静的夜空。他不敢回家。他知道爹的秉性,一辈子秉承一句祖训:敬人不欺人,爱人不害人,宁给人个馒头,不给人个石头。他爹当大队支书多年,从不在乡亲们面前摆架子耍威风,与人说事都是一面笑,啥时候社会上刮什么风办什么事他都能圆通得让百姓接受。"文化大革命"闹惡凶,没人给他抹花脸戴高帽子批斗他!白娃娘生了五个孩子,前边四个是妞,他爷爷和爹生怕侯家断了香火,见他生下来是个带把的,爷爷喜得合不拢嘴,满月宴待了十桌客,爷爷给他取名侯子耀,意思是希望他给侯家荣宗耀祖!如今这事凭爹的秉性他知道不会饶他,只有去求大队会计金斗哥哥。金斗哥哥是爹一手提拔起来的,大队"革委会"的公章掌握在他手里,只要他给开个介绍信就行。白娃拿定了主意,跳墙进了金斗家院子,靠近窗户喊醒金斗哥哥,他对金斗哥哥撒了谎,说是爹同意让给开介绍信。那时候家庭没电话更没手机,金斗也没办法请示支书,再说他又是恩人的儿子,就给他开了同意与黄花琴两人结婚的介绍信,并注明前一天给柳大林开的介绍信作废。白娃拿到介绍信心里美得如喝了蜜糖水,第二天上午和黄花琴在黄龙人民公社"革委会"行政办公室领了结婚证。

出了公社大门,白娃高兴地带着黄花琴在镇上转了三圈,边转边唱曲剧《风雪配》中的一段唱:

今日是我出闺的前一晚上,
还缺少上轿的绣鞋一双,
急慌忙我只把银灯剔亮,
独坐在灯光下来绣鸳鸯……

黄花琴拍拍他的脊梁,你唱个啥! 街上人都在看你!

白娃哈哈大笑,我就是让他们看的! 让大家都知道黄龙公社寺上中学当初的校花成我白娃老婆了! 说罢,白娃领着黄花琴走进供销社百货门市部撕布……撕了布,又去找裁缝店,让老裁缝给黄花琴量了尺寸做衣服。

从裁缝铺出来,黄花琴从白娃手里夺过自行车,说,我来骑,你坐后边! 黄花琴说着跷腿跨上了自行车。白娃脚一踮坐到后座上,车把摇了几摇,显然骑手不够熟练。但黄花琴还臭美地说,看我骑得稳不稳? 白娃连声说,稳! 稳! 黄花琴又说,这自行车权以后归我了。

二

　　大林娘昨天夜里突然患上脑血栓。村里的赤脚医生鹏哥和宝山帮他连夜把娘送到公社卫生院，现在正在打点滴。他让宝山给舅舅送个信儿。亲舅如父嘛，他没经过这么大的事，把舅叫来心里是个依靠。

　　舅舅来了。

　　舅舅说，林娃，我清楚，黄花琴跑后，你娘的心受伤很大，彻夜失眠，才酿下这个病。来的路上我想了，你学门手艺寻门亲，让你娘心静。

　　大林说，学什么？

　　舅说，俺村那剃头匠王士年岁大了，想收个徒弟，搭个帮手。我知道你娃心气高，不一定看得上，但也是一门手艺。

　　大林低着头，说，我连杀个鸡都不敢杀，让我拿个刀抱着人头刮，我害怕。

　　慢慢学，熟能生巧！舅说。

　　我拿着剃头刀手会抖，怕学不会！大林耷拉下脑袋。

　　舅走了，只丢下一句话，照顾好你娘！

　　大林后悔不该当面拒绝舅舅。娘心里是明白的，娘发出微弱的"啊"声。

　　娘，你别气，我找舅舅说，就去学剃头。

　　啊，啊……娘仍是发出微弱的"啊"声。大林拿定主意，娘的病好后，就去学剃头。不能惹舅舅生气，更不能惹娘生气。娘这辈子不容易，娘是可怜的！1952年她二十岁嫁给爹，1954年秋天生下他这个儿子，以后没再生育。1958年几个生产大队男女老少大会战修建铁河水库，爹参加了青年突击队尖刀排。尖刀排就是管打炮眼装炸药炸石头的。这是个危险的工作。那时候打炮眼可不像现在用电钻省力省时，是一个人掌钎子，一个人抡锤子，一天只能打一个炮眼。为了防止飞石砸伤人，到了中午或晚上收工以后，工地上没了人，再去往炮眼里装炸药放炮。那时候点炮也不像现在的电遥控，是人工点炮。那天晚上，为了放颗卫星鼓舞士气，指挥部让十个炮眼一齐装药一齐放，引爆来个震天响。正常的一个炮眼装炸药时要装一根三米长的引信，这样使引爆时间稍长一点，可使点炮人在爆炸前迅速安全离开爆炸区。但是由于管理人员操作不当，最后剩下的一根引信只有两米半长，安全系数太低，不能使用。

在那个火红的年代，每个青年都是热血沸腾，都想在建设社会主义的"大跃进"中大显身手。爹为要在这次放炮炸石头放卫星中立功，早已摩拳擦掌，他说两米半的引信也没问题，他身个高步子大，腿脚麻利跑得快。由于他再三要求，指挥长批准了。但是点炮之后，按科学的要求他应比其他炮手跑的速度再快三分之一倍才行，但他却碰住了一块石头被绊倒在地，他刚刚爬起，轰隆一声震天响，炸飞的大石头就像一群雄鹰一样飞过来把他砸倒在地再没起来。爹那年是二十八岁，他是四岁。爹走后，娘没有改嫁。他是娘的希望，娘的希望就是他快些长大。娘不管自己吃不吃先由他吃，娘不管自己穿不穿先由他穿。他小时候，常消化不良肚子胀。他肚子胀时，娘总是把一个生鸡蛋的蛋壳捣一个洞，往里面塞一些二丑和小茴香籽，外边用一疙瘩麦面皮包住放在灶膛里烧熟给他吃，一吃准好。有时候他嘴馋了想吃这种烧鸡蛋，也骗过娘，说肚子胀了。他喜欢上学读书，鸡子生的蛋娘一年吃不了三两个，除卖了钱换油换盐给他买衣服，就是给他交学费买课本作业本……娘的恩还一点没报啊！大林想着想着哭了，一定得给娘的病治好……

兴许是鹏哥动用了他的关系，公社卫生院的医生给娘治疗很用心，500cc液体的大瓶子每天都输八大瓶，白天黑夜连着输，每天都输到夜里两三点钟才输完，一连输了七天七夜。大林一直守候在娘的病床前。娘输完了液他也不能睡觉，他怕娘从床上掉下来，就也坐在娘的床头。为了防止打瞌睡，他就坐在娘的床头看书。看完了从郝校长手中借的那本《钢铁是怎样炼成的》，又借来了托尔斯泰的《战争与和平》。他知道郝校长的哥哥"文化大革命"前在省城读大学中文系，手头藏有经典名著……熬的时间太久了，太困了，不知什么时候手中的书掉到了地上，也不知什么时候睡着了……他突然醒了，看见娘坐在地上用手拍着他的大腿，嘴里喊着狗娃，狗娃！还在继续做梦的？他揉揉眼睛，娘继续拍着他的大腿，喊着，狗娃！狗娃！他知道了，不是梦！他惊慌地坐起来，拉住娘的手愧疚地说，娘，娘，我睡着了，你咋……咋到地上来的？他边说边慌忙把娘抱到床上,娘看着他,嘴上仍喊着,狗娃! 狗娃……

大林双眼又涌出黄豆粒般大的泪珠。娘总算能说话了,虽心口不一了,不能准确表达自己的心意,但心里知道他是自己的儿子。尽管如此,大林心里得到了些安慰,他倒了半杯水给娘喝,试着松开自己的手,尽管娘的手在抖动,但指头能够捏着茶缸的把了。大林激动得眼里涌出了泪花花,为使娘的病快些好,他宽慰娘说,娘,等你出了医院,我就去学剃头。

上午医生查房的时候说,下午可以扶病人到院子里晒晒太阳,利于恢复。下午输完液,大林按照医生的嘱咐,扶娘到院子里晒太阳。

这当儿,宝山来了。娘一看见宝山脸上就露出微笑。这时,宝山笑着走到大林娘身边弯着腰说,娘,我是宝山! 娘仍是微笑着看着宝山喊,猫娃,猫娃! 宝山又笑了笑说,好多了! 只要会喊狗娃猫娃,总有一天会喊人娃! 大林点点头。

宝山拉了一把椅子坐下,问大林,你听广播没有?

大林摇摇头,这里没有广播。

也没听收音机?

我就没有收音机。

宝山站起来眉飞色舞地说,今天早晨 7 点钟中央人民广播电台广播,恢复高考了!

大林若有所悟地"哦"了一声,然后似乎没有多大触动地说,我们都是初中毕业。

宝山兴奋地说,这次政策放得宽,初中毕业生也可以报考。

是吗? 大林也兴奋地睁大了眼睛。

宝山肯定地点点头说:是的! 接着又说,天赐良机啊!

兴奋的神情迅疾在大林脸上掠过,他耷拉的眼皮扑闪了几下,看了看宝山,谈何容易呀,我们都没读过高中。

碰碰! 碰碰! 宝山满有信心地说,高考这事,五分才气,五分运气。他捂住嘴,很神秘地小声说,我记得咱八九岁的时候,你在村东的土地庙里抽过一个签,签上说:命中坐学堂,一举状元郎;官帽插金花,衣锦还家乡。也许,会碰上呢!

大林无声地笑了一下,站了起来,在院子里转了几步,又坐下来,叹了口气说,似乎是毛主席的话,知识的问题是一个科学的问题,来不得半点虚假和骄傲。

宝山继续给大林鼓劲,世上无难事,只要肯登攀。再说,离考试还有两个月的时间,可以补课!

大林沉思着,上大学是他梦寐以求的事,可对他来说又像在虚幻的世界里。他嘴朝娘挑了挑,娘这病每天二十四小时得守着,没有时间去补课。

宝山一挥手说,这事你不用操心,我给我爹娘说好了,让妮妮来照顾柳娘。他头一扭朝着柳娘问,娘,你同意吗?

大林娘看着大林又哇啦哇啦地喊一句狗娃,比画了一个手势,手势是由高到低再到高,就像汉语拼音的第三声,可以看明白她手势的含义是:你去! 你去!

宝山哈哈一笑,说,你看看,娘就同意了,明天就让妮妮来,咱去补课! 你放心妮妮吧?

放心! 大林点点头。妮妮同宝山一样,如同亲兄妹,当然可以放心的。

宝山邀大林食宿在他家,一起补习功课。

他俩住在西厢房里,几个月前,宝山曾经把黄新月就是锁在这个厢房屋里。西厢房原本是堆放杂物的地方,低矮、阴暗、潮湿,房顶上布满了蜘蛛网,白天房顶上不停地有老鼠跳来蹦去。偶尔墙上也有壁虎爬行。宝山简单地打扫了一下,把堂屋的方桌和两把椅子搬过来,两个人对面坐下来学习。他们的学习是完全封闭的。为了不受打扰,宝山让娘白天把门锁上,不让任何人进来。为了节省时间,他们在屋内放了马桶,实际是土窑烧制的土瓦罐,说马桶文明些,大小便不出门,一天三顿饭也是由娘送进来的。到了晚上娘送饭的时候,顺便把马桶提出去倒掉。可以说,他们吃饭、喝水、睡觉、做功课的时候,常常是鼻子里闻着尿臊味、屎臭味,耳朵里听着老鼠的蹦跶声和咬架声。靠南墙角的地方放着一张木床,夜里他俩就挤在这一张木床上睡觉,一个人翻身木床就晃着发出吱吱的响声。屋里也没有电灯,宝山爹从金斗哥那里借来了一盏旧了的带玻璃罩的煤油灯,光可以亮一些,不累眼睛。

他们的复习时间也安排得很科学,白天学习政治、语文、历史、地理,他们要靠这几门课抓分。晚上学习数理化,这是他们的弱项。他俩都没上过高中,对高中的课程一窍不通,就请村小学的郝校长每晚来给他们讲高中的课本,讲课之后再做题到深夜。大林偏文科,对物理、化学、几何、代数方程式很是头疼,头疼也得攻,每晚都要熬到深夜两三点甚至三四点钟⋯⋯

⋯⋯ ⋯⋯

两个月后,大林和宝山一起去县城赶考。那天东北风呼呼刮着,雪花纷纷扬扬地飘着,透骨地凉。大林身着单薄的棉袄,冻感冒了,头昏脑涨,哈欠不断,喷嚏连连⋯⋯他勉强支撑着做完试卷,自我感觉是根本没有发挥好,考砸了!他回到家蒙住头睡了三天三夜。第四天早晨起床后,吃过饭,他特意洗了头,打扮得干干净净的,到代销点买了一斤饼干,去了舅舅家,让舅舅找那位剃头匠师傅讲情,收他当学徒。舅舅没舍得吃那包饼干,拎着去找剃头匠王士。过了一个多小时舅舅回来了,没立即说话,吸了一锅烟,才告诉他说,剃头匠师傅得了哮喘病,天冷不能串乡,到开了春再带他去学徒。大林点点头说,那就等到开春吧!

傍晚时分,天上还纷纷扬扬地飘着雪花。

大林先给娘盛了一碗饭端去放在床头上,自己靠门坐着,端着碗稀饭呼噜呼噜喝着。

突然,架在大队部房顶上的高音喇叭发出嗞嗞的电流声,紧接着播放歌曲《边疆的泉水清又纯》,是李谷一的歌声。大林根据以往的经验,知道播放歌曲之后,肯定大队部有什么重要事情通知。他放慢了喝稀饭的速度,放低了喝稀饭的声音,不再发出呼噜呼噜的响声,他支棱着耳朵听。大林没猜错,歌声刚停,喇叭里就传出大队通信员兼广播员国超的声音:现在广播通知!现在广播通知!国超习惯每句话都重复两遍,公社通知!公社通知!柳大林,柳大林,张宝山,张宝山,明天上午10点钟,明天上午10点钟,到县人民医院参加体检,到县人民医院参加体检!

大林听到这话,简直不相信自己的耳朵,他将手中还有一半稀饭没喝的白色粗瓷碗往地上一扔,就飞快地往大队部跑,要找国超问个究竟。别看国超小小的通信员兼广播员,位置可重要了,有些消息他比大队支书知道得还早,因为公社通知事情都是用电话先打到大队部的电话上,自然是他先接收到。国超正要锁门回家吃晚饭,看见大林,便扭过头朝他说,恭喜,恭喜!你考上了!你和宝山都考上了！公社通知你俩，先体检，后政审。大林听了扭头就跑，不是往家跑，是往宝山家跑，到了宝山家门口，与正在往外跑的宝山碰个正着，他顾不得揉那生疼的鼻子，抱着宝山的腰转着嚷着，考上了！考上了！我们考上了！！！他俩抱着转了三圈后进屋去见宝山爹，合计明天去县医院体检的事。

转眼到了元宵节。

村里恢复了中断十年的闹元宵活动。全村人都聚集在打谷场上看舞狮子，扭秧歌，玩旱船，踩高跷。表演这些玩意儿的都是四十岁以上的人，也都是20世纪50年代初期学的这些表演。先是两个男人领着两头大张着口的狮子舞得很欢，围着一个绣球张牙舞爪滚来滚去。狮子舞过是扭秧歌，秧歌队都是年轻妇女，穿着整齐划一，都是上穿黑绸子绣着牡丹花的兜兜，下穿轻飘飘的浅绿色喇叭裤，她们扭着唱着"……来到了南泥湾，南泥湾好地方……"黄新月也在里边，身子扭得特别活，走到大林身边还朝大林挑嘴笑了笑。站在大林身旁的宝山拍拍大林肩膀说，这女人挺会浪！大林碰碰他的胳膊说，扭秧歌就得浪！

接着是旱船表演。旱船的架子是竹子扎的，四周都是红纸糊的。旱船里坐个大姑娘，但不是女的，是男人装扮的，观众们都认出来了，他是大队会计金斗。旱船两边各有四个老太婆扶着船帮，这八个老太婆也都是老男人装扮的，他们边摇着船边唱着民间小调："鸭绿江呀长又宽，宽宽的江水好行船，南边的呀到中国，北边到朝鲜……哎哎哎……"大林正看得津津有味，听见国超喊他的名字，他便走出了看热闹的人群。国超又是先说了一声"恭喜"，然后递给他一个信封，邮递员刚送来的。大林接过信封一看，信皮上印有南都大学四个红字，心怦怦跳起来。他拆开一看，录取通知书。他报的第三志愿被录取，南都大学哲学系。此时，他由心脏怦怦跳变成了浑身的热血沸腾，脸色涨得通红，双眼放射出喜不自禁的光芒。他正要把录取通知书往信封里装，宝山过来了，抢过去看了一眼，朝大林肩膀上猛砸一拳，成功了！他一边把那张通知书还给大林一边问国超，我的来了吗？国超摇摇头，没见！大林迅速从宝山脸上捕捉到一丝忧虑感，忙递话说：咱俩报的不是一个学校，通知书不会一起发的。宝山点点头，也是。然后，他一把拉着大林的手，走，去你家喝酒！他又朝国超一招手，你也去！先给大林祝贺祝贺！国超嘻嘻一笑，你说得大方，大林家有酒吗？这一说，大林怔住了，苦笑了一下说，还真没酒呢。宝山拽着大林的胳膊，走，去代销点，代销点有的是酒。他说着朝国超挤着眼，三人一同拐进大队部院里进了代销点。

到了代销点里，宝山替大林要了两瓶莲花白酒，可大林摸摸身上没有钱。那位代销员名字叫丹桂香，是大队治保主任胡玉才的弟媳妇，仗点行势，长得又有点样子，干这差事又有些优越感，常对顾客翻白眼。这时，她照例朝大林翻翻白眼，将两瓶酒拿回去又放在货柜上。大林尴尬地说，过两天就给你送钱过来。丹桂香又翻翻白眼，手朝墙上指了一下。他仨朝墙上望去，看见墙上贴着四指宽一个纸贴，纸贴上有四个字：概不欠账。宝山、国超都红着脸说，今天不喝了！

这天是公元 1978 年 2 月 28 日，农历戊午年正月二十二。

这天 6 点 38 分惊蛰。

我们的祖先是伟大的祖先，早在几千年前制定的农时二十四节，今天仍然是节令与气候十分吻合。今天惊蛰天象就与昨天不同，虽然没有春雷的响声，但天气明显转暖，一夜之间，杏花盛开，桃花含苞，蔷薇也在墙角争俏。天上莺歌燕舞，地上百虫蠕动……三山凹更是春意盎然。柳大林家院里院外站满了人，又像半年前等候着看新媳妇黄花琴那般热闹。

升高的暖阳把光芒洒在柳大林家东山墙上的时候，大林从堂屋出来了。他穿一件蓝色的薄棉袄，黑色的薄棉裤，因为这时候乍暖还寒。他肩上挎着那个他常常挎着的有点褪色泛了白的黄挎包，他微笑着，脸色从未有过的红润，真个是人逢喜事精神爽啊！宝山跟在他身后，拎着花格土布单子包着的行李，里边包的是被褥和一些衣物，也笑得合不拢嘴，好像是他自己要去上大学似的。来给大林送行的人一齐围了上来，有的给他塞煮熟的鸡蛋，有的给他递刚蒸熟的还冒着热气的白馒头，妮妮挤过来递给他一个白色搪瓷茶缸……大林边推辞着亲邻们递过来的礼物，边微笑着向大家点头致意，不停地说着谢谢大伯、大娘，谢谢二叔、二婶，谢谢妮妮、谢谢鹏哥……刚出院门，大队侯支书（白娃他爹）和大队会计金斗一起跑过来拦住了他。侯支书握住大林热烘烘的手说，孩子啊！你为咱三山凹人长脸了！你是咱三山凹出的第一个大学生，你去安心读书吧，你娘的事大队会安排好！大林刚要说谢还没出口，金斗又递过来一张酱黄色的五元人民币说，这是大队给你的学费。大林犹豫着接还是不接，侯支书拍拍他的手说，接住吧，孩子！你只用读好书，成了才，给咱三山凹人争光就行了。大林手里攥着那张酱黄色的五元人民币，双眼饱含着泪花，深情地向大家鞠一躬后说,大林会好好读书,掌握本领,报效家乡,报效国家!

大林上路了。乡亲们目送他走上通往黄龙镇的大路。宝山拎着他的行李跟在他的身后,大踏步地往黄龙镇方向走去。

大林!宝山突然喊了一声,他们和白娃三个人按当初"三结义"时约章从来都是直呼其名,不称兄道弟。大林扭回头看看宝山,你要说什么?

宝山嘻嘻一笑,去年夏天我沮丧地在这条路上寻找黄花琴,今天我高兴地在这条路上送你去上大学,真是年年岁岁花相似,岁岁年年人不同啊!

大林"哧"地从鼻孔里冒出一声笑。

真该笑!宝山大跨一步与大林走个并肩说,黄花琴正如她爹说的有眼无珠!她听到你上大学的消息肯定后悔莫及。

大林用手扒着宝山的肩膀,他俩经常这样互相扒着肩膀走路,不是象征也不是做作而是长期形成的一种亲密无间的自然习惯动作。他等前边一个路人擦肩过去后说,往日的伤痕需要淡忘,受伤的地方一定会长出新肉。现在我关心的是你的入学通知书什么时候能来!

管他的!宝山把脚下的一颗小石头一脚踢了一丈多远。通知来了我上学,通知不来我做活!只要你去上学就好!因为你读书肯定能读出名堂,我未必能读出名堂!

学校发通知书会有前有后的。大林用带点安慰的口吻说,体检过了,身体合格,应该是没问题的。

他俩正谈得开心,一个声音从后边传来,学生,学生,等等,等等!他们回头一望,黄花琴她爹。黄老七撵来干什么?宝山嘟哝一句,不理他,走吧!他扯了扯大林的袖子。大林没有听他的,还是等着。

黄老七撵到了跟前,气喘吁吁地看着大林说,学生,向你道喜,向你道喜啊!你学生真有本事啊!

不是我有本事,是党的政策给了我好机会!大伯,看把你累的!

黄老七还喘着气说,我眼没看错,早看出你会有出息!

可你闺女……宝山想说黄花琴,大林照他腰后捣一拳拦住他的话。

黄老七这时手伸棉袄口袋里掏出两张人民币,一张是绿色的两元,一张是蓝色的一元,塞到大林手里说,学生,大伯给你添点学费!

大林推让着,大伯,这个我不能要!

能要,能要! 你是大伯的救命恩人! 大伯没忘,你一定拿着。

我手头的钱已经够了! 大林仍推让着。

别推了,学生! 黄老七说,大伯一点心意,聊补一下。

大林还是不收。他掏出侯支书给的那张五元票亮着说,大伯,你看,大队给的,够用了,你的心意领了。我知道你也不宽余。

黄老七见大林执意不收,蔫蔫地扭头走了。

宝山扭头看看黄老七,估计这距离说什么话也听不见了,便对大林说,这老头,还好意思!

大林瞥了宝山一眼,别这样说,黄大伯还是纯朴的!

他们走到一道高冈上,可以看见四处田野里红旗招展,人欢马叫。到处是牛把式赶着黄牛拉犁或拉耙的吆喝声,一头头黄牛慢悠悠地踏着坚实的步子拉犁拉耙,还有正在春播摇耧的银铃铛铛声,好一幅人勤春早的图画。走到此处,也该分手了。宝山对大林说,我出个谜语你猜猜吧? 大林点点头。

二八月三路行兵
牛魔王前站先行
敬德单鞭救龙主
孙悟空大闹天宫
　　　　打一农具

大林不假思索地回答:播种子的耧。

宝山跷起大拇指说,从今天起你永远告别面朝黄土背朝天的生活了!

大林站住了,两眼郑重地看着宝山说:其实,面朝黄土背朝天挺好的! 我们靠的就是黄土地的养育。再说,我是农家的孩子,心永远都会连着农家,忘不了家乡。不会辜负三山凹这片土地!

宝山用手猛力拍下他的肩膀,站住说:来,握手!

宝山这段时间情绪不好。两道眉不像以前总是张扬着而是紧锁着,说话也不是大腔大调,而是少言寡语。他和大林一起复习,一起考试,一起体检,现在大林上大学走了二十多天,他的通知书还没来,情绪当然不会好。前天他给在县医院工作的表姐夫打了电话,问他体检到底有没有问题,表姐夫说又查了体检表,没任何问题,合格。他让表姐夫在县上打听打听有没有其他学校通知书还没到的。几天过去了,表姐夫也没回过来话。再就是从小到大这些年他与白娃、大林在一起玩惯了,现在白娃跑江湖去了,大林上大学去了,留他一个人在村子里。他有点孤单落寞的感觉。也不爱与人搭话,不往人堆里钻。这不,二月天了,草长莺飞,桃李芬芳,外边暖和和的,空气新鲜鲜的,一家人在院子里吃饭,他一个人端着碗闷在屋里吃。

你曹大哥来了!娘在院里喊了一声。

宝山探头一望,表姐夫推着那辆永久车进了院子。他搁下饭碗忙去院里迎接。表姐夫把自行车扎在院当中,缓步走向堂屋。表姐夫大高个子,白胖胖的,高鼻子厚嘴唇,走路气派派的。他也跟着表姐夫返回堂屋。一家人除了娘去灶房忙着给表姐夫擀面条,爹、哥、妮妮都进屋围着表姐夫说话。表姐夫不慌不忙,抽出一支烟在大拇指甲盖上碰了碰,然后打着打火机,燃着烟吸着,看样子不急于说话。宝山知道表姐夫是来给他送信的,但不知信息是好是坏,但从表姐夫脸上的表情可以判断出不会是好消息。表姐夫把那支烟抽得剩有一指那么长,才看着宝山开口说,我打听了,你是政审出问题了!

政审出问题?宝山眼瞪得溜溜圆,政审能出什么问题?咱家是中农,又不是地富反坏右五类分子!

表姐夫将烟头在鞋底上摁灭,很认真地问他道:几个月前,你是不是把一个女人圈到你屋里?

宝山眼睫毛扑闪扑闪,回答说,有这事,就是大林娶媳妇那天,黄花琴跑了,我……

别说啦!表姐夫摆摆手,别说啦!他又加重了语气,人家娶媳妇,又不是你娶媳妇,人家媳妇跑了关你鸟事?嗯?

俺是发小!

啥发小?表姐夫从椅子上"呼"地站了起来,指头捣着他说,啥发小?人家上大学去了,你落个啥?你知道不知道,一公布你考大学入围就有人把你举报到公社了!

日他娘,谁举报的?宝山眼瞪得如牛眼那么大,说话声音也似张飞那么吼,唾沫星子四处喷。

人家也没说太清,好像叫个什么黑毛的。表姐夫双手插进裤子口袋里在屋里来回走动着说,公社把你那年烧毁大礼堂的老账加在一起算,取消了你的入学资格,你不知道吧?

日他娘! 宝山如一头触怒了的公牛,满脸通红,脖子的几根青筋鼓了起来,一步蹦到院子里,抓住一把铁锨就往外跑,边跑边骂,日你娘,黑毛子,非砍死你们不可! 非砍死……他叫骂着已蹿出了大门。他爹他娘他哥都紧追着撵了出来。爹喊着,傻娃子,你要闹出人命啊! 娘喊着,傻娃子你别闹人命啊! 他们都喊但都撵不上宝山。还是宝庆力气大,追上去一把抓住宝山的衣领子,说,山,山,你冷静点,冷静点,砍死人要偿命的! 宝山胳膊甩着叫喊,偿命就偿命,砍死他一个够本,砍死他俩捡一个! 宝山这时谁的话也听不进,胳膊挣着喊叫,放开我! 你们都放开我! 表姐夫这时走过来呵斥道,张宝山你听着,我曹一宽今天来三山凹是戳祸的? 是叫你去砍人的? 我是吃饱撑得没事干了? 你还让不让我来三山凹? 曹一宽这番话把宝山镇住了。他不再喊叫,只呼哧呼哧地喘着粗气,耷拉下眼皮,似乎打消了主意,跟着表姐夫回院子里。到了院子里,他趁大家不备将表姐夫的自行车推出院外,一家人又慌忙撵出来喊着,哎,你往哪儿?你往哪儿? 他头也不回猛蹬着车子箭一般地飞跑了!

张宝山要去南都大学找柳大林商议报复黄新月老公的办法。南都大学就在南都市政府所在地的城市里。三山凹距南都市有近二百公里的路程。骑自行车需要十几小时,那就是半夜以后才能到。他见大林心切,到了县城就去找到表姐,还了自行车,向表姐借了五元钱,到县汽车站买了公共汽车票。到达南都市已是掌灯时分,这是他第一次到南都市。

城市就是城市,城市的夜与三山凹的夜完全不一样,城市的夜是热闹的,三山凹的夜是寂静的。城里到处亮着电灯,街边也有路灯,路灯下有卖甘蔗的,卖花生糖的,卖欢喜团的,有挎着篮子问他吃不吃烧饼的,吃不吃咸鸭蛋的。他又往前走了一段,还有卖羊肉汤的,绿豆丸子汤的。看到那些煮熟的牛肉红鲜鲜的,闻着那香喷喷的羊肉汤、绿豆丸子汤,他两腮的牙槽骨也酸疼酸疼。他进馆子里问了问,牛肉汤一元钱一碗,绿豆丸子一毛钱一个。牛肉汤他喝不起,他打算花五毛钱吃五个绿豆丸子,喝一碗汤充充饥。可他算了算账,如果吃五颗绿豆丸子花五毛钱,剩下的钱就不够买回程车票了。如果花两毛钱剩下的钱还够买返程车票,他决定吃两颗绿豆丸子。于是他走到那热气腾腾的绿豆丸子汤锅前,递上去两角钱,来两颗绿豆丸子!卖绿豆丸子汤的师傅瞥他一眼,两毛钱够碗汤吗?我烧的煤不是钱买的?他明白两毛钱是不卖给他的。宝山像受了极大的侮辱,扭头出了店门,不吃了。出了店门就决定往南都大学去。向路边的人一打听,南都大学离这里有十里,在荒郊一座山冈下边。

宝山跑到学校大门口时,已是晚上10点钟了。门卫室老头子往柳大林住的宿舍打了电话。过了一会儿,柳大林过来了,他趿拉着鞋,披着棉袄,里边穿着件红色秋衣,显然是已经睡觉慌慌张张起床跑过来的。他飞快地跑过来拥抱着宝山说,好想你,好想你了!拥抱了一阵,他对宝山说,走吧,去宿舍!他俩手拉手走在校园的区间道上,大林先问宝山怎么来的,又问宝山在哪里吃的晚饭,宝山嘿嘿一笑说,没吃晚饭,而且中午也没吃饭。这时候还没吃饭咋办?学校的食堂早关门了,校园外不远处的国营食堂晚上8点也都下班了。大林犯愁的时候正好曹师傅下班后去学校浴池洗澡回来碰上了他们,曹师傅一听说来了老乡还没吃饭,拐到食堂打开餐厅的门,让他俩坐下,而后进了操作间。不到两分钟,曹师傅出来了,一只手抓两个馒头夹一碟咸菜,一只手拎半瓶开水,小拇指钩一个茶缸,交代他们吃完后茶瓶茶缸就放餐桌上,关掉电灯锁好门。他说完就走了。餐厅里很空旷,没有别人,宝山也不客气,抓住白馒头就往嘴里塞,一大口咬下去半个馒头,两腮的牙槽骨都是生疼的。

大林看见宝山的吃相知道他确实饿透了,他笑着掂起来茶瓶往茶缸里倒满了开水推到宝山面前,又把咸菜碟子往他面前推了推,示意他配咸菜吃。宝山也不客气,用大拇指和食指捏着咸菜往嘴里填,他吃得非常香甜。因为他好久没有吃过白馒头了,就是过年也只是大年初一中午才能吃上一个白馒头。宝山吃着高兴地说,还是上大学好啊!这时,大林才顾上问他是不是收到了入学通知书,大林以为宝山是收到了入学通知书来给他报喜。宝山眼一翻,边嚼着馒头咸菜边呜呜啦啦地说,去球了!完蛋了!彻底完蛋了!大林问,为什么?宝山先把表姐夫说的话告诉大林,又说他要去砍黄新月老公黑毛被家人拦住的经过,最后他说,黄家闺女骗了你跑了,又给我整得上不了大学了,我们得想办法狠狠报复报复黄家出出气。他说着把还没吃完的一个馒头放下了。

大林低下头思索了一阵,他知道宝山脾气躁。既不能助长他,也不能批评他,必须软说,循循善诱。他叹了口气说,宝山,这两件事都是我连累了你啊!

宝山摆摆手说，现在你不讲连累不连累，只说咋收拾黑毛，我真想砍了他！他断了我一辈子的前程啊！大林又思考了一阵说，宝山，你听我一句话，你把黄新月关你家是为了我，我一辈子不会忘了你的好。可你想过没有，黄花琴跑了，你关黄新月当人质，限制黄新月人身自由，是违法的啊！再说，咱燃炮仗烧毁了公社礼堂也是真的吧？当时你把事全部揽你身上替我和白娃挡了祸，如果现在你去找黄新月老公闹事，把以前的底一旦兜出来，说不定还会把我退学的！

宝山摇摇头，不会有那种可能吧？

大林很认真地说，不能不这样想，因为这两宗事我都脱不了干系！也可能你认为我这样说是自私。

不能说你是自私。咱兄弟们，你好，我也好。宝山气消了不少，又拿起那个馒头咬了两口嚼着说，我不明干他，咱使个阴招！

阴招也不能使。大林继续劝他说，在背后捅别人刀子的，也会有人在背后捅他刀子，天有报应的。忍了吧，宝山，你就替我忍了吧，日后看。爷爷那时候讲过，跟仇人也不要斗，越斗仇越深，让他犯在别人手里，有人会替咱出气。

宝山把馒头吃完了。大林知道没事了，带他到校园里转。

转悠当中，大林又鼓励他说，不用悲观，明年还可以再考。

考中屌用！屁股上扎个这样的尾巴，再考公社还会再卡，我就修一辈子地球吧！宝山大呼小叫地说。

柳大林忙说宝山，小声点，小声点，同学们都睡觉了。

大林陪着他在操场上转……农历二月夜里气温还是很低，风还是凉飕飕的，大林穿得单薄觉得冷得难受，他估计宝山也会觉得很冷的，就对他说，宝山，夜凉了，咱上宿舍吧！夜里我们俩还睡在一个被窝里。我很怀念儿时的生活，怀念那时候我们常常钻在一个被窝里，一聊一个通宵，谈理想谈抱负，也谈羊脂球、杨贵妃，甚至还说张二家小姐发育了，王三家媳妇肚子大了……

宝山真的跟大林睡在一个被窝里，而且睡在一头。宝山见同学们都睡着了，小声给大林说：哎，妮妮去你家住吧，妮妮心细，会照顾人。老娘行动不便，妮妮过去照顾，你也可安心学习。

宝山还说，妮妮会做饭，吃着香。老娘一定爱吃。

大林想了想，猜出了他的意思，说了声：不太方便吧。

宝山偷笑了笑说，实话给你说吧，有一次我听见我爹娘商量，想托媒把妮妮说给你，干脆我做这个媒。

大林脸热了，多不好意思啊，妮妮和亲妹妹一样。

有什么不好意思的？宝山又诡谲地偷笑了一下，说，这才是真正的互相了解的。

大林若有所思地说，放假回去再说吧，还刚来学校。

宝山想想也是，说，好吧，今个儿我算破个题。

学校放暑假了。

大林把东西收拾好已经是下午 4 点多钟，他一手提着行李包，一手拎着个纸箱子，纸箱上有"白河桥香烟"字样。纸箱内也不知是装的什么杂物，挺重的。他紧赶慢赶买到了回丰和的车票。当他的胳膊从售票口收回来的时候，售票口的门板"叭"地关上了，停止售票。大林心里暗自庆幸，好幸运，差一秒钟就买不到票了。他心里很得意地又一手拎着行李包一手拎着长方形纸箱找排队的地方。他买的车票是下午 6 点钟发往丰和县的末班车。而且发往各县的末班车都是这个点。搭这趟车的每位旅客都是慌慌张张急急忙忙，脸色显得焦躁和不安。又是六月天，候车大厅里又闷又热，嘈杂的喧闹，熏人的怪味，不知是汗味臭味还是人肉味，让每个旅客都烦躁地咧着嘴。已超过发车时间十分钟，还没听到车站的喇叭广播发车，一个个都眼巴巴地透过窗户往车站内瞄着客车的动向。

就在这时，一个约莫有三十岁留着齐耳短发的妇女慌慌张张地从售票口方向跑过来，她面色苍白，神情恐慌，既像是有意让人听见又像是自言自语，去丰和的，有没有退票的？有没有退票的，去丰和的……她顺着队列来回走了两趟，不停地喃喃着，有的旅客不屑一顾，看也不看她，有的旅客用异样的目光看着她，意思是，做梦吧，排队的人谁退票？！短发女人觉得无望就往进站口去找检票的工作人员。此时，广播里响起女广播员似乎是感冒了似的嚷嚷声：去丰和的现在开始进站！去丰和的现在开始进站！旅客们往车站内鱼贯而入……大林快到进站口时，听见刚才那妇女给检票人在说，同志能不能特殊照顾一下，我家三岁的孩子高烧住院，我急需回家，我愿意到车上掏双倍的钱补票，好吧，同志？女检票员用手撕着票，看也不看她，厌烦地嚷着，去去去，不行不行不行……

大林听闻此景此情,顿生怜悯之心,把手伸过去说,大姐,我退票!短发妇女这时却用毫不相信的眼光看着大林,你退票?大林说,我退票!短发女人摇摇头,怎么也不相信。大林很认真地说,大姐,你回去照看孩子要紧!我是在南都上学,今天刚放假,明天回家也不迟。大林说着把票塞她手里。在没有希望时有了希望,而且希望成真,手中有了实实在在的车票,短发妇女感动地流着热泪连声说,谢谢弟弟,谢谢好弟弟……

别谢了,你赶快进站吧!短发妇女一边掏出两元钱往大林手里塞,一边问,弟弟是丰和哪里人?日后有机会登门感谢!大林接住她递来的钱,说,大姐快进站吧,别说谢话了!短发大姐噙着眼泪握住他的手,一直问他是哪里人叫什么名字,大林怕她站久了误车,只回了一句,三山凹的!弯下腰,又一手拎着行李包,一手拎着纸烟箱快步出了候车大厅……

上午,大林和宝山一起拉车往生产队田里送肥。队长王春宝瞧见了,说大林,你上大学了回来不用干农活了。大林说,我干干出点汗也好。春宝说,干也不给你记工分了,你户口转走了。大林笑笑说,我不要工分,只图不丢了庄稼活儿的功夫。春宝不说话走了。他俩继续拉粪。

送完最后一车粪已近中午。昨天大林与宝山有约,他从学校回来时,从图书馆借了几本书,有司汤达的《红与黑》,雨果的《巴黎圣母院》,还有古典名著《西厢记》,想今晚去村小学看看郝老师,顺便把这几本书送给郝老师看,也算有个回报。现在既然收工早,有点空余时间,他们就改变计划,中午前去。宝山回家换了衣服兴冲冲地往大林家走,快走到大林家门口时看见黄老七从大林家院子里出来,身后还跟着个美女,这美女身条高高,胸部翘翘,穿着一条黑蓝色裤子,短袖黄色上衣,皮肤也很白,皮肤不白的女人是架不住黄颜色的,看上去像黄花琴又比黄花琴更漂亮。哦,黄新月嘛!妈的,这女人半年没见变得更加好看,他的裤子不由得被一个硬东西顶了起来!顶归顶,那是兽性。立刻,他的理智又让他回到人性,瞬间,那硬东西又变软了。他心里骂道:你黄老七带着你骚闺女来骚什么?莫非……他不愿与黄家父女碰面,把头顶的草帽往下拉了拉,扭个身往大林家房子后面走去。他看黄老七带着黄新月走远了,又折回来进到大林家院子里。

大林正从堂屋拿着几本书出来,宝山开门见山地问,黄老七刚才来干什么?

大林若无其事地回答,请我晚上去他家吃饭。宝山问,你去吗?大林说,准备去!宝山说,不准去!大林笑了笑说,黄老头那次给的学费没收,去吃顿饭给个面子吧!宝山有点恼怒了,你看中黄新月了?大林嘿嘿笑笑,哪里话呀!

不管哪里话,你不准去!你去了咱俩不是朋友!大林又想了一下,说,好!不去就不去!

宝山立刻接住说,俺来时爹娘说请你晚上去俺家吃饭的。这是他脑子里临时编的,他想晚上先把大林耗住,不去黄家。大林挠挠头,说,这样吧,咱中午也不去郝老师那儿了,今晚谁家也不去了,干脆请郝老师、鹏哥、国超,包括妮妮和你都来我家吃顿便饭,表达表达我的心情。太好了!宝山高兴得几乎要蹦起来。因为大林真答应去他家吃晚饭,他还得给爹娘商量的。接着,他俩商量了分工,下午由妮妮来打扫卫生,晚上操厨。宝山负责采购酒菜,大林只管去请郝老师、国超和鹏哥几个人。

宝山拐回到家里,娘在厨房做饭,妮妮坐在院子里的大椿树下纳鞋底子。大椿树上的知了叫得正欢,知了是天越热它越叫。六月大热天,热得人心慌,可它叫得让人格外心慌,可人高兴时听它叫比听音乐还快乐。此时,宝山就有这种快乐的感觉。他挤着眼朝妮妮摆着手,示意妮妮上屋。诡诈啥呢?妮妮不情愿地将正纳鞋底子的线缠到鞋底上拿在手里进了屋。

诡诈啥哩?妮妮眼翻着他。

你……宝山捂住嘴"咯咯"笑。

快说!妮妮剜他一眼。

你想……宝山又捂住嘴"咯咯"笑。

我没想什么。妮妮又剜他一眼,你说不说,不说我走了。

你想不想……宝山还捂住嘴"咯咯"笑,我,我说不出口!

说不出口就不说!妮妮扭头要走,一只脚已跨出门槛,宝山一把拉住她,我给你说!给你说!他将妮妮拉进她住的房间,嘴巴贴在她耳朵上小声说:你想不想嫁个干部当老婆?

妮妮用鞋底子在他屁股上拍了一下,我才不嫁干部哩,干部们都是坏货!

宝山知道妮妮也恨队长王春宝前些时欺负他家,赶忙解释,说,不是小队干部……

大队干部也不嫁!妮妮眼睒睒他,扭头要走。

宝山又一把拉住她嬉皮笑脸地说,国家干部你嫁不嫁?

啥干部也不嫁!妮妮用手拧住哥哥的耳朵说,叫你来取笑我哩!我乡间个丫头,还能土地奶奶嫁给老天爷?!

兴许。宝山收住笑,一本正经地说道,大林你嫁不嫁?

妮妮压根儿没想到哥哥的话转到这儿,顿了一下说,也不嫁。

宝山不知妮妮的话是真是假,哼了一声说,我告诉你吧,有一天晚上我听见咱爹娘也有这个意思啊!

妮妮收住了笑,正经说,他是个学生,你咋能扯到国家干部?

这你就不懂了!宝山装成个大萝卜摆谱了,撇着嘴说,大学毕业一分配工作就成国家干部喽!

妮妮眼扑闪扑闪,手捋着提溜在胸前的长头发辫子,嘴努着说,大林哥现在怕是心气高了。

宝山听出了妹妹的弦外之音,在妮妮面前打个响指,下边你听哥哥的就是喽!正巧,娘这时喊吃中饭,他就笑着出去了。

夏天的下午六七点钟太阳还是高高的。国超、郝老师、鹏哥都早早来到大林家,围坐在院子的水泥桌旁,虽然是暑天,太阳放射出强烈的光芒,有院子里的几棵榆树槐树挡着,还算阴凉。大林从屋里拿出从学校里带回来的那几本书递给郝老师,郝老师先拣了一本泰戈尔的《飞鸟集》,国超、鹏哥也各自拣了一本拿在手里翻着,什么《红与黑》《西厢记》他们根本看不懂,不过是跟着装斯文。

妮妮在灶房里主厨,宝山跑茶水。他不停地叮嘱妮妮,用点心,露一手。妮妮不理他。不大一会儿,妮妮端出两个凉盘,一个十香菜拌黄瓜,一个苋菜拌粉条。她把菜盘往水泥桌上一搁说,你们开始吧!

大林把各位手中的书收起来,要大家准备"开操"。宝山去灶房里拿来筷子和酒盅摆在各位面前,由于是在院子里也不分上下座。大林抓过一瓶放在旁边的庆丰牌白酒,用牙咬开瓶盖,将那琼浆玉液咕嘟嘟倒进一个能盛四两酒的白色小瓷壶里。他先从郝老师面前往酒盅里依次斟酒。这时,郝老师给鹏哥递了个眼色,两人一起进屋将大林娘扶出来也坐在水泥桌前。大林娘看着他们笑着喊着狗娃,猫娃。待大家坐稳后,大林举起酒杯说,今晚请郝老师和几个弟兄来小酌几杯,就是感谢大家给我的帮助,给母亲的照顾,这第一杯就先敬我们的郝老师,没有郝老师的辅导指点我大林不会考上大学。大家听了一齐说好。郝老师却腼腆地笑着,连连摆手,内因是决定的因素,是大林自身优秀!大家一齐说是。然后,郝老师的目光又转向大林娘说,功劳最大的是你娘,是娘的养育,我看第一杯酒该先敬老娘。大林忙拦住说,娘的病不敢喝酒。郝老师目光又转向鹏哥,怎么样?没事吧?宝山抢上去说,没事,酒是活血化瘀的!大家的目光又一齐聚向鹏哥。鹏哥迟疑了一下,他觉得不能败大家的兴,便说,喝一两盅也没事。于是,这第一盅酒就敬给了大林娘。大林娘过去有点酒量,喝了第一盅,就又笑着喊他们狗娃,猫娃。过去,他们听着大林娘这样喊时觉得她病得那么可怜,有点心酸。此时,听着大林娘喊他们狗娃猫娃时觉得多么搞笑。于是又逗着她喝了第二盅。大林向大家摆摆手,不敢让娘喝了。他担心娘坐这儿大家还闹酒,就扶娘又回屋去。

当大林又来到院子里坐在水泥桌前时,妮妮端来了一盘炒芹菜,一盘蒸水蛋。

郝老师站起来拉住妮妮的手,来,喝一杯!

妮妮的手从来没有挨过男人的手。也许是郝老师摸粉笔的手从来没有摸过锄把子,也没有茧子,像丝绸一般地柔软,她挨住郝老师的手就像触电了似的两手酥软,脸涨得通红,忸怩着说,不会喝!我不会喝酒!

宝山眼睐睐她,郝老师的酒还能不喝?喝!

妮妮接过酒盅,下巴颏一仰,咕嗞喝了,辣得冒出了眼汗,一扭身又往灶房里去了。宝山接着跟进灶房,小声对妮妮说,今晚你要多喝几杯,要特别给大林多敬几杯。妮妮瞥他一眼,晕了你扶我回家?宝山嘴巴贴到妮妮耳朵上小声说,听哥的没错。妮妮没再理他,将切过的西红柿和豆腐扔进热锅里,锅里立即爆发出"嗞啦啦"的响声,冒着热气。宝山指着说,只见番茄炒鸡蛋,没见过番茄炒豆腐。妮妮用锅铲在锅里翻来翻去,顾不上理他。宝山前脚出来,妮妮后边端着一盘番茄炒豆腐往桌上一搁,说:红装素裹!

郝老师瞄妮妮一眼,说,噫,还用毛主席诗词冠名啊!

妮妮怕又拉她喝酒,抿嘴笑着走了。过了一会儿,她又端出来一盘南瓜花炒鸡蛋黄。这道菜炒的技术也是蛮高的。南瓜花虽是过锅炒了,却还是黄格峥峥的。她把盘子往桌子一放说,战地黄花分外香。

大林用诧异的目光看着妮妮,没想到面前这个只读了五年小学的乡妹子今天嘴里竟能冒出这么"高精尖"的菜名,不由得心生一句:村姑令小生刮目相看。

他晃晃手中的酒壶说,得奖励三杯! 一是大热天为我们做菜,辛苦! 二是做的菜这么可口! 三呢,几道菜还赋予了文化内涵。你先喝三盅,壶里剩余的我全喝!

大家听了齐鼓掌喝彩。

妮妮看看宝山说,你快给大林哥哥讲情,我不胜酒力!

宝山又是挤弄着眼,喝吧,大林哥哥奖几盅你喝几盅!

妮妮不好推辞,连喝三盅。后边,郝老师也上来给妮妮敬酒三盅,加上前边喝了十几盅已很难受。她出生以来除端午节耳朵鼻孔抹过雄黄酒外是没沾过酒的。顿时,晕得天旋地转,站立不稳。宝山忙扶她到大林娘床上去睡。后来,他们几个又闹腾了一阵,把大林也灌个晕晕乎乎的,大林也送不了他们,闩上门躺床上睡了。

…… ……

生产队上工的钟声把妮妮震醒了,妮妮睁开双眼,咦,床那头睡的不是自己的娘,是大林的娘。唏,这才怪了! 她又看看自身,自己昨天穿的衣服就没脱……她这才明白昨晚喝高睡到这里了,她无声地笑了。既然夜里住在这儿了,早晨就得给大林娘和大林哥做早饭,她起来趿拉上鞋走到了大林娘睡的床头,轻轻拍着大林娘的肩膀,轻轻地喊着,娘,娘,你早上想吃什么饭? 一连喊了三遍,大林娘没有一点反应。她知道大林娘的病,立刻警觉起来,趴在大林娘的脸上,只见她闭住眼,大张着嘴巴,似乎没有神志没有知觉。她浑身的汗毛竖了起来,两手抱住大林娘的头喊,娘,醒醒,醒醒……

大林娘不睁眼睛,妮妮明白了老太太病情的严重,忙跑到堂屋,她知道大林就住在堂屋的西间。里屋没有门,只挂着半截蓝布帘子。她没有掀开帘子,只站在屋门口失声地喊道,大林哥,快,快,娘犯病了! 娘犯病了! 正在酣睡的大林一骨碌爬起来,他也是昨晚喝高了,和衣而睡。他来到堂屋正间,也没看妮妮一眼,也没顾上想妮妮咋这么早就在这里,便直奔娘的房间,一看娘的状态就明白娘是旧病复发,拔腿就往外跑,到院里发现大门闩住,才明白妮妮昨晚睡在娘的床上没走。他也没顾多想,直奔鹏哥家,喊来鹏哥。鹏哥还是像上一次一样,听听娘的心脏,量量娘的血压,拽拽娘的胳膊,用手指甲狠狠刺刺娘的腿,让她张大嘴巴"啊啊",可娘不会啊! 娘连"啊"也不会"啊"了。大林惊慌得五官聚拢在一起，眼巴巴地望着鹏哥，想听鹏哥说句话。鹏哥毫不犹豫地说，抓紧安排送县医院！大林问，还送公社卫生院不行吗？鹏哥摇摇头，公社卫生院怕是治不好，这次比上次严重得多！怎么一夜之间又成这样了呢？大林说着又想哭。鹏哥说，脑血栓这种病容易反弹，再个可能与昨晚喝两盅酒有关……

　　杨彩云头上冒出一层汗，两只手攥着一把棕榈扇子蹲在煤火炉前呼哧呼哧地扇风。不知是因为天气炎热还是扇风急的，她头上的汗珠扑嗒扑嗒往下滴。娃娃在一旁还闹着肚子饿，怎能不急呢？唉，这煤球啥质量啊！光红不起火苗。锅里的水只刺啦啦响却不会翻尖子滚，下不成面条。她急了，捡起那根半米长豌豆粒粗的铁透火棍，朝煤球的蜂眼里捅了捅，便继续蹲下鼓着劲往煤火炉里扇风。她正扇得起劲，进来个人，抬头一看，是宝山。宝山没等表姐说话，便蹲下身子夺过表姐手中的扇子扇起来。到底男人力气大，扇得火苗蹿了起来，一会儿锅里的水扑腾腾开了。

　　可以下面条了，宝山更加使劲地扇着扇子，趁机给表姐说，村里有个大娘患了脑血栓，前段治好了，昨晚又犯病了，很严重。杨彩云边用筷子搅着锅里的面条边说，赶快送急诊上嘛！宝山说，急诊上看过了，说得住院，但又说没床位。锅里的水翻尖子滚，一层泡沫溢了上来，杨彩云舀了一勺凉水压上，嘟囔着说，你表姐夫又外出了，你们咋恁爱多管闲事哩。宝山这个时候不管表姐高兴不高兴情愿不情愿也得张这个口，便说，表姐，这病人是我发小的母亲，不得不管。杨彩云边往孩子嘴里喂着面条边嘟哝着，你发小多了。她说这话的时候脸还是阴沉着。宝山看见她的脸只当没看见，硬着头皮往下说，这个发小是我最要好的发小，他在南都上大学，他是个……杨彩云听到他末尾这句话神经立刻敏感起来，想起了前几天在南都公共汽车站遇到的一个学生让票的事情，眉一扬，问，你们三山凹有几个在南都上大学的？

　　就他一个。

　　有几个在南都上高中？上中专的？

　　没有，一个也没有。话说到这儿，她立刻停住了给孩子喂面条，站了起来。表姐是在县科委当档案员，前几天在市科委培训，孩子刚满两周岁，不需要带上哺乳了，丢在家里又不适应，男人横竖不是带孩子的料，老公曹一宽带不好他，到了夜里更不行，男人哄不睡孩子，孩子几夜不睡哭闹，于是就引起了高烧。孩子烧了需打针吃药，男人更哄不了孩子，就往市科委打电话找到她，她一听当然急，可到车站买不到票，她更急，是三山凹的一位学生让了票救了她的急，当天晚上回到家就哄孩子打了针，睡了个好觉，第二天孩子的病就轻了……听宝山说来了南都的大学生，该去认认是不是。于是，她搁下喂孩子的饭碗，嘴朝宝山一挑，走!

杨彩云住的是宿舍楼二楼。这是丰和县医院唯一的一栋两层宿舍楼。其他全是1958年用红色机制瓦建的平房。因老公是医院的医药采购员，她虽不是医院的双职工，照顾分得单间宿舍房。他们从二楼下到一楼，从后院走到前院，穿过内科、外科、五官科、传染科的病房区，别说室内，就是室外的走廊过道都躺满了病号，连院内的两棵银杏树下也有用麦秸织成的席子上躺着的病号。她给宝山指着这情景说，你看看，你看看，哪儿有床位？宝山笑着不吭声。到了急诊室门口时，宝山看着满脸惆怅埋着头蹲在地上的大林喊了一句，大林，表姐来了!

表姐？大林抬头一看，怔了一下，噫，这不是那天在南都汽车站急头抓脑找退票的短发大姐吗？他站起身向表姐微笑致意。同时，杨彩云也认出了大林，是他!就是他!就是他把车票让给了我。没想到恩人就在面前。她二话没说，抓住大林的胳膊，走，先去家吃面条。那时候请客人吃面条就是高待遇。

大林忸怩着说，不，不用。他万没想到那天碰到的就是宝山的表姐。

杨彩云不依，硬要拉大林去家吃面条。大林这时反倒不好意思地望着宝山。宝山明白什么是当务之急，便对表姐说，表姐，你那锅太小，俺几个人也不够吃，眼前要紧的是想办法让大娘住院治病。杨彩云停住拉大林胳膊，进入急诊室与医生咕哝几句出来走了，半小时后她又风一般地过来喊上大林和宝山跟她去住院部办了手续，然后又领他们到内科病房护办室。到了护办室门口，他们在门外等候。几分钟后表姐出来了，高兴地对他们说，好了，护士长答应办个加床。

曹一宽跑了一趟云南，坐了两天两夜的火车，一脸倦容，眼皮还是浮肿的。但还对老婆说要要。

杨彩云说，等孩子睡了。

杨彩云把老公的胳膊从头下抽出来，把自己细皮嫩肉的胳膊伸进他的颈下,说,明天中午请那学生来家吃顿便饭吧?

曹一宽眨眨眼,有那必要吗?

杨彩云说,那学生让票会让我记一辈子的,那一刻我感激得就想跪下。

曹一宽又眨眨眼说,你把他娘安排到病房,找最好的医生给他娘治病,人情也算还够了。

杨彩云从他颈下抽出胳膊坐了起来,她发现没穿胸罩,忙抓起毛巾裹住自己的身子,反驳道,还人情不能用戥子等,人情无价啊!为什么有滴水之恩涌泉相报一说呢?非常时给人一粒米胜过平常给人一斗米。

有蚊子飞进来了,嗡嗡得让人心慌。曹一宽光着身子钻出蚊帐,拿着蚊子拍转着撵蚊子,直到把那几只蚊子拍死才又钻进蚊帐内,说了声,好吧!

明天正好是星期日,彩凤也不上班,让她过来帮厨。杨彩云说这话的时候,老公已发出"呼噜呼噜"的鼾声。

第二天上午11点多的时候,杨彩云带着妹妹杨彩凤来到了5号病房。这时候,柳大林正在帮助护士换输液瓶,等护士换完了瓶,大林才看见杨彩云站在门口,忙笑着喊了一声,表姐!杨彩云没有应声,她把妹妹往前推了推说,这是我妹妹彩凤!

啊!好!好!大林看着彩凤虽嘴上连声说"好"心里却不知说什么好。他瞟了她一眼,都是齐耳的短发,黝黑的皮肤,圆圆的脸,浓密的眉毛,大鼻子大眼,厚厚的嘴唇,只是妹妹好像比姐姐高了两厘米,有一米六的样子。大林招呼她们,坐,她们没坐。一间十五平方米的病房,放了三张病床,根本没有坐的地方。杨彩云对大林说,中午请表弟到家吃面条。大林连忙说,不用了,这些天给表姐添麻烦了。杨彩云说,没麻烦!你曹哥已在家造厨了。大林还是摆着手说,该我请表姐、表姐夫吃饭才是,等我有条件了……没等他说完,杨彩云就过来拉住他的胳膊。大林不知所措,挣着说,我还得照看娘输液!

娘有彩凤照看,彩凤今天正好不上班!杨彩云连说带拉把他拉上了楼。

曹一宽做了四个菜,一个凉拌荆芥。这是南都一带夏季必有的一道下酒菜。南都的荆芥特别好吃,清淡爽口败火解毒。也许是南北过渡带地理气候的原因,全国各地的荆芥都没有这里的好吃,客人在夏天见到荆芥这个菜必是分外喜欢,外地人夏天到南都吃了荆芥会久久不忘。南都人吹捧某个人干过什么大事,或是见过什么大世面,一句口头禅就是:吃过大盘荆芥!还有一个松花蛋,松花蛋切八瓣,放在一个孩子吃饭用的小铝碗内,里边加了酱油、香醋和姜汁。一盘五花肉炒长豆角,一盘香葱炒鸡蛋。柳大林看着这些,可以说是垂涎欲滴,他还没见过这么丰盛的菜肴,尤其是那松花蛋,他见过没吃过。他腮帮骨又开始发酸,但他不肯动筷子,文质彬彬地坐那儿。

会喝酒吗?来点酒吧?坐在对面的曹一宽问,显然是客气话。

柳大林受宠若惊地摆着手说,不,不会喝。

杨彩云蹲在煤火炉旁边,正在吃力地用棕榈扇子扇风,脸朝这边扭着说,会喝就喝点呗!二十大几的小伙子能不会喝酒?

曹一宽看着老婆说,大林正上学的,不喝酒也就算了。他将衬衣袖子往上一捋,掂起筷子夹了一块松花蛋填进嘴里。

大林还是文质彬彬地坐着,没动筷子。等曹一宽咽了那块松花蛋后,他奉承地说,一看表姐夫就是个爽快能干的人!他觉得表姐两口给娘治病操了不少心,没什么回报的,只有说几句奉承话,营养营养他的耳朵。能干什么呀!曹一宽摇摇头,孔圣人讲三十而立,你曹大哥今年三十二了,采购员一个!柳大林不以为然地说,孔先生讲的三十而立,是立身、立业、立家,不是立官。你看你,铁饭碗有了吧?有了表姐这么个贤妻和聪明可爱的宝宝,立住家了吧?曹大哥你虽是个表姐夫,也算是俺三山凹一带有名望的人,三山凹人三亲六眷唯有表姐、表姐夫是吃皇粮的人。

曹一宽哈哈一笑,说到底,采购员一个!

采购员不可小看。大林接着说,采购员是生产方与需求方之间的友好使者,采购就是一门公关学,掌握正确信息,了解对方的心理,摸得住对方脾气,读得懂对方表情,口头言语打得动对方心灵……有了这把刷子,走遍天下啥都不愁。

曹一宽越听越高兴,大拇指一跷,表弟真行!将来必是当官的料!

柳大林摇摇头,表弟这辈子当不了官,只能是个教书匠。他这时才少了拘束感,动筷子夹了一块很想吃的松花蛋。松花蛋很光滑,他用筷子夹不住,刚夹住还没送进口却又掉到了地上。他尴尬地红了脸,不知怎么好,后来还是用手捡起来,到水池旁拧开水管冲了冲吃了。

曹一宽心里没有讥笑他。他知道大林紧张,夹松花蛋时手在抖着。待大林坐定后,曹一宽接着说:我看出来了,表弟你将来肯定是当官的料!

大林也激动了,脸涨得通红地说,如果我柳大林真当官了,肯定第一个先提拔表姐夫!

他压根儿没想到自己以后会当官,只是一句戏言。没想到表姐夫当了真,"霍"地站了起来,扭身去打开橱柜,摸出一瓶宝丰大曲。这是时下最好的酒。大林忙过去拦,曹大哥,我真不会喝酒。曹一宽不管他会喝不会喝,用牙"咔嚓"咬掉瓶盖子,拿出酒杯斟上酒。大林坚持不喝酒,基本是曹一宽一个人喝。他喝着,云天雾地地侃着,侃他当年如何缠住大队支书招工到县医院,侃他如何遇上杨彩云把杨彩云追到了手。杨彩云嘴一努说,别卖你那厚脸皮了吧!曹一宽只管继续侃,侃他外出采购买不到火车票如何溜票,见了厂家要货厂长不吐口,他为巴结献殷勤曾给一位厂长倒过尿壶,比他大三五岁的厂长,他都对人家喊伯叫叔……杨彩云趁他瞎侃之际,悄悄溜下楼去到后院病房把妹妹彩凤换了上来。他侃足侃够了,酒也喝晕了,朝坐在煤火炉旁边装茶的彩凤喊道,老婆来喝一杯!他说着歪着身趔趄着端着一杯酒要往彩凤嘴里灌。彩凤脸羞得像一块红布,但姐夫毕竟是喝高了,她也不计较,为打破尴尬的气氛,她扭头"咯"一笑,说,姐夫喝眼花了,不认人了!曹一宽这才发现不是老婆是小姨子,自嘲地笑了一下说,真是喝高了!然后又喊道,彩凤过来,陪客人喝一杯!

彩凤说,姐夫还不知道?我不会喝酒!

不会喝酒会倒酒,来给客人倒杯酒!不会喝也不会倒?彩凤"哧哧"笑着下楼去,又来到病房。姐一见她说,你下来干吗?她凑到姐姐身边,嘴巴贴着姐的耳朵说,姐夫喝高了!说话跑调了!

你姐夫是个没出息的货!姐说着拉彩凤到病房门外问道,你感觉三山凹这娃咋样?彩凤眼一瞪,没啥感觉,也是一个鼻子俩眼。姐见她不解意,又问,你对他印象如何?印象他不喝酒。姐不知她是装糊涂还是心眼被胶糊住了,便吩咐她道,你打盆热水给老太太擦个澡,我上楼去。

大林见曹一宽喝高了胡言乱语,正不知如何办好,见杨彩云进来了,面条也不吃了,便起身告辞。他回到病房,看见杨彩凤正拿着毛巾轻柔地给娘擦着身子,不知该拦不该拦,想上前去夺过彩凤手中的毛巾又羞于动手,手足无措地站那里说,不行,这可不行。杨彩凤羞羞地笑着说,给老人擦个澡有什么不行?你放心,我不会擦坏老人家!那……我来!大林想上去夺杨彩凤手中的毛巾,还是不好意思伸手去夺……

夏夜。月朗星稀。

白娃一年之后又回三山凹村里。他拐走黄花琴后，爹说他伤天害理，不准他进家门。他带着黄花琴过流浪生活，钉过鞋，修过自行车，卖过老鼠药。他在村边徘徊了许久。因为虽已到了末伏大暑，乡间依然闷热，瓜棚豆架，桑榆树下，人们手摇着大蒲扇，男人们抽着旱烟，女人们做些针线，唠着嗑，闲呱嗒，有谈前朝古事，有说当今世态，有聊乡村趣事，有说柴米油盐酱醋茶，冲淡着秋老虎给人的烦躁。白娃待夜静了，进了村。他凭着熟悉的记忆，永远也磨灭不掉的记忆，不用想，不用问，径直走到宝山家大门口，用食指和中指弯弓着轻轻地叩着宝山家的大门。

宝山娘开了门，她看见了，是白娃，她没有惊讶，也没有恐慌，她知道他是找宝山的，走到那棵大椿树下，狠劲推了推睡熟的宝山，等宝山揉了揉惺忪的眼睛，看见了白娃她才进屋去。

你……你咋……这时候？

嗯。

宝山睡的是一张小揽子床。白娃坐床沿也硌屁股，很不舒服。

咋回来的？

地蹦！①

没骑车子？宝山坐了起来，打着哈欠。

没……骑。白娃结巴着说，就是为车子的事回来找你！

咋啦？

市管会给没收了（当时的市管会相当于今天的税务局和城管执法队，但比当今的税务、城管更厉害）。白娃叹了口气，从湖北贩鸡……

你不卖老鼠药了？宝山疑惑地问。

白娃苦笑着说，早不卖了，指望卖那药养不了家糊不了口。所以，我去湖北贩鸡，从湖北买到河南卖，一只鸡能赚一块钱！跑到钟祥枣阳一带打一个来回三四天，自行车后座挂两个铁笼能装三四十只鸡，一趟下来，就是三四十元，相当于个国家二十四级行政干部一个月工资。

----

① 地蹦，方言，步行。

不错呀,挺可观的!宝山产生了兴趣。

白娃叹口气说,就是前天被市管会的人逮住了,不但没收了鸡,还没收了那把车子。白娃两手一摊说,不管他们说我是投机倒把,还说是黑市交易、鸡贩子啥都能接受,可没那把车子不行,没收了那把车子等于摘了我的魂!再说,你也许不知道,当初黄花琴也是冲着那把车子跟我跑的,如今……

宝山没等他说完,拦住说,你啥事干不了,当时咋能把黄花琴拐跑,朋友妻不可欺,你……唉!

白娃不好意思地摇摇头说,男人见到美女多犯傻,我看一本杂志上说,漂亮女人能让男人丧失理智和思考能力,女人美貌会使男人的大脑瞬间失去是非观念!为啥争夺美女杀人犯罪的都有,就是这……当时那情形,遇你,也许你也会……不谈,不谈,今晚暂不谈这个,就说车子!

车子?我有啥办法?宝山不悦。

市管会那个人,我打听了,姓曹!白娃顿了一下说,他与咱表姐夫曹大哥是一个村的,也是发小,一起招工出来,一个分到县医院,一个分到市管会,只用曹大哥给他发小说一句话。几只鸡收了就收了,车子给我就行。

宝山一时沉默不语,耳边又响起表姐前些天"你咋恁爱管闲事"的责备声,不好意思再去找表姐夫。真不好意思!中国人啊,脸主贵!谁也不想看谁的黑脸。宝山也摇摇头,没办法,就像儿女对父母报不完的恩,父母对儿女牵挂不断的心,老公对老婆缺少不了的爱,朋友对朋友断不了的情,他心一横,不管白娃他当初拐不拐黄花琴,失没失了人格,伤没伤了大林,他这时有难这时就得帮,手一拍床帮,好吧!先睡一觉,明天去找曹大哥!白娃也就脱了鞋子,同宝山挤在小揽子床上睡了。还是同过去一样,你闻着我的臭脚我闻着你的臭脚香甜入梦。

鸡又叫了。两人趁天不亮往县城赶,不巧的是曹大哥去哈尔滨采购药材去了。白娃又枯皱上了脸,宝山安慰他道,别愁,表姐夫去不了几天就会回来的,无非是再跑一趟。只要见到表姐夫,车子肯定能要回来。白娃脸上的愁云消了。

宝山朝白娃手一挥,折回。

这天吃晚饭的时候,曹一宽约大林出去透透风。曹一宽领着他走出病房区，走出医院大门，又往西走，走到小河边，在一棵大柳树下找到一片干净的地方席地而坐。这阵晚风习习，很是惬意。柳大林深深地呼了一口气，又吐了一口气，有一种轻松感。曹一宽先是问他在大学里生活怎么样，有什么感受。聊了一会儿就问他，订婚没有？大林说，没有。曹一宽便提出把彩云妹妹彩凤介绍给他。

大林皱了皱眉，说，有人给介绍过一个，不过，不是正式介绍。

城里？还是乡里？

乡里的，你也认识。

谁？

妮妮！

曹一宽哈哈一笑，妮妮算个啥？妮妮没文化……只上了五年小学。

大林瞟他一眼心里说，妮妮可有文化，毛主席诗词会背好多！

曹一宽又打着手势说，彩凤初中毕业，共青团员，在县纺织厂，三年学徒已满，定了级，月工资三十六块五。妮妮呢，只会挣工分，一天的工分值毛把钱，不成比例！妮妮只不过比彩凤个子稍高点，脸蛋水灵些……

大林脑海里又浮现出妮妮两个及腰的长辫，走起路来两条辫子在屁股上跳跃的风情样子。

曹一宽又说，男人找女人，不能只看脸蛋，脸蛋只管看不管吃，女人长再好，总有人老珠黄那一天，保养再好，临老也逃脱不掉一把枯皱皮。男人找女人不能靠你养着她，她得能替你分担养家糊口，像你现在的情况，上学得花钱吧，你娘天天吃药得花钱吧，你娘这辈子就成药袋子了！如果你娶彩凤，她现在就能给你娘支付药费住院费，供你学费更是自然的事。你别认为说钱一股铜臭气，其实，越穷越需要钱！

最后一句话触及了大林内心深处，他点了点头。

曹一宽看见大林点头，更有信心往下说，彩凤是国营企业全民工，卡片粮，你俩若结了婚是双职工，彩凤将来生个孩子也是城市户口吃卡片粮，孩子再生孩子一代一代传下去都是城市户口卡片粮了，与农村绝缘了。你若找了妮妮呢，尽管你毕业了是国家干部，可她是农村户口，生了娃还是农村户口，世世代代是农村户口！靠种地吃粮，谈对象也得会算账啊！

大林听得木然了。

曹一宽知道他心里在斗争,又问了,妮妮,谁介绍的?

大林嗫嚅着说,宝山。

曹一宽又哈哈一笑,宝山说话管屁用,他当不了妮妮的家,更当不了他爹娘的家。不是我夸海口,我还可以当他们大半个家！你说,咋办?

大林顿了一下,没有说话。他回想娘在医院里,表姐表姐夫给娘用最好的药,而且是一般病人用不上的药。还有,他囊中羞涩,娘的药费都是表姐夫给药房打招呼挂账。还有,表姐夫去东北出差,专门给娘买了东北野人参,让表姐炖鸡汤给娘补身子……这一切都使他不好直言拒绝。他便含糊其词地说,那曹大哥也当大林大半个家。

家里,彩云与彩凤正在说笑,见老公回来了忙问,啥情况?

没拒绝。曹一宽说着掂起茶缸喝水,咕咚咕咚喝了两口后,缸子一放问彩凤,你姐给你说了吧?咋样?

彩凤嘴一撇,说,他家穷死了！(与当初黄花琴的话一字不差)

你咋能知道他家穷啊！曹一宽说,你这就是“文化大革命”中批判的“先验论”。彩凤嘴一噘,白姐夫一眼说:你没看见,他穿的裤子都是偏开口。那年代按正常,男人穿裤子是正开口,女人穿裤子是偏开口。因为正开口,只能靠前边穿,臀部位置易磨烂。偏开口,前后两面可替换着穿不易磨烂,能多穿几年,所以,穷困家男人也穿偏开口裤子。彩凤一句话噎得曹一宽无话可说。他喝了几口水脑子转了转弯,将茶缸往桌上一搁说,男人不怕穷,就怕没有志。三山凹这孩儿,人穷志不短,肚子里有货！不像我一肚子酒精！

彩凤嘴一撇,你说的,都是看不见的。(与黄花琴当初的话也相近)

你说对了,女孩子找对象,要看男方的无形价值,越是无形的价值越无法估量。换句话说,看潜力！曹一宽掂着茶杯在屋里来回走动着说,我和你姐详细观察分析,觉得大林这娃有才,将来前途无量,也谋划了好多天,你姐夫可是为你用心良苦啊！这次去东北专门跑遍各地为他娘买了个野人参……懂吧?你们接触接触……

后来的几天晚上,杨彩云给大林娘送老母鸡炖人参汤,也总等彩凤下了班跟上一起去。也真神,大林娘喝了人参母鸡汤,大大地精神了！眼神也不呆滞了,活泛有光了,面色也不萎黄,变红润了,不但会说话而且说话也不迟钝舌头变灵活了,两条腿也不打软变硬了,不但能在室内活动,不要人扶也能走到院子里去转悠,似乎有几根头发也是这几天变黑的……大林心里自然轻松舒坦,内心深处十分感激曹一宽夫妇。

娘的病也好了,学校也快开学了,与舅家也联系好了,娘出院送舅家去住。

娘临出院的前一天晚上,大林要去曹一宽家,算是去商议娘出院的事情,也算是道别。上楼的时候,他有些踌躇,妮妮还是彩凤是绕不开的话题。高考复习期间,妮妮替他侍候娘的细节历历在目,妮妮抿嘴一笑的可爱笑容,两条辫子在屁股上摆动着的风情在脑海里挥之不去。从小到大,青梅竹马,与妮妮亲兄妹一般,虽然不同姓,将来若做夫妻同睡一张床刚开始可能不自然但时间久了也会适应……曹家夫妇杨家姊妹对娘的治病照顾也可以说是恩重如山,终生难忘,若不是曹家夫妇,娘现在绝不可能恢复到这么好的状态……杨彩凤虽没有妮妮性感妖媚,但也长得大气,五官端正,纯朴善良,况且与她成亲生子,对他柳家来说,也真会是个划时代的变化……他的心绪很乱,两条腿似乎也不听使唤。两层楼他不知上了多少分钟。最终,他还是鼓足勇气敲开了曹家的门,说明了来意。曹一宽夫妇自然很是热情,给他讲了他娘出院后该注意的事项,并给开了两个月的口服药。柳大林感激涕零,他从来没有对谁这么感激过,只剩没跪下磕头,他也说了,等自己有钱时一定还上。对将来要不要还钱,曹家夫妇没有说话。曹一宽送他到楼下时,又问他对彩凤的事考虑得怎么样了,他说他对彩凤印象蛮好,只是宝山给他提过妮妮的事,不知该咋给宝山交代。曹一宽大手一挥,你不用担心,宝山的话由我去说。曹一宽又问他,要不要与彩凤见个面谈谈?大林想了想说,马上开学了,到学校后给她通信吧!曹一宽高兴地大手一挥,我看可以!

白娃贩鸡子很赚钱的事很快被三山凹许多人知道了。这风中的话自然也传到了黄新月耳朵里。黄新月婆家穷得叮当响,虽然也闹着与黑毛离婚,但那时离婚难似上青天,唯一的办法是多住娘家,少住婆家。婚离不掉,过一天就得考虑一天的生活。她自然也想到让黑毛去跟着白娃学贩鸡子,挣几个零花钱。她与黑毛一商量,黑毛也挺乐意,让她去找黄花琴,给白娃吹枕头风。但是,黄花琴与白娃私奔后,就与家里断了来往,因老爹放出口风,她若回家必打断她的腿。姊妹间也必然断了来往,没有音讯。去年还听说在菊潭镇,后来听有人说在县城卖老鼠药,但也不知道住在哪里,往哪儿去找?黄新月想了想,去找白娃娘,白娃娘吞吞吐吐给她说了个地址。

黄新月照白娃娘说的找到了地方,看见他们不是住在城里,而是在城边边上,不着城,也不着村,一片菜地中间,一个烂泥塘旁边,两间土坯草房。黄花琴去街上卖过鸡子回来,走到门口正巧碰上新月,就带她进了屋。新月进屋后撒眼一看,靠里屋摆着两行铁鸡笼,笼子里还有几只公鸡母鸡在互相叨架。鸡屎满地,臭巴巴的。屋子里很简单,正间放着一张床,两把椅子,一个煤火炉,地上放有半筐红薯和一堆烂菜叶子。这样龌龊的环境黄新月看后心凉了半截,尤其是屋里的气味呛得新月鼻子很难受,但她也不能用手捂住鼻子。

黄花琴把挎在胳膊上的篮子往地上一扔,说:姐不见笑吧?

哪有见笑啊?新月回答时脸上带着笑问,妹夫呢?

他去湖北运鸡去了。花琴不说贩鸡。

赚钱吗?

不赚钱谁干!

黄新月试探着说:让你姐夫也跟妹夫一起运鸡吧!

黄花琴顿了一下,说,你等白娃回来给他说。

等就等,姐要的就是这句话。

黄新月等到第三天,终于等到白娃回来了。白娃是半夜回来的,带了几十只鸡子,一只一只放进笼子里已是后半夜了。一张窄床睡不下仨人,睡下也不能睡的,不能姊妹俩跟一个男人睡的。她们就喝着茶听白娃说"天书"。他讲的尽是收鸡过程中遇到的各种奇奇怪怪的事。说够一段,黄新月才说让自己老公也跟妹夫去运鸡。白娃一听,话很干脆,可以呀,天下之大,有的是鸡,湖北收不来俺往湖南跑;湖南收不到,俺就往安徽跑;安徽收不到还可往东北跑。姐夫什么时候弄好了车子就过来。说到这儿,白娃眨眨眼,似乎旁边有外人来,小声说:但是,要保密,不能让外人知道,因为这是黑市交易。姐夫要夜里偷跑,不能让生产队长知道。

天亮了,黄新月也得住了白娃的话,就急着回家给老公报消息。她出门的时候,白娃掏出一包草纸装的东西递给她说,你把这包药材捎回三山凹送给张宝山家。黄新月迟疑着没有接,一提说张宝山她就恨之入骨。她在想,给不给白娃说张宝山把她关在他家一天的事。白娃接着给她说,这草药是神农架的名贵中药材——"头顶一颗珠"。这药散瘀止血,消肿止痛,祛风除湿。药名的来历是,相传在魏、蜀、吴三国,各有一对夫妇十分和好,生活过得很幸福。后来发生了战争,丈夫都战死在前线,留下三个寡妇,悲痛万分。为躲避战争带来的灾难,各奔前程去隐居,来前都带了丈夫墓前的黄土,以作纪念。三个寡妇相聚在神农架,各叙苦恼。由于命运相同,结拜为姐妹。三人把带来的黄土聚成一堆,每天对天祈祷,终于感动了风雨二神,风神吹轻风,雨神赐细雨,在黄土堆中长出了三叶草,三寡妇落在草叶上的泪珠聚成了叶顶的红珠。头顶一颗珠因而得名。黄新月不愿意给张宝山捎这药,还在想,说不说张宝山把她关在他家一天的事,对白娃的话根本没注意听。白娃看她愣着,说:你愣啥?宝山他爹患有严重关节炎,腿疼得很难走路,宝山那次见我,特意交代,到湖北碰到这药要买点给他爹泡酒喝。宝山对我有恩哪,不是宝山找他表姐夫到市管会给要回来这把车子,我也贩不成鸡的。黄新月听了这话,觉得心里那话不能说了,就接过那包草药。

黄新月回到三山凹并没有把"头顶一颗珠"送到宝山家,而是忙着帮黑毛打了五百块土坯把主房东边垒上一道界墙,把房上的木梁抽下来,拉到集上卖了二百多块钱,花了一百二十元钱买了一辆半旧安阳产的飞鹰车,这是当时价格最便宜档次最低的自行车。剩余七八十元做贩鸡本金。黑毛便照白娃说的,趁一个月黑夜偷跑过来,跟着白娃下湖北开始了贩鸡的生涯。

时间久了,真也很难收到鸡子了。这天,跑了一天只收到两只公鸡,跑一趟总不能白跑呀,白娃与黑毛两人合谋一计,到五里铺镇买了一瓶1059剧毒农药拌玉米粒,黑夜到一些村庄旁边去撒,第二天下午再进村,就有不少农户要卖给他们死鸡,他们还故作不收。农户七言八语好说歹说,便宜价收了下来,比收活鸡还赚钱。有了第一次的收益,他们就开始了第二次行动,第三次行动……他们被轻易到手的钱冲昏了头脑,没想到村上的人已生了疑心,开始布防,就在他们再一次黑夜行动的时候,有人大喊一声,捉贼呀!十几个早已手持扁担棍棒铁锨的男人呼叫着跑了过来。白娃虽挨了一棒子,由于路熟,跑得快,头前蹿了。黑毛刚跑没几步,脊背上就挨了几铁锨,自行车梁也"咔嚓"断裂,他扔下车子拼命地往前跑,由于道路陌生跑得慢,两个男人上来死死抓住了他的两只胳膊,他跑不了了。人在重要时刻的确会急中生智,黑毛边跑边挣边解着棉袄扣子,褪掉两只袄袖,穿着单衫衣不顺路走而往野地里撒开腿跑,眼前一片漆黑,看不见前边是坑是崖,他晕着头跑,突然"扑通"一声掉进一个深潭里,撵的人也不撵了……

第二天，白娃在五里铺镇上等黑毛。他们事先约定，如果哪天走散了，就在五里铺镇上羊肉汤馆门前等。白娃在那一带收鸡久了，不少人认识他，他也不敢到那一带去寻找黑毛。等了一天也不见黑毛，他很焦急，焦急也没办法。天黑以后，他坐进羊肉汤馆里喝汤吃干粮，听到旁边人说，镇南十几公里处一个野地深潭里发现了一具男尸。他浑身抖动着，心里想：完了！

这天是公元1978年11月28日。

柳大林要结婚了。也是学校考虑到他年龄大了，母亲身体状况差，特批他结婚。杨彩凤原本想在城里举办婚礼，大林说还是在老家办婚礼好，她也就同意与大林回乡里结婚。乡里的风俗习惯也很麻烦，家家亲朋好友都得送去请帖，他们即使知道婚期的日子，也得见到请帖，见不到请帖是不来的，而且还会找上门来闹腾。一般人的请帖可以委托人送达，因为理解主人家忙不过来。所有该送的请帖都托人送达了，唯有宝山家的请帖大林觉得必须自己亲送，而且要请他们全家都来参加他的婚宴。一则，宝山是他最要好的发小，他娘生病宝山和妮妮跑前跑后精心照料；二则，他高考复习期间就住在宝山家，宝山娘一日三餐给他们做饭，这个恩情是永远报答不完的，所以必须亲往送请帖显得尊敬。他怀揣着那红色的请帖往宝山家去，脚步走得很沉重，心情也很沉重，两条腿如坠着两个大石头，心里如压着一盘磨扇。原因就在于宝山曾经给他提说过想让妮妮与他成亲，尽管宝山的爹娘没有托媒提说过这门亲事，尽管表姐夫曹一宽说他能压住宝山，可他心里还是不踏实，如有一只兔子在肚里踢腾，心口咚咚跳。宝山家的大门虚掩着，他轻轻推开两扇木门，轻轻走进院里。

这一带的风俗是腊月二十五磨豆腐。宝山在院子里正狠劲地用胳膊拐转着小石磨磨豆腐，妮妮正在用小铁勺往小石磨的磨眼内不断地添着泡涨了的黄豆。黄豆磨过之后，白色的浆汁像牛奶一样流进小石磨出口处的木桶里。宝山爹的腿关节因患风湿病肿着不能动弹，坐在太阳地里晒太阳，宝山娘则拿着一双新做的布鞋让老汉试着是否合脚。宝山和妮妮也许是专注在磨豆子，也许是看见装作没看见，没有同他打招呼，眼睛也没有斜视过来。

大林径直走到宝山爹娘面前，打了一躬，说，伯伯，伯母，侄儿来给您二老送请帖来了，恭请二老明天携全家人到家喝喜酒！他说完，毕恭毕敬地将红色的喜帖递至宝山爹手中。宝山爹也没站起来，笑呵呵地说，好啊，好啊！林侄终身大事，老伯爬着也要去喝你的喜酒。他说着用手拍拍疼痛的两腿。宝山突然停下拐石磨。他将手里的木棍往地上一扔，转过身一把夺走爹手中的喜帖，两手"刺啦"一撕，吼着，老子稀罕去喝他那猫尿！宝山爹被儿子突如其来的行为弄愣住了，宝山娘骂着，你个鳖娃子是人不是人？宝山怒气冲冲地指着大林说，柳大林才不是人！他良心早叫狗吃了！谁送他娘去医院的，他娘生病谁侍候的……妮妮羞得捂着脸钻堂屋去了。大林脸红得如狗血淋头，站立不住，尴尬得若有地裂缝会立即钻进去。宝山还在怒吼，妮妮都在他家住一夜了，全村人谁不知道……你老两口老糊涂！娘气得浑身抖着，拿着给老头子的棉鞋拍打着宝山的头，嚷叫着，你个鳖娃子，你会不会说句人话？

妮妮羞得满脸通红又从屋里跑到院里，双手拍打着宝山脊背，嚷道，我啥时候在那儿住过夜？妮妮"呸呸"吐着唾沫，哭闹着大呼小叫，你屁话，嘴是吃饭的你用来放屁的！你糟蹋你妹子！宝山像横头牛一样谁也劝不住，仍在院里喊叫，他找个城里女人，算个球，矮得跟个煤气罐一样，脸像个黄茄子蛋，比咱妮妮差十万八千里！妮妮觉得哥说这话虽是为她出气但更丢她的脸，用更重的拳头捶宝山，哥，你闭嘴！闭嘴！别放闲屁了！家丑不可外扬呀，让村里人知道了算啥体统！一家人就有的骂宝山，有的打宝山。大林两腿扑通往地上一跪，声泪俱下地说，伯伯、伯母、妮妮……是我对不起你们！你们别打宝山，不怪宝山……

腊月二十六，阳光和煦。

三山凹柳家喜气盈门。上午9点多钟，杨彩云骑着那辆51型永久车带着妹妹杨彩凤进了村，在一阵噼噼啪啪的千字头鞭炮响声中，柳大林走出大门，迎着新娘杨彩凤鞠了个躬，挽着她的胳膊入了新房。大林娘、舅妈、姑妈、姨妈都笑得合不拢嘴，所有来贺喜的老亲旧眷都乐呵呵的。院子里搭着个绿色的大帆布篷，帆布篷是曹一宽在县运输公司借来的。八张八仙桌分两行摆在帆布篷下。中午时分，一挂五百响的鞭炮又响了，这在当地叫齐客炮，客人听到齐客炮响过，各自找到自己的座位坐下，宴会就开始了，吆五喝六的猜枚划拳声震荡着全村。

宴会的高潮是新郎新娘给来宾敬酒，也是那些捣蛋的小伙子和年轻媳妇跟新娘开玩笑搞难堪的时候,有要给新娘碰杯逼着新娘喝酒的,有说祝贺新娘早生贵子的,使新娘很是害羞。敬酒到宝山跟前的时候,宝山很别扭地站了起来。他本赌咒发誓今天不参加大林婚礼的,因昨天晚上表姐夫曹一宽来了,说此事是他做的大媒,他亮明自己的观点,妮妮人是不错,但没文化,跟一个大学生不般配。再说大林前途无量,将来跟妮妮差距会越拉越大,结了婚以后也可能会离婚,与其将来离婚不如现在不结婚。他也说本打算早来家里说和这件事,忙起来给忘了。曹大哥最后给宝山下了通牒,如若不参加大林婚礼,可别怪曹大哥不客气!至于怎么个不客气,曹大哥没说。曹大哥毕竟是他家场面上的人,他岂敢违拗,也就来了。宝山提出要与新娘子碰六杯,明摆着是刁难新娘子,杨彩凤没这个酒量,即使有这个酒量今天也该拿捏着不喝,因为今天不是她放肆的时候,大林就替杨彩凤喝了。

　　宝山喝酒的时候还用憎恨的目光看着王春宝,春宝是生产队长嘛,照客这种风光事当然非他莫属。他喝了六杯后,又挑战春宝,来,我与大官喝几杯。春宝明白宝山有意讽刺他,可这种喜庆场合他不能发脾气,而且作为照客对每位客人都应该恭敬客气,同时也是为了缓和昨天与宝山斗嘴的不愉快,既然宝山提出与他碰杯,他也就不推辞,即与宝山对饮,而且把六杯酒倒进一个瓷碗里一口气喝掉。全场来宾一齐鼓掌喝彩。喝彩声刚落,大门外传来摩托车马达的轰鸣声,这是三山凹第一次响起摩托车的轰鸣声,人们好奇地瞪大眼睛,向大门口张望。白娃!白娃回来了!大家喊叫着,目光都很诧异。

　　白娃笑嘻嘻地走到大林跟前,从口袋里掏出两张崭新的灰蓝色的拾元人民币塞给大林说,恭喜!恭喜!递上二十大洋!在场的人一片唏嘘声,白娃发财了,白娃阔了,有钱了!因为他们当中递礼都是一元两元的,他舅最多也就三元。白娃是不速之客,没有他的座位,王春宝忙着找地方加凳子,白娃喊住春宝,不加凳了,我也不用配菜,干嗞几杯润润嗓子就行了。于是,春宝给白娃倒了三杯。紧接着,大林又过来给他斟了三杯酒,白娃咕嗞嗞喝着。喝完酒,他用手把嘴一抿,望着大家异样的目光嘿嘿一笑,说,各位乡亲,各位宾朋,我看懂你们的目光了,你们可能以为大林恨我吧?其实你们猜错了,大林高兴我,感谢我!当初若不是我拐跑黄花琴,他肯下苦功读书考大学?怕是他也会抱着黄花琴"从此君王不早朝",哪有心思去考大学!现在好了,他大学毕业就成国家干部了,又娶个国营企业职工当老婆,成双职工了,以后生个娃娃也是城市户口卡片粮了。龙生龙,凤生凤,老鼠生儿打地洞。他要是娶了黄花琴,生个娃还得在农村啃红薯头,世世代代面朝黄土背朝天,你们说是不是?大家听了哗然,白娃这嘴真会呱嗒!豆腐到他嘴里也会流血,黄连到他嘴里也会变甜。杨彩凤早已不好意思地钻进屋里,大林站在他旁边微微笑着。接着,白娃又要春宝给他斟三杯酒,一饮而尽。然后他朝门外吹了个呼哨,片刻进来了个腋下夹着大弦的人坐下。这时,白娃又嘿嘿笑着说,今天我特意请来这位拉大弦师傅,配合我唱几段南阳曲子戏给大林祝婚!给大家助兴!在场人听了一片掌声。

掌声过后,拉弦师傅拉了前奏曲,白娃就放开嗓门唱起当地名曲《小二姐做梦》:

…… ……

大门以内上了轿,

忽忽悠悠多快活,

俺那个他呀十字披红帽插金花骑着高头大马前边走着,

俺娘家配送的嫁妆排成队,

大柜小柜太师椅子八仙桌,

有一顶小床儿做得好,

龙凤牡丹绣在棉被上边放着,

各样配送可真多,

猛听着咚咚咚咚几声炮,

啦啦,来到了婆家门口把轿落……

白娃唱够一段,宝山吆喝着,白娃唱得好不好!好!再唱一段要不要?要!众人情绪很高。宝山拿来酒壶,倒了两个半碗,两人对饮了。白娃喝酒如喝水,咳了咳嗓门,与拉弦子的师傅耳语几句,拉弦师傅又开始拉前奏曲,白娃笑着对众人点点头,说,我现在爱唱坤角戏,不爱唱生角戏啊!大家说,唱啥都好!

接下来,白娃又为大家演唱《花为媒》。

白娃用的是女人腔,声如珍珠落银盘,很有千金小姐之味,尤其是他带着动作,羞羞答答的,如春风拂柳,人们又一齐鼓掌喝彩。喝彩之后,又相互推杯换盏。这时,宝山已经醉了,站到一个桌子上又喊:白娃唱得好不好?好!再来一段要不要？要！说着脚站不稳，把几只盘子已踢到地下。春宝过来训他道，你醉了吧？乱啥的？你咋能上到酒桌子上？宝山呜呜啦啦地说，你……你为啥管我……你是生产队长？生产队长算我裤裆边上这一根毛！我说……你这队长……兔子尾巴不长……说不定，过几天我张宝山就是队长！王春宝觉得当众不能受这羞辱，脸红脖子粗地反击道：张宝山你尿泡尿照照自己的影，是不是生产队长料啊！我大象鼻子长着哩！这时几个人劝宝山快下来，不能站酒桌上。宝山不听，冷笑着继续对着春宝嘲弄地说，你是老母猪鼻子插大葱装大象，嘿嘿！过几天我就是生产队长，嘿嘿！前几大我看报纸了，嘿嘿，三中全会开了，你管不了了！他又指指周围的人说，以后你们都会当生产队长！嘿嘿！柳大林知道宝山心里对他有气，自己劝不住，反而局面会更糟，他去找来表姐夫曹一宽。宝山一看到曹一宽就往下跳，他毕竟是喝晕了，腿不听使唤了，栽到了桌子下，双脚一踢腾，把酒桌也蹬翻了，酒桌上的七碟子八碗摔个粉碎……他也双鼻孔流血……

三

1979 年农历正月初一五更时分。

咚！一声雷子炮的响声响彻三山凹的上空，打破了除夕夜之后的寂静。三山凹一带有个俗话，说灶王爷是"二十三日去，初一五更还"。那时候吃饭比什么都重要都困难，在老百姓心目中对灶王爷也看得比什么爷都重要，财神爷、祖师爷、火神爷、天官爷、地官爷、水官爷、灵官爷……什么爷也比不上灶王爷。还因为传说，灶王爷能通天，能到老天爷那里打"小报告"并决定一家人一年的善恶祸福，因此，家家都求灶王爷"上天言好事，下界保平安"。所以，五更的第一声炮响，既是迎接灶王爷从天上回家，也是迎接又一年新春的到来。放一挂鞭炮，既能增添新春的喜气，也是要辟邪纳福。那一声雷子炮响过之后，整个三山凹三村五里都沸腾起来了，咚咚的雷子炮声和噼噼啪啪的小鞭炮声交织在一起响个不断。今年的鞭炮声比往年更响，响的时间更长，似乎是表达了农民更加喜悦的心情。天还黑麻麻的，人们看不清那飞舞的红色纸屑，看不清那云雾似的弥漫着三山凹的烟气，但可闻到刺鼻的火药味。穿着五颜六色花衣服的小孩们早已起床，三五成群抢着寻找地上掉了引信没有放响的闷炮，他们找到这种闷炮以后，用手一撅两半，用一个烟头点着，瞬间冒出火花发出刺刺啦啦的响声，孩子们称这叫"刺溜花"，顽童们每看到这"刺溜花"便发出嘎嘎嘎嘎的笑声……

宝山也是蒙眬中听到那"咚"的第一声雷子炮响，一骨碌爬起来的。他由于除夕夜"熬年"太久，两只眼睛还没完全睁开，上下眼睫毛还被眼屎粘在一起，便急忙穿好衣服来到堂屋正间。堂屋正中主席画像两边的红色蜡烛正燃烧着，还开了灯花，映得满屋红彤彤的。宝山看见蜡烛开了灯花，心里十分喜悦，因为灯花象征着吉祥。他拉开电灯，屋里更加亮堂。他快步走到摆放着蜡烛的抽屉桌前,拿起那挂浏阳鞭炮。这挂鞭炮是一千头,往年初一放的都是五百头,这是他腊月二十九在黄龙镇赶集亲自买的。他将鞭炮的包装纸撕开,把鞭炮拎在手里,在抽屉桌面上寻找火柴,却没见火柴盒。他记得新买的一包开封铁塔牌火柴放在抽斗内,另一只手便把抽斗拉开寻找火柴。由于是一只手拉,抽斗又短,一拉便把抽斗全拉出来,当他感觉到一只手撑不住的时候已经来不及了,瞬间抽斗落地发出"哐""哗啦"的响声,这响声在这个屋子里的震荡不亚于外面雷子炮的响声,而且又比那雷子炮声更刺耳! 原来是抽斗内放有四个瓷盘子,四个盘子随着抽斗落地全震个粉碎! 宝山蒙了,呆了,面色灰暗,五官一下子皱拢在一起,眼睛失去了光泽,眉头皱个"川"字形,不知所措地愣在那里。娘从里屋出来了,她一看见地上的情形,脸唰地黑得比铁锅还黑。

三山凹人对大年初一早晨尤其是五更时分的一切吉凶征兆特别在意,他们觉得这一时刻的预兆象征着一年之中家运的兴衰吉凶。甚至连一句话也不能随便说,不能哭,哭了一年中必有凶事;不能吵嘴,吵了一年内家中会不和睦;也不能发脾气,若发了脾气会在一年内心情焦躁不安,所以大年初一早晨人人都是谨言慎行。只有一点不放在心上:童言莫忌! 宝山娘脸黑得很难看,眼翻翻宝山,一句话也没说,弯腰抱起地上盛满碎瓷片的抽斗原封不动地又塞进抽屉桌内。

宝山定了定神,左手拎着那挂鞭炮,右手拿着火柴盒,到大门外,划着火柴点燃了鞭炮,好在鞭炮还响,而且响得比哪一家的都响,脸上有了一点喜悦。这时,又拥过来一群顽童在地上捡闷炮,结果一个闷炮也没找到。宝山心里说,还是浏阳鞭炮好!

8点多钟的时候,白娃拜年来了。白娃他爹想,大林也成亲了,而且娶了个城里的媳妇,过去的事就过去了,乡邻们也不会议论了,就叫白娃两口回家来过春节。黄花琴还觉得抹不开脸,执意不回,白娃就一个人回来过节,想给乡亲们拜拜年,也显摆显摆自己。他上身穿着一件银灰色的西服,西服显然大一号,不太合身,但也新鲜,他脖子里系着一条大红色领带,耀眼夺目。他一进门就喊,大伯大娘,白娃给你们磕头来了! 宝山娘一见脸笑得如一朵花,定睛看了看白娃的打扮,愣了愣神说,你白娃子港式了? 白娃嘻嘻一笑说,改革开放了,穿着也变变! 宝山娘又问,这衣服是花琴给你做的? 白娃哈哈一笑,手一摆,说,她哪儿会做。一个朋友从深圳给我捎买的。他说着,双腿就要往地上跪,娘,白娃真要给你磕头了！宝山娘忙拦住他，别磕了，你穿着港式的衣服不敢沾俺屋的穷灰！娘，你说哪儿去了！他说着喊了一声娘，趴地上磕了一个响头。转身又问，伯呢？也得给伯磕头啊！宝山娘嘴朝里屋努努说，两条腿关节肿得不能动，还躺在床上呢！白娃收敛了脸上的笑容，问宝山，我从神农架弄那"头顶一颗珠"让泡酒给伯喝没？那药治风湿病神灵啊！宝山说，没见到草药啊！白娃似乎明白了些许，又说，两个月前我让黄新月捎来的，没捎到？没有！宝山摇摇头。白娃没再说话，他进了里屋，用手掀开盖在宝山爹身上的被子，往上卷卷老人腿上的裤子，只见脚脖、膝关节都红肿着，红得如胡萝卜，肿得手指一按一个窝。白娃嘟哝一句，臭娘们，这个黄新月怎么搞的，我找她要药去！跟在身后的宝山没有说话，他心里清楚黄新月为什么不肯送药。

当白娃和宝山从里屋出来的时候，一群年轻人进到堂屋要给老人们拜年。今年拜年的气氛比往年浓了许多，人们之间的走动也密集了些。白娃见屋里坐满了人，就要走，宝山娘拦住他不让走，意思是等这拨年轻人走后再给他说几句话，白娃明白宝山娘的意思，也就没走。那群年轻人看见白娃的穿着都觉得很新奇，用羡慕和异样的目光看着他。是啊，白娃是三山凹有史以来第一个穿西装打领带的人！这些人从前还没见过有人穿西装打领带，他们只见过便装、学生装、军装，见过世面的人也只见过中山装。一个男孩拉拉白娃的红领带说，白娃哥，你这裤带咋系到脖子上？大家呵呵直笑。白娃说，这叫领带，穿西装必须打领带。另一个女孩接上说，屁领带，我看是吊死绳！大年初一说这样不恭敬不吉利的话，白娃心里有点不悦，但他属于不太在乎的人，半笑不笑地说，妹子说得是，白娃哥有一天活不下去了，真拿它吊死！大家为白娃的幽默哈哈大笑。笑过之后，又拥出门往别人家拜年去了！

恰在这时，柳大林带着杨彩凤进到院子里了。三山凹的风俗，男子新婚当年必须携新媳妇一起到亲朋好友家拜年。宝山娘见了又是笑得眼眯着，没等一对新人进屋，她先到院子里拉着杨彩凤，闺女长闺女短地喊着，还不住地夸奖着说，唉，大林娃子多有福，找这么漂亮的媳妇！你看看长多好，长得黄豆芽似的嫩生生的。杨彩凤被夸得不好意思，脸红红的。白娃站在一旁干笑不说话。宝山陪着大林和彩凤看了宝山爹拜了年来到堂屋时，宝山娘拦住他们，说：你弟兄仨今个遇到一起了，彩凤又是第一次来俺家，中午尝尝老娘做的菜啥味道。白娃、大林都说中午有事，彩凤说中午还得给婆婆做饭。宝山娘心里想的是早晨宝山打碎了盘子觉得晦气,想让他们中午在家喝一场酒热闹热闹冲走晦气,所以无论怎么说也不放他们走,只放杨彩凤回去给她婆婆做饭。

不大一会儿,宝山娘端上来四碗菜,一个粉条焖猪肉,一个胡萝卜炖羊肉,一个酸辣大白菜,一个小葱煎豆腐。白娃见了说,娘今年富足了,不用盘子了,用大碗吃肉。宝山娘笑笑不说话,又进厨房去了。片刻,她又提着一壶冒着热气的黄酒进来了,手里拿着三只碗,每人面前放只碗,边往碗里倒着酒水边说,这是今年在自留地里专门种了三分地的红酒谷,夏天专门打了小麦曲子,煮米时专门用香椿木搅拌的,酒的味道会不错。白娃先呷了一口,味道真不错,香气扑鼻。大林站起身说,大过年的,酒应先敬老人!他把自己面前那碗酒先端给宝山爹喝,之后又拉住宝山娘敬了一碗酒。就在这时妮妮去外边拜年回来了,她看见堂屋一屋人旋即钻进厨房里。大林两眼扫见了这个镜头,待宝山娘喝完酒后,对宝山说,老爹老娘也敬过酒了,我建议咱搬到西厢房去喝酒,找找我们高考复习时的感觉,再说,咱们也可以放开些,想咋吃喝咋吃喝。宝山给娘一说,娘同意,好吧,你们弟兄爱咋热闹就咋热闹。于是,他们就把酒桌挪到了西厢房里。

到了西厢房,他们真的放开喝了,仿佛又找到了当年发小时的感觉,似乎他们之间以前什么事也没发生过。俗话说"三碗不过冈",他们喝过三碗之后,宝山娘把早晨打碎的盘子连抽斗原封搬了过来往地上一搁,说,你们看看,这是早晨宝山个鳖娃办的事!大林和白娃先是一愣,看看那打碎的一抽斗瓷片,又看看宝山。宝山红着脸叙述了事情经过,大林、白娃都明白过来了。白娃先说,大娘,没事,没事!岁(碎)岁(碎)平安!大林说,好事,我看是好事,破旧立新嘛,旧的不去新的不来,宝山今年要交好运啦!来,喝酒,喝酒!大林说着又灌宝山喝了一碗酒。宝山娘听了那些话,心理似乎得到了安慰,笑吟吟走了。这时白娃为了彻底消除宝山心里的阴影,提出要猜枚划拳。大林说,我举双手赞同!接下来,白娃与宝山吆五喝六地划拳,宝山心情不好,连连输枚。

大林提示宝山:该变枚了!

宝山在大林的提示下,变了套路,连赢两枚。

大林报枚道,宝山、白娃各喝六个酒了!天排成地排成,再来一枚见心情!

别看米酒,劲儿可大着呢,喝着甜,味道好,人不设防,下酒快,上劲快。宝山没有白娃酒量大,头已晕了,脸脖子通红,呜呜啦啦地说,心情,鸡巴心情,你俩现在都有老婆了,夜里抱着老婆睡,我夜里还是俩手攥着鸡巴睡!

白娃、大林哈哈大笑!笑过,大林说,我早考虑了,他又看看白娃,说,把黄新月介绍给宝山。

宝山眼一睒,脖子青筋鼓了起来,呜呜啦啦地说,你……你个……柳大林,知道……知道……你找个城里女人……你隔门缝看人,把人看扁了……我才……不要她个……寡妇蛋子!

大林半劝半说:只要黄新月同意,你张宝山闭着眼娶吧!她男人不死排十八里地也排不到你!这女人说话办事嘎嘣脆!

宝山娘听见宝山在西厢房高喊嘶叫,知道儿子是喝高了,喊上妮妮一起来搀宝山去屋里睡觉了。宝山娘不但没有嗔怪白娃和大林,反而还笑呵呵的。因为她觉得几个孩子喝得热闹冲走了晦气。

西厢房里只有白娃和大林。大林给白娃讲,他刚才给宝山说的是他内心话,他鼓动白娃去做媒。白娃有点难为情,他说,黄新月这女人古怪,黑毛活着时候她闹着不正经过日子,黑毛死了她反倒安生了,守在黑毛家不走,她爹娘叫她几次她也不回娘家,说死也要死到黑毛家。大林低头想了想说,有种女人就这样,她心拗住时,八匹马也拉不开,一旦她心里开了窍,想要嫁人,八道墙也堵不住她!他鼓动白娃以讨那草药"头顶一颗珠"给宝山爹治病为名去试探一次。白娃勉强点头答应,

第二天早晨,也就是大年初二,白娃去了下河村,还特意拎两个馃子包。白娃进到院子里,还没跨进堂屋,黄新月就双手将他推出大门,并"咕咚"闩上大门,从院子里甩出来一句话:你还有脸来?你姐夫跟着你贩鸡子哩,你把他撇湖北淹死了,你还有脸来!

大林听了白娃说的情形,想了想,说,对付女人的办法就是一个字:缠。但"缠"也不是无赖地"缠",得有礼貌地"缠",得合情合理地"缠"。他觉得宝山上门讨药给他爹治病是正当理由,可以让宝山再去投石问路。宝山想起以前的瓜葛,觉得黄新月不会给他好脸看,大林鼓动他:只管去!男人找女人就得脸皮厚点有耐性。宝山拗不过大林,于是在第二天,也就是正月初三去到黄新月家,说父亲病重,腿肿得卧床不起,急需用那包草药"头顶一颗珠"。黄新月听了看也不看他,恶声恶气地说:日他娘的!白娃不让我捎那"头顶一颗珠"我男人也不会死。啥他娘的"头顶一颗珠",丈夫打仗死了,女人的眼泪!晦气!葬黑毛

那天我把它扔墓坑里埋啦！宝山被噎得一句话也没说，回来了。他见了大林说，鼻子碰扁了，算了，黄新月不是咱的菜。

大林在屋里踱着方步，苦思冥想，自己没有理由到黄新月家去，一个年轻男人去找一个年轻寡妇说话不方便啊！必须采取迂回办法……

正月初五晚上，宝山又来找大林。他给大林说，白娃初三晚上就又进城去了，过春节他也得去陪黄花琴几天。白娃临走前给他讲，骑摩托运鸡子速度慢运量小赚钱少，已经花了三千块钱买了县柴油机厂一辆报废了的一三○运输车，花五六百元修了修还能开，他打算过了春节开上那一三○车到外省拉鸡子贩卖，用汽车拉肯定速度快批量大，能多赚钱，想要宝山与他搭帮，宝山愿意合伙干也可以，或是他给宝山按天开工钱。他想听听大林的意见。大林听了，不假思索地说，哪种形式都可以，干去吧！宝山咕哝了一句，贩鸡子听着不光彩似的，白娃回来，人们当面说他有钱了，阔了，背后却讥笑他是鸡贩子。大林笑了笑指指脑袋说，现在都得解放思想换脑筋，转变观念了，什么鸡贩子、鸭贩子，赚到钱就是本事！

大林手里拿着冯友兰的哲学简本给他讲，读了这本书，知道了中国历史上是个农业国家，有"本""末"之别。"本"是指农业，"末"指商业，农业关系到生产，而商业只关系到交换，在交换之前必须有生产。所以在中国历史社会中"重本轻末"。从事末作的人，即商人，因此而受到轻视。从事耕种土地的农民是光荣的，一个家庭若能"耕读传家"是值得自豪的。宝山在一旁听得津津有味。大林又给他谈，希腊人生活在海洋国家，靠商业维持其繁荣，维持人们的生活，观念就与中国人不同了。中国人观念太古老，《吕氏春秋》中就有一说，商人心肠坏，诡计多。而海洋国家说商人很精细，很聪明。因为商人打交道的首先是账目、数字，他必须得精细才行呀！后边，大林又鼓励他说，随着中国国情的变化，人们的观念终究有一天也会变化的。也许起初，人们冷眼看你，但当实践证明你走的路是正确的时候，人们看你的目光肯定是会变的。最后，大林又幽他一默，就像旧社会，寡妇改嫁是丢人的，现在，寡妇改嫁是正常的，漂亮的还是抢手货！努力挣钱吧！有了钱，黄新月就会自己去躺你张宝山床上！那女人有味道，别犹豫！

宝山听了大林一番倾心之言，如醍醐灌顶，站起来拍拍衣服说，好，我今晚就进城去找白娃！不然,明天初六一开工队长会不让走的。

大林也站了起来,意思是要送他,并补充一句话,你也可以考虑先给队里交钱买工分,这样,可以正大光明地走。

宝山没说话。

大林明白宝山心里与王春宝闹着别扭,不想去见他低头,便拍拍他肩膀说:随后你再想想！他又告诉宝山,他打算回学校后给黄新月写封信谈谈,别的没有合适方式接触。

宝山没有说话。

宝山与白娃正在南京市瓦庙子旁边一家小店里喝鸭血粉丝汤。很小个小店,小店里放有四张小单桌,每个单桌可面对面坐两个人。宝山与白娃就坐在靠门口的单桌旁吸溜吸溜地喝着鸭血粉丝汤。这是南京一道名小吃。宝山喝得很香,比大年初一早晨在家吃的饺子还香。粉丝真是粉丝,细如蚕丝,雪白雪白,到嘴里不用牙嚼就哧溜通过嗓门咽进肚里。粉丝细长却不会断,又不是那种光溜溜的、调皮得用筷子夹不住老让人难堪、偶尔碰到个沙子还硌牙的粉条。鸭血呢,红鲜鲜的,软绵绵的,用筷子夹着就像风吹树叶颤抖抖的但又不会烂,填进嘴里很爽口,就像棉花糖似的,让人怀疑不用牙嚼就会化掉,可不用牙嚼不会化,必须嚼上两口让人体验下它的味道才肯滑进人的食道里。汤味不用说,香喷喷的,是清香,很是爽口,再喝也不嫌够,这阵子即使用抽水管子往宝山的食道里灌他也不会够。嘻！这是他平生第一次喝这么鲜美的鸭血粉丝汤,他会终生难忘。他先喝完了,空碗放在桌子上,筷子还攥在手里没放。白娃还没喝完,他眼巴巴地看着白娃喝,白娃也喝得很香,这鸭血粉丝汤五毛钱一碗,值！白娃已喝得剩个碗底了,两只手把碗抱起来,仰着下巴颏,那只碗几乎是盖住了他的脸,只听呼噜一声汤水全咽进他肚里。宝山估计白娃也会想再要一碗,可是没有,白娃用手把两嘴角一擦,朝他一挥手,走吧！宝山很不情愿但又没明显表现出来,只是脸上略露点心里不悦的样子跟他走出小店,脚步走得很没劲,一会儿落下白娃六七步。

宝山跟着白娃跑贩鸡,自己没摊本钱,他也没本钱,盈利与亏赔都是白娃的,与他没关系,他只是给白娃帮工。白娃管他吃住行,白娃吃啥他吃啥,白娃住哪儿他住哪儿,白娃往哪儿他跟哪儿。除了吃住花销,白娃每天给他一元五角的工钱,当然不是天天付,白娃觉得该给他时就给他。也很不错,一月就是四十五元,大月三十一天就是四十六元五角,相当于一个行政二十三级国家干部的月工资。宝山虽然跟着白娃黑夜不黑夜,白昼不白昼风餐露宿地干,每天闻着那鸡屎鸡尿的臭味儿,有时甚至身上也沾满鸡粪,他也是乐呵呵的。白娃扭过头看到宝山落他七八步,喊了一声:步子加快点,走恁慢没吃饱?宝山这个直性人,从不隐瞒自己,"嗯"出了心声。尽管宝山嗯的声音很小,白娃还是听到了,他停住脚步,等宝山走上来,他拍拍宝山的肩膀,勉强笑了一声,说:等这车鸡子卖完,腰包里有钱了,咱俩再来一口气喝上他三碗鸭血粉丝汤。宝山还带着情绪,哼了一声,眼翻翻他说,你也是错把南京当汴京啊!白娃怔住了,他又停住了脚步,两眼直直地看着宝山。他知道宝山在发泄情绪,但没想到宝山口里能冒出这句话,这使他对宝山刮目相看,他想对宝山发火,但没发火,心想:不发火也不能任宝山这样下去,也必须把他的火压下去,实际是得把他的任性压下去。他嘿嘿一笑巧妙地说:没想到宝山你还会吟诗啊!不过,不管是你引用古人的还是自己编的,那句子原本是:直把杭州作汴州,啊哈哈!

他俩的对话自有原因。自从黑毛在湖北药鸡淹死以后,白娃就不往湖北那边收鸡了。一是湖北那边有人认识他,他怕活人;再者黑毛淹死在那边,他害心病,怕死人。所以,他得换新路,就往山东、安徽边缘地带,菏泽、亳州、阜阳一带的农村去收鸡到城里去卖,而且鸡子收购价便宜,到城里卖的价格又高,白娃来了劲!他悟出了一点,鸡子越运到大城市去价格卖得越高,就往合肥拉了两趟,果然是,合肥的价格高于亳州、阜阳。那天晚上,他躺在旅店床上想,南京不是比合肥更大吗?三国时孙权、明太祖朱元璋不是曾在南京做皇帝吗?孙中山,就连蒋介石也都在南京坐过总统府,合肥比起南京又算个鸟!南京大,南京人多,南京人会更有钱,物价一定会更高……他越想越高兴,激动得睡不着,把宝山推醒,黑半夜里开着那辆破一三〇往南京赶。路很颠簸,一路上车胎放了两次炮,换了两次轮胎,赶到南京已是第二天下午3点钟,足足跑了十四个小时。没想到的是,从下午3点进了南京城转悠到夜里11点钟才卖掉三只鸡子。

白娃把那辆一三〇车开到了菜市口扎住不动了。这条街很繁华,卖菜的割肉的卖鸡卖鸭卖鱼的都在这条街上。等到下午快1点钟,才又卖出十七只鸡。车上的几排小铁笼里还圈有二百多只鸡。白娃看着那些半死不活的鸡子,脸愁得如核桃壳。

白老板,我劝你往回走吧!宝山看着他着急的样子,用有点同情又带点讥讽、用文字难以表达的笑脸说,现在我告诉你白老板,我说你是错把南京当汴京,你讥笑我引错了林升的诗句,你发现没,北方人多吃鸡少吃鸭,江南人多吃鸭少吃鸡,你到江南来卖鸡行吗?

南京算江南吗?明明在江北。白娃不以为然。

南京地理位置是在江北,但南京属江南文化。宝山拖着腔给他讲着,一个地方的饮食习惯都受着文化影响,知道吧!南唐韩熙载就曾作诗:我本江北人,去做江南客,还至江北时,举目无相识。清风吹我寒,明月为谁白,不如归去来,江南有人忆。白娃两眼瞪得像鳄鱼眼,没想到他嘴里能冒出这样的诗句,嘿嘿一笑,啥时候学斯文了?宝山一笑说,高考复习时学了很多古诗。

白娃顿悟,手伸五指挠着头,说,是的!是的!山弟你为何早不提醒?

宝山笑笑说:我也是第一次来南京嘛,慢慢观察到买菜的人手里不是拎只鸭就是拎袋鸭血。

返!白娃果断地手一挥就又跳上了车返回安徽。路颠,天黑,车灯也不很亮,黄黄的,他眼紧盯着前方,胸部几乎贴着方向盘。昨天熬个通夜颠簸十四小时,今天又接着熬夜赶路,他实在是很困很困。宝山又不会开车,不能替他,熬到后半夜,他的上下眼皮直打架。刚开始宝山给他点支烟递他嘴里抽着提提神,后来吸烟也管不住瞌睡虫了。不知是什么时间,也不知到了什么地方,只听咔嚓一声响,他们感觉是撞到了树上。他们还没完全反应过来,货车以闪电般的速度打了个骨碌,只听"扑通"一声,借着灯光可以看到泥浆溅起两米多高。车熄火了,什么也看不见了。他们大约愣了有四五分钟时间,感觉车是栽到了还没插秧的稻田里。十分钟后,他俩慢慢地从驾驶室里爬出来,两腿又"扑通"淹进泥浆里,他俩手牵着手慢慢挪动,挪了许久,才爬出稻田,靠在公路护坡的一棵碗口粗的树干上。宝山先醒过神,到公路上拦车救援。这条公路不是国道是省道,半夜三更的车很少,站了两个多小时,才过两辆货车,招招手,车停了,司机探出头,问了问,摇摇头,没办法,车又轰轰隆隆开走了。

天大亮了,路旁站了许多人,多数是青年男子,都在叽叽喳喳看热闹。白娃求看热闹的人帮助把车推出来,那些人直摇头,个个都说人根本推不上来。然后,看热闹的人也散去。白娃这阵儿全没招了。宝山蹲在地上抽了两支烟,闷着头想了一阵,对白娃说,到村里找找生产队长,牵几头水牛兴许能把车拉上来。白娃听了两眼一眨,放射出了一线希望之光。两手一拍大腿,可以。他知道宝山脑子活办事能力强,就让宝山拎两只芦花大公鸡去找生产队长,求队长安排几头牛来把车给拽上来。

白娃靠坐在公路边的树干上看着车,防着人们把鸡子抢走了。他盼着宝山带来生产队派来的牛。他不停地向村头张望,过了半小时,白娃就觉得过了一小时似的;过了一小时,白娃就觉得等了三小时似的。宝山终于回来了,手里还拎着那两只鸡,没见牛。他急切地问宝山,见到队长没?牛呢?宝山嘴巴对着白娃耳朵说,见到队长了,队长说,他们队里已分田到户,耕牛车辆大件农具都分到各个生产小组了,他没权派了,牛都在田里犁地,他调遣不动。即使能调来三两头牛也不能把车拽出来。白娃听了不知是该哭还是该笑,先惊奇地问了一句,这里真分田到户了?宝山神秘一笑,回答道,队长原话是包产到户。他俩相视一笑点点头,很快,白娃又哭丧着脸,这……这车咋办呢?宝山揶揄地说:你心眼稠,当初能把黄花琴拐跑,连这点办法还没有?

白娃又蹲在地上,不停地眨眼,不停地吸烟,突然站了起来,说:还是上县城找吊车吧!

这时候公路上车多了,宝山拦了一辆货车,进城去找到了吊车。天快掩黑时,吊车终于把他们的车吊出来了。

白娃抱着方向盘时问宝山,今天几号了?

2月15号。

白娃眼乜着宝山,说,回去把你工资结了,你不用再跟了,赔钱!

宝山也睐他一眼,说,不跟就不跟,你赔钱我工资也算啦!

吃过中午饭,黄新月正在刷锅,村里有人从大队部捎来一封信,信皮上没有写寄信人地址。她拆开一看,是柳大林的信。她心里一阵激动,他怎么会给我来信?急匆匆往下看:新月姐姐,春节回家得知满银哥哥去世的消息我很悲痛,但也不便去看你……黄新月心里又一阵激动,大林真懂事。村里人从来叫满银为黑毛,没人叫过他大号。新月抹抹眼泪继续看……新月姐姐,这是无力回天的事,你别难过,满银哥应该说是那个贫穷时代的牺牲品!贫穷时代的牺牲品?黄新月对大林这句话颇感新奇,瞪大了眼睛……你看吧,以后各种情况都会变化的,贫穷时代会过去的,不会有人再像满银哥这样惨死。黄新月又落泪了,但忍不住又往下看:新月姐姐,我知道你是个刚强人……但一个女人生活是很艰难的,况且你又年轻轻的,还是应该考虑选个合适伴侣,……比如宝山,他我是了解的……

黄新月看柳大林开始把话题往张宝山身上引,把信一扔,哼!我嫁给瞎子瘸子聋子哑巴也不会嫁给他!

新月给柳大林回了信,也就这样说,我嫁给瞎子聋子瘸子哑巴也不会嫁他张宝山!张宝山他缺才又缺德!不说他把我圈他家一天,你考上大学,他咋考不上大学哩?云云。没过几天,大林又给她来了信。

信上说,宝山当时不该把你关他家里,其实新月姐姐可以换个角度想想,当时是我老婆跑了,又不是他老婆跑了,他动恁大肝火为啥?还不是为了朋友!宝山是个为朋友卖掉黄骠马的人,对朋友好的人,对老婆也会好的。再说宝山没能上大学的原因你肯定不清楚,咱先不谈这个,日子久了你会清楚……

黄新月把信放在枕头边上,反复在想:我宁愿相信星星说话,石头唱歌,也不相信他张宝山!……大林现在是大学生了,是有头脑的,他人品挺好,肯定不是存心把我往火坑推!但张宝山这个家伙的确令人愤恨……她转而又想,也不能得罪大林,大林将来前途无量,说不定什么时候用上他的……想到这些,她想,干脆直说,我怀孕了,她回信中这样写:

大林弟弟,我说了你别耻笑,其实我跟黑毛一直没有感情,因为婚前他们骗了我。不骗你!也就是黑毛去贩鸡走的前夜,黑毛要求要那个,刚开始我不答应,后来,黑毛哭了,说结婚二三年了,没挨过身,连我身上啥味儿也没闻过,皮肤是白是黑是细是糙也没感觉过。以后出门贩鸡天南地北地跑,不知什么时候才能回来,说不定遇个三长两短的……两口子那个一次,不管以后怎么也算夫妻一场。我动了心,用手捂住他的嘴不让说下去……没想到黑毛不幸言中,也没想到一次就怀了孕。我觉得黑毛不去贩鸡也没这场灾难,黑毛贩鸡又是我怂恿他去的,所以,我决定不嫁人,要把黑毛的孩子生下来。

又过了几天,她很快收到柳大林的第三封信。信一开头这样说:

祝贺新月姐姐,你要为人类做贡献了!……其实,你这种情况更需要有个男人照顾。真的,我认为宝山的确是个好人选。我觉得关键是两个人合脾气,谈得来。你可以回想回想,你与宝山有没有说得来的地方?接花琴那天,难道不是你给宝山说荤段子竟让他忘了白娃和花琴吗?你为啥一见他就有兴趣与他闲侃?

黄新月"扑哧"笑了,自言自语道:你柳大林真会抓要害……

黄新月又把信一扔,不看了。她思绪很乱,比一团麻还乱。

她想眯会儿,躺在床上却没有睡意,强迫自己闭上眼睛,闭上眼睛也睡不着,她索性起来打扫卫生,整理屋里零乱的东西。她在扫屋梁上灰尘时,看见一个草纸包,用扫帚扒拉下来,她想起来了,这草纸包里就是白娃让捎给宝山爹的中药"头顶一颗珠",让宝山爹泡酒治关节炎的。她又愣着神站住不动了。听说宝山爹风湿性关节炎挺重,卧床几个月了……那老伯、老娘人不错的,那天,老两口子一直训儿子,逼儿子把西厢房的门打开。俩老人没亏待你黄新月,你黄新月不该跟张宝山赌气而把这药给藏着……治病救人是积德行善的事,为赌气把药藏着不成缺德作孽了吗?……可这药怎么送到张宝山家呢?她不想见张宝山家的人,更不想见到张宝山。她也曾想找别人捎到张宝山家去,也不行,让任何一个人捎都难揣测出任何一个人是怎么猜想呢。她又想了想,干脆吃过晚饭以后,趁天黑把药包子拿过去挂到他家大门上。

黄新月拿定了主意。晚上,待人睡定,她拎着那包草药来到了张宝山家门口。当她把草药包往大门上挂时,有人把门闩"哗"一声抽开了。她把药包扔地上扭头就跑。谁?她听出是张宝山的声音。已怀身孕三个月的妇女,再用力也跑不过男人。她没跑多远,就气喘吁吁。刚出村,张宝山就一把抓住了她说,新月别跑,我正想找你呢!他用他那粗糙的手攥住新月那柔软的手说,新月,我很喜欢你,想娶……

你做梦吧!没等他说完,黄新月就说,没可能,我嫁个瘸子瞎子聋子哑巴也不会嫁给你,我是来给你爹送药的!

张宝山还是攥着新月的手不丢,说,我真愿意娶你当老婆!

你妄想!快丢手!黄新月手拎着。宝山仍攥住她的手还攥得更紧了。你快丢手,再不丢,我就喊了。

你喊吧！宝山希望她喊。

黄新月见他死不丢手，而且越攥越紧，干脆亮底牌，说，张宝山，我肚子里有孩子，不会嫁人！

张宝山一怔，泄了气，松了手……

三月的月亮把清辉洒满大地。

张宝山手中拎着一包用塑料袋包着的补药，沿着一条田间小道往黑龙庙村走去。他要去黄新月家。要说，他应该选择月亮不圆月光不明之夜去黄新月家更合适，更安全，可使人不知狗不晓，不该选在这个十五的夜，月亮又明又圆的。即使做贼的还要选月黑天呢。可是柳大林要他必须想办法把这东西在第一时间送到黄新月家。三山凹村距黑龙庙村也就两里路程，他很快走到了河边，他脱下脚上的鞋子，蹚过河，湿脚又穿上鞋子。上了河岸走不到二百米就是黑龙庙村。黄新月家的位置在村东南角，他知道她家院子当中有一棵大洋槐树。他刚到村边，村子里的狗就叫起来。狗也是"一呼百应"的，一只狗叫全村的狗都跟着叫起来。他怕狗叫惊动了村里人，只得退回来坐在距村子五六十米的田埂上……

他那天晚上抓住黄新月，第二天就给大林打电话说，大林，你别劝，我不干！她娘的，寡妇，肚子里还有黑毛的种，二蛋才会要她！

大林责备他说：黄新月寡妇不假！她男人活着你想要还不嫁给你呢！她肚子里有娃也不假，但这娃是跟自己男人睡的娃，不是跟别的男人鬼混的野种，没出轨，不是道德问题！女人主要是德！我听了黄新月的话，恰恰觉得她有道德，有人性，是个正派女人，可爱的女人，你不接受恰恰说明你不是大男人！

大林还问他：你说实话，你内心深处喜欢过她没有？

没有。

你再说句没有！大林声调有些严厉，如果没有，那天你和白娃一起去接黄花琴，为什么黄新月一坐上你的车，你就与她谈笑风生，把白娃和黄花琴都忘到脑后……

宝山语塞。他回想起去年夏天在大林家大门口看见黄新月，小弟弟还挺了起来。

她有了黑毛的孩子又算什么？女人其实是只要人好你爱她，就值。别人的种子又怎么样？把没有父亲的孩子养大是积个大德，必有后福！你快快买点保胎药送过去，讨新月欢心。

他听大林的话，去到县仲景医院找到一位名中医，抓了一包中药，还花大钱，买了二两上等阿胶，今晚要送到黄新月手里。

月亮已升中天，更亮了。夜也深了，起风了，而且风越来越大，宝山觉得身子冷得受不住了。人在没办法的时候往往会生出办法。他想，把鞋子脱掉进村就没有脚步声了，惊动不了狗，就不叫了。又想想，还不行，狗若没睡看见黑影晃动也会叫的。他看到田里覆盖花生苗的白色塑料薄膜，灵机一动，有了！他弯腰将地膜扯掉七八尺长，把身子裹住。这样，他成了一个白色的东西，消融在白色的月光里，小心翼翼地进了村。果然没有狗咬也没鸡叫。他轻轻地来到黄新月家院墙外，院子里静得很，除了风的声音，没一点其他声音。他去推大门，大门闩得紧紧的，他去后窗喊黄新月，黄新月没应声。他站外边将药袋往院里投，被风刮了回来，这时，风势更大，把院子里的洋槐枝都刮得摇摆不定，还发出嘎吱嘎吱的响声。装着一包草药的塑料袋子太轻了，抵不住风的猛劲，他试着往院里投了几次，都被风刮了回来。他蹲在地上想了一阵，有了妙计，将一只鞋子裹进塑料袋内，然后纵身一跃，将那包东西抛进院内。只听"咚"一声响，他知道那东西着地了，耳朵贴着门缝听了一阵，院子里没有任何动静，便往家返。

王春宝蹲在宝山家门口。他知道宝山跟白娃外出贩鸡子回来了，他猜出宝山在家待一天就会走。宝山贩鸡子搞资本主义，他作为一队之长是要管管的。再者，柳大林结婚那天宝山当众奚落他，他觉得受了极大的侮辱，心里一直咽不下这口气，也想抓住机会收拾收拾他，杀杀他威风。他估计宝山会半夜偷偷走，凌晨1点多的时候就蹲到宝山家门口，准备拦他。王春宝知道宝山膀大腰圆，发起脾气来如一头公牛，担心一个人收拾不了，就找了两个民兵潜伏在周围。他刚来时没有风，也没穿棉袄，只穿了一件绿军装式上衣，没想到风越刮越大，冻得他瑟瑟发抖。这期间，他几次想回去加衣服，又怕万一张宝山出来走掉，就两手抱着膀子蜷缩着蹲在背风的一个墙脚。他看见一个人影从远处走过来，越走越近，是张宝山！他没想到这家伙这时间从外边回来，心里挺纳闷。当宝山赤着脚手里拎着一只鞋走到门口刚要掏出钥匙开门的时候，突然蹿上去抱住宝山吼道：张宝山，你干啥勾当去了？宝山吓个冷惊，但很快醒过神来，知道是王春宝。你他娘的半夜三更蹲到我家门口,肯定没安好心!他怒火中烧,猛推一把将王春宝推个趔趄。去你娘的,你管老子干什么去了?

你……你……肯定没干好事!

嫖你老婆去了!

王春宝没想到这小子现在这么嚣张,气得咬牙切齿,喊了一声"来呀",两个民兵疾速跑来,扭住宝山的胳膊。王春宝手一挥,把他扭到牛屋去!

牛屋一排五间芭茅草房,生产队里十头耕牛就在这里喂养。这里也是生产队的公众场合,不冷的天气,队里召开群众会就在牛屋门前,天冷的时候队里召开群众会就在牛屋内。两个民兵平常见宝山也是哥长哥短的,也只是春宝许愿如果捉住张宝山给他们加二十个工分才来的。他们实际没有扭宝山的胳膊,只是象征性地挽着他的胳膊。到了牛屋,王春宝怒冲冲地去敲响了吊在老榆树上的铁钟,而且敲得声音非常急促。钟声过后,王春宝粗门大嗓地喊着,都快起来,到牛屋开社员大会!……开社员大会!正在熟睡的社员们不知有什么重要事情,不到五更天要开什么会?毛主席在世时夜里常传达"最新指示",半夜开过会;毛主席去世后,就没有半夜三更开过会了。这时候夜里又要开什么会?全生产队社员怀着极不情愿又有些好奇的心情来到了牛屋想看个究竟。几个来得早的人看见宝山还给宝山点头打招呼。王春宝让记工员点点名,人齐了。王春宝两手叉着腰说,大半夜地把老少爷们请起来,不知道干什么吧?批斗张宝山!

众人一片唏嘘声,现在哪还兴批斗啊?啥年月了还有批斗这码事?王春宝也听见了大家的议论,他得压住这舆论,大吼一声:张宝山站起来让大家看看你!宝山本来就在站着,也没拿眼看他。王春宝脸又扭向大众煽动着说:他个张宝山后半夜了赤巴着脚,手里拎着一只破鞋从外边回家被我们民兵逮住,搞什么去了?

众人一听又一片唏嘘声!哎!这小子半夜这样子是干啥去了?撵贼去了?还是偷婆娘被人撵了?他偷婆娘,穷得没一分钱,谁家婆娘让他白偷!快说,快给大家说说你干啥漂亮事去了?王春宝讥讽地朝他吼道。王春宝现在不说宝山贩鸡的事,他知道偷婆娘在三山凹是最犯众怒的事,想以此先争得民心再说下文。宝山早已心中有数,咳嗽了一声,不慌不忙地说,我出去贩鸡子大家可能已经知道,从安徽回来有几只公鸡在城里没卖掉就带回家来,夜里鸡子没拴好,跑的跑,飞的飞,我就赶紧撵,这鸡子是生鸡子,到三山凹也不知道往哪儿跑往哪儿飞,各跑各的,各飞各的,我一个也没撵上,一个也没捉住,鸡也飞了,鞋子也跑掉了,赚的几个小钱也算打水漂了!

贩鸡子算不算资本主义?他张宝山是不是走资本主义道路?王春宝觉得宝山自己说出了贩鸡子,等于抓住了话柄,手指着宝山煽情地问众人。

群众一个个都低着头默不作声。

贩卖几只鸡子赚几个油盐钱算资本主义?张宝山冷笑一声说,实话告诉大家,我出去贩鸡子,也算长了见识,安徽都已分田到户啦!

什么?分田到户了?单干啦?真的吗?那咱这里还……屋里像热锅里撒了一把盐炸开了!

都别听他造谣言!别听他造谣言!王春宝双手打着手势向下压着。众人还在议论纷纷,人们议了一阵,终于静下来。王春宝又趁机反攻:你个张宝山吃熊心豹子胆了?竟然公开散布反社会主义言论,鼓吹资本主义,我王春宝郑重告诉你,历史的车轮不会倒转,毛主席亲自树立的人民公社一大二公谁也反不掉!你想戴反党反社会主义的帽子吧?

张宝山两道剑眉一扬,冷笑一声说:王春宝你不读书不看报,总该看看几月天了,还发梦吆?我再告诉你,安徽那村里耕牛车辆连大件农具都分到生产组了!宝山又笑着面对众乡亲叙说和白娃一道在安徽遇到的情形。

这真好!这真好!要么咱也去安徽看看!……满屋又如一锅沸腾的水。

王春宝眼看吃了败仗,气急败坏地喊道:大家不要相信张宝山的谣言。资本主义行不通,社会主义是幸福的康庄大道!啥时候也搞不了单干!

宝山用嘲弄的目光看着王春宝反辩道:你说对了一句,社会主义是幸福的康庄大道,毛主席共产党搞社会主义是让人民过幸福生活,包括搞人民公社"大跃进",目的都是让人民过幸福生活,只是……只是……宝山一时想不出合适的词,说话结巴了。

王春宝觉得抓住了反击的契机,嘿嘿冷笑着质问:只是什么?只是什么?

宝山脸憋得通红,脖子青筋蹦蹦跳,半天终于冒出一句:你不管只是什么,搞社会主义肯定不是让人们受穷饿肚子!

哎哟!宝山说得好!出去跑跑长见识了!人们又议论。这时记工员张金朝站起来说,也不只是宝山贩鸡子长见识了,我最近看报纸,听广播,声音跟以前不一样了,广东、安徽都有这方面的信息!既然安徽都有搞单干的,咱们就不可以搞单干? 王春宝两眼白瞪白瞪张金朝,他没想到自己亲手提拔的记工员也同他唱反调,怒骂了一句:你他妈的张金朝,反了你?! 屋里又嚷成一锅粥。

宝山又向大家摆摆手,说:我补充一句,人家安徽那村里人标准的说法是:包产到户! 王春宝刚才质问我"只是什么",我现在琢磨出来了,大集体也是社会主义,包产到户也是社会主义,就像走路一样,只是以前脚上穿的鞋子不合脚,走着不舒服,换上合脚的鞋,穿着舒服,走路会更快些! 宝山的话说得众人赞不绝口,已占了压倒性优势。

王春宝见墙倒众人推,舆论对自己大大不利,又极力想挽回局面,只有以队长的身份压服众人,声嘶力竭地喊着:大家别听信张宝山的,别受他蒙蔽,我是队长听我的!

这时村里有名的"愣头青"黑炭娃走到王春宝面前,用手指头搡着他说:你个货! 张口一个资本主义,闭口一个资本主义,你知道啥是资本主义? 啥是社会主义? 你知道个球! 我看你不是怕资本主义,你是怕队长的帽子掉了吧? 都知道那首民谣,队长对队长,票子哗哗响;会计对会计,对着不下地,撑死保管,饿死社员! 牛屋里所有人"轰"一声笑了。黑炭娃见大家笑了,胆子也大了,手指戳到王春宝鼻子上说:我看你该下台了吧,别挡路! 谁领着俺们搞改革就让谁当队长!

好! 好! 好! 王春宝下台! 张宝山当队长! 张宝山当队长! 王春宝下台!

牛屋里的声浪一浪高过一浪,冲破屋顶,在三山凹的上空回荡,打破了三山凹黎明前的寂静。也犹如春雷炸响。就在这春雷般的声浪中,王春宝下台,张宝山当上了三山凹生产大队第八生产队队长。

太阳出来时,王春宝跑到大队侯支书家里报告了情况,侯支书让国超通知宝山到了大队部。侯支书对宝山说,你说的安徽的情况白娃也给我说了,咱不争议。大家既然拥护你当队长你就当吧,我也承认。你们想搞包产到户,可以试试,看到底怎么搞粮食增产,实践检验吧! 但有一条,得给大家讲清楚,国家公粮得交,集体提留得交。宝山都点头答应。宝山扭头出门走时,侯支书又喊住他说:还有一条,虽然包产到户,上工还得敲钟! 宝山说,大伯,侯支书,既然分田到户了,各家会操各家心,生产积极性自然会高,用不着敲钟了吧? 侯支书摇摇头,不行,得敲钟! 虽然包产到户了,但还是个集体,就像部队得吹起床号熄灯号,就像学校得敲上课钟下课钟!宝山思索了一下说,侯支书,咱农村生产队作业与军营训练、学生上课特点不同。既然你说了,咱这样吧,上工敲钟,下工不敲钟,他们该什么时间下工自己知道,愿意干到太阳落星星出都可以。侯支书想了想,点了点头,可以吧,先试试。

黑毛死后,黄新月每晚都是很早就关门上床,妊娠期瞌睡多。昨天晚上她肚子有点疼,很难入眠。她听到院子里有响声,也不理会,照样睡觉。黑毛死后这种声音她听得多了,有捶门的,有敲窗的,有往院子里扔石头砖头瓦砾的,有往院子里投核桃大枣柿饼板栗的,有在屋前屋后吹呼哨学鸟叫的,也有胆子大的无赖流氓喊着"黄新月出来""黄新月开门"!在遇到这些骚扰的时候她也曾冒出"一嫁了之"的念头,这种念头一闪之间,她就立即告诫自己:不行,得把孩子生下来。所以,她天天都是天不黑就关门,天大亮才开门。任何人的一切都会在黑暗中,白天便无影无踪。所以她夜里无论听到了什么声音发现任何动静都不予理会。

早晨天大亮时她起了床,看到院子里有一个白色的食品袋,弯腰捡起来,拿到手里就有一股扑鼻的中药味,一扒拉塑料袋里有一包中药,一只男人鞋。她把那只男人鞋扔出院外,骂了一句:臭流氓!然后转身进屋,拆中药包看是什么药,发现里边还有阿胶。

她头发梢怔了一下,脸热烘烘的,没人知道这事啊!虽怀孕三四个月了,大春天仍裹个大棉袄,没有人看得出来!估计是张宝山个贱货吧?不想了,管他是谁,贱男人多啦!她把药扔进灶房。

隔了一天,后半夜,黄新月肚子内剧烈地疼,疼得头上冒汗,她两手紧紧地按着腹部,突然感觉一股热流顺腿而下,她脱下裤子一看,两条雪白的大腿上是殷红的血……情况十分危急,她此时没有任何办法,也无人救急,她不顾一切,不想一切了,只有弯着腰到灶房把那阿胶熬熬喝了试试看。喝后,估摸有半个多小时止住了血,第二天早晨她感觉身体舒服多了,对着小圆镜看看自己的脸,脸也红润多了。中午,她坐在院子里槐树下吃饭,听见坐在大门外椿树下吃饭的人们大呼小叫议论张宝山,一个说,张宝山这货有种,敢把王春宝队长推翻了!另一个男人说,更有种的是他领着社员们搞包产到户,单干了!还有人说,咱队里也有人出头这样干就好了,就也不愁饿肚子了! 七嘴八舌说什么的都有。后来,她又听到一句,张宝山是个孬种,他夜里被王春宝抓住时,赤着脚,手里拎着一只鞋,像是偷女人去啦! 另一个男人说,那不为凭,男女奸情床上捉住才是! 手里拎一只鞋? 黄新月心里一咯噔,把饭碗搁到了地上。

黄新月坐在镇上国营食堂里同柳大林面对面坐着边吃边聊。这是黄新月前天跑到大队部用电话打通了大林学校的电话,说要到学校去找大林。大林接到她的电话明白她的心事,不能让她一个孕妇坐车颠簸,自己请假回来,约在镇上国营食堂见面。

黄新月吃下一个饺子,把筷子横放在碗上,仰着脸不带一点羞意地说:大林,你上次说一个怀孕的女人更需要有个男人照护,我最近体会到了,要想养护好孩子,就得有个男人,有了男人照顾就有了安全感。你的话不错,我观察了张宝山,他是个男人,有种气,会为人着想,敢担当,能干大事。我想来想去,可以考虑嫁给他!

大林一跷大拇指,极对!

黄新月低下头又往嘴里扒拉了个饺子,然后又是那样把筷子横放在碗上,顿了顿说:你不要高兴得太早,有一个条件,张宝山要娶就得娶俩老婆! 否则,吹!

柳大林没想到她冷不丁冒句这话,莫名其妙。

给你挑明吧! 我婆婆,就是黑毛他娘,今年六十七岁,双眼失明,生活不能自理,我不甘心让老婆婆当"五保户"。张宝山要愿意娶我,我就得把婆婆也带过去。

大林听了对新月更加高看,点点头说:这不是问题,宝山会答应的。

我要他当面答应! 黄新月瞪大眼睛说,本来我可以直接找他谈,因为他已经拉过我的手,求过婚了,但我想想,得找个保人,所以请你出面说。

咱吃完饺子再说吧。大林又低头往嘴里扒拉饺子。

黄新月没有吃,还坐着,心里想:莫非他没有把握张宝山答应这件事?

大林吃完了饺子,说去个厕所,让黄新月等候。大林出了食堂门去到茶馆里。他早已约定宝山在茶馆里等他。他叫上宝山一句话也没说,就径直来到食堂里。黄新月一见宝山,"哟"了一声说,大林,原来你们计谋好了的,你个腼腆的大学生弟弟也会忽悠人。大林哈哈笑笑没说话。宝山心里有数，见到黄新月心里也并不紧张，他没有挨住黄新月坐，还是挨着大林坐下。他和黄新月对视一眼，谁也没有说话。

坐稳后，大林对宝山说：新月很欣赏你，愿意嫁你！就是想把她婆婆也带过去，你啥意见？

宝山想也没想，脱口而出：没问题，多个娘才好的。

黄新月翻一眼宝山，说，先声明一点，我可不是欣赏你要嫁给你，我是欣赏大林的人品，得给大林面子才嫁给你的。说话间，宝山点点头。然后，她含而不笑地问，一槽拴不下两叫驴，黑毛娘若是与你娘吵架拌嘴了呢？你站谁一边？

张宝山又是脱口而出说：你放心，我保证她俩不会吵架。咱农村有句话，槽里没食猪咬猪，以后政策越来越好了，收粮食越来越多了，有吃不完的粮食还吵什么架的！

黄新月撇嘴笑着乜宝山一眼，当队长了，口气大了！

宝山也笑了，不是口气大了，是真话。

黄新月眨巴眨巴眼，又补充一句：我可不是看上你当队长了，当官了，你当再大的官，能管住月球我也不稀罕！我是看中你人直有种，敢干！

宝山头一偏笑笑说：我懂啊，队长算个屁官，三山凹话，毛也不是！

宝山回家后告诉了爹娘，爹娘都同意。虽说黄新月肚里带着孩子，又要带上黑毛娘是个累赘，但黄新月长得漂亮人品又好，远近是有名的，若不是这情况，宝山搬座金山也换不来。宝山打了五百块土坯，在西厢房中间垒个界墙，扒了两个门，准备北头一间自己与黄新月住，南头一间让黑毛娘住。

收了麦，种上秋，农历六月六，宝山娶亲。他自己赶上牛车，牛车上用芦席扎了棚子，棚子上面挂了个红绸子缩的大红花，一车把黄新月连黑毛娘全拉了过来，也放了一千响的鞭炮，中午宴请亲朋好友摆了十二桌，喝酒喝到天快黑。

晚上睡觉前，黄新月"咯"一声笑了。宝山好生奇怪，笑什么？黄新月抛他个媚眼：想笑！

过了一会儿，她又"咯"笑了声说，别人家结婚，都祝福早生贵子，你这不用祝福也要早生贵子了！

宝山脱了裤子上了床，坐床上吸着烟说，你看看咱囤里的粮食，满得往下流，只要你黄新月有本事，十个八个可劲儿生！我养得起！

过会儿黄新月又"咯"笑了一声说:前年七月你把我关在这西屋一天不放我走,是我仇人;时隔一年今天成了你老婆,让走也不走了。

宝山"吧唧"亲下她嘴,一笑,说,上天安排!

1979 年 8 月 16 日,黄新月在西厢房产下一个白胖胖的大小子。除了皮肤没有黑毛那么黑,五官跟黑毛一模一样。宝山一点也不介意,喜欢得跟自己的骨血一样。正巧大林也在家过暑假,他跑到大林家,对大林说:你学问大,给孩子起个好名! 大林脱口而出:就取名革儿,再好不过!

四

三年很快就过去了。

柳大林毕业回到了生他养他的丰和县。他本该去教书的,学哲学的应该去县党校给干部们讲哲学。他自己也这样认为。没想到,却被分配到县委办公室,要去当"熬夜虫""爬格子"了,他觉得这工作不如去教学,干这行当在学校学的东西基本用不上。他给姐夫曹一宽说了,曹一宽拍拍他的肩膀说,你傻什么?教学走的是专业路,这走的是仕途!县委办公室是县委的心脏位置,多少人求之不得,别"二"了,好好干!我早说过,你是当官的料,必走仕途!大林既听组织的安排,又听姐夫的劝解,在县委办公室安心干下来。

上班刚满一个星期,县委办的陶副主任把大林叫到自己办公室,告诉他说,办公室原有的人员全部都是高中以下文化程度,只有主任是大专文化,因此,办公室需要充实有大专学历的年轻人,他亲自去县教育局钻到档案室翻了一天,把大林挑选进来,鼓励大林好好干。他听了陶副主任的一番话心里很温暖,也很高兴。就在他高兴的当儿,陶副主任交给他一项任务,县委要开经济工作会议,需马上给县委宋书记写份讲话稿,三天之内交稿。他一听蒙了,我刚到办公室,两眼一抹黑,怕是写不出来吧!陶副主任说,我不管你写出来写不出来,你找仙女写也行,我只要三天之内交稿!

人不叫人人叫鳖(憋),三天时间大林真憋出一份稿子来。他给陶副主任交稿子的时候心怦怦跳,知道过不了关,等着挨批。没想到三天之后听陶副主任说,稿子过了,县委宋书记还在稿子上批了三个字:有新意。陶副主任还拍拍他的肩膀,年轻人,好好干!你第一次写讲稿就受到领导的首肯,大专生就是不一样,比我们这初中生写的东西就是好,以后领导讲话稿就是你的了,我就可以甩手了。大林听了,压力山大。给领导写材料这事,这行当里有句笑话,正在酒场上喝着酒笑的,一听说让给领导写材料,脸立即会变得几乎要哭。半年后,由于各级领导机关要选拔革命化、年轻化、知识化、专业化的干部,柳大林被任命为县委办公室秘书,副科级。不久,陶副主任主持召开各公社党委秘书会议,汇报当前农民的思想动态。上午汇报了半天,下午又汇报半晌时间,后半晌就该由陶副主任做会议总结了,就在这个时候,招待所服务员喊陶副主任出去接个电话。这当间自然是冷场了,大林不想让会议冷场,站起来说,我说几句与今天会议无关的话,就是最近有些公社党委办公室平时的汇报材料比较老一套,现在是改革开放的新形势,今后的汇报中希望能多提供一些鲜活的典型,鲜活的经验,鲜活的人物……

正说话间,陶副主任进来了,两眼冷峻地看着他恼怒地说,柳大林,你可做会议总结了?然后面对与会人员说,柳秘书既然总结了,就散会吧!他边说边扎着要掭笔记本走的架势,会场气氛十分紧张。大林脸一下憋得通红,结结巴巴地说,陶主任总结吧,你总结吧……我只是……只是……往下他说不出来了。陶副主任两眼冷光射着他说,你已经总结过了,我还总结什么?陶副主任大耍淫威,说着手拿起放在桌子上的笔记本真要走。会议室内的空气格外紧张,可与会人员都是公社来的,谁也不敢插话。柳大林忙拦住说,陶主任我只是……只是怕冷场随便说了几句。陶副主任把拿到手上的硬壳笔记本"叭"地摔到桌子上,声嘶力竭地吼道:你才来几天,柳大林,懂不懂规矩?

柳大林真的不懂官场规矩。他进县委机关只半年多,虽给县委书记写过材料,但还从未接触过县委书记,就连挂着县委常委头衔的办公室主任李来福也没单独接触过。每次他写的材料都是交给陶副主任,由陶副主任交给县委书记。他还弄不懂自己算不算步入官场。他委屈得回家后痛哭了一场。老婆杨彩凤问他哭什么,在外边受什么委屈了。问个死大林也不说实情,情绪极其低落。还说,我不想当这个干部了,不如回家当农民,当农民也能种好二亩责任田。第二天上午,彩凤给姐夫曹一宽打了电话,姐夫虽不在官场,但在世面上混得时间久些,加之当县医院采购员能给领导们带些紧缺药物如青霉素葡萄糖什么的,那年头青霉素链霉素之类的药物不托人情买不到的。所以他人缘也广,亲友中有什么事都找他。曹一宽中午在县委机关西边一个浆水面馆里花了一元钱要了两碗浆水面,和大林两人边吃面条边唠。表姐夫吃完面,也从大林说的情况中品出了其中味道。他擦了一把嘴,给大林讲了下面几层意思:一、领导批评下级或是对下级发脾气,没有对与错,对了也得接受,错了也得接受,不接受也得接受,原因:谁让你是下级。官场成功的一个字就是"忍",心字上面一把刀,无疑是难受的,难受也得受,因为,今天你难受,明天才好受。今天若是不忍受,未来你会更难受。你只知道陶副主任现在对你发脾气,但你不知道他过去受过多少气。二、醉翁之意不在酒。陶副主任选你过来是让你当他的"替死鬼",让你替他写材料的,不是让你替他当官。他在县委办公室干了二十多年,给七任县委书记写过材料,现在才是个正科,你进办公室半年就是个副科,而且是距他的位置一步之遥,他的心情你懂吗?三、陶副主任在县委盘踞多年,虽说不上是"地头蛇",但却是有名的丰和县里"第一笔",在县委书记面前说得上话,没人敢得罪。所以呢,知道他是鬼还得往鬼怀里扑。曹一宽说着眨巴着眼睛想着,这个县,还没人剋动他,只有张宝林能剋动他!

你认识张宝林?大林问。

我不认识,但我托人能找到张宝林。曹一宽说。

算了吧,姐夫,别拐弯啦!何必托人刺脸的。大林极不情愿地说。

别耍二杆子!曹一宽说,听姐夫的话没错。

晚上,曹一宽在县电影院旁边的小乐天酒楼设了个小宴,拿来三瓶酒,一瓶张弓,一瓶宝丰,一瓶林河。这在当时是高档次的酒了。大林先来到酒楼,看见桌子上的酒,茅塞顿开,"咯"一声笑了,说:这就是你说的张宝林?曹一宽也笑了笑说:我知道,老陶最爱喝这酒,只要他喝晕,啥问题都没有了。顿了一下,他又说,大林,今晚记着多给陶副主任敬几杯。

大林嘟哝着说:一杯也不想给他敬。

曹一宽小声说大林:今天给他姓陶的敬酒不是敬酒,是要明天坐他的位置。

大林翻白曹一宽一眼:我没有那野心。

话音刚落,陶副主任进屋来了,曹一宽指着大林介绍道:俺俩是连襟。陶副主任过去找曹一宽多次从外地带过药材,有点不好意思地两手一摊说,你曹一宽怎么不早介绍这层关系呢?陶副主任平时喝的都是三潭酒、卧龙玉液,偶尔喝个张弓、林河,从没喝过宝丰大曲。先选喝宝丰,这酒香味扑鼻,顺口,三下五去二干了两瓶,陶副主任喝个大晕,一切不愉快在吆五喝六的猜枚声中烟消云散。大林当然也陪着喝了不少。酒后,陶副主任说还要去办公室看看,大林就扶他回县委大院。县委办公室人员队伍庞大,办公都在办公大楼后院的平房里。大林送过陶副主任返回时穿过办公大楼想去厕所小便，他已憋尿很久了，因小乐天酒楼没卫生间，又不敢与陶副主任离开身，只得憋着，结果一楼厕所在检修封了门，他就上了二楼，二楼厕所亮着灯，他就小跑步往二楼厕所去。这幢楼共三层，二楼冬暖夏凉，县委常委都在二层办公，一般人员轻易不到这层楼来的。大林如果不是实在憋得受不住，是不会来到二层厕所撒尿的。他撒完尿出来，看见一个办公室亮着灯，门闪了个缝，一道光柱斜着打在地板上，但看不见屋里的人。他好奇地想看看是哪位领导深更半夜还在办公，头挨着门想从门缝里往室内瞄一眼，由于他这时候也是头重脚轻，头挨着门却把门撞开了。啊！宋书记！他惊慌得心咚咚跳，正要拔腿跑，不料却被宋书记叫住了，哎，哎，小柳，你来得正好！他不能走了，便往宋书记跟前凑。

宋书记好像没在意他喝酒没喝酒，示意他在对面的椅子上坐下。

宋书记你够劳累了，夙夜在公。他怯生生地望着宋书记说。

宋书记也没抬头看他，还用钢笔在笔记本上划拉着说，准备个汇报稿。然后抬起头问他，今年上半年粮食比去年同期增产多少？

大林笑了下说，宋书记，粮食分夏粮、秋粮，再细分小麦、水稻、大豆，没半年之说。宋书记"哦哦"地点着头。接着又问，全县耕牛增加多少头，拖拉机增加多少台，打机井多少眼，硬化水渠多少米……最后又让他想办法问问县化肥厂化肥增产多少万吨，浇地用的"小白龙"塑料管销售了多少万米……柳大林边听着他问，心里边打着小鼓，揣摩着极有可能是要来大领导了，若不是来大领导宋书记不会深更半夜亲自准备这么详细的汇报材料，如若省、市来领导一般是由一名副书记或是办公室主任召集办公室人员讨论汇集，由办公室人员准备汇报材料。今晚宋书记问得这么具体而又细微，显然是想做到滴水不漏，又不想让人知晓。

人喝点酒晕，往往说话胆子也会大。柳大林同样如此。他试着问：宋书记，是不是要来大领导的？

不，不，不是。宋书记连连摆手否认，来，也是小领导。

大林又说，小个子，大领导。

宋书记翻他一眼，手中的钢笔往桌子上一搁，摘掉眼镜放到办公桌上，很郑重地看着他说，别胡猜，别胡说。

还是因为酒精在作怪，柳大林淡淡一笑说，我也不胡猜，我也不胡说，我只给您讲个小典故,您揣摸揣摸。

宋书记两眼骨碌骨碌不置可否。大林便讲了。应该是 1960 年吧,南都一位县委书记接到通知,要去给毛主席汇报工作。这位县委书记很激动很紧张也很动脑筋,县里各种情况各种数字准备了四五十页纸。毛主席是在许昌火车上接见他的。毛主席见他第一句话问:诸葛亮是哪里人?他答:南阳人。毛主席笑了,又问他:农民一月吃几两香油?他回答不出来,只说国家干部一月是一两三钱油。接着,毛主席又问他:你家里几口人?他回答得很流利:毛主席,我家里七口人,我,我老婆,两个儿子,三个姑娘。毛主席哈哈笑笑,说他,你不知古不知今,只知家里几口人。主席说完摆摆手让他去了。这位县委书记的汇报就这样简单地结束了。宋书记听完这个典故,深沉地点了点头。柳大林继续说,依我看,宋书记你多记些咱当地的名人轶事,如元好问、范蠡、张仲景、张衡……还有些乡俗民情,社情民意,不必在数字上下功夫。大领导心里都装得着地球,哪管蚂蚁搬家之事……

宋书记听了茅塞顿开般连声"嗯"着,有道理,有一定道理。你就帮我找找元好问什么的资料。最后又叮嘱他道:千万保密,千万保密,别胡猜别乱说,包括让你找的资料也不能让第二个人看到。

半夜。柳大林睡得正香,爱人杨彩凤把他叫醒,说县委通信员来找他。大林一听县委通信员这个时候来找他,肯定是有重要事情,一骨碌爬起来,慌慌张张出了门。通信员就在门口等着他,通信员只说了一句:李主任找你。然后用脚狠劲地蹬着脚镫,飞往县委大院。这时已是午夜 1 点多钟,街上没一个人影。他坐在车子后边想着,十拿九稳还是准备迎接首长汇报的事。

到了办公楼前,通信员走了,他独自上了办公楼往李来福办公室去。他敲了敲门,屋里灯亮着,却没有人,就又往里走,拐过弯,他看见宋书记办公室的门缝闪着,透出来一束亮光。他走过去隔着门缝往里一瞧,宋书记坐在办公桌前,李来福坐在他的对面,桌子上放有一瓶伏牛白酒,一包糕点。他正犹豫着敢不敢进去,敢不敢喊一声李来福主任,恰在这时李来福看见了他,连声说,快,快进来!宋书记等你许久了。大林怯生生地进到屋去,这是他第二次来到宋书记办公室。李来福拉一把椅子让他坐下,他诚惶诚恐地不敢坐。他望着宋书记,宋书记一脸疲倦一脸笑容,用小刀子撬开酒瓶盖,将那琼浆玉液咕噜噜倒进三个茶缸里。宋书记将一缸子酒推他面前说：干掉！大林没喝，心里还在咚咚打鼓，凭什么书记、主任喊我来喝酒，连陶副主任也没来？宋书记大概看出了他的拘谨，自己先喝了一口，说，喝，小柳，你的金点子使上了！李来福也接着说，喝吧，宋书记犒劳你的，我是跟着你沾酒福！

跟我沾酒福？李来福这么客气！这是大林有生以来第一次享受这么高的待遇，他手抖动着掂起缸子送往嘴边。

宋书记又端起缸子上了一口，笑谈起来。

他在老界岭上了中巴，一眼就认出大首长。首长个子矮矮的，瘦瘦的，脸上布满饱经沧桑的皱纹，稀疏的黑发中夹杂着些许白发，两眼炯炯有神，面色严肃而又和蔼，让人没有大首长的感觉。宋书记屁股刚落座，想汇报情况还没开口，首长就操着浓重的口音问他道：元好问在你这县做了几年县令？

三年。他脱口而出。

元好问在此地留有什么诗句？

很多的。

能否念上一首？首长深邃的目光望着他微笑着。

有准备的他，很顺溜地念道：丰山一何高，古屋苍烟重。开门望吴楚，鸟去天无穷。连山横巨鳌，白水亘长虹。川原郁佳气，自古南都雄……

好！宋书记选诵这一段词好！李来福奉承着与宋书记碰酒，宋书记没与他碰，转过身与柳大林碰，来，小柳，上一大口。柳大林明白宋书记的意思，是感谢他给提供的这些诗句。

大首长话锋一转又问：宋立功，到本世纪末你几岁了？

宋书记压根儿没想到大首长能叫出他名字，浑身热血沸腾，但头脑还很冷静，从容答道，首长，我 1946 年出生，到本世纪末就五十四岁了。

大首长点点头说，过了知天命之年。不过，带领群众搞改革奔小康还是正当年。那么，到建党一百周年你几岁？到 21 世纪中叶你多大年龄了？

宋书记没被难住，迅速答道：首长，到建党一百周年我七十五岁，到 21 世纪中叶正是建国百年，我就一百多几岁了！不知……

大首长忙拦住他的话说，建党一百周年时我们国家就全面达到了小康社会，物质条件好了，生活富裕了，你准能活过一百岁。你作为百岁老人见证了我们的改革开放，又可享受改革开放的成果！

吉言啊！宋书记您可真要活过百岁啦！来,祝贺！李来福又掂起酒缸子要给宋书记碰酒。宋书记又是转过身来给柳大林碰着杯说,大首长爱吃红薯,当时市委领导问我哪里红薯好吃,我想起来,1965年我从大学生党员中抽出来在三山凹搞"社教",记得三山凹红薯特别好吃,记得当地农民说,三山凹的红薯是干面栗子瓣,甜似蜂糖罐。就推荐去三山凹挖红薯。首长吃了不断赞美好吃,中午吃了晚上还要吃……你明天就去三山凹把吃的这红薯了解清楚。

柳大林一听说大首长吃了三山凹的红薯,心中兴奋而又自豪,连连点头说,我就是三山凹人,我能了解清楚！

你是三山凹的？宋书记脑子里似乎浮现出了什么。

嗯,来,宋书记您辛苦了,敬您了！柳大林给宋书记碰缸子,又给李来福碰了缸子,然后说,宋书记,李主任,我先干为敬！咕嗞嗞一口气喝了。

张宝山在床上辗转反侧怎么也睡不着,睡不着就坐起来抽烟,抽了烟再躺下睡,还睡不着就再起来抽烟,烟雾弥漫满屋,孩子也呛得咳嗽起来。

你能不能不抽了？黄新月嘟哝着。

不抽了,不抽了。张宝山摁灭烟蒂,又躺下。躺下还是睡不着,脑子里老浮现着今天两次有干部模样的人到他的地里挖红薯,还跟着穿军装的人,不让人往跟前凑。

你脑瓜子钻啥了？心神不宁！黄新月又嚷道。

张宝山扭个身,胳膊塞到黄新月脖子下,问她,你说说,今天那挖红薯的人到底咋回事,还跟着当兵的？

黄新月看孩子睡了,也侧过身,雪白的胳膊也伸过来抱着他的腰说,你是队长你说不清,我还能说得清？凭我感觉是好事,肯定是好事。

天麻麻亮,张宝山就起床了。他一夜没睡好,眼皮微微浮肿。时令已过寒露,嘴里哈出的气已变成白色的雾。他披着一件蓝色的褂子忍不住往南坡红薯地里去。走到地头的时候,他看见地里站着一个人。谁个这么早跑我红薯地里干吗？他加快脚步往地中间走去。红薯秧上挂满露水珠,一会儿就把两只鞋子蹚得湿漉漉的。他走近了,看见是王春宝。王春宝正拎着被摘走了红薯扔在地上的秧子看来看去,一会儿又弯下腰用手扒着掘出地面的红薯发愣。宝山不知说什么好,便喊了声:想吃我的红薯你就挖呗,何必偷偷摸摸的！王春宝没注意到宝山来了,一脸尴尬地说:我才不吃你这资本主义的红薯哩!宝山哈哈一笑,问:资本主义的红薯是啥味道?甜的还是苦的?春宝似乎是皮笑肉不笑地说:昨天有人见了,你自己肯定也知道了,县上来了干部,还跟有当兵的站岗,把你种这红薯挖走化验去了,一化验就知道你这红薯有毒无毒,你还装啥模糊的?宝山又哈哈一笑,嗯,我模糊,真模糊。春宝把手里的红薯秧一扔,走了,走着又甩出一句话来:实话说,张宝山,我这么早来你地里是找笑话看的。就你这红薯,人不像人,树根不像树根,能来当兵的看护着挖走?我也真觉得模糊。几十年没见过,我昨黑夜没睡着,想不明白,来看看,也许真是挖走当资本主义标本哩!不信,走着瞧!宝山没再理会他,见他走远,也走回家去。

宝山回到家里,黄新月把两元钱塞到他手里说,这是侯支书送来的钱。侯支书送来的钱?他说什么了?宝山问。没说什么,他把钱搁下就走了。宝山没再说什么,他坐在院子里抽了一锅烟,想着这有些神秘的事!王春宝天不亮就跑到那块红薯地里去也就是探神秘的!听春宝早晨说的,他可能会抓住机会散布谣言,蛊惑人心破坏分田到户的。他想去找侯支书问问,黄新月说,找他问管屁用!要找你就上县里找大林问。一句话提醒梦中人。宝山早饭也不吃,就往黄龙镇赶车去县里。他到了镇上汽车站,正好县里的班车开过来了,仍然是先下后上。他就站那儿等车上人下完后去上车。他突然看见大林从车上下来了。大林手中拎着一个当下时髦的黑色手提包。国家干部大多数现在都拎着这种手提包。大林低着头下车没有看见他,他先喊了一声:大林!大林一看见他惊喜万分,三步并作两步跑过去抱住他说,哎呀,宝山,咱三山凹这次可是吹喇叭坐飞机呀!

此话怎讲?

响上天啦!

响上天啦!宝山重复一句,怎么响上天啦?

大林把他拉到一旁说,北京来的大首长吃了三山凹的红薯赞不绝口,说是"栗子香",县委书记派我回来调研这红薯哩!宝山听了双脚蹦了三蹦,说:那红薯就是我种的!大林瞪大眼睛问,真的?宝山猛一拍他的肩膀,那还有假!我正是为这事要进城找你呢。大林又拍拍他的肩膀说,你就免跑一趟啦!

他俩说着往前走着,一股扑鼻的香味飘来。凭感觉就知道是炸油馍的香味。这是他们小时候最馋嘴的香味儿。

油条！热咧！前方传来一个男人的吆喝声。大林听到这吆喝声，才想起早晨为了赶车没有顾上吃早餐，他问宝山早晨吃饭没有，宝山当然回答没吃。二人就一同进了国营食堂，大林买了一斤油条，两碗白面汤。宝山知道大林现在有工资有粮票了，也就没有客气。炸油条的油锅是支在食堂门外的。那矮个女服务员热情地把他俩引进屋里找好位置让他们坐下，并用抹布擦干净他们面前的桌面，先端来一斤热腾腾香喷喷的油条，接着端来两碗白面汤小心翼翼地放在他俩面前。大林小声给宝山说着那一年与黄新月在这个食堂里吃饺子女服务员态度很恶劣，现在竟变得这么热情。宝山说：你知道咋变了？大林眨巴眨巴眼说：她不会知道我是县委干部了吧？宝山摇摇头：她不认识你！是因为食堂现在也承包经营了！大林嚼着油条两腮鼓着说：看来什么吃"大锅饭"都不行，还是承包经营好！

宝山嚼着油条，喝了几口面汤把油条咽下后说，推行承包责任制难着哩！

大林说：从来改革都不容易。

宝山点点头说：是的，现在社员们上工根本不用敲钟了，侯支书还天天让我敲上工钟。哪一个早晨不敲，他就逼我去敲！

几十年了，他们思想转弯得有个过程。大林说。

等不得！宝山摇摇头说，我真想把他的支书给顶了！

大林惊诧地看他一眼，他没想到宝山能说出这句话，但又不好打击他，便说：当支书得先是共产党员。

怎么才能当上党员？宝山颇有兴趣地问。

大林说：得先写入党申请书。

宝山说：好办！

大林又看他一眼，郑重地说：更重要的是得自己创造入党条件！

宝山点点头，沉重地"嗯"了一声。

宝山带着大林来到他种的红薯地里，给他介绍着种植经过。

他说着还蹲在地上用手指抠出一个大红薯说，这个中午让新月蒸给你吃，你尝尝。

不用尝，我知道。大林从他手中捏过红薯把玩着说，还有重要一条你不知道，这红薯含氨基酸高，人吃了增强免疫力，健体补虚。

宝山瞪着一双新奇的眼睛望着大林说：以前咱只管吃饱肚子就行了，哪知道这些?

大林说,我说的是有科学根据的,首长吃前经过化验的。

宝山双眼瞪得更大了,问道:我这红薯真的化验过?

别看那些庄稼人默默无闻在耕耘,其实他们很聪明,很智慧,看得懂天象,觉察得风云。见宝山地里有当兵的人跟着干部来挖红薯,大林又回来到他地里察看,知道张宝山是大福临门。此时,他们听见大林说的话,都围了过来。大林对大家说:宝山科学种田,种这优良品种红薯,中央大首长吃了,夸奖是"栗子香"。

大林一说,群情沸腾。这个说,栗子香叫俺也尝尝。那个说,中央首长都吃过的红薯也让俺吃一口! 还有人说,只怕张队长舍不得,要拉城里卖大价钱了!

宝山听了大手一挥说:我张宝山舍得! 这样吧,你们都回去拿老虎爪子和箩筐,每户准挖一箩筐,一半自己吃吃尝尝,分享分享福气;一半留种,明年大家都种这"栗子香",打出三山凹红薯品牌! 有人接住说,也不让队长吃亏,我们拿笨红薯给你兑换!

宝山摆摆手,不用了,今年秋季大丰收,我家粮食吃不完。

嘿! 好! 黑炭娃子说,现在的队长就是比过去的队长好!

过去的队长咋不好? 人群中突然冒出了一句。大家眼一齐射过去,原来是王春宝。王春宝满脸愠怒地说,别攻击我这过去的队长好不好? 那是形势! 大家"哗"一声,一哄而散,都去拿家伙去了。有的带有工具就顺势挖起红薯。

宝山走近王春宝说,春宝哥你和大家同等待遇,也可以挖一箩筐。

王春宝嘿嘿一笑说:我当然也要挖的。

宝山也嘿嘿一笑说:春宝哥,你咋知道这红薯拿城里化验了?

我胡诌的! 春宝低下头说。

宝山又开玩笑说:那你回去煮煮吃吃看是资本主义的还是社会主义的!

王春宝扭头就走,边走边说,红薯肯定是甜的! 至于说嘛……至于说嘛……就我刚才说的,形势! ……嘿嘿,那时是那时的形势,现在是现在的形势,嘻嘻! 形势!

正在这时,一个女人蹿过来扯着王春宝的胳膊,嚷嚷着,你个不要脸的东西,你跑人家地里干吗,跑人家新队长地里干吗! 她还用手拧着他的耳朵喊叫着,你丢人不丢? 你脸有处搁没处搁? 没处搁就装裤裆里! 王春宝的耳朵被拧得红了半个脸。宝山一看是春宝老婆大脚嫂。宝山忙上去劝阻,说,嫂子你别骂春宝哥,春宝哥说得对,过去是过去的形势……一切都是形势!春宝老婆眼翻翻他,你这才叫扯淡!你管俺俩事干吗?俺两口打烂头与你何干?大林看宝山劝不住,忙走过来嬉笑着说,嫂子,你回去让俺哥跪搓板都行,别当着这么多人耍哥脸面!王春宝老婆一听大林说话了,立马换了脸,因为她同村里人一样对大林高看一眼,手立刻丢了春宝,过来拉住大林手说,是弟弟呀,县里的官回来了,你中午去嫂子家吃饭,嫂子就免你哥跪搓板了。大林知道春宝掉了生产队长丢了面子,大脚嫂现在想要个面子,爽快答应道:好!我知道嫂子面条擀得好,中午吃嫂子擀的面条!

大林回三山凹住了三天,走村串户,搞了三天的调研,回到县里熬个通宵,一气呵成,写了一份调研报告。这份报告本可以直接递交宋书记的,因为是宋书记派他去三山凹调研"栗子香"红薯的事。可他想,现在这份报告的内容已超出了"栗子香"红薯,涉及农村改革的大事;再者,大林知道县委所有文字材料都是要经陶副主任把关的;还有,那次会议上为多言几句惹得陶副主任大发雷霆受到训斥,这次,还是不越级为好,经陶副主任的手报宋书记吧。

上午一上班,大林就来到陶副主任办公室,把调研报告递他手里,并说明了起草这个调研报告的由因过程。陶副主任听柳大林说是宋书记安排他去搞的调研,心里就有点不悦,但不好说出来,懒洋洋地躺在躺椅上,带着不情愿的表情翻阅着,先映入他眼帘的是这几行字:

县委:
　　三山凹的"栗子香"红薯系黄龙镇人民公社三山凹生产大队第八生产队长张宝山种植。红薯种系优良品种南薯19号。该品种薯块大,薯块纺锤形,薯皮红色,薯肉橘黄色。结薯集中,不跑边,产量高,亩产可达万斤。耐旱耐涝,耐瘠薄,耐寒性较强。适合我县北部丘陵浅山区种植。这次,首长评价"栗子香"红薯好吃,不仅是红薯品种好,更是联产承包责任制激发了种植户的积极性。户主张宝山积极响应党组织号召,科学种田,种植前进行了冬耕深翻,开春后薯苗下地早,搞了地膜覆盖,完全施有机肥,不用化肥,不打农药,人工捉虫……这应该是农村改革的成果……

小题大做！不就几个红薯嘛，还上升为改革成果！陶副主任抖动着手中的稿子说，八股文！

大林脸有点微红，他想说陶副主任你耐心往下看，但怕这样说陶副主任再发火，便说，陶主任你仔细往下看，后边内容更重要。

陶副主任目光继续往下浏览：

这次我调研了三山凹大队十四个生产队。有九个生产队已实行了大包干，其他五个生产队也正计划着向大包干靠拢。大包干的九个生产队，一千七百七十五亩小麦，单产比去年净增二百一十八斤，秋季玉米八百亩，单产比去年净增一百八十二斤。……群众普遍反映，"小段包工靠不住，联产到劳不完善稳不住，大包干挡不住！"还有群众反映说，"大包干，直来直去不拐弯"，"大包干，摘一圈，生产队干部贪污多占不得那样方便了"。更有甚者，说实行了大包干……这些都可以说明，实行大包干是广大社员的强烈心愿，是大势所趋，人心所向，更是形势的要求，建议县委解放思想，大胆推行农村改革，要做群众的领头人，不要做群众的尾巴。更要给各级干部讲明，早改革早发展，晚改革不发展，不改革就会被历史的车轮甩出去！

柳大林

1981 年 10 月 16 日

陶副主任从躺椅上慢悠悠地坐起来，又欲站起来。大林忙走过去扶他站起来，他慢慢地走到办公桌前，用右手拿起一支毛笔，在红色墨水瓶里蘸了蘸，在那后两页上狠劲地通上彻下地打了个大大的"×"，然后在边上写了四个字：胡扯八道。接着，他扭过身，将那份调研报告揉成个纸团朝柳大林脸上"砰"一扔，说，出风头去吧！

柳大林脸没有红而是变成白色，他气得肚子胀得像个鼓，但他没说一句话。他被侮辱得几乎要哭，但他没有掉出一滴泪。他弯腰捡起被陶副主任揉成纸团的报告扭头就走，他跨出门后，还听见陶副主任又甩过来一句话，从来调研报告没有以个人名义署名的！

他不知道陶副主任是什么心思，不知道陶副主任为什么对他如此的苛刻，更不明白陶副主任究竟是对改革不感兴趣还是对他这个人不感兴趣。但他坚信这份调研报告没有错,自己本就是要写给宋书记看的而不是要写给他陶副主任看的。他现在已不再害怕陶副主任的压制,把那稿子重新誊写了一份,交给勤务员,让勤务员放到宋书记的办公桌上。第二天上午一上班,勤务员把那份调研报告又拿来交给他,他以为是稿子退回来了,心里咚咚跳,脸色也变得灰暗,结果展开一看,只见报告上面批了一行字:此报告很好!请来福同志安排发领导参阅。宋立功。10 月 17 日。柳大林心里笑了。

你看,我的肚子圆得像个地球仪。杨彩凤说。如此说,你可算是胸怀全球,眼观世界了。大林笑着说。唉,杨彩凤叹了口气说,上午我去医院做了个 B 超,医生说发育良好。大林没有高兴,也没有不高兴,从床上起来冲了一杯糖水递给彩凤喝过后,又躺下忧心地说,真生了孩子住县委院里,房产处找不到房子,在厂里要间房子怕也是难似上青天。

杨彩凤没说话,在想。

柳大林也不说话,也在想。

结婚不久,大林从学校回到丰和,妻子彩凤在纺织厂住的是三人宿舍。同宿舍的一名女工去新疆克拉玛依油田探亲去了。那年代女工找老公喜欢找在远方工作的。一则享受一个月的探亲假,休息休息;二则去远方探亲也是一次旅游,看看外面的世界。彩凤和桂花那段时间就两个人住在一个宿舍里。晚上,彩凤从职工食堂打来两份饭菜,每人各吃一份。可夜里住宿却成了问题。新婚宴尔,双方肯定希望同床共枕,可都知道不好办。彩凤说到男工宿舍去给他找空床,桂花很会来事,性格火辣,卷起被子说,我去女工宿舍找空床,你两个就住这间房,夜里抱得紧紧的,别掉下床。然后咯咯笑着走了。桂花走后,他俩没急着做事,先闲聊天,大林给彩凤说学校的趣闻逸事,彩凤给大林说厂子里的生产生活情况。快到 12 点的时候,宿舍的门咚咚响了,只听桂花在外边喊道,你俩办完事了吧? 办完了吧? 彩凤慌忙穿上睡衣去开门,幸好大林在洗脚,还没脱衣服。桂花进了门仍连说带笑地喊叫着,哎哟,宿舍区跑个遍,没有一个空床位,我就与姐妹们闲聊,聊得人家都打瞌睡了,我也只得回来了,不管你俩完事没完事,我只得回来。也好办,咱现在就关灯,谁也看不见谁,你俩该咋乐还咋乐着办……大林是个儒生,羞得连夜走了,再没来厂里投过宿。

过了一年,彩凤给大林打电话说,厂里搞了几间福利房,职工配偶来了可以安排一个单间住几天。大林这个暑假回来就来到厂里住下。哎,那福利房是筒子房,拱形梁,横梁下边垒道坯墙,上边是空着的,任何一个人大声说话,其他房间的人都能听得到。隔壁住个唐喜英是个狂骚型,也生过两个孩子,老公是河医大留校生,很有优越感,每晚把床弄得咯吱咯吱响,还不停地喊着爽爽爽!也不知真爽还是假爽,有人说她是身子不浪嘴巴浪。她与老公做完事也就算了,还朝这边喊着,柳大林、杨彩凤,咋不听你们动静的?你俩是只做不说假斯文!也快叫个让听听!恶心死人了!柳大林再也不来住这福利房。直到毕业,两人在城隍庙下街租了一间别人废弃的灶房为“家”。

你在想什么?杨彩凤看他表情凝重,推推他的胳膊。

大林头枕着自己的两只胳膊,没有说话,两眼扑闪扑闪算作对妻子的回应。

下午6点钟的时候,他接到通知到李来福办公室去。去的时候他心里犯嘀咕,肯定是陶副主任打他的小报告了,他既准备挨批,但也想着如何辩解。可他又想想,不会,他的调研报告宋书记已经批示,肯定了的,那还有什么事?他忐忑不安地进到了李来福办公室。出乎意料,李来福对他十分客气,让他坐下,倒了一杯水放他面前,还笑吟吟地,说话开门见山:大林同志,给你谈两件事:一件事,前些天你写的三山凹的那份调研报告南都市委书记也做出了批示,由市委办公室已转发全市各县区了。大林点点头,表示高兴。更高兴的事还在后边。李来福喝了口水,卖了个关子,然后又接着说,大林同志,另一件事,本来该组织部长给你谈的,常委会议委托我给你谈,也是因为你工作政绩突出,也是贯彻干部四化方针的需要,下午县委常委会研究决定,提拔你任县委办公室副主任,正科局长级……

大林一下子怔住了,没想到天上会掉馅饼。

馅饼还在后边呢。李来福主任接着说,从现在起,县委后院第二排从东往西数第二个门,就是你的办公室。由于房屋紧缺,寝办合一,你老婆也可以过来和你一起住。

谢天谢地!官帽他不怎么稀罕,这间房子稀罕,他可以结束在那个经常断水停电出出进进都得低着头的矮房子里生活的历史了!

紧接着,李来福给行管秘书打了个电话,要行管秘书带他去看看房子。行管秘书把门打开一看,天哪!房屋打扫得干干净净,刚洒过水,还有一股湿润的尘土味！屋顶电灯明晃晃的,还吊着三叶电扇,办公桌、椅子、床铺全是新的,就差把杨彩凤抱过来放到这床上。乖乖哟！副主任和秘书就这么大差别?! 官再大点呢? 不想这个,只想怎么搬家。

先睡吧！厂里这两年效益也好了,新盖了一幢宿舍楼正在粉刷,看能不能分到。

柳大林侧过身,把胳膊伸到彩凤脖子下,他知道孕妇的肚子不能随便碰。

黄新月拉着革儿倚在门口等候宝山回来吃午饭。革儿已经三岁,正是牙牙学语的时候,扯着她的胳膊,嘎嘎啦啦地说着找爸爸……找爸爸……新月对革儿说,你爸爸找党去了。革儿不懂妈妈的话,仍嘎嘎啦啦地喊着找爸爸。

昨天晚上上床的时候,宝山掏出自己写的入党申请书给新月看,目的是要新月夸奖夸奖他。新月却说,庄稼人做好庄稼活就好了,入什么党呀! 宝山攥住她的手说,这个你就不懂了,入了党才有权领着乡亲们种好庄稼致富;要不入党,就得听别人的,别人不让搞包产到户了,说不定就又得退回去,退回去就还得饿肚子。新月点点头,随你心愿。

爸爸,爸爸! 革儿看见了宝山,蹒跚着跑上去迎接爸爸。宝山弯下腰,两只胳膊搂住革儿抱了起来,嘴巴在他两个脸蛋上"吧唧吧唧"亲了两口,往院子里走去。

见到侯支书了?

见到了。

入上了吗?

宝山"扑哧"一笑,说,你以为像坐火箭那么快。侯支书说,自己得创造条件,还有考验期……成熟了再报公社党委批准。

侯支书有意拖你的吧? 新月撇撇嘴。

不是,不是……前几天大林见我也是这样说,而且入党还有预备期呢。宝山说着把革儿递给了新月,让她给儿子喂饭。

说话间,门外响起了摩托车的轰鸣声,宝山抬头向门外张望,只看见白娃手里拎个网兜,网兜里装有两瓶白酒,两瓶罐头,两盒饼干,两条白河桥香烟。白娃这礼品够丰盛了。白娃后边跟着黄花琴,她是跟白娃私奔后首次来三山凹,一脸复杂的表情,怀里抱个刚满月的娃娃。一时间,院子里说说笑笑,很是热闹。

今天宝山有点高兴,吃饭中间把白娃带来的酒拧开了一瓶,二人各倒了一玻璃茶杯对着喝。不大一会儿,白娃脸红了,说话也卷舌了。黄花琴朝白娃使个眼色,说:回来找姐夫说啥的,你喝酒喝忘了?

宝山听黄花琴改了口,喊他姐夫,心里美滋滋的。三山凹两个美女,一个成了他老婆,一个成了小姨子,当然美了。他掂起杯子给白娃碰了一下又喝了一口,咽下肚去,打了个嗝,冒完那带酸味的酒气后,朝白娃说:你,有什么,直讲!我这人,喜欢,巷道里拉驴,直来直去!

白娃又喝了一口酒后给宝山说:大林升官了,知道不?

他升官关咱鸟事! 宝山故意说,咱庄稼人只管种好地,丰收!

白娃说:我最近就有事用得上他!

宝山说:用得上你就找他呗!

白娃侧歪着头摆着手说,俺俩……俺俩,姐夫你心里还不清楚? 心里有裂痕,我知道你俩铁。

你不贩鸡了?

不贩了!

这时,黄花琴又从里屋走出来说,白娃那辆一三〇车买时就是个报废车,现在更是废车,他不能开了。前些时在去湖北途中出了事故险些丢了命。现在有个娃子正是闹人的时候,我一个人收拾不住。白娃看上中山大街有几间临街房,想开个酒店,那房子是县物资局的,得有人给物资局长搭个腔。

宝山掂起茶杯,来,杯里酒干了。说罢仰起下颌一饮而尽。他见白娃也喝干了,将空杯朝桌上一蹾说,明天就进城!

白娃双手抱拳,酒态蒙眬地说:多谢姐夫! 多谢姐夫!

黄新月这时朝白娃说:你姐夫帮你,你也帮帮你姐夫,给你爹多说说,快点批准你姐夫入党!

宝山两眼一瞪,这是他与黄新月结婚后第一次瞪眼,喷着唾沫星子说:你闭嘴! 有你这么说的!

让人闭嘴这话有点狠。也是因为两人结婚后没有红过脸,加之花琴两口子在跟前,黄新月觉得掉面子,有点受不了,冲着他嚷道,你让我咋闭嘴? 你用针线把我嘴缝住? 知道你是队长,比芝麻籽小三圈个官,装大蛋!

张宝山酒力发作,手指着黄新月又重说一句,你闭嘴! 有你这样说话的?! 宝山眼珠子也是红的,手啪啪拍着桌子说,我入党不靠这个! 尽管他是个牛脾气,结婚后对新月说话从来是温声细语,亲密得就像糖一样含到嘴里怕化了。对革儿也更是亲得谁也看不出这娃不是他的亲骨血。

也正是因为太恩爱,反之造成感情的脆弱。新月受不了他的话,这时,又蹦着嚷道:我不闭嘴! 你不能用针用线把我嘴缝住! 我管你入党入团的,我长嘴就是用来说话的! 那栗子香红薯你让队里每一家挖走一箩筐,你给我商量没有? 那地也有我一半,我不全当家,也当半个家,你不给我说,我只当不知道,我说半个字没有?

我让你闭嘴你就闭嘴,宝山不让话。

我不闭嘴! 不闭嘴! 黄新月格外上火,跑西厢房拿来针线箩筐,把针线往宝山手里塞着嚷叫着:张宝山! 你有本事把我嘴缝上,你缝上!

几个人都围上来拦新月,革儿也吓得哇哇哭起来。革儿一哭,黄新月哈哈冷笑几声,哈哈,张宝山你酒后吐真言,日久见本性。我明白了,你这三年是装的,嫌俺娘儿们了吧! 她蹲地上抱起革儿,走,娃咱走,回咱家,回死黑毛家去!

全家人都看事情闹大了,爹、娘、哥、嫂子都上来拦新月,劝新月。人到火头上劝不住,黄新月抱着革儿蹲到院子里。黄花琴紧紧抱住新月的腰说,算啦! 姐,别说了,姐夫喝多了,你俩是都没明白对方的话意! 你别,别闹了! 你这样让妹子妹夫脸往哪儿搁的,俺来托你们办事的让你生气来了! 又嘴朝白娃一挑,骂道:你是个死人? 不会把姐夫拉过去醒醒酒! 白娃这时也晕得鸡子不认得鸭子,站立不稳。最后还是宝山爹娘把宝山搀到了西厢房里。此时,黄新月仍抱着革儿要走,三岁娃娃见妈妈这样子惊吓得哭声更大。哭声惊动了黑毛的瞎子娘,老娘在西厢房喊道,黄姑娘,你别吵了,别亏了宝山,宝山是个好人! 再吵,老娘就跪下了。黄新月这才慢慢稳定了情绪。

后半夜里,宝山醒来了,酒劲儿过去了。他如经过了一次"休克疗法",头脑清醒了。他回想中午的经过,觉得新月本意是好意,是想让他早入党,而自己则认为自己入党不能找关系,得靠自己的表现……误了,误会了,他很后悔。话不说不知,木不钻不透,得给新月说透。他摸摸床右边,一摸摸住两只脚,还穿着鞋子。往常都是一摸摸住新月的满头秀发或是摸住新月那圆润而又柔软的奶子。他往上又一摸,新月还穿着裤子,显然是和衣而睡。他拽拽新月的腿,示意她来床这头,新月却猛蹬他一脚,又缩回去。唉!还在生气呢!夫妻无隔夜之仇。他明白这话的意思,夫妻之间生气要想办法一夜之间化解掉,如果一夜化解不掉,两个人之间的关系就容易结疙瘩,而且会越来越麻烦。于是,他先脱光自己的衣服,然后爬到床那头,用手去解新月上衣的扣子。新月用手扑打他,就在新月扑打与挣扎中,他脱掉了她的上衣,接着就去解她的裤带,脱她的裤子。新月更是用力反抗,时而双手抓紧裤带,时而双手扑打他。他想,女人就是这样,既然能脱掉她的上衣,就能脱掉她的裤子。于是,他便"武力"行动,两条腿跪着压住她两手让她不能动弹,用自己的两只手猛劲拽掉她的裤子,然后全身压在她身上。她却不动了,只骂了一句:赖皮!一切由着宝山……

第二天早晨吃过早饭,新月催他,快进城去吧!

宝山咧嘴笑笑,从来不善幽默的他这阵却幽默地学着古戏上小生的腔调说:相公这就去了!

柳大林当上县委办副主任并不快活,甚至可以说日子过得很难受。陶副主任看见他把脸扭向一边,不与他搭话。陶副主任是第一副主任嘛,他仍主动去找陶副主任汇报工作,陶副主任见他去了立马把门关上。他真体会到姐夫曹一宽当初的话,姓陶的是让你来替他写材料的不是让你来代替他的位置当官的。也是,今天与他平起平坐了,他心里可能很嫉妒,嫉妒是极不舒服的。隔了一天,陶副主任带着几个人说是往深圳考察去了。陶副主任前脚去,另有两个秘书,一个说是身体不舒服住进了医院,一个说是老娘有病回农村老家了。实际是变相罢工,无形抗议。也难怪,他们进县委都十来年了,还在秘书的位置上,大林进来一年多就爬到了县委办副主任的位置。实际上他不是爬的,他没有爬,是有人提着他头发往上拔的。他也听到饭场上有人说,柳大林这个家伙吃化肥了,猛蹿!有人说,这个柳大林,就像六月天没掐顶的棉花苗狂长!他还不习惯坐在那单间独自一人办公,仍习惯来坐到三间大通房办公室,听大家说说话,与大家聊天,可几乎没人愿意理他,因为他们中多数是陶副主任调进来的。他现在已经成熟了些,不觉得委屈,也不打算向陶副主任屈服。他觉得自己就像是从一个大石头下拱出来的小苗,这块大石头已经压不住他了。他觉得也只有扛住干了!

这天上午,他正在大办公室打电话,看见宝山在门口晃了一下,边说电话边给宝山摆手打了个招呼。宝山没进屋,站在门外等着。他知道宝山来找他肯定有事,说完电话就带宝山到了他的新办公室。宝山进屋两眼环视着,棕红色的"一头沉"办公桌,两把藤子椅之间放有茶几,洗脸盆架带有镜子……刚进屋勤务员就跟进来倒茶。他"扑通"坐在藤子椅上,藤子椅发出咯吱吱的响声。等勤务员出去后,他感慨地说:当了官就是不一样啊!大林不以为然地摇摇头,苦笑着说,啥官,其实就是大办事员。宝山也摇摇头说,不一样,还是不一样!接着,大林问宝山,有事吗?这关系,不必绕弯,开门见山,宝山就把白娃想租赁物资局门面房开酒店的事说了出来。大林听了一时没有说话。他前些时跟着宋书记去温州考察了一趟,知道温州那地方已有不少私人经商办的企业,应该支持,但他担心物资局长不会买他的账,有点难为情地说,那物资局长是个老资格,不会尿①我。宝山不以为然地说,你现在干这一角,成天在宋书记面前绕,哪个敢不尿你,谁不尿你你就给他点颜色看看,火星爷不放光不显神灵!这时勤务员在门外喊,柳主任,你有电话!柳大林接电话去了。

大林一接电话,是彩凤的电话,说是肚子有点疼,估计要生产,要他快到厂里带她去医院。他征求彩凤意见,去哪个医院?彩凤说:去县医院吧,姐夫在那医院,人熟,方便。他啪地放下电话,急匆匆出了办公室。刚下办公室的台阶,迎面看见李来福主任走过来。李来福喊住他:大林同志,你现在干什么?你吩咐!大林说着站住了。李来福已经走到他面前站住,说,铁河水库发生了群体性事件,涉及两个公社干群,你代表县委去处置一下。大林听了眉头皱了一下。李来福迅速捕捉到他的表情,问:有什么困难?大林回答:没困难。李来福又说,时间紧迫,用宋书记车送你!大林一听,哪敢坐宋书记的车?忙摆摆手说,不用,我搭班车。李来福说,时间紧迫,为了防止事态扩大,你就坐上去吧!大林快步回到办公室,慌慌张张地对宝山说,铁河水库出事了,我要去一趟。宝山"唰"地站了起来,紧皱眉头,问道:铁河水库有什么事?我也不清楚。大林慌张地说,彩凤可能要生了,你帮我跟表姐或是表姐夫联系安排一下。不等宝山回应,他拎起那个翻盖手提包急匆匆出门来。宋书记坐的那台绿色吉普车已停在门口,发动机在轰隆隆地响,车门在开着,他抓住车门跳上了车。

车离铁河水库大坝还有一里地,就看见大坝上站满了黑压压的人群,像小

① 不会尿:方言,看不到眼里。

时候看到大雨来临之前蚂蚁搬家那样,摇下车窗玻璃可隐隐约约听到大坝上传来的吵闹声,柳大林的心开始沉重而又紧张,其实用吊着或是悬着更加确切,他担心自己不能平息了这事态。有人朝车摆手,是水库管理所的所长来迎接,大林让他上了车。所长一上车就介绍闹事的缘由。铁河水库水面在九里山公社上河大队,受益的有黄龙公社三山凹、马家坪几个生产大队。土地分到户后,这两年上河大队又添了新媳妇,新媳妇又添了孩子,新添的人口没有土地,应该从各家各户匀出来分给新添的人口。可是一部分农户不愿把自己的土地匀出去,得不到土地的农户就闹大小队干部。在这种情况下,有人出馊主意,说水库淹没了上河村几十亩土地,把水库炸了水放了,土地就腾出来了。一人煽动,百人响应,上河村干部阻拦不住。早晨便有人在坝上挖坑埋炸药,三山凹人首先听到消息,也来了百十号人,说大坝是几个大队修的,上河村没有权利炸掉!上河村人说,水库淹没的是俺们的土地,俺要俺的土地。双方公社干部和大队干部闻讯后都在现场劝说,但一点也不奏效。上河村群众骂劝解的干部,吃里爬外,胳膊肘往外拐!三山凹的人骂本大队干部,窝囊蛋,小脚女人,生就的舅倌头当不了姐夫!双方剑拔弩张。一方群众坚持要炸,一方群众躺在炸药坑里不让炸。一方说躺着不起来炸死谁是谁;一方说有胆你就炸,爷们不怕,谁炸死爷们谁偿命!随时就有闹出人命的危险。

　　此时,随着车子的颠簸,大林那颗心脏如挂在牛脖子上的铃铛一样在摇摆。他想起当年父亲修这座水库时被炸死,今天绝不能再发生炸死人的悲剧。他没理会所长,沉思着如何应对这群体性事件。快走近大坝了,所长要司机把车先开到管理所院子里,把双方公社干部大队干部叫过来,先给柳主任汇报汇报。大林没听所长的,命令司机:直接去现场!车一直开到了大坝上。群众见来了小吉普,他们中多数人还都没见过小车,猜想一定是来了大官,水一样涌了上来。大林一下车,群众就紧紧包围了他,吵嚷声比一笼蜂还一笼蜂,什么也听不见,往前一步也挪不动。他干脆站到吉普车车头上喊道:乡亲们,不要吵,不要闹,我叫柳大林,县委办公室副主任,受县委委托来解决问题的。三山凹人认识他,听了一齐鼓掌,吹着呼哨吆喝着,他们如见了救星一般。上河村人不认识柳大林,见他年纪轻轻不像大干部,根本瞧不起。有人说,你才几天没吃奶,能啃动这天大的烧饼?其他人听了跟着起哄,是啊,看胡子你也不像杨延景!嘿,他嘴上还没长毛的,管不了这毛事!吵嚷中上河村一个人认出了他,喊道,你是三山凹的！一时间,全场静住了。

没错,我是三山凹长大的孩子！但我现在是丰和县委的干部,丰和县的每个群众都是我的衣食父母！

上河村人听到柳大林口中承认自己是三山凹人,嚷得更凶了,言语不堪入耳。你小子冒充县委干部来压我们的吧?回去问问你娘,还要你不要?有人借机煽动并恫吓,炸吧,连这小子也炸个肉泥飞上天！三山凹人见上河村人如此嚣张,怒火冲天,喊道:上河村人听着,三山凹爷们手也不是攥豆腐的,你们敢炸水库,俺就端你们老窝,一把火给你们来个火烧连营。双方的弓弦都越拉越紧,枪上膛,刀出鞘……

柳大林知道此时自己的声音压不住双方的吵闹声,便脱掉自己身上衬衣和背心在空中抡,赤着身子以引起众人的注目。这一招还真有效,场上一时又静住了。他大喊一声,三山凹的人统统撤回去！他又重复一遍:三山凹人统统撤回去！三山凹人觉得有大林在,自己吃不了亏,都从地上爬起来;躺在炸药坑里的几个人也翻了翻白眼想了想,起来了。也有一部分人担心上河村人多势众,怕大林胆怯,镇不住,会屈服上河村,站着观望。大林又喊了一声,侯德纲,快把你的人带回去！他不喊侯支书了,喊侯德纲。见三山凹人还迟疑不动,他又呼喊:侯德纲,快把三山凹人带走,再不走,我就先撤了你的支书！他这话实际是说给村民们听的。

三山凹人觉得应听大林的,在侯支书带领下走了。他们走了二三百米又站住了,想要听听大林对上河村人说些什么。

上河村人还围着小汽车大呼小叫地吵嚷。大林仍站在车头上说,乡亲们不要吵,你们要说的,我都知道了！农民热爱土地,农民生活需要土地,这是完全可以理解的,不可指责！听大林这么一说,他们又暂时静住了。大林又接着讲,大坝不能炸！没了水库,天旱庄稼怎么办?这句话又如一个石头扔进水里,砸开了浪花,众人吵嚷声更高,几乎震得库里的水翻起浪子。不行！不行！我们没有土地,我们不能生活,不炸不行！非炸不行！你姓柳的不能站三山凹一边说话,我们不听你的,大坝一定要炸！

大林朝大家挥了挥手,乡亲们不要吵,等我说两点你们听听:一、土地虽然分到每家每户经营,但仍是国有,不属于个人;二、水库也是国有资产,不属于任何单位和个人,炸水库是违法的……

我们不怕违法！我们怕没土地,没活路！人群中又一阵骚动!

大林又向大家挥挥手,接着说,农民生活固然需要土地,但土地并不是赖以生存的唯一条件。沿海地带老百姓没有土地照样生活,怎么生活呢,养鱼,捕鱼,吃鱼,卖鱼!咱们是不是搞水面开发,网箱养鱼,养鱼的收入要比种地收入高几倍,愿养鱼的农户把土地让出来,不愿养鱼的还种地,你们可以算算账,可以讨论讨论,公社干部大队干部统筹研究一下,但水库是一定不能炸的……

众人开始交头接耳地议论。

柳大林又安抚大家说,我今天不走,晚上就住在水管所,大家什么时间想通了商议好了,我再走;想不通,咱再讨论,什么时间想通我什么时间走。

大林先让那辆吉普车走了,他知道县委机关只有这一部小车,领导们随时会有急用。他当晚没有走,就住在水管所。第二天早晨九里山公社书记带着上河大队支书来水管所给他汇报,群情已经稳定,可以做通工作,他才返回县城。

下午1点多钟,柳大林才赶到县医院妇产科。一到妇产科门口,姐夫曹一宽迎接住他,嘻嘻哈哈地说:恭喜啊!连襟!你可真是走好运了!双喜临门,既升官,又得了凤。彩凤又为他生了个凤,这叫凤凰双展翅啊,必有大福!大林只笑笑没有回应他,直闯产房。彩凤姐姐彩云、宝山、黄新月都在产房里守着。曹一宽告诉他,宝山昨天到今天一直在医院守着,还把新月也叫来照顾彩凤。彩凤由于失血过多,脸色蜡黄,眼皮浮肿,正在打点滴。他坐在床前,愧疚得流下眼泪。一个女人生孩子,可以说是生死攸关的关键时候,他却没在她身边。黄新月走过来说,流什么眼泪,应该高兴才是。彩凤真是会生,把你两口子的优点都生出来了,双眼皮,大眼睛,白皮肤!

3点多钟的时候,彩凤醒了,脸色稍有点泛红。大林眼睛湿润着说,对不起,亲爱的,关键时刻没在你身边照顾你!彩凤微笑着摇摇头,欠起身子抓住毛巾擦着他湿润的眼睛,说,没事的,你大忙人嘛,即使你在我身边又能怎样?替不了我肚子疼。快给娃娃起个名字。大林看彩凤微笑着,心里也踏实了许多,开心地笑着,用手搂搂女娃娃的脸说,这小娇叫柳鹭吧!你说呢?为什么?彩凤问。大林淡然一笑说:我最喜欢杜甫的诗句:两只黄鹂鸣翠柳,一行白鹭上青天!彩凤微微一笑:好,有诗意。说完,又一阵肚子疼,呻吟起来。大林慌忙帮揉肚子,被彩凤拦住,不,不可。

清晨,太阳还没露脸,两只喜鹊就在院子里的椿树上"喳喳喳,喳喳喳"叫个不停。两只喜鹊很欢快,不停地叫着跳着,一会儿跳到这个树枝上,一会儿蹦到那个树枝上。鸟儿也是喜欢往高处去,叫着叫着又跳到树梢上去。深秋的树叶黄了,经过霜打又更脆弱,那对喜鹊每跳一次,就会有几片金黄色的椿树叶子飘落下来。树叶飘得很浪漫,慢慢悠悠,有时候还要打几个旋儿才肯着地。一会儿,地上一片金黄。

今儿个,有喜事。黄新月望着树上的喜鹊对老公说。

张宝山仍用筛子筛着麦种没说话。

吃过早饭,宝山肩上扛着耩麦的耧,哥哥在前边牵着一头健壮的南阳黄牛,要去南坡种麦。刚出村,听见侯支书喊他。他站住了脚,定睛一看,侯支书身后跟着两位推着亮锃锃的自行车的人。一位年轻,不过三十岁,穿着蓝色西服,身上斜挂着个照相机。一位四十多岁,穿件灰色的夹克衫。如今,公家人穿着都变了,很少穿中山装和军干服了,多数人的穿着不是西装就是夹克衫。侯支书给他指着穿西装的年轻人说,这是《南都日报》的司马记者。

嗯,看着就像是记者。宝山说。

侯支书又指着穿夹克衫的人说,这是咱黄龙公社涂副书记。

嗯,面熟,他时不时骑着自行车从村东的大路上过。

涂副书记笑吟吟地对宝山说,司马记者来咱县采访,到县委办公室了解新闻线索,柳大林给他介绍了你种的栗子香红薯,他觉得很有新闻价值,今天是来采访你的。

种个红薯有什么采访的!宝山扛着耧扭头就走,明显不情愿接受采访。司马记者与涂副书记会意地笑笑,两人把自行车扎在一棵大树下锁住,跟随在宝山身后边走边聊。栗子香红薯含氨基酸成分咋那么高呢?

品种好呗!

你那红薯吃着为什么口感好呢?

不施化肥不打农药有机呗!

嘻,你也知道"有机"这个词?

书上看的呗!

我发现你们村里妇女抱小月娃娃的咋那么多呢?

宝山把肩上扛的耧又往脖子处挪了挪,瞟一眼记者说,小麦生精,红薯健肾,村里人这两年有了这吃,两口子夜里不敢往一块儿黏,一黏一个准,不生娃娃才怪,所以得搞计划生育。哈哈哈哈。

司马记者大笑一阵,说,张队长说话很幽默。

你看你这个记者,当着俺大队支书公社书记喊我张队长,不是要笑我嘛!

好好,宝山同志!司马记者也是为了活跃气氛有意给他开玩笑,听说你很能干,一年就打了个翻身仗,粮食产量增一倍,社员们购买农机具积极性也很高。

宝山说,你这记者是歪脖骑驴,说话片面,不是我能干。难道我们侯支书、涂书记不能干?主要是如今党的政策好!是党的政策威力大,没有党的好领导好政策,没有改革开放,谁个再有本事也是水牛掉井里有劲使不上。

司马记者与涂副书记相视一笑。

张宝山把耩麦的耧从肩上落下来放到地上说,对不起,不与你聊了,我到地方了,该耩麦了。看见了吧?我哥哥牵着牛已在等候呢。

牵着牛的宝庆朝记者和侯支书、涂副书记憨笑着。

司马记者又朝涂副书记递个眼色,涂副书记会心一笑,知道记者是要他敲边鼓,也点点头。司马记者说,宝山同志没时间同我们聊就算了,总该带我们去看看你种的栗子香红薯。涂副书记接着说,是啊!司马记者从南都市跑了二百多里来,应该让看看,耽误不了你多少工夫。

几个人一起来到了红薯地里。周围地里做农活的人也又凑过来看热闹。最近这块地成了人们关注的热点。司马记者举着照相机不停地"啪啪"拍照。他让挖了几棵红薯也拍了照。最后摇摇头,说,还是不理想,没找到个头特别大的红薯。宝山说,这品种红薯产量虽高,但长得匀称,不会大的大小的小。你不能再像五八年"大跃进"的浮夸风,说什么"红薯长得像冬瓜,仁媳妇抬上回娘家"吧?司马记者笑笑,宝山同志说的也是,不过,你不知道我们搞新闻的职业病!新闻就是非同一般,搞新闻就想一鸣惊人嘛!我想的标题是,"农村改革结硕果",硕果嘛,就是越大越好。黑炭娃在一旁听到了,他是当初最先支持宝山当队长的,也想给宝山长脸啊!他家那块承包田 1958 年大兴水利时打过一眼井没出水,后来看是干井就填平了。土壤虚,红薯个长得大,他跑过去挖了一棵,果然大,像个长大的葫芦,有五六斤重。他抱着跑过来,喊着,哎,哎,记者你看,你看这个行不行,记者一见,两眼放光,连声说,太好了!太好了!接连"啪啪"拍了几张,他让宝山把这红薯抱怀里拍一张,宝山扑闪着眼睛看看那个红薯,红薯皮不红,淡黄色,不像是自己的品种,拒绝拍照。记者无奈只得让黑炭娃把红薯抱住照了相。

中午饭是在公社食堂招待室吃的,宝山本不愿来,涂副书记说司马记者还想与他再聊聊。涂副书记邀请他不能不听,况且侯支书也来了。午餐很丰盛,四菜一汤,还上了两瓶白酒。酒宴间涂富国起身给张宝山敬酒,说他不仅是给三山凹争了光还给黄龙公社争了光。司马记者也给宝山敬酒,说他给创造了很有价值的新闻。大队支书被冷在一边,宝山成了宴请的主角。他喝得脸红通通的,头晕乎乎的。司马记者趁他喝得晕乎又说,宝山同志,为了宣传效果更好,我想还是把黑小伙(黑炭娃)抱着红薯照的图片发出来,不露脸只露两只手发出来。宝山立即眼瞪得溜圆,表示反对,但这时舌头硬了,说话不连贯了,说成是:不……可!不……可!其间,涂副书记又问宝山下步有什么打算。宝山说,这红薯好吃而且中央大首长赞扬过,县城里有几个卖烤红薯的都来掏大价钱订购这红薯,他都拒绝了,准备把这红薯全留下做种,明春在全大队推广栽种。涂副书记伸出大拇指,赞道:好样的!涂副书记又问宝山,群众对改革还有什么要求?人喝酒多了的确胆子壮,宝山这时不顾侯支书在场,只管说:眼前没什么,就是说别打上工钟了,嫌震耳朵。侯支书一阵脸红。涂富国哈哈一笑说:群众不想听打钟就别打了呗!侯支书支支吾吾地接着说,不打……不打钟了!你还有什么要求呢!涂副书记又问。张宝山看看侯支书,结结巴巴地说:我入党的事公社能不能早批?涂副书记一愣问侯支书,你们大队党支部咋考虑的?侯支书连连点头,尴尬地说:马上考虑,马上考虑!涂副书记似乎悟出了些什么,很严肃地说:老侯啊,可不能武大郎开店啊!我个人认为,宝山同志入党,不光是他个人的事,也是党的事业的事。

宝山下午回到家还一身酒气,黄新月没有讨厌他,边给他倒水边说,我早晨就说那时辰喜鹊叫是好兆头,没错吧!

三天之后,国超来到宝山家,见宝山第一句话就是:恭喜啊,哥,你上报纸了,成大名人啦!说着,他递给宝山一张《南都日报》。宝山一看,头版右下角登了一篇比豆腐块大点的文章,标题是《栗子香红薯大王张宝山》,正文旁边还附有一张照片,那张照片正是黑炭娃抱的那个大红薯。他一看,恼怒地说,司马记者怎么能这样搞？怎么把这张照片登上去！他跟着国超来到大队部往公社给涂副书记打了电话，涂副书记说，这个嘛……文责自负，不用理了吧！报纸已经印了不能毁了重来，况且已发到南都两万六千平方公里的各个角落，也不能一张一张收回来。

宝山不同意涂富国的意见，给大林打了电话，大林往报社打电话，逼着报社发了更正。

又三天之后，国超又来敲门，见宝山第一句话又是：恭喜啊，哥，又有好事啦，大好事！他顺手递给宝山一份表，宝山一看是中国共产党党员入党志愿书。

宝山接过入党志愿书激动不已，大声喊黄新月，老婆，老婆，快给我拿笔来，我要填表入党啦！

黄新月走过来，拿着那份表羡慕地看了又看，啧啧称赞，然后又说，填入党表这么严肃的事，侯支书不该派通信员送来！

宝山思忖思忖说：不管侯支书咋想的，先填写。

白娃和闪红红喜滋滋地出了县委大院。

"白娃酒店"5月18日上午10点18分就要举行开业典礼了。他选择这个日子意味就是"我要发"。酒店名就以他的外号取名。他的观点就是人无外号不出名。像南都唱曲子戏的名角"白菜心""大金牙""浪八圈""雪里红"都是由于这些外号而妇孺皆知的。办这个酒店真不容易，那房子看是临街房，都是废弃的仓库，装修起来很费工。办手续更难。跑了三个多月，盖了四十多个公章，工商、税务、卫生、食检、消防……包括装修也必须到房管部门装修办公室去审批。盖一个章，就像是过一道关，过一道关就像是翻一座山。好在是有大林帮忙，哪里遇到了关卡就找大林，大林打去电话或登门协调就解决了。也有以种种理由什么没政策或是违反什么规定顶住不办的。遇住这管、卡、压的，大林总是给他们好说歹说，以柔克刚，他不是以势压人，不以上级对下级命令的口吻，而是以平等的态度，商量的口吻，给攻克一个个难关。白娃深为感动和佩服。所以，他一切都依靠大林，什么事都给大林汇报。今天他带着闪红红到县委大院就是给大林送请柬，汇报开业典礼的事，恳请大林出席典礼仪式，要他剪彩并讲话，大林也都愉快答应了。

闪红红看了白娃一眼，说，老板，我真羡慕你有这样好的朋友！

白娃也看了闪红红一眼。瓜子脸上一对杏核眼、眼虽小眼珠却很有光,鼻子虽小如蒜瓣,但与她的杏核眼、樱桃嘴很配套。不笑不说话,说话总带笑。这妞儿是从距老界岭还有八十里的深山处走出来的。她是从收音机里听到了山外经济开放了的消息,把爹从林子里摘下的一筐猴头菌挎着下山到城里卖,看到"白娃酒店"招聘服务员就应聘下不回家了。当初白娃选她当领班,也是按大林给出的主意选出来的。那天,他找到大林说,我招聘了一帮服务小姐,你帮助把把关。大林笑笑说,我不懂小姐,再说,我见了小姐就脸红,你自己把关吧。白娃又说,领班很重要,主要想让你帮助选个领班的。大林说,领班的你就看两条,一是看文化素质,二是看大脑反应灵活程度,嘴巴那是必需的,不过,要想选到像阿庆嫂那样的也不容易。如何能按照大林说的去选,白娃想了两天。有一天,他突然给正在培训的服务小姐出了一道题,说酒店门口要挂一副对联,上联他已想好了,"开酒店为的赚钱",请大家对接下联。这帮女孩子都是从农村招来的,文化程度不高,胆子又小,都低着头,吐着舌头不敢说。冷场半个多小时,闪红红"呼"地站起来说,我对一句,进酒店图的是爽。白娃一听很有兴趣,接着问她:横批呢?闪红红眼扑闪扑闪,顿了一下,抿着嘴笑了几笑,笑弯了腰又直起来说,我不敢说!

说,没事,说啥都行。白娃迫不及待地追问。

闪红红鼓足勇气喷了出来:老板是孙。好!好!白娃笑得前仰后合,拍着巴掌。笑过,当场宣布闪红红当领班。从此,出门办事都带着闪红红。闪红红在深山里长到十八岁,初中没毕业,就帮父亲干活。这次出山也是第一次到县城,没见过大世面,更没见过大人物。以前见过的男人尽是些种地的、放羊的、砍柴的、挖药材的、当挑夫的,也都是些闷嘴葫芦不咋会说话的人。这次遇见白娃能说会道就很崇拜,见他又认识柳大林,更觉得了不起!所以也很愿意跟着白娃跑。闪红红到哪里都讨人喜欢,事也就好办多了。

5月18日上午,白娃酒店门口热闹非凡。门前搭起了拱形彩虹门,请了一班锣鼓队在敲打着,门前的两棵枝叶茂盛的法国梧桐树上挂了几蓬扎束在一起的五颜六色的气球。树上还各挂了一串长长的待燃放的鞭炮。街上来往穿梭的人到此都要驻足观看。快10点钟的时候门前已聚集了好多好多人。这些观众一半是路过看热闹的,一半是三山凹来的。白娃知道开业这天得人气旺,他又担心典礼仪式场上人少了冷清,特意回三山凹请来了三十多个人。宝山、新月、国超、春宝、妮妮、金斗哥都来了。表姐夫曹一宽也请来了，曹一宽忙着招待请来的县职能部门的头头脑脑，跑来跑去，满头大汗。时间已过 10 点了，唯一的主角柳大林还没有到，白娃在门口等得有点急，可屋里坐的其他贵宾他也不能丢得太久，他就让闪红红在门口等候柳大林。眼看时间到了，良辰吉时不能错过，白娃急得像热锅上的蚂蚁，脸上的汗像雨水一样往下流。他让闪红红催催再催催，闪红红也很着急，往县委办公室打了几次电话，没人知道柳主任去哪里了。白娃两手一摊：这怎么办？时间到了不说，让其他贵宾等得太久也不好意思啊！闪红红皱了皱眉头，说，老板，你的戏不是唱得不错吗？你就先唱戏好了！白娃听了心里豁然开朗，原本打算开业典礼的最后一项是他唱戏，现在只好把程序颠倒一下，先唱戏。于是，他让锣鼓队停住敲打，让拉大弦的师傅拉开弦，他便开始唱起来：

> 春雷一声震天响，
> 十一届三中全会放光芒，
> 十亿人民心欢喜，
> 白娃弃农来领商，
> 中山大街开饭店，
> 红漆桌子十八张，
> 想吃荤的红烧肉，
> 要吃素的豆腐皮儿有千张，
> 若是你想讲排场，
> 三山凹的元鱼汤，
> 煎炸蒸煮样样有，
> 五谷丰登栗子香，
> 你若进了我的店，
> 客人哪，我是民来你是皇上。

白娃边用手指指两边站的服务小姐边唱：

> 你看哪个小姐不顺眼，

耳巴掴来嘴巴夯……

观众听了一齐鼓掌,吆喝着唱得好!白娃本想唱一段垫垫场,等大林来了就正式开始,可大林还没来。主角不到,其他议程也就无法进行,大家就鼓动他再唱。他接连又唱了《白蛇传》《秦香莲》片段……一直唱到快12点了,大林还没来。白娃问曹一宽,这可咋办呀!曹一宽经事多,很冷静,说大林一定有重要事,不用等了。开业典礼目的是为了烘托人气,今天也够热闹了,大家知道白娃酒店开业了,以后知道来这个地方吃饭就行了。宝山也在一旁附和着说,曹大哥说的是。于是,两挂一万响鞭炮噼噼啪啪响过之后,大家就进了餐厅开始酒宴。

宴会开始,白娃先说开场白,自然是先说些客套话感谢各位领导、各位亲朋好友前来捧场。后边他说:为了酬谢大家,让大家今天吃好喝好,特准备了一道特色小吃,叫白娃洗澡,大家吃了一定会像吃了狗不理包子、阎天喜饺子、侯记烧鸡、博望锅盔一样,久久不忘。大家一听笑了,笑过之后,白娃又讲:本店还特备了三种酒水,一个酒叫闷倒驴,一个酒叫桃花运,一个酒叫摸错门。希望大家放开喝,一醉方休,走上桃花运,摸到小叔子二嫂子的床上去。宴会厅里所有人哄堂大笑。就在他要提议干杯的时候,柳大林意外地出现在宴会大厅门口。白娃一看见就喊,大林来了,柳主任来了!他灵机一动,带头鼓着掌说:现在请柳主任讲话。宴会厅里一片热烈的掌声。大林走到宴会厅中央,先向众人鞠了一躬,然后说:抱歉,来迟了!但没有解释迟到的原因。接着他讲道,我没有其他好讲的,我是来给白娃捧场的!最近我两个发小都有好事,一个是白娃的酒店开业了,一个是宝山入党了,所以,我要借此给他们祝贺!大林巡视一下四周继续说,白娃刚才讲的,我走到门外就听到了,大家可以放开喝,闷倒驴没关系,驴皮可以熬胶,好药材!桃花运也没关系,现在香港的堪舆术大师们有新解释,桃花运不仅指爱情和男女关系,它更是指人际关系。唯一不能做的是不能摸错门!在当今改革开放的新形势下,我们要切记,政治上不能走错路,经济上不能装错兜,生活上不能上错床!大家听了轰地一笑。大林向大家摆摆手,说:都要吃好喝好啊!但白娃说的喝得摸错门,上到小叔子二嫂子床上是要不得的!大家干杯!宴会就这样在一片哄笑声中开始了。

大林心里猜得到,过一会儿几个职能部门的头头和三山凹的人都会来敬酒,自己应该主动出击,先给他们敬酒,表示对大家的尊重。于是,他在白娃的陪同下挨桌给每个来宾敬酒。男桌敬完了去敬女桌。第一桌坐的有黄花琴、黄新月、妮妮、杨彩云,还有几位不认识的,都是抱着孩子的女人。大林扭身走到这一桌的时候,黄花琴用手在孩子屁股上狠拧一把,孩子"哇"一声哭了,她抱上孩子走了。她脸没有变色,似乎并不在意,给人的感觉是孩子闹人出去哄哄孩子。大林给这桌每个人都倒过酒,黄花琴还没过来。大林故作不在意地笑问:花琴呢,花琴怎么还没过来?白娃知道黄花琴不会来了,接上说,来,我替这个女人喝了!跟在身后的闪红红忙抢过杯说,嫂子嫌孩子吵闹人抱出去了,我替嫂子喝了!柳大林倒了三杯闪红红喝了三杯。

宴席快结束了,有的宾客喊着,还差一道菜,白娃洗澡还没上来呢。白娃一笑说,你们早喝肚子里了,就是那个鱼丸汤。几个年轻人围上来罚他喝酒,说他骗人。白娃又喝了好多杯。一直到宾客送走完,黄花琴也没露面。白娃怒火中烧,加上又喝多了酒,回到家"咚哧"一脚踢开门,瞅见黄花琴开口就骂:你个贱女人,给你脸你不要,你要屁股是吧?

这是他领跑黄花琴之后第一次对黄花琴发脾气,之前都是黄花琴骂他对他撒泼。黄花琴自然不让他,反过来骂他一句:你才是要屁股不要脸的!典礼仪式人家咋不来呢,吃饭时来了,该给你脸时不给脸,给你个屁股,你还当爷敬的!

白娃听了黄花琴的话,自尊心受到极大刺激,怒不可遏地骂道:你懂得狗蛋!

你懂得狗蛋!黄花琴毫不示弱。

你……你还敢骂老子!白娃上去给了黄花琴一拳。

这一拳打到黄花琴腰处。黄花琴如一头被触怒的狮子,双手将白娃按倒在沙发上,如武松景阳冈打虎一般边捶边骂,你……还敢打老娘!当初不是你拐走老娘,老娘现在就是县委领导太太!

这句话又一次刺伤了白娃的自尊心。白娃憋着气骂着,那……你……现在嫁过去……当县委领导太太!

可以,先离婚!离了我就嫁过去!黄花琴又给了白娃一拳头。

离婚就离婚!白娃如一头被触怒的狮子,猛地来了劲,身子一拱翻了过来。他看见墙上挂的结婚照,这是因为当下青年人流行拍婚纱照,他们为了赶时髦三个月前才补拍的。白娃弯腰抓起地上的扫帚把,将墙上挂的二人婚纱照戳掉在地上,玻璃框摔个粉碎,玻璃碴滚得客厅满地都是……

白娃气呼呼地出了门,扭头往回看看,觉得黄花琴听不见了,怒骂道,娘的×,瞅有一天老子狠收拾你个狗娘养的! 他返回酒店,到宴会厅一看,闪红红正领着一班服务小姐收拾东西,也没说话就走了。闪红红眼亮,扫见白娃在门口晃下走了,心想老板肯定有事,没事回家了又来干吗,就跟着出来,到了老板办公室问白娃:老板有事吗?

白娃还是面带怒色,瞥了一眼闪红红说:给我找床被子。

找床被子? 闪红红眼忽闪忽闪,没有床上哪儿睡?

睡沙发上。

你累几天了睡沙发可不行。

累不死!

闪红红回想起中午柳大林来敬酒时发生的一幕,心里明白几分,便问:老板跟老板娘生气了不是?

啥老板,说过让你叫哥。白娃翻白闪红红一眼。那种翻白眼不是反感的白眼,似乎是传递秋波的白眼。

闪红红嘻嘻笑笑,改口说:哥是跟嫂子生气了?

白娃骂了一句:她妈的,给脸不要要屁股的女人!

别骂嫂子,嫂子多优秀啊! 闪红红甜甜地笑着说。

毛! 黄脸婆一个。白娃这话看是随便说也不是随便说的,他内心隐隐约约真有这点看法。三山凹有一句话,好姑娘,孬姑娘,一个娃子走了样。黄花琴当初虽然漂亮,生了娃却变了形,腰粗了,没线条了,脸胖了,颜色不泛红了,眼皮一耷拉眼珠子也显得小了。奶着孩子到人前没有香皂雪花膏味了,一股烦人的奶腥味。

闪红红听出了点门道,嘴一努,嗯,谁不知道嫂子是三山凹的大美女,当初让你老鼠偷吃油了。

白娃又那样白了闪红红一眼,说,世上没卖后悔药的,若有我早买吃了。

闪红红撇撇嘴嘻嘻一笑说:哥,你可不能当了老板就当陈世美,休了前妻没饭吃。

白娃朝闪红红摆着手说,去去去,别啰唆,快给我找床被子。

闪红红收住笑脸变黑脸,哼了一声,说,不给你找,你还是回家住吧,两口子生气切忌夜不归宿。说罢,扭头走了。

　　白娃独自在办公室抽了几支烟,喝了几杯茶,醒醒酒,不到 12 点就乖乖地回家了。

五

　　一辆绿色的吉普车在通往九里山的沙石公路上疾驰。车越往前走道路越坎坷,马上就要爬坡,翻山,过河,天却突然变脸。"咔嚓"一个炸雷,"唰啦"一道闪电,"哗啦啦"下起了猛雨。坐在车后座上的柳大林紧锁着双眉,他并不是觉得出师不利,是他知道前边有条黄巾河,河上没有桥。两岸是破堤修的漫坡路,车缓缓走到河底,蹚过河床,再哼哼着爬上漫坡,春秋两季河水浅,人和车可以过河,若夏季遇暴雨涨洪水、冬季下大雪结冰路滑车是过不去的。现在这么大的雨,如果发了洪水车就过不去了。唯一的希望是上游没有下大雨,上游如果不下大雨,河里有可能不涨洪水。与他并排坐着的是县委组织部干部科的郑科长。在前边副驾驶位置上坐的是县委书记宋立功,他觉得坐在前面视野开阔。按惯例公社书记上任由县委组织部长送去宣布就可以,可宋立功为了表示对这位新秀的重视和支持,亲自来送他上任。莫大的期望啊!宋立功扭过头问大林,小柳,这一带的路况你应该熟悉,这么大的雨,你估计能走过去吗?柳大林明白宋书记是担心走不过去,其实他更担心走不过去。但他觉得不能给宋书记说没希望的话,但又不敢说十分肯定的话,便回答说,应该能走过去吧!宋书记扭过头看看司机,说,就看你小子的本事了!

　　夏天的雨来得快去得也快。不一会儿,雨停了天晴了,雨后的天空一碧如洗格外的蓝,天上还出现了一道彩虹。宋立功心情格外的好,不由得吟了两句诗:风中旧梦随花坠,雨后新虹傍眼明!突然,小车"嘎"一声停住了。怎么啦?宋立功问。司机先下车往前走几步后折回来说,河里发洪水了,过不去了。柳大林、宋立功和郑科长也都下了车。他们站在河岸上看见河里的洪水像条黄龙般奔腾着咆哮着。河岸上也站着一群急于过河的人,都过不去。七言八语的,这个说,洪水啥时候能消了? 嘿,怕是天黑也消不了。旁边又有人说:这河上什

107

么时间能架座桥就好啦！有人眼瞄瞄小车，要有个大官从这里过就好啦！

宋立功看了看柳大林没作声。河对岸也站了许多人，急着到河这边来，其中有两三个人在向这边招手喊叫，由于洪水响声太大，听不见对方的声音，但可以感觉到是九里山公社来接新书记的人，郑科长认出一个人是九里山公社党委副书记、管委会主任方占坡，向他也招了招手。他们希望洪水快些消下去，能够把车开过去，可是，直到夕阳西下的时候，由于上游降雨量太大，洪水依然汹涌澎湃。宋书记朝司机摆了一下手，说，返回吧，明天再过来！说完，就上了车。柳大林犹豫着没有上车。宋书记瞪了柳大林一眼，说，磨蹭什么？还不快上车。柳大林谦逊地笑着说，宋书记，您很忙，明天就不用过来了。我舅家就住在距这里不远的村庄。他朝南边指着依稀可见的村子，继续说，这村子就属于九里山的地盘，九里山那边的人刚才应该也看到您了，您也算已经给我送到了。我今晚去住我舅家，明天我自己到公社机关去就行了。宋立功犹豫了一下，说，把小郑留下来陪着你！柳大林又说，郑科长也不用陪了，九里山公社很多人我认识，再说，刚才在对岸迎接的方占坡同志，应该也看到您了！顿了一下，宋书记说，好吧，回去后让小郑给九里山那边打个电话说一声。他"哐当"一声关上了车门，车轰隆隆响起来，司机开始掉头，宋书记又摇下车窗玻璃，说，小柳，刚才听到了吧，老百姓希望把这座桥修起来！柳大林点点头，说，宋书记放心，小柳记心上了。

天黑的时候，柳大林踩着泥泞背着简单的行装到了舅舅家。舅舅听他说了情况之后，大喜过望，要去请大队支书。他阻止舅舅，说，不要，今天我还不是九里山公社的书记，明天正式上任之后，才是九里山公社书记。今晚咱舅甥俩撇开官方，聊聊私话。舅舅多么想把大队支书、大队长、大队会计这些头面人物请到家，炫耀炫耀，可外甥现在毕竟是官了，他依了外甥。让老婆做了两个菜，烙了个葱油饼，让儿子去大队代销点买了瓶白酒，舅甥俩边喝边聊。

舅舅说：林啊，舅早看你娃娃有出息，没想到你这么大出息，当这么大的官。那时你没听舅的话，没选择学剃头匠，路走对了。唉，不说那话了，来，来，喝，喝！

大林有点不好意思。亲舅如父，舅还这么客气干啥！公社书记算啥官，就是人民的勤务员！

舅努着嘴说，官不小，公社书记在咱山里人眼里就像皇帝！来，喝，喝酒，不过，当官了可别忘本，要多给乡亲们办好事。

大林点点头。

舅舅把儿子叫过来，让他给公社书记兼表哥大林敬酒。大林没让表弟敬酒，直接碰了一杯。酒喝过之后，舅舅又开腔了，你表弟已二十四了，还没说上媳妇，你给他找个公家差事干干，去公社给你当个通信员提个茶倒个水都可以，好早点找个媳妇。

大林没想到还没上任就遇到了第一个难题。他觉得很不好回答，可又不能伤了舅舅的心。舅舅是谁呢？亲舅如父啊！他只拍了拍表弟的肩膀，说，好好干！

舅舅听了外甥这句话，似乎已很满足，"咕咚"喝了杯中酒，然后将酒盅"啪"地放在桌子上，说，林，放心，你表弟是舅的模子刻出来的，不会给你丢脸。

大林又点了点头。

过了一会儿，舅舅又说，河上这座桥得修了，这是两个公社交界处，两不管，你当了书记要把这座桥修了，方便两地群众。再说，修桥补路是积德行善的事，谁修了这座桥谁就会在百姓中留下好口碑！

修，一定修！大林看着舅舅认真地说，咱不图口碑，只图造福一方！况且今天，宋书记也特意交代了这项任务。

柳大林上任三个月干了两件大事。

第一件事。他通过调研，发现九里山这地方土地少，人均只有七分地。可这里塘堰和小水库多，沟沟岔岔荒地也多。他就推广了铁河水库水面开发的经验，把那些塘堰和小水库的水面承包给农民搞网箱养鱼或是养虾养元鱼养泥鳅，增加农民的经济收入。沟沟岔岔的地方可以开荒种经济林，既增加农民经济收入，又可改变山上植被状态。

第二件事。修造黄巾河桥。他找了县交通局长几次，交通局长说，全县像黄巾河这种该修桥没修桥的就有三十八处，都是因为没有资金修不起来，有限的资金只能用在国道上。国家的钱没有指望，他就想到了集资。一是从乡镇企业中筹集了些；二是发动群众自愿捐款，从这里过河的人钱多多捐，钱少少捐。但募集的资金很有限，他想办法从县物资公司批了些平价的就是国家计划内的钢材和水泥，募集来的资金用来买这些钢筋水泥并支付技术工人的工资，土方和石方小工活分摊到各个生产队派人出工。这个办法大家也都认可,县交通局帮助设计,提供一份拱形石桥图纸就开了工。

然而天公作对。九月中旬入秋了,在这个季节九里山下了有史以来没有下过的强暴雨,连续二十四小时降雨量在五十毫米,山洪暴发,河水猛涨,所有的塘堰灌满洪水甚至都溢了出来,几座小型水库溢洪道排不及洪水,洪水也溢坝而过,一座小型水库还溃了坝。农民养殖的鱼虾遭到了毁灭性灾害。正在施工中的黄巾河桥支撑木杆和模板被洪水卷走,正在拱券的桥面也垮塌下来……

面对这五雷轰顶的打击,柳大林大哭了一场。

三个月内,他不仅是受到自然灾害的打击,在人际关系处理中也遇到了很多难题。求他办私事的人很多,九里山这边的人千方百计找到他舅舅托他办事,都是涉及宅基地、计划生育、邻里纠纷;三山凹那边的亲朋好友,都觉得他当了好大的官,什么事都能办,找"开后门"安排工作的,送子女上大学的,甚至要生孩指标的……他都予以拒绝,就连舅舅让安排表弟到九里山公社来提茶倒水他也没有允许。舅舅让表弟来到公社住了三天,主动打水扫地,他还是把表弟动员回家。他给三山凹办的唯一一件事就是打了一眼机井。他上任不到一个月的时候,宝山来找他,正是三伏天,说是三山凹缺水,铁河水库的水只能灌溉地势低的土地,大部分岗坡地不能灌溉。过去打过井都没打出水,水利部门也勘察过,只有打到六十米至八十米的深处才能打出水。打这种深井需要县打井队机械化操作,且需要配套资金。每年由县水利局分配计划指标,宝山想要他找找县水利局跑跑关系、说说人情给三山凹打一眼深井。三山凹缺水的情况他清楚,况且,他想,三山凹打了井也少与上河村争水,就答应了。几天后,他回到县城开会,顺便找到水利局局长。水利局局长说,今年的打井计划指标早已全部分到各公社了。他求水利局局长按特殊情况给三山凹增加个指标。水利局局长说增加指标没可能,上级分配的水利资金是个定数,唯一办法是指标可以调剂挪用。并提示他,九里山公社的指标可以挪一个给黄龙公社戴帽下达给三山凹,明年黄龙公社少分个指标,再增加给九里山公社。水利局局长还说,其实九里山多属山区,也不适宜打机井,打机井适宜平原,只是为了平衡,才给山区公社分了指标。大林听了犹豫了一阵说,我想想。水利局局长手一摆,想什么想,当"一把手"就忌优柔寡断,既然想给家乡办点事,牙一咬就办了。再说,这又不是把钱装进自己兜里了!

好吧！大林咬了牙。这眼打井指标就这样由九里山公社挪给了三山凹。

井打到一半的时候，宝山跑来找大林说了个情况。山北庄有个懂点风水的老者，人们称呼他"斜子眼"，也没人请他，好像他是路过打井的地方，他摸着胡须嘿嘿笑笑，对打井人说，哎呀！怎么能在这地方打井？打这井对三山凹有害无益啊！怎么啦？宝山一旁听见了问。斜子眼说，风水就是地气，这井不偏不歪正巧打在气眼上，跑地气，主村子里有官失官，有财散财。宝山听了嗤之以鼻，哼，俺村也没财散，官也就个大队支书，他失了去个球！斜子眼说，大队支书不算官，也是老百姓。这么一说，宝山若有所悟，犯了心病，这井不想再打下去，打算填上算了。大林听了宝山的叙说，脸一黑，眼瞪瞪他，别信那歪理邪说，继续打吧！宝山回来继续打井，打到七十米深的时候，井里的水哗哗冒出来。村里人脸上都笑开了花，逢人就说，大林的书没白念，当官不忘乡情，给村里办了件大好事。这些话自然而然也传到了九里山公社这边……

1982年11月24日是柳大林难忘的日子。这天上午县委组织部干部科郑科长来了，郑科长来没找他，直接找到公社党委副书记、管委会主任（相当于乡长）方占坡，由方占坡召集公社全体机关干部在大会议室开会。郑科长在会上宣布：经丰和县委常委研究决定，免去柳大林同志九里山公社党委书记职务，由方占坡同志主持九里山公社全面工作。郑科长念完这一行半字，没说别的一个字，起身就走了。柳大林也一句话没说，也没问，头也没有抬，任何人的脸也不看。他不想看每个人这时候的脸色是什么样子，他知道自己已没了在九里山工作的权利，他去到住室急忙卷起铺盖卷骑上自行车就走了。他没有进城，而是回到了三山凹。他怕进城去，无法给彩凤回答，更想逃避城里的风言风语，而且也可以在家好好陪陪老娘亲。这时候，他脑子好像断片了似的，什么也没多想，也无从想起。只是觉得奇怪，宣布免他职务没任何人找他谈话，没有讲任何理由，起码应该是县委组织部长或副部长也行，找他谈谈，包括宣布县委的决定也应该由这些角儿来宣布，哪怕是郑科长找他谈谈也可以。四个月前郑科长曾陪宋书记来送他上任，这次来却见也不见他，一个字也没说。也难怪他！他只是受命来宣布县委决定。一直到后来，县里没一个人找他谈话，他就这样简单地结束了在九里山工作的生涯。真个是"来也匆匆，去也匆匆"！

当天晚上，方占坡和陶副主任在"小乐天"弹冠相庆。他俩喝的是四川沱牌三曲酒,方占坡带来的。

他小子脸色好看吧!陶副主任贼眼珠子骨碌着奸猾地笑着说。

方占坡得意地描绘着说,他耷拉着脸,耷拉着头,灰溜溜地走了。

他小子不狂了?

不狂了!

陶副主任也是得意地嘿嘿笑笑,举起酒杯,说,来,干一杯!两个人碰了一杯,陶副主任接着又说,他小子坐火箭了似的,让他上得快,摔得狠!

方占坡献媚地笑着说,陶主任不愧是丰和县里第一笔,你写那份材料是重磅炮弹!

陶副主任似乎并不喜欢听这句话,眼一翻,说,还不是你给提供的炮弹?!

方占坡干笑着,似乎也忌讳这句话。

两个人狼狈为奸做成了害人之事之后,都不揽功,看来整人是件昧良心的事,也许自己也认为是丧德。陶副主任无声地碰了碰方占坡的杯子,两人又对饮了一杯。搁下杯子后,陶副主任说,实话讲,如果宋立功在家是扳不倒这小子的。这次是你姨父鄢县长下了决心的!他小子当初去九里山你姨父就反对,可宋立功力荐,鄢县长也扛不住。省委派宋立功去沿海挂职学习半年,你姨父鄢县长在家主持工作,他小子没往鄢县长办公室蹦个脚尖。他改这革那,从没给鄢县长汇报过,让他碰个刀卷刃,革去吧!陶副主任喝了一口水,又接着说,这次为啥没让你一步到位,没直接任命书记,估计你姨父也是为了避嫌。宋立功挂职学习结束可能就会调走重用了,等那时你姨父接了县委书记就无后顾之忧了,可以让你名正言顺地当上公社书记,到那时九里山就完全成为你方占坡的天下喽!

方占坡谦恭地点着头,说,还得陶主任多多指点!

指点谈不上。陶副主任塌眯着眼喝着茶说,以后鄢县长当了书记,多在你姨父面前说说陶某人的好就行了。

当然!当然!那是当然!方占坡连连点头。他在陶副主任面前似乎只会点头。

来,来,喝酒,喝酒。老奸巨猾的陶副主任今晚显得更加老奸巨猾,他总是刚点个话题,话就又跑了。

也是当天晚上。

曹一宽、白娃都从县城赶到了三山凹。他们听到大林被免去九里山公社书记职务的消息，心里受的震动差不多比得上1976年听到唐山大地震的消息。因为大林这棵苗子像六月天的庄稼苗正旺长的，而且他们也指望大林官越做越大，能在丰和县有一席位，他们做事也有靠山，在丰和也有脸面。大林遭遇免职等于受到毁灭性打击，因此，他们听到这一消息就急于见大林问个青红皂白。为了安慰大林，他们还从县城带来了侯记烧鸡、五朵山黄酒。这阵儿，宝山也在，他们四个人边喝酒边聊。若说是喝酒，其实谁也喝不下去，偶尔喝一杯也喝得毫无兴致。

白娃忍不住了，先问大林究竟是什么原因。

大林无奈地摇摇头，不知道什么原因。没有人给他说什么原因。

估计是背后有人扔黑砖吧！白娃又问。

既然是扔黑砖肯定是在黑夜，我们怎么可能知道。大林苦笑了一下。

曹一宽这时插腔说，是不是因为你搞的那些改革过了头？

大林很烦躁，看看他们，说，咱不讨论这些好不好？讨论有啥用？这烧鸡想吃咱们撕撕吃了，黄酒想喝就大碗喝了。

曹一宽白一眼大林，说，别不耐烦，官场上事很微妙，你不懂！听说鄢县长是方占坡姨父，你知道吗？……所以呀，你还是嫩啊！

大林一时没有说话。顿了一下，他向大家嚷嚷，喝酒，喝酒！喝过之后，他说，我从来没把这官当回事，我就想让宝山给我二亩责任田种种。

宝山这时接上话问大林：会不会是挪那个打井指标影响了你？

大林摇摇头，不知道。

我也想了，为这个事不至于……宝山突然想起夏天打井时斜子眼的话，但没有说出来。

情况不清楚，也没有更多的话要说，此时多说不如少说，又都给大林安慰几句就散场了。曹一宽、白娃连夜返回县城。

宝山回家躺在床上睡不着，老想着如果因为打那眼机井免了大林的公社书记，他可是咋也对不住大林，会后悔一辈子的。他脑子里不断回想着风水先生斜子眼当时的话。他不停地翻身子，床不停地吱吱响，弄得黄新月也睡不着，革儿也被折腾得哇哇哭着不睡。黄新月嘟哝着，你是想哪个女人了，睡不着？宝山笑了笑说,你扳手指数数这村里有哪个女人可以想。黄新月嘴一努:那可不一定。宝山便给黄新月说了打机井时斜子眼说的话。黄新月听了说,不可不信,不可全信。宝山扭过身贴着她的耳朵说,眼下大林出了这事也不知道是巧合还是应验了风水先生的话。黄新月顿了一会儿说,你去找斜子眼问问有什么解法,去去心病。一句话提醒梦中人。

第二天早晨,宝山到代销点称了一斤白糖,去北山找斜子眼去了。宝山见到斜子眼说明了来意。斜子眼听了一愣,他当时也只是随口一言,没想到真的应验了。但他为了掩盖自己的心虚,忙故作胸有成竹地说,惋惜呀,我替柳家这孩子惋惜呀!我当时就说那地方是三山凹的一道气脉,你们在气脉正中钻个洞,气散了,就像蒸馒头一样,正上气的你掀开笼盖跑了气,一笼馍还不毁了。宝山听了老先生的话觉得有道理,点点头。接着又问,老先生,事情已到此地步,后生我来见你就是求个补救办法。斜子眼阴阳怪气地说,嗯……补救……嗯,补救办法,有是有,就像水桶有洞漏水,补了就不会再漏水,蒸笼有了洞冒气,补住就聚气了……他正说着话停住。宝山急了,说,求你给后生个办法。斜子眼给他讲,三日之后夜黑子时,在井边烧三封香三道表,然后再把井封住就行了。最后又说,不过地气已散,再聚回气得有个时间,不能急。而且你必须照我说的去做,不得有丝毫走样。如果走样就不灵验了。

宝山回来的路上,思绪万千,反复斗争,共产党员不能搞封建迷信的,再说,井水哗啦啦地流着乡亲们多高兴,井突然封住不流水了咋给村里人交代?村里人怕是十个人九个反对的。可是为了大林能够官复原职,他下决心冒天下之大不韪一次。

"文化大革命"刚过后不几年,人们还不敢公开烧香拜佛,宝山也不敢半夜三更地在野外烧香祭祀,因为夜间的香火更容易被人看到。他就从家里拿了一领席圈住,不让外人看到火焰,烧了三封香、三道表。井,他觉得不能一下子封住,先把井泉封着,泉眼封住不冒水了,不也就不冒气了吗?等井慢慢不流水了,人们觉得要个干井没用了,再慢慢用土填住,大家也好接受。因此,他在镇上买半吨水泥,雇搬运工夜里运到井旁,他自己拉了两车沙子,把沙子和水泥掺和好后装进蛇皮袋里,一袋一袋投进井里,估计见了水就会凝固的,井底的泉眼就会堵塞住。

宝山后半夜才回到家,黄新月问他干什么去了,他只吸烟,不说话。他几次欲言又止。他想起了爷爷给他讲过的一句话,不该让第二个人知道的事就不能让第二个人知道,哪怕是自己妻子。虽然新月曾建议找斜子眼寻解法……不能,不能……还是不能告诉她。黄新月捣他一拳,你发啥吃挣的,偷女人去了?他摇摇头,烟也不吸了,话也不说了,睡了。

　　过了五六天,井里确实出水少了,慢慢不出水了。村里人都觉得好生奇怪,不少人去到井边看看说,这咋啦,咋不出水啦!出鬼了!黄新月闻听后,追问宝山,是不是斜子眼出什么主意,你干什么了。宝山矢口否认。黄新月心里留下疑团……

六

　　什么叫朋友？朋友就是在困难的时候能想起你。白娃就是这样，他想着大林这些天在家一定闷得很难受，下午4点多的时候他骑着摩托车到大林家里约大林到他酒店吃饭。那时电话很不方便，请客吃饭大多都要骑着自行车到家里去请。大林正在家抱孩子。白娃一见心里嘀咕道，真是这样（那时候不让谁工作，就讥讽地说，回家抱孩子去吧）。他给大林说明来意，大林看他亲自登门来请的诚意，就答应了。白娃问大林，还叫谁来陪？大林说，不叫人，小范围。白娃高兴地回到饭店安排了酒菜。

　　安排妥当之后，他把闪红红叫到自己办公室，问道：你觉得柳大林人怎么样？

　　他人蛮好的。闪红红说。

　　他这段时间心情很不好。白娃语调很低沉。

　　我知道。闪红红点着头说，柳主任可能还为咱的店背黑锅。

　　白娃也点点头，说，所以呀，我今晚请他来喝几杯让他散散心，解解闷，你要多陪他几杯。

　　没问题。闪红红的话如热锅里蹦出来的炸豆似的干脆。

　　你要放开些！

　　放多开？

　　能放多开放多开，包括……白娃眼骨碌着含着些许坏笑。

　　包括什么？闪红红眼盯着说。

　　你懂的！白娃诡谲地笑着说，美女是疗抚男人心灵创伤的良药。

　　闪红红撇了撇嘴，男人们真贱！

　　不是贱，是本性。白娃嘿嘿笑着。

啥都可以，献身不行。闪红红斜了白娃一眼说，要说大林哥的人品嘛，嫁给他当老婆我会愿意。

白娃又嘿嘿笑着说，那不现实。讲现实的，我给你加工资。闪红红又斜一眼白娃说，我可不是妓女。然后窃笑着走了。闪红红这句话是有前因的。那天，白娃对她说，红红，咱开这酒店不赚钱，赚钱也只赚个小钱。怎么才能赚大钱？闪红红眼忽闪着问。

倒腾钢材！倒腾一吨钢材能赚千把元。

我哪有这本事？对牛弹琴！

白娃嘿嘿一笑说，有，你有，只有你有！然后，白娃就告诉她说，晚上想把物资局朱副局长请来喝酒，朱副局长是管业务的，手中权可大呢，掌握着钢材、木材、水泥指标，他给批个条，把条子卖了就是钱。只要能把朱副局长喝得高兴，他批了条子钱就到手了。批一吨钢材赚的钱，相当于开十天酒店赚的钱。

闪红红疑惑地看着白娃问：真的吗？

白娃很认真地回答：真的！闪红红手一伸，我呢？白陪？白娃嘿嘿一笑，批来一吨给你抽拾元。闪红红摇摇头：不干！白娃忙说，好，我少得点，给你二十元。

有了金钱刺激，闪红红那晚上拿胃不当胃，拼命地喝。朱副局长还真吃这口菜，白娃给他倒酒他不喝，闪红红倒几杯喝几杯。酒正兴时，闪红红提出家中盖房求给批点钢筋。朱副局长要求闪红红同他碰六杯酒就批一吨，闪红红就一连给他碰了十二杯，朱副局长真的当场给写了两吨的条子。三天之后，白娃给她四十元，相当于一个月工资。闪红红觉得这事干得，隔三天五天主动催着白娃轮流请物资局的科长、公司经理来喝酒，因为这些人手中都多少掌握点物资指标。只要喝一场酒，就会有条子到手，白娃得个大头，她得个零头，咸咸的，比拿工资多得多。不过，今晚她没操心拿钱，这不是拿钱的事，她更多的是对大林的同情和尊重。

晚上，大林、白娃、闪红红三人坐在雅间。虽然人不多，白娃安排的全席，四凉四热八个菜，还加一个元鱼汤。大林手指指菜，说，太浪费了。白娃说，吃剩下有服务员的。大林坐在中间，白娃和闪红红陪坐两边。按南都一带酒宴惯例，共饮三杯之后，他两人各给大林敬了三杯，碰了三杯，大林觉得脸热烘烘的，就搁杯不喝。白娃给闪红红递个眼色，说，再给你大林哥单独敬两杯。好！

闪红红唰地站起来掂起酒壶。闪红红倒第一杯,大林出于礼貌站起来喝了。倒第二杯的时候,大林摆摆手,坐下说,喝多了,不能喝了。闪红红自己斟上一杯酒,说,我陪哥哥喝!她说着要给大林碰杯,大林不与她碰杯,她自个儿咕嗞喝了。她又斟上第二杯,还要碰杯,大林仍摆着手说,不碰杯,真的不能喝了,请红红手下留情。闪红红又咕嗞自个儿喝了。接着她又斟上,又是自个儿咕嗞喝了。然后一亮杯,说,哥,妹妹一连喝了三杯,你也该湿湿嘴唇了。愚公感动上帝,上帝就挪走了两座大山,妹妹不信感动不了哥,哥能比上帝还上帝!大林很难为情地说,红红,我真不能喝了。

这时,闪红红看看白娃,老板你说,喝不喝?

白娃没吭声,碰碰大林胳膊,示意他跟自己出去。大林便跟着他出了雅间,站在一个没人的黑影里。白娃小声对他说,你今晚放开点,跟这妞多喝几杯,让她晕乎,晕乎了才能干晕事,我已经给她讲好了!

讲好什么?大林疑惑地问。

白娃嘴贴到他耳朵上说,我观察了,这妞纯着呢,保准是个雏。她也很崇拜你,你不能冷落了这妞的一片心。

大林感觉到白娃的话有点歪,说,你讲的什么话呀!

白娃拉开裤口边撒着尿边说,实在话!他其实是以撒尿的放肆行为掩盖放肆的语言。拉上裤链后他嘴贴着大林耳朵讲,真心话,这个红红我是看上了。我也是想着你心里闷得慌,需要给你解解心焦,我让给你了。

别胡扯,大林态度严肃了。

白娃"嘿嘿"一笑,拍着他肩膀又小声说:大林,你别正经了,你现在已不是富贵不能淫,你已是落魄之人,还讲个啥?!你现在也不能给我办一毛钱的事,我只是让你开开心。

咋也不能!大林打断白娃的话说,做人得有底线!

白娃不笑了,也一本正经地说,你讲到底线我再给你说一句话,拐走了黄花琴,我心中也有愧疚,也算是冲破了底线!但这不像打牌,不能毁牌重来。这个红红就算我还你个女人了!走,走!他不由大林辩说,硬拉着大林进了雅间,把他按到座位上。

闪红红以为白娃给大林讲通了,手捏着酒杯送到大林嘴边说,来,哥,我喂你!柳大林身子往后趄着,嘴咧着,连连摆着手说,不行,不行,真不能喝!闪红红采取果断措施，"扑通"坐到大林腿上说，哥，这杯酒你不喝我就坐你腿上不起来！柳大林脸涨得通红，心咚咚跳，神情慌张，结结巴巴地说，不可，不可这样，你快起来！闪红红这时晕乎乎地"咯咯"笑着说，我就坐你腿上让你喝，看你喝不喝！是毒药你也得喝掉！大林生气地一把推开闪红红，怒道，闪红红，我真看走眼了你！闪红红看柳大林真的变了脸，也停住了嬉笑，郑重地说，哥用不着生气，敬酒无恶意，你现在不是什么官了，一无权，二无钱，闪红红巴结你干啥？妹子也就是想让哥开开心呗！柳大林听了这几句话，心有点软了，缓和了口气，说，谢谢妹妹！我确实不能喝了。说着，就要出门。不能喝酒喝茶。白娃说着去拦也没拦住，大林还是走了。

返回院里后，闪红红没趣地双手扑打着白娃嚷道，你还说美女是什么药的，我看啥药也不是！

白娃看着闪红红坏坏地笑着说，伟哥也有失效的时候。

闪红红说，一桌菜也浪费了。

白娃若有所思，以商量的口吻说，我现在去找朱副局长来喝？他家离这儿近！

闪红红一听说请朱副局长，心情又好起来，她知道朱副局长只要一来喝酒，就又能批来条子，老板就会给她抽成了，腔一挑说，成！

不一会儿，白娃带着朱副局长来了。朱副局长比前几次放得更开，喝得更骚，白娃咋倒他咋喝，闪红红要他怎样喝就怎样喝，碰着喝，喂着喝，搂着脖子喝，坐到腿上喝……来者不拒，喝了一瓶拿两瓶，喝了两瓶拿三瓶，三个人都喝得酩酊大醉，朱副局长也不知咋走的，白娃和闪红红也不知咋睡的。

黄花琴在家等到子夜一点了，还不见白娃回家，就来酒店找白娃。白娃办公室灯亮着，门半开着。黄花琴一脚踢开门，看见白娃和闪红红像两头死猪一样，一个头朝东，一个头朝西在长沙发上睡着。我日你娘啊！你俩真够胆大呀，偷情也不关门！两个人毫无动静。黄花琴用脚踹着闪红红的屁股，牙咬着骂着，你个不要廉耻的东西，早看你是个贱货！闪红红翻个身又睡着了。黄花琴又用脚踢踢白娃，日你娘的，老娘真是眼瞎了，找着你个狼猪种！

白娃梦语着，再……再拿……一瓶……

死不要脸的，还再拿一瓶，再拿一瓶塞你屁眼里！黄花琴气得浑身发抖，脸色苍白，手上去捏着白娃的耳根子狠劲拧。白娃这才睁开眼，吃吃挣挣地说，这……是……在哪儿啊？黄花琴"砰"地搧他一耳光,吼道:在闪红红床上! 一句话刺醒了白娃,白娃睁开了眼。黄花琴看拧耳朵有效,又扭过来撕抓住闪红红头发狠劲拽,闪红红眼睛眯开一条缝,吆吆挣挣地问,这哪儿啊？黄花琴嘿嘿冷笑着说,在白老板怀里! 见他俩都醒了,黄花琴又痛骂道,你个婊子气魄真够大呀,偷汉子都敢开着门!

不是你说的,我们啥也没干呀,嫂子! 闪红红清醒了,解释着。

黄花琴"砰"地搧她一耳光,早干过了! 闪红红捂着生疼的脸一句话说不出。白娃忙给黄花琴求情,说:我们今晚是请客喝醉了……黄花琴又"咚"地一脚踢过去,醉了？醉了咋不去抱着猪睡! 你看看,我们都没脱衣服! 白娃辩解说。脱吧! 脱吧! 你俩脱了再抱住睡! 黄花琴又给他俩一人踢一脚骂着走了。她想着,她这样走掉,他俩绝不敢再睡了。可她想错了,后边发生的情况不是她想的那样。

白娃站起来看着闪红红说,今晚真叫醉了,走吧,我得赶紧回家,你也快回宿舍吧!

闪红红两只胳膊抱住白娃的腿说,哥,你今晚不能回了,闹成这样,你不能回家啦!

白娃说,回吧,还是回家,你不是说过,两口子生再大的气,男人也不能夜不归宿。

闪红红脸又贴到他膝盖处说,你今晚真不能回去了,回去有你受的屈辱! 她不会饶你!

顿了一下,白娃说,不,不会,我也不怕。

闪红红突然站了起来,用手解白娃的上衣扣子,边解边说,哥,就这啦,今晚黄花琴闹成这样,咱俩睡也是睡了,不睡也是睡了。

不,别,她过会儿还会折回来的。白娃打着哆嗦。

闪红红看着他哆嗦的样子,哼一声,说,看你这个胆,当初咋敢拐别人的老婆! 放心,她不会折过来。自己脱吧! 闪红红转身锁上门,关了灯。

白娃被逼迫着裸身在沙发上与闪红红抱作一团。白娃起初身子还有点抖,当他的身子触到闪红红的皮肤时,感觉很光滑,身子不抖了,忍不住用手摸摸她的胸部,如两座"突来峰",又像两个细瓷茶碗倒扣着。他手又向下,摸到她的腹部,腹部像平坦的草原,没有丘陵没有沟壑,忍不住翻身骑了上去……然后,他们又带着酒劲酣然大睡。

太阳出来了。夏天太阳的光线很强烈,光线从门缝里射进来,刺得他俩睁开了双眼。闪红红睁开眼后,拍拍白娃肩膀说,老公,昨晚忘了一件大事!

白娃心有余悸地问:什么事?

没让朱副局长批条子!

条子少不了。

这次可得给我对半分。闪红红手指戳着白娃的鼻子说。

这都是小事。白娃蹲在沙发上叹着气说。

啥是大事?闪红红扑闪着眼睫毛问。

白娃又叹口气,说,咋回家?

闪红红又一把将白娃推倒在沙发上,说,别发愁,继续睡,等她个老娘们来接你回!

男人征服女人的杀手锏无非是小恩小惠。宝山懂得这一点,从南都市回来给黄新月捎买了一瓶香水。一到家,他就把香水瓶拿出来在老婆面前晃了晃,讨好地说,双妹夜上海香水,30年代大上海女人的抢手货。新月嘴一撇,说,那是城里女人用的。宝山"嘿"了一声,说,啥年代了?乡下女人也可以用香水。黄新月矫情地白他一眼,女人使香水是用来勾引男人的,你还用勾吗?若是用勾,那是你腻了。不斗嘴了。宝山把香水瓶放在床头柜上。

吃过晚饭上了床,宝山想给新月谈心事,得先逗她乐乐。他趁黄新月不在意,将那双妹夜上海香水"嗞"地喷到了黄新月头发上,顿时,一股清新的花香夹着柑橘味道扑鼻而来。真算是开了洋荤,从来没闻过这么好闻的味道,比以前那雪花膏味儿好闻无数倍。他心里说,不怪说女人身上的香水是撩倒男人的迷魂药。他的身上骚动起来,手推了推黄新月,老婆,我要……黄新月扭过身子,手掭着个雪白的奶子,往他嘴里塞着说,要了你吃!宝山嘿一笑,说,我要那个。黄新月把另一个奶子掭给他,没出息,给你吃。宝山又嘿嘿一笑说,你真不明白还是假不明白,我要那个。黄新月很明白,故意逗他的。儿子睡着了,他俩就那个了。而且今晚有了双妹夜上海香水香味的刺激,特别爽。

之后,宝山切入他要表达的主题。早些时他在城里参加完"白娃酒店"的开业仪式回来之后,就在思忖着,也找个什么致富门路。一次,他路过镇上面粉厂门口，看见背着粮食换面粉的农民排的队很长很长，而且一个个都是焦急的面孔，便产生了在村子里办个小型面粉厂的念头。既可收加工费，村里人又不用跑老远排着队背着粮食换面了。他对黄新月一说，黄新月也认为是个好主意，他便开始张罗这事。今天去南都市就是选磨面机的。他对黄新月说，今天我到光辉机械厂看了，那种小型磨面机得六百七十元钱哩！

还差多少钱？黄新月问。

宝山说，农村信用社答应贷二百，家里原来积蓄有一百五，还差个二三百元。

只有借了。新月说。

世上最难张口的事是借钱。宝山双眼望着房顶，说，大男人家更不好张口。

黄新月"咯"一笑说，男人是比女人多个心眼。

咋啦？

兜了半天是让我去借钱。

他俩扳着指头盘算着，妮妮家不能借，俩大人一个娃靠一个人工资吃饭；大林家不能借，两口子养个娃娃还有一个病老娘，况且大林这段心情又不好；表姐杨彩云家也不能借，平常给她家找麻烦太多了，张不开口……唯一可借钱的是妹妹黄花琴家，白娃这几年一直做生意，现在又开饭店手中肯定有钱的，花琴又是亲妹妹，只要张嘴他俩百分之百不会堵口的。黄新月就决定去找妹妹，早找到妹妹早借来钱，早买来机器早开工，早开工就早挣钱。所以第二天一大早就进城了。现在坐汽车比从前方便多了，车的档次也高了，由火柴盒车成了票车（过去称客运车为票车），坐上也舒适了，速度也快了，中午前她就赶到了妹妹家。

黄花琴这些天心里很压抑。那晚逮住白娃与闪红红混在一起，她简直要爆炸了。她后来了解到他们那晚与物资局朱副局长一起喝的酒，又下了很大功夫七拐八拐找到朱副局长老婆，朱副局长老婆告诉她说，那晚朱副局长也喝迷了，夜里没回家，天快亮时还没见男人，就出来找，发现男人在街心公园抱住那尊美女雕塑站着不动。了解到这些情况，虽然内心有些释然，但对白娃与闪红红醉后睡在一起还是憋气。今天见姐姐来了很是高兴。中午包的羊肉馅饺子，炒了两个菜，还拿出一瓶小香槟，姐妹俩细细品着。吃饭中间，花琴问新月：姐，你使香水了？新月不好意思地笑笑，说，是的，你姐夫给我买的。什么牌子的？花琴眼里含笑地问。新月微笑着说:双妹夜上海。花琴放下手中的筷子,扭身进了卧室,出来时身上的香水味沁人心脾,新月用鼻孔吸了吸,问:你用的什么香水?黄花琴眉一扬,自豪地说:香奈儿,法国的,地球上女人最想拥有的品牌。黄新月点点头,不吭了,她知道自己是小巫见大巫了,知道了城里女人与乡下女人的区别,有钱人与没钱人的区别。看来男人昨天给自己买了香水是对的,不然更不入流了。看来老公那面粉厂得快些开,也快快挣钱。黄花琴看出了姐姐有心思,便说,姐,你想什么呢?

黄新月正愁不知如何开口借钱,这下子便有了话茬,接上说,我在想有件事怎么向妹妹张口呢。黄花琴眨巴眨巴眼,咱亲姊热妹有什么不好说的。黄新月低着头把宝山想办面粉厂资金不足想借几个钱的话说了出来。黄花琴听后沉闷了一阵,说,钱不在我手里,白娃攥住哩。黄新月看看她,说,那你给妹夫说说。黄花琴说,我俩最近在闹气,我懒得理他,他的钱可能都贴给野女人啦!几句话,弄得新月挺尴尬,不知妹妹究竟是什么意思。她摇摇头,说,别生气,好好过日子。黄花琴将手中的香槟酒杯"砰"一声搁桌子上,说:现在我才知道,感情和过日子是两回事。然后又掂起酒杯碰了碰姐姐的酒杯,一口气将酒咽肚里,又将杯子往餐桌上"砰"一搁,说,你去找他鳖货吧!我不想理他!黄花琴说着,又去卧室,拿出一盒化妆品给新月。新月想,我是来借钱的,谁要你的化妆品,推辞着不要。黄花琴往她包里塞着说,拿上吧,这是温州货!

小姨子找姐夫借钱还可以,大姨子找妹夫借钱难以启唇。何况他两口子闹着气,关系紧张。亲妹妹态度就是这样!妹夫又会是什么态度呢?黄新月想想,算了,脸不能丢在城里。但她又不甘心空手回家,就硬着头皮往县医院表姐家去。到了表姐家,表姐家铁将军把门,问了邻居才知道表姐一家外出几天了。她很失望,失望的脸像六月天严重缺水的禾苗那蔫了的叶子。她走到门诊楼前的时候,听见一前一后俩男人在说话,一个人说他今天卖了二百毫升的血,挣了二十元钱,一个人说抽血前喝点醋能多抽一百毫升。她明白了这两个人是卖血的。心想,干脆也卖血去,现货现钱,比啥都快。她心一横,去到了卖血的窗口。护士说,抽血要到明天清晨。等到明天?她犹豫着迈着缓慢的脚步从大厅往院子里走着。

这时,已有两个男人盯住了她。虽然黄新月已是生过孩子的母亲,但身材没有变形,还是丰乳肥臀杨柳腰,尤其是奶过娃子的双乳更是饱满并极富弹性,加之她皮肤嫩，脸蛋白里透红，看上去是个极富性感的美少妇。过往的人没有能忍住不拿眼睛瞟她的。一个身个不高留着分头的小男人追上她喊道，美女，你不是要卖血吗？她从鼻孔里冒出一声笑，心里想，娃他妈了还美女哩！嘴上说，我不是卖血的。小男人一笑，说，别骗我，我刚才在窗口都看见你了。黄新月不好意思再说什么，小男人继续说，抽血都是大清早来的，不喝水，不吃饭，还得提前做体检。我开的旅馆就在前边二三百米处，许多卖血的人都在我那旅馆住。小男人手往远处指指他的旅馆，继续说，实话给你说，想卖血的人很多，卖血也得有关系走后门，我们与医院抽血的人联着手的，住我那旅馆里保准你明早能卖上血！我再告诉你个秘密，抽血前你喝点醋能多抽一百毫升没问题，多抽一百毫升啥概念？就是能多拿十元钱。黄新月眼翻翻他，卖血还能掺假？小男人笑笑，说，现在啥没假的？不过，你只要今晚住我的店，保你明早卖上血是真的。黄新月心里想，虽然表姐夫在医院里，但卖血的事绝不能让他们知道，因为卖血丢人，卖血是穷得没办法的人才肯干的事，再说卖血也会影响身体健康。她脑子一闪念，要返回妹妹家住，又一想，妹妹家也不可去。她便嗫嚅着问，住一晚多少钱？不贵，很便宜，三块钱！小男人比出三个指头。单人间，大床，床单被子都是干干净净的，有蚊帐，有电扇。小男人说得嘴角冒白沫。

黄新月摸摸兜里只有两元五角钱，是她回去的车票钱，便说，我钱不够。小男人很大气，说，钱不够没关系，能交多少交多少，你明天卖了血有了钱补上就可以。黄新月还在犹豫，小男人又去问旁边一个黑大个男人住店不住？还是那样介绍着旅馆的情况，黑大个男人很快答应与他一起去。小男人转过身又问黄新月，美女，住不住？住了就一起走。黄新月见有人去住，也就点点头跟着往旅馆去。登记住宿的时候，黄新月先掏出一张两元人民币，小男人忙给登记处的女人说，先不要收她的钱，只用把她身份证押下，等她明天有了钱再收。黄新月心里有点感激，这小老板挺仁义，说话算数。

旅馆没有餐厅，黄新月晚饭是在外边小摊上吃的。她吃过饭回到房间不久，小男人进来了，先打了声招呼，美女好！头面生，二面熟，也算是熟人了。

黄新月笑了笑，说，不美女啦，都娃子的妈妈啦！

小男人故作惊讶，假话，假话，不会是娃妈！

黄新月仍笑着，骗你干吗，真有娃子啦！

不像，不像，如果真的，更说明是大美女了！小男人在一个方凳上坐下来，接着说,美女呀,我一个朋友刚开个歌舞厅,装修非常华丽,很上档次,是咱丰和县首家,你与其卖血不如去歌舞厅打工。

黄新月又是笑了笑,说,我一不会唱歌二不会跳舞,到那里边干不了啥。

小男人头一侧歪说,你不会唱不会跳,就当个妈咪。黄新月连连摆手说,妈咪?我可不给别人当奶妈,我娃子还得吃奶哩!她扯了个谎。

小男人见她不懂,忙又给她解释说,妈咪就是领班的,带小姐的,除了老板给你发工资,小姐们挣钱还都要给你抽成!

不可能,不可能,别说我吃不了这碗饭,就是吃得了也不能吃,家里还有娃娃和老公。黄新月仍摆着手。

小男人挺有耐心,劝着说,美女,你听我一句话,只要我朋友不嫌你有娃娃和老公,聘用你就是你天大的福气,那比你卖血挣钱多上百倍,我也是看你……

别说了,别说了!黄新月不耐烦地摆着手嚷着,你说个天,我也不会去。

小男人没趣地出来了。他是在"钓鱼",是在按他的棋一步一步往下走。过了一会儿,他又去敲黄新月的门,黄新月说在洗澡。说是洗澡其实是抹澡,房间内没有洗浴设施,只有一个大木盆,就是接一木盆水,洗洗抹抹。黄新月端着木盆出来倒脏水的时候,小男人趁机溜进屋里,又坐在方凳上,吸着烟,手里掂个烟灰缸,吸几口便把烟灰弹在烟灰缸里,等黄新月进屋后他又嘻嘻笑笑,说,我看你这个妹妹挺好的,还是想把话给你说完,我这人也算是菩萨心肠,也或说是怜香惜玉吧,我不忍心看着你卖血,也不忍心让你丢下娃子,刚才给你介绍歌舞厅其实不是我本意,我这旅馆缺个管事的,想让你在我店里,给你一间房,你可以把娃娃带过来,你老公什么时候来了也可以住一起……

不行,不行,俺一大家子人,老公还得种地的。俺是庄户女人,不是打外的。黄新月流露出反感情绪。

小男人看见只当没看见,继续吸着烟弹着烟灰说,你还是旧思想,你不知道南方女人……

没等他说完,黄新月说,我是北方女人!

北方女人也有好多去南方的,唱歌的、跳舞的、美发的、洗脚的,实际上她们不靠主业挣钱,主要靠兼职……其实呀,在店里工资不少给你开!这店里经常也会住着大款、生意人,你只用侍候好,他给你塞一沓钱相当于你干一年!跟你一起来那个黑高个就是个大款!

你说的是卖淫？黄新月终于明白了。

不是，不是！小男人奸笑着说，我只是看你这么好个美人靠卖血吃饭太亏了！

你狗眼看人！黄新月发怒了，一双眼瞪得溜溜圆，照这样说，我不住你店了！她说着掂起包要走。

小男人慌忙站起来，拦着说，美女息怒，美女息怒，我不是那个意思，是闲聊，是闲聊，你休息……明早七点我准时喊你去医院，你记住，别吃饭，别喝水，喝点醋。他说着走了。

离不离开这个店？黄新月犹豫了一阵，自己是想卖血换钱的，只要他明早带着去卖了血，下次不住这店就行了。心定后，休息了。就在她香甜入梦的时候，被咚咚的敲门声震醒了，她还没反应过来，听见有人似乎是用脚踹门，大声喊叫着，开门，开门，快开门！黄新月不知发生了什么事，慌忙穿上衣服，还没扣好上衣扣子，门就被踹开了，进来了两个警察，警察扯开被子、床单，扔掉枕头，横眉瞪眼地吼着，你个乡下破女人竟敢来卖淫啊！走，跟我们到派出所去！

黄新月被这突如其来的袭击吓呆了，哭叫着，俺是来卖血的……俺不是卖淫的，俺是三山凹的良家妇女！

一个警察从她背包里搜出宝山给她买的双妹夜上海香水和黄花琴中午给她的化妆品，嘿嘿奸笑着，你卖血的？穷得卖血还喷香水化妆？鬼话！卖淫就是卖淫！另一个警察又捡到烟灰缸里两个烟蒂，说，这纸烟头还是热的，还不是嫖客刚走？

是这店里老板吸的……黄新月哭诉着。

不用说也知道嫖娼的就是老板，别的谁嫖?！两个警察连说带推把她弄到院子里。

旅馆里的住客大部分都起来了，站在院里看热闹。黄新月又气又恨，欲哭无泪，歇斯底里狂叫着，老板！老板哩！你出来说句公道话！警察说，别喊老板，老板也得受罚！这时，小男人跑出来了，嘴贴着她的耳朵说，美女……你……你只要承认是我店里的员工，我保你无事！黄新月如梦初醒，"呸"地朝小男人脸上吐口唾沫，骂道，你个狗娘养的，别想逼良为娼，你去三山凹打听打听……黄新月连哭带骂，两警察连推带揉，就要走出大门，小男人提醒道，大美女，你咋犯糊涂了，你身份证就在我店里存放着，你是我店里员工啊！黄新月恨得咬牙切齿,朝小男人两大腿窝里猛踹了一脚,去你娘的,你别想逼良为娼!她这一脚踢得狠,击中要害处,小男人"妈呀"一声捂住裆部蹲在地上……黄新月眼看两个警察真要把她扭走,心想,真要扭到派出所就麻烦了,这小老板说他与医院人联着手,也许认识曹大哥,不如把曹大哥亮出来……于是她大声对警察喊道,我真不是卖淫的,我是三山凹的良家妇女,到县医院找我表姐夫曹一宽借钱的,碰上了这个老板,他骗我住到这店里!还有,我妹夫,是中山大街白娃酒店的老板,你们可以找他们了解了解……小男人一听见"曹一宽"三个字,一惊打了个冷战。因为曹一宽在县医院是赫赫有名的,他曾多次与曹一宽在一起喝酒。他捂着下身勉强支撑着站起来,说,你认识曹一宽?冒充的吧!你知道曹一宽老婆是谁?是我表姐杨彩云。与此同时,两个警察也在耳语,他们也多次在白娃酒店吃饭,从没掏过钱。但面对着院里站满的旅客,骑虎难下,大声说着,什么曹一宽?王一宽也不行!硬把她拧上走了,而且把小男人也拽上走了。黄新月走着骂着,两个警察也不理她,把她拉到了另一个宾馆住下,这个宾馆档次高,房间很漂亮。过了一会儿,一个服务小姐送来一兜水果,有香蕉、苹果、香瓜,黄新月不吃。

第二天早晨服务小姐又送来了早餐,油条、豆浆、炒豆芽、炒鸡蛋,黄新月还不吃。快九点的时候,来了一个警察,给黄新月道歉,说是接到了假举报,对不起,她可以走了。黄新月不走,非要他们说个明白不可,并要求恢复名誉,惩治旅馆小老板。若不答应,坚决不走。

中午的时候,那个警察领着曹一宽来了,黄新月看见曹一宽,抱着头痛哭。警察退了出去。黄新月哭了一阵把事情经过给曹一宽说了。曹一宽长叹一口气,没说什么,先劝新月跟他一道回医院,新月不走。没停多长时间,白娃也来了,白娃嘴能说,三劝两劝,见新月稳定了情绪,就一起吃了午饭,塞给她二百元,下午他找来辆旧吉普车送新月回家,新月不肯,自己搭公共汽车回到三山凹。临走时,白娃还嘱咐新月,回家不要给宝山提说这事,一个字也不能说,他和表姐夫都会为她保密的。

磨面机买回来了,安装在哪里又成了问题。

宝山早已想好了,安装到牛屋里。队里的几头牛早已分户饲养了,牛屋空着无用。他想着把牛屋利用起来,而且牛屋位置在村子里居中,村里人打麦子磨面也都方便。再就是牛屋四边不近民房，机器声也不吵闹人。他知道牛屋是公房不能无偿私用，就用租的形式，每间房每月两元，三间房每月六元。因为还没开业不知道一月能收入多少钱，以后随着收入高了租金再涨。他还召开了队委会研究通过。

安装机器的时候，侯支书来了，身后跟着王春宝。春宝得意地奸笑着。侯支书黑着脸对宝山说，你也太过了吧？那时候，你搞包产到户我没反对，上级有精神。现在你又开办工厂，农民就是种地，你办什么厂呀！我也没见上级文件呀！当然你会说可以试可以闯，可你办工厂竟敢用公房？真太过了，应算以权谋私吧！宝山忙给他递烟，很平静地说，我交有房租，并且开过队委会研究通过。侯支书不接他的烟，仍黑着脸说，你是队长你说了算，哪个队委敢放个屁！王春宝站在旁边也插了一句，没错，张队长现在是一言九鼎！说话鸡子都听。宝山眼白了白他，懒得与他搭话。可侯支书这句话已把宝山气得喉咙憋了半天说不出话。他想干脆找个私家房子，脑海里过了一遍，确实没有方便的地方，但也不能不安装这机器，况且厂里来的安装工在等着，上午安装不了，下午人家就要走，不会久等。他自己燃着烟抽了一口，说，侯支书的话也有道理，我接受，这样吧，我也不开全队群众会，我在这牛屋门前放两只碗，然后离开这里，让春宝在这里监督着，赞成的户主往碗里丢颗红豆，反对的户主在碗里丢颗黑豆，黑豆粒数超过红豆，我绝不在牛屋安机器，如果找不到地方，我砸机器卖铁可以吧？侯支书没说话走了。

宝山确实按自己说的去办，拿来两只碗放好走了，而且让王春宝盯紧。结果是一个碗里丢满红豆，一个碗里只有一粒黑豆，那是王春宝丢的。有了这样一个结果，宝山理直气壮地把机器安装在牛屋里。下午机器轰鸣磨着面粉的时候，村里人把牛屋围个不透风，看着笑着，这也是三山凹人第一次听到机器的轰鸣声，机器不仅震动着三间土草房，也震撼着三山凹人的心灵……

七

宋立功从沿海挂职结束回到丰和县两个多月之后,才把柳大林叫到自己办公室,他什么话也没说,把一封信扔给柳大林,自己坐在办公椅上抽着烟。

柳大林坐在宋立功对面的简易沙发上看信。

鄢县长,您好:

今天我们向您揭发一下九里山公社书记柳大林到九里山任职以来的恶作恶为:

一、生活腐化堕落,在农村社员中影响极坏。他为了强身健骨养精神,天天注射鸡血,派公社通信员到村子里抓公鸡,抓公鸡还必须是纯白色的大公鸡,而且一定是当年养大的还没有打鸣的嫩公鸡,据说是当年嫩公鸡血旺且纯,注入人体内特别精神,名曰为了提高免疫力,实为注鸡血翘鸡巴。通信员到村里抓鸡,还得大队干部、生产队干部帮助撵。队干部听说是给柳大林抓鸡,格外有劲,每到一处撵得鸡飞狗跳。社员们说,这跟当年日本鬼子进村了似的,就差没有抓花姑娘。

二、以权谋私。柳大林家系黄龙公社三山凹生产大队,该大队党支部书记在县城白娃酒店请他喝了元鱼汤和三潭酒后,他将县水利局分配给九里山公社的打机井指标挪给三山凹大队打机井,群众意见极大,说柳大林是“身在曹营心在汉”,根本不为九里山社员着想。

三、打着改革的幌子,行祸国殃民之事。他自以为有宋立功书记做靠山,竟敢超越政策规定,推行塘、堰、坝承包养殖,严重影响了抗洪排洪,造成集体财产和群众利益受到极大损失……还搞集资修桥,名曰为民,实则为己,修桥技术人员都是他的“关系户”,为敛钱偷工减料。幸好是洪水冲塌,没有洪水冲桥也会塌的,社员们说,感谢洪水保了修桥人的命!

四、搞裙带关系。将其表弟安排在九里山公社当勤务员,将其目不识丁的表妹安排在公社粮管所当出纳员……真是"一人得道,鸡犬升天"。据说,县中山大街的白娃酒店也是他给县物资局下的命令赁的房子,支持个体户经商。

以上柳大林所作所为,如果用"文化大革命"中的语言来形容,标准的"披着马列主义的外衣,打着改革的旗号,搞的是资本主义复辟"。

这样的干部,怎能让党放心?让公社社员放心?

九里山公社广大干部社员

1982 年 9 月 10 日

柳大林看完把信搁在茶几上,满脸通红,没有说话。

反映情况属实吗?宋立功往烟灰缸里弹弹烟灰,翻翻眼问。其实,他心里已很清楚,他之所以两个月之后的今天找他来谈话,是他在这期间询问多方了解了情况。

柳大林很惭愧地说,先说打鸡血的事吧,那天我患重感冒,通信员请来公社卫生院医生,医生说我免疫力差,注射鸡血可增强免疫力。通信员听后到附近村里买了一只公鸡,我当即拒绝,医生说的毫无科学道理!命令通信员把鸡送回去,给老百姓的钱也别再收回,我从自己工资中给通信员付了买鸡的钱。挪给三山凹打机井指标确实有,修桥的技术人员中确实有朋友介绍的人……但……

你不用往下说了!宋立功摁灭烟蒂,用手梆梆敲敲桌子说,柳大林你记着:当共产党的干部,两大忌,一忌感情用事,二忌以权谋私。无论何时何地办任何事情都必须以党性为重。

柳大林听到这里,想起人们传说宋书记的两件事。第一件事,他在县中读书的时候,正是三年困难时期,为了动员全国人民共渡难关,毛主席不吃肉,周总理不吃鸡蛋。一次,他从学校回家,娘要给他做鸡蛋茶,他拦住了。返回学校时,哥哥送他,送到离村一里地的时候,哥哥塞给他几个鸡蛋,他怎么也不接,说国家困难,这鸡蛋他不能吃,要省下还"苏修"的债,支援国家建设。哥哥说,这鸡蛋,娘已煮熟了,你只有吃了,硬塞进他书包,哥哥扭头就走。他站在冈上想了十几分钟又返回去撵上哥哥,说周总理都不吃鸡蛋我也不吃鸡蛋。让哥哥把鸡蛋带回去还给娘。第二件事。1965年宋立功作为大学生党员抽调在三山凹大队搞社会主义教育运动(也叫"四清"运动),同农民群众同吃同住同劳动。房东大娘见他累得让人心疼,在捞面条碗里给他放了个咸鸭蛋,他怎么也不肯吃,给了房东家孩子吃。第二次房东大娘就把咸鸭蛋埋藏在碗底,想着他吃了的嘴巴子鸭蛋就不能不吃了,结果吃到最后他发现那个咸鸭蛋还是不吃,因为房东家孩子上学去了,没人吃,他就把咸鸭蛋放到晚上等房东家孩子回来吃。房东家孩子说不吃他的嘴巴子,只好倒进狗食盆里喂狗吃了。

知道这些故事的人都说宋书记那时太古板,其实从另一个方面说,也许就是他讲党性,自己真是和宋书记相差太远了。他抹了一把泪水说,宋书记,我错了! 宋书记站起来说,错了不要紧,知错就好! 改了就好! 但有的你没错,比如改革,改革中出了点错不要紧,逐步完善就是。我这次去沿海挂职学习,收获很大,我们改革的步子还很慢,还需要改革的勇士,你还要准备去挑重担!

我?

是的,是你!

宋书记,我还嫩,你不能再让我跌下去,给你丢脸。柳大林做梦也没想到宋书记做出这样的决定。在家抱孩子的几个月里他曾想过去深圳应聘,但他觉得自己不能糊里糊涂地走了。自己的事情没个政治结论,到深圳去档案怎么转? 宋书记从沿海回来后,他几次欲找宋书记,又觉得无颜见宋书记,心想,就继续在家抱孩子吧! 今天接到宋书记通知,本准备挨宋书记痛批的,没想到让他再出山。所以他抹着眼泪说,有些事我还没给你说清楚!

你没说清楚,我早了解清楚了! 你以为我当县委书记是吃干饭的! 宋立功仍眼瞪着他说:你自己出了问题你负责,你搞改革出了问题我负责! 下午已开过常委会了,一切已澄清,基本属于诬告。你准备准备,明天就去黄龙公社报到,任党委书记。黄龙镇人思想保守,说什么,黄龙人民有志气,宁死也不做生意。县委从多方面考虑,希望你去率先在农村改革上再突破一下。

柳大林仍是胆怯,嗫嚅着说,宋书记,县委能否再考虑一下? 我真嫩。

宋立功掐掉手中的烟,说,需要再考虑的是你! 改革是一场考验,每个人都要接受淬炼,要么是钢,要么是渣,就看你是什么料子! 我相信你!

大林嗫嚅着说,黄龙是我的家乡,亲戚、朋友、熟人,不容易超脱⋯⋯

宋立功手向下一砍,说,那更能锻炼你,考验你!家乡怕什么?没有一个国家总统是从外国调去的!

宝山正吃晚饭,听公社广播放大站广播了柳大林任黄龙公社党委书记的消息,他激动得把碗一搁,蹦到院外,直想欢呼,但他忍住了。他踏着淡淡的月光向村东的麦田里走去,他一直走到废弃的机井旁,在晒干的泥巴疙瘩碴子上坐下来,干泥碴子硌得屁股生疼,他也一点不觉得疼,心里默念着:这么灵验?真的这么灵验!王斜子眼还真的有两下子!封了这眼机井后,他的心也像封住了一样的难受,特别是听到村里人骂骂咧咧的时候,他觉得自己做了一件很坏良心的事,应该像耶稣一样给钉死在十字架上。现在他觉得值,大林官复原职了,而且原来是一个小公社,现在任用到了大公社。他掏出打火机点燃一支烟抽着,吐着烟雾,嘴里喃喃念着,值,真值!甚至心里还在想,废了一眼机井算什么,大林当了黄龙公社书记,会给三山凹人带来更多实惠的,他真想把这个得失讲给乡亲们,可他觉得不能讲,他又想起爷爷给他讲的一句话,有的事情不该让第二个人知道就不能让第二个人知道……

张宝山,你跑哪儿了?张宝山你跑哪儿了,快回来……快……黄新月的喊声从村里传过来,这喊声在夜空里格外清脆响亮,那响亮的声音仿佛能响到月亮上去。新月的喊声唤醒了在梦幻世界里的宝山,他站起来,拍拍屁股上的灰尘往回走。张宝山……你个野货跑哪儿了,还不快回来?夜深人静的,他在野地里不便答应,只有加快脚步往家走。

月光下,他推开大门就看见院子里扎着一把明晃晃的自行车。到院子里就看见大林坐在堂屋里,他三步并作两步蹦进屋里,激动地握住大林的手,开着玩笑说,欢迎柳书记大驾光临!黄新月还在嘟哝着,你个野货,去哪儿打野去了,让大官等这么久!他哧哧笑着不理她。

大林与宝山开了正话:最近在想些什么?

就想着你东山再起!宝山嘴咧着笑着说。

大林摆摆手,你想这太狭隘了,应该想大家的事。

宝山沉思了一下,说,正在想去农技站请个技术员,来指导间作套种,提高复种指数,增加粮食产量。

大林点点头,说,视野应更开阔些,不要把目光只盯在一亩三分地上。刚才我拜访侯德纲大伯去了,给他讲了,现在农民吃饱了,还得兜里有钱……挣钱可不像种地那么容易,得动大脑筋,你看温州人,咱得学温州人。

大林话刚落音,宝山说,走,你跟我去看看。大林也不知道让他到哪里去看什么,就跟在他后边走。走了不远,他看见原来的牛屋里透出电灯光亮,听见牛屋里传来机器的轰鸣声。到了牛屋,一看,见有一台小型磨面机在磨麦子,两个小姑娘忙上忙下的。一台小型粉碎机(小钢磨)正在粉碎村民送来的玉米和薯干。由于屋里机器的响声太大,他用手捂住嘴巴贴在宝山耳朵上问,什么时候整起来的? 宝山伸出三个指头,三个月了。你怎么想到搞这个的? 大林还是那样贴着宝山耳朵问。宝山说,看到白娃在城里开饭店……大林听了点点头,心里想,看来什么事都是互相影响的。从牛屋出来的时候,大林对宝山说,你准备准备,过几天全镇来开个现场会。

他们返回来的时候,大林从兜里掏出五元钱放桌子上,宝山、黄新月都愣着,大林知道他们不明白其意,便说,把你们那栗子香红薯卖给我一百斤,磨成粉面,打几盆凉粉,周六晚饭前给送到公社去。

宝山笑说,黄新月做凉粉可是把好手! 黄新月把钱往大林手里塞着说,自己的红薯,自己的工,自己的手艺,还好意思要钱啊!

大林诡谲地笑笑说,这就叫交易! 然后到院里推上自行车走了。

大林走后,黄新月又追问张宝山说,刚才当着书记的面不好玩你难堪,刚才喊你,你就不应声,到底钻哪儿去了?

就在田里转转。

在田里转有啥不敢应声的? 八成有鬼。黄新月指头捣捣他鼻子,你小心点。

隔了一天,柳大林领着全公社干部和二十三个大队党支部书记来参观宝山的小型面粉厂。大林先让宝山介绍了办厂的过程,介绍完后,他讲评道:张宝山同志在种植粮食上带了个好头,种出了优良的品种栗子香红薯,紧跟着又在挣钱致富路上带了好头,值得大家学习。邓小平同志讲了,要让先富带后富,各大队都要依靠自己的资源,发挥自己的优势,走出一条致富的路子,培养出一批致富的典型,引导大家共同致富。以后哪里搞得好,我们就去哪里参观!接着,柳大林又让侯支书发言,侯支书脸憋得通红,结结巴巴说不成囫囵话。宝山这时接上说:侯支书讲不出来我替他讲,当干部的能带群众致富的就带,带不了的别当绊脚石,别设坎,别阻挠,放手让群众干好了!他真想把侯支书当初阻挠他在牛屋安装机器的事亮出来,考虑到全公社干部都在,还是给他留点面子好,忍住没说下去。大林接着说,张宝山同志讲得好!给我们各级干部提了个醒,一定不能当群众致富路上的绊脚石,要当好领头羊!谁当绊脚石我就摘谁的乌纱帽!你是我亲爹也不行。侯支书听着脸格外红,虽然别人不知道这些话,但他内心清楚,真怕摘了他的乌纱帽。

侯支书晚上回到家里,饭也没吃,就捂住被子睡了,睡也睡不着,身子热燥,心里烦,我侯德纲几十年没丢过脸,今个儿脸丢在张宝山这小子手里了!直到后半夜还翻腾着睡不着,披上小棉袄在村子里转悠,走到村中的大榆树下看见吊着的钟绳。他忍不住手痒痒的,随手抓住钟绳"当当当当当当"敲起来,或许他敲钟时带着对大铁钟的眷恋,或许是发泄他内心的愤懑,把钟敲得格外响。

宝山睡得正酣,被猛烈的钟声震醒。这时候谁敲钟干什么?他掀开被子穿衣服要出去看看。黄新月说,管他的,睡吧,一定是哪个狂贱人或是哪个醉汉敲的。宝山不听黄新月的,还是想出去看个究竟,穿好衣服出了门。到牛屋门前一看,站的人不多,有七八个人。钟声早已失灵了,许多人已不关心这钟声,来的几个人也是出于好奇,想看看敲钟干什么。宝山走到榆树下,问了一声:谁敲的钟?

蹲在地上的侯支书站起来说,我敲的钟!

宝山一愣,没想到是他,便问,半夜三更的您老不睡觉,敲钟干什么?

侯支书带着气,说,我是支书我想敲!

宝山明白他的意思,也不客气了,说,这是第八生产队的钟,敲钟权在我手里,你没权敲!

侯支书嘿嘿冷笑两声,说,张宝山你翅膀硬了!再硬也不过是刚出窝的鸟,也比不上我这老鹰翅膀硬!我想敲还敲!想什么时间敲就什么时间敲!

虽然夜色中看不清侯支书的表情,但从声音里可以听出他很愤怒。张宝山不吃他那一套,两只脚脱掉鞋子哧哧溜溜爬到老榆树上,要取掉挂在树杈上那个生铁铸成的钟。钟是用铁丝系着的不容易解,他费了好大一阵工夫才将铁丝扭开,铁钟发出一声闷响,掉在地上,将地面砸了个窝。宝山又哧溜溜从树上下来,这时,侯支书要把铁钟抱回家,宝山拦住他说,这钟是集体的财产你不能抱回家！侯支书很悲哀地用低沉的声音说，几十年我听惯了钟声，现在不听心烦胸闷，我拿回去放我堂屋里，我想听的时候就自己敲敲！你家不是庙，你又不是老和尚，自己敲什么钟？不行！宝山坚决不让他拿走，让黑炭娃把铁钟抱走放进生产队保管室。

在以后的一段时间内，隔三岔五的夜间或黎明时分其他生产队的钟声也会被敲响，有人说是侯支书敲的，有人说是醉汉敲的，也有人说是学生上早课路过敲的。不管谁敲的，那铁钟挂着没用了，也都陆续摘了下来，三山凹再也听不到铁钟的响声了。

杨彩凤下了班带着柳鹭搭末班车来到黄龙镇。昨天晚上柳大林给她打了电话，要她这个星期天一定到黄龙镇来，他也没说为什么，只说一定得来，而且说要把孩子带来。公社院里没有其他人认识杨彩凤，只有他自己认识，就亲自到车站接了彩凤和柳鹭。彩凤一进屋，看见地上放着几盆凉粉，还有小铁锅、酱油瓶、香油瓶、醋瓶，一摞子小瓦碗和几把筷子，不解地问：请我娘儿们来吃凉粉啊？大林答道，这个不让你们吃。大林带她们到公社食堂吃了饭，回来才告诉她说，让你来是请你明天帮我到街上卖煎凉粉。杨彩凤眼瞟瞟他半信半疑地说，你不开玩笑吧！大林笑眯眯地说，真的，不开玩笑。杨彩凤又瞥他一眼说，你堂堂个公社大书记，去卖凉粉，好意思？大林说，放下架子，就好意思了。彩凤嘟囔着说，你好意思，我不好意思。我之所以要做这件事，就是要解决不好意思的问题。大林说着挨着她坐到床沿上，继续给她做解释。黄龙人思想很保守，有一句口号很出名：黄龙人民有志气，宁死也不做生意。这种思想不适应商品经济的需要。我想去街上卖煎凉粉就是想冲击一下这种保守意识。公社书记上街卖凉粉，给人的感觉是啥？就是做生意不丢人！引导农民从一亩三分地里走出来，大胆地去务工经商。彩凤听明白了，点了点头。

星期日这天黄龙镇逢集。很早前的祖先们也有经济头脑，在商品经济活跃、交通发达、人口密集的集市上设日日集，在商品经济欠发达和边远地区集镇设间日集，隔一日一集或隔数日一集。一个县内相邻的乡镇，将集互相隔开，以免相犯。将甲设为一、四、七，乙为二、五、八，丙为三、六、九。黄龙镇是农历三、六、九为逢集。逢集街上搞买卖交易的人就多。大清早，柳大林就在十字街口选好了位置，将煤火炉、铁锅、凉粉、筷子、碗、油盐酱醋整齐地摆放在支好的条板上。他掌锅,杨彩凤给他打下手,柳鹭坐在小板凳上玩耍。农村人上集晚,上午十来点钟街上闹哄起来了。赶集人大都是购置收麦用具的。有的手里掂着新买的镰刀、割麦时喝的啤酒或汽水,有的肩上扛着打场时用的桑权铁权扫帚木锨,有的腋下夹着准备装新粮用的布袋或麻袋,人人脸上洋溢着迎丰收的喜悦。大林兴奋地把煤火烧得旺旺的,铁锅烤得热热的,香油倒进热锅里刺啦啦响着冒出尺把高的火苗,铁铲子在锅里翻着凉粉吧吧嗒嗒响个不停。一会儿煎凉粉的喷香味就飘荡在十字街口。

煎凉粉,热咧! 柳大林从喉咙里发出了第一声叫卖。这一声叫卖引来不少人的目光,有的人认识他,更多的不认识他。认出他的人唏嘘着,公社书记卖凉粉! 听说是公社书记卖凉粉,路人很惊奇,想吃的人也不敢吃或是不好意思吃。煎凉粉,喷喷香,葱花香菜大蒜姜,张林麻油十三香,众位乡亲来尝尝,保你吃了不会忘,一毛钱一碗,不香不要钱! 热咧! 第二声叫喊刚落音,几个吃客围了上来。他们是宝山、黄新月、国超,还有郝老师和妮妮。

宝山、新月、国超是大林约来的"托",他怕到时没人吃冷了场。在大林结婚的第二年春天,妮妮嫁给了村小学的郝老师。他俩走到一起,也是大林做的媒。宝山为了多几个人热闹些,就把郝老师和妮妮也约来了。柳大林忙给他们一人铲了一碗凉粉,他们吃着,嘴里不断地大声说着,香,真香,再来一碗,再来一碗! 霎时间,街上人拥过来了,把柳大林的凉粉摊围个不透风,个个手里拿着钱胳膊伸得老长喊叫着,来一碗! 来一碗! 挤不到跟前的人还喊着,不吃凉粉的腾腾座啦!

郝老师仰脸看一眼那人说,俺想给柳书记说句话呢! 你等会儿再说吧!

郝老师看大林很忙碌,那么多人嚷着,给大林打了个招呼,拉一下妮妮的手走了。

柳大林不停地煎炒,不停地往碗里铲凉粉,累得满头大汗腾不开手擦汗,就用胳膊擦。他也顾不上收钱就让杨彩凤收钱,杨彩凤又是续火又是刷碗又是收钱忙个不停。柳鹭在一旁哭闹,柳大林就给她铲一小碗凉粉堵住她的小嘴。不到11点钟,六大盆凉粉卖个精光。柳大林可以轻松地坐下休息一会儿了,杨彩凤在忙着收拾摊子……

这当儿,郝老师和妮妮又从街那边走过来。郝老师现在已是黄龙镇中学的语文老师。他们在凉粉摊前的小木凳上坐下来,郝老师赞扬道,大林你煎的凉粉真的好吃,没想到你还有这一手。你今儿个卖凉粉在街上震动可大呀!赶集人议论纷纷!

大林笑笑,心里说,要的就是这效果。但他没接这个话题,问郝老师,你刚才要说什么?

郝老师犹豫了一下,说,找时间去你办公室汇报吧?

郝老师,你不用客气,坐这儿聊一会儿挺好。大林今天显然很惬意,你怎么用汇报这个词,是你跟我有距离了,还是我跟你有距离了?

没距离,没距离!郝老师连声说。他看了一眼妮妮,脸又扭回来说,其实这两个月我一直想找你说,没说的原因嘛,一是缺乏勇气,二是和妮妮意见有分歧。今天你的举动使我有勇气说了。他又看看妮妮,又回过脸来,最后鼓足勇气说,我想辞职去深圳!

大林没有表现出惊奇,平静地问:为什么想去深圳?

郝老师红着脸说,听人讲,深圳工资高!咱这里工资太低,妮妮现在农转非了,村里收走了责任田,靠我一个人工资养三个人,日子过得太紧巴!那里缺师资,我想去那里应聘,还教书!不离本行。

大林看看妮妮说,你俩意见有什么分歧?

妮妮也红着脸说,跑几千里,人生地不熟的,把我和孩子甩屋里,我带着孩子怎么过?在家日子过紧巴点就紧巴点,多少家都过了。

大林摆着手一笑,说,你别拦他,咱三山凹人哪,就这个劣根性,宁愿在家过穷日子,也不愿出去闯荡过富日子。我支持郝老师去深圳,那里工资真高,而且比咱这里高好几倍!给妮妮你说实话,我落荒那几个月就想去深圳,但我是公家人,不能随便去,得按组织程序来。郝老师愿意去,你就支持他去!郝老师先去站住脚了,你也可以过去打工,一家人就又一起生活了!

妮妮想了想,觉得有道理,嘴朝郝老师一挑,就依他吧,我不拉他后腿!只要有人收他!

大林又手一扬说,你放心,郝老师的水平我知道,到深圳就是香饽饽,哄抢!他又朝郝老师说,我给你一颗定心丸,你只管去应聘,我给学校说一声,公职给你保留三年,三年内待不住还回来,你还是黄龙中学老师,怎么样?

好!好!郝老师和妮妮笑着走了。

国超把东厢房的南山墙开了个天窗,天窗开得有点大,一米三高,一米六宽,镶上木框,外边搭了一个用油毡做的长方形的遮阳棚,当然下雨下雪也可以挡雨挡雪。屋里边摆一个货架,货架上摆满了毛巾、肥皂、香水、香皂、清凉油、雪花膏、胭脂粉底、口红、纽扣、裤带、袜子、皮鞋、布鞋、运动鞋……油盐酱醋样样有,而且有了大队代销点里没有的温州产的新鲜货。山墙边上挂了个白底红字的木牌,牌子上写着"日用品大世界"六个字。上午十二点钟的时候国超两口子站在大世界门口噼噼啪啪放了一挂一千响的鞭炮就算开业了。因为半晌村里人都下田干活了,所以他们就选正在中午人们吃饭的时候放鞭炮,引起人们的注意。鞭炮的响声确实引来了不少小孩看热闹,有买铅笔、橡皮、作业本、口香糖、泡泡糖、粘牙糖的,有孩子拉着大人买书包、运动鞋、小背心的,也有妇女们选毛线、打酱油、买砂糖的……村子大、人口多,有需求,一开张生意就好红火。

　　热闹了不到一小时,麻烦就来了。大队代销点的丹桂香带着她的老公豹子来了。豹子长得五大三粗,两只眼睛长得吊着,白的多,黑的少,眉毛竖着,一副恶相,所以外号"豹子"。丹桂香长得与他相反,秀眉秀眼小鼻子小脸,两人根本不般配。而且丹桂香一点也不喜欢他,就因为他哥是大队治保主任,能把她安排到大队代销点上班,才肯嫁给了他。

　　豹子一到门前就大声嚷着,这店谁开的?

　　国超迎出来说,我开的,豹子哥!

　　谁让你开的?

　　我自己要开的。

　　丹桂香毕竟与国超见面多,态度温和些,说,大队有代销点,你知道的,还要开第二代销点,不是存心坑我吗?

　　国超不急不躁地说,桂香姐,现在都放开了,不单是有第二代销点,以后还会有第三、第四的……谁想搞啥搞啥!

　　豹子向前一步,两眼瞪得更大,说,想搞女人就搞女人?

　　国超一笑说,女人咱不搞,只搞生意。

　　豹子质问,大队同意了吗?

　　国超反唇相讥:我自己办个小卖部还要大队同意吗?

　　你扒掉!豹子气势汹汹地喊叫着,你不扒,我扒!

国超怒了,冲着豹子说,你敢动一指头,我打断你的腿!

这时国超一家人都出来了,丹桂香见在人家门口'寡不敌众'拉上豹子走了。

过了半个多小时,人们也都吃过了午饭,正在歇晌,大队治保主任胡玉才领着侯支书来了。豹子、丹桂香跟在他俩身后。刚才豹子两口子的吵闹已惊动了四邻,村里好多人聚集在国超家门口还没散开。侯支书见人多没先说话,胡玉才在门口转了一圈,乜斜着国超说,蛋子大个地方,还叫啥大世界哩!在场的人没人理会,他又问国超:有营业执照吗?国超不敢说有,一时无语。站在一旁的宝山站出来说,你去公社问问柳大林书记,他上街卖凉粉有执照吗?胡玉才朝宝山冷笑一声,说,驴槽没马插的嘴!知道你和大林是发小,人家是公社书记,你个生产队长,还想拉虎皮作大旗!宝山被激怒了,一把扯着胡玉才的衣服说,什么拉大旗作虎皮?我意思是说大林上街卖凉粉就是给想干个体户的人撑腰的!这时,侯支书喷着唾沫星子说话了,张宝山,今天我们是来处理国超的事呢,与你何干?我赞成胡主任刚才的话,不单你和大林是发小,俺白娃和大林也是发小,我到公社去大林办公室也是像自家堂屋正间一样,随便出入的。他转身又说国超,你不办营业执照就敢开业,胆子也太大了吧!你要知道不办证属于偷机倒把……

没等他说完,国超说,卖些针头线脑的,等于是在家门口摆个地摊。

这个时候政策界限不清,侯支书怕说错了,就把话转了个弯,说,你现在是大队通信员兼广播员,享受着待遇,吃着集体提留,干私事,这个我有权干涉!国超说,这摊事儿是我老婆干的!丹桂香这时插腔说,侯支书别信他假话,中午就是他在卖东西!国超眼翻白翻白丹桂香,辩驳道,我那会儿只是闲着帮帮手。侯支书用命令的口吻说,帮帮手也不行,先关门!

宝山生怕国超答应了,抢先一步说,国超,不关!丹桂香扭摆着说,侯支书,他们若不关门,我就把代销点门关了!宝山指着丹桂香的鼻子说,你那门迟早要关的!豹子怒了,上去给宝山塞一拳头,吼道,你他妈的肚子吃撑没事了!宝山正要还豹子一拳,他哥宝庆见胡家势众,忙拉开了宝山。

国超这边对侯支书说,大队通信员我辞了,这门店我不会关,你去公社请示请示,公社让我关了我再关。

娘的×,你不关老子替你关!豹子说着抓住一把铁锨"咚"的一声将油毡棚打落在地！

　　你个豹子，狗仗人势啊！国超见辛辛苦苦弄了一个多月的门店被砸毁，哭着上去抱着豹子的腿，又被豹子一脚踢开，嘴角流出了血。

　　宝山实在看不下去了，也拿起一把铁锨猛虎一般照豹子屁股捂去，豹子你娘的，真个是吃熊心豹子胆了！豹子一闪没有捂住。胡玉才见自己在场，宝山还敢打豹子，觉得脸面挂不住，认为打豹子就是打他，也如一头被触怒的狮子，从宝山手中夺过铁锨，骂着，娘的，老子先把他的牌子戳了！一铁锨把"日用品大世界"的牌子撬落在地。

　　国超一家人哭爹叫娘。围观的人也都七嘴八舌，有理说理，不能打人啊！人家开个店方便大家有啥不好！胡玉才红着眼朝大家骂着，你们懂个狗屁！这一骂更激怒了众人，齐喊叫侯支书快主持个公道！侯支书正结结巴巴要说什么，还没说出什么，宝山趁胡玉才正在瞄国超，从背后过去搂住他的后腰，将胡玉才掀倒在地，由于胡玉才不防，摔得较狠，顿时满嘴流血，门牙掉了两颗。血是最能激起人的仇恨和怒火，甚至是让人忘掉死的！豹子见哥被打倒的情形，咬牙切齿，怒不可遏，又举着铁锨朝宝山砍去。

　　侯支书见势不妙，忙上去拽豹子，由于年迈体弱根本拽不住，众人也都找棍子捡棒，一场更加激烈的群殴即将爆发！就在这一刻，就在这一秒，天上"咔嚓"一声炸雷，紧接着瓢泼大雨哗哗落下，人们四散奔跑着找地方躲雨，只有"日用品大世界"的木牌和被打烂的油毡遮阳棚在泥水里被风雨无情地吹打……

　　这惊心动魄的一幕，惊动了黄龙公社党委，当晚就派来了调查组，无疑是大林让派的。调查组全面调查两天之后向公社党委如实做了汇报。第三天，调查组组长宣布公社党委三条决定：一、侯德纲身为大队党支书对上级改革精神学习不够，领会不透，对"日用品大世界"事件处置不当，对引发殴打事件负有不可推卸的责任，要向公社党委写出深刻检查，并通报全公社。二、胡玉才身为治保主任，不仅没有履行好维持社会治安的责任，反之，拿公报私引起斗殴事件，某种程度上是阻止改革开放，撤销其大队党支部委员、治保主任职务。三、张宝山身为共产党员，虽然为主持正义，但也不能参与打架斗殴，向大队党支部写出深刻检查，并负责胡玉才摔掉的两颗门牙的医疗费。当调查组组长宣布了最后一条时，群众不服，纷纷嚷道，胡玉才摔掉门牙不该让宝山拿医疗费，让老胡多摔掉几颗牙才好哩！

秋收时节，上级来了文件，撤销人民公社，设乡建镇。生产大队也改为村民委员会。黄龙人民公社改为黄龙镇，公社党委改为镇党委，镇党委是召开镇党代会选举的。生产大队党支部改为村党支部，村党支部由村里全体党员选举，侯德纲落选了，张宝山被选举为三山凹村党支部书记。

爹，你吃饭没？白娃坐在爹的床头问。

侯德纲把脸扭个朝墙里。

爹，你不能不吃饭呀！要么吃个水果。白娃说着从塑料袋里掏出一个红富士苹果洗过后递给爹。

侯德纲抓住苹果扔到门外老远。白娃叹口气，摇摇头。他是半下午接到娘捎的信就骑上摩托赶回来劝爹的。没想到爹的心堵得这么厉害，真得好好劝劝他，不然会堵出病来的。于是，他干脆拉把椅子坐爹床前，说，爹，村支书不算个啥官，连县级干部都说不到北京不知官小，村支书到北京也只是个蚂蚁，不干就不干。再说，你也干几十年了，跟唱戏一样，你唱几句也该下台让别人唱几句！你老占着戏台子，别人就会轰你下台！

侯德纲"呼"地坐起来，他起势很猛，但说话是有气无力的。娃呀！你爹不是稀罕官，是丢人丢得太浅了，要是淹死到大江大海里也算壮烈，可这是淹死在洗脸盆里，丢脸面哪！张宝山个屁孩，跟你还是发小哩，还是朋友，处处挤对我。他小时候来咱家，给你吃糖也给他吃，给你吃果子也给他吃，包括大林来也是这样。这不说，就是他推倒王春宝，选他当队长，我没卡他；他要当党员，我也没卡他。当初要是卡住他，爹也不会有今天。

白娃点着两支烟，一支塞爹嘴里，一支自己吸着，说，爹，也是你不跟形势，中国有句古语叫与时偕行，你跟不上形势就会……

侯德纲打断他的话说，不是你爹不跟形势，是他娃子们走得太快，跑得超过形势啦！

爹，这就叫后来者居上。白娃一句一个"爹"地劝说，依我看你别躺着萎靡不振的，要打起精神，该吃吃该喝喝，见人该说说该笑笑，全不拿它当回事，人们反而不觉得你丢人，会说你侯德纲大气；你就这样状态，人们会说侯德纲怎么怎么的。中国还有句话，木已成舟，舟不能……

不行,得想办法扳回来!侯德纲打断儿子的话。

咋扳?党员会选举过了。白娃翻着眼说。

选举过也得报镇上批。这程序我懂。侯德纲两眼骨碌骨碌劲来了,说,你娃子在城里开饭店,有没有大官在你店里吃过饭?你找找。还有大林,他现在是镇上党委书记,他说了算,你俩是发小,虽说为黄花琴弄得不愉快,但我看他不是鸡肠小肚人。再说,我对他也不薄,他上大学走,我还救济他五块钱!给他妈安置成"五保户"……还有,他张宝山打掉胡玉才两颗门牙,打人也是犯法的,他不够格!

白娃明白这事扳不过来,木已成舟,舟还能成木吗?找到大林又怎样?大林不可能不尊重选举结果,让废了重来?废了重来得有废了重来的理由。他为了安慰爹骑上摩托出去绕几圈回来,假装去镇上了。他回来后,爹还没睡,还坐在床上,背靠着墙,被子搭在拱起的腿上。他假说见大林了,大林说尊重选举结果。还无奈地叹口气。爹扑闪扑闪眼,又抽了一支烟,说,凡事都有话樺,就看你咋运作。现在镇党委还没正式下文,你去说服说服张宝山,叫他让了。我干了几十年,没有功劳有苦劳,没有苦劳有疲劳吧!他张宝山才几天,一下子蹿个支书,比春天的竹笋蹿得还快,他先当个副支书我再干两年主动让给他!或是我只挂个支书的名,权让他张宝山掌着。

白娃摇摇头,爹,现在不是家天下。

爹看出了白娃的心思,说,你觉得张不开口是吧?你俩不是发小吗?你俩不是连襟吗?他这点脸面都不给,还算啥发小啥连襟?我给你娃子说,你原先卖剩下的老鼠药我还藏有几包,要是扳不过来,我就喝了它,你可别哭爹,哭爹爹也答应不了了!

爹说这话挺吓人的。他想着,爹还是爹,朋友再好不是爹,"连襟"连得再紧也没有爹的关系近。白娃就硬着头皮去找张宝山。他到了宝山家,门已闩上了。他喊门,黄新月听见了,说宝山在磨面坊。白娃又来到磨面坊,看见宝山帮助一个女孩在给磨面机上料。宝山也看见了他,让那女孩自己上料。他拍拍衣服上沾的面灰,过来与白娃打招呼。

两人在一旁坐下来轮换着让着烟吸着,吸了一支又一支,心里都在猜,嘴上不说话。

还是宝山先开口,这么晚过来有事吗?

白娃觉得不能把爹的情绪先端出来,嘻嘻笑笑说:回来恭喜你的!

宝山似乎不以为意地摆摆手,不算啥,用不着恭喜。他不清楚白娃心里究竟是咋想,一边是他爹,一边是朋友加连襟,但他知道一个道理,血浓于水,他应该是跟他爹亲着哩!

白娃说,咱仨发小,大林当了镇上书记,你当上大队书记,就我上不了台面!

宝山一愣说,你好好的呀,做生意发财了呀!

可我爹落选了呀!

你爹落选与你何干?

白娃说,现在人很势利,以前人家是看父敬子!现在呢,就像皇帝被推翻了,太子还能受宠吗?

宝山说,咱三山凹俗话,前三十年看父敬子,后三十年看子敬父,就是说,儿子小时看老子,老子老了看儿子!你出息就行!

白娃点点头,如此说,你张宝山的爹以后成了香饽饽了,我侯子耀的爹以后成臭狗屎了!

宝山憋住一阵没说话。又吸了一支烟说,不管香饽饽、臭狗屎,大家选举的。又顿了一下,白娃说,你当上支书与你开这个磨面坊、大林在这里召开全公社现场会关系很大。

宝山不否认地说,也是个因素。

白娃指着轰隆隆响着的磨面机说,买这机器我可是支援过两百块钱哩!

宝山明白了他的意思,语气很硬地说,我还你钱,明天就还你!

白娃说,你还得了钱,可还不了我的情。

宝山"呼"地站起来说:那你要我怎么办?

白娃做出一副无奈的样子,说,我支援你钱等于给你升官搭了个梯子,给我爹下台抽了台子板,我爹现在躺在床上要死不要活的。

宝山略一深思说,那我现在去看看他。

白娃拉他坐下,说,你现在去看他,他只会死得快些!他老鼠药都在手里攥着,随时……

没等他说完,宝山说,这样吧,你找镇上说说,支书还让你爹当,我不当了。

白娃虽然知道宝山的话是搪塞人的,但也借着宝山的话往下说,其实呀,你给镇上写个申请,说你从生产队长猛然跳到支书位置上力不从心,需要老支书来传帮带,你先当个副支书。我给我爹也说说,只让他当两年,到时主动让贤,或是他现在只挂个名,权掌在你手里,给他老人家个脸面就行了。

宝山猜出他父子两人是串通一气的,又"呼"地站起来,冷笑一声说,白娃我告诉你,你也别在我面前要,你有本事你去上边活动让你爹还干支书,我张宝山狗臭屁不放,你说的我不会接受。

白娃见张宝山不肯给面子,也发了狠话,说,张宝山,现在俺爹在难处你见死不救,你够哥们儿不够?你在难处时,我们是咋做的?当时你没钱买机器,你老婆急得去卖血,差点被嫖……抓到派出所……不说了,不说了,他有意说个半语不说了。

张宝山又呼地站起来,大惑不解地问,什么卖血?什么被嫖?你说,要说说清。

不说了,这里有人不说了,我喝醉了,不说了。白娃故意卖个关子起身就走。

白娃没有回家,他躲到牛屋西山墙的黑影里,看见宝山往回走,就也溜到宝山家屋后蹲了下来。不一会儿,听见从窗缝里传出来了声音。

我问你句话,你给我说实话。宝山的声音。

我啥时候说过假话。黄新月的声音。

买机器那二百元你到底从哪里弄来的?

半夜三更了,问这干啥?

就要问。

明天再说,睡觉哩。

不行,今晚就说。

今晚就不说!明天再说也不迟。

今晚必须说清,说不清睡不成!

真是官大脾气长啊!支书不知当上没当上的,可厉害啦!

支书我不当了,你今晚得说清。

白娃窃喜。

钱是白娃、曹大哥凑的。

还有啥?

没啥!

你卖血了？

哪有啊！

没有？没有是让人嫖了？

放你娘的屁！半夜三更回来找事的！黄新月更凶了，你去问白娃，问……

我不问别人，就问你！

白娃吐吐舌头。

你问我，我还说，屁话！黄新月又哭着说，刚当上支书就闹事，不想过就离婚！

离就离，明天就去离！明天就去找柳大林，支书我也不当了。宝山嚷得也凶了，我不能戴顶乌纱帽再戴顶绿帽子。

谁他妈的侮辱老娘的，明儿个咱说个明白！

今晚就说个明白。

今晚偏不说，你不能把我嘴撬开！

…… ……

白娃弯着腰，一溜小跑跑回家，爹还坐在床上，背靠着墙，被子搭在两腿拱起的膝盖处。白娃走到床前高兴地小声说，爹，张宝山不当了！

爹立刻两眼放光，真的？

骗你是龟孙，有好戏看呢！然后，白娃声称城里还有事，连夜骑上摩托走了。

中午的最后一桌客一散场，闪红红就溜到了白娃办公室。白娃昨晚回到城里都后半夜 3 点多钟了，上午物资局朱副局长又电话请他去，说有二十吨废铁占着仓库，现在急着腾仓用房，问他要不要这堆废铁；中午又给几桌有头面的客人倒了酒，也没有休息，面容显得憔悴疲倦，坐在椅子上眼皮直打架。闪红红进屋看见他没精打采的样子，"咯"一笑说，昨晚又跟你老婆翻一夜跟斗翻累了吧?! 白娃睁大眼看她一下说，不是你说的，老爹有病了，昨天回去看看，夜里回城就 3 点多了。闪红红又"咯"一笑，说，3 点多离天亮还有两三个小时，不耽误打炮！白娃一是疲劳没精神，二是为他爹的事心里还压着一块石头，脑子混沌沌的，没心思给她开玩笑，指指沙发说，好好坐着。闪红红过去"扑通"坐他腿上，咻咻笑着说，就坐这儿，这儿软和，比坐沙发还舒服。白娃把她推过去，又指指沙发,规规矩矩坐着,大白天,半晌里,说不定谁来哩!闪红红嘴噘着不情愿地坐到沙发上。白娃看着她问,有啥事,快说。闪红红闹着情绪翻白着眼说,哟,你装起正经了,没事就不能来了?白娃烦躁地说,刚才给你讲了嘛,今儿个心情不好!闪红红嘴一努,说,晚上还把朱副局长约来再喝一场心情就好了!白娃扑闪扑闪眼,知道她"收红包"已经上瘾了,明白没有女人不喜欢钱的。他半闭着眼睛说,朱副局长上午见过了,他说有二十吨废铁要给我,我正在犹豫要不要。

废铁要它干吗?闪红红卷着舌头说,废的就是无用嘛。

白娃听了这句话,大脑立刻由混沌变清醒。他伸直腰,喝了口水,瞄她一眼说,你这句话极对,废就是无用,无用就没人注意,我就想在这没人注意上做点文章。他把自己的思路说了出来。

闪红红听完,眨巴眨巴眼说,哥看得远,我赞成!闪红红别看是从深山走出来的,文化程度不高,但却极有思路,也许这就是人们所说的天赋。白娃看中她的就是这一点,觉得培养培养会是个好帮手。他想,事业将来做大了,少不了帮手,两个大男人搁帮就像两头公驴拴在一起,容易碰头啃嘴,弄不对就是瞪眼,喷唾沫星子。女人性柔,男女搭配,干活不累嘛。白娃又接住说,如果妹子认为这样行,我的主要精力以后就放在做钢材生意上了,饭店的事就扔给你操心!闪红红一拍胸脯,哥放心,妹一定唯你马首是瞻,忠心耿耿!你没听别人说过,只有跟男人睡过的女人才会跟男人一心。白娃又说,一上来就宣布你当经理怕不服众,先给你宣布个副经理,让大家认了服了,过一段再宣布你当经理!闪红红激动得热血沸腾,从沙发上一跃蹿过去坐在白娃腿上,嗲着说,谢谢哥!一把抱住白娃的脖子,先亲亲他的额头,再亲亲两个脸颊,然后把舌头伸进白娃口里吧唧吧唧亲个不停……

"哐"的一声,门被踢开了。白娃慌乱中把闪红红从腿上推了下去,定睛一看,张宝山进来了。他看见宝山两眼瞪得溜圆,布满血丝,脸上的肉在抽搐,两只胳膊在颤抖……

宝山也是一夜没睡好觉。昨晚白娃的话含含糊糊,黄新月一个字不吐。男人是什么事都可以容忍,唯有绿帽子是容忍不了的。一大早,他早饭也不吃,骑上自行车呼呼跑到县医院,表姐夫的采购职业是流动的,不是随时可以找到,等到中午表姐夫才回家,他问了表姐夫,表姐夫起初什么也不告诉他,后来他学说了白娃的话,表姐夫担心他夫妻之间产生误解,才把实情告诉了他。宝山这时候气不打一处来,又呼呼骑着自行车往白娃饭店来……

他万万没想到白娃正在和一位美女戏耍,他真想上去掴白娃一个耳光。但他知道自己没有这个权力,只呵呵一个冷笑,说:白老板才是情场高手啊!

白娃张口结舌说不出话来,闪红红偏着脸跑了出去。

白老板艳福不浅!宝山说着自己去坐到了闪红红刚才坐的沙发上。

白娃仍说不出话,哭不是笑不是地给宝山递烟,宝山接住烟扔到窗外。他又给宝山倒茶,宝山接住茶杯"哗"一声泼在地上,而后问道,你说我老婆被嫖是咋回事?

我不知道啊!

不知道你昨晚放啥闲屁!宝山两眼瞪得如张飞。白娃皮笑肉不笑地说,我昨晚是回去陪我爹喝醉了。

宝山站起来指头捣蒜一样地捣着他说,这你不知道,那你不知道,你调戏酒店服务员我可是亲眼所见,出了这个门就去告诉黄花琴。

谁也想不到,白娃这时嘿一笑,厚颜无耻地说,黄花琴早知道了,你给她说说,俺俩离婚离得快些!

此刻,作为他的发小,作为他的连襟,宝山真恨不得扇他一耳光,可他连扇他的劲也没有了,又咬着牙用指头捣着他的鼻子说,白娃,我只说一句话,你的阴谋是还想让你爹当支书,我郑重告诉你,这个支书我不让,我当定了!

白娃嘻嘻笑笑,说,哥,你当支书我恭喜你!我爹今年五十八了,早晚得进棺材,你当支书还能多当几年,三山凹人都知道咱们的关系,我还能多沾几年光!我也给你表个态,从现在起,我不再替我爹说一句话,他想喝老鼠药尽管让他喝;他一包喝不死,我屋里剩的也还有,供应他喝!你说中不中?!

宝山看着他蔑视地笑了笑。

白娃不笑——他的特点是说得别人笑的时候自己不笑——只眼一扑闪,说,笑,我知道你要笑,你的支持率又高了!

夕阳西下的时候,柳大林和涂富国检查秋播走到了三山凹。涂富国这时候已是镇长。并肩走着的柳大林与涂富国说,听说侯德纲落选情绪很低落。咱拐他家看看,安慰安慰。

涂富国点点头,说,当然可以。

两人车子把一扭,进了侯德纲家。

侯德纲还在屋里的床上坐着,仍是背靠着墙,被子搭在拱起的两条腿上,忽听院子的门吱一声响,又听见老伴在与来人打招呼,声音他熟悉,一个是柳大林的声音,一个是涂富国的声音。他麻利地躺下,扯起被子蒙住头,轻微地呻吟着。

老伴过来喊道,老头子,快起来吧,大林和那位干部看你来了。老伴不认识涂富国。

大林去坐到床沿上说,大伯,哪里不舒服?

侯德纲呻吟着断断续续地说:浑……身……上……下……都……不……舒……服……

吃药了吗?

吃……了,不……管……用……

哪个医生开的药?

村……里……鹏娃……

柳大林朝涂富国递个眼神说,老涂,你去村部往镇卫生院打个电话,要最好的医生来,村里医生水平低。

不……不用……了

老涂往村部打电话去了。大林又出来追上他说,给白娃也打个电话,让他回来配合一下,这老汉思想病不轻。

半个小时后,镇上有名的女医生骑着自行车到了。量量体温,三十六点五度,正常;测测血压,八十,一百二十,正常;听听心脏,心率正常,按压腹部,肝、胃都无异常。医生微微一笑说,多吃点饭就好了!老伴插嘴说,几天都没吃饭了,他说吃不下。医生说,先喝点糖水。老伴冲了大半碗糖水端过来,几个人把他扶起来坐着喂糖水。

喂完糖水,又动员他吃饭。老侯摇摇头,不吃,吃不下。大林说,侯伯你还是强着吃点饭,你是缺乏营养,吃点饭就会好些。大家正在七言八语劝说,白娃进院了。他是骑着摩托车回来的,由于赶得急,满头大汗,他一边擦着汗一边说,爹,你就起来吧,镇上两个最大的官都来看你,你也给点面子。白娃说着又返到院子里从摩托车上卸下带的东西,有鸡鸭鱼牛羊肉,还带了两瓶四川全兴酒。他把两瓶酒放在饭桌上，自己进灶房去加工菜食，因为娘做不好这高档菜，都是熟食，三炒两拌就端上来了。老侯总算下了床，大家围着饭桌坐下来，白娃拧开酒瓶在各自面前杯子里斟上了酒。大林提议先敬侯伯喝。老侯摆摆手，有病，不敢喝。白娃眼一翻说，爹，你喝吧！我好揭老底，你那病不是病，是心病，喝两杯高兴高兴就好啦！爹瞪他一眼。白娃说，瞪啥瞪！敬你喝酒是抬举你。你回想回想，镇上书记、镇长去咱村谁家喝过酒？咱上查八代，哪有俩大官一起来咱家喝过酒？大林给你敬酒是抬举你，你就别装了，喝吧！一句话说得爹破涕为笑，然后又脸一黑，说，你鳖娃，从小就长个卖当嘴，我真有病，啥装的！其实，老侯瞬间一笑，等于露馅了，只得掂起杯说，大家一起喝吧！众人都端起杯一饮而尽。

三杯过后，白娃掂起酒壶，说，今晚书记镇长一起光临寒舍，蓬荜生辉，还有美女医生也大老远跑来，我先敬三杯。大林夺过壶，还是我给老人家先敬！白娃明白此时该怎么做，把壶交给了大林。大林先酌上一杯，说，这杯酒敬侯伯，感谢您对大林的关心培养，我还记着我上大学走时您给我的五元钱，那时候五元钱可当使啊！老侯点点头，喝了。大林又倒上第二杯，说，这杯酒，感谢您老人家几十年鞠躬尽瘁地工作，为三山凹做出的贡献！老侯眼里涌出了泪花，喝了。大林又倒了第三杯，说，侯伯，这次您虽然落选了，但我们知道，您没拉票，没贿选，没给任何人吹风暗示打招呼，充分尊重民意，很值得尊敬，以后您就是我们的顾问，我们遇到解不开的疙瘩还要向您老请教。老侯摆着手，不敢当，不敢当！也不接酒杯。白娃又瞪爹一眼说，你接着喝了吧！大林都把你当顾问你还有啥想不通的。当官啥时候是个头？就那个支书，算个啥，你别心里丢不下！爹又瞪他一眼，说，你知道我丢不下？我无官一身轻。白娃两个巴掌一拍，这句话说对了，还当着支书你哪有空睡两天。喝了吧！老侯瞅了白娃一眼，喝了。

大林敬过，涂富国又掂起酒壶敬酒。老涂在黄龙镇干的时间长了，跟侯德纲彼此交往也多，也有感情，说了很多话，敬了几杯酒，侯德纲都喝了。涂富国敬完酒又说，老侯，你还有什么想不通的你就说，别闷在心里，闷久了真会生病了，就像今晚高高兴兴的就好了。侯德纲点点头，起来回敬酒，说，今晚有你们两位镇领导到我家，我很感动也得敬个酒。他倒的酒，大家都喝了。接下来，白娃要敬酒，大林为了进一步活跃气氛，提议说，白娃，你不是戏唱得好嘛，你不用倒酒了，唱段戏代替敬酒吧！白娃爽快地答应，清了清嗓门，唱起了曲剧《花媚娘》中周算灵的一段唱。

> 看破红尘一段浮云，
> 名利二字莫挂心，
> 倒不如归山乐天真，
> 闲来无事把酒饮，
> 闷来散步出离庄门，
> 只听见流水滔滔鸟声婉转喜煞人……

大家一齐鼓掌，夸白娃唱得好，唱词也选得好。白娃又唱了一段，大家又喝了一杯酒，便起身告辞。这时侯德纲又拦住柳大林涂富国说，二位，我只有一个请求，不知当说不当？

大林谦和地望着他说：您讲吧！

侯德纲说：我退了就退了，绝不干扰张宝山工作，我只想把生产队那口铁钟拿我家，可张宝山一直不让我拿。能不能让张宝山把那口铁钟交给我保存。

白娃脚一跺说，你要那口铁钟干什么，现在都成废铁了！

侯德纲说，你娃子不懂，人老了怀旧，我想保存住作个纪念，我几十年听惯了钟声……

白娃又要发火，大林忙拦住他，对涂富国说，富国同志，我看可以满足老人家，你去通知张宝山明天把那口钟抱来送给老人家，他保存的铁钟也许是将来进国家历史博物馆的一件文物。

涂富国去了，白娃也陪着去了，侯德纲嘴里嘟哝着说，要那铁钟有用！

八

该黄新月出气了。

你进了城回来也不吭了？黄新月眼剜着他说，你了解清楚了吧？

宝山蹲在椅子上抽着烟笑而不答。

笑！笑管啥用？黄新月脸板着说，不说个明白，今晚别想上我的床。

宝山眼扑闪扑闪说，得给你立贞节牌坊哩！

黄新月脸扭向一边，鼻孔里哼一声，说，我也不要你贞节牌坊，现在不兴这一套，你也办不来，糊弄人的！我只要你回答我的话！

我明白了，是白娃故意拨弄是非！宝山把烟蒂摁灭，道清了事情原委。

黄新月听了并没放脸，故意把枕头扔来摔去的，又"哼"了一声说，看来，最容易相信的是朋友，最容易怀疑的是老婆！

宝山下了椅子站了起来，"哎"了一声说，这个要看咋理解，因为最爱的也最怕失去，所以也最敏感！若是不爱巴不得让别人勾跑她呢！

我要跟你离婚！不让你戴绿帽子。黄新月躺床上，扭个面朝里。其实她已气消了，故意装作还生气。

你别开玩笑了！宝山厚着脸皮脱鞋上床，我知道你是气话！

支书你不是也不当了？

当！当定了！一说这话，宝山就上气了，两眼瞪着说，不当就中白娃父子的计了！我不仅要当，而且一定要当好！

黄新月脸扭过来说，俗话不俗，亲戚不共财，共财两不来。当初不该找白娃借钱。

宝山手一扬，撅黄瓜一般果断地说：还他！再借钱也要还他！

黄新月翻他一眼说，别再借钱了！借谁的钱在谁面前都是低矮的！

宝山低头思忖了一下，盘算着说，磨面机挣的钱得还信用社贷款。干脆把圈里那两头猪卖掉，再卖点粮食。他把烟锅猛地在床头柜上一磕，连说带骂，他白娃没良心，那晚说话太噎人！当初他贩鸡子被认为是投机倒把，市管会没收了他自行车，他托我找曹大哥把车子要了回来，没车子他咋贩鸡子，他咋挣来钱有了家底开饭店！

黄新月嘲笑般地瞟他一眼，说，你给别人办一件好事就像一块糖，吃了就化没了；你办一件伤害别人的事就像留一个疤，掀开衣服就看见了。你挤掉他爹的支书，咋能不恨你！

宝山不服地说，大家选的！

他们不这样认为。黄新月边哄着革儿睡觉边说，所以呀，你当支书后要多给人办好事，糖化了就化了；千万别办伤害人的事，别在人心上留疤，会一辈子结仇的！

几天后，黄新月又进城了，又来到白娃家。她从白娃手里借的钱当然还由她来还。内心话，圈里那两头长白猪是新品种，长得正欢呢，再过两个月至少可增膘五十斤，可多卖几十元钱，本不舍得卖，但为了早还白娃的钱还是咬着牙卖掉了。她到了白娃家，白娃还是不在家，还是只有妹妹花琴和小外甥友友在家。她一进门便气壮壮地说，姐今天来是还你们钱的！黄花琴漫不经心地说，还钱你找白娃，我不过手。花琴说着把一盘花生端到姐面前让姐吃。黄新月这时心里明白花琴可能与白娃关系还紧张，便问，心里还结着疙瘩？黄花琴冷冷地说，岂止是结疙瘩，是打一堵墙。新月明白了妹妹的心，宝山给她描绘过白娃同闪红红嬉戏的情形，她真想对妹妹说，不行就离婚，可农村人常说，能成一门亲，不拆一门婚。她便说，两口子没啥过不去的，多忍让就是了。黄花琴叹口气说，不忍又怎么，男人一旦有了外心管不住。前天居委会一位大妈讲，对男人两别管，喝酒你别管，只有他不能喝了才不喝；玩女人你别管，只有他没钱了才不玩了，玩不动了就不玩了。黄新月气得"扑哧"一笑，到底城里人懂得多。黄花琴眼翻翻姐说，真的呀！她边往姐茶杯里添着水，边叹气说，我也是一步走错百步错……

白娃正在饭店办公室与闪红红商量一件大事。

他给闪红红说，朱副局长已经答应只要他把那二十吨废铁买了，再给他搭配十吨盘圆钢筋。闪红红一拍巴掌，那太好了，又该给我抽成了。白娃摇摇头，你先别高兴！闪红红一愣，怎么？你悔牌了？这十吨钢筋可是我拿胃灌出来的，拿屁股坐出来的！白娃跷着二郎腿，嘴里吐着烟雾说，看你小气样，这回叫你发大财哩！闪红红不明白地看着白娃。白娃说着自己的真实想法。这次他不打算倒卖钢筋指标了，钢筋贩子把指标拿去买成钢筋卖给用户，中间又剥了一层皮，赚了一笔钱，不如自己把指标买成钢筋自己卖，自己可以赚更多的钱！闪红红又是拍巴掌，太好了！白娃还是跷着二郎腿抖动着，吐着烟雾说，你先别高兴！他从椅子上起来在屋里来回走动着说，一下子买这么多废铁、钢筋，手头资金不足……他眼睛瞄瞄闪红红，你能不能把你小金库的钱拿出来先用上，钱回收过来加倍还你！或算你入股？闪红红脸一拉说，钱都寄回家了，我娘生病，弟弟上学都得用钱！白娃又看她一眼，面带惆怅……

门被推开了。白娃一瞅，黄新月进来了，心里庆幸这次闪红红没坐他腿上，脸上笑嘻嘻地说，姐来了！

闪红红慌忙给黄新月倒水，因饭店开业时她见过黄新月，一句一个姐地喊着，喊得可甜了。

黄新月没有坐下喝水，她手伸进挎包里掏出一沓子钱往白娃办公桌上一搁，还你的钱！

白娃一看见钱两眼放光，也不看黄新月的表情，呵呵笑着说，真是及时雨呀！

黄新月嘴一挑，你数数！

数什么数，你肯定数过了。白娃说着就要把钱往抽屉里塞。黄新月走过去用手挡住他的手说，你还是数数，当面数钱不为薄！

白娃就开始数钱，数到最后一愣，说，多十元？

黄新月说，利息。

白娃两手一摊，说，我又不是放高利贷的，什么利息不利息。

黄新月一本正经地说，张宝山照银行利息给你算的，本来是八块九，凑个整数，十元。

好吧！白娃边把钱往抽屉里拨拉边说，宝山以后当支书了，也不在乎这十元钱！

黄新月一听恼了，手伸进抽屉里又捏出那张十元票子攥在手里说，你侯子耀说的是不是人话？

白娃红着脸说,姐你息怒,姐你息怒!

黄新月把那张十元票子顺手扔在地上出门走了。

张宝山在老婆进城的同时,也去往公社。白娃那天说,你还得了钱但还不了情。这句话对他刺激很大。他想,今天我老婆进城去还你钱,我到镇上找大林,要求给你爹再安排个一官半职,我算还了你的情吧!他到了镇政府院里,镇上干部都下乡了,只有通信员在家。他问柳书记呢,通信员说下乡去了。去哪村了?通信员翻他一眼说,柳书记去哪村还给我汇报?显然通信员不认识他这个新支书。他很没趣地出了镇政府大门,犹豫着不知该往哪条路去找柳大林……

柳大林骑着自行车进了桐树庄,见几个妇女正在往架子车上装农家肥,累得满头大汗,就下了车主动上前打招呼,你们在拉肥料啊?几个妇女毫不客气地抢白道,我们不拉肥料干啥?我们要有你那本事,也整天骑着自行车到处转,也不拉肥料啦!大林红着脸扎好自行车,走过来去夺一位年龄大点妇女手中的铁锨,来,大嫂,我来装,你歇歇!那妇女不肯给他,还说,不行,不行,别把你手弄脏了,弄脏了可洗不净!他又要去夺其他妇女手中的铁锨,都不给他,而且都说着同样的话。他悻悻地推着自行车走向村头,听见身后几个妇女在嘎嘎嘎嘎地笑,好像笑得十分开心。

出了村,他看见远处有人在田地里耩麦子。他这次吸取了教训,把自行车扎在大路旁的一棵榆树下,漫步往种麦的地方去。他看见这土地整理得很精细,确实达到了"地平如镜,土碎如面"的水平,还打了畦,便于浇水。他心里感叹道,如今农民做活做得真像妇女绣花一样的精细。他走过去,见几个男子蹲在地上又是称麦种,又是称化肥,称罢磷肥称钾肥,氮磷钾的配比很讲究。他看见他们耩完一趟就要停下来,称种子称化肥,配好后再去耩地,有点耽搁时间,就蹲下说,我来给你们掂秤吧!几个男子汉虽然不认识他,看他干部模样的,猜出是乡干部,就把秤交给了他。他知道那个配比,就一秤一秤地称着……

书记大人,学做生意呀?

他抬头一看是宝山,你跑这儿干吗呀?

找你的。

你怎么知道我在这儿啊?

宝山朝远处大路上指指,说,我看见你自行车了!

一提起自行车,大林问宝山,下乡骑自行车吧,脱离群众;步行吧,效率太低,你说说怎么办好?

宝山也蹲地上同他说,其实也不在于骑不骑自行车,关键是心贴到老百姓心上,像你这样干的,肯定受老百姓欢迎!大林又给他说了在村子里遇到那群妇女的尴尬情形,宝山哈哈笑着说,妇女们爱开玩笑,见个干部模样的帅哥又骑着亮堂堂的自行车,她们肯定是羡慕嫉妒恨!宝山点上一支烟,接着说,其实,现在到了农忙季节,也不必催种催收,老百姓经营责任田比养儿子还上心。

大林点点头。这时,耩麦的几个男人又折回了地头。其中一个光头男子与宝山家是远亲,认识宝山,亲热地问宝山来干吗,宝山说找大林的,他们才知道掂秤人就是镇党委柳书记,都高兴地歇下来同他拉话。他们最关心的话题,是问他卖凉粉的事。刚才在村里装车的几个妇女把肥也拉到了旁边的地里,宝山的亲戚向妇女们招手喊着,哎,你们快过来看看,认识认识镇上柳书记。那几个妇女过来了,大林笑眯眯地望着她们,她们一看正是她们刚才在村子里奚落的男人,又嘎嘎嘎嘎笑着跑了。宝山的亲戚喊叫着:你们干吗跑啊?还是那个年龄大点的妇女调皮,扭头说了句,俺怕书记认识俺了以后报复俺!宝山亲戚给大林说,柳书记,别在意,这群女人骚得很!

他们互敬着吸了几支烟,耩麦的人又耩麦去了,大林又问宝山有什么事。

宝山说,能不能给侯德纲安排到镇办厂去当个厂长?

大林怔了一下,眨巴下眼,问,你怎么这样想?

宝山说,我想想老侯待我不薄,咱小时候待咱俩像待白娃一样亲,我当队长他没卡,我入党他也没卡,我现在上来把他挤下去了,怕他面子过不去。三山凹人最讲脸面,给他安排个位置,他会觉得脸上有光些。白娃跟咱俩除了发小关系,俺俩还是连襟,你说呢?

大林低头想了想,又问,你是不是担心老头干扰你的工作,你干起来不顺手?他老头是表过态的,绝不干扰你工作!

宝山连连摆手,不是,不是,我主要是想还他父子俩的人情,就我刚才说的那些。你忘了,你上大学走时,老头还送你五元钱哩!

我没忘记。大林摆摆手,打断他的话,咱说句公正话,你觉得老头现在的观念到镇办厂能干起来吗?镇办企业今后也要改革,也应用有改革意识,适应商品经济形势的人。

宝山清楚这个问题,他故意绕开不回答,讲出另一个道理企图说服大林。他说,过去的大队支书,除了犯错误的下台以外,因为个性问题干不下去的,一般都安排到社办企业干个差事。你当镇委书记以后,侯老头是第一个下台的支书,你把他安排好,会暖一批村干部的心。如果扔下不管,会使一部分村干部寒心,担心自己的后路。皇帝都知道,得民心者得天下,大同小异。这道理你比我懂!

大林沉默了一阵,又说,你知道他老头子愿不愿干?

宝山说,你只管把他安排了,干不干在他,社会上自然知道,咱要的是社会效果。

耩麦的人又折过来了。大林手一挥说,你找涂富国去!

宝山一听高兴了,心里说,书记同意了,镇长还能不同意吗?他站起来拍拍裤子上屁股处的灰尘,说,大林,你也走吧?

大林说,我要干到同他们一起收工!

宝山走到大路上,骑上自行车风一般地去找涂富国。涂富国听后说了三个字,知道了!

三天之后,镇政府来了通知,让侯德纲去镇农机具修配厂当副厂长,当张宝山到侯德纲家把镇党委这个决定告诉侯德纲时,侯德纲咳嗽了两声,撇着腔说,行吧,新猴王选出来了,老猴王该远离江湖了。他往城里给白娃打了电话,要白娃骑上摩托带他去厂里报到,那样看着风光些。临往镇上去时,白娃骑在摩托上,让爹坐在后座上,就在他蹬一脚摩托就可轰隆隆跑时,白娃朝来送行的村干部和邻居们撇着腔摆着手说,俺爹不当村干部要去当镇干部了,再见!此时,张宝山一个箭步走过来,抓住白娃的胳膊说:侯子耀,我张宝山可是既还了你的钱又还了你的人情了!白娃尴尬得无话可说,脚一踩油门摩托轰隆隆跑了。侯德纲在后座上颠得一跳一跳的……

一天下午,白娃骑着摩托带着闪红红来到黄龙镇。白娃很精,他觉得要搞废旧钢材市场不能在县城搞,在县城太招眼,县城爱管事的人多,毕竟这类物资还没明确放开。但也不能到"山高皇帝远"的地方,太偏僻的地方生意旺不起来。他反复琢磨，觉得放在黄龙镇比较合适。黄龙镇紧靠312国道，交通方便，更重要的是大林在这里干书记，他思想比较解放，会开绿灯的。所以，他下午就带着闪红红来选址。他俩从街南看到街北，街东看到街西，没选中合适地方。因为经营废钢旧铁需要占地面积大，不是一两间门面房能办的。街里选不到地方，就来镇外找。最后在镇西边选到一块地方，这地方是块荒地，杂草丛生，草丛中藏有不少破酒瓶子、罐头瓶子和废旧塑料，显然这地方过去曾堆放过废旧杂物，后来运走了。这地方紧靠公路，容易吸引客户，交易比较方便，但又不惹人眼。若不买卖钢材，路边过客也不会注意。又不是耕地，占耕地很麻烦的。他看中了这个地方后，因柳大林跟县委宋书记去温州考察了，得找在家主持工作的涂镇长具体汇报。等到天黑涂镇长还没有回到镇上，他就和闪红红在镇上一个小饭馆吃饭，吃了饭又往镇政府，通信员说涂镇长可能到夜里很晚才能回来。白娃跟闪红红商量，是住下等涂镇长还是明天再来。闪红红不想来回跑，更重要的是想在这里能和白娃住一夜，就说不回县城了住黄龙。

住黄龙就住黄龙，白娃带着她在镇上找旅馆。这镇上原来只有一家旅馆，现在发展到三家，找到最好的“万兴旅馆”，条件也不怎么好，闪红红现在不讲条件只要能住下就行。白娃问她要身份证，她说要身份证干吗，白娃告诉她开两间房得出示两个身份证。闪红红眼睫毛扑闪扑闪说，开一间就可以了，开两间房干吗？有病吧你！白娃说，男女两人开一间房得要结婚证哩！闪红红不满地骂道，还他妈的要什么结婚证哩，现在都放开了！白娃瞟她一眼说，放开是放开，男女关系这一块没放开。闪红红又骂着，狗咬耗子，听说南方现在都不管这类臭事。白娃眼翻白着说，那咱是北方！而且镇上比县城还封闭。闪红红嘴一噘说，晚上不在一个房间，住这里有啥意思？还不如回城去！白娃明白她口是心非，便说，咱不是想明早晨见涂镇长哩？顿了一下，闪红红说，要么这样，你去登记房间，我在街上转转，你登记过出来告诉我房间号，等你先住下后我再溜进去。白娃犹豫着说，万一夜里公安查房了呢？闪红红推着他说，去吧去吧，恁多废话，大男人家一点也不果断，没那么邪门！白娃还是犹豫着登记房间去了，一切都照闪红红设想的那样做。

过了夜里12点，没有一点动静。闪红红说白娃，你瞅瞅，啥动静都没有，看把你吓那个样，老鼠胆，脱衣裳睡觉吧！

他俩刚脱掉衣服，关灭电灯，四只胳膊搂在一起不到五分钟，门就被“嘭嘭嘭"敲响了。他俩不敢开电灯,胡乱地瞎子摸象般地找衣服,干急穿不上。就在这时,服务员"咔嘣"开了门锁,摁开门口的电灯开关,房内大亮。两个警察看见白娃脖上挂着闪红红的粉色乳罩,闪红红脖子上套着白娃的灰色内裤,忍不住笑了。其中一个警察讽刺着说,你看你俩,耍猴子似的。然后两个警察一个扯着他俩一只胳膊拉到派出所。

公安民警按照惯例,把他俩分开做了询问笔录之后,开了一张五百元的罚单递给白娃,白娃身上正好装有五百元钱,这钱是下午闪红红才给他的,是闪红红的爹卖了家里五只绵羊三棵树凑的,凑给他购买废钢铁用的。白娃把钱交给警察时很心疼。交过钱后,白娃问,我们可以走了吧?警察说,不行,你们非法姘居,属流氓行为,得天亮以后,通知你的家属亲人或朋友来带你们才能走,并要通知到所在单位。通知单位他不怕,他就是饭店"一把手"。白娃怕的是明天上午得见涂镇长,涂镇长若知道了这件事啥都泡汤了。另外,大白天从派出所出来可让一街两行的人嘴笑歪了,况且这街上有不少熟人,以后咋在这街上做生意呢?他忙给那警察说,兄弟,我明天得给外商谈个项目,罚款也给你交了,你今晚就放我们走吧,我在县城中山大街开有饭店,你啥时候进城我请你吃饭。他摸摸身上另一个兜里,还有二百元钱,掏出来顺手塞给警察。警察将二百元塞进腰里,低头想了想,黑半夜的不敢放他走,他到外边一旦出了什么事自己得承担责任,便说,我现在可以放你走,也可以不通知你单位,但你如果夜里走,得提供个现在可以来给你担保的人,我们通知他来带你们走才行。白娃低着头想,黄花琴肯定不能让知道,她知道了不闹塌天才怪。爹在镇办厂,就在镇上……他摇摇头,不行,爹一辈子作风正派,看不惯歪门邪道的事,不怕爹掴耳光,就怕给爹气死!把柳大林的牌子亮出来?他立刻又否定了,不能暴露大林,大林一镇书记,不能丢大林的脸,再说,大林若知道了,别想在镇上搞废钢铁买卖,甚至以后什么事他也不会管了。他最后想到了张宝山,也觉得不行,因为最近闹得两家太不愉快了……他拿不定主意。

想好没有?想好就说,想不好就等明天,我也要休息了。警察催促着,就要走。

白娃低头又想,权衡再三,决定找宝山。宝山毕竟是发小是朋友,从玩尿泥到现在一起经事多了,又是"连襟"亲戚,他心里再有气,咬烂舌头血往肚里流,况且,与闪红红的事他也碰见过,在他面前丢个脸要比把脸丢在外人面前好得多……于是,他抬起头对警察说,你通知张宝山来吧,他是三山凹村支书,村部有电话,有通信员值班,你打电话也方便。警察没有说话,锁上门走了。

凌晨4点多钟的时候,白娃正在打瞌睡,门"咕咚"一声开了,他被惊醒了。他看见警察领着宝山进来了,宝山裹着一件蓝色棉大衣。他尴尬地苦笑着望着宝山。警察走了,屋内只有他俩。宝山自己拉把椅子坐下,一连吸了三支烟,足足有七八分钟没有说话,看得出来警察把一切都告诉了他。

宝山吸第四支烟时说话了,黄花琴三村五里谁不说是个大美女?你还吃不饱?当初不是你自己相中的?你俩可是比自由恋爱还自由的,你能说是没感情?你干这事别说丢你老侯家人,丢三山凹的人!

白娃低着头不说话。

宝山又继续说,就那个闪红红你算舍不下了,是啥胶啥漆粘住了?

白娃脸偏一边咕哝着说,我就这一个贱处,见不得美女缠嘛。

宝山黑上脸,把手中的烟蒂狠劲摁灭,站起来说,我告诉你白娃,这贱处可是个大毛病,你得改掉!刚才警察给我说了,今晚你俩还没那个,若那个了会定你流氓罪!你想想,就是不定你流氓罪,流氓的名字好听吗?白娃听了身上打个冷战。宝山起身去往闪红红屋里。闪红红头抬得高高的,眼也不瞅他,一副不服气的样子。宝山一见倍加生气痛恨,指责闪红红,你知道他是有家有室的人,你还要破坏别人家庭?

闪红红脖子一拧,说话像枪药一般地冲,谁破坏他家庭了?又没拿刀拿斧子砍他家的门!

宝山见这女人态度这么恶劣,忍不住呵斥道:以后不许你再找他!

闪红红脸扭过来正面对着宝山嚷道:我找他是做生意的又不是做夫妻的!有啥不能找!我们又没干啥坏事,只不过是为省二十块钱少开一间房。

张宝山见这女人嘴硬,说着无效,把他俩带出派出所的大门就扔下走了。走了十几步,张宝山又折回来把白娃拉到一边,耳语道,你得下死决心甩掉这个女人。否则,后患无穷!白娃还没回答,闪红红过来扯上白娃胳膊走了。

柳大林夜里1点多钟才从温州考察结束回到丰和,他急于回到镇上给大家传达温州考察的经验,到了县城他只给老婆打了一个电话,没有回家。他雇了一辆三轮车拉他回黄龙,到黄龙镇已是后夜近3点钟了。涂富国想着他夜里睡得太晚,就把党委扩大会定在上午 10 点钟。没想到大林 7 点钟就起了床,睡不着啊!他弯弓着食指和中指"嘭嘭"敲开了涂富国的门。他问涂富国,上午的会议定在几点?涂富国回答,10 点。他定在 10 点钟是有他的考虑:一是想让大林多休息会儿;二是会议之前他想得留点时间给大林汇报一下大林外出几天镇上的工作情况以便会议上研究。他俩到食堂里边吃饭边聊事。聊到后来,涂富国说到了白娃想在镇上搞废旧钢铁市场的事。大林翻着眼皮儿问,你的意见?涂富国担心地说,钢铁这类物资现在还没放开,不管是正品还是废品。

柳大林嘴角闪过一丝微笑,讲道,古时赵国有个叫公孙龙的人,喜好名家论辩。传说,他有一次骑马过关,关吏说,马不准过。公孙龙回答说,我骑的是白马,白马非马。骑着就连马一起过去了。

涂富国点点头,笑笑说,我明白了,意思是当今有地方讲的,遇住绿灯快速行,遇着红灯绕着行,遇着黄灯抢着行嘛。大林没说话,搁下饭碗,大林看看腕上的手表,离开会还有段时间,嘴朝他一挑,走,老涂,到街上看看。

街上的集市比年前早了,人也吵闹了。他们穿过街上的家畜行,牛马羊的叫声混杂在一起,用"乱弹琴"来形容再恰当不过,地上也满是粪便;又来到家禽行,卖鸡的卖鸭的卖鹅的,当然也有卖鸡蛋鸭蛋鹅蛋的,吆喝声响成一片;还来到了菜市行,柴草行,瓜果行。青菜瓜果是淡季,有些清冷;柴草行倒是有些热闹,不过,看上去非常零乱。

涂富国不知大林要唱什么戏,只是糊里糊涂地跟着走。转到十字路口时,大林才给他说,看见了吧,一看就知道是个落后的农村集市。涂富国"嗯"了一声。柳大林接着给他讲说,这次到温州考察大开眼界,人家那市场才叫商品市场,单卖纽扣就是一条街,上百家店铺几百个品种。涂富国说,温州是沿海城市,咱这是穷乡僻壤。大林打断他的话说,老涂,你说的也是,也不是。考察途中,我就想了,黄龙既偏僻又不偏僻,三县交界地,这里五六十年代以前曾是有名的小商品集散地,素有"小上海"之称,单器具一条街就有银器、铜器、铁器、瓷器,银店就有几十家,上百个品种;瓷器也有几十个店铺,钧瓷、汝瓷、官瓷、定瓷、哥瓷都有销售……咱这里织的柞绸到口岸上免检,我小时候听大人说织的绸子通过外贸销往西洋国家,其实就是欧美,或许走的就是"丝绸之路"……咱要想办法把商品生产恢复起来,商品市场活跃起来。涂富国大拇指一跷,我同意。柳大林接着说,所以,我想,白娃的废旧钢铁销售交易不要羞羞答答、遮遮掩掩地放在镇外,干脆放在街上来。涂富国还是忧虑地说,他那废钢烂铁占地方,再说,还是吃饭时说的,钢铁还是计划物资,虽是废品但也是钢铁,放到脸面地方容易被发现,万一上边怪罪下来……我也是为你着想。大林说,我明白你的意思。我让放到街上来,就是想让大家看到,钢铁都有人经营了,还有什么不可经营的!给市场培育起个带头作用,就像当初我卖凉粉。你放心,有事我担着!

白娃精,他知道国家的政策,知道自己干倒买倒卖钢铁这生意不到街上去为好。老涂给他说,大林让他到街上去经营,而且说已经给他划好了地方,他却以种种理由推辞,不肯到街上。最后大林说,不来就不来,依他自己吧!

开张半月之后的一天,县政府来了个市场检查组,组长是政府办公室副主任方占坡。方占坡是大林调黄龙的同时调进政府办的,分管财贸系统。方占坡工作很深入,不给镇领导打招呼,走街串巷明察暗访,没有发现市场上有什么问题。但他不说,他对检查组的同志们说,我们来检查就是要找问题的,找出问题才是我们的成绩!地挖三尺也要找出问题。镇里找不到问题,就绕着镇子找,直到找出问题为止。然后就拉网式地查,果真发现了白娃开的废旧钢铁市场。方占坡如获至宝,驻足不走了,白娃不在,他就找在场的人问了些情况。问过之后,直奔镇政府。柳大林和涂富国都下乡去了,通信员把会议室打开,让他们坐会议室里等候,并说立即给书记、镇长打电话。通信员打来洗脸水,方占坡也不洗,通信员倒茶,方占坡也不喝,就等着书记、镇长来了发淫威。

柳大林先回到镇上,他没往自己办公室拐,直接推着自行车到了会议室门口,扎好自行车笑呵呵地往会议室进,他正要给方占坡说恭维话,尽管他是镇委书记,但方占坡是代表县政府来检查工作的,代表的是县政府,他就得像恭维县长那样恭维他。方占坡没有等他的恭维话出口,即凶神恶煞般地手一拍桌子,柳大林,你吃熊心豹子胆了?怎么了?方主任,哪里错了您批评。柳大林有挨批评的心理准备。他知道检查组就是磨道找驴蹄的,何况方占坡与他心里有些隔阂,所以,他波澜不惊地坐到了方占坡的对面。

方占坡又手一拍桌子,喷着唾沫星子嚷道,你竟敢明目张胆地支持倒卖钢铁。

柳大林眼睫毛扑闪扑闪说,都是废钢废铁。

废钢废铁也是钢也是铁。方占坡眼瞪着他说,钢铁是国家一类物资你不知道吗？

柳大林点点头，知道。

方占坡又一拍桌子，知道还明知故犯?!

柳大林燃上一支烟吸着说，请问方主任知道粮食是什么物资？

方占坡眼一瞪，什么意思？

柳大林故意慢悠悠地说，原来工业上以钢为纲，农业上以粮为纲。现在农民手中多余的粮食可交易，废旧钢铁为什么不可交易？

方占坡见柳大林给他顶上了，更加恼怒，吹胡子瞪眼地说，粮食上级有文件。

柳大林说，钢铁到一定时候上级也会有文件。

方占坡又"啪"一拍桌子说，没有文件之前先取缔后通报！

柳大林眼翻白翻白，不屑地看着他说，我等你方主任的通报来了再取缔。

方占坡见柳大林给他较上了，越发愤怒，"呼"地站了起来说，最严重的是老板是你的发小，性质太严重了！

柳大林不软抗了，也铁上了脸，也"呼"地站起来说，发小怎么了？谁都可以来做生意，连外国人也可以来做生意，连你的七姑子八姨子愿意来黄龙镇做生意，我也欢迎！

方占坡坐不住了，朝随行的人手一挥，走！又手指指柳大林，你等着！

柳大林"扑通"往椅子上一坐，说，姓柳的哪儿也不去，专坐这里等你的通报，免送！

白娃消息很灵通，没等柳大林找他，他先来镇政府找柳大林。生意刚开张，还没赚到钱，让取缔了可要亏大本，所以他急于来探探镇领导态度。他见了大林却说，我知道了，方占坡要封我这市场，封就让封吧，你别顶撞，老方是县长的亲戚，是你的对手，你要吸取在九里山的教训，咱惹不过就躲过。大林眼扑闪扑闪，看看他，不想正面回答他的话，手一扬，说，只要你正当经营，我什么也不怕。白娃手一拍胸脯，大林你放心，我肯定守法经营，半点违法违规的事都不干。大林点点头说，好！你只管干，上边的压力我会顶住。白娃高兴地走了。

夜里，大林躺下睡不着，他对白娃做事不放心，便起床要去看个究竟。他披上风衣，一个人悄悄走向白娃开的废旧钢铁市场。他刚到门口时，看见三四台手扶拖拉机满载着钢筋突突突进到院子里。他不由得一怔，他从哪儿弄来这么多钢筋？他本想上前去问，但他没有，躲在一棵大树背后，继续冷静地观察，直到看着那些钢筋卸了货，装进临时仓库内，锁上了门关了电灯他才离开。第二天白天他派了一名工作人员到白娃的废钢铁市场周围观察，没交代具体任务，只让观察，工作人员晚上回来说一切正常。晚饭以后，他又披上风衣，站到对面公路旁的大树下，到9点多钟的时候，他看见陆续来了八九辆架子车，仓库门打开了，钢筋抬出来了，一宗一宗地过磅、装车、付钱。

第一辆架子车出来了，大林跟上去问，大哥，这钢筋搞什么用的？

盖房子。

一吨多少钱？

一千六百元。

高价啊？

平价买不到。

大林拦住他说，你别走，我让他把高价部分退给你！

那大哥怀疑地看着他说，做梦吧？

不做梦！我是镇政府的。

第二辆架子车出来了，大林又上前拦住问，问的情况同前。这时，他走到院子里，白娃还没看见他，他已看见了白娃。他喊住白娃问道，你这钢筋打哪儿来的？白娃觉得大林如从天降，一颗心吊了起来，但他很快又平静下来，回答得很利索，从县物资局批的。平价还是高价？平价。你卖的平价还是高价？平价！大林眼睛箭一般地射向他，你再说一遍。真的平价。大林朝刚才的两个男子汉一招手，两个人过来站在他面前，他说，你俩说说，买这钢筋是平价还是高价？这两个人掏高价买钢筋心里原本就不平衡，当然回答说是高价。白娃无地自容，嗫嚅着说，平价来平价走，我咋赚钱，一帮人吃啥喝啥？我不得关门了？大林没有大声训斥他，平静地说，你想过没有，凡是来高价买钢筋的都是平头老百姓，他们来个钱容易吗？你可以加个手续费运输费和你的成本，却不可平价进高价出，而且是天价！你这样做是钻国家政策空子，我不说你是投机倒把。如果你这样做交易，这市场真得取缔。何去何从，你自己选择！白娃沉思了一阵，心里盘算盘算，如果不让卖高价钢筋就不赚钱，不合算，图个啥！便说，取缔就取缔吧！大林瞪他一眼说，你想得美，我不取缔你，你还得开着门经营下去，但是不允许坑蒙拐骗！好，好！白娃嘴上应承着。他以为大林听了就走了，大林却不走,看着他给眼前两户退了高价款,并看着他用平价给其他购买钢筋户发了货才走。大林临走时又叮嘱他,你必须照我说的办,如果将来亏了,镇上可以研究补贴你!白娃极不情愿地点了下头。

眼看到手的万把元钱打水漂了,白娃心里如针扎一样地疼,夜里睡不着,起来喝碗水,一个人在寝室里唱着曲剧发泄:

> 我这里紧紧衣要过小桥,
> 是踏着独木桥手挽柳梢,
> 战兢兢我只把独木桥过,
> 小娇儿失了手顺手流漂⋯⋯

白娃这阵子很急,急得抓耳挠腮。刚刚宝山通知他,镇上明天要组织观摩全镇的致富项目,观摩团有镇里所有领导,镇直单位负责人和各村党支部书记,到三山凹参观的唯一项目就是他养殖的大白山羊。白娃一听,脸枯皱上了,说,大白山羊有啥看的,谁没见过山羊?让改看别的吧!宝山说,这次观摩的项目是各行业有代表性的,看你大白山羊是镇上定的,我改不了。白娃听了格外愁了。那次倒卖钢筋被大林阻止后,他看见只买卖废钢铁捞不到钱,三十多吨废铁还在积压着卖不出去,他就急着转行。虽然方占坡就废旧钢铁市场检查一事以县政府名义向南都市政府写了个报告,市政府派了个检查组又来检查,没有发现异常问题,只是废旧钢铁交易,临走只说了三个字,可以试。但白娃也不干了。这期间,白娃听到个信息,国家扶持养殖项目,不仅贷款容易,地方财政还有补贴。他想到他的家乡三山凹有山有水,是一个天然的养殖场。他做了一个认真的考察分析,养牛、养羊还是养猪?养牛出栏慢,养猪太肮脏,还是养羊好。俗话说,放羊放羊,就是养羊可以撒到山坡上任它吃草喝水,不娇嫩,不用怎么管。他小时候就曾放过羊,一个人可以赶四五十只羊,羊在山上吃草,他躺在朝阳避风的山沟里看小人书,中午带顿干粮不回家,到了太阳快下山时,一吹口哨,羊就跟着下山归圈了。不过这个时代养羊已不能再养那柴山羊,柴山羊长得慢,长不大,最大的两年长到三十公斤到顶了,不值几个钱。要养就养优良品种羊。他经过考察对比,觉得陕西的板角山羊适合养殖。板角羊体形大,育肥性能好,繁殖力强,成年公羊能长到四十几公斤,母羊能长到三十几公斤。羊皮还是制作皮衣的良好原料。一只羊一年可赚二百元,十只就是两千元,一百只就是两万元……收益相当可观。他先找到县财政局农业综合开发科长,科长要他写个养殖项目可行性报告,并经村委会和镇政府盖章上报,县财政就可以列入年度计划给予安排支持资金。

他回村里找宝山一说,宝山正愁村民们找不到致富的好项目,当然觉得是大好事,表示大力支持,并陪同他到陕西还有四川一些地方学习考察,做了一个项目规划。宝山还陪着他找到涂富国镇长和柳大林书记做了汇报。大林此时已感到白娃办事不靠谱,说话水分大,敲打着说白娃,这是财政支持项目,要养可得养好,儿戏不得!白娃拍拍胸脯说,大林你放心,同着涂镇长在场我表个态,这五千只大白山羊养不好,我侯子耀头割了做个尿罐!柳大林"咯"一声冷笑,我现在见你侯子耀越拍胸脯越害怕!涂富国接着半开玩笑地说,男人最怕拍胸脯,女人最怕我发誓!白娃见两位领导不相信,更拣重话说,我侯子耀也是爹掂着家伙揍的,娘掂着奶子奶大的,脸也是皮长的,若这个项目弄砸,我真撞墙上撞死!就在这种信誓旦旦的情况下,涂富国让镇政府办公室给他的养羊项目盖了章报到县财政局农业综合开发科,当即得到了县财政两百万元的扶持资金,那时候的两百万可是个天文数字啊!他起初养羊很上心,知道品种羊金贵,在山下盖了一排排羊舍,一只羊一个羊舍,一点五立方米的容积,羊除了上山吃草,还吃配方饲料,配方饲料中有玉米、大豆。柳大林也曾单独来看过,白娃兴致勃勃地给他介绍说,他养的羊乡亲们送有一副对联,住的小洋房,吃的卡片粮,横批是:国干待遇(国干指国家干部)。大林听了觉得很幽默,捧腹大笑。后来,由于开酒店赔钱,倒卖钢筋不成,废铁堆着亏赔,他就把养羊资金挪走了六十万元。加之,养优质品种羊技术性很强,他聘请的饲养员都是低工资请来的文盲,不会科学养殖,羊生了病也不知道,只看会吃草喝水就行,发现有病也不能及时治疗,相继死了不少,眼前只剩有三百多只羊,这怎么让领导们参观呢?可又不能坚决拒绝领导们参观,若硬要拒绝更露馅了,他只能苦思冥想寻找完美之计。

他终于想出了应对之策,他叫来老羊倌,给了老羊倌五十元钱,让他到街上拉车白石灰,然后带上十几个养羊的人拎上石灰桶,把山上的石头都刷成白的。与此同时,他到国超"小商品大世界"买来四瓶酒,给了村西头茶馆的老王头一百元钱,让去街上买来卤猪头肉、卤羊脸肉、猪大肠、羊肝子,杀了一只大公鸡炖上,然后去村小学请来苗校长。苗校长受宠若惊,一个村小学的校长是基本没人请喝酒的,所以,白娃敬一杯他就喝一杯,一会儿脸就喝红了。但苗校长是个有把握的人,他怕酒喝多了误事,喝到一定程度就闸住了。他问白娃,兄弟有什么事?需帮忙你只管说。白娃笑笑开口了,说明天镇上要组织观摩我养的大白山羊,观摩目的是起示范引领作用,而且明天观摩由大林亲自带队,咱得给大林脸上贴金,我想把阵势搞大点,壮观点,你看可以不可以让小学生们出动一下……每上山一个小学生我补助一元钱。苗校长喝得说晕不晕,说不晕又有点晕,就一口答应下,明天四年级以下学生全体上山。

第二天上午,镇上的观摩团先看了张村家家户户编织的地毯,王营的妇女刺绣,赵店的麦秸编织,然后就来到三山凹看白娃养殖的五千只大白山羊。观摩团的人都骑着自行车,好长好长一个长龙队。白娃早在山门迎接,给来观摩的人一个个递着香烟,还在山门口放了十几个洗脸盆架子,脸盆里盛满温乎乎的洗脸水,还放有"小蜜蜂"牌香皂和雪白的毛巾,并安排有几个山村美女热情地招呼来人净把手。观摩的人没有去洗脸净手的,他们都是在农村串惯的人,没有那么讲究,都是饶有兴趣地参观他的羊舍。

白娃和宝山陪着柳大林和涂富国走在参观人群的最前头。大林在羊舍前看着看着有点纳闷,皱着眉问,羊咋没以前多了呢?白娃笑笑说,今天天气好,都赶到山上吃草去了!哦,大林点点头。大林扭过头来对涂富国说,老涂,咱就去山上看看吧?涂富国也点点头说,好!

白娃这时慌了,忙说,书记、镇长,你们听听我的意见,山路要走五六里,坎坎坷坷的,都推着自行车很难走。

柳大林觉这里边有猫腻,又看一眼涂富国说,老涂,步行过去怎么样?涂富国点点头,没问题。于是,所有观摩团的人都徒步跟着柳大林往山里走。这里山清水秀,空气新鲜,大家走着谈笑风生,兴致勃勃。唯有白娃忐忑不安,心脏怦怦乱跳。半小时以后,到了山下,白娃手往山上指着说,请各位领导往上看,那白点点都是羊!有人赞叹,嗯,壮观,满山遍野都是羊!还有人吟起了诗,天苍苍,野茫茫,风吹草低见牛羊!

柳大林看着看着锁上了眉,内心里更加疑惑,问白娃,你那羊咋都不动呢?白娃嘻嘻一笑说,羊吃饱了草也要躺下休息。大林心里越来越不踏实,越发觉得有假,嘴角朝涂富国一挑说,老涂,上山吧!涂富国说,书记上,我们就也上。

白娃一听更慌,忙阻拦说,大林书记我劝你别上了,山上都是酸枣刺、荆棘丛,会挂烂你的衣服磨烂你的鞋!大林脸已变色,不理会他,坚持上山,众人也都跟着上。

走到半山腰时,路很陡很滑,要抓住路边的小树杈才能攀上去,白娃再次劝大林不要上了,弄不好就会摔伤。旁边这时又有人吟诗,马蹄冻且滑,羊肠不可上。大林知道是白居易的诗句,已没心情与他和诗。正在这时,似乎听见一声哨响,成群的大白山羊们欢快地跑动起来,而且就像舞台上演的舞蹈那样整齐划一。大林越发狐疑,喘着粗气问白娃,你这大白山羊还军训过?白娃厚着脸哧哧笑着,说,没军训也算军训过,叫吃就吃,叫喝就喝,叫睡就睡,比人好管多了。那更得看看你这受过军训的山羊是什么样。大林说着手攀着一棵带刺的小枣树继续往上爬,白娃看见大林的手剐流血了,知道自己劝说不管用,忙手拍拍跟在身后的宝山,张支书,你别让大林书记往山上爬了,站在这个位置就可以看得清清楚楚,上边路险,柳书记出个三长两短,你咋给黄龙镇人民交代,咱兄弟俩可担当不起!柳大林不理他们,决计到山顶看个究竟,其他人也都只有跟着继续往上爬。此时,又传来一声哨响,山羊们又一齐卧下了。又爬了几分钟,观摩的人已可看见在山下看着似乎是白山羊,其实是抹了白灰的岩石。再往前走,看见那卧着的山羊们似乎是披着白布单子。再往跟前走,看清了,确是白布单子。

大林脸色开始有点发青,两腿开始发抖。他弯腰掀开一个白布单子,单子下面藏着个八九岁的小男孩。小男孩两手紧紧地捏着白单子的两个角,用诧异的目光望着他,嬉笑着扮了个鬼脸。他转过身又掀开一个白布单子,单子下边也藏着个小男孩,男孩脖子上还系着红领巾,嘻嘻笑着觉得很好玩。当他掀开第三个白布单子的时候,问小学生,你这是玩的什么游戏?

小学生也是笑嘻嘻地回答:装扮大山羊。

谁让你们装扮的?

老师。

来观摩的人听着都哄哄笑,觉得很逗。此时的柳大林脸色由青变红,心头的怒火简直可以把这座荒山燃烧起来,两腿瑟瑟发抖,抖得脚下的山也在震颤,他一股气在喉咙憋着冒不出来,憋得随时会有窒息的危险。他的口腔终于发音了,呵呵几声冷笑,冷笑之后咬着牙说,侯子耀啊侯子耀,你不光唱戏,你可真会演戏！侯子耀啊侯子耀，你可真给你侯家祖宗争光了！柳大林不再冷笑，脸色又由红变青，看着涂富国说，老涂，侯子耀当初同着我和你拍着胸脯说，这个项目如果弄砸了，他撞死在墙上，我看他今天头也不用撞墙，就朝这岩石上撞死吧！柳大林不看白娃是什么表情，也不看在场所有人是什么表情，接着又愤怒地喊叫道，张宝山呢，张宝山，在你个张宝山眼皮底下竟发生这样滑稽的事情，你的村支书还当不当？你自己看着办吧！然后他朝众人大手一挥：下山！！！

九

  下山的路上,宝山一直跟在柳大林的身后,他看不见大林脸上的表情,但他能感觉到大林内心有一股熊熊燃烧的怒火,路旁的小石头不时被他用脚踢下山去。下了山,柳大林去推自行车的时候,他才看见大林嘴脸乌青,一句话也没说,蹬上自行车就走了。老涂也没说话,但用手拍了一下他的肩膀,也骑车走了。他知道,面子丢大了,更主要的是给大林丢了面子。这些来观摩的人都知道大林是三山凹人,多数人也知道大林与他和白娃是发小关系,而且这个观摩点又是柳大林亲自定的,这不是往大林脸上打耳光吗?每个观摩的人以不同的笑脸给宝山打着招呼跨上自行车,宝山哭不是笑不是十分尴尬地同他们一一招手道别。白娃提前跑到山门口,也向观摩的人一个个招着手,嬉皮笑脸地说着"再见,再见!"其中有些熟悉他的人走到他跟前还下了车子给他开着玩笑说,老弟呀,你可真有点子啊!有的人以为他姓白,要笑着说,白总啊,你真是个人精啊!白娃听着脸似红非红,大咧咧地说着,丢丑啦!丢丑啦!他还十分客气地拉着人家的手要留客吃饭。书记、镇长都走了,有谁会留在这里吃饭呢?

  观摩的人送走完了。宝山肚里装着的气球该爆发了。他做梦没想到闹出这丑剧。这段时间,他忙着理顺村干部情绪,村委刚换了届有上的有下的,得稳住大家的心。同时,又在忙着理清发展思路。他想着如何把栗子香红薯品牌做大,产业链条拉长,做出粉条粉丝粉面,让家家户户都参与进来。这中间,他也没忘记白娃养大白山羊的事,他前些时去看过几次,后来每次要去,白娃就劝他,你当支书那么多事,几只山羊用不着你操那么大心,我若养不好几只山羊,还不栽干坑里淹死。他也就大意了,没再上山去看。没想到,越是放心的事情越容易出错,越是放心的人越容易给戳乱子。他骑着自行车呼呼跑到山门口,看见白娃,他连车子也不扎,顺手一扔让车子滚到哪儿停到哪儿。他一手叉着腰,一手指着白娃骂道,你个混蛋东西,你算是把三山凹人脸丢尽了!丢三山凹人还不算,你让大林脸都没处搁。

白娃两手一摊说,你说来观摩,我当时就不让来啊,让你给镇上说说,你说定过了不能改,我有啥办法,只有……

你应该把问题说清楚,讲实话呀!不能弄虚作假呀!宝山打断他的话说。

白娃嘴一咧,嘿一笑,说,不怪我作假,怪大林他太认真了!我一直拦着不让上山,他硬要上,我啥办法?计划生育是国策,事大得可是这养羊无法比,可计划生育的数字就全真吗?你放心,别看大林生恁大气,撤不了你村支书!

这时,在山上披着白布单子装扮大山羊的孩子们陆续下来了,一个个累得筋疲力尽,走一步摇三步。宝山看着一股羞惭感又涌上心头,用手指捣着白娃说,我不等镇上撤我,我就主动辞职!

白娃又咧咧嘴,假装正经地说:你别辞,当上支书不容易!如果你真要辞,先给我爹说一声,让我爹还回来干!

宝山见他这时候说话还是死皮不要脸的,气得嘴里喷火,耳朵冒烟,浑身哆嗦,忍不住骂道,想死你,让给狗干,也不会让给你爹干!

白娃听了这话受不住,红着脸说,张宝山你说话太可恶!干脆我把你老婆卖血被嫖客看上的事散布出去臭臭你!

你小子放一句臭屁,我把你和闪红红被派出所抓的事抖出来,看谁臭谁。

我能嫖来是本事,支书老婆差点被嫖是丑事!

张宝山一股血涌到头顶,咬牙切齿“哐”地打了白娃一耳巴。这一巴掌打得狠,白娃的脸火辣辣地疼,嘴角流出了一股血。白娃用手捂住生疼的脸,泪水也出来了,拼命喊叫着,张支书打人啦!张支书打人啦!

宝山立即意识到,干部不能打群众,打群众是违法乱纪,但他脑子反应快,立即用一句话把干群关系扯到了亲戚关系上,姐夫打妹夫不犯法!

白娃手还捂着生疼的脸,擦着嘴角的血,蹦着喊,你现在是支书,你不是我姐夫,不是正宗姐夫,我要去告你!

宝山毫不退让,挥着手说,逞着你娃子告,告去吧,你告赢了我宁愿去吃罐饭。那时候谁若是犯个小法被拘留到镇派出所,是由家里送饭吃,罐饭成了代名词。这时,一个小学生把手中的白布单子扯起来蒙住白娃的头说,让你也装扮个大山羊。其他孩子看着白娃的丑相哈哈大笑。白娃不甘心,抓起自行车骑上说,张宝山你等着,我告你去!

宝山扭头弯腰拽起躺在路旁的自行车,也歪歪扭扭地骑着回村里。他不是怕白娃告他,他是想今天的事该如何跟大林交代。他心里没了主意。最后到村部给表姐夫曹一宽通了电话……

早晨,柳大林一打开门就看见曹一宽站在门口。曹一宽微笑着,没等大林开口便进了屋。还是大林先说话,是张宝山请你来的吧?曹一宽还是微笑着,在木制的简易沙发上坐下说,宝山不让我来,是我自己来的,宝山是把事情给我说了,他觉得没脸来见你。大林没有接话,先洗脸,接着刷牙。通常他是先刷牙,后洗脸,不知怎么今早把次序弄颠倒了。他把牙刷在牙缸里搅得吧嗒吧嗒响,能使人感觉到他余怒未消。他实际在洗刷过程中思考着如何组织语言回答曹一宽。还是没等大林说话,曹一宽来个投石问路,说,宝山很迷茫,不知该递辞呈,还是继续干下去。柳大林不想坐下来给他说,坐下来说话似乎太严肃。他从抽屉里掏出电动剃须刀,这是他在温州考察时掏十元钱买的,安上两节五号电池就可以用。他以前剃须都是用刀片刮的,得先用热毛巾焐,焐了再打肥皂,等胡子软了再刮,一不小心还会刮流血。这电动剃须刀剃须舒服,不用担心刮流血。大林的胡楂密而硬,剃须刀挨住胡楂便发出刺啦啦的响声。伴随着这响声,他说话了,现在干部作风太浮漂了,得整肃。曹一宽仍微笑着说,你只管批他,大会批,小会批,狠狠地批。

大林仍对着镜子剃着胡子,说,光批不行,得描他一下。

咋样个描法?曹一宽神经怔了一下。

我个人意见……大林停住了剃胡子,把剃须刀边往抽屉里放边说,三山凹前段计划生育工作还落后,我想把他降为副支书,还主持工作,半年期,工作有成效恢复原职;如果再出问题,一抹到底。

曹一宽紧张地摇摇头,这样不行吧!降他职等于降他威信,怕是更不利于他抓工作。

大林说,墩墩苗有好处。

曹一宽眼骨碌着说,这不是墩苗,是束缚了宝山的手脚。

柳大林这才去坐到曹一宽的对面一本正经地说,曹大哥,美国批评家佩里有句戴着脚镣跳舞的名言,我说这句话你可能觉得有点"瘆",其实就是这样,他降为副支书能干好工作就更显本事,以后再不会有难倒他的事!

曹一宽瞟他一眼说,已经定了?

大林说,没定,是我个人意见,还得经党委会讨论,党委讨论意见也许会处理更重。

还能重到哪儿去?能把他撤了?曹一宽身子前倾着说。

柳大林说,那也许。

曹一宽接着说,党委会还不是你说了算?!

大林说,不一定,如果是那样就不用开党委会了。

曹一宽脸上表情凝固了,不说话了。大林要他一起去食堂吃饭,他不吃,出门骑上自行车走了。

已过中午12点了,党委会还在热烈地讨论中。通信员从外边进来,边给柳大林添水边小声对他说,柳书记,有客人找你。柳大林没表示听见了还是没听见,继续开着会。过了几分钟,通信员又进来了,边往他杯子里添茶边说,柳书记,他们说那位老太太是你娘,我先把办公室开开让他们进屋坐吧?一听说娘,柳大林怔了一下,看看涂富国说,老涂你主持着先讨论,我出去五分钟。老涂说,你放心去吧!柳大林就出来了。通信员紧跟在他身后。他快走近门口时,看见了,没错,是娘。娘拄着个拐杖站在那里。他心疼而又亲热地喊着,娘你咋来了?娘的脸虽然像核桃壳一样枯皱但看见儿子笑得脸如一朵菊花似的好看。她说,我坐公共汽车来的。

你的腿上下都不方便,咋坐公共汽车的?大林说着已走到了娘的跟前挽住了娘的胳膊。

娘说,有你曹大哥陪着我,方便。

柳大林心里一咯噔,原来是曹大哥搞的戏。他问,曹大哥呢?娘朝西边指指说,他找厕所去了。

通信员很机灵,听到他母子二人说话,慌忙先去开了门,倒了水,就走了。一进屋,娘就对大林说,林哪,宝山做错了事,你得饶他一回,当干部,谁不会做错个事?大林说,娘,你是个明白人……娘不听他的话,继续往下说,宝山家待咱有恩,咱几辈子都不能忘……娘,这我都知道。大林又打断娘的话,娘,你不说我都在心底深处记着呢。娘一连声地说,记着就好,记着就好!大林接着说,

172

娘,你是明白人,公是公,私是私,儿子做错了事你咋管教都行,这个事是公事,娘你就不要掺和了。娘继续嚷着,娘懂,娘懂,可这事是咱的情,也是你曹大哥的情,你曹大哥可是娘的救命恩人哪!话刚落音,曹一宽进来了,他估计他娘俩话该说完了,就进来了,他还是微笑着。大林皱着眉看着曹一宽说,曹大哥,你的脸面足够使了,咱们的关系用得着这样吗?曹一宽嘿嘿笑着不说话……

此期间,会议室里并没有继续讨论,"一把手"不在讨论给谁听呢?涂富国是个老滑头,"一把手"不在他才不领着讨论这敏感话题呢。大家也知道,讨论给他听也没用,于是就开始"叨闲姜"①。咸的淡的、荤的素的,大家一笼蜂似的嗡嗡。正嚷得热闹,大林进了会议室,会议室内突然静住了。大林问老涂,大家讨论得怎么样了?涂富国一笑说,大家讨论得很热烈。柳大林用眼睛环视了一遍会议室的党委委员们,问,大家还有没有不同意见?大家都说没有。接着他说,那就这样定了,张宝山降为三山凹村支部副书记,考察使用期半年,将来根据工作表现再决定是否复职。他又看着涂富国说,老涂,这本是组织委员的工作,因涉及正职,你俩晚上跑一趟,去三山凹召开支部会宣布一下,好好讲讲党委意图。宣布前给张宝山同志个别谈谈。涂富国点着头说,照办!会议就结束了。

侯德纲听到张宝山被降为副支书的消息心里很是快乐。哼!当初让你小子当个副支书你不干,那样你本可以光光彩彩,你却不肯。如今被镇党委给你降下来,你尾巴夹住了吧?你刚出窝的鸟翅膀不硬事的,飞得快就会折断翅膀!他多想去找儿子白娃聊聊,分享这份快乐。可他又想想,不妥。张宝山被降职是由他儿子弄虚作假造成的后果,找他聊有点自己打自己耳光,聊不痛快。他就想着回三山凹找人聊,回三山凹找谁聊呢?只有找张宝山的冤家对头才能聊得舒畅。他脑子里过了一遍电影,对了,找王春宝聊,当初张宝山推倒了王春宝的生产队长,这阵子王春宝必定也是痛快的。于是乎,他晚饭前回到了三山凹。他找王春宝也怕人看见,因为两个同病相怜的人到一起让人看见肯定会猜出其中奥妙,他等人都睡定后才往王春宝家去。

王春宝和老婆大脚刚睡下听见有人"嘭嘭"敲门,春宝问了声,谁呀?

---

① 叨闲姜,方言,即侃大山。

173

是我。宝。他的声音很低,但春宝听出来了,是侯德纲。

侯支书,你怎么这时候回来了?春宝仍称他为侯支书。

侯德纲过去听喊他侯支书没什么感觉,这时候听见王春宝喊他侯支书,心里格外乐滋滋,还是春宝好啊!他说了声,叔想你了,回来找你说说话。他的声音仍很低。

王春宝把门打开,侯德纲进来了。他一进到屋说话声音可高了,宝,有酒没有?快拿酒来喝。

王春宝揉着惺忪的眼睛,说,这时候咋想喝酒哩?

侯德纲说,高兴呗!

不管怎样,老头当了多年大队支书,他当了多年生产队长,没少关照他。他不能忘了这个情意,从床底下摸出一瓶藏了多年的酒,又喊老婆,大脚,快起来拾掇俩菜。

大脚起来了,脸木着,嘴噘着,正睡得香叫起来,脸色一般都这样,也难区别是乐意不乐意。她去厨房摊了个鸡蛋饼,凉调了个香菜拌白萝卜丝。大脚把两个酒盅放他俩面前,又进屋睡觉去了。

王春宝把酒瓶盖拧开,往盅里斟满酒,这酒盅有牛眼那么大,所以农村人称牛眼盅。春宝捏起酒盅就要劝侯德纲进酒时,侯德纲说,喝这盅酒前我先告诉你个好消息。

啥好消息?春宝眼盯着他问。

侯德纲说,张宝山被降为副支书了。找你喝酒就是想为这事乐一乐。

春宝很淡然地说,知道了。

来,干了。侯德纲碰了碰春宝的酒盅一饮而尽。然后把酒盅往小桌上一搁,说,让他得意忘形,他是踩着咱俩的膀子上去的呀!

春宝又倒上酒说,来,喝吧!上天自有公道。

大脚这时出来了,她也搬个凳子坐下,掂起一个牛眼盅咕嗞嗞倒满了一盅酒。春宝惊奇地望着她说,你干什么?大脚瞪他一眼说,我也喝呀!只兴你们喝不许我喝!你会喝?春宝好生奇怪,他知道老婆从来不喝酒,别人劝也劝不进一滴酒。

酒有啥不会喝的?下巴颏一仰,眼一眯,辣下嗓子就喝了。她说着真就那样喝了。她喝完后将盅"啪"一声搁小桌上说,侯叔,你俩别幸灾乐祸。张宝山降职是你家白娃给牵连的,人所共知。大林收拾宝山是杀鸡子给猴看的。你俩喝酒就喝酒,别扯这事了。王春宝这时才明白老婆喝酒的用意,是借酒狂言。

侯德纲更没想到大脚能说出这一套话,不好意思地连声说,喝酒,喝酒,不扯这事,不扯这事。他和春宝胡乱喝几盅就要告辞。出门时,他脚碰住门槛,皮鞋底子脱帮了。哎,哎,这鞋咋啦?春宝弯腰帮他捡起地上的鞋底一看,是塑料泡沫做的,刷了一层黑漆。他嘻一笑说,侯支书你这皮鞋在哪儿买的?多少钱买的?侯德纲尴尬地笑着说,白娃在温州掏二十块钱买的。

便宜没好货,一双皮鞋得二百元哩!春宝说。

大脚接上说,你看你养的娃,连老爹都糊弄!侯德纲不知道说啥好,赤着一只脚,掂一只烂鞋帮走了。

王春宝送老侯回来后,大脚嫌他酒味大,不让睡一头,叫他睡脚头。他刚躺下就呼噜呼噜睡着了。大脚一脚把他蹬醒,嚷道,你可别听侯老汉瞎说,宝山干得不赖,他白娃挖个坑让人家栽进去,他还有脸说,你千万别跟着瞎起哄。

嗯,嗯……春宝嗯着嗯着又呼噜呼噜睡着了。

真是个猪,又睡着了。大脚又猛蹬他一脚,不操心个货,就知道睡,你没睁眼看看各家各户都忙着找门路脱贫致富挣钱哩,你都不会也跑跑挣个钱,光穷着!

一句话刺醒了王春宝,他趁机爬到大脚床那头说,我又不会啥手艺,干了些年生产队长就会敲个钟,开个会……你说干啥呢?

大脚说,有智吃智,没智吃力,出力活你总能干。

干活也得有活干。春宝说。

大脚说,你明早就去找张宝山,要求去他面粉厂帮工。

他肯吗?

你试试!

第二天大清早王春宝就往张宝山家去。他走到宝山家大门口,碰见宝山从院子里走出来,扛了一袋粮食正往架子车上装,他忙喊了一声张支书。张宝山眼翻翻他,猜想他是来看笑话的,干脆把丑话放前边,"嘿"一声冷笑说,张副支书啦!

王春宝"哎"了一声说,张支书也好,张副支书也罢,大家不会看低你,照样服从你领导。

这话像是人话,宝山少了些戒心,眼翻一下,嘴角掠过一丝笑意,没有说话。春宝边上去帮助抬布袋边继续说,村里人都知道你这次降职不是你犯了错误,是受了白娃牵连,你是无辜的,大家都很同情你,会更加支持你工作。

宝山他没想到王春宝嘴里能说出这样的话,听得心里暖暖的,脸上的表情慈祥多了,温和地问王春宝:你有几年没登我家门了,今天有啥事吧?

王春宝接上说,我想去你磨面机上打工,随便开工资就行。

宝山一愣,你咋想到这儿?春宝眼扑闪扑闪说,你看,现在村里人人都忙着找门路挣钱,我两手白抽,脑子又笨,也学不了什么别的手艺,只能下个力气。宝山一笑,问,你是真话?真话。春宝点着头答。

顿了一下,宝山说,我磨面机上不需用人。你要真不怕下力气,倒是有个门路,昨天妮妮从深圳回来个信,说那边建筑工地上最需要搬砖的扛水泥的,不知你干得了干不了?

干得了!干得了!春宝毫不思索地说,你给妮妮去信讲,我去!

宝山说,你说了不算,你回去给大脚嫂商量商量,大脚嫂说了才算。

王春宝听了扭头就放开脚步往家跑。他回去给大脚一说,大脚拍着手说,你快答应,快给宝山回话,说去。深圳工资可是高啊,你明天就去!春宝说,哪能明天就去,也得宝山给妮妮去了信,妮妮回了信才能去。大脚用指头捣着春宝后脑勺说,说你猪脑子就是猪脑子,等什么回信哩?你问宝山要来妮妮地址,明天背上被子就去了,还要等啥等啊!王春宝这时故意白老婆一眼说,你不是想让我走远远的你好偷汉子吧!大脚朝他屁股上踹了一脚说,你前脚走,我后边就偷,老娘就是要偷,换换口味,一辈子还没尝过第二鲜!

黄花琴折腾了一夜,终于下定了决心,今天回娘家一趟,不回去见见爹娘对不起爹对不起娘,毕竟是爹娘的亲骨肉。虽然爹娘将她拒之门外这么些年,但时间是个好东西,爹娘心里的阴影应该已消除了很多,她硬着头皮进屋,不会把她推出去的。她决定见过爹娘以后给白娃一个出其不意的行动。白娃上演的小学生装扮大白山羊的丑闻已传遍全县。这已成为人们茶余饭后谈笑资料。有人说他精,有人说他孬,有人把大白山羊一事和拐骗她黄花琴一事相提并论。还有,上次姐姐来城里见她,若明若暗地说到白娃和闪红红在黄龙镇夜宿被捉……这个死男人在丰和把人丢尽了,跟这种男人再生活下去有什么意思?看见他就恶心得想吐。

黄花琴一大早就起来梳妆打扮，挑挑这件衣服，看看那双鞋子，不能穿得太漂亮，太漂亮扎人眼；也不能穿得太寒酸，太寒酸惹人耻笑，要知道，农村人可是很挑剔呢，尤其是那妇女们，爱评头论足。她最终选定穿毛蓝色涤纶上衣套玫瑰红毛衣，下穿一条深蓝色涤纶裤子配棕红色人造革皮鞋。妆不能不化，不化妆村里人都知道她走时是个水灵灵的黄花大姑娘，如今看上去半老徐娘似的可不行，但也不能化得太艳，太艳农村人接受不了。她只打了粉底，轻描了描眉，不抹口红，化了个淡妆。她站在大立柜的镜子前照了照觉得适中，算定了型。她又把友友也打扮一番，带上给爹娘准备的礼物，骑上自行车，让友友两手扶着车把坐在车梁上，便往三山凹去。

黄老七正躺在院子里晒秋阳。老汉在黄花琴跟白娃私奔后就气下了病根，经常心口疼，也说不准是胃病还是心脏病。老伴多次让他去镇上医院检查检查，他说不用去，他知道他的病。是的，他真的知道自己害的啥病，病根就在柳大林和白娃身上。一个越干越风光，一个越干越抽。以前还好些，柳大林和白娃都离他远，眼不见心不烦，不想的时候也就忘了。老天爷捉弄人，让柳大林到黄龙镇当了书记。柳大林还时不时地在镇上广播站发表广播讲话，讲话从屋檐下挂的小喇叭里传出来，他也完全可以不听，只用把那根拴在小喇叭上的铁丝做的地线拔了喇叭就不响了，但大林讲的话头头是道，句句是理，接地气，听着舒服，他又忍不住去听，可越听心病越重……前几天夜里突发心口疼，老伴给他吃了裕丹参才缓过劲儿。今天太阳老好，老伴劝他搬把椅子坐在堂屋前檐下晒太阳，因为都说病人晒晒太阳长精神，又补钙。

大门吱一声开了，黄老七抬头一看，是花琴。她正搬着自行车过门槛，后边跟着个小孩子。黄老七心脏咚咚跳，脸上似笑非笑，他不知说什么好。黄花琴也不知该说什么话好，就教儿子友友，快叫外公。友友结结巴巴叫了声外公，黄老七突然两眼涌出了泪花，应了一声。老伴听见院里有动静也从堂屋出来，看见花琴还没说话，花琴忙教儿子，快叫外婆，这是外婆。友友又是结结巴巴叫了声外婆，外婆喜得合不拢嘴，答应的声音很脆活。花琴在院子里扎好车子，从车把上取下给爹娘带的伊犁奶粉、桶装饼干拎进屋去，然后拉把椅子坐到爹面前，问，爹，你身体不舒服？爹摇摇头，没有，没有，硬实着呢。娘插嘴道：你爹这几年身体都不舒服。黄老七瞪了老伴一眼，老伴又进屋去了。

院子里出现了短暂的沉默。过了会儿,老伴又出来问,老头子,中午做什么吃的?老头子眼塌眯着说,你先去把新月……他顿了一下接着说,把新月一家人也接过来吃饭。黄花琴明白爹说话为什么顿了一下,为什么说新月一家,他说的新月一家实际是指也叫上姐夫宝山。姐姐新月与宝山结婚以后,宝山也没登过黄家门。原因是姐姐改嫁给宝山时爹也不同意。爹不同意的原因还是在她黄花琴身上。她跟白娃跑那天,张宝山即把姐姐新月当人质押下,爹去要人,宝山不放人,还几次当面辱骂了爹,爹一直咽不下去这口气。所以,当姐姐决定改嫁给张宝山时,找爹商量,爹是坚决不同意。爹说张宝山粗鲁、莽撞,三国时的张飞似的。姐认为这是个性格问题,不是品质问题,爹不同意也要嫁。姐嫁给张宝山以后,爹也不认张宝山这个女婿。后来姐夫当了村支书,爹心里想认却不好意思认。宝山呢,也是一根筋,虽然黄新月几次动员他去拜丈人,宝山不去。他认死理,说三山凹为啥有请女婿的说法,就是女婿第一次去丈人家,是丈人家要下请帖的。爹和姐夫几年了就这样挣着。今天爹既然说了这话,应该趁机把姐夫请过来。她对娘说,娘你做饭吧,我骑车子去,跑得快。说着就又搬出自行车出门去。

不大一会儿,宝山手拉着苹儿进了院子,花琴跟在后面,自行车后座上带了一大包吃的喝的东西。宝山走到黄老七跟前弯下腰攥住他的手说,爹,您老人家身体结实吧?黄老七又是高兴又有点不好意思地说,唉,老了,多活一天赚一天。宝山哈哈笑笑说,要乐观,要乐观,您看您的长寿眉,肯定是长命百岁。您老人家别见怪,我来看您晚了。黄老七知道不怪宝山怪自己,也笑笑说,你是忙人。黄花琴从车子上卸下礼品走到黄老七跟前说,这是我姐夫孝敬你和娘的。黄老七见里边还有两瓶烧酒就说,叫你娘弄几个菜,中午跟女婿喝两杯。宝山也随口说,中午陪爹喝几杯。

宝山今天很高兴。他自从那次观摩大白山羊丢了脸挨了大林的训斥之后一直没有高兴过,每天都是枯皱着脸。把他降为副支书之后他反倒释然了。这些天,他一直在反思自己,一直在琢磨着怎么带领乡亲们在致富路上找新径。一天夜间,他突然想起那年跟白娃贩鸡在南京喝的鸭血粉丝汤,那粉丝那么好吃……由此又勾想起本村张二爷60年代是方圆十数八里有名的"粉皮张",人们开玩笑说,"粉皮张"做的粉皮白得如大闺女的皮肤,薄得如写字的绵纸,轻得穿根线可以放风筝。用温水一泡,冬天可以拌菠菜,夏天可以拌苋菜,吃着口感极好。他想何不去找"粉皮张"把粉皮再开发起来。第二天早晨一起床,他就去找"粉皮张",说明来意。"粉皮张"听了笑笑说,多年没做,手艺丢了。宝山说,张二爷,你那是童子功,丢不了,我知道。"粉皮张"又说,年过七旬身体弱干不了啦!宝山听了眉头皱了皱,有了主意。下河村乔老三养了两头奶牛,传说是荷兰奶牛,奶质好。第二天早晨他就去乔老三家买了一斤鲜牛奶给张二爷送去,一连十天,张二爷喝得精神了,也感动了,答应出山"重操旧业"。宝山立即跪下给张二爷磕头,张二爷拉起他说,现在人们嘴都吃刁了,都说油馍没以前香了,城里的胡辣汤没以前味道好了,豆腐脑到口里也没以前光了,这都是过去肚子饿,现在肚子撑饱了,不能还是原来的老工艺。宝山听了直点头,觉得二爷说得对,脑子一转圈说,要么咱去南京喝喝鸭血粉丝汤,品尝品尝,找找感觉,学习学习。"粉皮张"说,路程太远。宝山说,现在有了宁西铁路,从咱县城就可坐上火车直达南京。"粉皮张"说,火车上人多挤得要命,年岁大了受不了,不像年轻时候。宝山说,现在火车改装了,有卧铺,比以前坐上舒适,列车趟数也多了,人不拥挤,还能给你弄个软卧坐坐。"粉皮张"连连摆手,要不得,要不得,软卧都是州府官员才能坐的,我知道。宝山又解释说,不能看老皇历了,现在老百姓有钱也可以坐软卧。"粉皮张"又摆摆手说,软卧不用了,只用选两个年轻人跟上一起学。宝山一拍大腿,成!正在兴头上,新月跑来说,岳父请他过河去吃饭,他更是高兴,一直拒不接受他这个女婿的老丈人今天终于请他吃饭,他怎能不高兴呢!

桌子上摆满了七碟子八大碗的。大大小小男女老少围着桌子,吃着说着,说着笑着,十分热闹。黄家屋里几年没有这样的气氛了,黄老七心情好了许多,身体也感觉爽了许多。宝山掂起酒壶要给黄老七敬酒,黄老七夺过酒壶说,尽管你是老客,按理说你是新客,我这老丈人没当好,你得见谅。宝山正要说什么,还没出口,黄老七朝他摆着手,你别说,先喝了爹这三杯再说。恭敬不如从命,宝山喝了。然后宝山给老丈人敬酒。宝山敬第三杯时,黄老七把盅放下说,听我说几句再喝。一家人都看着他,等他说话。顿了一会儿,他还没说。又顿了一会儿,他说,干脆把这盅酒喝了再说吧。喝完,把酒盅一搁,叹了口气,唉,我黄老七是一只眼亮,一只眼瞎。三山凹两个娃,一个娃我眼亮看准了,我不说你们也知道是谁。他又瞅着宝山说,一个眼瞎,是你个娃子我没看准,没想到你个娃子有出息,亏待了。宝山连忙说,我辈小菜一碟,不值一提。黄老七又摆摆手说,可不是小菜一碟。古人有句话,庶民三里路,圣贤一本书,你现在这村支书也管着三山凹方圆十数八里的千把人口。宝山又谦虚地说,爹,我现在被降为副支书了! 老汉摇摇头说,事情不怪你娃子,怪白娃。你娃子要多争气,三山凹人全靠你,也给大林长长脸。宝山拍拍胸口说,爹您放心,三山凹搞不好,我不见大林,现在去镇上开会,我都坐到墙角处。黄老七点点头,跷跷大拇指,好,有志气! 大家一直吃喝到三点多钟才散席。黄花琴推上车子带着友友也要回城。出了大门,黄花琴看着爹娘饱含热泪深情地说,爹、娘,您二老要保重身体,您二老养了我这个不孝之女就当白养了。爹说,已到了这地步就好好过日子吧! 黄花琴眼泪差点流出来,但她知道在爹娘面前不能流出泪水,背过脸又把眼泪挤了进去。

到了城里,已六点多钟,黄花琴带着友友来到白娃酒店,她问门卫老汉:白娃在不在店里? 老汉说,老板下午骑着摩托出去了。花琴对老汉说,大叔我去办点事,你把友友照看好,他爸爸回来交给他爸爸。门卫老汉点点头。花琴将友友从车子上抱下来亲了一口说,乖乖,妈妈要出去一下,你等着找爸爸。

友友喊着说,我不要爸爸,我要妈妈!

乖乖听话,在这里等爸爸。她说着眼里噙着泪水。

友友一只小手拽着妈妈的衣襟,一只小手拽着自行车。我还要坐车,我还要坐车。黄花琴将自行车停靠在这里,又亲了一口友友,乖乖,听妈妈话,妈妈办完事还来骑车带你玩。友友这才松了手,喊着,妈妈快来接我! 妈妈连声说,好,乖乖等着,乖乖等着。然后噙着眼泪头一扭走了。她这一走,要走到哪里去,天知道!

此刻,白娃骑着摩托带着闪红红来到了太公湖边上。他们放眼四处正在寻找可以坐下的地方。太公湖距县城有五十多公里,从三山凹往里走还有七八里地。这里群山环抱。民间传说姜太公当年在此地钓过鱼,因此取名太公湖。太公湖还是原始状,四周荒芜,杂草丛生,靠湖水边有几棵弯腰柳树,近处有两棵老榆树。因已深秋,柳叶已黄,榆枝已枯,草也多黄少绿,也是枯水季节,湖里水面不大,有几只野鸭子在有心无意地游着。他们终于找到了一片可以把屁股放上去的地方,白娃停放好摩托,闪红红从包里掏出早已备好的两张报纸,抖开放在地面上,两人坐了上去。刚坐下,闪红红便吧唧亲了白娃一口。白娃晃晃脑袋,耷拉着头,没心情。他前几天挨了宝山的骂,挨了宝山的打,受了柳大林的训斥,只得闷着。闪红红用手拧一把他的大腿,说,就是让你出来散散心呢,还闷着!闪红红的确是让他来散心的。闪红红见他近几天心情不好,下午下了班就约他出来转转。但白娃骑上摩托出了酒店却不知道往哪里去好。城里边就巴掌那么大个公园去多次了,靠城边有个三里河,也算是个可以浪漫的地方,但靠城太近,两岸时不时有闲人晃悠。他们也曾去河岸边坐过,那些路人总是用奇异的目光看着他们,甚至走过去一段路还要扭回头再打量打量他们,白娃明白,那些人的心里是往坏处想。所以,最后决定来太公湖,这里肯定比较僻静。闪红红一听说来太公湖非常高兴,因为太公湖这个名字就充满神奇和诗意。

这里的确很静,四周没个人影,偶尔有一群野雀叽叽喳喳地从头顶掠过,或是有几只乌鸦站在老榆树上呱呱叫几声。

于是,闪红红的胆子就大了起来,干脆躺到白娃的怀里。用手捏着白娃的下巴说,别的男人这地方都长胡子,你咋不长胡子?白娃一笑说,品种不一样。闪红红看白娃笑了,知道他心情好了许多。她知道他心情好时,她说什么他都答应。于是,她说,哥,你不是说这酒店副总干一段就给我扶正吗!白娃一时答不上来,他没想到她这时候提出这个问题,看来这女人心大着哩!但他又觉得不能打击她的积极性,便说,那是早一天晚一天的事,只是眼下时机还不成熟,废旧钢铁市场废了,养羊的事砸了,酒店经理我若是卸了,出门在外就没个名片了。闪红红点点头,哥说得也是。白娃叹口气,时运不济呀!闪红红见他又一脸的忧愁,劝说道,哥,你别愁,我听我爹说过,人一生打几截过的,就像走路一样,有高山就有平地,过一冈就有一洼,有高就有低。白娃认同这话。他接着讲起来,姜太公当年也有时运不济的时候,上街卖面遇见刮大风,一阵风过来把面全刮没了,他无奈仰天长叹,头顶上老鸹飞过屙屎刚巧屙到他嘴里……他哪想到后来在这里钓鱼遇到周文王,成了一国宰相。闪红红接话说,所以呀,想到这些你就该开开心心。闪红红又说,不过,做生意也是个精细活,粗枝大叶不行,可哥哥你有点粗枝大叶。

白娃听了闪红红的几句话,立刻来了精神,心想这女人真的是成熟了,觉得自己眼光没错。他的精神立刻表现在他的身体各个部位,他对闪红红提出要要。闪红红嗲了一声,嗯,大白天荒坡野地里?

就是荒坡野地里才能做这事的,大街上还不行的。

闪红红仍拒绝,说,小时候听见奶奶给人讲过,男女荒坡野地里干这种偷鸡摸狗的事容易招邪。

白娃兽性发作,不能自控,坚持要做,闪红红只得依了他。事毕,二人虽在惊恐中但心情十分愉悦。闪红红这时兴味来了,提出晚上要去歌舞厅跳舞。白娃说,得回酒店招呼。闪红红说,一两顿不招呼也没事,前台的服务小姐很挡事,有人吃,有人端吃,有人收银就行了。白娃点头应允,骑上摩托直返县城,到县城已是掌灯时分,二人没回酒店,在街边一个地摊上吃了碗凉皮就去了歌舞厅。

这时时间还早,没到上人高峰,歌舞厅里稀稀落落坐着几个少男少女,但音乐在响着,镭射灯在闪着,咚嚓嚓,咚嚓嚓……这阵放的是三步圆舞曲。闪红红忍不住拉着白娃的手进了舞池,其实她并不会跳舞,是第一次进舞厅。她老踩白娃的脚,白娃耐心地教她,咚嚓嚓,一二三,咚嚓嚓,一二三……她还是踩白娃的脚,后来,白娃说,先跳一步摇吧。对舞盲的初级训练就是一步摇。闪红红双手搂着白娃的脖脖,白娃双手紧紧地抱着闪红红的腰腰,两人的身子如粘在一起一样贴得紧紧的,两颗心脏在共同跳动。舞池的人越来越多,一个个跳得越来越欢,这个碰着那个的胳膊,那个撞住这个的屁股,不分男女都毫不介意,相视一笑了之。闪红红虽然没能像那些舞友跳罢快三跳慢三,又是探戈,又是华尔兹,但她的一步摇也摇得挺有韵味挺舒心,一直摇到凌晨1点钟。

出了舞厅,白娃要回家,闪红红不依,非让送她回酒店不可,白娃只得送她。到了大门口,门卫老汉喊住了他,说了黄花琴把友友留在这儿的经过,说友友哭闹了半夜非要找他妈妈,怎么也不睡,刚刚哄睡着,躺在他床上。他妈妈去哪儿了?白娃急切地问。门卫老汉说不知道,手指着那辆自行车说,她自行车还在这里。白娃听后骂了一句,这败家娘们儿干啥去了?闪红红一旁哧一笑说,你婆娘也偷汉子去了。白娃没理她,她回宿舍去了。白娃一个人站在门卫室门口纳闷着犹豫着……一直犹豫到凌晨两点钟还不见黄花琴的影子,他烦恼地抱着友友回家去。一路上,他心里想,看你黄花琴今晚回去怎么说,总算拿住你龟孙的缺角了。到家门口,门锁着,他一手托紧背上的友友,不让友友摔下,一手摸出钥匙开了门。到了屋里,看看一切都正常,就是缺个黄花琴。不一会儿,友友醒了,要妈妈,友友从来没跟爸爸睡过觉,跟妈妈睡习惯了,怎么也不跟爸爸睡,一个劲儿哭着要妈妈,直到天快亮时,友友太困了才睡去,可黄花琴还没有回来。白娃早把房门上了暗锁，心里说，今天可算逮住你个臭婆娘了，看你个贱货回来咋给老子交代，老子多少个夜不在家，你个贱货也不知出去过过多少夜？……他躺在床上这样想着。刚开始他睡不着，熬得久了也就睡着了。友友醒了，饿了，要吃的，才把他吵醒。他看看墙上的时钟，已过中午12点半了，可黄花琴还没回来。他给友友吃了些饼干，冲了些麦乳精。友友吃饱了，他才问友友昨天跟妈妈干啥了，友友吐吐啦啦说了半天，他才听明白是去了三山凹回了娘家。她去了娘家又回城能去哪里呢？他开始觉得奇怪。不好问，没人问，只有再等吧，一直等到天黑，黄花琴还没有回来。他本想去找闪红红合计合计该怎么办，又一想，俩女人之间还不是黄蜂尾巴针对枣刺？闪红红还会耻笑他，目前还是不让闪红红知道为好。他还想着也许黄花琴外宿白天不便回来，会等到晚上再回来，所以，他又等了一夜，还是没等到黄花琴回来。这时候白娃心里开始慌了。他身上不断地打寒战，出鸡皮疙瘩，他想到了闪红红在太公湖说的一句话，男女在荒郊野外干偷鸡摸狗的事容易招邪。难道真的出邪了？

第三天，天刚亮，实际是黄花琴失踪的第三天，白娃骑上摩托带上友友去往三山凹，他硬着头皮先到罗圈崖黄花琴娘家。黄老七一听说女儿花琴丢了，大骂白娃，若不把花琴找回来非敲断他脊梁骨不可。白娃出了一身冷汗，旋即过河去找新月、宝山。新月、宝山听了一惊，花琴那天走时好好的，怎么能突然丢了呢？宝山问他俩最近吵架没有，白娃说没有。又问他，最近是否有什么不轨行为被花琴发现，白娃也说没有。几家人都觉得事态严重了，纷纷出动在三山凹的河边、沟边、水库水塘水井找个遍，也没见个影儿。宝山又跟随白娃到了城里，转罢大街串小巷，还到郊区的几道水渠几眼机井找个遍，也没见黄花琴个影子。活不见人，死不见尸，白娃和宝山都愁上了。还是宝山这时想起找大林，他说大林见识广，办法多。白娃说他不想去找柳大林。宝山问为什么，他说了前几天的情况，宝山咬着牙指头捣着说，你个小子，真是脑子进水了，公是公，私是私。然后，又说，还是找大林吧，他也不是小肚鸡肠的人。宝山先往黄龙镇政府打了电话，通信员说柳书记最近在后洼村蹲点，宝山又往后洼村部打了电话，接电话人说柳书记在村里。他俩天黑前赶到了后洼村部。大林就在村部等他们。宝山心里早想好了点子，一见大林说，白娃来给你道歉的，后悔那天没给你争光。大林若无其事地说，过去的也就过去了。听大林这么说，宝山心里轻松了，就给大林说了黄花琴失踪一事。大林听后开始问的问题和宝山问的一样，后边问的就不同了,他问,黄花琴走时带没带走家里东西和存折?白娃回答,被子、衣服都没带,存折也没带。大林顿了许久又皱着眉头问:你平时发现没发现花琴与其他异性有染?白娃想了好大一会儿,认真地说,没有。大林听后什么话也没说,给县公安局长打了电话,让协助找人。大林放下电话后,交代白娃把黄花琴的特征和出走时间,出走时穿的什么衣服鞋子写清楚速速送到县公安局。县公安局出动干警旮旯夹缝找了三天,却没一点点踪影。白娃更愁了。

更令白娃发愁的是儿子友友,友友几天不见妈妈,饭也不吃了,觉也不睡了,眼也哭肿了。天天声嘶力竭地哭喊着妈——妈——!我——要——妈——妈——! ……白娃感觉到友友的哭叫声惊动得天,惊动得地……

白娃无奈,硬着头皮又去镇上找到柳大林,给大林说了友友的情况,要求大林给县广播站打个招呼,在广播上发个寻人启事,快些把黄花琴找回来,屋里没个女人,真跟天塌了一般。大林听了眉头皱了几皱,在屋里来回走了几趟,才问道,黄花琴精神有没有问题?白娃答,精神没问题。大林又问,黄花琴属憨傻痴呆吗?白娃一笑说,她的情况你都清楚。大林眼也不看白娃,说,广播寻人的对象一般都是有智障的,黄花琴没有智障,根本不需要。当然,我跟广播站说一声也会给你广播的。但你想过没有,广播上一广播,全县人都知道,对黄花琴的名声有没有影响?她就是回来了好不好做人?大林这时才眼翻翻他说,据我判断,你肯定有伤了她的地方,她无非是给你赌气,出去躲一阵就会回来;若还不回来,我再给广播站说,好吧?白娃点点头走了。大林送他出门时,拍拍他的肩膀意味深长地说,兄弟,多好的时代,多好的商机,好好做生意,好好过日子吧!别让花花世界花了眼!

时间过去一个多月了,黄花琴还没音信,白娃又是个急性子,友友天天闹得他揪心地疼,生意也做不成,他忍不住又去找大林,让广播找人。大林无奈给县广播站打了招呼,广播了寻找黄花琴的启事。广播了之后仍无消息,等于没有效果。但的确正如大林判断的,对黄花琴负面影响可大了,说啥的都有,认识她的人,多数猜测她是又跟别的男人跑了;有的还说她是"私奔"专业户,把黄花琴骂得不如一泡狗屎。

十

时间这个东西最不够哥们儿,也不给打个招呼就来到了冬天,而且今年的冬天特别冷。刚过立冬就降温,刮了三天东北风就窝了一场大雪。一冬就降了三场雪,这场雪更大。

大地一笼统了,也分不清哪里是田哪里是路,只有熟悉当地地形的人才能知道哪里是路。这不,王春宝就背着行李卷行进在往黄龙镇的路上,他要去黄龙镇搭乘公共汽车到县城,再从县城搭车去许昌,再从许昌坐火车往广州到深圳。宝山昨天下午送来了妮妮的信,说可以去深圳,夜里两口子就忙着打点行装起程。

天蒙蒙亮时,王春宝从被窝里拱起身子朝窗外一张望,说,又下雪了!

大脚说,雪不隔人。

王春宝又躺进被窝里,嘟囔着说,今天就腊八节了。

大脚说,好,好,我起床给你熬碗腊八粥。她说着就准备起床。

春宝还嘟囔着说,再过二十几天就春节了!大脚见他磨磨叽叽的,顿时一头火,猛踹他一脚,磨蹭的!就是快过春节才需要花钱的。老婆这一脚踹在屁股蛋上,踹得狠,他也没穿裤衩,大脚的脚指甲也长,在他屁股上拉了道浅浅的血痕,他觉得热辣辣地疼。大脚觉得不下狠心他不会走,又躺下睡了,干脆不起来给他熬腊八粥了。他无奈地自己起床烧碗汤喝喝就起程了。

也就十里路,他走了两个多小时才走到镇上。到镇上的停车点,没见一个人影,他望望树干上钉的木牌子,上边写着:晴通雨阻。他知道今天班车不会来了。他打算步行到县城汽车站去。就在这时他突然想起,没有带介绍信,他记得过去外出住旅店办事情都要大队开介绍信的。他想:再回村里开介绍信又要走两个多小时,太耽误时间。他犹豫着,怎么办?他路过镇政府门口,看见镇政府大门挂的木牌子，突然想起，大林就在这院里嘛，让镇上给开个介绍信不是更管用吗？他这样想着就往镇政府院里走。他到院里一瞅，有十几个人在铲雪，个个都是棉衣裹得厚厚的，头上都戴着帽子，他看不清哪个是大林，走近一看，才瞧见大林弯着腰，手里握着铁锨铲得正起劲，额上冒出汗珠，嘴里哈出的热气像喷雾一般。他喊了一声大林，大林抬头一看是他，回了声春宝哥。

王春宝见大林当了镇上书记还喊他哥，心里热烘烘的，对大脚的怒气也消了。他对大林说，他要去深圳打工。大林说，打工好啊！他说着还挥舞着铁锨铲着雪。春宝接着说，我走时忘了让村里开介绍信了，拐回去太远了，镇上能给我开个介绍信吗？

大林哈哈一笑，停住铲雪，站着对他说，春宝哥，现在到哪儿去干什么都不用开介绍信了，只用带身份证就可以了，你带身份证了吗？

带了。

带有身份证就管用，东西南北任你行，开证明的时代已经过去了。

王春宝接着又问大林，今天县上的班车还会来吗？

班车？大林思忖了一下说，估计来不了。你要去县上赶车吗？

嗯。

大林神情定了一下说，我下午要去县上开会，我带上你去吧！大林说着看看腕上的手表，已 11 点半了，说，还有半个小时，你先到屋里喝茶，咱吃过午饭一起走。

王春宝激动得心脏快要蹦出来了，把行李卷往地上一搁，抓住一把铁锨加入了镇政府的铲雪队伍。这事后来成了王春宝吹牛的资本，说他在镇政府院里与柳书记一起铲过雪。

吃过午饭，大林骑着车子带着王春宝往县城去。通往县城的公路上，的确没有一辆客车，偶尔过一辆货车，道路结了冰很滑，尽管大林骑自行车的技术杠杠的，路上还是摔倒了几次。每摔一次，他俩都哈哈笑笑，拍打拍打棉衣上沾的雪继续骑上往前走。天黑的时候，终于到了县汽车站，售票的窗口都已关门停止售票。候车厅里十分冷清，有两三个人带着行李卷在候车的条椅上躺着睡觉。大林嘱咐春宝，找个旅店住下，千万不要在候车厅过夜，防止感冒。春宝点头答应。大林走了十几米又拐回来对春宝说，春宝哥，你到深圳留个心，有愿意到内地投资的商人就宣传宣传咱黄龙，让他们到黄龙来投资。春宝又点头答应。

　　春宝没有去住旅店。他出门时身上只带了二十元钱,哪儿敢去住旅店呀!他是操心着要坐公共汽车到许昌后沿京广线扒火车南下的。所以,夜里就也躺在候车厅的条椅上过夜。尽管他抖开行李将被子盖在身上,但这一夜还是寒冷难耐。天亮了,售票的窗口还是死死地关着。到8点的时候,喇叭里广播,全省普降大雪,各路客车一律停运。他愁上了。想拐回去也拐不成,即使拐回去也还得挨大脚的骂,挨大脚的踹。他是死不回头要走了。可是,到不了许昌连火车也扒不成。这时,一声汽笛鸣叫,紧接着是哐哐咚哐哐咚的车轮响声,他知道这是焦枝铁路上火车的响声。还是火车好,再大的雪隔不住火车。他动了心思,去广州深圳是东南方向,这火车是往西南方向,不一条道。他又想了许久,唉,这雪也不知要下多久,公路也不知道几天才能通。管他的,不管东南西南都是往南,走一段是一段,只要能扒上去就好。他知道县火车站不行,县站管得严,就操心到韩堂火车站去扒火车,韩堂是个小站,站上没几个铁路工人,空子多,漏洞大。于是,他心一横,就这样。可怜的春宝,背着行李,沿着焦枝铁路线往韩堂站方向走去。走有二十几公里,过来了一辆货运的列车,货车很长很长,有几十节车厢,可能是雪大走得也比较慢,也可能是正走在转弯处列车司机有意开得慢,他估摸估摸车速可以扒上去,心怦怦跳,准备扒车。他先将背上的行李卷抱在怀里放开腿往前跑,使自己的跑步速度超过火车前进的速度,往前跑了几十米后,他先将行李卷抛进车厢里,迅速双手抓住车厢厢沿,身子一蹴如鹞子翻身般地跳进了车厢内。不巧,一只靴子挂住车帮被刮了下去,好在脚上穿有棉袜还可挡寒。火车在韩堂车站没停,邓县车站也没停,襄樊是个大站,停了几分钟,又轰隆隆继续向南驶去。这时他的心才稳下来,便把行李抖开将被子搭在身上躺下睡了。虽然身子下面觉得高低不平的,但只要不被人发现就是万幸。慢慢地,随着车轮哐咚咚哐咚咚奏着的催眠曲,他也就在晃晃悠悠中睡着了。

　　春宝睡得正酣的时候,被踢醒了,踢得很疼,那只脚似乎是穿着皮鞋。他睁眼一看,有两个人站在车厢里,都戴着大盖帽,他看清了是铁路警察。警察喊叫着,你看看这车皮里装的什么东西?你竟敢睡这上边?警察掀开厚厚的草绿色帆布,他看见帆布下面盖着的都是一米多长的圆筒子,水桶那么粗,一头尖尖的,形状像导弹似的(实际是工业用的氧气瓶)。两个警察撕扯着把他拽下车厢,一直拉进车站派出所。春宝看见派出所门上挂的牌子,才知道是到了枝城。铁路警察坐在那里开始询问,自然是先问他是哪里人,干什么的,问他为什么要扒火车,他也一一如实回答。警察最后敲敲桌子,吼道,你知道你扒的是什么火车?那玩意儿如果爆炸了会要你小子命的!王春宝一听身上打了个寒战,心想,那一头尖的玩意儿莫非是导弹?一个警察见他一只脚没穿鞋子,找了一双旧鞋让他穿上,然后把他推进一间小屋关了起来。王春宝此时哭着拍打着门,警察,放开我,我不是坏人,我是去深圳打工的,真是去深圳打工的!

"日中为市,聚则盈",黄龙镇今年的腊月集比往年热闹多了,萧条了多年的集市越来越繁华,赶集人感受到繁华的氛围,心情是激荡的。人人脸上都是笑态,不再有往年购不起年货的惆怅。今年的集市秩序也好多了,不像往年那样乱挤乱扎,甚至为男人碰住女人的屁股而日姐骂娘。集上有了专业市场,买衣服的到衣服市场,买帽子的到帽子市场,买鞋子的到鞋子市场,想自己扯布做衣服的到布匹市场。买菜的割肉的买米买面的各有各的专业市场。

柳大林上午没事情,十来点钟时喊上涂富国到街上转,也算是随意看,也算是搞市场调研。他看见三山凹国超也弄了个摊位在做服装生意,便走到国超的摊位前同国超聊起来。

在集上比你在家开的日用品大世界哪个挣钱多?

当然是在集上。国超笑呵呵地说。

为什么?大林眯着眼睛问。

集上市面大,顾客多。国超说。再者,集上消费的都是高档服装,村子里多是油盐酱醋茶,利润小。

大林点点头,又问,商户都有什么反映?说实话!

大林还是眯着眼看着他。国超手挠挠头说,得给你讲实话,少交点税费。我们也知道,镇上搞这是为了增加税收,可现在各商户都刚铺起摊子底子薄,等大家积累的底子厚了,再多交税也没关系。都知道自古以来皇粮国税不可免。

大林扭头看看身后的涂富国说,老涂,国超讲得好,得研究一下,就是将来引进外商也要考虑放水养鱼。

柳大林正要转看下一家商铺,镇派出所所长气喘吁吁地跑来说,湖北枝城火车站派出所来电话说让去领人。柳大林站住问,领哪里人啊?派出所所长答,三山凹的王春宝。王春宝?大林双眉竖了起来,诧异地问,王春宝上深圳打工去了,怎么回事?派出所所长说,情况还不十分清楚,对方电话里只说让去领一个叫王春宝的人。大林沉思了一下说,你通知三山凹支书张宝山同你一道去,速去速回,弄清情况。

第二天晚上9点多钟的时候,派出所所长和张宝山带着王春宝来到大林办公室,大林也是事前接到派出所所长电话在办公室等候。大林听了派出所所长介绍的情况和王春宝自述的经过后,站起来踱着方步哈哈一笑说,你个王春宝呀,真够胆大,竟敢扒火车偷导弹!王春宝本准备着狠挨一顿训斥,没想到大林没发火,反而这么幽默,吊着的心平静下来。接着,大林脸又严肃起来,手指着张宝山说,这都是我们当干部的责任啊!像春宝哥这样滑稽的事弄不好还会发生,想出去打工没路费的大有人在,要研究研究想个办法。同时要考虑最好有组织地去,无序不好。张宝山连连点着头说,是,是,回去就研究。大林又说,你们研究出办法,供全镇里借鉴。他扭过脸又问王春宝,还去深圳吗?王春宝答,还去。马上就春节了,过了春节再去吧!大林说得很温和。春宝摇摇头,欲哭无泪地说,不行啊!回家你大脚嫂还会用脚踹我!柳大林一听,仰脸大笑,原来也是怕老婆啊!他说着手伸到上衣内口袋里掏出三十元钱递给张宝山说,你负责把春宝送到许昌火车站,买上去广州的火车票,送上火车再回来!王春宝感激地说,这……这咋谢谢你!宝山也看着大林说,你收起来吧,你工资也不高,村里想办法吧!大林手一挡宝山的胳膊说,不用啰唆了!快送春宝哥坐车去。

白娃在许昌火车站候车大厅里东张张西望望。许昌站在京广线上算是一个大站。河南大半个省的人要北上南下大都要走这个站。眼前正值改革开放后的第六个"春运"高峰,学生流、民工流、探亲流拥满了整个候车大厅,一个个提着大包子扛着大袋子拥挤不堪。白娃腿跑困了脚站疼了,在一个条凳的末端欠着半个屁股坐上去,但两眼还是瞪得圆溜溜地四处张望,他渴望能看到黄花琴。友友天天闹着要妈妈,找不到黄花琴不行。快过春节了,他估计黄花琴也该回来了。他去县汽车站、焦枝线南都火车站都找过,没影。他觉得许昌是大站,京广大动脉,人流量大,就在昨天晚上来到了许昌站。每听到一次广播有火车停站,他就眼巴巴地往出站口瞅,瞅得眼都涩了酸了。这次他是下了很大决心要找到黄花琴的。

前几天,他同闪红红聊了一次。他说,红红,你看黄花琴找不到,友友我也管不了,什么也弄不成,不如你住到我家帮我照看照看友友。闪红红一听,脸呆上了,眼瞟瞟他说,你说的什么呀?我又不是你老婆,到你家去算哪一宗啊?白娃苦笑一下说,你是友友阿姨嘛,到我家咱也不睡一张床嘛。

去你的吧!闪红红又甩过来一句,只要住进你家,不睡一张床别人也认为睡了一张床。

白娃接住话茬半开玩笑地说,要么咱俩结婚。

去你的吧!闪红红又这么来一句,你老婆又没死,又没离婚,你想犯重婚罪吗!白娃想继续往她内心深处探,便说,那我要一直找不到她黄花琴,也不知道她是死是活,或是她死了,或是找到了她就离婚,咱总可以结婚吧!

闪红红耷拉着头,耷拉着眼皮,一阵子不说话。后来她抬起头,翻着眼说,哥,你想不想听实话?

白娃说,当然想听了。

闪红红嘴角掠过一丝丝笑意后,一本正经地说,我实话告诉你,哥,我不会跟你结婚,我只想跟着你学学能,做点生意,挣几个钱,在城里买套房子,接我爹妈都下山来住。因为我觉得住城里太好啦!俺祖祖辈辈生在山里住在山里死了也埋在山里,他们太没福了!我要让我们这个家族从我开始,改变!她说完瞟了白娃一眼,白娃彻底心凉了,也死心了,他体会到知冷知暖结发妻呀!他觉得自己有过错,是自己先出轨,伤了黄花琴,不能怪黄花琴,所以,他下决心一定要找到黄花琴。

广播上又广播一列火车到站,白娃又急忙站起来往出站口去,背后冷不丁有人朝他肩膀拍了一巴掌。他扭头一看是宝山,宝山身后是背着行李的王春宝,他望着宝山和王春宝问:你们是要往哪儿去呀?宝山说,送春宝哥去深圳打工。他用不太理解的口吻说春宝,过春节的,别人都从外往家回,你咋要往外走?春宝微笑着点点头,没有说话。白娃追上春宝说,春宝哥,你到了深圳也留意瞅着,看花琴会不会在深圳,看到了捎个信。春宝说,我会留意的。

宝山送走王春宝,几经转车回到家里已是后半夜两三点钟。黄新月知道他肯定又累又饿,也没问他,给他做了他最爱吃的鸡蛋挂面。挂面里的葱花姜丝大蒜都是油炸过的,还加了些许辣椒,味道鲜美。宝山喝了两碗,喝得满头大汗。黄新月脸上一直笑吟吟的,站在一旁看着他吃。他放下碗的时候,黄新月问,吃着香吧?

香! 宝山说着抬起头才发现黄新月笑着看他。

笑什么?

想笑。

到床上再笑。

你还有那精神?

足着呢!

上床以后,宝山知道老婆的心思,主动提出要那个。黄新月笑眯眯地说,不行。宝山以为新月在逗他,笑骂一句,别贱吧。早完事早休息,困得很! 黄新月故作不悦地说,困了你就睡吧! 宝山很想睡但觉得不能睡,睡了就得罪老婆了。他装作猴急的样子去扒黄新月的衣服,黄新月又眯眯笑了,说,不行,做不了。宝山以为黄新月在捉弄他,他知道她还从来没有这样过,不高兴地说,不能做也要做。你浪着把人家的火点起来了,自己却要熄火。说着继续扒黄新月的衣服。黄新月扑打着他的手说,谁浪了? 是你自作多情,真不能做。宝山停住了扒衣服,愣着神问:你咋回事? 黄新月又眯眯一笑说,有情况,不骗你。宝山松了劲,没情绪地说,例假又来了? 说着身子就想平躺下去。黄新月一把抓住他说,别睡。又眯眯笑着,那神情好似身边有外人一样,悄声说,怀孕了。

张宝山身上如注入了兴奋剂,陡地来了精神,浑身的毛孔都在笑,一把攥住黄新月的手,真的吗?

还会骗你? 黄新月点点头说,这两天一直有反应,上午我去卫生室买了试纸,做了测试,是怀孕了。自从革儿长到四五岁的时候,宝山就盼着新月怀孕,生个属于他的孩子。这一天终于到来了,他抑制不住地兴奋与激动,手扒着黄新月的脖子亲了个嘴。黄新月这时候不笑了,郑重地说,对得起你了吧,怀上了你真正的孩子。宝山明白这话的意味,郑重而又饱含着无限谢意地点了点头。

宝山失眠了,是兴奋得失眠。有了自己的孩子,谁不兴奋? 也有纠结的失眠,怀上了你真正的孩子,黄新月这句话不停地在他耳旁萦绕。他想起村里五叔的家事。五叔三十多岁的时候丧妻,留下一个儿子,过了两年五婶从西山改嫁过来时,带来了个女儿,又过了两年,五婶又生了个孩子。从此后,五叔家就越来越不安生,整天围绕着你的娃我的娃咱的娃闹气。今天说亲这个不亲那个了,明天说亲那个不亲这个了,吵个不停。宝山在想,自己的孩子黄新月生下来以后，会不会也出现你的娃我的娃的问题，就会存在亲也是疏，疏也是亲的问题？……夫妻感情也是动态的。虽然现在与黄新月感情甜如蜜黏如漆，真不敢保证不出现你的娃我的娃咱的娃的问题。可是……他仍然处于纠结中……黄新月一直催他，天快亮了，你快眨蒙一眼，不用激动得睡不着。他真睡不着，为了避免黄新月的催促，也为了让黄新月能快点入睡，他很快装着打起呼噜……

　　下午，宝山刚到村部，毕改兰见他"嗷"一声哭了。他忙问改兰，哭什么的？我就不喜欢你们这哭哭啼啼的。宝山本来心情焦躁，见她哭确实不高兴。改兰年龄不大，还没结婚，是团支书兼妇联主任，计划生育专干。宝山知道计划生育是当下第一难，没多批评她，问道，是不是遇着难题了？她点点头嗯了一声后，给宝山叙说。村里计划生育落后，昨天下午镇政府开电话会批评了。群众工作也越来越难做。七组的徐二妞，连生两个娃了，又超怀第三胎，跑两个月找不着。她中午碰见徐二妞回来了，忙登门去好言好语劝说，徐二妞开口就骂，毕改兰你滚，你自己先结扎了，弄个大胡萝卜给你娘塞上，再来找我说。改兰还没说话，徐二妞可又背上背包跑了，还踢她一脚。宝山闷着没吭声。别人都说男女搭配干活不累，宝山的体会是男女搭配干活更累。毕改兰年轻轻个姑娘，工作带她吧担心别人编绯闻；让她一个人去吧，她展不开工作。选妇联主任时他就想配个老的丑的，可上级对村干部职数控制在七个名额，其他都是硬角，就妇联主任团支书有点弹性，团支书如果是男的不能兼妇联主任，只有选个年轻妇联主任兼团支书。毕改兰她爹不知咋给涂富国拉扯上啥关系，涂富国给他打招呼，要给毕改兰安排个村干部，他只得违心地把毕改兰安排担任这角色。

　　改兰不哭了。宝山说，这样吧。全村计划生育我亲自挂帅，你只用包两个村民小组，也以我为主，你协助。改兰抬起头，不知支书说的是真是假，还是嫌她工作不力，瞪着一双迷茫的眼睛说，不合适吧，你工作太忙……宝山手一拍桌子，不啰唆，你现在就通知召开全体村组干部和党员大会。大会以后，宝山一个组一个组地串，凡计划以外怀孕的妇女，不管人在家不在家，他都逐户登门宣传政策，恳求理解支持。他虽然没遇到像骂毕改兰的徐二妞那样的人，但人们见了他都像老鼠见猫那样溜得快。不溜的人也多是对他冷言恶语。甚至还有人半真半假地说，只要你老婆不生俺也不生。半夜回到家没脱衣服，连鞋子袜子也没脱就躺到了床上。躺在床上却也睡不着，瞪着眼睛看一只壁虎在墙上爬来爬去……他真想对黄新月说，孩子不生了，可他却张不开口，一是自己也舍不得,二是怕一说黄新月会蹦起来……

　　第二天上午,宝山要开村"两委"成员碰头会,汇总工作情况,结果是不开大会还好,大会后一大半计划外怀孕的妇女都跑了,还有两口子一起跑的。宝山愁眉不展,不知该怎么办。宝山脾气躁却是个心软人,见那些大肚子再有俩月就要生下来的妇女,真舍不得让把姥姥拿掉。可计划生育是国策,一级压一级,硬任务,谁也扛不了。今天早晨刚上班,涂富国还给他打了电话,批评三山凹村计划生育工作落后,要求利用春节外出人员回家过春节之机,把计划外怀孕的坚决拿掉,为了保证完成任务数字,非计划外怀孕的也可先拿掉,尽快扭转被动局面。宝山巴掌一拍桌子说,下手吧!小组干部和党员一人包一个,村干部一个包两个,利用春节前的一段时间,把计划外怀孕返乡的全拿掉,不返乡的也要千方百计找到,为的是完成镇计生办下达的任务。无奈何!宝山说完要大家表态,都还没发言,七组组长黄一杏"咕咚"一声撞开门进来了,差一点摔个嘴啃地。张宝山忙扶住他问怎么了?黄一杏结结巴巴地说,他今早到黄满树家,让他动员老婆回来引产,黄满树说,坚决不引……他对黄满树说,不引我就待你家不走,甚至就住你家过春节。话刚说完,黄满树就进厨房拿把菜刀要砍他,他拔腿就跑,黄满树还在后边撵着哩!

　　宝山说,不用怕,我去挡。宝山从屋内走到院子里,正巧迎见黄满树进到村部院内。他大喝一声,黄满树你想坐班房的吧!黄满树一听说坐班房,手中的菜刀"当啷"一声落了地。宝山横着眉说,看来你胆子不大嘛!你一超再超,超生两胎了,还要超,超到何时休啊?

　　黄满树喘着粗气说,支书,实话给你说,俺老婆这个做地下黑B超了,说是个男孩,这个生下来再不会超生了。支书你就行行好,积积德,让俺孩子生下来,你不能让俺黄满树绝了后啊!

　　宝山批评道,啥时代了,你还封建思想,女孩也是后,没二话,快引了!

　　黄满树见张宝山的态度坚决,不甘心,说,张宝山你有人性没有,再有一个月娃就生了,你让俺开春见喜有个好兆头吧!张宝山手指着他说:你一脑子封建思想,别废话,快回家带你老婆去引产,否则……否则,后果你知道!黄满树张着血盆大口:张宝山你要不要儿子?你只说不要,我就带我老婆去引。张宝山脱口而出,我不要!黄满树说,张宝山你敢咱俩一起往地上吐口唾沫?张宝山"呸"的一声往地上吐了一口唾沫。黄满树看着张宝山,带着一种胜利而又嘲弄的口吻说，张支书，这一口唾沫吐地上可是舔不起来了，这么多人站这里看着的。弯腰捡起菜刀走了。

散会时，张宝山要毕改兰留下来，对她说，改兰，我中午不回家吃饭，你到我家去陪黄新月吃饭，吃饭中间动员她把肚里的胎儿打掉！

改兰吃惊地说，没人反映嫂子怀孕啊，即使嫂子怀孕，按二婚政策，她可以再生一个，生是没问题的。

宝山眼没再看她，说，去吧，别啰唆，我等你的消息。

改兰犯愁地说，嫂子工作我怕是做不动，她不会听我的。

宝山抬眼看看她，能做动，你去吧！

改兰去了。宝山让通信员到国超的"日用品大世界"给他买了碗康师傅算作午餐，然后棉大衣一脱，躺到沙发上，盖上棉大衣眯午觉。改兰也不知在宝山家吃没吃午饭，时间不长就回到了村部，推开门看见宝山在睡午觉也没吭声又要出去。宝山却听见了，也没睁眼，喊住她，也不给汇报工作做得咋样？改兰回答，嫂子说她没怀孕。宝山说，别信她的，下午镇上计划生育小分队要来咱村，你拉她去做个孕检。

毕改兰又锁上愁眉，说，宝山哥，嫂子这就算了吧，即使怀孕了，也符合条件，没人敢说二话。她是觉得自己拿不下这个任务，在推托。

不管符合不符合，咱干部带个头啊！张宝山睁开眼睛，掀开棉大衣坐起来说，我知道你是怕攻不下这个老大难，但这正是考验你的时候，也是培养你威信的时候，你把黄新月拿下，你威信会直线上升，以后你在村里就可以叉着腰说，支书老婆我都拿下了，还怕你们谁？

毕改兰无奈又去了。半个多小时就又折回来了，对张宝山说，嫂子厉害得很，骂我的话比徐二妞的还难听，还说，再登门要抓住我两条腿一撕两半。

张宝山其实是让毕改兰预热的，要不然他见黄新月张不开口。

事情也正如他所预料，他晚上刚跨进厨房门，黄新月正在炒菜，锅铲一扔，大骂起来，妈的，那个小×妞竟敢太岁头上动土，不识字也摸摸招牌！×妞的！

张宝山装着糊涂连声问，咋啦？咋啦？

她下午竟敢来问我怀孕没有，还动员我去孕检！

毕改兰是计生专干，这是人家的分内工作。宝山解释着说。

管她啥专干，我老公是支书，轮上她管吗？黄新月气愤地用锅铲把锅铲得嗞啦嗞啦响。

镇上领导讲让干部带头,她可能是想先做干部家属工作,影响广大群众。张宝山往她手里递着酱油瓶子说。

黄新月边往快要炒熟的菜里浇着酱油边说,我怀孕就给你说说,别人谁也不知道,现在还不够三个月,三个月才出身,又穿着棉衣服,根本看不出来,她怎么能知道? 出鬼了!

张宝山接着说,那天夜里你还给我说,你妊娠有反应,现在村里人绷着眼互相看着,能会没人看出来吗?

黄新月不吭声了。

张宝山知道应该趁热打铁。顿了一下,他说,新月呀,实话说,无风不起浪,既然毕改兰上门来找你做工作,肯定是有人盯上你了!

盯上我怎么? 黄新月把锅铲在锅沿上敲得"当当"响,盯上我怎么了? 谁都知道我是二婚,按二婚政策,允许我生二胎,谁也没权把我这口封住!

黄新月解掉围裙,开始往碗里舀饭。宝山微微笑着说,别生气嘛! 咱是可以要二孩,但你知道,现在要孩子是得先有指标,后怀孕,咱不是事先没有列入计划嘛,没领准生证。这事不怪你,怪我为了一时快活,没戴那个套。

你不是村支书嘛,能量大嘛,整天牛气气的,你不会去镇上计生办要个指标? 现在很多人都是开后门生。黄新月凶巴巴地说着,把饭碗搁他面前。

宝山喝了两口粥,然后把碗放下,叹口气,很惆怅地说,前天镇上召开了计划生育动员会,大林点名批评了咱村,涂富国专门给我打电话要求春节前扭转被动局面,我做检讨还来不及呢,这时候去开后门要指标,还不是狗咬石匠,寻着挨钻哩!

黄新月也把碗一搁,瞪着眼说,你说当支书重要,还是要孩子重要?

都重要! 宝山还是微笑着说,孩子今年不要,明年还可以生,早晚要来指标早晚生,支书撤掉以后可就不能当了!

黄新月剜他一眼,你把那官看恁主贵?

不是看得主贵。宝山仍和风细雨地循循善诱:其实我当支书不久,还嫩,私事等到翅膀硬点了再办也不迟,眼下得全心全意当好支书,别让人耻笑,万一有个闪失,别人不说,白娃他多还不笑得嘴巴咧到脑门后。

黄新月对白娃有气,说到此,觉得有些道理,气缓了些,脸色也好看了些。

宝山继续说,村里事多,我是支书得负总责,小面粉厂的事我就顾不上了,下步得全甩给你,所以再缓二年生也不是坏事。宝山过去总说磨面坊,现在为了显得重要说成"小面粉厂"。

黄新月瞪他一眼,瞧你说的,肚里的孩子不要了?

宝山点了点头,说,缓一缓。

沉默一阵,黄新月又提出一个问题,听说现在做人流的医生根本不是医生,是培训的那些二把刀货,把人当畜生一样,不少人都流出病了,万一手术失败,以后不能再生了呢?

宝山轻松地说,不用担心这个,照你说的,使使我支书的特权,开后门找个技术好的医生给你做手术,不会出问题。

黄新月又低头沉思一阵,担忧地说,一旦手术做坏,以后不能再生,你不会甩了我吧?

宝山坦然一笑,说,咋可能呢!给个黄花大闺女也不换!

黄新月闷了一分钟,才极不情愿地说,你是支书,你说了算。

宝山这时又补充了一句,革儿大了,革儿的身世一定不能让他知道。孩子知道了会很伤心,阴影会笼罩他一辈子,咱要替革儿守住心灵这个秘密。

黄新月沉重地点了点头。

事情却真被黄新月言中。她流产时,张宝山真给她找了个好医生,为了让医生把手术做好,特意请医生喝了酒。医生酒后作业失了手,黄新月手术失败,没了生育能力……邪门!

王春宝坐了一天一夜的火车到了广州。本想从广州转乘公共汽车半天就可以到达深圳,因为去深圳的人多,客车的数量满足不了乘客的需求,春宝又等半天才坐上了公共汽车。通往深圳的公路正在加宽,坎坷不平,运送物资的大货车又多,一辆接一辆,行驶很慢,还不停地堵车,到了上灯时分才到达深圳。连续长时间坐车,王春宝已累得腰酸腿疼,他本想找个旅店住下,旅店不好找还得花钱,他兜里只剩五元钱了,要省着花的。他要了一辆摩的,开摩的的小伙子是江西人,听不懂河南话。他把妮妮的地址交给开摩的的小伙,小伙明白地点点头,"日"一声开上摩托走了。

深圳不是他想象的,不是高楼林立,而是吊塔林立,遍地帐篷,说是白天没有太阳,说是夜晚没有黑暗,到处灯火辉煌,机声隆隆,人欢马叫,是一座不夜城。大建设的场面,让人心蛮激动的。大约走了两个小时,才到了福田区,在一小间出租屋里找到了郝老师和妮妮。这时,他心里凉了半截,本以为郝老师在这里党校工作,一定各方面条件很好,住着宽敞明亮的房子,没想到竟是一间只有十多平方米的出租屋。他原本打算晚上住在妮妮家里,现在看根本不可能。郝老师和妮妮都亲热地招呼他喝水,妮妮问他吃饭没有,他本想说实话,看她住的房子做一顿饭也是很难的,就说吃过了。妮妮也没客气,拎起他的行李卷就说,走吧,报到去。报到?这么晚了……哪有晚上报到的?王春宝心里这么说。

妮妮看出了他的心思,一笑,说,深圳这里都是工作到深夜之后才有空谈事。妮妮头前走,他后边跟着。也分不清是路不是路,满地堆的都是砖头、水泥、钢筋、沙子、碎石,搅拌机一台挨一台轰隆隆转着,到处都是头戴安全帽的男子汉推着翻斗车运料。他们推翻斗车的速度很快,姿势很美,都是猫着腰,像雄鹰落地前俯冲一样,有的还吼嗨地叫着。妮妮边走边给他说,到深圳来打工都是干这种活儿的。春宝点点头,干得了。妮妮又告诉他,到这地方能找份这样的工作也不容易。她在这里干的是油漆工。她认识的项目经理也就是内地说的包工头是山西洪洞县人,有一天聊天,他说河南人的一部分是元朝时从山西洪洞县迁徙过去的,也可能会是一条根,关系近了些,给他说他才答应。春宝点点头,说,中国人讲的就是一个"情"字。妮妮停住脚步对他说,春宝哥,你得有个心理准备,经理见了你要口试的,口试过关才会收留你,不过关还不收呢!考试?春宝怵了。我这小学文化考试能行吗?不是考试是口试。春妮纠正道。你当过恁多年生产队长,常年练嘴皮子,开过多少会,嘴说应该没问题。春宝不好意思地笑了笑说,那是上级说啥咱说啥,上边说的咱有时也传达不囫囵,多是瞎喷喷,谁知道这要问啥。妮妮鼓励他道,你不用紧张,施工队嘛,问不了多深奥的。王春宝听了,紧张的情绪缓解了些。他们走过一个大帐篷,帐篷前蹲着几十号人,每个人都是两手抱着一个葫芦瓢似的大粗瓷碗在呼呼噜噜喝面条,一看就猜出是北方人,因为南方人吃米,北方人爱吃面食。妮妮又对他说,他们都很辛苦,往往夜里才吃晚饭。春宝木着脸点点头,没说话。他心里还在想着口试的事。

他们在一个帐篷里等到凌晨1点钟的时候,一个黑铁塔似的汉子进来了,他边取着头上戴的米黄色塑料安全帽边喊叫着,妈呀,累死啦!妮妮给春宝指指说,这就是王经理。春宝忙站起来恭维地笑着说,王经理好!王经理是个爽快人,大咧咧地说,啥王经理,包工头一个!妮妮接着给王经理介绍说,王经理,这就是前些时给你介绍的老家哥哥。春宝仍恭维地笑着自我介绍,我叫王春宝,王春宝!王经理边脱工装边眼往这边打量着他说,本家啊!本家,是本家!王春宝笑着点着头,也想趁机套近乎。王经理换完衣服过来拉个小凳子坐下说,你来深圳干吗呀,丢下老婆孩子不管啦?

王春宝虽然当过生产队长,曾在百十号人面前发号施令,这阵子却腼腆得像个农村大姑娘,看看王经理说,挣钱要紧,挣不来钱养不了老婆孩子。王经理手一拍大腿,说了三个字:大实话。王经理心里开始对他有了好感。他掂起白色的大搪瓷缸,咕咕咚咚喝了几口放下,又开腔了,本家也不行啊,也得口试一下,这是我公司的规矩。前几天来两个人口试,一个湖南的,一个湖北的。我让他们各自作首打油诗,打油诗要反映出家乡特点,而且必须带上好、大、小、多、少五个字。湖南伙计说,俺湖南雨伞做得好,撑开大,合住小,雨天用得多,晴天用得少。我一听,不错,又让湖北人说。湖北佬脱口而出,湖北扇子做得好,撑开大,合住小,热天用得多,冷天用得少。我一听,也过得去,都留下在工地上干活。还就这个题目,你作一首我听听。

王春宝搓搓手,挠挠头,瞅瞅妮妮,笑笑,说不出来。妮妮鼓励他说,别紧张,王经理人可好,你只管说。春宝又瞅瞅妮妮,笑笑,开腔道:俺三山凹红薯长得好,春薯结得大,夏薯结得小,过去吃得多,现在吃得少。王经理哈哈大笑,河南人离不开红薯啊!你这多少反映了河南人生活的变化,但品位还不上档次。再给你一次机会,再想想。品位、档次、雨伞、扇子……都是工艺品……王春宝一想,有了,说出一串来:俺丰和玉器雕得好,摆件雕得大,挂件雕得小,精品物件多,劣品物件少。王经理跷起大拇指,高!河南人不笨嘛!过!他扭头喊一个小伙子拿酒来。小伙子拎个十斤塑料壶过来,王经理又吩咐酒具摆上。小伙子摆上一只碗,一个碟子,一个酒盅,倒上酒。王经理瞄王春宝一眼,说,口试继续。你喝酒怎么样?王春宝心里怵怵地说,能喝点。王经理诡笑着看看妮妮,目光又落到王春宝脸上,说,俺山西人喝酒讲太阳、月亮、星星,碗代表太阳,碟代表月亮,盅代表星星。本家你是喝太阳,还是喝月亮或是喝星星?王春宝看看大碗酒想摇头但没敢摇,他得显示出气魄来,想了一阵,说,太阳月亮星星我全喝。他说着就伸手去端酒,王经理手一挡说,慢着!又扭头喊那小伙子,菜上来。小伙子端来一碟子醋泡过的小辣椒。王春宝唏嘘了一声，他知道小辣椒特别辣。王经理看他一眼说，咱这里没有大鱼大肉，就这个，喝酒配辣椒，酒喝完，肴清底。王春宝心里叫了一声，我日他哥啊！这够呛了！他狠狠心，拼上了，闭上眼，没等王经理发话，他一一端起来咕嗞嗞干了酒，又一口气吃掉一碟子小辣椒，舌头已变成木的，眼泪已变成苦的，滴答答往下流。王经理又一跷大拇指，海量！好汉！

　　口试还没完，还得继续进行。王经理又让小伙子拿过来六个大馒头，那馒头可把抓，一个足有半斤重，王春宝一见心里暗暗欢喜，正饿着呢，吃了这馒头，又解酒又充饥，他巴不得抓住就往嘴里塞，可王经理还没开口呢，得拿点样儿。王经理又吸了一口烟，吐了烟雾后说，来吧，咱划拳，河南人爱划拳嘛，不过，酒不让你喝了，输了吃馒头，输一枚吃一个。他说着伸出拳头，作划拳姿势。王春宝嘻嘻一笑说，王经理，不用划拳了，算我输了，六个馒头我全吃掉。王经理疑惑地望着他说，你能吃掉？能吃掉。王春宝点点头。好，你吃吧！王经理说着瞟了王春宝一眼，那意思是说，看你个吃货有没有这个本事。然后脸扭过去与妮妮闲聊。

　　王春宝吃的馒头又干又硬，像是放过两三天，嚼得牙槽骨疼，吃到口里锯末似的，他吃掉三个以后，问王经理有没有开水，王经理扫他一眼说，没有开水，有海水，深圳人都是渴了喝海水。王春宝这才明白了，经理还是在考他。他坚持着一块一块吃，一口一口嚼，一口一口咽……终于，六个馒头啃完了。王经理又是哈哈大笑，站起来走到他身边拍拍他的肩膀说，好样的！本家你好样的！你口试过关。王春宝轻松地缓了一口气，朝王经理鞠个躬说，谢谢老板，我以为口试多难的，你让我大吃大喝，是让我享受的！王经理用手指敲敲他的头，一笑，说，你这一句，不是实话，让你受憋屈了。接下来，他给妮妮和王春宝讲述为什么要采取这种"口试"。他说了三层意思：当民工远离家乡，一年回家一次，难免有想老婆孩子的时候，也难免有受委屈的时候，所以，得乐观，你得有口才，闲暇时，睡觉前，相互说个笑话，聊个段子，荤的素的，说说笑笑，解解心焦，啥也都忘了；当农民工没明没夜披星戴月地干活，得经风吹日晒，雪打雨淋，少不了得个头疼发热，一天到晚累得筋骨像要断，好赖酒喝一点解乏减压还能治个小病；农民工劳动量大且都是重体力劳动不能吃可不行，工地上人都说，"农民工，大肚汉，能吃又能干"，呵呵！再说，当农民工得能忍得住渴，喝水多撒尿多，上到那几十米百十米的脚手架上，你老要撒尿，卷扬机运料都忙不及哪顾得你上下撒尿，你又不能站在脚手架上往下尿，不文明，呵呵，所以，工地上人说，在深圳忙得撒尿的空都没有。这时，春宝也风趣地说，老板放心，我有憋尿功夫！王经理看了他一眼，说，你口试过关了。王春宝连忙朝王经理鞠躬，谢谢老板！王经理脸一沉，说，先不谢，还要"背试"呢！春宝一听，脸枯皱上了，他最害怕笔试。

　　王经理手朝他一摆，出了工棚，春宝和妮妮也尾随其后。到了一辆装满水泥的货车旁，王经理站住了，嘴朝春宝一挑，说，背吧！背到前边一百米施工处。王春宝这才明白老板说的不是"笔试"是"背试"。他将上衣一脱，搭在肩上当垫肩，抱起一袋水泥"嗖"地搁到了肩上，嘴朝王经理一挑，说，帮个忙，再给摞上一袋。王经理搬过一袋摞了上去。一袋水泥四十公斤，两袋八十公斤，可以的。没想到王春宝要求再加一袋，三袋一百二十公斤。王经理说，不可以的。王春宝带着酒劲，说话声音也高了，别啰唆，摞！过去我扛过大麻袋。王春宝扛着三袋水泥往前边灯火辉煌处去。不一会儿，他折回来了，头上流着汗珠，但气不喘。真个大力士！王经理拍拍他的肩膀，你背试也过关了，休息一夜明天上工。王春宝兴奋地说，王经理，看见深圳虽是夜晚没有黑暗，灯火辉煌如白昼，人欢马叫，这大建设的场面让我睡不着啊！再说，你让我吃喝了饱饱一肚子，也得消化消化，今晚我把这车水泥卸完再睡觉。王经理拍拍他的肩膀，夸奖道，河南人能干，好样的！临走时又叮嘱一句话，不过，一趟只许背两袋，不能再超载。卸完顶你两天的工。

　　王春宝真的一夜把那辆四吨货车拉的水泥全卸完了。

十一

　　黄花琴在深圳。在一家叫"北方面馆"的饭馆打工。

　　她是那天下午把友友放在白娃酒店后，搭车到邻县一个旅店住下，第二天早晨买了去许昌的长途汽车票，到许昌转乘火车直达广州的。从广州到深圳没有买到公共汽车票，到路边朝大货车司机招招手，大货车司机把她拉到深圳的。美女们只要向货车司机招手，货车司机是愿意拉她们的。货车司机常年不在家，美女坐上他的车，虽然不做什么，但看几眼饱饱眼福，闻闻女人身上的香味儿也很满足。坐在驾驶室里时，老司机问她到深圳干什么，她没说打工，说是来探亲的。到了深圳天也黑了，司机说深圳这地方正在建设中，道路复杂，等卸了货送她。她怕司机起歹心，说老公约有地点接她，但也没让司机白捎，塞给了司机两元钱。她出门时不带行李，不是嫌带行李不方便，而是觉得如果带行李白娃一看就知道她干什么去了，不带行李是个"谜"，白娃猜不透。她知道深圳这地方冬天不冷，用不上棉衣，真需要随时买就可以了。她只拎了一个小提包。她虽然没拿家里存折，但平时攒了不少零花钱。黄花琴当时下了车，拎着小提包沿着并不连贯的街道走着时，趁着路灯的光亮看见一家家歌舞厅、夜总会、洗脚城、发廊、酒店都贴着招工广告，招工词大都是品貌端庄，美丽大方，身高一米六以上，文化程度不限，年龄十八至三十岁，等等。娱乐场所包括高档酒店月薪甚至在八千至一万元。而大众餐馆招工启事写得很简单，寥寥两句话，本店急需招聘男女服务员数名，月薪面议。黄花琴凭她的容貌和身材完全可以到娱乐场所和高档酒店去，那里边条件好，工作轻，薪水高。可她出来不是为了挣高工资的，更不是要当青楼女的。她是知道像友友这么小年龄的孩子是离不开娘的，有意把友友甩在家里闹腾得让白娃不得安生而受到无形的惩罚。所以，她要到大众餐馆里应聘。她看到有个"北方面馆"招聘服务员，管吃管住，月薪三千元,觉得自己适合,况且"北方面馆"肯定是北方人开的,语言相通。当时店里还没打烊,她就进去应聘,一问,老板是河北石家庄的,四十多岁的女人,觉得更合适。老板一见黄花琴那么漂亮,很中意,二话没说就收下了,但又怕她的笼子里装不下这只金丝鸟,要她交两千元押金,说只要干得好,月薪再加一千至两千元。黄花琴很是高兴。女老板要她当领班的或迎宾的,她不干,她怕抛头露面招惹绿头苍蝇,她说自己会包饺子,就在后厨干,如果不同意她可以不干。老板娘舍不得让她走,就依了她。前几天,老板娘说快过春节了,她可以回家过了节再来。花琴说自己刚出来俩月不想家,只用给爹娘寄几个钱就可以了。她说这话是支应老板娘的,她觉得不能给爹娘寄钱,一寄钱不就暴露了嘛!店里几个服务小姐都回家过年了,春节期间虽然顾客少了,但服务员也少了,她在店里只得打里又打外,不仅得包饺子还得给吃客端饺子。

王春宝春节也没回家。春节工地基本不停工,愿意回家的农民工可以回家,不回家的继续施工,但正月初一放假一天。春宝好好睡了个懒觉,十来点钟才起床,换了身干净衣服,晃悠着上街找地方吃饺子。北方人过大年初一必须要吃饺子的,因为饺子象征着喜庆团圆吉祥如意,预示新一年里交上好运。再者,饺子形如元宝,春节吃饺子寓意着"招财进宝"。虽然春节没回家不能与家人团圆,但出来打工为的是挣钱,总得招财进宝赚大钱吧!南方以吃米为主,街上面馆少,他跑了几道街才看到"北方面馆",喜滋滋地进了店,喊了一声,有饺子吗?有!啥馅的?你想吃啥馅的?猪肉大葱。有!好的,来半斤。他与老板娘一问一答搞定了。他找一个位置坐下,老板娘让他稍等,倒了一杯开水放他面前。他也没看老板娘,从兜里掏出大脚给他的来信,这封信是前天收到的,虽然已看了两遍,但在大宿舍里不便细看,这阵儿可以好好看看品味品味,虽然大脚把他蹬出来,但信写得还是甜蜜的,虽然大脚只有小学文化程度,但想啊亲啊爱啊这些词语还是会写的,特别是嘱咐他在外照顾好自己。他正低着头看得津津有味,一个甜润的声音在耳旁响起,先生,您的饺子,请慢用。他抬头一看,愣住了,黄花琴!瞬间,黄花琴也看出了他,王春宝!但黄花琴没喊他,他却喊出了声,花琴,你……花琴没理他,比闪电还快地扭头就走。春宝却站起来扭着脖子说,花琴,白娃到处找你,快急死了,还在广播里找!黄花琴见店里几个人看着她,怕越是不理越露馅,"嘻"一笑,说,先生,您认错人了。

认错人了?王春宝站在那儿自言自语,然后坐下吃着饺子小声喃喃着,怎么会认错呢,你黄花琴剥了皮我也认得你骨头,怎么会认错呢!你虽然换了衣服化了妆,但鼻子眼睛嘴巴耳朵五官没有换呀!他吃着想着,想了个主意,喊了声,小姐,来碗饺子汤。过了一会儿,一个男服务生端来一碗饺子汤,黄花琴再没有露面。他纳闷起来。临走结账时,他问吧台小姐,刚才端饺子的那位小姐贵姓?吧台小姐回答,她叫菲菲。他一听明白了,是化名。他也明白了黄花琴为什么那样对待他,他什么话也不再说,迅速离开了面馆。他出了店心情很激动,心脏怦怦跳,总算有黄花琴的信儿了。他急于把这个信息告诉白娃,到电信局把长途电话打到三山凹村部,没人接电话,又打到侯支书的厂里,电话也没人接,打到黄龙镇政府还没人接,他才想起来今天大年初一都放假了。他就在邮局写了一封信寄给白娃。信发出后,他想想春节期间邮局也不上班,信邮到家怕是也得十天半月。他急得抓耳挠腮。

第二天上午,也就是正月初二上午,要上班了,他看见王经理手里拿个砖头块似的东西,边走边说话,好生奇怪。他问王经理,这是啥玩意儿?王经理说,大哥大,也就是手机。他又问,干什么用的?王经理说,打电话用的。可以往哪打呀?他更好奇地问。全国各地都可以打呀!王经理得意而又自豪地说。真的吗?他用怀疑的目光看着。不信你试试。王经理说着把大哥大递给了他,并教他怎么使用。他照着王经理说的,拨通了三山凹村部的电话,通信员接着了,他激动万分,声音颤抖着说,你……你……快去……喊白娃。不大一会儿,是白娃接电话的声音,他仍颤抖着说,你……快来,……你老婆在……是的……快挂电话时,他赶忙补充了一句,老弟,来时带上你的家伙,春节啦,给俺弟兄们唱几段,让大家乐一乐!他第一次使用这洋家伙、"尖端武器",兴奋不已,干起活来劲头更足,不由得也哼起了小曲,"正月里来是新春……"

白娃得到黄花琴在深圳的消息,高兴地蹦了起来。他放下电话,回家简单带了几件随身物品和唱戏的大弦就往郑州机场。买了机票,晚上6点在广州白云机场落地。他搭了的士,到了广州长途汽车站,晚上哪儿还有车!他步行到去深圳的路口拦货车。他拦货车可没黄花琴拦车那么容易,再招手,司机就是不停车。后来,有个大货车爆了胎,只得停下来,司机是个年轻人,可能驾龄不长,修不好。白娃前几年开那辆破一三〇时,车经常出毛病,他经常修车,经验当然丰富,就主动上去帮助修车,车修好后,小伙子很感激,顺手递给他五元钱,他不要,要求捎到深圳去。小司机难为情地说,他也是内地人,过春节老婆孩子都跟着来了,驾驶室坐不下。白娃说,我就坐货厢里。司机一笑说,车上拉的是生猪,供应深圳人过年吃的。白娃说,生猪也没事,我就坐在笼子上面。司机说,那臭味你受不了。白娃说,没事,我在家就是养猪的,天天闻,受得了。司机又说,货架高,路又颠,不安全。白娃说,没事的,我平躺上边,双手紧紧抓住猪笼子,只要猪没事我就没事。司机眼盯着他说,摔死你我可不负责啊!白娃嘿一笑说,摔不死啊,我这个人受摔!司机没再说话,上了驾驶楼。他知道司机同意了,爬上了运猪的车,和猪们一起摇摇晃晃颠颠簸簸地去往深圳……

　　这时候深圳还没有出租车,他同王春宝来时一样坐了一辆摩的。到了王春宝住的地方,已是深夜 1 点钟了,他钻进工棚,看见民工们都还没睡,盘着腿坐在床铺上有的打扑克,有的下象棋。他看见了春宝也在下象棋,春宝没看见他,他先喊了一声春宝哥,春宝瞄了他一眼,说,你先坐,我把这盘棋下完。等了半个小时,春宝才下完棋,白娃却像等了半年一样地急。春宝走过来,他就先问,黄花琴在哪儿?王春宝告诉了那个面馆的位置。白娃急切地说,咱现在去看看吧?春宝翻他一眼说,你没看现在是几点?早打烊了!白娃坚持说,也不一定,我看这深圳全城还是灯火通明,人们都在施工,夜间也会有人吃夜宵的,说不定她那店也会营业着。王春宝理解他的心情,穿上外套,领他往北方面馆去,七拐八拐到了那条街,找到了北方面馆,可以借着路灯的光亮看见门已关上,门上挂有个小牌子,小牌子上有两行字:

　　本店营业时间
　　中午:上午 10 点半至下午 3 点半
　　晚上:下午 5 点至夜里 1 点

　　看见了吧,春宝嘴朝小木板挑着说,明天再来找。

　　白娃站着不动,有点失望,但更觉得有希望。他站在那儿又看看"北方面馆"四个字,看看四周的标志,又看看门上挂的小牌子,才跟着春宝又回到帐篷。春节了,帐篷里有空铺,可回家的民工被子也都带回家了。白娃也就和春宝合盖一床被子睡觉。

　　第二天早晨春宝要去上工,白娃觉得还是有个伴好,要春宝陪他去找黄花琴。春宝只得跟王经理请了半天假。上午 10 点钟他们就开始往"北方面馆"方向走。近 11 点的时候他俩来到店里。店门刚开，店里冷冷清清的，只有一个小姐在吧台站着，王春宝认出来还是那天那个吧台小姐。一进门，小姐就热情地打招呼，吃饭吗？白娃看看春宝，春宝小声对白娃说，先别急着问人，先吃饺子。白娃点点头。春宝满面笑容地问吧台小姐，有饺子吗？没有。有番茄鸡蛋捞面、青椒肉丝面、三鲜面、炸酱面……吧台小姐一口气说了十几种面。春宝犹豫着问：咋没饺子啦？吧台小姐说，北方人都知道，大年初一吃饺子，今天都初三了，哪还吃饺子，就面条，吃吗？春宝又迟疑了一下，看看白娃，白娃像个木头没反应，他便做主说，来两碗番茄鸡蛋面。说完，他俩就找个桌子坐下，默默地你看我，我看你。

过一会儿一个男服务生用托盘端来了两碗面。春宝认出来还是那天端饺子汤的男生。他俩低着头吃面条，眼睛却四处瞟，没有黄花琴的影。吃完面条，白娃要去买单，春宝拦住他朝他挤挤眼，白娃明白了他的意思便站着不动。春宝故意在钱包里边摸着零钱边问：店里那个菲菲呢？吧台小姐说，辞职了！白娃一听脑子里"轰"一下嗡嗡响，脸也变得刷白。春宝钱包里有零钱，他却掏出一张一百元的票子，目的是让她找零钱磨时间多说话。她干吗要辞职？这里不是挺好的吗？春宝又问。我怎么知道！吧台小姐边找零钱边说。那她又去哪儿了？小姐把零钱往吧台上一放，说，我怎么清楚！吧台小姐眼又扑闪扑闪问，你怎么对她那么感兴趣呀？春宝一笑说，她跟我表妹长得一模一样，她是不是姓黄？吧台小姐说，更不清楚，只知道她叫菲菲。化名吧？春宝又说。吧台小姐莞尔一笑，说，不清楚，我比她来得晚，来就知道她叫菲菲。

问不清，白娃只得去后台找老板问，老板娘说，见过她的身份证，是叫黄花琴，正月初二辞的职。因为没有签合同，咋也拦不住她。老板娘还骂了一句，狗娘养的，不知让哪个男人勾上了。

他俩出了店门，王春宝说，看来黄花琴是有意转地方隐匿起来。白娃脸枯皱着，一筹莫展地说，这该怎么办？春宝劝他说，别急，你既出来了，多转几天，再找找。自己就又返回工地上工去了。

白娃一直找到深夜才回来，杳无音信，垂头丧气地躺在床上叹气。这时，同室的几个工友朝春宝喊着，宝子，你讲你兄弟会唱戏嘛，唱一段来。对呀，过年的唱一段乐乐！春宝就动员白娃，来，来，给大家唱一段南阳曲子戏，让哥儿们欣赏欣赏。

白娃来前春宝就给他说来了要给朋友们唱戏,自己虽然心情不好也不能推辞,便下了床铺坐在板凳上拉起弦子唱了起来:

> 王宝钏坐寒窑自思自叹
> 想起来平郎夫坐卧不安
> 清晨起平郎夫去打鸿雁
> 至如今天色晚还未回还……

唉,兄弟哥,大过年的,你唱那悲切切、凄凉凉的干吗!是呀,过年的应该唱那欢喜的,吉庆的!白娃心里说,不开心,唱不出欢喜的呀!可是,朋友们提出来了得满足,于是他强打精神,唱了一段欢喜的:

> 喜见得娇艳未减英气盛,
> 依然是柳眉杏眼水灵灵,
> 珠翠宝钿压双鬓,
> 流苏半掩桃腮红……

嘿!嘿!好!好!帐篷里的民工们个个欢呼雀跃,手舞足蹈!都夸白娃唱得好,有一个民工喊道,哥呀,我发现你咋光唱女人的戏!白娃嘿嘿一笑,哥虽是男儿身,长个女人心,浑身上下里里外外都是水做的,心不辣,手不狠,哪个女人给个笑脸,哥就想给人家以身相许!他们嘻嘻哈哈,打打闹闹,一直唱到后夜三四点钟。工棚里第一次出现这么热闹的气氛。

白娃又找了一个星期还是没见黄花琴的踪影。周六晚上,王春宝与白娃坐在工棚外边的砖头堆上合计这事。王春宝说,估计黄花琴可能离开深圳了。白娃摇摇头,不会。为什么?春宝眼盯着他问。白娃说,我观察了,深圳这地方谁来了也不会轻易离开的。也是,现在我就不想离开深圳。在这里浑身觉得有劲。春宝有点得意,掏出一支烟抽着说,马上就过元宵节了,你回吧,孩子还在家,我在这边留心看着,只要见着人影立即给你信。白娃说,找不着黄花琴我不回,回去心也不安。王春宝既理解他的心情又同情地说,深圳茫茫人海,不像丰和,更不像黄龙,找她也是大海捞针啊！白娃说,我就当大海捞针,我相信,只要捞,总能捞到。如果不捞,根本没有可能,除非海里没有针。我有个想法,不知咋样?

春宝说,咱弟兄们有啥不好说的,你讲。

白娃说,我想,也在你这施工队里边打工边找黄花琴,这样不会闲搭工夫。再个,过了元宵节民工们回来齐了,也没个空铺,我睡也没处睡,在这儿打工给你那包工头也好说。

王春宝吸着烟想了想说,这里都是重体力活你干不了。

白娃说,我也是堂堂男子汉干得了。

王春宝"哧"一笑,说,俺这个施工队可不是好进的,要口试的。他接着给白娃讲了自己的口试经过。白娃手顶着下巴颏思忖着,作打油诗不怕,自己肚里装恁多戏词,不会对不上。喝酒也不怕,至多是个大醉,就是吃六个馒头有点难,没恁大的胃。不过,馒头再难吃不是毒药,吃不死。不让喝水也没关系,过去的人征兵打仗几天几夜不吃不喝不睡也都能过嘛。他决定应试一下试试看。春宝答应给王经理通融通融。

也是到了第二天晚上下了工,王经理把全体没上夜班的民工集中到工棚里,开始对白娃进行口试。王经理搬个凳子坐下,点着一支烟吸着说,伙计,今天换换新花样,打油诗你就不作了,听说你会唱戏,你就唱段戏我听听。白娃一听,笑了。心里说,这不难。他心里又想,得唱段王经理爱听的,不能唱那陈词滥调,他眉头皱了几皱,有了,王经理来深圳几年了,深圳的建设有他的汗水,他对深圳肯定也有感情了,歌颂深圳他也会感到自己荣光……好了,来活词！他将大弦吱吱咛咛拉了起来,本不用拉那么长的过门——他是为了边拉边想唱词——大约拉了七八分钟,词想好了,也就开腔了:

> 唱的是深圳是个好地方
> 紧邻澳门和香港
> 国家政策一开放
> 清新空气扑南窗
> 南国一片好景象

　　　　车水马龙建设忙
　　　　一座座高楼拔地起
　　　　深圳速度美名扬,美名扬!

　　王经理鼓起掌来,大家跟着一齐鼓掌。

　　　　民工们干劲十足冲霄汉
　　　　王队长,王队长一马当先赛猛男
　　　　这精神鼓舞了多少青壮年
　　　　从四方拥到南海边
　　　　白娃我也想来到深圳干
　　　　卖了老婆,卖了老婆做盘缠……

　　哈哈哈哈! 帐篷里笑声一片。王经理也笑得前仰后合,手指着白娃,这家伙有才,有才! 真会编,真会编! 白娃却一笑也不笑地说,不是我会编,是我的真实感受。王经理没听够,还想听,说,你还会唱啥? 白娃心想,口试,得拿新鲜的,拿独招,拿别人没看过没听过的。他想了想,对王经理说,王老板,我家乡还有个地方小调,叫鼓儿哼,可惜我来时没带小鼓不能唱。旁边一个人鼓动说,敲洗脸盆。白娃说,行,得找搪瓷的,别找塑料的,塑料盆声音闷。还没有手打的剪板,他让人在床铺下扒拉出两块下角铁片当剪板,找来一根筷子敲打着脸盆唱起了小调鼓儿哼:

　　　　唱的是民国三十二年冬
　　　　忽然刮起一阵风
　　　　你知这风有多大
　　　　掀起碾盘如撂烧饼!

　　好家伙,这风够大! 王经理瞪那小伙一眼,别说话,听!

　　　　三山凹有块斜角地,

一下刮个方正正,

一个老汉在犁地,

一家伙刮到夏威夷,

一个大哥挑着担,

一阵风刮到驻马店,

驻马店,站一站,

呼又刮到阿富汗……

白娃停止唱,念白道,好了,不唱了,众朋友你说这风刮得大不大?

王经理上去握着白娃的手说,好兄弟,有你咱这工地就热闹了,兄弟们就不会烦心了,其他的口试就免了,你被录取了。白娃扑上去给王经理一个拥抱,谢谢你! 王经理! 以后我白娃就是王老板的忠实走狗,你指哪儿干哪儿,让干啥干啥!

王经理优待了白娃,不像王春宝来时当天晚上口试过就让去上夜班,白娃是第二天上午才让上班。他就分配到王春宝的同一个班里。班长让他扛水泥,他抱住一袋水泥往肩上挎,没挎上去可扭住了腰,疼得嘴咧着,口里直叫唤。班长让他回帐篷里休息。休息了一天,还没好,还在睡着。第三天王经理来到帐篷里拍着他的肩膀说,兄弟呀,咱这工地上不养闲人,整个深圳现在都不养闲人,说说唱唱只能是业余的,都得靠干活吃饭。你要是扛不了水泥推不了车,看能干个什么轻活儿? 白娃想了想说,我往工地上送饭? 王经理很爽快,可以。从此,白娃就负责往工地上送饭,这活儿很适宜他,一天早中晚三次送饭,送了饭他就可以去找黄花琴。他先是往饭店找,饭店找不到,他就开始扩大领域,往歌舞厅、夜总会、洗脚城、发廊里找……

一个多月后的一天夜里,王经理找到王春宝,头顶着星星来到海边,两人在一块岩石上坐下,听着涛声抽着烟。王春宝不知道王经理什么意思,也不吭声。过了一会儿,王经理过足了烟瘾,才开口说,本家,你那老乡不像是干活人。春宝一听觉得挺没面子的,毕竟是他介绍的人,他干笑着说,他爹是大队支书,从小娇生惯养,没力气。王经理又说,我咋看他整天没精打采,魂不守舍的。王春宝接话说,刚来,可能想家。还不是这个问题。王经理语气重了,说,实话给你讲,我安插人在他身后尾随了几次,发现他专往有美女的地方钻,你琢磨,弄不好,丢咱工地上的脸。王春宝心里一震,看来包不住了,但他觉得又不能给王经理说白娃是来找他老婆的,这丑事不能说出来,说出来连自己也丢脸。他想了想,对王经理说,我明天找他谈谈,他干得了就干,干不了就走人。

第二天晚上下夜班后,王春宝约上白娃,也是来到这个海边,也是坐到这块岩石上,也是吸了一阵烟后,他把王老板说的话一五一十告诉了白娃。白娃听后叹了口气,说,实话告诉你,哥,深圳这活儿我也真干不了,心里还惦记着友友,要么我就先回去吧,我也想明白了,黄花琴她该回去自己会回去,她不想回咱也真是踏破铁鞋无觅处。明天我就回。王春宝没别的话说,只说了一句,我还留着意,看见花琴的影就立马给捎信儿。白娃摇摇头,又叹口气,算啦!起初,你说大海捞针,我不服气,现在我服了。只有一句话一直没跟你说,来时宝山让给你讲,这里如果需要打工的,咱家可以组织人来。现在在村里建立了"创业基金会",谁有致富项目,可从基金会借铺底金,出门打工可提供路费。春宝点点头,我留着心呢。

次日早饭后,上工的人都上工了,白娃又挎上他来时挎的包,腋下夹着来时带的弦子往深圳汽车站去,只买到了下午去广州的车票。上午半天没事,坐候车室里着急,心才想到,不管怎么说,回去得给闪红红带个礼物,不带礼物可不好见闪红红。他卡着点去大街上逛商店,看衣服,看包,价太高,他带的钱也花得不剩多少了,而且又不知道哪一款她喜欢。再往前走一段路,看见个"丽莎化妆品"商店,他心里一喜,化妆品可以,闪红红一定会喜欢。他加快脚步进了店,到了店内,眼前一亮,四五十平方米的门店,货柜上商品琳琅满目,柜台内站的几个小姐都是身个高挑挑的,披肩发散在腰间,施粉抹黛,艳丽至极。加上那白衬衣粉红色套裙,个个比天仙还天仙。他心里说,这才真是美女,超过你十个闪红红,比败你一百个黄花琴,还东躲西藏的!羡慕是羡慕,欣赏是欣赏,那毕竟是镜子里的烧饼,悬崖上的花,看得见摸不着,还是得买化妆品拴住闪红红的心。他一靠近柜台,几个美女抢着打招呼,那流利的普通话甜得醉人。先生,您好!先生,您买化妆品吗?先生,化妆品有百雀羚、大宝、美加净……一个美女很小声地对他说,还有香港走私过来的进口货,兰蔻、雅诗兰黛、迪奥,没税,价不高。

白娃听着这种洋气的名字觉得好新鲜,也小声地问,二十四五岁的女孩适合哪一种?

迪奥！小美女滔滔不绝地介绍着迪奥的特性。白娃听说迪奥这么好，不管价钱贵贱下决心买了一套。正当他付了款拎着货要走时，看见从后台又出来一个美女，长头发盖着半张脸，比那几个美女还水灵，真的是，现代的美女胜过旧时的天仙了！他两个眼球就要蹦出来似的。那美女把滑溜溜的长发向后一抿，一张脸全露出来，白娃惊讶地张大了口，这不是花琴吗？黄花琴眼往这边一扫也惊呆了，白娃！她把长头发又一甩，垂下来几乎全覆盖了脸，迅疾得应该说是以比光速差不了多少的速度又钻进后台！钻后台也看见你了！白娃心中暗喜，真是踏破铁鞋无觅处，得来全不费工夫。夏元鼎先生你真伟大啊！一千多年前你竟能预测到白娃的今天！白娃的心怦怦跳，想着该怎么办。春宝给他讲过第一次见黄花琴的情形，他觉得应该吸取春宝上次的教训，不要急于上前搭话，店里那么多人，上前搭话黄花琴肯定会觉得下不了台的，极有可能会弄僵。他迟疑了一阵，从店里走了出来。他绕到店后面看了看，没有后门，华山一条道！他就在店门外一个圆球石磴上坐下来等候。

　　黄花琴此刻躲在货架的后边。心也在怦怦跳。奶奶的，鳖货咋找到这里的？一准是王春宝给他捎了信，可王春宝不会知道她来到丽莎化妆品店呀。连"北方面馆"也没一个人知道。她是春节初一那天碰见王春宝后迅速离开的。好在是那次身份证在自己身上，自己想走就走，说走就走；可这次身份证是押在杜丽莎手里，并且还有三千元押金，不容易再转地方的。她正月初二从"北方面馆"出来后，心想，不能在北方人开的店里上班，容易碰上北方人，说不定什么时候又会碰到王春宝。她在街上寻找新职业时看到"丽莎化妆品"店招人，心想，买化妆品的多是女人，而且这个职业工作轻松薪水又高就决定应试，店老板杜丽莎是个华侨女子，一眼就看中了她，聊了几句，问了她的一些情况，当然她说的都是假的，包括问她婚姻情况，她说未婚。杜丽莎也是单身，长她三岁，听说她也是单身，一拍即合，收下了她。她此时明白这次是溜不了躲不掉的，在想着如何应对白娃。她刚开始只想出来一段时间，把友友扔在家里让友友闹闹白娃，算是给他一个惩罚。但她现在有点热爱深圳这个地方，况且与丽莎姐和其他几个小妹都玩得挺好，有点舍不开了。

　　她正在忧愁，刚才卖给白娃化妆品的小美女掀开帘子进来了，嘻嘻笑着说，姐，你快出来看看，刚才那个买化妆品的乡巴佬还在石磴上坐着不走，咋看着神神经经的。黄花琴眼皮也不抬地说,管他的,没什么好看。小美女嘻嘻笑着讲道,他刚才买化妆品说是给二十四五岁的姑娘用的,看他那年龄,女儿不会有那么大年龄,老婆没那么小年龄,准是给小情人买的,看他那打扮也不会有女子跟他当情人。黄花琴听了心里一"咯噔",鳌孙白娃,你……有了,可以捏住他了。她又想,这事一定不能让丽莎姐和小妹们知道。可这货赖在门口不走,总得面对他,关键是怎么面对。她对小美女说,头疼,想趴着休息会儿。

晚9点,下班时间到了,黄花琴让小妹们先走她锁门,因为她是领班的,几个小妹非要跟她一起走不可,她只得跟大家一起走。她经过白娃面前时看见只装没看见,昂着头一直往前走,白娃也没理她。她走了一百多米扯谎说要去药店买点药便折了回来。白娃也一直保持一定的距离尾随着,她碰到白娃时,也没给白娃说话,而是扭头就走,白娃明白她的意思,撵在身后跟她走,就像电影电视里的特务接头似的。黄花琴走了很长一段路,才进了一个西餐厅,在二楼选了一个六号台坐下。她叫来一位服务小姐要了两碗加州牛肉面。看来黄花琴还是有情意的,白娃心里这么想。这时间黄花琴还没与他说话,低着头喝着服务小姐送来的柠檬水。

不一会儿,牛肉面上来了,黄花琴说了一句,吃吧!两个字,白娃心里热乎乎的,掂起筷子吃面,他先喝了一口汤,噫,味道鲜美,呼呼噜噜吃个不停。因为黄花琴不说话他也不敢说话。吃完了面,黄花琴将筷子一扔,背靠在沙发上说,你来干什么?白娃乞求地说,找你回家。黄花琴也不拿眼看他,斩钉截铁地说,不可能!白娃可怜巴巴地说,以前我是有做错的地方,对不起你,请你原谅。你知道友友哭叫妈妈的情形吗?你见了会比我更心疼。白娃说着从包里掏出来深圳前准备的照片。他知道黄花琴心硬,别看她不多说话,但哑巴蚊子咬死人,他担心自己说不通黄花琴,专门给友友拍了两张哭闹的照片装在包里,准备随时用。他把照片往黄花琴手里递,黄花琴不接,她怕自己看了心里更难受,但还是忍不住瞟了一眼,她能想象得到友友可怜的情形,忍不住落泪了。白娃见此又趁机攻心说,你听过《世上只有妈妈好》吧?……有妈的孩子像块宝……没妈的孩子像根草,友友现在就像根草啊,花琴!

黄花琴真想号啕大哭,可这里不是哭的地方,她只得憋住,让泪水暗流。过一阵,她冷静下来说,你可以让妖精去照顾你儿子呀!

白娃两手一摊,说,花琴,哪来的妖精啊?

闪红红！！！

黄花琴的话音如子弹出膛。白娃苦笑了一下，说，早掰了！

黄花琴忽地站了起来，抓起白娃放在餐桌上的迪奥化妆品厉声道，这孝敬谁的？

不是白娃忽视了这个细节，他有他的准备。他面不改色心不跳，一笑，说，孝敬你的呀，花琴！准备一旦见了你，给你的见面礼！

黄花琴一把抓过那盒迪奥摔出老远，嘴上骂道，去你娘的！假话贩子，你哄不了老娘！说罢拎起小包气冲冲地走了。

白娃顾不得拿他的大弦，只拎起他的挎包紧撵。出了门黄花琴站住说，你敢再撵一步我去跳海！黄花琴说完往路边走了几步，看见白娃乖乖地站在那儿，又补充一句，不准你再到我店里去，如果你再去，还是那句话，我去跳海！黄花琴说完，拦一辆摩的坐上走了。

白娃站着发了一阵呆。他想去找春宝，快快把这个消息说给春宝，请春宝帮忙拿个主意。走了几步他又停住了，心想，春宝管鸟用，他也不过只是个蠢材。他第一次见黄花琴一句话也没说就把黄花琴轰跑了，若不是今天自己想到给闪红红买化妆品咋也碰不到黄花琴。他的智商也不过是个生产队长的智商，找他还不如给宝山商量，宝山毕竟是个村支书。他主意拿定，想找电信局给宝山打电话，一看腕上的手表，已近 12 点了，虽然这不夜城还在欢腾中，但电信局这时肯定会下班了。他在附近找了个低档次的旅馆住下，第二天上午就去电信局给宝山通上了电话。宝山电话中给他说，你还去那个化妆品店找黄花琴，她不会跳海，她若跳海是不会告诉你的，她只是拿跳海吓你！她不让你去她店里，你偏要去！她无非是怕你去店里店里人知道了她的秘密，她待不下去，你只有去她店里抛出她的底细，她在那儿待不下去才有可能跟你回来。他想想宝山说得有道理，出了长途电话亭就往丽莎化妆品店走去。

白娃走到化妆品店门外，黄花琴就扫见了他，因为她在时刻保持着警惕。黄花琴又闪电般地溜进货柜后。她担心白娃再来，但没想到白娃会这么大摇大摆地到店里来。站柜台的还是昨天的几个服务小姐，但没人与他搭话了。他走到昨天卖给他化妆品的小美女面前，说，美女，黄花琴今天在吗？小美女摇摇头，这里没有叫黄花琴的。有，昨天我就看见她了，个子高高的……

小美女瞟他一眼，没等他说完就打断他的话，那是我曼曼姐！

我日,又改化名啦! 白娃心里说。脸上却强打笑容,对那小美女说,她就叫黄花琴,是我老婆。美女眼瞪得如鳄鱼眼似的,你有病吧?

　　我没病,一点病也没有,她真是我老婆。白娃有意把声音提高了些。几个服务小姐听了,觉得这个男人脑子真有毛病,一齐过来推着把他弄到店门外。白娃这时大声喊着,她真叫黄花琴,她不叫曼曼,她真是我老婆!

　　吵闹声中,过来一位年轻女子,她穿着一件吊带格格连衣裙,长得十分洋气,一头金黄色的烫发,高高的鼻梁,白皙的皮肤,戴着一副金丝眼镜,显得文静秀气又大方,华侨似的。没错,她就是华侨的后裔,杜丽莎。改革开放后由泰国来到深圳开店,店名就是根据她名字起的。她上前问道,干什么的? 干什么的? 几个服务小姐把刚才白娃的话学说了一遍。她听了黄花琴三个字,眉头一皱,怔了一下,没错,曼曼的真实姓名就叫黄花琴,这个秘密在店里只有她知道。可黄花琴一直说没有老公啊! 她笑吟吟地问白娃,先生,你要是脑子没毛病,可不能随便说我的员工是你老婆,这不是闹着玩的啊! 几个服务小姐旁边也嚷着,用带有吓唬的口吻说,你快走吧,别惹我们杜经理火啦,我们经理一火,你想走也走不掉。

　　白娃一听眼前的洋女人就是老板,便往包里掏出结婚证。精明的白娃早有准备,他担心黄花琴一旦跟人私奔或是骗走,他得有证据得到当地有关部门的法律援助,所以出来找黄花琴时,他就翻箱倒柜找出与黄花琴的结婚证带在身上。他把结婚证递给杜丽莎,杜总,你看。

　　杜丽莎一看结婚证上的照片,傻眼了,是黄花琴,他俩真是夫妻关系。她没有声张,五指并拢朝白娃打着手势,跟我来。白娃跟着她进了办公室。办公室很小,只有七八平方米,一张办公桌,一把椅子,一张两人简易沙发。她简单地问了白娃一些情况,便让人喊来黄花琴。黄花琴一进屋就放声大哭,哭了一阵才说,姐,我对不起你,我不该骗你! 我也是没办法,他是个花心大萝卜,不是逼到这一步,我也不会……

　　她把白娃与闪红红的勾搭数落了一遍。杜丽莎对他俩诉说的是是非非不作评价,只问黄花琴愿不愿意回去。黄花琴仍哭着说,我死也不回去,我就在这里跟着您干,我会忠心耿耿地跟您干! 杜丽莎看看白娃说,侯先生,你看,她不愿回,我也得尊重她的意见。

　　白娃这阵儿不害怕了,眼瞪着黄花琴说,你是我老婆,你就得跟我回!

我不回,我有我的自由!黄花琴的声音比白娃的声音还高。

杜丽莎又看着白娃说,侯先生,男女平等,你懂的!在哪里劳动曼曼有选择的权利,你无权干涉。

杜经理讲得有道理,白娃翻翻眼没啥说。他又从包里掏出友友哭着的那两张照片递给杜丽莎,杜总,这是孩子,你看看,我既当爸,又当妈,带不了,她不管我,总得带孩子吧!

黄花琴这时不哭了,她觉得哭解决不了问题,反而显得自己懦弱。她手指着白娃说,我带了六年,你带三个月就带不了!……

白娃忽然站起来手也指着黄花琴说:女人生来就是带孩子的。

杜丽莎打打手势让白娃坐下,然后微笑着对白娃说,侯先生,你这句话错了,带孩子不单是女方的责任,是男女双方共同的责任。

黄花琴听了这句话,觉得自己有了底气咬着牙说,侯子耀,我要跟你离婚!

白娃嘿嘿冷笑着说,离婚?离婚也得回家离婚。

杜丽莎这时站起来说,你两个现在不要轻易讲这个话题,既然侯先生来了,你俩到宾馆住下,坐下来好好谈谈。

我不去!黄花琴扭头跑了。

杜丽莎喊来一位保安,让带侯先生到附近的锦江宾馆住下。她出了办公室,开上自己那辆浅绿菲亚特小轿车一溜烟跑了。

白娃在宾馆等了两个多小时也没见黄花琴来,他想想还是得给宝山打电话。宾馆有总机,他让总机开通了长途电话,联系上了宝山,他给宝山讲,店里的女老板袒护黄花琴,他一个人力单,估计把黄花琴带不回去。希望宝山来一趟。宝山你是村支书,可以代表地方政府来给洋女人谈谈。宝山听到最后说,他担心自己也对付不了那个洋女人,更担心自己代表不了地方政府来处理这件事。

柳大林租了一辆六成新的桑塔纳轿车,按照白娃说的路线图驶往丽莎化妆品店。

事情的经过是这样的,宝山接到白娃的电话后,他想:凭自己的本事没有把握把黄花琴从一个洋女人手里叫回来,再说自己是一个村干部怎么能代表地方政府去救助呢?他想要大林去一趟,但知道大林工作挺忙不会有空管这种闲事。他在犹豫中去了镇上，见了大林却又不好开口，大林看出了他的心思，一再问他，他才说出了事情的原委。没想到大林听了喜出望外。大林说，县委前天来了通知，最近宋书记要带领各乡镇党委书记及县直有关部门一起去深圳招商，要求各单位提前做好准备，利用各自人脉关系，联系到深圳的客商。大林正愁黄龙镇没有在深圳工作的人，找不到关系户，虽然郝老师和妮妮在深圳，但他们也刚去不久，人生地不熟的，也没有可能联系到商人。所以听了宝山介绍的洋女人非常有兴趣。宝山不以为然，一个卖化妆品的女人不会有多大能量的。而大林的判断是：那个洋女人不会是个简单的女人，要知道，卖化妆品先要有一定经济基础的，背后一定是有靠山的，而且也一定是个上档次的人。她在深圳不会没有人脉关系。所以，他第二天就带着宝山往深圳来了，想见一见洋女人杜丽莎。

大林在此之前还从没有坐过桑塔纳轿车，这次之所以要租一辆轿车就是讲点派头，不能让洋女人拿眼小看他们。司机一直把他们拉到丽莎化妆品店门口，快下车的时候，他嘱咐司机等候着他们，需要付多少钱就付多少钱。

杜丽莎和几个小姐正忙碌着营业，看见来了小轿车，心想一定是个大客户，忙迎了出来。大林一身深蓝色的西装，内套白衬衣，打着红领带，配着三七分头发，风度翩翩。杜丽莎一看，心里乐开了花，果然是个大客户，微微向前倾着身子打着手势甜甜地说，先生，请！大林一看，洋女人果然不凡，且不说穿着花哨，浓妆艳抹，单凭一个手势和甜润的声音，就知道是一个极有修养见过世面的女人。他断定她就是杜丽莎。他笑微微地点了点头，宝山跟在身后一同进入店内。

黄花琴这时正在给一位顾客介绍产品，看见大林和宝山进来，立刻有点惊慌，但前边有白娃铺垫过，她知道后边还有戏，又立刻表现出一种镇静，朝宝山喊了一声，姐夫来啦！

杜丽莎一愣，说，这是姐夫？

黄花琴点点头说，是我姐夫！村里支书。黄花琴灵机一动，又指着大林给杜丽莎介绍说，这位是我表哥，镇上书记。

杜丽莎似乎对村支书这个职务不明白是什么，但对镇书记有点高看。她明白了他们是要来干什么的，兴致陡减，淡淡地说，请到我办公室坐吧。

大林和宝山跟着杜丽莎来到办公室，坐在那张二人沙发上。杜丽莎给他们倒了茶后,坐到了自己的椅子上说,二位是来带曼曼……她不好意思地摆摆手说,不好意思,我习惯喊曼曼,是来带花琴回家的吧?可惜她跟我签了三年合同还没到期。而且她很会工作,我也无理由解聘。大林连连摆手,不是,不是,杜总误解了,我们不让花琴回去,她能在你手下工作是她的荣幸,也是我们求之不得的,我们现在还正想方设法组织人到深圳搞劳务输出呢!

杜丽莎没有想到柳大林说出这番话,瞪着一双疑惑的眼睛问,真的吗?

柳大林点点头说,杜总面前,哪有假话。杜丽莎觉得这个领导这么大度,跷起大拇指说,书记就是书记的水平!她又客气地过来添水。大林接上说,杜总,说实话,我们这次来是想与您攀亲!杜丽莎一愣,不明白地摇着头,NO!NO!柳大林也用英语跟她说,Absolutely!杜丽莎想不到面前这位乡镇干部能用英语跟她对话,分外高看,又一次跷起大拇指说,Good!柳大林笑着从包里掏出来事先准备好的一份丰和县县情简介和一份丰和县委政府名义邀请出席在深圳举办的招商会的请柬,弯腰恭敬地递给杜丽莎。

杜丽莎接过一看受宠若惊,头摇得拨浪鼓似的说,我呀!一个卖化妆品的是见不得世面登不了大雅之堂的。大林看了杜丽莎一眼说,杜总说错了,卖化妆品的人就是女人的美丽天使,没有生产化妆品的,没有销售化妆品的,那些美女何以能成为让人羡慕的美女,她们又怎么能在自己老公面前,以及又怎么能走在大街上那么高傲和自信!杜丽莎听得心里美滋滋的,眉传情目含笑地说,也是这个时代造就了这个行业的发展。大林点点头说,也是,不过,爱美是女人的天性,化妆是从古就有的事,苏轼就曾有诗句:夜来幽梦忽还乡,小轩窗,正梳妆。杜丽莎深深被柳大林的气质和才华所折服,她喊来花琴,让安排餐馆,中午请大林和宝山吃饭。

吃饭中间,双方谈得非常愉快,杜丽莎对柳大林说,看您这么有诚意,我动员我家老爷子出席会议,好吗?当然好!柳大林又问,令尊大人从事何业?杜丽莎说,搞服装的。大林听了激动得两个巴掌拍在一起,太好了!他给张宝山递了个眼色,让宝山到吧台买单,自己接着给杜丽莎介绍黄龙镇的服装市场需求。最后,他对杜丽莎说,我们干脆登门拜访老爷子吧!杜丽莎说,老爷子正在泰国呢!大林赶忙又掏出一份县情简介和一张请柬填写上"杜先生"三个字,恭恭敬敬地递交给杜丽莎,杜丽莎说了一句:Thank you!然后将请柬装进包里,掏出一沓子钱要去买单,大林说,已买过单了。杜丽莎浅浅一笑说,这怎么好意思呢？柳大林说，今天本就该我们请您。杜丽莎说，好吧，改日我再请您。

大林和宝山回到酒店，白娃正在门口迎候，他已等得十分焦急，看见大林就问，怎么样了？黄花琴回家吗？大林边往楼上走边说，不要急，慢慢来。白娃脸一枯皱说，咋不急，这么些天了，黄花琴还不拢我身。大林瞥他一眼说，瓜熟蒂落，水到渠成，你急什么？你先准备两出戏，周日跟我一起去参加县里的招商会。宝山接上去问，我呢？大林眨着眼想着，宝山是村支书，资格够不上参加县里的招商会，待在这里也没用，就让他先回家。

周日上午，杜丽莎果然带着父亲来到深圳锦江宾馆出席丰和县委县政府的招商会。宋立功书记没想到这次招商会竟能请到一位华侨先生，很是高兴，当然对这位华侨先生高看一眼。虽然招商会邀请有上百人，但大都是丰和县在广州深圳工作的人或在深圳务工经商的小老板。宋书记特意在开会时将杜思先生安排在第一排的中间位置。杜思先生身个不高，一米六的样子，瘦骨嶙峋，鼻梁上架的一副金丝眼镜与稀疏的白发很相配，显得很儒雅有风度，在会场与他女儿同样吸人眼球。中午宴会宋立功坐在主陪位置，县长鄢海宾坐在副主陪位置。将杜思安排在第一主宾位置，另一位客商安排在第二主宾位置。杜丽莎安排挨着她父亲坐着，第一席上除了坐的重要客商，就是县里领导。因杜思先生和杜丽莎是柳大林请来的，也就安排坐在第一席。其他与会人员都在拿着会务组发的单子忙着找自己的席位，整个宴会厅闹哄哄地没有安静下来。杜思先生朝柳大林招招手让他过来挨着自己坐。杜思只是听女儿简要地给他说了黄龙镇的服装市场情况，刚才的新闻发布会上，他也只听了县委书记介绍丰和县的大概情况，他想详细地了解丰和县及黄龙镇的市场行情及消费水平，所以，大林一坐下，他就问个不停，问得很仔细很具体，连年轻女人穿的上衣钉三个纽扣还是五个纽扣他也问，柳大林一一回答介绍。他不住地点头，伸出大拇指，显然是对这位年轻人的回答表示满意。

午宴正式开始了。宴会也是庄重而有秩序的，鄢海宾县长主持，宋立功书记致祝酒词。祝酒词自然是些客套话，用得最多的关键词就是"欢迎""谢谢"，当然也有重复介绍丰和县情的话，那些话少不了王婆卖瓜自卖自夸，什么"人杰地灵""物华天宝""交通便利""投资的热土"，等等。当然要比上午的县情介绍简单得多。在宋立功的最后一句，现在我提议为什么什么而干杯的话落音后,相互的碰杯声和恭维客气的话语声交织在一起,整个宴会大厅热闹起来。招商会前,大林给宋书记汇报让白娃留下参加今天的午宴,唱几段地方戏为宴会助兴,宋书记当时听了十分高兴,赞扬他这个点子出得好。大约过了半小时,宴会热闹的气氛开始降温,大林走到宋书记跟前耳语了一句,可以开始了吧?宋书记点点头,嗯,开始。大林说,让鄢县长上台给大家说一声?宋书记摆摆手说,小事情,用不着,你讲一句就行了!大林便走上主席台,笑微微地朝大家招招手,也没用麦克风,大声喊道,大家静一下,安静一下!待大家安静之后,大林说,为了给各位领导各位来宾助助酒兴,我们专门请来了我们丰和县黄龙镇的一位年轻艺人,为大家唱几段南都曲子戏,请大家边听边喝酒。

一听说南都曲子戏,在场的人欢呼起来,在外的游子最爱家乡戏,宴会厅里一片掌声。白娃上场给大家深深鞠一躬,便坐在凳子上拉起了弦子,这时间没人喝酒,目光一齐聚焦在白娃身上,等他唱戏。

白娃唱着《火烧春秋楼》中当地农民起义领袖王当的一段唱:

远看见高高春秋楼

半截钻在天里头

高楼上住着戴王贼

楼底下穷人血水流

要报仇,要雪恨

杀不掉戴寇誓不休

众乡党心合生一计

要烧春秋楼,棉被蘸桐油……

杜思先生听到此处心里一震,嘴里小声默念着"要烧春秋楼,棉被蘸桐油"。他侧过脸问宋立功,这戏是你们移植的还是地方戏?宋立功回答说,地方戏。我们那里有个赊旗镇,赊旗镇有个春秋楼。当地艺人根据历史传说,自编自演的。杜思点了点头。这两句唱词他小时候就听爷爷唱过。杜思祖籍本是山西,天祖父杜道强有一身武艺,清朝道光年间在赊店广盛镖局当镖师,多次领趟子手负责给富商押运金银,道光丙戌年中秋节前,山西一陈姓富商在商埠重镇赊店发了洋财,要广盛镖局保镖往山西老家押送一批银子,银子足足装了四辆手推车,每车两箱。因银子数量巨大,镖头就让天祖父杜道强带领四名趟子手押送这批银子。以往这种押送都走官道,以防劫匪。镖头知道这批银两数量巨大,怕引人注目或者是走漏了消息,这次不让走官道,改走偏僻山道,白天歇息,夜晚行军。许是有人走漏了消息,离开赊店向西行走百余里,已是后夜,到三山凹境内突遭土匪袭击,土匪约有二三十人,趟子手只有四人,包括杜道强也只五人,他们武艺再强,也寡不敌众,四名趟子手全部被杀死,银子全部被劫走,天祖父杜道强因滚下山崖免遭一死,但遍体鳞伤,他醒来后,忍着浑身伤痛趁月黑星稀摸到一户人家,敲开了门,说明了来由,老太太收留下他,藏在麦草窝里,住了十几天,养好了伤。天祖父因为负责趟子手一路生活住宿,身上藏掖有几锭元宝,临走时要留下一锭元宝给老太太,老太太婉言谢绝,要他快走逃命。他想,赊店不能回,山西也不敢回,回去怕用全家性命也赔不起陈家的银子,便带着身上仅有的几锭元宝跑了两个月,在广东潮汕一富家当保镖。掌柜的看他英俊潇洒,艺高胆大,忠厚诚实,便将女儿许配与他一起做生意。到 19 世纪初,天祖父随同岳父一家迁移泰国定居经商。天祖父年迈时给高祖父讲了三山凹麦城之困和三山凹遇救的恩情,说天年之余要去三山凹报恩,但隔海离洋,只是心愿,完全没可能实现。天祖父讲给高祖父,高祖父讲给曾祖父……说天祖父那时苦闷时爱唱一段戏,戏词一代一代往下传,越传越少,到他这一代只记住"要烧春秋楼,棉被蘸桐油"这两句。

三山凹在赊旗境内吗? 杜思先生又问宋立功。宋立功答,三山凹在我们丰和县,他说着指指柳大林,这年轻人家就在三山凹。柳大林惊奇地问,杜老怎么知道有个三山凹的? 杜思先生端起酒杯,来,来,我给你这个年轻书记碰一杯。碰过杯,他又给宋立功碰了一杯,讲起了他天祖父的那段故事。杜思先生话刚落音,柳大林就接上去说,哦,杜老,我童年时候听老爷爷老奶奶讲过这个故事,但有多个版本,那时听着如听天方夜谭,没想到是真的。杜思说,是真的,不是天方夜谭,俺家谱上写的有。宋立功和柳大林听着觉得有了机遇,又给杜思先生回敬了几杯酒。柳大林趁敬酒时又说,既有此说,我们诚意邀请杜老抽时间到三山凹去看看。杜思先生连声说,要去看,要去看,了却我天祖父的夙愿。柳大林提出和杜老合影留念,杜思先生爽快答应,并喊杜丽莎过来拍照。拍照之后,又与宋立功合了影。柳大林喊鄢县长过来合影,却不见鄢县长哪儿去了。最后宋立功要杜思先生代表客商上台讲几句话,杜思先生说,他今天不讲了,等他腾出时间去丰和县考察了三山凹再讲。柳大林上去紧紧握住杜思的手说,杜老,您一定要去,我在三山凹等您老人家。这时,杜思说了一句潮汕话:哇(我)一定库(去)!

杜丽莎开着那辆菲亚特小车驶往轩尼诗酒店。父亲是在宴会结束后就往香港去了。父亲去时嘱咐她要好好款待柳大林,找一个好的酒店住下,并要安排套房,请柳大林吃个晚餐。老头子说的正合她的心意。因为前天请吃饭柳大林没让她买单,她觉得这个情谊应该补上。晚上,找了个西餐厅,要了个雅间,她没有约别人,只约黄花琴参加,因为柳书记是黄花琴的表哥嘛!白娃来会影响气氛,也就没邀请他。宴前,黄花琴施了一小计,给杜丽莎说他表哥酒量大,两人合计好晚上好好灌他几杯。杜丽莎拿的是洋酒,这种酒大林没喝过,度数低,口感好,不呛嗓子,但后劲大,不像丰和县酒厂的红薯干酒度数那么高,喝着辣。他也没设防,况且杜丽莎请他喝酒,他必须得讲礼貌,敬酒不能拒之不喝。但没想到洋酒醉了比喝白酒醉了更厉害。他一上车就哇哇呕吐。杜丽莎让黄花琴坐后排招呼她表哥,这正迎合她黄花琴的心。其实黄花琴今晚没有多喝,虽然她喊叫着喝个一醉方休,其实她在杯子里偷偷加上矿泉水,她坐在车上装晕,几次歪倒在柳大林的怀里。车子驶到了酒店大堂门前楼檐下,杜丽莎把车子靠边停下,打开车门,扶柳大林下了车。他是真醉了,走路跟跟跄跄的,杜丽莎、黄花琴各扶住柳大林一只胳膊上楼。走到大堂,她喊服务员小姐先上楼打开房门,她俩扶住柳大林上到了三楼,进了房间,柳大林就呜呜啦啦地说,不要……套间,一张床就够了……浪费了。杜丽莎解释说,这是老爷子的心意。接着又对黄花琴说,你照管好表哥,我得赶紧去车站接个客人。她说完就走了,走时也没注意带门。这是个两连套房,内间是卧室,外间是客厅。黄花琴一进卧室就嚷着,怎么这房子会转圈呢?床子怎么不放在地板上而在房顶上呢,晕了,彻底晕了!她说着扑通躺倒在床上。柳大林被她这突如其来的动作吓得酒醒了,喊着,花琴,你别……别!黄花琴一副醉态呵呵笑着,边笑边说,大林哥,我伤害了你一辈子,也毁了我自己一辈子,我有眼无珠啊!她说着双手捂住脸呜呜哭起来,边哭边说,也是白娃心术不正,他当时车子把别歪,我就是你的媳妇了,我现在也是书记太太……太太啦!大林听了解劝她说,过去那事就翻页了,现在都有孩子了。

黄花琴又忽然从床上坐起来,揉着流泪的眼睛说,我知道我现在即使离婚你也不可能娶我了,《白蛇传》上唱的,千年修得同船渡,万年修得共枕眠!我黄花琴没有修行到,没那个福气,我只求今晚陪你一宿,也算弥补我对你的伤害,你也让我幸福一次。大林一听更慌了,忙说,不……不……不要……不能……黄花琴突然呵呵浪笑着,我脱了衣服你看看,皮肤白净净的,虽然生过娃,肚皮上没有妊娠纹,不胖不瘦,身上有肉,摸哪哪光,就像气球装了水一样滑溜溜的,与你那煤气罐老婆绝对两样。

七八十年代,人们耻笑个子又矮又壮的女人,背后谈起来不称"煤气罐"就说是"炮弹个"。黄花琴说着就要解扣脱衣服。柳大林虽被她说得心里痒痒的,神魂有点飘荡,浮想起她当年校花的模样,但那时是雾里看花,水中望月,后来即将成为自己的老婆,却突然变成打碎的镜子,化为黄粱梦。黄花琴已掀起上衣,露出白嫩嫩的肚皮,圆鼓鼓的奶子,既诱人,诱得让人流口水,诱得让人心荡魂飘……又吓人,吓得让人如临深渊,稍不留心眼一黑就会一跌万丈……人往往是从噩梦中惊醒的,柳大林此时出了一身冷汗,这冷汗从脚后跟一直凉到脑门后。他用力扯起黄花琴的胳膊拖下床,花琴……不……不能,我虽然内心深处也曾爱过你……虽然没从我记忆里抹掉你,虽然可能会死灰复燃,但……但我不能犯错误!

黄花琴听大林这么说,心里有了底:他不讨厌我。又呵呵笑着继续进攻说,你爱我,我爱你,两情两愿,这算什么错误?再说,这事你知我知天知地知,别无人知,这房间也只有丽莎姐知道,别人也找不来的。

柳大林不管她咋说,用力坚决往外推着她的身子说,不行……不行……虽然我们曾经有爱,但手中没那张纸,没有那张纸,那样……就是错误。大林尽管很用力,但毕竟醉了酒,两腿和两只胳膊无力也推不动她。黄花琴见柳大林死心不让她留宿,便用乞求的目光望着面前这个男人说,大林哥,你若真不让我今晚陪你,就让我抱抱你,抱抱不犯错误。柳大林也想抱抱她,但怕两个身子粘在一起就有可能掰不开了,摇摇头说,也不行。黄花琴挣脱他的胳膊,又"扑通"倒在床上,说不抱就干脆睡下不走。柳大林怕她赖在床上不走,又慌忙把她从床上拽起来说,好,好,可以来个拥抱。因为他认为西方式拥抱也就相当于我们中国人的握手嘛,只是中国人不习惯,这个应不算越雷池。黄花琴一听,呼地从床上起来兴奋得如狼似虎般地扑上去抱住柳大林,伸出舌头要往柳大林嘴里塞……

卧室的门突然被推开了，白娃的头伸进来，瞪着一双惊愕的眼睛。

谁也想不到白娃会从天而降。问题出在杜丽莎那里。杜丽莎下楼后想起柳大林的行李还在锦江饭店，因她急于去汽车站接人，就想让黄花琴去取，又考虑到黄花琴得照顾柳大林，便往锦江饭店白娃住的房间试着打了个电话。结果白娃接了电话，她就让白娃把柳大林的行李送到轩尼诗酒店三楼 306 房间。白娃立马让服务员打开柳大林的房间，拎出柳大林的行李来到了这个房间。

白娃把柳大林的行李往地板上一扔，呵呵冷笑着喊道，今天我总算真正知道我戴绿帽子了，总算真正知道你柳大林当时为什么不让广播找这个贱女人，总算真正知道你柳大林这几天一切小活动为什么都背着我，真正知道你为什么提前又支走张宝山！他又恨得咬牙切齿地指着黄花琴说，现在我才明白你个贱女人为啥不安安生生跟我过日子，原来你是个爱攀高枝嫌贫爱富的骚货！当初你咋不嫁给他呢？当初他穷他贱……现在你看他高贵了，又想吃回头草？没门！他转过来又骂柳大林，整天你装模作样跟人一样，原来也是条色狼，朋友妻不可欺呀，虽然……虽然……那时候……可她现在毕竟是我的老婆啊！名正言顺的老婆啊！合法的老婆啊！

柳大林脸红一阵，白一阵，气得身子哆哆抖，嘴却说不出话，憋了好几分钟，才说了一句话，子耀，请你相信我，我们什么也没有做，真的！

白娃又冷冷一笑，相信你？相信你就是让蚂蚁管糖羊管菜园。大林坐在沙发上又是脸红一阵白一阵，不辩驳。白娃指指大林说，柳大林，咱俩回去再算账！我非给你告到鄢县长、宋书记那里不可！然后一转身扑上去凶狠狠抓住黄花琴的衣领子，狼一般吼道，走！快跟我走，一个当代西门庆，一个当代潘金莲！黄花琴毫不示弱地骂着，狗屁！你才是当代渣男！"啪"地给了白娃一个巴掌，把他推了个趔趄，夺门而出。白娃这时顾不得再找柳大林麻烦，只扭回头恶狠狠地瞪了柳大林一眼，慌忙出门追赶黄花琴去了。

十二

　　张宝山正在家里吃早饭，忽听大门外一个女人狼嚎一般哭着，撕心裂肺地喊道，张支书，豹子死啦！豹子死啦！宝山一惊，手中端着的饭碗"啪嗒"落地摔成两半。黄新月觉得不吉，瞪他一眼，骂道，你也慌着去死的！宝山不理她，脚步还没跨出大门，哭喊的女人进了院，头发乱蓬蓬的，哭成了泪人，不用看，是丹桂香。他焦急地问道，豹子是咋……咋死的？没等他话落音，丹桂香又哭号道，豹子他哥也死啦！胡玉才也死啦！张宝山心在颤抖，咋回事，咋回事？你快说！丹桂香哭得嗓门噎得说不成囫囵话，红薯窖……红薯窖……死到窖里了！宝山说，别……别哭了，快带我去看看。丹桂香领着宝山一口气跑到她家门前，红薯窖边已站了一群人，七言八语地议论着，看到宝山，目光一齐聚向他，问他有什么办法救人？宝山先问情况，丹桂香哭得说不成，胡玉才老婆毕竟年岁大些，擦着眼泪说着这恶性事故发生的过程。

　　没吃早饭时，豹子和哥哥胡玉才来到红薯窖旁，要把窖里的几筐红薯捡上来摆红薯母用。弟兄俩商量过，豹子下窖里往篮子里捡红薯，胡玉才站在窖口往上提篮子。没想到豹子跳下红薯窖不到半分钟，两腿一蹬不动了。胡玉才见此情形，以为豹子摔着了，急忙跳下去拉豹子，没想到一跳下去，与豹子一个样，两腿一蹬也不动了。胡玉才老婆见他弟兄俩跳下去都没上来，就站在窖口可劲地喊，两人都不应声，这才怀疑他弟兄俩都死了，她赶紧让丹桂香去找村支书，她喊来七邻八舍。宝山一听明白了，窖内肯定是产生了毒气，但也不清楚是什么毒气，让大家都不要急于下窖捞人，他先请教科技人员。宝山到村部往镇政府农技站打电话，给王站长报告了情况，王站长告诉他，红薯在窖中贮藏时，O_2（氧气）充足时进行有氧呼吸，吸收 O_2，放出 CO_2（二氧化碳）和热量，当 O_2 不足时，红薯进行无氧呼吸，产生酒精、CO_2 和热量，引起红薯腐烂，产生有毒气体。

春季过后,气温回升,红薯的呼吸增强,窖内最易排出 CO_2 和有毒气体,人下窖前,一定要先用油灯试验,如灯不灭,才能进窖。宝山听后,明白了事故的原因。他返回到红薯窖前,让丹桂香找煤油灯,村里两年前已通了电,家家户户用电灯,煤油灯早扔掉了。宝山没吭声,他跑到国超家的"日用品大世界"买了两支蜡烛,插上铁丝,用小绳子拴紧,划着火柴燃着,慢慢放进红薯窖内,两支蜡烛燃烧了一个多小时,宝山估计窖内的毒气已经排出了,自己就跳进窖内,先把胡玉才的尸体扒开用两手托住上来,窖口上站的人把胡玉才的尸体接住后,他又把豹子的尸体托上来……两具尸体摆在胡家门口,胡家一家人鬼哭狼嚎一般哭叫不停,不少围观的人也落下了泪。这时站在一旁的黑炭娃说,报应啊,兄弟俩作恶太多了!宝山瞪他一眼,人都死了,还瞎胡说什么!

胡家人哭够了一阵也就不哭了,他们附近的亲戚也都来了,把宝山请进院里商议如何办理胡家二弟兄的后事。丹桂香这时虽然没哭出声,但还在不停地抽泣。胡玉才和豹子一死,她就算胡家有脸面的人了,她毕竟在村里的代销点干了几年,人又长得漂亮,能与人搭上话。丹桂香掏出手绢蘸了蘸眼角的泪水,然后说,张支书,豹子和他哥这也算是因公牺牲吧?

因公牺牲?宝山两眼一骨碌,心里打起小鼓。他没想到丹桂香会提出这样一个问题。他不好立即回答,先说了一句,我早宣布过,不允许喊我张支书,支书不是国家干部,不算个啥官,就是为村民们服务,况且又都是抬头不见低头见的乡邻,喊我支书是见外,是感情疏远,谁要把我当成自己人就直呼其名,叫宝山,或是按辈分该咋称呼咋称呼。丹桂香说,那豹子你叫哥,你得叫我嫂子,我就叫你宝山吧。宝山点点头,默认。宝山前面说这段话的目的是在考虑如何回答丹桂香提出的问题。这时间讲话,既不能讲得伤感情,又得说得入情入理。他明白丹桂香为什么提出这个问题。这是因为,他和"粉皮张"去了南京喝了南京的鸭血粉丝汤后,"粉皮张"也说南京粉丝确实好吃,特意打听了南京粉丝的销售点,去原地买了几斤回来,送到县上食检站化验,找出了其中成分,又精细研究,反复琢磨,制出的粉皮粉丝赶得上南京粉丝的口味,第一批拿到集市上抛售一空,好多买主要货无货,宝山就开支部会决定大力开发栗子香"三粉"(粉丝、粉皮、粉面)。要发展"三粉"就要扩大红薯种植面积,前几天开了村组干部会,发动家家户户愿意多种红薯的就扩大种植面积。宝山也明白,丹桂香话意是因为她丈夫兄弟俩为响应村里号召,扩种红薯,培育红薯苗,才引发了这场祸事。宝山想了一阵后说，参加对越自卫反击战阵亡叫牺牲……对，大林他爹1958年"大跃进"修水库放炮被炸死叫因公牺牲，这……这……算不算因公牺牲？政策我还真吃不透，以我看肯定是事故……这个……这个……

照你说这，他兄弟俩算是白死啦？丹桂香抬起头不满意地打断宝山的话。

宝山吸了口烟，说，这个，先不下结论，这个可以请示镇上。

说话间，门外传来咣当当的自行车声。大家不由得一齐歪着头向大门外张望，看见是大林带着镇上民政助理和农技站王站长一起来了，忙一起出去迎接。王站长说，他听到宝山报告的情况后，立即报告给大林书记，大林书记一听，说，出了这么大的事故，得去看看，别说是三山凹，就是别的任何村也得到现场看看，去年暑假张店村发生了一名学生溺亡事件，他就亲去看望。王站长说完，就跳到红薯窖里，观察了一阵后，捡了几个腐烂的红薯放筐子里提上来说，确实是窖内产生了有毒气体，造成人员中毒死亡。大林看着宝山很沉重地说，以前缺乏这种常识，要抓紧给广大农民宣传这种常识。又扭头对王站长说，全镇都要宣传，杜绝此类事故再次发生。宝山连连点头，马上宣传，马上宣传！他心里有了谱，大林的话中也带了"事故"二字。胡家的人搬了几把椅子让大林和镇上来的几个人坐下。大林问了具体过程，丹桂香谈了具体过程后，大林看一眼民政助理，问，有没有这方面的照顾政策？民政助理说，家庭经济困难的至多可以给五十元救灾资金，不过，一家弟兄两个同时……这算是个大意外事故，我们可以给县民政局汇报一下，争取再增加点救济金，照顾到一百元吧！大林又看看宝山，你说呢？我们开个村委会研究一下，也想办法给点照顾。大林看着丹桂香和她的家人们说，对玉才哥和豹子发生这样的悲剧我们也很痛心，但这是无力回天的事，你们也都要节哀，保重身体，把玉才哥和豹子安葬好，让他们在天堂也安息。然后，大林起身面对胡玉才和豹子的遗体鞠躬，王站长和民政助理也都跟着鞠躬，三鞠躬后带着沉重的心情离开了。

周日中午，方占坡约着原来的陶副主任现在的陶副局长来到白娃酒店吃饭。方占坡自带了一瓶绵竹大曲，用一个手提袋拎着。他走到院里就大声喊着，小姐，有没有雅间？白娃一听这人带着官腔，而且声音似乎熟悉，头探出来，一看是政府办方主任。因为方占坡带着一个检查组到黄龙镇他搞的废旧钢铁市场检查过他认识。他忙迎上去，说，有，有，大官来了没有也得有。方占坡

"哦"了一声说,你怎么认识我?白娃知道他是装的,也故意打着哈哈,老百姓认识领导,领导不认识老百姓,很正常。方占坡又指指陶副主任,问,认识这位领导吗?这才是大官,交通局陶副局长。久仰!久仰!白娃说着带他们到了黄山厅,叫来服务员沏茶、点菜。

方占坡从手提袋里掏出那瓶绵竹大曲,说,我们今天是到街上随便找个地方小吃一下,一看你门上的对联,产生了兴趣,就进店来了!老板你忙你的,我们自斟自饮。方占坡说的不是真话,他是有备而来的。他姨父鄢县长从深圳招商回来那天晚上,政府几位副县长给鄢县长接风,因为他是鄢县长的外甥女婿,自然也参加了接风宴会。酒场上大家争着给鄢县长敬酒,鄢县长给大家介绍着招商情况,后来鄢县长喝高了,喝着喝着骂起来。骂柳大林个小子太猖狂,去深圳参加招商会自作主张带了个什么白娃到会上唱戏,唱戏也罢,酒宴是我姓鄢的主持,他竟上台介绍白娃亮相,真他妈的蹬鼻子上脸的。方占坡知道姨父咽不下这口气,他要为姨父出这口气。他今天约陶副局长来吃饭就是想合谋此事。陶副局长也是在县委办不顺心,找到宋立功说自己年龄大了,干不了文字活了,要求调整工作,结果给弄到交通局当个副局长,抓业务,虽算肥差,但副的没有正的听着顺耳,有人还说他是被贬下去了。而且他也知道白娃与柳大林的关系,也想到此吃饭与白娃搭上边,便于收集柳大林的材料。白娃听了方占坡那句话,知道自己需要回避,就退了出去。两人吃饭中间,方占坡给陶副局长说了前面的情况,并说中午来这里吃饭就是想从白娃嘴里掏掏话。老谋深算的陶副局长点着头说,不谋而合。

白娃拿着一瓶剑南春酒来了。他以前从柳大林嘴里知道鄢县长是方占坡姨父,陶某人现在又是交通局副局长,都是丰和城里的人物,特意上街买了两瓶高档酒。他估摸两个人喝得差不多了,话也说得差不多了,该自己上场了。他一进门就说,我给二位领导敬个酒。方占坡晃晃还有半瓶的绵竹大曲说,酒还没喝完呢!来,我先给白老板敬酒。白娃听喊他白老板也不介意,因为这样喊他的人很多。白娃说,不能让领导先敬。他用牙"嘎嘣"咬开手中的剑南春瓶盖,然后说,先敬领导!先敬领导!方占坡让他先给陶副局长敬酒,白娃就先给陶副局长敬了三杯,碰了三杯,接下来给方占坡也是这样敬酒碰酒。回过来,方占坡又要给白娃敬酒,也是敬三杯,碰三杯。之后,方占坡把酒瓶递给陶副局长,让陶副局长回敬,陶副局长摆摆手说,别急,让白总喘口气,别喝得太猛!然后挑挑嘴，说白娃，先坐。白娃拘谨地说，我坐这儿影响二位领导说话。陶副局长连声说，没事，没事，我撒眼一看，白总是性情中人，没什么背你的话。白娃一听陶副局长给他说得这么亲近，也就少了拘束，拉个凳子坐下。陶副局长给他递了一支烟吸着，问：白总哪里人啊？

三山凹的。白娃爽快地回答。

陶副局长烟没吸完，放进烟灰缸里，又给白娃倒了一杯酒，白娃站起来咕嗞喝了。爽快！陶副局长又边斟酒边说，三山凹人，传说有个雇小学生披白布单子装大白山羊的白总是你吗？白娃不好意思地笑着说，丢丑了！丢丑了！陶副局长连连摆手说，没丢丑，你成全县名人了，全县人一谈起这件事都知道你白总！白娃知道陶副局长与柳大林之间有隔阂，便说，这是镇上柳大林书记故意坑我的，当初我说不让去参观，他硬要去。方占坡这时插腔说，柳书记怎么会坑你呢，听说你们是老乡还是发小。白娃摆着手说，老乡当球，发小当屌，谁变蝎子谁蜇人！陶副局长又给白娃倒了两杯后，提出再碰三杯，白娃见陶副局长这么给面子，不辞杯，全喝了。

方占坡这时又起来给白娃倒酒，也是边倒边说，听说白总会唱戏！白娃一听乐了，会呀，您爱听，我就给你们唱一段。方占坡摆摆手，说，再喝几杯，润润嗓子再唱。白娃又喝了两杯后，方占坡激将他说，白老板你是正话反说，这次听说县里去深圳招商，柳书记专门带你去演节目，听说你唱得可棒啦，宴会上掌声不断，一齐为你喝彩！

白娃连连摆手，他这阵想在他们二位面前撇清与柳大林的关系，说，我不是他带去的，我是去找我老婆的，碰上了他！你们都应该知道我老婆跑了，县广播上都广播了。

找到了吗？陶副局长故作关切地问。

找到是找到了……没等白娃说完，陶副局长就又给他斟酒，说，找到是好事，来，来，祝贺！白娃又喝了三杯。你媳妇回来了吧！方占坡插话问，目的也是想找个话茬再给他倒酒。白娃这时喝得说晕不晕，说不晕又晕，开始大放厥词，回他娘的毛，不知柳大林咋搞的……娘的还抱我……他可能知道失了口，立即闸住了。方占坡听出了门道，想再敬酒再往下掏话，陶副局长给他递个眼色，让他停住。

过了一阵，方占坡说，白总店里生意挺不错的。

白娃摇摇头,不行,不会经营,赔钱!不如人家搞工程挣钱!

方占坡开始钓鱼,问,白总愿干工程?

白娃"嘻"一笑,翻翻白眼说,当然愿干了,谁也不嫌钱扎手。他又看了陶副局长一眼说,领导只要给段路修修,胜过我开十年店。

陶副局长笑笑说,没问题,只要你想干!

当然想干,夜里做梦都在干工程挣大钱!白娃激动地站了起来。

方占坡边拉他坐下边撇着腔说,陶局长得看你表现喽!

白娃呼又站起来,趔趔趄趄站不稳,酒瓶子往陶副局长手里递着说,局长,你倒,倒多少喝多少,就是1059农药也要喝,看看白娃表现!

陶副局长连连摆手说,不让你喝了,不让你喝了,你喝高了,表现不在喝酒上。

后半晌的时候,白娃睡了一觉醒来了。他不知道中午究竟算不算醉,说不醉吧,头晕了,而且晕得很;说醉吧,场面上说的话他都记得清清楚楚。回忆起来,心里有点兴奋,忙派两个服务员上街去找闪红红。

闪红红是与他怄气了,两天没上班,逛街去了。白娃从深圳回来,在家歇了一天,昨晚上来到饭店,闪红红见他就问,你老婆找回来了?白娃说,找是找到了,过几天才能回来,她在深圳那边有些手续得清了。闪红红眼斜着他说,你就两个肩膀抬个头回来见我?白娃起初愣了愣,不明白闪红红的话意,后来才明白是要礼物的。他就把买化妆品以及黄花琴摔碎化妆品的经过一五一十说个清楚,本以为可以得到闪红红的理解和同情,没想到闪红红听了抓起桌子上一本杂志"砰"地摔到他脸上,骂了句,你真个是尿罐里泡豆芽——窝囊菜(才)!骂完,又连珠炮似的说,你这副总我也不干了,你自己干吧!开个饭店也不赚钱,没招牌菜没人吃,开发个新菜,工商、税务、卫生、银行乌鳖杂鱼都来吃,吃了不给钱,有的记个账也不结账,马上资金链就断,运转不动了。说完昂着脸又走了。

白娃知道闪红红爱逛服装店,两个服务员不一会儿就把闪红红找回来了。闪红红还是甩着脸说,找我干吗?有啥好事?

白娃眉飞色舞地说,有好事,大好事!他把中午与方主任、陶副局长的话给闪红红学说一遍。闪红红听了,脸立刻由阴转晴,说,这还不错,哥哥可能要旺财运了!

白娃见闪红红有了笑脸,更加兴奋,说,只要哥挣了大钱……

闪红红手一摆,打断他的话,面部又由晴天转多云,疑惑地说,天下没有免费的午餐,这俩人与你不沾亲,不带故,凭啥把好事给你送上门,不会恁简单。

你还有啥疑问? 不相信? 白娃很自信。

闪红红说,这俩家伙都是大林哥的政敌,怕是想利用你的吧! 陶副局长说你表现不在喝酒上,你就没听出弦外之音?

白娃脑子开窍了,他没立即说话。在深圳看见柳大林与黄花琴抱在一起他就一腔怒火,恨不得一刀捅了柳大林,一脚踹死黄花琴。他当时曾说要把柳大林告到书记、县长那里去,可这对贱男狗女死不承认,单凭他个人说,没有证据,恐怕告了也是偷鸡不成蚀把米,到时落个绿帽子满天飞……得有个第三者证人。他想到了张宝山,宝山行不行呢? 他毕竟与自己是连襟,况且,柳大林又把他降为副支书……况且,玩女人的事,是人人爱人人恨,玩上者爱,玩不上者恨……宝山哥是个正义人,见不得邪事,会得到他支持的……想了一阵后,他满有信心地说,我有能力周旋开的。

闪红红说了句,不许伤害大林哥,他是个好人,宁可不挣这个钱。

白娃点点头,他没有把自己心里想的话倒给闪红红。他去推摩托,说要出去一下。闪红红目送着他说,挣了大钱可不能忘了我。

白娃嘴一挑说,吃个蚂蚱少不了你一条腿!

张宝山按照柳大林的要求,同村组干部和家属一起研究了胡玉才和豹子的安葬事宜后,带着一脸的沮丧和沉重的心情回到家里。这时已是吃晚饭的时候,进屋一看白娃在屋里坐着。白娃见他,也没问他干什么去了,也没问胡玉才和豹子的事,好像他不知道此事似的,开口就喊,张大哥! 他以连襟的身份说话了,柳大林在深圳欺负我了!

张宝山觉得他的话摸不着边,眼瞪着说,欺负你啥了?

他调戏黄花琴了! 白娃大睁着眼说。

张宝山冲过来一句,你说这话,鬼信!

白娃哭丧着脸说,真的,张大哥,我亲眼看见柳大林在宾馆抱着黄花琴亲嘴,我当时也不相信自己的眼睛,第二天我去检查视力,两只眼睛都是一点五,真的,确实看见了! 我不说一句假话。

宝山本来心情就不好，不愿听他胡扯八道，怒不可遏地训斥他道，少放闲屁吧！柳大林想亲亲不完的大闺女，亲你个破女人！

白娃脸上如泼猪血了似的红。宝山话的本意是想说黄花琴算什么，白娃领会为黄花琴是破鞋是婊子，觉得羞辱了他，一句话不说，出门"轰隆隆"发动着了摩托。宝山撵到门外朝他喊着，你也不去给胡玉才、豹子吊个唁？白娃头也不扭，"日"一声走了。

柳鹭边做作业边玩塑料猫猫亲嘴。杨彩凤说，鹭鹭快做作业，做完了妈妈给你讲故事。这一说柳鹭有兴趣了，一会儿就做完了作业，就缠着妈妈讲故事。讲什么呢？妈妈问。柳鹭要听《灰姑娘》，妈妈说，讲《三只小猪的故事》吧！妈妈拿着童话书半是读，半是讲，柳鹭听着"啪啪"鼓掌，妈妈继续往下讲：狼知道吹不倒砖房，就骗小猪说，我看见一个地方有好大一片漂亮的萝卜园。小猪问，在哪里呀？狼说，在史密斯先生菜园里，如果你想去……

我想去！我想去！柳鹭又拍着小巴掌喊叫着。

咚咚咚……有人用脚踹门，门被踹的声音很重。杨彩凤对柳鹭说，你爸爸回来了，得去开门！她边走边嚷着说，这么晚回来，还把门踹得这么响，不知道邻居都睡了，你喝醉了你，耍酒疯的！她打开门一看，不是大林是白娃，不好意思地唉了一声说，是你啊？兄弟！白娃没应声，直冲冲进到客厅里，"扑通"坐到沙发上，"吧嗒"打着打火机燃了一支烟。他是在张宝山那里没撒出来气，挨了骂，想想干脆来找杨彩凤出气，让柳大林后院起火。杨彩凤问他，怎么这时候来了？白娃没有立即回答，眼瞟着看看柳鹭。杨彩凤明白他的意思，赶忙把孩子赶屋里，过来坐在对面的椅子上同他说话。杨彩凤支着脸等他说话，他还不开口。杨彩凤急了，笑问，没喝酒吧？

白娃眼一翻，说，你以为我摸错门了？

不是，不是！杨彩凤仍以为他喝酒了。

白娃奸笑一声说，来给你吹个风！

杨彩凤还是笑吟吟地说，吹什么风？东风西风南风还是北风？

白娃把手中的烟蒂在烟灰缸里狠劲一摁，说，你得管管你男人！

杨彩凤仍是笑吟吟地说，管我男人啥的？

白娃忽地站起来说，你是真糊涂，还是假糊涂？男人你说你管他啥？除了女人,还管他啥?!

杨彩凤脸变色了,追问道,老弟,哪个女人? 你给嫂子说清。

他在深圳……算了,不说了,你又不是傻子。白娃故意欲言又止。杨彩凤脑子轰一声嗡响,但她还是很镇静。片刻,杨彩凤干笑着说,俺男人没可能,我不信。白娃看一眼杨彩凤奸笑着说,我也认为不可能,可是天下不可能但又有可能的事多了,往往你想不到。信不信由你。他说完起身走了。

不怕十人劝,就怕一人贱。女人对男人再相信再放心,一旦有风言风语,她心里就会吃个苍蝇似的。杨彩凤躺下睡不着,她知道大林很正干,而且口碑也好,从没有绯闻,虽然回家少,知道他扑在工作上,不可能! 天下不可能但又有可能的事多了! 白娃这句话又在耳旁响起。他在深圳干什么了?……

女人一旦对男人产生了疑心,真是收拾不住。杨彩凤本来想去找姐姐彩云说说这事,她想想不宜给姐姐说。白娃说是深圳的事嘛,宝山不是也去深圳了吗? 干脆回三山凹找宝山问去。第二天请了半天假,回到三山凹找到宝山问情况,宝山并不知道后边有什么情况,只说什么也没有,并问她是听白娃说的吧? 杨彩凤回答是听白娃说的。宝山哈哈一笑,说,狗嘴里吐不出象牙! 听他的话年都会过错。到我这儿,我骂了他放闲屁,他咋又到你那儿放闲屁去了。彩凤说,是呀,那他为什么到你这里说说,又去找我说说? 宝山沉思了一下说,只看他发啥神经还是听谁使唤了。黄新月这时从内屋走出来说,彩凤你放心,大林在黄龙镇没一句闲话。他昨天给宝山说,我也听见了;宝山在堂屋大声骂他,我在里屋小声骂他。白娃与大林的隔阂你还不清楚? 他是啥人你还不清楚? 嘴里没一句实话。天底下凡说假话的人,只看他想日弄啥鬼的,别信邪!

杨彩凤这才放心回家。

十 三

    今天上午是南都机场与广州白云机场首航。这也是南都市改革开放以后干的一件大事。机场上锣鼓喧天，彩旗飘飘，站了很长一排西装革履胸前挂着红花的贵宾。这些贵宾都是地方的党政军官员，他们是迎接这次首航的。

    候机厅的出入口处也站满人，同机场内的官员们一样，翘首以待从白云机场飞的第一架飞机。柳大林今天也是西装革履，满面春风，怀里抱着一束鲜花站在出口处，迎候乘坐这趟航班而来的杜丽莎小姐。

    10点10分，一架波音737客机降落在南都机场。站在机场上的领导们同机舱内下来的第一拨客人一一握手后从贵宾通道走了，这一拨人应是南航方面来的嘉宾和领导人。接着下来的客人陆续从出口通过。柳大林两眼瞪得圆圆地朝出口张望着。杜丽莎过来了，她亭亭玉立，与众不同，很抢眼，上穿着一件薄纱似的透得可以看见黑色胸衣的宽松衫，下身穿着绿底大红花正如当地人说的被单子似的裙裤，头发没有披着而是绾成了"富士山"式的发髻，脚下穿着一双七八厘米高的高跟鞋，手里拉着一个棕色的拉杆箱。柳大林先向她招手，她也微笑着向柳大林招手，并喊了一声哈喽。她身后还跟着一个也十分漂亮的女人，那是黄花琴。杜丽莎走出出口，柳大林忙迎上去献花。杜丽莎扔下行李箱，接过鲜花递给黄花琴，扑上去给大林一个拥抱，然后她又去拥抱张宝山，张宝山没经过这场面，吓得后退了两步。其他接机人目光一齐朝这边投来，有的羡慕，有的唏嘘。他们都没有见过这么漂亮而又开放的女性，一起目送这女人出了候机楼。

    柳大林拉着杜丽莎的行李箱，张宝山提着黄花琴的提包来到停在机场外的一辆绿色吉普车旁。这辆吉普车是柳大林从县公安局借来的。目前，全县共有六辆小车，县委两辆，一辆丰田面包是县委书记坐的，县委书记原来坐的吉普退下来供其他县常委们坐。县政府一辆老伏尔加,县长坐着;一辆吉普供其他副县长坐。他不想借县领导们坐的车,就找公安局长借了一辆,除了公安局办案有两部吉普车,其他局委还没小车呢。杜丽莎指着吉普车上的警牌号,惊讶地瞪着一双眼睛说,不要不要的!柳大林以为杜丽莎是客气,边谦恭地推着她上车边说,不客气,不客气,您是远道而来的贵客,应该享受这样的待遇!杜丽莎还是不要不要的。柳大林想起了杜丽莎在深圳开的浅绿色菲亚特轿车,可能是嫌这帆布篷车档次低,忙解释说,因为去三山凹路况差,坑坑洼洼的不适宜轿车,吉普车上山有劲。杜丽莎还是摆着手不坐。说了半天,黄花琴告诉柳大林,在泰国以及香港人们是忌讳坐警车的,不像内地人,觉得坐警车威风。柳大林知道是误会了,忙又解释说,因为你是华侨又是大美女,为了你的人身安全,县里专门派了一辆公安车保护你的。Thank you!杜丽莎操着英语笑着上了车。她坐在副驾驶的位置上,大林、宝山、黄花琴坐在后排。

杜丽莎边走边与柳大林介绍说,这次家父本要一起来的,因家父近段时间身体欠佳,可他又一直惦记三山凹的事,就派我先来考察。柳大林说,大千金一个人同样能考察清楚的。杜丽莎点了下头,说,没错!我来时带有族谱的复印件,那上边有我天祖父当时对三山凹的描述,我只用拍下来回去给老爷子一看照片就 OK 了!大林点点头,他没有用中原人的习惯发音,说"对""是"或"中",那种发音听起来有点硬,也学着杜小姐的发音,说了一句"没错",听起来很柔软。他们说着话,不知不觉到了山脚下。

车停下后,杜丽莎打开旅行箱,取出族谱复印件、照相机、太阳帽,脱掉高跟鞋换上一双白色的球鞋,在张宝山的带领下开始登山。盛夏时节,草木茂盛,山花烂漫,玫红的喇叭花、紫红的茉莉花、银白的野百合、金黄的野山菊、火红的蔷薇花……送来阵阵扑鼻的芳香,各种各样的花蝴蝶,粉红的、米黄的、纯白的粉蝶在花丛中飞来飞去,真是沁人心脾令人心旷神怡。杜丽莎禁不住赞叹道,好美的三山凹哟!手中的相机啪啪响个不停。他们登到了丰山的山顶,向北望去,重峦叠嶂,郁郁葱葱,东北、西北各有一座海拔在二三百米的山包。宝山指着东北方向的山说叫紫山,指着西北方向的山说叫磨山,又指着远处一片湖说,中间的湖叫太公湖。杜丽莎掀开族谱,只见上边描写的是:

三山凹有三座小而高的山,民间俗称这些小山为岑子。伏牛山前有许多这样的岑子，北边山高险峻，不便行走，护送金银财宝不走官道时便走岑子间小道旋转。道光丙戌年中秋节前，杜道强往陕西护送富商陈姓十万两白银便走此道……行走到紫山时，月黑风高，遭遇匪劫……

没错，没错！就是这里！杜丽莎激动地喊着，手中的照相机又啪啪不停地照着。拍了一阵子照，她又坐下来看族谱，上面还有这样一段文字：

……杜道强福祸同兮，摔下山崖，免遭一死，叩开农家柴门，一老妪许其藏身数天，保其性命，因是黑来暗去，不见农家周围标志，唯有印象每逢夜半可听到驴子叫唤，后听人传说，驴子白日午时夜晚子时必叫唤……

书记！杜丽莎朝柳大林招招手，柳大林走到她身边，她对柳大林说，行前，老爷子反复叮嘱，要一定找到天祖父救命恩人的后代，重重报答，了却天祖父的在天夙愿。大林又把宝山叫过来，说明此意。宝山说年代久了，记载得太缥缈，唯一办法到山下找年岁高的老人访谈了解。

他们到山下，已是下午两点多钟，大家都饿了，宝山安排一家农户做了午饭。杜丽莎没有吃，她知道这里没有自己爱吃的咖喱饭，从旅行箱里掏出自己带的手撕面包吃了一个，就急于去找人访问。一连访问了三四位七八十岁的老人，都只知道有传说清朝时期有人运送金银财宝路过三山凹突遭匪劫，血水染红了铁河，但救人的庄户确实传说不清。

就在他们觉得失望的时候，宝山爹说，罗圈崖村有个黄文高，是个故事篓子，肚子里装陈年古代陈谷子烂芝麻多，不妨找他问问。他们赶忙来到黄家，黄老先生年过九旬，耳不聋眼不花，回忆着传说：北沟清代年间有家开磨坊，丈夫早死，身前一子，妻子终身未嫁，靠赶毛驴给人磨面过日子。并传说这女人身强力壮，白发丝窝，活到九十九岁善终。其子后来也做了商人，给其母立有贞节碑。可惜贞节碑"文化大革命"中让红卫兵拉倒了。贞节碑现在能够找到吗？杜丽莎看着宝山，怀着一线希望。宝山说，找找看。他低头回想着，印象1973年的时候，生产队添了一头牛犊，牛犊长大了，不能和它母亲一个槽里吃草，但生产队里一时没有木料做牛槽，队长让去一个坟园里拉来一块墓碑，找来一个石匠让锻成牛槽。石匠看看石碑上有字，说不能糟蹋圣人，便在石碑背面锻了个槽子喂小牛吃草。宝山领着他们一起来到生产队原来牛屋前的池塘边,看到石牛槽半截露在外面,半截淹在池塘的泥糊中。他喊来两个棒劳力,把石槽从池塘中拉出来,将石槽倒扣,用水将正面清洗干净,果然依稀可见断断续续的碑文:

　　清……道……年间,徐氏嫁于杜……三年后生一子,取名……林五岁丧父,杜徐氏终……未易嫁……磨坊谋生,供读……杜徐氏……广积善缘,……丙戌年救护……侠客,……银宝拒收……流芳百代……万古……

　　……光绪……年……子杜木林立

　　杜丽莎如获至宝,举起照相机啪啪啪连照几张,高兴地说,没错,没错,年份,侠客,银宝拒收,驴子叫声、磨坊……这些字眼完全可以佐证,是这个地方,三山凹,没错,而且还是同姓,太巧了!不虚此行!不虚此行!接着她对宝山说可以找杜家的后裔聊聊吗?宝山叹口气说,如果是碑上这家我知道了,杜木林后来也做了富商,他的孙子生意更大,日本侵华时,要抢大家财宝,他孙子是个要钱不要命的人,抱着银箱不放,日本鬼子就杀了他全家人,杜木林家从此断子绝孙。杜丽莎失望地摇摇头,报答也无主了。

　　太阳快落山了,杜丽莎要回城了。宝山看着她们说,我的任务已完成,我就不陪进城了!杜丽莎说,不可以,晚上一起乐一乐!

　　回到县城后,柳大林与杜丽莎商议,晚上请书记或县长来陪个晚餐也顺便聊聊。杜丽莎拒绝道,不可以,小女子家见什么书记、县长的,他们来就不好玩了,等家父来时再拜访书记、县长。杜丽莎一再拒绝,柳大林没再请书记、县长。柳大林知道南方人喜欢夜生活,晚餐后问杜丽莎,晚上怎么活动活动?杜丽莎很干脆地说,可以跳舞吗?柳大林说,没什么不可以。杜丽莎拳头一捶餐桌,OK!她说要先回房间给父亲通个电话汇报一声,换完衣服就去舞厅。大林他们几个就在门口等候。

　　足足等了一个半小时,杜丽莎从房间出来了,她抹了口红,画了眼睑,粘了睫毛,扑了粉底,扑了腮红,上穿一件桃色的蕾丝无领上衣,下穿橘黄色的齐踝长裙,脚穿着一双白色的高跟皮鞋,乍一看,像画上的人一样。柳大林看见,身上打了个激灵。到了舞厅,他们要来一个包厢坐下,服务员端上来几杯温开水和几瓶红酒。杜丽莎问小姐,有柠檬吗?有冰吗?小姐听不明白。内陆县城这时候还不知道喝水加柠檬,喝红酒要加冰,还要先醒酒什么的。柳大林尴尬地笑笑说,我们这里服务水平赶不上深圳和国外。杜丽莎是个爽快人,摆摆手,没关系。

　　舞厅里人很多,随着开放步伐的加快,县城里兴起了跳舞热。杜丽莎一听见舞曲音响就坐不住了,她站起来以标准姿势邀请柳大林跳舞,柳大林觉得她的穿着打扮很招人眼,没有勇气同她一起下舞池,可跟的几个人有谁能陪丽莎小姐跳舞呢?宝山是舞盲,黄花琴是个女的,不能女的陪着女的跳吧?他只得陪着下了舞池。刚开始,他们跳得很慢,可能是预热,也可能是想交流几句。杜丽莎第一句话竟问,书记哥哥,你对单身女人怎样理解?柳大林再也想不到她提出这样一个问题,更不会有一点点思想准备,不好回答,但又不能不回答。他顿了一下,微笑着说,她一定是没有遇到心仪的白马王子。错!她否认地摇了一下头。柳大林思忖了一下,又说,或许是她心灵受到过伤害?错!杜丽莎又否认地摇摇头。还错?不能再错了,再错就会被这个洋女子瞧不起。大林又想了想说,可能她们是为更好地享受生活吧!杜丽莎兴奋地拍一下他的肩膀,你说对了!巴勒特说过,人不像动物,人能领略出生活的唯一目的就是享受生活。柳大林笑了笑。杜丽莎接着说,你们做官的男人都不会享受生活。柳大林点点头说,没错,若不是你这个贵客我就没机会到舞厅里来。杜丽莎又微微一笑说,以后我就多来考察,你也多到深圳招商。柳大林趁机将话插上去说,那我们就多多合作,希望你明天看看我们的服装市场,动员老爷子能在我们黄龙镇办个服装厂。杜丽莎收敛了笑容,认真地说,刚才我给老爷子通电话联系,汇报了情况,他初步感觉这个三山凹应是天祖父经过的三山凹,得我回去他看了照片才能最后确认。他要我明天再到村里拍一些陈年古代的旧建筑照片,年代越久越好。柳大林估摸杜思先生要这些东西可能是进一步参照,点头应允。接下来,他俩就欢快地跳舞。杜丽莎不停地变换着姿势,跳着花步,一会儿用手吊着大林的胳膊旋转,一会儿又双手紧紧地抱着大林的腰,头靠在他的肩膀上,醉眼蒙眬似的跳着贴面舞……漂亮的美女,优美的舞姿,吸引了全场人的眼球,舞池里已没有人跳舞,都在全神贯注地欣赏他俩的舞姿。大林看到这氛围,不好意思再跳下去,说出汗了,休息会儿。他们从舞池里出来的时候,有人窃窃私语,柳大林从哪里勾来这么个超级美人!有人讲,听说是个泰国华侨,有人问是不是泰国人妖……

　　黄花琴本不愿留在家里,还是想跟杜丽莎走,杜丽莎说她回来了应该看看儿子。友友一见到她就扑到妈妈怀里哭个不止,哭得她也哭了。姊妹情朋友情再深也比不上儿女情,友友秋季也该入学了,黄花琴瞬间决定不走了,在家里照顾友友。

　　友友有人照顾了,白娃心也就扑在生意上了。他听传说县城通往黄龙镇的公路加宽工程快要开工,慌了,忙去买了两瓶尖庄大曲,两条大重九香烟,这在时下都算是高档的。他几经打听,了解到陶副局长家的位置,晚上提着烟酒到了陶副局长家里,陶副局长拒收。他起初以为陶副局长是客气,硬把烟酒留下要走,陶副局长却拽住不让他走,坚决要他把东西带走,不过给他一个下楼的梯子,说拿回去放你那儿吧,找时间去你店里喝。有这句话,他心里踏实了些。但他知道礼送不出去,事情就没希望。他后来想想,方占坡是鄢县长的外甥女婿,位置也很关键,况且那天说修路还是他提的引子,他说话陶副局长也会听的。于是,他决定把这份礼物送给方占坡,让方占坡给陶副局长美言。他又是几经打听,了解到方占坡家的位置,也是在晚上去到了方占坡家,方占坡同陶副局长一样坚决不收,也是说着同样的话,拿走吧,有时间到你店里喝。

　　过了两天是周末,白娃往陶副局长单位打电话,请陶副局长晚上到店里喝酒,陶副局长说,晚上要加班,谁有空喝酒啊!他又往政府办公室打电话找到方占坡请喝酒,方占坡也是同样的话,忙得很呀,饭都顾不上吃,谁有闲喝酒呀!两人的话如出一辙,他纳闷上了,难道酒场上的话都是戏言?

　　白娃只得又找来闪红红商量,这女的真成了他的军师了。他把两次送礼两次约酒的失败经过说给了闪红红,闪红红眨巴眨巴眼分析说,我看话也不是戏言,听那天你说他们的样,一唱一和,这次又异曲同工,就我上次说的,他们可能是政治阴谋,他们说要看你的表现,表现什么?他俩是大林哥的政敌,是不是想让你提供大林哥黑材料的?白娃翻翻眼说,他们知道我和大林是发小是老乡啊!闪红红神秘地小声说,你太小儿科,没看陶副局长老奸巨猾,他们懂得政治争斗最容易从堡垒里攻破,最好的办法是引起内讧!上次整大林哥就是方占坡下的毒手,你千万要把住,还是我上次说的,生意不做也不能去害大林哥,大林哥是好人。她说完,走了,又要逛街去。闪红红因黄花琴也回来了,加上白娃从深圳回来讲那买化妆品的过程,觉得他是个庸才,内心对他有点瞧不起了,无形中想疏远他。

白娃想想,闪红红的话虽有道理,但只能信一半,听一半,做生意为的是赚钱,想赚钱心不黑不行。况且,柳大林又是自己的"情敌"——在深圳看见他抱着黄花琴就想收拾他……白娃决心收集柳大林的黑材料,只是不能让闪红红知道。

一周之后,柳大林接到了杜丽莎的电话。杜丽莎说,父亲看到她拍的那些照片后,心情很激动,确认天祖父讲的三山凹就是这个三山凹。遗憾的是不能报答杜徐氏家族的救命之恩。父亲说,报答不了杜徐氏家族,就报答三山凹这片土地,报答三山凹人。同时,父亲看到拍的三山凹校舍的危房照片,决定捐款二十万元人民币建一所学校,让三山凹的小学生不再在危房里读书,并且让三山凹的小学生毕业后能在本地就读初中,钱就打给黄龙镇政府账户,由黄龙镇政府负责设计和监督建造学校。校舍建好后只用发过去图片就可以了。

柳大林接过这个电话后激动万分,他就像一个小学生似的连蹦带跳地来到涂富国办公室,把这个好消息告诉了他。因为他是镇长,许多具体事情需要他去安排实施。

涂富国正在办公室审阅往县里上报的上半年全镇 GDP 报表,听到这个消息也很高兴,唰地站起来说,好事,大好事! 这也是招商的成果啊! 说罢,他蹙了蹙眉头,想了想说,大林同志,是否可以考虑利用暑假期间把三山凹小学的危房扒掉将新校舍建成,初中班就别再建了,划出一部分钱来扩大镇上的初中班,保证满足三山凹的小学生读上初中就可以了。柳大林也蹙了蹙眉头,说,不合适吧,杜思先生把钱给咱是对咱的信任,咱挪用了,杜思先生会不会有意见? 我们下一步还想引进他的资金建服装厂,得讲信誉啊……再说,三山凹人会不会答应?

涂富国一笑,说,大林同志,我本不想把这个话点透,既然你说到这儿,就点透吧。我觉得,你家是三山凹,这学校建在三山凹,其他村的人免不了眼红,认为你偏爱家乡,招商给你老家招来个学校。如果在镇上也建几个教室,可以封一封大家的口。

这是杜思先生报答三山凹的,怕他什么闲言碎语? 柳大林低着头在房间来回踱着方步，心里想，也会存在这个问题，唉，有些好事往往也不好办，办不好还不如不办。他又抬起头说，我觉得这事与别的不同，不怕非议，外商的钱外商的意见。

涂富国接着又说，大林同志，还有一层你想到没有？建到镇上镇中规模扩大了，实力增强了，全镇人民说你好，是你柳大林的政绩；全建在三山凹只有三山凹人说你好，全成了张宝山的政绩，你想想哪个合算？弄好了给你升迁搭梯子，弄不好给你前进路上栽个绊脚石……你想想！

柳大林又蹙了蹙眉头，说，那也得张宝山同意才行。

涂富国眉毛一扬说，只要你同意，张宝山的工作我去做。其实，涂富国也并不纯是为柳大林着想，也打着自己的小算盘。他是想着镇中扩大了建设规模，在老百姓眼里也是他镇长的政绩，如果上边认为是柳大林的政绩，他升迁了也给自己腾个位置。所以，他对这件事情很积极。柳大林没说话，他便当作默认，骑上自行车就去到三山凹，找到了张宝山。张宝山听了他说的前半段话非常高兴，听他说到后半段也皱上了眉，说，我个人好说，只怕村民们不会同意。涂富国说，不必给村民们讲那么清楚，只管盖房子就是了。宝山嘟哝着说，只怕是没有不透风的墙。涂富国觉得应该给他施加点压力，便说，关键是你引导，你通大家都会通，你不通村民们也不通。宝山摇摇头，说，不是你镇长讲的，我负不了这个责，得开个村委会。

村委会开炸锅了。

张宝山不吃晚饭就骑着自行车到镇上。他看见大林办公室灯亮着就直冲到他办公室说，你让涂镇长传达那意见行不通。怎么行不通？大林明知故问。张宝山掂起茶几上不知是谁喝剩的半杯水咕嗞嗞喝了后说，杜先生这笔款是报答三山凹的，不是报答黄龙镇的！

柳大林站起来指着自己的座椅说，张宝山，来，你来坐到我这位置上想想。

张宝山眉一横说，那你回三山凹开个村委会试试。大林又扑通坐到椅子上，手指梆梆敲着桌子说，我去开村委会，要你烧吃的？你张宝山，刚又转正，可逆天了你！

张宝山呵呵冷笑着说，我不在乎这支书，你还给我降为副支书，我带领一家老小给你磕仨响头！但我不能犯众恶！张宝山这时也敲了敲桌子说，我告诉你柳大林，你若一意孤行，你在三山凹会犯众恶！"犯众恶"三个字像箭一样穿进柳大林心里,当人不可犯众恶,当人不能犯众恶,当人最怕犯众恶!他一时没有说话。过一会儿,他让通信员叫来涂富国,嘴朝张宝山一挑,你给涂镇长汇报吧,建校中很多事是需要镇长签字的。

张宝山将村委会开不下去的情况给涂富国学说了一遍。涂富国眼珠转了几转,想了想说,款到了给你十五万元,该盖几栋教室还盖几栋教室,五万元留下镇中扩建用,杜先生如果来了看教室不少,也说不出啥!张宝山一听明白了,这是让偷工减料的。他鞋一脱,往椅子上一蹲(这几乎是村支书们的习惯动作),嘿嘿一笑,说,涂镇长你比我聪明,杜先生生意做那么大,不会有眼无珠,眼比咱亮得多,别弄巧成拙吧!这样,三山凹一分钱不要了,我们自筹建校,二十万你全拿来盖镇中,我张宝山狗臭屁不放,中吧!

张宝山的话太噎人,涂富国气得眼一白瞪一白瞪,但没话反击,手指着张宝山说,你下来,在三山凹你可以这样蹲,在黄龙镇不可以,这是书记的办公室,不是三山凹村部!

张宝山气鼓鼓地从椅子上下来穿鞋子,看样子要走。

眼看室内的空气要爆炸,柳大林忙拦住说,别吵了,老涂,宝山的话难听,但讲的是那个理儿。不再犹豫了,二十万全用于三山凹建校,不打折扣,更不准偷工减料。我们常讲筑巢引凤,人家杜先生送来的柴,让我们给人家搭成窝,这窝搭不好还引什么凤?抓紧设计图纸,设计好以后发过去,杜思先生没什么意见就早日开工,学校建好以后,就起名杜思学校。涂富国还想说什么,柳大林手一摆又拦住了他的话,如果有人讲什么怪话,我担着好了!

陶副局长、方占坡、白娃、闪红红在小乐天酒楼一个雅间里喝得正欢。酒场上只要有美女气氛就会大大的好。

今晚饭局是闪红红张罗起来的,她也是急于发财呀!上午她到白娃办公室找到白娃说,哥,人们都传说往黄龙的公路快开工了,你那天说你能周旋,周旋到哪一步了?白娃说,这两天就请吃饭。闪红红两眼一眨巴,说,干脆我去请他们!白娃不相信地看着她说:你行吗?他们又不认识你!闪红红瞟他一眼,很自信地说,管他们认识不认识,美女就是一张名片。果然,闪红红一登陶副局长的门他就答应了,而且主动联系了方占坡。但提出不到白娃酒店,要到小乐天去。去哪里都行。白娃朝闪红红伸出个大拇指,美女出马,一人当俩。闪红红嘴一撇,开始讨价了,哥,这个蛋糕如果拿到手给我切多少?白娃说,你想切多少?闪红红嘴巴一翘说,我也没多大胃口,切三分之一吧!白娃手一拍桌子,成!因此,闪红红今晚喝得特别起劲。酒场上不怕英雄,谁逞英雄谁先牺牲,闪红红被撂倒了,白娃找来两个服务小姐把她搀到隔壁一个没有客人的房间里躺在沙发上睡了。

此时,白娃从包里掏出几张纸递给陶副局长。陶副局长表面上今晚是冲着闪红红来的,当然也少不了这女人的吸引力,更重要的是他觉得该见白娃了,前边他对白娃的态度是欲擒故纵。他接过白娃递的这几张纸浏览着:

　　柳大林打着招商的名义,大把大把地挥霍公款,招来的项目本应放在镇上,他却偏爱本土,把项目放在自家村上收买民心……他还利用招商之机,勾引美女,弄了个泰国"人妖",据说,他与这个美女人妖竟敢在三山凹村部过夜睡觉,色胆包天,光天化日之下在县城舞厅搂搂抱抱……影响极其恶劣……

陶副局长故意把几张纸还他手里说,你让我看这干吗?我又不是纪检委!白娃一头雾水,尴尬地笑着说,我是想让你把把文字关,你是丰和县里第一笔嘛。陶副局长说,方主任才是笔杆子!白娃又把那几张纸递给方占坡,方占坡瞟了几眼说,你写这些都是隔靴搔痒,捕风捉影落实不了的事。随之将几张纸也又还给他。白娃越发迷惑,不知该怎么写好,脸皱着……

方占坡这时给陶副局长敲梆子,说,哎,你上次答应给白总一段路修修,兑现没有啊,别开空头支票啊!

陶副局长头枕到靠椅背上说,我喝多了,让我眯会儿。

白娃听两个家伙一唱一和,明白了其中奥妙,思想在激烈地斗争着……豁上了,舍不得孩子逮不住狼!他从口袋里掏出笔,又续写了几句:

　　柳大林流氓成性,还玩弄猥亵妇女黄花琴,被黄的丈夫侯子耀当场捉住……

写完后又递给方占坡,方占坡看了看又递给陶副局长,陶副局长故意甩着手说不看不看。方占坡几次往他手里塞他才接住,这时他清醒了,眼瞪得圆圆地问,属实吗?可不能诬告啊!不诬告!白娃说。陶副局长又眼盯着他说,这信如果到纪检委,肯定会有人找你调查的,那时候……我不会反悔!白娃说得很坚定。陶副局长又眼瞪着说,你可要对自己负责啊!白娃点点头说,我明白,明天就寄出去。

说完,两人起身要走,白娃干笑着说,陶局长,修路的事……

方占坡给陶副局长递个眼色,说,你给白总办了吧,多好的兄弟!

哦,哦,喝多了,忘了。陶副局长摸过桌子上的纸烟盒,把剩余的两支香烟扔到桌子上,将烟盒一撕,在烟盒纸背面写了一行字:

段科长,请给白娃工程队在黄龙镇路安排五公里工程量。

陶志中

白娃拿到这条子感激涕零,弯腰打躬地说,谢谢局长,谢谢主任。

方占坡拍拍白娃肩膀说,老弟,好好表现,陶局长手里有的是工程。

陶副局长一语双关地说,活儿要干好,干不好以后没你的戏!

一定干好,一定干好!白娃又是鸡子叨食一样点着头。

白娃是开饭店的,他根本不会干工程。拿着条子就又转包出去了,等于是卖条子。比他先前倒买钢筋还来钱快。

柳大林已有近一个月没有回家。

这中间有半个月就没在镇上。八月正值防汛高峰期,丰和县今年降雨量特别大,铁河的洪水一直在警戒线以上,河堤一旦决了口虽然对黄龙镇影响不大——黄龙镇在上游——但会冲毁下游几个村庄和万亩良田。县政府下达命令,黄龙镇一定要有大局观念,确保铁河大堤不决口,不让下游乡镇百姓受灾。柳大林和涂富国及一些村组干部都昼夜守在大堤上。上堤第三天,有人捎信说他母亲旧病复发,生命危在旦夕。他回信让妻子找姐夫曹一宽安排医院给母亲治疗。七天后,又有人捎来急信,说他母亲已停止呼吸送进了太平间。他抬头看看天,天上的雨还在哗啦啦下个不停;低头看看河,河里洪水仍如猛兽一般在咆哮,洪峰一浪高过一浪,他滴了几滴泪,泪水滴进洪水里随着洪流滚滚南下。

他让人撑着雨伞,给表姐夫曹一宽写了个条子,委托他帮助杨彩凤安葬好母亲。洪流退后,他又忙着调全镇的工匠赶建杜思先生捐款建设的学校,因为前段时间连阴雨耽误了工期,要趁暑假时间把工程赶上来。他还忙着服装市场的基础设施建设,包括整个镇容镇貌的改变。他判断三山凹新校落成典礼时杜思先生准会来参加,他想在杜思先生来之前,把这些事情都办好,能给他个美好印象,能使他下决心在黄龙镇办一个高档服装厂。这期间他真是忙得焦头烂额,有一次他去三山凹路过埋葬母亲的地头,只把自行车扎在大路边,进地里跪在母亲的坟前磕了三个头,祈祷母亲原谅他这个不孝之子。

早晨在饭堂吃饭的时候,柳大林给涂富国说,今天天气凉爽,他准备到几个村去看几个农民致富典型,要涂富国在镇上召开个服装市场基础建设协调会,他又跟通信员说,上午杨彩凤要来,中午安排你阿姨吃个饭,我下午会早些回来。没想到,交代通信员的话被在旁边吃饭的宣传委员老王听见了。老王爱开玩笑,见柳大林骑车下乡走了,他去找涂富国商量说,柳书记夫人今天要来,咱今天给她开个玩笑。涂富国说,咋开?王委员说,你只要同意,跟我合作一下。涂富国是个火辣人,平时与同志之间没距离,与大林也是两好搁一好,也想给大林夫人开个玩笑逗一逗乐一乐,就答应与他合作。王委员先找到镇妇联主席采了几根头发,然后又到街上买了个大西瓜,让涂镇长找到通信员把柳大林住室门打开后,抱住大西瓜在大林床头的枕头上砸了两个窝,然后把采的几根长头发放在枕头边上,出来把门锁上,交代通信员说,柳书记夫人不到不准开门。说完,笑着走了。

近 11 点的时候,杨彩凤来到了镇政府院子里,通信员给她开了门。让她先休息。杨彩凤是想着大林月把天没回家了,又是夏天,衣服、床单、毛巾被肯定早脏了,趁天气好,专门请假来给他洗晾洗晾。所以,她就不歇手,到了就洗衣服,洗床单。她一拉床单,发现有几根长头发,捡起来站到窗口对着太阳一照,头发泛黄色,无疑是女人头发。她心里咯噔一跳,警觉了,细细观察,枕头上有两个窝。再粗心的人也知道,一个人睡觉头再滚枕头还是平的,两个窝,一定是睡两个人了?她心里的火苗蹿了起来,耳旁又响起了白娃那晚的话:你得管管你男人……男人能管他啥?……还不是管女人!好你个柳大林小子,我在家辛辛苦苦照顾你娘,拉扯你孩子,只想着你忙,支持你在外工作,想不到你真在外拈花惹草偷香窃玉。她的眼泪滴答滴答流下来,愤怒地将衣服被单枕头枕巾扔了一地……她开始扒他的箱子柜子,进一步找线索查证据。功夫不负有心人,果然在办公桌抽屉里找到一封信,信已经拆封了。她用手指掏出信纸,看见的是这样几行字:

书记好:

  我很崇拜您,更欣赏您的才干和气质,甚至梦里还在听您作报告,听您带有磁性的声音……听说您婆娘死了,我很同情您,可是爱莫能助,有些话难以启齿……毕竟我还是个未婚的大龄女子。如果您愿意,您就在镇上寻找我,春天我爱穿一套绿色的花衫衣,夏天我爱穿一条红色的连衣裙,秋天我爱穿黄色的高领毛衣,冬天我爱穿白色的羽绒服……盼……盼……

杨彩凤也没看信的下边署没署日期和姓名,整个脑袋就如炸了似的。柳大林啊柳大林,你良心让狗扒吃了,偷香窃玉吧也就偷了,你还给烂女人咒着我死了?我没死,我不死!她已气愤得没有眼泪,她简直想跳到院里大喊大叫,可她是一个理性的女人,她知道冲动是魔鬼,知道一喊出去就完了,一切都完了,还有孩子亲戚的脸面都没处搁。她在屋里暴躁地转来转去,想喊不能喊,想叫不能叫,她就摔茶杯砸碗,将椅子沙发茶几全推翻……然后锁上门气势汹汹地走了。

她出了门,就去公路边拦车,急着赶回县城,她要去找白娃,因为白娃给她说有话。她到白娃酒店时已近午后,白娃看见杨彩凤脸色凶巴巴的,大吃一惊,他以为自己写柳大林的告状信彩凤知道了来收拾他的,听彩凤追问他那晚到家说的话才松了口气。他因为已写了大林的告状信,觉得理屈,又怕以后露出马脚,便否认了自己那晚的话,说自己是喝醉了记不清了。杨彩凤嘿嘿冷笑一声说,你们到底是发小啊,相互袒护。她从兜里掏出盼盼的信递给白娃,说,你一定知道,你去黄龙镇给我找找这个女人,找到了撕吃她!白娃见信如获至宝,连声说,好!好!一定找到!

白娃真的如获至宝,当即找到陶副局长办公室里递给他看,陶副局长一看,大喜过望,这才是真家伙!又细想想,这封信也说明不了什么,也可以说是求爱信,关键是有没有下文……总之,意义不大,弃之又可惜,便对白娃说,妥善保管,留作备用。白娃幸灾乐祸地说,柳大林后院已经起火了。他边说边往门外走。走到门口时,陶副局长又拍拍他的肩膀说,兄弟,我给段科长说,再给你加两公里的工程! 白娃笑得脸如一朵花,出了门,又唱起曲剧:

> 打一把黄罗伞飘飘荡荡,
> 坐一顶八抬轿出了朝廊……

柳大林、涂富国、张宝山等人簇拥着杜思先生察看新建的一栋栋校舍。镇上和村里原计划秋季开学时就举行"杜思学校"落成典礼,因杜思先生当时业务繁忙走不开,回话让先开学,国庆节前夕来参加落成典礼。所以他推迟到今天才来到新建的学校。九座教室清一色的红砖蓝瓦房,红得鲜艳,蓝得庄重,建筑布局十分合理,做工也非常精细。每看一处,杜思先生都点头称赞,有时还用潮州话给扶着他胳膊的女儿丽莎赞扬说,好绝! 好绝! 走到校园广场上时,张宝山掀开红绸子盖着的一座功德碑,让杜思先生看碑文。杜思两眼扫着碑文:

> 清除镇广盛镖局镖师杜道强来孙泰国华裔杜思先生,遵天祖爷遗愿于1987年7月捐献人民币二十万元,拆除三山凹小学危房,新建杜思学校……功德无量,万古流芳……

碑文还没看完,杜思先生就恼怒地说,谁让搞这碑,搞个碑干吗? 我杜思没死还活着呢! 而且还要活很久呢! 全场人都傻眼了,都没想到杜思先生这么幅性(潮汕话:激动),一个个愣着不知道说什么好。

解铃还须系铃人,柳大林拍了一下宝山的肩膀。张宝山走到杜思面前说,杜老,这也是三山凹乡亲们无法感激您,才想用这种方式表达心情,以示纪念。杜思将手中的文明棍嘣嘣捣着地说,我捐款办学是为了了却天祖父的夙愿,报答三山凹这块土地,报答三山凹人民的,也是还账的,这算什么功德? 功德是三山凹人的,应该给三山凹人立碑! 你们如果给我立功德碑,我杜思就得继续掏钱还账!

柳大林走到杜思跟前说,老爷子,别生气,您听我说。

谁的我都不听,扒掉,赶快扒掉。如果不扒掉,我就立马回泰国,不参加落

246

成典礼了！杜老先生手中的文明棍还在嘣嘣捣着地。

老先生这么恼怒，谁也不敢多话。柳大林若有所思，又轻声给杜思说，杜老，碑已经立了，扒掉也是个浪费，我想，用水泥将碑文糊住，你题几个勉励学生们的字，刻在上面，也算做个纪念，可以吧？柳大林说完看了杜丽莎一眼，意思是想得到杜丽莎的支持。杜丽莎心领神会，嘴巴贴在父亲的耳边说，爸爸，我觉得大林书记的意见你可以考虑考虑。顿了一下，杜思先生脸色好看了些，平静地说，碑还是要扒的，我建议，在这个地方建造个旗台，竖立一面五星红旗，让学生们天天看着我们中华人民共和国国旗读书！场上响起一阵热烈的掌声。杜思继续激动地讲，你们不知道，我们在异国的人看到五星红旗时浑身热血沸腾，心情激荡啊！场上又是一阵热烈的掌声。杜思又扭头对柳大林说，我得给地方官个面子，可以写几个字，字就镶在旗台的台基上，可以吗？柳大林高兴地说，可以。

为建旗台，杜思学校落成典礼推迟到 10 月 1 日上午进行。广场上站满了人，有学生，有三山凹的村民，黄龙镇的机关干部。县委书记宋立功及有关领导也来参加落成典礼。《南都日报》、广播电台、电视台、县广播站也来了许多记者。10 点整，在雄壮的国歌声中一面五星红旗在杜思学校的上空冉冉升起。升旗毕，大家的目光才注视到旗台正面镶的三个大字：中华心。三个小字：杜思题。

当日下午，柳大林邀请杜思先生考察黄龙镇的服装市场，而且他还邀请到宋立功书记陪同杜先生一起考察。考察市场的过程中，宋立功专门让柳大林走在前边给杜思介绍情况。杜思看得很仔细，柳大林也介绍得很详细。他说，黄龙镇剩余劳动力多，劳动力价格低，虽不在县城，但土地便宜，等等。他调动大脑里储存的全部信息，给杜思介绍着黄龙镇的市场优势，甚至说黄龙镇是传统贸易意义上的"小上海"，是"丝绸之路"源头的一滴水，它处在两个"金三角"之间，小金三角是南阳、襄阳和洛阳，半径在一百公里范围内，消费人口有两千多万，大金三角是郑州、武汉和西安，半径在三百公里左右，消费人口有近两个亿，占中国人口的六分之一多。杜思越听越有兴趣，后来市场就不看了，要到休息室聊一聊。

杜思喝了几口茶后，问柳大林，你的官能干多久？

这话问得不好回答。这父女俩问话都很刁钻,往往与我们的思维不一样。柳大林不解地望望宋立功,他即使明白也不能回答。

宋立功明白其话意,笑着对杜思说,杜总想要他干多久他就干多久!

杜思甩出一句:靠不住!听说你们内地的官走马灯似的,一个将军一道令。

宋立功一听,感到得给杜思先生吃个定心丸,不然这个项目会跑掉,便说,杜总若不放心,我县里给你出文,给你优惠政策,给你签协议,总可以吧!

杜思从沙发上站起来,爽快地说了两个字:要得!说完,他指着柳大林给宋立功补充道:书记大人,我不是看中你县上签合同规格高,重要的是看上这位小书记靠得住!

方占坡正俯着身子趴在办公室桌子上写材料,门"吱"一声开了,收发员邰丽进来了。这是个"人见人爱,花见花开"的美女,中师毕业,刚进机关来当收发员。邰丽没有说话,只甜甜微笑着把一份《南都日报》放在办公桌上扭头走了。

方占坡展开报纸,醒目的头版头条映入他的眼帘:

改革开放架金桥,天下华人心连心

丰和县黄龙镇与泰国华人杜思签署丽莎服装公司合同……

他看了两行就看不下去了,"哗"地将报纸扔在地上。这臭小子真他娘的要鸡毛上天了!他起身去到电话室给陶副局长打了个电话,喂,陶局长,你今天看到《南都日报》了吗?看到了,这个动态应高度注意啊……晚上到白娃店里去……电话里传来陶副局长的声音,咱不去他店里,晚上我安排地方。

陶副局长和方占坡下午 6 点下了班,就一前一后来到御龙苑酒店。他俩先坐在沙发上还在讨论那张报纸。他和方占坡是一个心思,嫉妒柳大林升得快,但这不是根本,根本问题在宋立功那里——宋立功不在丰和干了,柳大林失去靠山就完了呗!更重要的是,宋立功在丰和当县委书记,他俩想提拔不容易。陶副局长知道宋立功对他"不感冒",只有鄢县长当了书记他才有可能扶正。方占坡更是心知肚明,只有姨父当了县委书记才会是他方家的天下。他们也知道,宋立功要调走,两条路:一是提拔调走,但那是市委决定的,他们左右不了;二是把宋立功轰走,那也不容易,他们拿不住宋立功的短处,而且他在丰和百姓中口碑很好。现在只有拿柳大林当个炮弹,他是宋立功扶持的,只要把柳大林搞倒,就是往宋立功脸上抹黑了,他自然坐不稳了。所以,他俩取得一致意见,今晚得继续给白娃"打气",而且是要"恩威并重"。

一位服务小姐引着白娃进来了。白娃一进门,就双手合十作着揖说,领导好,二位领导好! 二位领导都没做出反应。白娃见二位领导不高兴,立即收了笑容说,哎呀,本该我请客的,二位领导也太客气了,咱自己有店,何必到这里破费? 今晚一定让我买单好了! 陶副局长边示意入席边说,你发财了吗?

发财了,发财了! 多谢领导! 已到账五十万。那时的五十万大约相当于今天的一千万不止。白娃又是双手合十作着揖说。

陶副局长从鼻孔里哼了一声,说,过几天要搞质量验收,工程不合格,你吃了还得吐出来。白娃听了觉得这话不善,身上打个冷战,表面却故作冷静,拍拍胸脯说,质量你放心,如果有问题,你拿白娃是问。陶副局长乜他一眼说,听人传言,你搞大白山羊项目时也曾在柳大林面前拍过胸脯,你很会演戏。白娃尴尬得红了脸,他能听出陶副局长话中有话,但他还是善于应变,摆着手,连声说,在局长大人面前不敢,不敢!

落座后,方占坡将那张《南都日报》从文件包里掏出来,递给白娃,你看看。白娃接过报纸一看,随口吐出两个字:我日! 方占坡接着说,你看你那发小,你那老乡,就像炸了的爆米花,越来越膨大,连宋书记也请到你们三山凹了。如此看,白娃是个"小智慧",肤浅,城府不深,他竟顺口接着说,宋书记是对俺三山凹很有感情的。

方占坡唰地变了脸色,愠怒道,估计你上次说往县纪委递的材料也没递,如果递了县纪委也会报告宋立功,宋立功也不会出席三山凹的活动。

白娃明白过来,哭丧着脸委屈地说,我亲自到邮局寄的,半句假话天打五雷轰!

方占坡问,你署谁的名字?

广大……正义……群众。白娃结结巴巴地说。

方占坡将手中的茶杯扔到地板上,"啪"一声摔个粉碎,骂一声,匿名信,屌用!

要么……要么……我再……写上侯子耀? 白娃见此情形,脸色苍白仍结结巴巴地说。

陶副局长白方占坡一眼，拿起酒壶斟酒。他故意装作不在意的样子，边斟酒边说，过去都知道跑官得打"隔山炮"，现在看，告状也得打"隔山炮"，不仅现在是，古代也是，我看古戏上有许多拦皇轿喊冤的，现在写到县纪委没意思，县纪委还不是在宋立功巴掌之下？要写就得写给能压住宋立功的人。

方占坡立即变作一张笑脸一旁附和着说，写给宋立功不敢抗的人！再提醒你一点，不要写宋立功如何庇护柳大林，要写一些歌颂宋立功的话，多讲点宋立功的丰功伟绩，让宋立功看到以后觉得矛头不是指向他的，一高兴就会批示查柳大林个小子！

白娃灵机一动，手向下一砍，说，我明白了，写给南都市纪委！

方占坡眼瞪着他说，别再虚晃一枪啊！

白娃不说话走了。方、陶二人你看我我看你不知怎么回事，愣住了。两分钟，白娃从厨房拿把菜刀来了，晃着手中的菜刀说，我白娃敢用刀将这颗心刺开给二位领导看看。

陶副局长吓得脸色苍白，夺过白娃手中的菜刀说，不刺，不刺，刺开弟兄们就不能喝酒了！他将夺过的菜刀递给方占坡，让他送回厨房，对白娃"嘻"一笑说，看出来了，兄弟是赤胆忠心！事成之后，还有条公路给你修。

白娃一听高兴了，喝！

白娃没多喝，他知道晚上得干事。方、陶二人也不让他多喝，怕他多喝误事。

酒局结束之后，白娃没有回家，他知道干的事不能让黄花琴看见；他也不回自己的酒店，知道也不能让闪红红发现，就到银河宾馆开了个房间……

服务小姐将他要的纸和笔都送来了，他还双手抱着后脑勺躺在床上两眼直愣愣地望着天花板。此举非同小可啊，要涉及宋立功，还将是真名实姓，扳倒柳大林便罢，扳不倒可就惨了……他又想到陶副局长的话，事成之后还给个工程……这时的白娃发散思考……

他想起村里的"故事篓"黄文高爷爷讲的一个民间传说。西汉时南都一带民间巫术盛行，各行各业离不开巫术，连泥瓦匠盖房子也要使用巫术。这行当有一本专用的巫术书，造房时，匠工头独自一人闭上眼睛，念着咒语，掀到哪页就必须按照哪页的内容去做。一个泥瓦匠给已婚嫁的女儿家去盖三间瓦房，挑脊前夜，这泥瓦匠拿出那本巫术书，闭上两只眼睛，念着咒语，随手翻了一页，睁开眼一看,图上是个"小纸屋",心里顿时一惊。他知道,如果照这个做了,新盖的房屋三天之内就会失火烧毁。女儿家盖三间房子不容易啊!三代人的汗水积蓄。可是,如果违背这一巫术,自己三天之内必会死去。他思来想去,最后还是横下心糊了个"小纸屋",在第二天正当午时挑脊之间趁人不备将"小纸屋"暗自放进屋脊中。泥瓦匠的女儿从小熏陶也懂得点这行当的巫术,也就一直暗中盯着父亲在挑脊时安放什么,她多么希望放棵摇钱树能大发财,或是放把玉米稻子能五谷丰登六畜兴旺,可是她看见父亲放了个"小纸屋"。她懂,"小纸屋"象征灵屋,是阴曹地府鬼住的房子,新房盖好就要被烧毁,家破人亡。她也懂得一点破法,但一使这个破法,父亲就会死掉。一个房烧屋毁,一个父丧黄泉,她想了再想,也横下一条心,进厢房内撕下五尺白布,在头上裹了三圈甩到背后,腰系麻绳,站到院子中间大喊一声,爹!哈哈哈!大笑三声之后,泥瓦匠霎时丢了魂,从房坡上滚下来摔死了……

白娃叹息了一声,世上事好多是不得已而为之啊,不得已而为之也是为己啊!我白娃即使扳不倒你柳大林奈我何,得罪你宋立功又奈我何!我白娃不是当官的,是商人,挣钱是王道!……白娃下死决心了,从床上起来,坐到台灯下拿起了笔……

又是一个金秋,又是一个收获的季节。

三山凹今年的栗子香红薯大丰收。大部分农户的亩产都在万斤以上。不仅本村种植面积扩大,五六月间的时候,邻近的几个行政村许多农户也都来三山凹购买春薯秧子,插栽夏红薯,加起来应该有两三万亩。这就为张宝山和张二爷研制开发的栗子香"三粉"提供了充足的原料。有了原料就为系列加工备足了后劲。他们成立了三山凹栗子香农产品开发公司,由张宝山任总经理,公司经营机制很灵活,卖鲜薯的以质论价,付给现金。要粉条的五十公斤红薯可兑换三点五公斤粉条,公司只赚点薯渣;愿意搞粉条买卖的农户,可以到公司来批发,粉条卖掉再来结账;愿意搞零星买卖的可单宗结账;能介绍到客户又不愿摊本的,可根据销售数额提成,这样每家每户都可以参与进来。薯渣原打算卖给县酒厂做酒精原料的,后来黑炭娃父亲想用来做醋,他家是酿醋"世家",他爷爷大号就叫"醋匠"。宝山一听,好哇,又多一个加工项目。不过,它是另一个核算单位,不愿与公司搅在一起。买薯渣付薯渣钱,生产的醋自主买卖。也可以。

鹏哥的"赤脚医生"也不愿干了，现在人们看病都到镇上县上医院，小诊所不挣钱，加之他也不是科班出身，只有量个血压打个针之类的"赤脚医生"水平，就也不以医为主，联合几家要建座冷库。夏红薯好吃，有的要把夏红薯贮藏起来，到冬季卖给郑州、武汉、西安的大宾馆能挣个大价钱。

因此，宝山说，好，八仙过海，各显神通。

一进入收薯季节，三山凹村就热闹非凡，围绕着栗子香红薯搞交易的人川流不息。村里村外，到处是磨粉的粉碎机轰隆隆响，多处是粉匠们做粉条的热锅热气腾腾，村里村外这条绳子连着那条绳子，蜘蛛网似的挂在树上晾晒粉条，来往的人一进村"栗子香"味就扑鼻而来。

这天下午，宝山在公司办公室里同县城来的一位商人谈一宗粉条交易。办公室就是原来代销点的房子。因代销点经营不下去，三个月前撤了，与张村的代销点合并一起。成立公司时宝山想，公司不能离村部太远，也不能与村部在一起，就利用了代销点空出来的两间房子，公司的牌子也挂在这门前。宝山与商人谈完事就要出门去，一阵香味儿蹿进鼻孔，他抬头一看，丹桂香进来了。她一头乌发梳得光溜溜的，一套深蓝色的秋装把身子包装得线条很分明，脸上丧夫的哀愁已荡然无存。宝山愣着还没开腔问她干啥，她先微笑着说，张支书，我想找你汇报个思想。宝山送走那商人又返回办公室坐下来，很和蔼地说：讲吧嫂子。丹桂香边往凳子上坐边说，以前你叫我嫂子，是因为你豹子哥在，我其实比你还小一岁，豹子已经走了，你以后就别叫我嫂子了，就叫桂香吧。宝山一笑说，豹子哥走了，还得喊你嫂子，这是辈分赶着的，不能乱宗。你还喊我宝山。丹桂香瞟了宝山一眼说，以后我就喊你宝山。

接下来，话进入主题了。丹桂香说，宝山你也知道，代销点撤并时我没去张村，是因为拉扯着个小娃娃，再说，一个妇女家跑到别的村也不方便，可也不能总待在家里闲着，我也想到公司做点事。

宝山压根儿没往这儿想，一时不知怎么说好，没有说话。

丹桂香接着说，豹子那时候虽不算因公牺牲，也算为栗子香红薯而牺牲吧？现在栗子香红薯做成产业了，作为他的遗属参与进来也应该吧？我养着他的孩子，也得有个进钱门路啊！

宝山点点头，还没说话。丹桂香单刀直入了，说，我想到公司来当个会计，也算毛遂自荐，你也知道，我在代销点多年，记账打算盘还是拿得下来的。

宝山的嘴巴哐巴哐巴,心想,公司是缺个会计,她的确是个合适人选,可她是个年轻貌美的寡妇,进到公司难免引起村里人种种议论。他又低着头偏着脸说,公司是需要个会计,但也不是我一个人说了算,得集体研究哩!

咄,宝山你谦虚啥的。丹桂香嘴努着说,谁不知道你支书兼经理,双枪老太婆,厉害着呢!你嘴角一动,谁个不听?她见宝山仍不表态,又一脸郑重地说,谁个若不同意,你就说,权当同情同情她个寡妇人家,人家老公也是因栗子香红薯而牺牲,这理由也冠冕堂皇!

宝山还是没说话,他掏出一支烟吸着。丹桂香知道宝山性格没有这么黏,她知道宝山的心病,更知道男人们最怕女人缠,怕缠了就表态了,所以就喋喋不休地说,如果公司还有人不同意,至多是想着我会改嫁,怕干个半截子扔下走了,我可以表个态,丹桂香这辈子不改嫁,在三山凹守着孩子过一辈子,做个当代的杜徐氏。

等着吧,我会提交公司研究你的事。宝山一摁手中的烟蒂,说着站了起来。

丹桂香见宝山下逐客令了,也站起来说,好吧,知道你是大忙人,也不多占用你时间,桂香我等你的好消息。

过了几天,公司开会,宝山把丹桂香想当会计的事提交到会议上研究,他只是想敷衍一下,好给丹桂香一个交代。没想到他一提出来,大家都认为这女人能打会算嘴巴巧是个合适人选。至于是个寡妇这一条他没在会议上提,因为涉及人格问题。参会人员中,唯有他忌讳这个问题,别人没人忌讳,所以就顺利通过了,丹桂香自然也很快就上任了。

宝山很忙,每天晚上回家都很晚,可以说是鸡不叫就起来,狗睡了才回来。每次回到家,新月和革儿都睡了。这天晚上他回来累得很,没有洗脚就倒床上。

黄新月看见他眼是红的。下午,大脚嫂碰见了黄新月,说宝山安排丹桂香去公司当会计了。新月说,不知道。大脚嫂嘴一努说,女人三十如狼,四十如虎,丹桂香正在这如狼似虎的年龄,一个寡妇,又会浪,你可得把宝山看紧点。黄新月一笑说,俺家宝山不用管,丹桂香跑到床上他也不干。话虽这样说,黄新月回来想想不得不防,得给张宝山个"下马威"。她呼地掀开被子坐起来,一把抓住宝山的衣领子,先别睡!

宝山还没见过她这样子,瞌睡也吓跑了,眼睐着,咋?

别装蒜!黄新月抓住他衣领挽了挽说。

我没装什么蒜呀？宝山仍迷惑不解。

黄新月质问道:谁去公司当会计了？

丹桂香呀！宝山明白过来。

咋没听你说过？

家务事给你说,公司的事干吗要给你说？宝山眼翻着。

公司其他事可以不给我说,我也不问,这件事应该给我说。

宝山手挠着头说,想起来时忙着,闲着时忘了。

恁多人你不用,用这个傻女人。黄新月咬着牙手指头在他额上捣着说。

工作需要,公司缺这一角……宝山没说完,黄新月捣他一拳,冷笑着说,你床上需要吧！不……不单是你床上需要,寡妇床上更需要！宝山怒了,气冲冲地说,什么寡妇？你不……他想说,你不是没当过寡妇,可他立即意识到说出来不妥立即咽了回去。咽回去也晚了,黄新月已明白那话意,又一把抓住他的衣领子,质问道:我不是什么？张宝山此时不知从哪儿来了智慧,"咯"一笑说,你不是坏人！黄新月说,别蒙我,我听出来了,不说实话我揍你！宝山知道此时不能硬上弦,得继续给她开玩笑冲淡话题,便说,你给我做鞋做袜子,夜里给我暖鸭子！黄新月本意给他吓唬吓唬,却弄得真是上了气,"咚哧"一脚把宝山撞倒在床那头,龇着牙说,张宝山,我告诉你,不把那骚女人会计撤掉,以后没你过的好日子！说完,"啪"地关了电灯。张宝山睡不着,叹了口气,心里说,现在我才真正明白女人……女人不是一本小学一年级的书,不是轻易能读懂的……

十四

　　丽莎服装公司奠基仪式正在隆重举行。奠基现场十分热闹。搭建了临时主席台，主席台上铺着红地毯，有鼓乐队、狮子队，仪式开始前就锣鼓喧天，狮子舞得很欢。镇上专门请来了县广播站的主持人主持奠基仪式，还从县宾馆挑选了十几个长相漂亮的服务员在现场当服务嘉宾。奠基石用一块缩着花的红绸子盖着，周围放了十几把铁锹，待良辰吉时一到，主席台上的领导就会下来培土奠基。奠基石周围地上摊着万字头鞭炮，点炮手和几个手持礼花筒的年轻人早已手痒痒的，急着燃放鞭炮和礼花。

　　仪式开始先由柳大林讲话，之后由当地村干部和施工队代表讲话。他们讲的什么在场人并没有听进脑子里去，只盼着杜丽莎讲话。杜丽莎今天着一身白色正装，虽然在大冬天的季节不合时宜，但十分洋气很抓人眼球。全场的观众都注视着她，她站在主席台上一直面带微笑，不时向台下观众点头致意。

　　终于该杜丽莎讲话了，她走到话筒前向大家深鞠一躬，她那得体的姿势和可掬的笑容足以使台下的小伙子们销魂，有人唏嘘，有人摇头，有人吹口哨，台下一阵骚动。杜丽莎没有受这种骚动的影响，她不像官员们那样拿着讲稿，她侃侃而谈，用一口流利的普通话讲道：乡亲们，我们丽莎服装公司，是专门为女人服务的公司，我们的宗旨是，让女人尽情做女人。你们可以自己相互看一看，大家都是清一色的黑的蓝的灰的，世界是七彩的，大家的服装为什么不可以是七彩的呢？生活中，衣、食、住、行衣为先，远古时代衣为遮羞物，如今服装已成了时尚、奢侈、体面和性感的表现。法国著名的女装设计师艾尔巴茨讲过，不能吃的东西不叫食物，不能穿的衣服不叫时装。当女人穿着合身舒适的衣服时，才是最性感的。女人们啊！你为何不尊重自己，穿上时尚的时装，把自己打扮得漂漂亮亮的呢？亲爱的们！如果你不会打扮自己，你就托付给丽莎吧，由我来为你包装,好吗?

好!好!台下一片叫好声和掌声。特别是她喊那个"亲爱的们",让女人们心里美滋滋的,还从没听过有人这么亲昵地呼唤她们。

接着主持人宣布,现在请主席台上的领导为丽莎服装公司培土奠基!县政府负责招商的刘副县长领着主席台上站的一行嘉宾缓缓走下主席台。炮手们点燃了鞭炮和礼花筒,鞭炮噼噼啪啪震天响,礼花筒里喷出来的五颜六色的纸屑像花蝴蝶一样满天飞舞⋯⋯刘副县长十几个人站好了位置,手握住锹把正要挥舞填土,突然蹿出来十几个男子汉跳进栽着奠基石的土坑里横七竖八地躺下,声嘶力竭地喊着,我们不要服装厂,我们要土地,我们要我们的麦子!你们往我们身上填土吧!你们就把我们活埋了吧!

整个场上的气氛就像炎炎烈日的盛夏一下子转到冷风呼呼的寒冬,使人们转不过弯子,所有手握锹把的人都愣住了。刘副县长更是嘴脸乌青,朝柳大林吼道,这是怎么回事!这是怎么搞的?!柳大林也被这突如其来的群体闹事气得浑身发抖,嘴唇哆嗦着说,刘县长你走吧,怨我们工作没做好,下面的工作我来做。躺在奠基坑里的三四个汉子爬起来声嘶力竭喊道,刘县长不能走!刘县长表个态再走!他们喊着欲要拉刘县长的胳膊。柳大林一边朝派出所所长递个眼色,一边喊道,你们不要拉扯刘县长,我是镇党委书记,一切由我负责。这群人又围着柳大林吵嚷起来,刘县长便在两个民警的护送下上车走了。

杜丽莎也弄不清怎么回事,更没有经历过这样的民众闹事事件,吓得脸色苍白,惊慌地用英语说着,这怎么要得!这怎么要得!柳大林也用英语回答她:没有问题,你尽管放心,这帮人是醉酒了的。他连忙指使涂富国陪着杜丽莎回镇政府。他带领着在场的机关干部与那些躺在地上的人对话。无论他们怎么讲,这帮人也不提什么要求,就是重复地喊着那几句话。柳大林让党委秘书通知来村组干部,生气地朝他们喊着,谁家的娃子谁抱走!这些村组干部看看都说不是自己的人,一个一个溜了。这时党委秘书建议,让派出所、法庭、司法所民警一齐出动,将这帮人抓了。柳大林摇摇头,这个不要,还是要跟他们对话。然而,对话无效。还在僵持着。

下午2点的时候,县委来了一辆小车,接柳大林到县委去。上了车,县委办公室来的同志才对柳大林说宋书记找他。他心想,一定是刘副县长回县里把情况报告给了宋书记,宋书记肯定很生气,训他是一定的。他心里此时很纳闷,原因没弄清楚,怎么给宋书记汇报……只有等着挨批了。

柳大林一进宋书记办公室的门,就感到宋书记是在生气。宋书记坐在转椅上,两条腿跷在椅子扶手上,两眼朝窗外望着。他轻轻喊了声,宋书记,我到了!

宋书记没听到似的,仍是以那样的姿势坐着,两眼望着窗外。

看来宋书记的气挺大的。柳大林又怯生生地说,宋书记,我到了。

宋书记还没有吭声,仍是那样的姿势坐着,两眼望着窗外,室内的空气凝固了似的,柳大林木桩似的站在那儿,不动也不吭了。突然,宋书记两腿从椅子扶手上放下来,脸也扭了过来,脸色十分难看,他站在办公桌旁,手梆梆敲着桌子说,你……你个柳大林……你怎么搞的?

我没把工作做好,我检讨。柳大林脸红着说。

你柳大林真是一块没有淬过火的铁呀,得给你淬淬火了!宋立功很激动地后背着两只胳膊,在室内来回走动着,十分激昂地说,我记得你去黄龙之前,给你讲过,社会就是个大熔炉,一面炼着钢,一面又淘汰着砟。尤其是处在我们这个时代,党面临着执政的考验,每个党员干部也都经受着考验,即使社会人也必须经受住时代的淬炼!宋立功又扑通坐到了椅子上,长叹一口气后说,怎么讲呢,你招商没错,可你不该给自己招来一身屎!

我检讨。柳大林脸色更红说。

检讨顶屁用!宋立功呼地又站了起来,如被触怒的狮子一般。定了两分钟后他又坐下,他声音放低了,低得只有他和柳大林听见。他说,柳大林,我代表县委正式给你谈话,有人实名向南都市纪委举报你一些问题。市纪委的意见,你停止工作,反省检查,接受调查。

柳大林头上如响了个炸雷,脸色煞白,他才明白自己刚才说的与宋书记说的不是一码事。

宋立功接着说,县委考虑到杜思先生这个项目,因为杜思先生当时曾经担心人员有变影响项目,经与市县纪委协商,不对外宣布,你柳大林可以边工作边检查。但是,黄龙镇全面工作你就不要管了,你自己交代给涂富国同志负责,你就仅负责丽莎服装公司这个项目建设,同时配合好纪检部门的调查。

柳大林听了,直觉得天旋地转,身子有些站立不稳,几乎要倒下。可他心中有数,自己没有什么问题,身正不怕影斜,脚正不怕鞋歪,没什么可担心的。他镇定了情绪,冷静地说,宋书记,小柳给你添麻烦了,我服从组织决定。但是,请你相信我,我记得《红旗谱》上朱老忠有句话,出水再看两腿泥。

　　他出了宋书记的办公室。小车不再送他。他到公共汽车站买了车票,搭车回往黄龙镇。回到镇上,天已掩黑,他找到涂富国讲了宋书记给他谈话的内容,涂富国听了惊讶地说,那怎么行,我去找宋书记讨公道。大林摆摆手说,你一定不要去找,不存在讨公道的问题。大林又问了那帮闹事人是否还在工地上躺着,涂富国心情沉重地点点头说,是的。柳大林说,我现在去工地接着处理。涂富国知道他心情不好,拦他说,我去吧!你休息。大林说,这事就由我处理吧,你放心,我一定把这个项目负责到底。

　　柳大林回到自己的办公室,喝了杯茶,定了定神,思索着奠基时发生的聚众闹事事件。杜思先生考察了黄龙镇服装市场回泰国后,很快决定在黄龙镇组建服装公司,并派女儿杜丽莎出任公司经理。镇上原本给服装加工厂盖有统一的工厂房,杜思先生觉得那厂房标准太低,他要单独建一流的厂房,搞一流的设计,加工制造一流的女款服装。征用七亩土地,按照政策赔偿到位,而且也付了赔青费(青苗补偿费),涉及的农户都签字画押并领过钱了,怎么会突然出现这种情况?……肯定背后有黑手组织操纵,黑手是谁呢?他想了想,不找当地村组干部了,要找一个外边的陌生人来。他拿定主意,给张宝山打了一个电话,要他找一个塑料壶装十斤烧酒到镇上来。不到一小时,张宝山骑着自行车带着烧酒来了,他给宝山说明了用意,自己也穿上棉大衣,跟宝山一起往奠基的地方走。这时已是夜间12点多了,野外的寒风刺骨的凉,身上虽穿着棉大衣,感觉只像穿件单衬衫。走到一个土沟时,大林停住脚步潜伏下来,让宝山单独拎着酒壶前往。不一会儿,张宝山折了回来,说那帮家伙听见脚步声就如惊弓之鸟一样跑了。

　　大林听了,判定是背后有黑手操纵,要抓住黑手,必须从这帮人嘴里掏出来。他立即返回镇上,让派出所、法庭迅速出警,结果一个人也没抓住。

　　黑手是谁呢?成了"千古之谜"。

　　一天下午,大林正在和民工们一起打地基,曹一宽骑着自行车来了。他把自行车扎在路边,跑到人群中把大林叫过来,问,听说县里让你停职反省了?

　　大林故作一愣,说,没有啊,你看,我不是还在工作吗?

　　曹一宽苦笑一下说,你还瞒曹大哥,都传遍全县了!

柳大林一时没吭。宋书记说过,对外不宣布的呀! 怎么会……

曹一宽又接着说,有什么事你给曹大哥说说,你找人不方便,我替你找找人,转转圈,周旋周旋。

柳大林低着头说,什么也不用,我没事。

曹一宽瞪他一眼说,兄弟,你别大意,磨道找驴蹄,还找不出蹄印子?!

你回去吧,不用操心! 大林扭头又往工地去了。

曹一宽前脚走,杨彩凤后脚来了。她也是骑着自行车的,她把车子扎在很远处,步行到工地找柳大林。大林正在扛水泥,弄得满脸是灰,彩凤看不到他,他看到了彩凤。他拉彩凤走一段距离站住了。彩凤想哭没哭,劈头第一句话就问:柳大林你犯什么错误了?

我没犯错误。柳大林说话底气显得不足,他是怕彩凤经受不了打击,接着说,你看我还在工作嘛,不要相信谣言。

人人都知道了,还什么谣言的。杨彩凤说着,一脸惊慌的表情,但没有对大林发火,她觉得这时候不能给他更大的压力,即使真的如人们传说的他犯了错误。她担忧地说,我相信你,但有事没事你自己清楚,你要挺住。杨彩凤又抹了一把泪说,厂里领导让把现在的新房腾出来,换了一间旧房又很小,以调我到厂里幼儿园工作的名义,把我的车间主任也免了,厂里人看见都是讥笑的眼神。大林听了心里一震,但他仍用平静的口气说,彩凤你放心,我现在明白了,看来有人背后捣鬼,但我相信,邪不压正。你回去吧,照顾好家。你不用担心我,我能经得起这次淬火,铁越打越硬,经风雨才能见世面。你回去吧! 他怕彩凤越说越难受,扭头走了,头也没回。返回的路上,他百感交集,唉,真像一句欧洲谚语说的,男人的荣耀未必给女人带来幸运,但男人的厄运一定会给家庭带来灾难……

又一天深夜,天上飘着雪花,张宝山身裹蓝布棉大衣,头戴着新月给他织的毛线帽子,只露出两只眼睛,他来到柳大林住的工棚里,大林已经睡着了。他推醒了大林,耳语道,我是宝山,你快起来,穿好衣服,咱到外边说几句话。

大林揉着惺忪的眼睛说,外面太冷,就坐床上说吧。

宝山手指指另外两张床上睡的人,说,不可以,必须到外边去讲。

大林也穿得厚实实的,用大衣裹着身子,跟着宝山走出工棚,在距离工棚四五十米的地方站住说话。

花琴不便见你,让我转告你,有人找她调查在深圳……还涉及杜丽莎……

大林打断宝山的话说,谁怎么调查就怎么调查,什么事也没有。黄花琴那阵舌头要往我嘴里塞,我嘴巴闭得很紧。

我也知道你和花琴什么事也不会有,全三山凹人也不会说你和花琴有什么事,说与杜丽莎更是无稽之谈。张宝山用手挥挥飘在面前的雪花,加重了语气说,但是白娃死死咬住说你猥亵花琴咋办?

大林哼了一声,他说不算,得有证据!

你说对了,关键是证据,现在缺的就是证据。张宝山冷得想抽烟,他怕别人看见火光,掏出来又装进兜里,不抽了。继续说,这事,你和黄花琴算是一方,白娃算一方,一方说有,一方说没有,房间又没录像,咋也证实不了啊! 证实不了就成悬案了。

大林说,总有一天会水落石出,云消雾散。

宝山跺着脚说,时间耽误不起啊!

大林叹口气说,相信调查组会弄清楚。

宝山说,你别忘了一句古话,好汉死在干证手里。

大林又叹了口气,说,那……没别的证据也没办法。

宝山实在忍不住了,点了一支烟,不过,他脱掉了大衣,挡住烟火,狠吸了一口,接住说,实话告诉你,那天在深圳你让我先回来,我其实没回去,我到妮妮家看看妮妮,又去王春宝工地上看看春宝,见了春宝的老板,谈了再派农民工的协议,其实我是跟你同一天回来的。现在车票还在我手里,我完全可以说,当时我和你一起在宾馆。

大林明白过来,斩钉截铁地说,不行,你这样叫作伪证。

这个伪证我已出过了,而且我已经给花琴串通了,请你保持一致,否则,后果你知道……我永生不见你! 宝山说完扭头就走。

大林又撵上去拽着宝山的大衣,说,不行,宝山,你不能作伪证……你应该明白,否则,连你也会栽进去!

宝山将大衣袖子一拽,边走边说,别啰唆了,我这也是运用毛主席的革命策略思想,以革命的两手对付反革命的两手。除此之外,别无选择!

大林像个木头人一样站在风雪中任其无情吹打。耳旁仿佛响着 D.M.琼斯的声音:真友谊像磷火,在你周围最黑暗的时刻显得最亮。

陶副局长给白娃打过电话不到二十分钟,白娃就来到了他办公室,他看见白娃一句话也没说,表情还十分严肃。白娃心咚咚跳起来,不知哪里又冒犯了陶副局长,也不敢说话。陶副局长拉开抽屉,掏出一张早已写好的条子,递给白娃说,找段科长去吧!白娃一看,又给了他一段修路工程。他喜得合不拢嘴,感激涕零,正想双腿跪下,陶副局长扯着他的胳膊说,滚蛋吧,我不兴这一套!白娃连声说,日后重谢!日后重谢!陶副局长瞄他一眼说,别日后把我们出卖了啊!白娃明白话中含意,又拍拍胸脯说,局长放心,白娃死也不会!陶副局长又瞪他一眼,别拍胸脯了,记住,关键时刻!

窗外的花圃里牡丹、芍药花竞放,两只百灵鸟儿在玉兰树上蹦着欢唱。一缕春天暖阳的光芒从窗棂里透进来照在办公桌上。宋立功的目光没有注意外边的鲜花和鸟儿,甚至鼻子也顾不上闻闻窗外扑进来的花香,耳朵也顾不上听院子里树枝上鸟儿的欢唱。他戴着一副轻度老花眼镜,全神贯注地审阅南都市纪委和丰和县纪委联合调查组关于对反映柳大林问题的调查报告。他看着,有时嘴角抖动着,还不时地上嘴唇与下嘴唇吧唧着。看到后边他干脆取掉眼镜,双目贴近稿纸仔细小声阅读:

> 综上所述,侯子耀所反映柳大林的问题,有的事出有因,有的根本不存在,有的属诬蔑不实之词。从群众反映的情况看,柳大林党性纯洁,作风正派,有改革精神,并富有成效。特别是他招商引进华侨外资建设的杜思学校和丽莎服装公司,不仅在丰和县甚至在南都市也属首家。因此,市县两级调查组认为,对柳大林这样的干部不仅要支持保护同时建议市县两级党委考虑提拔重用。

宋立功将调查报告顺手扔到桌面上,头靠在椅背上,双腿跷在椅子的扶手上转了半个圈。

失盗啦!
失盗啦!

张支书，夜里失盗啦！

天刚麻麻亮，张七爷就啪啪拍着张宝山家的大门可着嗓门喊着。尽管宝山不让喊张支书，村里还是有人喊他张支书。

宝山听到喊声，慌忙穿上衣服，哗啦抽掉门闩开了大门。他一看是村西头的张七爷，紧张地问，七爷啥事？这么急。

失盗啦，夜里失盗啦！张七爷哆哆嗦嗦重复着说。

偷走什么东西了？七爷，你别慌，慢慢讲。宝山边系着棉袄扣子边说，你讲清楚，我立马让派出所来破案！

土坯！

什么？土坯？

是啊，土坯。我黑汗白汗干了几天，打了三百多块土坯，准备盖鸡舍的，昨个太阳落时我看看坯子晒干了，我一个人没力气往家搬，心想今个匠人来了让匠人搬，给匠人加工钱就是了，可我刚才起来去看看，土坯全没了。张七爷叙述说。

宝山松了口气，一笑。我以为是啥贵重东西丢了呢，大惊小怪的。这话是他在心里说的，嘴上没说出来。当个村支书也不容易，一天到晚都有人敲门，说个鸡子尿湿柴的事都得管，因为都是乡邻，再说他既然来找也是信任。宝山能理解。张七爷孤身一人，打三百块土坯不容易的。于是他便说，七爷，你放心，土坯那么重，不会是远村人偷的，肯定是近村人干的。土坯这东西锁不到柜子里装不到箱子里，好找，你放心，我去给你找。哪个人这么不主贵还偷土坯？宝山嘴里嘟囔着，在村子里转悠着看。就他说的，土坯这东西锁不到柜子里装不到箱子里，谁家偷去也是垒墙用，一看就会发现的。可他转遍全村，没见到用新土坯垒起的墙，又到附近两个小村子看看也没个踪影。他怀疑张七爷年岁大了，是不是脑子糊涂了，又去问了七爷，是不是打了土坯？张七爷苦笑着说，脑子不糊涂着哩，没有打土坯不会说打土坯了，邻居也都见打土坯了。张七爷听宝山问这话，知道是没有找到偷土坯的贼，便说，你早晨不是说往派出所报案吗？快让派出所来破案，也许是谁家偷去垒屋里界墙了，在外边看不见，只有派出所人可以挨家挨户到屋里看。宝山又一笑，土坯不值钱，在派出所根本立不上案，再说，传到外村不成了笑话！况且现在盖房子基本用砖头，很少有用土坯的，垒界墙更不会用土坯。这话还是在他心里说，嘴上却说，你放心，七爷，还是那句话,土坯不是金子银子也不是钱,锁不到柜子里箱子里,宝山我一定能给你找回来,用不上派出所。

张七爷盖鸡舍心切,天黑时候又跑到村部找宝山,问坯子找到没有。宝山说,七爷,你别急,坯子如果真找不到,我给你打三百块坯子!

第二天一大早,张七爷又来家找宝山,宝山没等他开口,先说话,七爷,你别跑了,我上午把几个事情安排住,下午就去给你打坯子!

张七爷喷着唾沫星子说,你娃子打的坯子我不要,我要抓到那个偷坯贼,让偷坯贼赔我的坯子!

这话很快传遍全村,成为笑话,但人们听了都是哧哧偷笑,不加评论。

第三天下午,宝山正在公司办公室与丹桂香一起算账,黄龙镇原野饲料公司的王经理电话打到座机上,问他在不在村里,他哈哈一笑说,当然在,不在怎么能接你电话。王经理说,那我马上去村里找你算账!宝山又哈哈一笑说,欢迎王经理来算账,我们也正在对账。

三天前,王经理来过一次,说三山凹的栗子香红薯就是好,不仅做成的粉条好吃,连薯渣也是香的,他们公司来人把薯渣拿去做了化验,做猪饲料是上等饲料,想订合同把薯渣全部收购。宝山给他讲,所有的薯渣早已签给醋厂做原料了。王经理不甘心,提出要醋厂转让给他们一部分薯渣,宝山当即把黑炭娃他爹叫来,黑炭娃他爹一听,丝毫不让,说自己醋厂还嫌原料不足呢。王经理仍不甘心,让张宝山再想想有什么办法给他们弄点薯干。宝山一想,农历九月下旬三山凹一带晒最后一批薯干,还没干定时,夜里下了一场小雨,多数农户没来及捡回的薯干轻度发霉,做"三粉"不可用,人也不能吃,只看能不能做饲料用。王经理当即去几户采集了标本,拿回公司化验,化验结果报告,做猪饲料没有问题。王经理高兴极了,生怕别的公司抢走了这批薯干,下午就拉来了一车麻袋,委托三山凹三粉生产公司代收代购,随后,饲料公司与三粉公司结账,由"三粉"公司与农户算账付款。这笔生意干得,宝山答应了。吃晚饭的时候,宝山在村广播上一广播,家家户户挑灯夜战,忙着把薯干装进麻袋,送到"三粉"公司。公司门前拥挤不堪,争抢过磅。饲料公司来的人也喜得合不拢嘴,过了磅秤就装车,装满车就拉走,一连拉走二十多卡车。王经理见拉回去这么多薯干,高兴得一夜没睡着。

王经理骑着摩托车到了,摩托后边的货架上驮着个大麻袋。张宝山和丹桂香出来迎接，给王经理打招呼，王经理黑着脸不说话，扎稳摩托车，将麻袋卸下来，解开扎着的口子，掂起麻袋两个角，呼啦啦倒出来一堆薯干，顺着薯干溜出来一块土坯。宝山一愣，看了看丹桂香，心里明白了些许，又眼盯着王经理说，啥意思？王经理眼扑闪扑闪，手叉着腰说，想不到你们三山凹人这样捣戏，卖给俺的薯干里装着大土坯！我们对你们如此相信，你们却如此坑害我们！

张宝山问，每包都有吗？

十个麻袋里八个有。王经理白瞪着眼说，粉碎薯干时土坯绊坏了粉碎机，不转圈时才发现。

张宝山憋得脸红脖子粗，十分尴尬地笑着说，谢谢王经理帮我破了案。然后他让丹桂香把那堆薯干和土坯原封装好，先陪着王经理喝茶，自己出了村部大院。他先回家找到哥哥宝庆，他知道他也卖了薯干。他见哥哥劈头就问：你卖薯干了吧？

卖了，咋？

往麻袋里塞土坯没有？

咋？

你不咋，只说塞土坯没有？

塞了又咋？哥眼也瞪得溜圆。

宝山"呸"地朝地上喷了一口唾液，骂了一声"混账"走了。

宝山又去到国超家，见到国超爹，问，大叔，你前几天卖红薯干了吧？

卖了呀！咋？

往麻袋里塞土坯没有？

国超爹嘿嘿笑着说，见别人抢土坯我也就抢了一块。

宝山没吭声，扭头走了。走到水塘边，碰见大脚嫂，他问大脚嫂卖红薯干时塞土坯没有，大脚嫂遗憾地甩着两只手说，哎呀，妇道人家动作慢，看见人家抢坯子我也赶忙去抢，没跑到跟前坯子可被抢光了。

不用再访了，张七爷的土坯就是被村里卖薯干的人给抢了。宝山回到村部，让丹桂香在广播上喊，凡卖给原野饲料公司薯干的农户快来领钱！领钱是好事，大家都盼着数票子呢。不到半小时，村部院里站满了人。宝山把张七爷领到院子中间，让王经理把麻袋扛过来，又倒出薯干和土坯，他指着那块土坯问七爷，这是你丢的土坯吗？土坯这东西没啥二样，只有土色差别，张七爷左看看右看看说，像是。在场的人"轰"一声笑了。这时宝山登上提前安排摆放的三斗桌，手叉着腰黑着脸吼道，笑什么笑？都还有脸笑吗？张七爷前几天找我说，打三百块土坯一夜之间不见了，我一直纳闷，谁还会偷土坯这东西，土坯又不是金子银子钱！王经理今下午来我才弄清楚，是有人偷去换金子银子钱去了！这绝对是世界上的奇闻，丢死三山凹的人了，你们还有脸笑！

王经理这时在旁边插腔道，张支书别骂了，只要塞土坯的老乡认了账，扣除土坯分量，俺公司不受经济损失就算了，俺公司也不向外宣传。

张宝山没有理会王经理，又吼叫一声，凡塞土坯的人把手举起来！全场的人像参加追悼会似的都表情凝重地低下头不吭声。把手举起来！他又吼叫了一遍，眼睛盯着哥哥宝庆。宝庆迟疑着把手弯曲着半举不举的。宝山又眼瞪着哥哥喊，举直，举高点，不是宣誓的！宝庆把胳膊举高了点。宝山又把目光瞄向国超爹，国超爹明白宝山的意思，此时举手就是支持宝山的工作，手也举了起来。大脚嫂这时朝左右看看，冒出一句话，该举手的你们就举手吧，我当时也想去偷土坯的，迟了一步没抢到，若是抢到我就也举手了。她话音刚落，院子里大部分人举起了手。在人们的胳膊举得有点酸困的时候，宝山用低沉的声音说，手放下吧。你们谁塞了几块土坯，如实报清，扣除分量，既往不咎。宝山咳了咳嗓门又讲道，以前我也听传说，有的地方卖绿豆芝麻掺沙子，卖麦子面粉兑滑石粉，我就骂那些人，坏良心啊！没人性啊！道德沦丧啊！没想到类似的事情今天也发生在三山凹。咱三山凹人从来是通人性讲良心的，乐善好施，美名远扬！他讲到这里，声调又高昂起来，指着远处的杜思学校说，华侨杜思捐款给咱村建学校就是一个例证。今天，不管是啥经济，我们也不能见利忘义，不能有小农意识，贪占便宜，不能砸了三山凹的牌子，坏了三山凹的名誉！钱再贵重，没有脸面贵重，没有诚信贵重。咱村现在正在打栗子香"三粉"的品牌，如果这样的事件再发生，就是自毁清誉！最后，我再重复一句话，既往不咎！他又左手叉着腰，挥动着右手吼道，今后谁若再干掺杂兑假的事，我张宝山剁了他的手！由于情绪过于激动，两眼一黑从桌子上栽倒在地下。

大鹏来了。他知道宝山去年患了高血压病，先量了血压，低压一百二十高压一百六十，太危险了！大鹏让把他扶躺在村部的沙发上不要动，回诊所取来了两瓶葡萄糖配上血塞通给他打上了点滴。因大鹏还有别的病号，针扎上后就走了，让丹桂香在宝山身边守着。她是个心细的女人，知道针扎上输上液之后血管膨胀，扎针的部位会生痛。她有经验，用热毛巾敷在手背上会减轻疼痛，便在水盆里调好温水，将白毛巾在温水里浸泡后拧干叠成方块轻轻地往宝山的手背上放。就在这当间黄新月踏进门来，瞧见了，冷笑一声，哟，怪亲哩，还牵着手哩！

丹桂香不明白黄新月是开玩笑还是吃醋了，忙解释说，热毛巾敷上他手不疼。

黄新月又冷笑一声说，挺会心疼男人的！怨不得张宝山要你个狐狸精来当会计，原来是会在男人面前卖风骚！

嫂嫂你怎么能这样说话，宝山哥他……丹桂香的话噎住了。她是出于对宝山和黄新月的尊敬，认为这样称呼是尊重，没想到这句话却捅了大马蜂窝，黄新月一蹦八丈高，哈哈哈大声冷笑一阵骂道，啥时候变成我是你嫂子、张宝山是你哥了？怕是你俩有一腿了吧！

张宝山早已怒不可遏，两眼通红，扎着针的手指着黄新月骂道，你那张屁股嘴会不会说句人话，胡说八道个啥？

丹桂香忙一只手捺着宝山的胳膊说，你胳膊不能动，动了会跑针。一只手擦着眼泪说，俺喊嫂子是尊敬你，过去喊皇帝万岁还喊皇后千岁呢，你别误解。再说宝山哥为大家操心，俺侍候他也是应该的。

张宝山是你男人了，好，好，俺退居二线，你侍候你万岁爷吧！我黄新月走了。黄新月真的说着一扭身出门去。毕改兰正巧这时走过来碰上她，听见屋内吵闹，便劝解道，嫂子别惹宝山哥生气，他血压高，再生气血压会更高的。

黄新月对毕改兰前些时动员她打胎一直怀恨在心，狠狠踢了毕改兰一脚，去你妈的，还有三宫娘娘的！

毕改兰是个没结婚的姑娘，受不住这样骂，呜呜哭起来。张宝山愤怒地用右手将左手上的针管一拔，去你奶奶的，不输啦！撺上黄新月回家了。

回到家，爹娘孩子们都在屋里，宝山不想让家人听到，把她拉到里屋，咬着牙气愤地低声说，你黄新月是个通情达理人，啥时候也变糊涂了？黄新月却大声喊叫着，我一点也不糊涂，她丹桂香也够猖狂了，不是往我眼里揉沙子而是往我眼里滚石头！当着我脸就攥着你的手，亲得比亲男人还亲，背后不拉你上床才怪！宝山气得跺着脚说，你什么话呀！人家丹桂香正经着的！

正经个狗蛋，她正经当着我面拉我男人手！不正经还能跑到家来拉我男人，睡到我床上？

你……你……宝山气得浑身颤抖，说不出话。

唉，我咋说怀了你的孩子你就不要让打掉，现在我才弄明白，你不要孩子是准备与我离婚，与小寡妇成亲哩！黄新月仍咆哮着，她个小寡妇，正是如狼似虎的年龄，瘾着的！

宝山终于忍耐不住一腔怒火也喷射出来，……你……你黄新月当年也不是没当过寡妇！

一句话伤到黄新月痛处，黄新月蹦着大声号叫着，哎呀！我彻底明白了，你张宝山当支书了，嫌弃我老寡妇了……我走，我走，你去找你的心肝宝贝小寡妇！她边嚷叫边收拾衣服，包了一包子，不顾革儿的哭叫，谁也阻拦不住，摸着黑，过了河，回娘家去了。

宝山醒来的时候，才发现自己躺在镇医院的病床上打着点滴。侧过脸，看见大林笑微微地坐在另一张病床上。他问大林自己是怎么到医院的，大林告诉他，是他昨晚在家晕倒后，副村长打来电话，请求工地上派台运输车连夜把他拉来抢救的，他当时的血压在一百三十到一百八十之间，心跳每分钟二百二十次，很吓人的。

宝山叹了口气说，我现在才读懂女人，女人天性爱吃醋！

大林一笑说，女人凭的是感觉，不是听的大道理，你得给她思忖着点。

宝山又扭正头，两眼盯着房顶说，就是最近有月把天没那事，晚上回去累得全身像散了架，别说没体力，连心情也没有。宝山叹口气说，过去说两口子生气了，女人们的招数是一哭二闹三不吃饭四睡觉五回娘家六上吊，现在啥时代了，她还是哭闹着回娘家，让她闹吧，病好了回家我也不去叫她，让她在娘家住到头发白。

大林又笑着摆着手说，我判断，新月在娘家待不了三天就会来。女人们哪，男人得势得意的时候她爱挑你刺，在男人失势失意的时候却会比平常更疼你。你算着，过不了三天，新月肯定会来医院。

宝山摇摇头，不会，你不知道她的脾气，拗得很。

大林说，打个赌？

宝山说，打赌就打赌，咋赌？

门被推开了，宝山以为是护士进来了，抬起头一看，是黄新月！真快！真神！她一手拎着一篮子鸡蛋挂面，一手拎个电炉子电锅，不好意思地笑着脸对住了墙。大林忙站起来笑着说，嫂子真是贤惠啊！你一来侍候，宝山的病立马就会好了。

　　黄新月故意嘴一撇，说，我来不是真心侍候他的，是想让他病早点好了早点去离婚！

　　嫂子真是刀子嘴豆腐心哟！大林说着忙帮她摆放带来的东西。

　　我这次是刀子嘴也刀子心！黄新月龇着牙扔过来一句。

　　大林忙趁机劝说，男人们干工作哪有不接触女人的，女人占人口一半的。再说，宝山不是坏男人，这一点我坚信他。

　　黄新月又嘴一撇说，你老眼光，官大了，有权了，有钱了，就会变了。你当镇上书记，就不知道民间咋说支书村长的？夜夜入洞房，村村都有丈母娘！

　　大林还真没听过这话，哈哈哈哈地捧腹大笑。他从来没这么开怀大笑过。

　　宝山从床上坐起来，冲了一句，农村流传的话，你还没说完呢，叶利钦拿破仑，村支书棉铃虫，四大打不倒的！

　　黄新月又甩出来一句，叶利钦拿破仑是两个伟人相提并论，是歌颂；把你们村支书和棉铃虫相提并论，是贬低！看看你们村干部在老农民眼里啥形象？你这次出了院，不把丹桂香会计撤换掉，我就打倒你！

　　大林见黄新月较了真，重了心，觉得不吓唬吓唬她真不行，也许宝山出了医院她还会闹个无休无止。他朝宝山挤挤眼，示意他别再往下说。然后扭头拍拍黄新月肩膀，不说话，往外走。出了门，见黄新月撵在身后，他对黄新月小声说，你如果认准宝山与姓丹的女人有那种关系，我就派镇里纪检委员去查一查，查实了收拾他张宝山，让他忘乎所以。

　　黄新月一听，慌了，连声说，你可别，没有的事，我只是闹闹他，不让他迷了魂。

　　大林眼盯着她问，真没事？

　　黄新月答，真没事，我打保票！

　　你可别后悔，别包庇！

　　不后悔，不包庇。他真的没。

　　大林扭头走了，窃喜。

十 五

  柳大林坐了一年多的冷板凳，却换来了一个宝座。这年 7 月，他被提拔为丰和县委常委、县政府常务副县长。按照南都市纪委和丰和县纪委对柳大林的调查情况及建议，一年前他就该提拔。可是经过两次风波之后，宋立功体会到了古人的两句话，"行出于众人必非之，木秀于林风必摧之"，真要让柳大林成材，就不必再急于提拔他，得让他韬光养晦一段时间，就像钢铁淬火一样，冷却一下硬度更强，做什么都管用，而且也得让那些嫉妒他的人高兴一段时间，心理平衡一些，才能减弱他们的嫉贤妒能意识。如果再急于把柳大林提拔起来，只会激起对立面更加愤恨，对柳大林的长久成长也是不利的，所以他对柳大林的提拔重用有意识拖延着。

  这次还是南都市委唐书记来丰和县调研，宋立功陪着看了黄龙镇的服装市场，看了丽莎服装公司，唐书记看得高兴，特别赞扬丽莎服装公司制作的女装很上档次，完全能占领国内市场，而且有可能冲向国际市场。市委书记向宋立功了解了这个外资项目引进落地经过后说，一个小镇能生产出国内一流水平的女装，一个小镇能引进一个外资企业，在我们南都市还是首家，这样的镇党委书记你为何不提拔重用？宋立功是政治老手，他当时回答，我只能提拔科级干部，提拔副县级以上是你市委书记的权力啊！市委书记当时没说话，回去后就让市委组织部派来了考核组。这一次，丰和县的人事发生了重大变动，不仅提拔了柳大林，宋立功也被提拔为南都市委常委，仍兼任丰和县委书记，县长鄂海宾调任市科协主席，又派来了一位毕县长。

  这次人事变动，在全县引起了较大反响。方占坡和陶志中更是惶惶不安，他们叫来了白娃，要求白娃绝对不能暴露他们。陶志中还顺手递给了白娃一张条子，让他找段科长去。白娃一看，又给了他一段修路工程，喜得合不拢嘴，感激涕零,双膝跪地发誓说,自己死也不会出卖他们。白娃的确没有出卖他们,因为他毕竟在他们手里挖到了第一桶金。尽管如此,方占坡和陶志中白天在单位心里扑扑腾腾,夜里在床上常做噩梦。柳大林只知他们与自己不是一条船上的人,也不考究侯子耀告状与他俩有关无关,但仍以平常心对待。政府办公室主任考虑到方占坡是资格老一点的副主任,让他服务常务副县长,大林也同意了。交通局长年龄大了退休了,陶志中是正科级副局长,顺提为局长,柳大林在县委常委会上也投了赞成票,这当然是后话。

都说当官风光,都说提拔荣耀,大林的体会是,就宣布文件那几分钟,脸上热热的,心里美美的,后边紧接着的全部是苦恼。

上任第一天,找他的人就排成队。他就像一个老中医坐堂问诊一样,却没有老中医问诊轻松,都是要钱要人要编制,全是难题,没有一件好办的。这些不说,再难也是工作。烦人的是"连襟"姐夫也来凑热闹,忙到夜里 11 点回家,已筋疲力尽,曹一宽还在家里等着。他第一句话就说,这些年我从没麻烦过你,现在你当大官了,可该给姐夫办个事了。大林心里明白,装着模糊说,办啥事?曹一宽"哧"一笑说,弄个副院长干干!大林不经意地笑了笑,说,我又不是组织部长。曹一宽说,你跟组织部长坐一条板凳了,能说上话。大林没立即回话,他倒了两杯水,一杯放到姐夫面前,一杯自己喝着说,我也不是打击你的,你当你的采购员吧,你也不是副院长的料!曹一宽刚把茶杯端起来还没送到嘴边,"啪"地放到茶几上,两眼瞪得鸡蛋似的说,柳大林你别忘了,1978 年你娘在医院住院,那天你在我家喝酒,你说过,你若当了官第一个就提拔表姐夫!大林忍不住"咯"一声笑了,说,当时那是戏言。曹一宽很认真地说,我可没当戏言。他喝了一口茶,又放下杯子说,医药体制改革了,基本不需要跑着采购了,采购员也不吃香了,反而被人瞧不起了。我也不是要你今晚就提拔我,算是先给你打个招呼。你操点心,你给我弄个副院长,虽然找点麻烦,但只要我当上副院长,以后有很多事就不用麻烦你了,你反而省心了,这是辩证的,你好好想想。他说完,不等回答就走了。这一夜,大林没睡着。

秋天,下起了甲子雨。甲子雨是很讨厌人的雨。唐张鷟《朝野佥载》中称,春雨甲子,赤地千里。夏雨甲子,乘船入市。秋雨甲子,禾头生耳。冬雨甲子,鹊巢下地。这次的甲子雨一直下了七七四十九天,不见太阳,地里快要成熟的玉米、高粱、黄豆、芝麻都发了芽,地里的红薯也沤得一股尿馊味……从三山凹通往黄龙镇的路也泡浆了,通不了车,粉条、粉丝、粉皮全都运不出去。这些都不要紧,运输不成就等天晴路干,雨总有停的时候,路总有干的时候。可有些事是等不得的。副村主任家娶媳妇,看好日子选择农历八月初八,等不到八月初九。副村主任儿子是教书的,找的儿媳妇是镇上的妞。他给新媳妇买了28型凤凰车,本是要骑着自行车风光着来的,车子却骑不成,踩着泥浆进村的。新媳妇娘家陪送嫁妆也拉不进来,几个男劳力抬着,走一段路得歇歇,进村时本来红明红明的家具全糊上了泥,看不到光泽。副村主任本准备待二十桌客,老亲旧眷都请来喝个喜酒热闹一番,因道路不通一部分客人进不来,走到镇上就拐回去了,搞得十分冷清,没一点喜庆气氛。更让副村主任扫兴的是,他有个表亲在南都市也不知是个什么科长,早仨月他都去求他到时借个小车来给装装门面排场排场,表亲费了好大劲借个小车,开到黄龙镇过不来又折了回去。浪费了汽油不说,瞎了人情没了面子。筵席间说起这档子事,有个客人说,俺村里出个县财政局的科长还是股级,都寻了几万块钱修了从镇上到村里的沥青路,你们村出个副县长还修不了通往镇上的沥青路?一句话,炸锅了,也使三山凹人开窍了,都怂恿张宝山到县上找大林弄钱修路。

造桥修路历来是积福行善的事,是为公不为私,坏不了大林的事。宝山想了一夜,第二天穿上高筒子胶鞋到黄龙镇搭上汽车去往县上。到了县政府,大林正在开会,方占坡热情地安排他坐在接待室里喝茶等候。大林散了会就忙来接待室见宝山,宝山说明了来意,并说是全体乡亲们的意思。大林一听锁上了眉,摇了摇头,说不好办。

宝山讲外村在县财政局工作的人就能弄三两万块钱硬化了村道,你掌管着两三千万的财政资金,还不能抽出十万八万给村里修条沥青路?大林说,不管我掌管着多少资金,资金是全县人民的,我不能拿来为咱村修路。宝山想了想又说,你能不能给交通局说说,给公路局说说,他们是专门修路的。大林又摇摇头说,那也不能办,他们修路是修公路,不能修私路。宝山像泄了气的皮球一样回到家,村里人说,大林不讲人情。宝山想起那年大林为给村里打机井挪用了九里山公社的指标而被免去公社书记的事也理解了。他给大家解释说,大林刚当上副县长,谨慎是对的。

方占坡那天听到了张宝山与柳大林说修村道的话。他或是想巴结想讨好或是怀有什么不可告人的目的,把话传给了陶志中,要陶志中把这件事干了。陶志中当然也乐意,两人商定,这件事只做不说,不向柳县长汇报,汇报了县长不好表态。并给张宝山说,村里也不必向柳县长汇报。一个多月之后,县交通局施工队开始动工。村道简单,放线、拓宽、轧实、铺上沥青就可以了。土工由村里干,其他都由县施工队做。

柳大林到县上后,由涂富国接任镇党委书记。他当然很高兴,也很感激,大林又是县领导,他对大林尊重有加,三天两头向大林汇报工作,不是当面汇报就是电话汇报。村道刚开工两天,涂富国到县政府汇报工作遇见柳大林,表扬交通局很支持黄龙镇工作,正在修从镇上到三山凹的沥青路。大林听了一怔,当时没有说话。涂富国走后,他打电话问陶志中,陶志中说有此事。他质问,谁让修的?陶志中很会说话,我们听到当地村民反映有这种要求。柳大林严肃地说,不能因为我是县领导就为三山凹修路吧?陶志中回答说,绝不是,因为三山凹现在是全县有名的"三粉"生产专业村,我们也是支持农业产业化的,符合改革精神,你不必担心。柳大林反驳道,全县专业村多了,还有玉雕专业村、竹器编织专业村、地毯编织专业村……为什么不给那些村修路?陶志中笑笑说,一个一个来嘛,况且用的又不是咱县的资金,是我到市交通局额外要来的。柳大林一手拿话筒一手敲着桌子说,陶局长我告诉你,市局的资金也是国家资金,国家资金是用来修国道的不是用来修村道的,要修先修别的村,三山凹的先停工,必须停工!立即停工!柳大林在陶志中面前第一次说话这么硬实。陶志中见柳大林态度严厉坚决,不得不撤了施工队。

施工队撤的时候,村里去了不少人或挽留或阻拦,然而,挽留和阻拦都起不到任何作用。他们临撤走时留下一句话,这是县领导的命令,不能违抗。不用挑明,村里人知道这个县领导就是柳大林。村里有人开始骂娘,知理的人再次怂恿张宝山到县上去找柳大林疏通。

张宝山这次没到大林办公室,他知道办公室说话不方便,似乎到办公室说话有点公事公办的感觉,到家里说话可以随便些而且有人情味。柳大林已不住在纺织厂家属院了,搬到了县政府家属院。这个家属院与县政府办公院隔一条老城河,是县房产处专为政府官员盖的,都是起脊的红砖机瓦房。大林家住有三间房,每间十五平方米,另有厨房,一个小院子。宝山到屋里一看,摆设也不一样了,客厅里虽然还有两把柴椅子,但放有三人沙发,有一米多高的条柜,条柜上放有十四英寸的黑白电视机,有双波段式的收音机,而且有了小鸭牌单缸洗衣机。宝山看了说,当县长是不一样了!杨彩凤淡淡一笑,说,现在不但领导住房条件改善了,机关一般干部也都分了家属房。宝山笑笑说,也是,农村现在新瓦房也多了,钢筋混凝土结构的小楼也有了,我上个月也搬进新盖的大瓦房里了。他俩闲聊着等候大林回来。

大林10点多钟才回来,他让彩凤弄了两个菜,拧开一瓶县酒厂产的庆丰酒,二人小酌。

三杯酒喝过之后,大林说,近几天村里骂我的人不少吧?

没有,没有。宝山连声否认。

没有就好。大林说着话又满上杯。

宝山没有掂杯子,眼扑闪扑闪又塌眯上,他想想,大林现在毕竟是副县长了,说话得婉转点。于是,他给大林先讲了两个邻近村发生的真实故事。

第一个故事。别庄有个姓别的,在县里电业局供职,官不大但官气大,骑自行车技术也高,回村不下车能一直骑到撞住大门槛才停住。村里人给他打招呼,他也不拿眼看,说话哼哼哈哈的。村里人说,夏天正打麦的,秋天正抗旱的,老停电,能说说咱村别停电吧?别某眼一白说,我是管全县的,不是管别庄的。前年他爹死了,他请了三盘响器吹了三天,放了三场电影,城里来吊唁的人车水马龙,离村二三里地鞭炮就响个不停,花圈摆放半里地,可算热闹极了,排场极了。其实,他们一家人在哭,村里人在笑。他爹出殡那天,没人抬棺,他去求谁家谁家关门;提着香烟酒肉去,人家都是一句话,让全县人来抬你爹吧!无奈,他找来一辆手扶拖拉机,弟兄两个和他两个表兄弟勉强把他爹的棺材弄上手扶拖拉机。手扶拖拉机开到那刚下过雨的地里光打滑走不动,嗒嗒嗒直冒黑烟。全村人站在田头看笑话,哎呀,都说亡人要安息,这别老头死了怕也要得脑震荡。

大林听了脸色发黑,没说话,两人闷喝了一杯。

宝山接着讲了第二个故事。廖赵庄有个赵三亮,在县里做了官,有人说是个公安局有权的科长,把全家人的户口迁到县城变为非农业户口,老家的旧宅也卖掉了,爹娘全搬到城里住,在城里盖了小洋楼,想着再也不回农村了。赵三亮他爹进城住了三年,得了癌症。他爹临死前唯一要求是:落叶归根,回老家办后事。他爹断气后,三亮遵爹遗言把爹尸体拉回村里,村里谁家的宅子上都不让他停尸。可以想想，又不是娶新媳妇，娶新媳妇可带来喜气，谁家也不愿意自己的宅地上停死尸带来丧气！赵三亮无奈，将其父尸体在村旁大路上停放三天，城里来吊唁的人也只得在大路上给他爹烧纸磕头，也算象征性圆了他爹叶落归根的夙愿。讲到最后，宝山说，这两个村里人都总结一句话，人啥时候都不能忽视了乡邻忘了根。

大林不傻。大林即使傻也不至于听不出这弦外之音。他脸色更黑了，心想，宝山是个竹筒倒豆子的人，今天咋也会旁敲侧击了，这比打脸还狠哪！他自己连喝了三杯闷酒，酒杯"啪"放到桌子上。他这个一直是性格内敛讲修养有点书生气的人也一改往日风格耍起二性子，横眉竖眼粗声粗气地问：张宝山，你讲这话啥意思？

没啥意思，闲聊。宝山嘿嘿一笑，他反而作起秀来。

大林给他满上一杯酒，以胁迫人的口气说，喝掉！

喝掉就喝掉，没说喝不了。宝山就像"醉八仙"一样悠悠然喝了。

大林抽出两支烟，自己点一支，扔给宝山一支。他狠劲抽了一口，巴不得一口将那支烟抽尽，结果只抽燃了三分之一。他吐出烟雾后说，宝山，你这是打着骡子让马听嘛！

宝山没正面回答，也猛抽了一口烟，吐出烟雾后，说，大林，你做的事有点犯众恶。

犯众恶？大林双眉扬了起来。这是他第二次听张宝山说"犯众恶"这句话。虽三个字却如箭穿心。他将手中的烟蒂狠劲一摁灭，翻翻眼说，宝山，我问你，你前年为我出伪证为的什么？

宝山轻松地一笑，说，不让你受诬陷啊！想让你当大官啊，哪想到你官大自奸！

你这话太噎人，宝山。

不噎噎你不行，大林。

大林又给宝山碰了一杯酒，然后问，你知道侯子耀怎么发财的？

搞工程呗！

你知道他工程咋搞来的？

不知道！

大林站了起来说，你不知道我告诉你，那天闪红红来给我全讲了，白娃这几年一直与方、陶二人勾扯着，他们是相互利用，你想吧！

宝山听了如梦初醒，他知道方占坡与陶志中多年来一直敌视大林，现在大林做了常务副县长，他们积极修这条路，究竟是存心栽花还是有意种刺，真也难猜……想了一阵，手一摆，说，我明白了，回去给乡亲们说，路不修了。

路还要修。大林说，我支持修。

修？

嗯。

咋修？宝山一头雾水。

大林说，我建议，动员大家集资来修，也不加重村民负担，沿线还有两个行政村嘛，你们结合起来发个倡议，让在外工作的，包括在外务工经商的，愿意出资的出资，也不勉强，义务捐资修路，只要工作做好，会有人慷慨解囊的。

宝山手一拍桌子，我看可以。说着自己掂起杯子喝了。

大林喊彩凤出来，说，把那两千元交给宝山。

杨彩凤进内屋又出来，拿出两千元钱交给宝山。柳鹭也跟着出来看热闹。

宝山不接，他知道，这是他两口子一年不吃不喝的工资啊！

杨彩凤把钱塞宝山手里，说，你不来还要送回去的，大林早准备好的。

拿上吧！我们带个头！大林说。

柳鹭接嘴说，你要不拿钱，俺拿去买泡泡糖！

宝山哈哈一笑，又同大林举起杯。

村委会正开得热烈。

那天宝山从城里回来，把大林的意见告诉了大家，村委们都觉得也是个办法，与沿途的两个行政村一结合，两村也积极响应，一致要求由三山凹村牵头，他们收到的钱也转到三山凹村账上，由三山凹村负责统一施工。倡议书一发出，几天内就收到四五宗从外地寄回的款，有三五百元的，也有千把元的。今天上午会议就是研究如何建账立户，钱凑足后怎样组织施工，修水泥路面还是铺沥青。有人说，水泥路面坚固修水泥路。有人说款项毕竟有限，铺沥青经济还是铺沥青。也有人建议，毕竟是三个村合修，听听其他两个村的意见。还有人说，到底能集多少资现在也没个准，到最后看集资数额再决定也不迟。七嘴八舌说个不停。

快中午的时候,传来嘀嘀的喇叭声,大家朝门外望去,一辆白色的小蓝鸟轿车驶进村部院内。车停稳后,下来一个人,一身黑西装,黑皮鞋,戴着一副墨镜,手里提着一个黑皮包。他锁了车,取下墨镜,人们才看清他,白娃!

白娃大摇大摆地走进村部,他爹当支书时他常来这个地方,他爹下台后他再没来过这个地方,今天是第一次。他进门时似乎很神气,大家不在乎他神气不神气,都热情地与他打招呼。有的说,白娃发大财了!有的说,鸟枪换大炮了!白娃得意地笑着,屁股也没落座,眼睛环扫一周,撇着半普通话说,村里发的倡议书收到了,修路是好事,拥护村里的英明决定,修这么一条小路能花几个钱?别收大家从牙缝里挤的小钱了,我白娃全包了!他说着从包里掏出一大疙瘩捆扎着的人民币往桌上一撂,说,先拿十万元动工,最后我兜底!白娃有他的目的。他知道自己在村里名声不好,一直想恢复自己的名声,但没有机会,他觉得这次捐款修路是个表现机会。柳大林拦住不让修路,他也听到了,他诬告柳大林不成人家反倒当了常务副县长,他觉得自己拿钱修路对柳大林也是个打击,让村里人看看谁好谁坏。

村委们一个个都看傻眼了。见白娃一出手拿来这么多钱修路,简直有点不相信。不相信也得相信,真金白银呀!

还是宝山先开腔,白娃啊,这么大一笔款项你给花琴商量没有?别因为这两口子生气了。白娃一边给在场的人扔纸烟一边说,商量什么呀!什么都给老婆商量还算爷们儿?他说着拉了把椅子坐下,跷着二郎腿抖动着。

宝山觉得此话讽刺他似的,心里有点不悦,额上的青筋也鼓了起来,脸上也失去了笑意,不紧不慢地说,子耀,你慷慨解囊精神可嘉,但是倡议书已经发出去了,有的人已经捐了款,我们也不能冷落了大家的情绪。叫白娃有点亲近感,叫子耀有点郑重感。宝山之所以这样称呼他,就是以示郑重。

白娃不吃宝山的话,还摆谱,显出财大气粗的样子,接上说,靠工资吃饭的人省几个钱不容易,在外打工的挣几个银子更是血汗钱,就这,我白娃说个骨头是个牙,全包了,不含糊!他说着抖着烟灰。

宝山想了想,接着说,你的好意我们感谢,你先回避一下,我们村委再讨论讨论。

白娃起身去开上车回家了。村委接着讨论收不收白娃这笔款。大家一致意见,收。宝山担心地给大家说,白娃这钱来路不一定正。他不便把那天大林给他讲的话原封说出来,只能含糊其词。他话一落音,大家七嘴八舌说开了,有的说,来路正可以用,来路不正更可以用,让他的不义之财献义务也好嘛!也有的说,很快就要进入霜冻期了,工程应往前赶,不能拖到明年,让大家捐资凑足钱不知到猴年马月了,不能再犹豫了!还有的说,抓紧再发封信,已捐的钱退回去,没捐的就停了。见大家一个声音,宝山最后拍板,尊重大家意见。他给通信员摆摆手,去叫白娃来。不一会儿,白娃来了,宝山对他说,村委尊重他的意见,并代表全体村民对他的义举表示感谢。最后,他又问白娃,有什么要求,白娃说,没什么别的要求,路修好后在路口栽个水泥桩,写上三个字:白娃路。宝山两眼骨碌着看看大家,意思是征求大家意见。村委们都说,这好办,铸个水泥桩,就写三个字,没什么难的。还有人半开玩笑说,只要白娃捐一百万元,路边栽十个水泥桩,写十个白娃路也干得!副村长对白娃说,应该写上你的大号,子耀路。

大号没有外号出名,就叫白娃路。白娃说着又给大家扔纸烟。

宝山一时没有吭声,他想起杜思先生立了碑还让拆掉,这本乡本土的修条路还让命个名,境界是不一样啊!如果是别的事,他完全可以否掉,可这是民间事民间办,他也只得依了。几个捐款户捐献的款都原封退了回去。

冬至前几天路修好了。冬至那天举行了通车仪式,仪式再简单不过,把原来不让通行堵着路口的几块大石头搬开,把用红漆写着"白娃路"三个字的水泥桩子栽到路边地上,就算通车了。白娃的车先试行,看着一路两行的人给他或鼓掌或点头,又得意地唱起了曲子戏《白蛇传》中的唱段:

　　白素贞我瞥着杏眼仔细瞅,
　　把眼前的君子瞅个够,
　　他眉又清目又秀,
　　面如冠月恁风流……

十六

　　好马不吃回头草。老俗语了。在这个很多理念被颠覆的年头里,再不能用这些老理念来束缚自己了。前头没有好草吃甚至没草吃就得吃回头草。否则,你就会饿着甚至饿死。闪红红就是这样想着才下决心再去找白娃。但她走在路上心里也有点忐忑。原因是她觉得把白娃伤得太狠了。

　　白娃跟黄花琴离婚后,多次向闪红红求婚,曾开车带她到泰山旅游。旅途中,白娃说,红红,我虽然比你大十几岁,但农村有句俗话,会找找个胡茬,不会找找个猴娃。意思是说年龄大的男人会疼老婆,小猴娃们不懂事爱给老婆闹脾气。闪红红蔑视地看着他说,你哪一点配得上当我的老公?白娃满怀信心地说,我长得帅!闪红红"哧"一笑说,你有刘德华帅吗?白娃说,我虽然比不上刘德华,但你也不是关之琳。不管怎么说,我现在也算有钱人了,有你吃有你穿有你花就行了。闪红红仍是用那样的眼神看着他说,你有鲁冠球有钱吗?就你那几个馊钱根本不够我抖!白娃被刺得挂不着脸,仍硬着头皮说,我是比不上鲁冠球,而且差十万八千里。但我有一点,心眼好。闪红红从鼻孔里冒出一声冷笑,我咋不觉得你心眼好,你连你发小都诬告还能说是心眼好?一句话击到痛处,白娃脸红得如泼了猪血,连声说不是一码事,不是一码事。闪红红也就是因为这一点,认为白娃心术不正,决心要离开白娃。她最后丢给他两句话:第一句,即便地球上只有你侯子耀一个男人,我也不会嫁给你当老婆!第二句话,我这辈子沦落到当乞丐讨饭也绕开你白娃酒店的门。

　　尽管她的话说得那么可恶,但白娃念她当初对陶志中、方占坡、朱副局长公关有功,把"蛋糕"仍按当初的承诺切给她三分之一,也就是几十万元吧。她拿到几十万元后,算是发了大财呀!但她头脑很清醒,也没有急着买房买车,也没有急着把爹娘接下山,而是要去"滚雪球"。可事情并不是她想的那么简单。女人创业要比男人创业艰难得多,有姿色的女人创业要比丑女人创业更艰难。男人或丑女人去办事,至多送个礼请个饭就可以了。可有点姿色的女人去办事,想送礼也送不出去,那些贱男人甚至还要倒给你礼物,说什么这是下属送给我的项链戒指最适合你戴,你拿去吧!什么这是我去北京上海广州带的丝巾你嫂子年龄大了不适合,最适合你,你拿上!还有派头大一点的,这是我去国外带的法国香水意大利化妆品你拿去用吧!说着以给你东西的名义在你脸上手上或是胸前蹭上一把。这还不是他们的根本目的,他们的根本目的是想拉你上床。闪红红后来感受到,接一个工程项目手续办下来得跑几十个部门盖几十个章子,从办事员到科长再到局长要历经百十个男人,若是跟他们都上床是猪也受不了!所以,后来她死心不搞工程,开始跑生意。她先去武汉汉正街贩布匹,每次夜里从丰和坐公共汽车到武汉,白天把布匹买好打好包,夜里再从武汉坐车返回,天亮时回到丰和县城,一天两夜挣四五百元,还可以。

就这样跑了几个月,手中的钱又多了二三十万元。这时候,她胆子大了,开始大批量批发,不仅在丰和销售,还运到西安去销售。跑了一段时间,一切渠道也畅通了,路子熟了,人也熟了,生意也好做了。一次,汉正街来了新上市的布料,她弄了二百匹,得雇专车运输,她找到一个洛阳的货车,谈好了运费,但她付了货款,剩余的钱只能付一半运费,司机说,河南老乡嘛,一半就一半,到西安销了货再付也可以。就这样,她与司机连夜赶往西安。司机让她坐在驾驶楼里,暖烘烘的。司机是个40多岁的男人,很文明,路上也不打情骂俏,专心致志开车,让人很有安全感。

后半夜她要解大便,司机说,到前边一个小镇上再解决,镇上厕所卫生。到了镇上,司机停住了车,让她先去厕所,并吆喝她快去快来,自己也需要去小解。她火急火燎地解完大便出来后货车却不见了,整个小镇上都不见车,甚至连一辆自行车也没有,她立刻冒出一身冷汗,哭爹喊娘找不到车了。幸亏她聪明,记有车号,跑到洛阳交警队,交警队帮她找到了车主,车主正哭丧着脸说他的车放在火车站停车场丢一个星期了,正愁着找不到车呢!她又跑了一个多月,西安、武汉、洛阳多次往返,车无踪影,司机也无踪影,彻底鸡飞蛋打了。闪红红崩溃了,绝望了,几乎要去跳楼!多年以后,突然有一天西安公安局通知她去认一个罪犯,那罪犯当时戴着脚镣手铐,蓬头垢面,简直像个魔鬼。她仔细辨认一阵,才认出他就是当年那个拉布匹的司机。原来这个司机是甘肃人,趁她如厕之际把车开往另一个乡镇土路上逃跑。一直把布匹拉到兰州卖掉。他发了大财后，在西安开了个KTV，强奸女大学生未遂而把该女生掐昏，公安在审讯过程中罪犯供出了盗车及盗卖布匹的犯罪事实。她才知道了事情原委，但为时已晚，只算落个心里明白，钱是再也收不回来了。

这期间，闪红红也打过柳大林的主意。她很崇拜柳大林，崇拜他的人品和才华。她知道他有柳下惠坐怀不乱的修炼，但她也深信没有撩不倒的男人，色财是男人的两大爱好。别的男人找她她不从，她嫌他们没品位。她想过，这辈子如果能够跟柳大林睡觉那是她的荣幸，哪怕仅仅只有一次也就满足了。闪红红虽然想得如此纯洁，但不排除功利。任何女人都是这样，虽然起初她是对男人的崇拜和爱，一旦她得到了爱之后，紧接着的就是功利，因为男人有金钱和权力。这种金钱和权力的资源优势她为何不利用呢？不用也是浪费。

她找过柳大林三次。

第一次是柳大林刚当上常务副县长时，她去县政府见大林，将白娃与陶志中、方占坡勾结的情况告了密。她肯定地说，白娃诬告大林是受那两个家伙的操纵，白娃也是为了捡几块臭铜钱而出卖了灵魂，并讲了一些蛛丝马迹。她说这些，半是出于正义，半是为了自己的以后铺垫。大林听了，也只淡淡一笑，说了三个字，知道了。她出了门的时候，觉得初步取得了效果。

第二次找柳大林是在三个月之后。她见到大林说，她到不少部门去跑工程项目时总是遇到性骚扰。大林问她都是哪些人，她又不肯说。她只说自己不想干工程了，希望大林能给找个正式工作干干。大林又是一笑说，现在都砸烂铁饭碗了，我老婆就下岗了，在街上摆摊卖包、鞋子和袜子。每当她进屋时，就顺手把门关上，大林说关上门不通风，又将门拉开。说话中间，她总几次找种种借口关门，比如说杯子里茶凉了，要泼水把门开开，装咳嗽要吐痰，要到门外去……回屋时都借机将门又关上。柳大林都要将门再拉开，但也没有流露出内心的反感。后来，她一笑说，大林哥真是个胆小鬼。你要是嫌我在办公室不方便，你就到我租的房子去，可安静了。见你每天那么忙，肯定吃不好饭，你到我那儿，我给你擀面条，包饺子，烙油馍，炖排骨，变着花样让你吃。大林说，谢谢你的美意，中国有句古话，官不入民宅。

第三次就是在那车布匹丢失之后，她去找柳大林诉苦，柳大林听了很同情，说一定帮她破案。她说案是很难破的，基本是守着公鸡下蛋白搭工。她要求大林给她找个工程干干，不说把丢的钱全捞回来，起码得有碗饭吃。大林说，他有三不说情：一是计划生育不说情；二是官司纠纷不说情；三是工程项目不说情。闪红红见说不通，又心生一计，说，哥，我也理解你当官不容易，我不让你找人舍脸了。平时你工作忙，嫂子也自谋职业寻饭吃，你家孩子正上学，肯定离不开人照顾，我去你家当保姆，这不会难为你吧？大林听了难为情地说，你当保姆？我使不起呀！闪红红说，我不要工资，只用你们吃啥我吃啥。大林仍是摇着头说，使不得，使不得。正说时，郜丽进来了，说有事要汇报。郜丽是方占坡把她从机要室调进二科，专门服务常务副县长来的。柳大林让郜丽等会儿再来。闪红红看见郜丽那么漂亮，心想自己的姿色比起这娟秀清纯的美女逊色多了，柳大林他身边有这般的美女佳丽，自己是难入他的法眼了，泄气了。但她还不甘心，眉头一皱，又生一计，说，大林哥，你如果看不上小妹不让去你家当保姆，也就算了。听说，现在许多乡里、县里为了往上边去争取项目要资金，选派年轻女子去到上级领导家当保姆，通过保姆拉上关系。要么你也给我送到郑州或北京去给人家当保姆，一旦拉上关系，也能给咱县里弄点项目搞点资金，也算给县里做贡献。大林脸色变难看了，很不高兴地说，你应该知道，我从不干邪门歪道的事，你就踏踏实实做生意吧！说着起了身，明显是下逐客令。

闪红红彻底失望了。她想想，自己犯贱，真犯贱！自己对追自己的人不理睬，却要去追别人，又被别人不理睬。简直是个怪圈，何苦呢！与其追一个自己爱人家人家不爱自己的男人，倒不如要一个爱自己而自己不爱他的男人，可以确立自己的"女神"地位，在家里可以称王称霸！想到这些，她才拿定主意，还是去投靠白娃。

闪红红走到白娃酒店门口，看见大门上又多了一个牌子：丰和县白娃建筑公司。她盯着这个牌子看了两眼，心里很激动，返回来没错！

白娃正坐在办公室等候闪红红。黄花琴与他离婚后，他提着鞋赤着脚追闪红红，他没想到与闪红红求婚不成她反而还离开了他。男人们也有犯贱的时候，别人看那个女人是豆腐渣，他却看成一朵花。当他视一个女人是一朵花的时候，能把这女人看得比自己命都主贵，一旦得不到或失去了的时候就像掉了魂似的。昨天晚上接到闪红红要来见他的电话，他浑身上下就像打鸡血了似的兴奋，一下子精神百倍，整夜未眠，不到8点就来到办公室等候。

驴子我来了。闪红红跨进门嘻嘻呵呵地说。

白娃听了丈二和尚摸不着头脑,愣着问,此话怎讲?

闪红红坐到一旁沙发上,说,农村人常讲,好马不吃回头草,原因是马有记性。说驴子没有记性,骂过的话挨过的打容易忘掉,所以它容易犯错误。

白娃听了哈哈大笑,笑罢说,红红是头好驴,既有驴的温驯,又有驴的能踢能咬,做生意搞公关能踢能咬才能打开局面。所以,我喜欢红红这头驴。他说着从抽屉里取出一盒口香糖,扔给闪红红一包。

闪红红边剥着糖纸边眼瞟着说,口香糖都是女孩子爱吃的,你大男人家准备恁多口香糖,怕是哄女孩子的吧?!

白娃连忙解释说,没有,没有,夜里想你睡不着的时候含块口香糖。

真的假的?

当然真的!

闪红红说,如果是真的,我就给你亮明牌,我今个又返回来,不是来给你当公关小姐的,我决定给你当老婆!

真的假的? 白娃也这么来一句。

当然真的。闪红红很郑重地说,不瞒你,这么长时间,我见过很多男人,比较比较,观察观察,都缺乏一点,就是哥当初说的,哥心眼好!

幸福真的降临到白娃头上。他兴奋地站起来说,当然是了,这世界上你肯定找不到第二个男人对你好! 他说着走过来就想抱闪红红,胳膊却被挡住了。闪红红说,有三句话,你答应了我才能当你老婆。

你说吧。白娃站住了,眼睛一眨也不眨地望着她。

闪红红扳着指头说,一是不举行结婚仪式。咱俩早上过床了,你也不是处男我也不是处女,不需要洞房花烛夜的激情与浪漫;再说你是二婚,又大我十几岁,我爹妈出席婚礼脸面上不好看。二是不请客,不摆筵席。咱就鬼子进村,打枪的不要,悄悄地进行。三是不领结婚证。免得以后日子过不下去了,还得去办离婚证,脱裤子放屁,多费一道事,还弄得沸沸扬扬的。你说咋样?

白娃挠着头,这个……这个……

你不用这个这个的。闪红红像折黄瓜一般干脆地说,我知道不领证你不放心,没有安全感。其实,证只是一张纸,顶屁用。女人变心了,有证也挡不住。你与黄花琴当初也办有证,不是照样离婚? 结婚证就像汽车司机那个驾照一样,技术不过关,车照样抛锚。实际拿张证对我最有利,离婚了我要分割你财产,你若死了我有继承权……不,不,这话说过了……我不是有意咒你!

白娃哈哈笑笑,没事,没事,我不介意这个,一咒十年旺,阎王爷不叫我,我就不会死! 你说的三条意见我都同意。

我就喜欢哥哥这种大大咧咧的男人,不喜欢那种斯斯文文的男人。闪红红说着,高兴地扑上去给白娃"吧唧"亲了个嘴,然后又抛着媚眼说,今晚就把你拿下,让你神魂颠倒,飘上九霄。

白娃心里甜蜜蜜的。他想起有人说过的一句话,女人追男人隔张纸,男人追女人隔堵墙。此话果真。但他没讲出来,脸上甜蜜地微笑着说,今晚你要先把城南村的村主任拿下。

什么意思? 闪红红两手从他肩上溜下来。

请村主任喝酒呀!

请他个村主任喝什么酒呀! 闪红红不情愿地说。

白娃坐下来,很认真地给她讲,城关边上的村主任都是非常厉害的,他们的权力比乡下的乡长、书记权都大。乡里往城里转个户口了,找片地盖个房子了,都得送礼请喝酒,不喝上十场八场别想办成事。城四关边上四个村主任已喝死仨,城东村村主任喝个脑中风,城西村村主任喝个胃癌,城北村村主任喝成肝癌,现在就剩城南村村主任没喝倒……

闪红红打断他的话说,那你请城南村村主任喝酒,不也是加速人家死亡吗?

咱为的是办成咱的事,管他喝死喝活的。白娃又剥了一块口香糖塞进闪红红嘴里,自己也剥了一块口香糖边嚼边说,前些时他往深圳给春宝打了电话,春宝说深圳早已有人搞房地产开发,解决住房难问题,而且搞房产利润最大,比开饭店利润高几十倍。他已看中城南有一块地,是个废弃的砖瓦窑厂,一亩地两千元钱就有可能拿下来。盖他十几幢楼,就会赚上大大的一笔钱。白娃讲到最后,得意扬扬地说,不是吹牛,到那时候说买套房子把你爸妈接进城住,给你买辆宝马车都是小菜一碟,咱俩睡觉都躺在钱上,头上枕的脚下蹬的全是钱!

闪红红嘴一撇,嘴角一翘,老公,你是吹牛的,还是做梦的? 说得像是阴钞来得那么容易!

白娃哈哈一笑,说,绝不是阴钞是人民币,一搞房地产就像有了一台印钞机,哗哗啦啦的票子令你数得手指疼。

闪红红听得激动万分,说,成! 晚上就先撂倒那村长,而后再撂倒你! 白娃听到这话，身上也痒痒的，走过来抱住闪红红贴得紧紧的。

闪红红与白娃在屋里逗情逗够了，说是想出去逛街，要白娃陪她。白娃心想，闪红红从今天起就成自己老婆了，虽不大操大办，也该给她买套衣服，买床新铺盖，买些金银首饰，便同意一起出来上街。走到大门口，闪红红看墙上贴的招财务人员启事，便恍然大悟，问白娃，我当你老婆，不是要做全职太太，你让我干啥？白娃说，你当饭店总经理。闪红红说，不行，我要当建筑公司副总。她一把扯掉招聘启事，财务人员就不用配了，我兼着，少开支一个人员工资。白娃对闪红红失而复得心里已美得头脑发昏，随口说，你想干什么就干什么，总经理你来当也行。闪红红不管院内有人没人，嗲着喊了声"老公"，吧唧在他脸上亲了一口。白娃脸上盖了个红章子。

柳大林慌忙钻进小车里，顺手"哐咚"关上了车门。小车迅疾开出县政府大院。他要去参加"中国·黄龙第一届服装节"。他虽然离开了黄龙镇，但县四大家领导分工，他还联系黄龙镇，分包丽莎服装公司这个项目。上午 10 点 18 分服装节在黄龙镇开幕，他要代表县委、县政府去致贺词。不到 8 点钟他去办公室取公文包，曹一宽堵在门口，说医院一名副院长退了，要补缺，是个好机会，一定要大林给搭句腔，把自己提拔起来。柳大林知道这件事，退的是抓业务的副院长，补充的也需要懂业务的，便说，你没文凭，哪能行？曹一宽掏出一张经济管理类的函授大专文凭，实际是他花钱买的。他把这张文凭递给大林说，你看，这不是大专毕业证？柳大林瞅了一眼说，假家伙，真的也不管用，不对口。曹一宽满脸通红，喷着唾沫星子说，凡事都有个变通嘛！变通不得！柳大林生怕后边再有人堵住走不开误了会议，不管曹一宽高兴不高兴，就把他扔到政府院里。

柳县长，你头发有点乱，得整理一下。司机小杨扭过头说。

算了，乱就乱吧。大林知道自己头发乱，早晨起床没顾上梳头，他用五指拢拢乱蓬蓬的头发。

今天你要上镜，市、县电视台都要录像，电视上播出去可是代表丰和县形象的。司机进一步劝他。

司机这句话说动了柳大林的心，他看看腕上的手表，说，8 点半了。

来得及，十五分钟就洗了。我多踩几下油门就是了。

没处洗！柳大林像是给司机说，也好像是觉得没有合适的理发地方。

他的确为理发有点犯难。刚开始在县政府机关理发室理发。女理发员三十五六岁，技术挺不错，洗头把头皮挠得舒舒服服的，吹的发型能顶七八天不走样，还会修面。她的刀工很好，刮胡子刀能把胡楂刮得刺啦啦响，就是不疼，感觉就像十七八岁的妙龄女郎的手指头抿着似的爽。她修面有个绝技是打眼，刀子在双眼皮之间刮过去就如蝴蝶翅膀扇了一下，还不伤一根眼睫毛。时下街上许多美发厅就连温州人来开的发廊，只会洗会吹却不会刮胡子修面，对刀工一窍不通。大林理了几次后，表扬女理发员技术不错，女理发员趁机提出，柳县长，俺来干好几年了，还是临时工，你想办法把俺转个事业编制。他一了解，原来是前些年机关刮起一阵兴办第三产业风，各行政单位成立了劳动服务公司。后来不许机关经商办企业了，劳动服务公司撤掉了，女理发员也就没了身份。机关严重超编，往哪儿弄事业编制，况且她也没学历……以后他又去理了两次，每次女理发员都要求解决编制问题。他觉得解释不通，又办不了编制，也就不去机关理发室理发了。

后来，他到街上一个理发店理发，一次，两次，三次，人家也认出他了，理发不收钱，提出家里人办个纸箱厂，要他在办手续上帮个忙，给他入个干股。无奈，他又得换点。换第三个点也是这样，一次，两次，到三次也被认出来了。老师傅说，你是柳县长吧？他极力否认，不是。老师傅说，你别骗我，柳县长，你第一次来俺就认出你了，俺只有一件小事求求你，俺孩子是退伍兵，但是个农业户口，你想想办法在城里给安排个工作，也好找个城里媳妇……唉唉，理个发，也不敢定点。后来，他就打一枪换一个地方，理一次发就再不去第二次。

司机明白他的意思，在一个"温州小哥"发廊前停了车。发廊的玻璃门上贴着四个红胶纸剪的字：洗染剪烫。他摇下前门玻璃喊道：喂，洗个头多长时间？

十五分钟搞定！一个瘦弱的小男生站到门口回答。

温州发廊，外地人开的，超脱。柳大林下车进了发廊。是个单间门面房，一个洗发池，两把理发转椅。墙上贴满了各式女人发型的头像，男人头像只有很少几张。这是我们领导，今天要上镜，洗好点，吹好点。柳大林瞪了司机一眼，没说话。小男生接着说，尽管放心，会让您满意。他边说边给柳大林套上围裙，带他坐到一个马凳上开始洗发。小男生先问他，水温怎么样？水烫不烫，凉不凉？又问他喜欢用飘柔还是用潘婷？他说，什么都行。洗发水顺着水从额上流下来蜇得不敢睁眼，稍不注意，那带着泡沫的液体进入眼内就把眼球蜇得酸疼。

小男生洗的中间又问，领导，头皮痒不痒？柳大林口里只嗯不说话，因为一说话，眼角容易闪开缝。刚开始，他觉得小男生的指甲抓得疼，便说，重了，抓得重了。后来，他感觉挠得轻了，轻了，感觉很柔软，那指头不像是指头，像是铅笔的橡皮头在蹭，既煞痒又伤不了头皮。头发冲洗干净后，一条软乎乎的毛巾擦干了湿淋淋的头发和脸上沾的泡沫及洗涤水，他才睁开了眼睛。一看，大吃一惊，墙壁上面的镜子不是魔幻镜吧，明明给他洗头的是个小男生，现在从镜子里看见的竟是黄花琴，是眼看花了吧？他愣着坐在马凳上不动。

他眼睛没有看花，镜子里的女人是黄花琴。

黄花琴因白娃实名举报柳大林猥亵她，她对这种侮辱恼羞成怒，而且还有人找她调查落实。她觉得与这种畜生般的人再也无法生活下去，坚决与白娃离了婚。离婚时，她也没要什么财产。儿子友友，按惯例，男孩判给男方，她也没争。白娃看黄花琴什么也不争，也慷慨，把那套房子给了她，自己单人出来，住在公司，以后另买住房。友友虽判给了白娃，只是名义，写在协议书上，友友还是跟黄花琴住在一起，上学还得她接送。黄花琴原本想着，杜丽莎在黄龙镇建了服装厂，她还去黄龙镇继续给杜丽莎打工，然而，杜丽莎在黄龙镇待的时间长了，对黄花琴的前情有所耳闻，内心深处对她有了另一种看法，不由得排斥她，见她说话不热情了。黄花琴知趣，也就打消了原有的念头。

领了离婚证后，黄花琴觉得不能把自己搞得很狼狈，要打扮得漂漂亮亮清清爽爽。第二天她去南都市逛了最有名的商场，买了一套高级服装，又去发廊里烫成了金黄色的大波浪卷发；结账时，一百五十元。天价！弄个头发就花这么多钱？她感到显然是被捉弄了，可这个账是无法算清的，美发师说是用的什么药膏什么原料，你有一百张嘴也说不过，头发已给烫了，你剪掉也无用。歪打正着给了她一个启发，从事美发行业好赚钱哟！回来后，她想了一夜，去郑州报了个班，学习了二十天，回来就开美发店。正巧遇上"温州小哥"发廊转让，她便接了手。原先这个店里也并不是温州小哥，实际是温州小姐，温州发廊的剪发在全国很有名，人们往往慕名而去。但要说起温州小姐人们免不了感到有些暧昧。所以黄花琴接手后，仍使用"温州小哥"这个名字。现在店里这个小男生并非温州人，他实际是江西的。前老板转店撤人时他留下了，黄花琴不能全蹲在店里，就由他支撑门面。黄花琴今早送过友友上学来到店里时，看见门口停着一辆灰蓝色的桑塔纳轿车，知道店里的顾客肯定是县上的大官。进到店内时，那男生正在给顾客洗头,看见后背看不清面孔。她给小男生递了个眼色,小男生心领神会地让开,她挽起袖子就给顾客洗起来。

此时,她也看清了顾客的面孔,不错,是县里的大官,可万万没想到是差一点就成为自己丈夫的柳大林。她也傻眼了,怔住了。

怔了几秒钟,仅几秒钟,柳大林自己离开洗发池走过去坐到理发椅上。

黄花琴红着脸拿着吹风机看着小男生说,你吹吧。

小男生知道这是领导,领导的活儿得让老板做,也推让着说,你吹吧!

谁吹都可以,快些。柳大林毕竟是见过大世面处理过复杂问题的人,开口解这个难题。

黄花琴一手拿着梳子,一手拿着电吹风机,呼呼隆隆,一会儿把柳大林的发型吹起来了,又喷了啫喱水,定了型,挺漂亮而且显得更有气质。柳大林看看墙上的价格表,男士,洗头三元,吹风二元,剪发五元。柳大林掏掏兜里没有零钱,只有一张拾元的。黄花琴嚷着,不用掏了,不用掏了。天下没有理发不掏钱的道理,农村人说理发不掏钱叫“混头”,很难听的。柳大林把那张十元票子扔到台上,不等黄花琴或那男生找零钱,就急急忙忙出门去。黄花琴撵到门外喊了声,让嫂子闲了过来洗头。柳大林嗯嗯着上车走了。

服装节仪式在镇中学的大操场上进行。搭建了临时舞台。会场上空飘满了气球和彩带。这样的节日在黄龙镇是第一次,在丰和县也是第一次。看热闹的群众挤满了学校大院。服装节活动不仅安排有 T 台时装表演,为了产生轰动效应,镇上还费了多番周折拐弯抹角托人请来了两位上过央视春晚的相声演员前来助兴。其实多数人不是来开会来看时装表演的,主要想看那两个名演员的。所以,相声不开始,有些人耐不住性子就要离开会场。同时,年轻人也狂热地不停地呼叫着,只得让相声演员提前上台表演。

甲:昨天下午来丰和到现在,发现一个最大的特点是地方方言特别有特色。

乙:什么特色,说来听听。

甲:比如喝醉了酒呕吐吧,这里人不说呕吐,说哕。

乙:还有说什么呢?

甲:比如说傻子,这里人不说傻子,也不说傻瓜,傻帽,傻蛋。

乙:说什么呢?

甲：丰和人说信球。

乙：（朝台下观众问）你们都是信球吗？

台下观众一阵哄笑。年岁大的人骂起来，妈的，这是骂我们丰和人的！操！这当官的真操蛋，花几十万元请来两个王八蛋骂人的！

柳大林从县城出来头就一直蒙蒙的，涂富国接住他从人群中穿过，那些骂娘的话他俩听得清清的。大林看了涂富国一眼，没有说话，继续从人群中穿着往主席台去。

台上，两个演员继续在耍嘴皮。

甲：丰和还有个方言很有意思。

乙：说来听听。

甲：老公称老婆，不叫老婆，叫堂客！

乙：什么，坦克？坦克车？

甲：不，食堂的堂，吃客的客！

乙：（摇摇头）哈哈，俺老家方言称妓女为堂客！

他妈的，这些乌龟王八蛋，吃饱了撑着没事干，变着法儿骂人！这俩家伙，简直是屎壳郎打喷嚏，满嘴喷粪！低俗！低俗！太低俗！爷们儿，上台去将两个家伙轰下去！……

这些话，柳大林和涂富国照样听得清清楚楚。柳大林看一眼涂富国，说，老涂，听到没有？老涂叹了口气，说，现在老百姓难侍候着哩！柳大林对他的回答不满意地摇摇头，说，不是老百姓难侍候，是我们没把事情办到老百姓的心坎上，请来这些明星花几十万有什么意义？简直是一种浪费，这笔钱用来给老百姓办实事就好了。

轰下去！轰下去！台下仍有人喊着起哄。

然而，没人能把这两个演员轰下去，因为有人喜欢。是那些追星的年轻人喜欢，特别是女孩们更喜欢，成群上去献花，成群上去拥抱，一个接一个地上去搂住腰照相，还有个十七八岁的姑娘蹿上去吻一下就跑，台上乱哄哄的……柳大林来到台上，嚷叫着，下去，都下去，别再丢人现眼的！涂富国也在嚷叫着。

不管他俩怎么嚷,女孩们才不理他们那一套的,照样上去献花、搂腰、照相、亲吻……后来涂富国让派出所民警一个一个拽住胳膊扯也扯不住。无奈,最后,让民警"押"着似的将两个相声演员护送上小车拉走,会场才安静下来。

开幕式由涂富国主持。他今天穿着一身黑色西服,胸前戴着大红花,显得神采飞扬,喜气洋洋。在一阵锣鼓声和鞭炮声响过之后,他声音洪亮地宣布:现在请中共丰和县委常委,县人民政府常务副县长,我们黄龙镇的老书记柳大林同志致贺词!

柳大林本来想着这样一个民间活动,用不着周吴郑王地拿着稿子念了,服装产业又是他抓的,什么事情都滚瓜烂熟,满脑子都是活词,即兴讲几句就可以了。所以办公室秘书给他的稿子他看也没看就塞进西装上衣口袋里。可自从他出了"温州小哥"发廊到现在,脑子成了一盆糨糊,几乎断片了似的,不知说什么好了,只得从口袋里掏出秘书交给他的稿子念:

尊敬的各位领导,各位来宾,女士们,先生们,大家上午好!

台下"轰"一阵笑,他不知笑什么,心情格外紧张,一口气将稿子念完,走下台来,同县直各部门来的头头们坐在第一排一起观看时装表演。

台上的表演很精彩。

杜丽莎也在表演队伍中,她穿着自己公司制作的时装,表演得更加出色。

柳大林却心不在焉地看着,他先问左边坐的同志,刚才我讲话时大家笑什么? 左边那同志回答,笑你讲得特别棒! 他不信这话。过一会儿,他又问右边的同志,右边的同志说,笑你今天打扮得像个新郎官。他摇摇头,都不是实话。问不出实话他心不安宁,仍是心不在焉地看着表演。直到散场时,领导们一起退场,国超主动走过来同他打招呼,他忙把国超拉到一边问,刚才我讲话时候大家笑什么? 国超一笑,说,大家都知道今天在场的你就是最大的领导,你还讲什么尊敬的各位领导,自己尊敬自己的? 所以大家笑了。柳大林若有所悟地点点头,更重要的是他悟出了还是乡亲们说实话。他又问国超,你有什么事吗? 国超说,没事。只是我爹想你了,想去见你却去不了,去了也怕见不到你。

你爹身体怎么样,还好吧?

国超说,我爹生病了,卧床两个月了。

柳大林听后"喔"了一声,沉默了几秒钟,说,等我上午把事情处理完,下午回去看看你爹。

好！我先给我爹捎个信。

又有很多人围上来给柳大林说话，国超也没给他打招呼，高兴地走了。

我爹想去见你却去不了，去了也怕见不到你。国超爹的话使柳大林心情沉重。他下午在黄龙镇处理完工作，就让司机开上车回三山凹去看国超爹。车走到离村子大约还有一里的地方，不能走了，前边有了障碍物。障碍物是两盘耙横霸在路上。每盘耙有三米多长，将路堵得死死的，明显是不让通行。司机小杨下了车，骂了一句，混账东西，这么没德行！他弯下腰要去挪动那两盘耙，耙的分量并不重，一个人掂起一端完全可以把它撂到路边去。

大林这时下了车，他明白是村里有人故意设障，伸手阻止司机：不要动！

司机看着他问，那……

我走回村去。

司机说，我在这里等你？

你开车走吧，不用等我。大林说着往村子里走去。他远远看见村头站满了人，好像是在迎候他。他想起古时候很多贤达贵人距乡三里就下马落轿，悔自己不该坐着小车回来，这肯定是乡亲们取笑他的。他这样想着红着脸硬着头皮继续往村里走去。

国超上午见到大林后，往家里打电话。他娘为了炫耀，说给了左邻右舍。村里几个冒失小伙，觉得大林当初不积极不主动反而阻止修这条沥青路，现在白娃掏钱把路修好了，你坐着小车从这条路上回来，你好意思吗？所以，故意设障给他难堪。他走到村口的时候，站的人却像老鹰来了麻雀四散一样不见了，他们原本是想站在村口看笑话的，却不好意思面对大林。

大林坐在国超爹的床头，握着老人家的手说，大叔，你哪里不舒服？

国超爹说，我好好的，没什么不舒服。

大林微笑了一下，说，我知道了，你最近身体不舒服。

国超爹叹了口气，说，林啊，我是心里不舒服。原本村里人都说你是好娃，白娃是孬娃。现在你当官了，白娃发财了，村里人却骂你。原因是关于这条路，你不拨钱修也罢，村里骂的人还少，县交通局来给修，你让给撤了，骂的人就多了，你咋恁恁（方言，意思是很傻）的？大林笑了笑，他想起了上午相声演员说的"恁球"，但没有说话。国超爹继续说，你当时睁只眼闭只眼，知道权当不知道，事后谁能让把路扒掉？就是追责任也追不到你头上的。

大林叹了口气，说，乡亲们的惩罚和唾骂我都接受，但也不后悔。

国超爹慈祥地看了他一眼，又说，现在的人都变现实了，讲实惠，你今天为人办好事今天就说你好，你明天不为人办事就骂你孬！现在你在村里成坏人了，白娃成好人了！原来村里人都骂他，现在都说他好，就因为修这条路……国超爹没说完，一阵急促咳嗽，吐出了血丝。大林惊慌起来，国超娘也慌忙走了过来。大林问，大叔过去吐过血丝吗？

没有。国超爹否认。

国超娘实说，吐过几次了。

大林听说他吐过血，心里像压个石头一样沉重，知道国超爹病情不轻，掏出手机，往县人民医院120打了一个电话，不到一小时，呜呜哇哇来了一辆救护车，把国超爹抬上了车，大林也坐到救护车上，呜呜哇哇往县城去。大林注意往路边看了看，来时的两盘耙不见了，心里一阵酸楚。

大林把国超爹在县医院安顿好，先做了一些项目检查，有些检查项目如抽血化验得第二天早晨空腹才能检查出结果，他就回家了。

这时候已是夜里9点多钟了。他走到门口，听到了弹电子琴的声音，弹得很动听，很悦耳。柳鹭还没有弹到这么熟练的水平啊！他知道女儿弹得很生疏。所以他没有急于进屋，想站在门口听听。

来，让阿姨开始教你。老婆杨彩凤的声音。

好，鹭鹭开始。一个年轻女人的声音，很甜润。

索多索发咪来多，多多来咪……

他听出来了，是金月芩的曲子，我爱北京天安门。

来，自己弹一遍，阿姨听听。

柳鹭边弹边唱，我爱北京天安门，天安门上太阳升……

鹭鹭很聪明！弹得真棒！来，再弹一遍。

他听清了，是郜丽的声音。她怎么会到家里教起柳鹭弹琴来了，她从不知道我这个家门啊！机关里一个年轻美女来家里教孩子弹琴合适吗？他想着，还没有急于进门。

阿姨，这支歌子我上一年级就会唱会弹了，你可以教我一曲新的吗？鹭鹭的声音。

可以的,我先弹一曲你听听,看你喜欢不喜欢。

接下来,听到邰丽边弹边唱。

咪唆来,多索发……电子琴发出的声音。

雪绒花,雪绒花,一早你向我盛开,小而亮,洁而白。邰丽唱的声音。

大林听出来了,这是哈默斯坦的词,罗杰斯的曲。他没想到这个在机关里十分腼腆不善言谈的女子,能有这般才艺。

他忍不住推门进屋了。

电子琴就支在客厅里,邰丽把着手在教鹭鹭,杨彩凤站在一旁陪着。邰丽看见柳大林进屋来,脸一红,喊了声"县长",便停住了弹琴。

你们弹吧,弹吧,我累了要休息。大林说着进了卧室。

县长累了要休息,还能弹吗? 再弹岂不是影响县长休息。邰丽说,不弹了。柳鹭闹着嚷着,我不,我不,阿姨还弹,阿姨还弹。宝贝听话,听话啊! 阿姨抽时间再来教你。邰丽说着出了屋门。杨彩凤送邰丽到大门口,问道,邰老师什么时候再过来?

邰丽轻声说,你方便时电话联系我。

不,不,阿姨明天晚上再来教我。

好,好,阿姨听鹭鹭的。邰丽说着走了。

杨彩凤和鹭鹭回到客厅后,柳大林从卧室里出来坐到沙发上。彩凤不满意地瞪他一眼,说,你不是累了要休息吗? 现在又来坐这里当神哩!

柳大林点支烟,眼翻着问杨彩凤,你咋把这妞叫来的?

杨彩凤告诉他,前些天,她在街上碰见了方占坡,对方占坡说,认识不认识会弹琴的,找一个来辅导鹭鹭弹琴。方占坡说,有,有,政府机关就有一个南都师院音乐系毕业的,电子琴、钢琴、吉他、琵琶、古筝都会弹,样样通。她听了很满意,当晚就让方占坡带邰丽过来了。

你觉得合适吗?

当然合适,鹭鹭很喜欢她。

我说的不是这个意思。大林冰冷着脸,又抽了一口烟后说,你知道不知道她是政府机关的干部?

机关干部又怎么,下班后不影响工作。再说,我可以给她付家教费,不让白教。杨彩凤说话的口气也很硬。

柳大林有点不耐烦了，摁灭了烟蒂，说，你还没明白我的意思，这小郜是个年轻貌美的女子，到咱家……

没等他说完杨彩凤就给顶回去说，我不吃醋，你还说什么？再说，到家里来才没人说闲话的，如果说有啥，在单位还不有的是机会，别假正经了。

不是假正经，是真正经，要防止外人口舌。柳大林不想当着鹭鹭的面争吵，又进卧室去。

杨彩凤撵进卧室，嘟囔着说，你是该小心的不小心，不该小心的又小心。柳大林知道她的话又是含沙射影，也顶上说，你什么意思，什么该小心不小心？

杨彩凤本来就有气，对他撵走郜丽气上加气，也又戗上说，你在深圳与黄花琴不是让调查了？

打人不打脸，揭人不揭短。柳大林本来对受诬陷窝一肚子火没撒过，这时也撒了出来。手捣着杨彩凤鼻子说，在深圳怎么？是调查了，已经调查清楚了，诬陷嘛！假的嘛！你还算旧账？

这笔账我就没给你算，杨彩凤火气也很足，喷着唾沫星子说，我知道算也是糊涂账！

柳大林怕越吵越大，半夜三更的邻家听见不好，放低了声音，压着嗓子说，不糊涂，一点也不糊涂，我心里清着呢！

哼！哼！哼！

两口子这夜睡了个背对背。

第二天上午一上班柳大林就给郜丽打电话，说要看当天的《南都日报》。郜丽说，报纸最快上午11点才能到。他"咔嚓"挂了电话。他明知道这个时间看不到当天报纸的，只是想找个理由让郜丽到他办公室一趟。郜丽也明白，现在她不管收发，另有人管发报纸用不着找她，柳县长一定是找个借口想见她。快11点的时候，她来到收发室，翻了一张当天的《南都日报》，拿上往柳大林办公室去。她猜出柳大林一定会问她有关弹琴方面的知识，她上午没干事，温习了电子琴、钢琴方面的知识，甚至连中国十大古琴中最出名的四大名琴"号钟、绕梁、绿绮、焦尾"的特点都熟背了一遍。她推开柳大林的门，说了声，柳县长，您要的报纸。柳大林抬眼看她一下，"嗯"了一声，也没让她坐。她就依办公桌站在那儿。柳大林接过报纸，心不在焉地浏览着，眼也不看着她，说，以前我还不知道你会弹琴呢。一说到琴，郜丽就兴奋起来，不停顿地说，我在中师里其实专业学的是钢琴,已过六级,在学校还开过专场演唱会呢。除此之外,我还会弹古筝。电子琴很简单的,会弹钢琴弹电子琴就是小菜一碟了。

她突突说了半天柳大林才扔下手中的报纸,看她一眼,不冷不热地说,郐丽同志,在机关是靠工作吃饭的,不是靠弹琴吃饭的。严格说,你是学非所用,来机关是不对口的,不过,既然来了,有空就多学习学习适应机关工作需要的知识。然后,手一扬,别的没事,去吧!

一瓢冷水泼到了郐丽的头上,她刚才的兴致陡然消失。但她明白了柳副县长的意思,说了声,您的话我记住了,扭头风卷一样地走了。

晚饭以后,她到电影院看电影去了。看完电影回来,见方占坡站在门口,她想退过去,但退不及了,方占坡已看见了她,她硬着头皮往前走。方占坡也急匆匆迎过来两步,说,柳县长老婆不是给你说过,今晚还请你去教她女儿学琴吗?你咋跑了,这么不懂事。郐丽内心有数,若无其事地说,男朋友约我看电影,我不能不去呀。方占坡听了,一愣,说,你咋可谈起恋爱了?郐丽说,我已二十四五了,还不能谈吗!方占坡连忙说,你谈就谈吧,也不能天天看电影,今天已晚了,明天晚上你可要去继续教鹭鹭学琴。郐丽说,明晚再说明晚。进了屋关了门。第二天,方占坡心不稳,下午快下班的时候就来到郐丽办公室门口,说郐丽,吃过晚饭早点到柳县长家去。郐丽也没拿眼看他,低声说,今晚我男友要约我去看戏。方占坡急得脚一跺,说,年轻人看什么戏呀,都是哼的哈的。

瞧您说的,看戏看电影只是一种形式,内容还是谈恋爱,您就不懂年轻人的心理吗?郐丽说完骑上自行车走了。

唉,现在这年轻人一谈恋爱就像胶一样粘到一起了,掰也掰不开。方占坡气得肚子鼓鼓的。连续两晚失约,他觉得不好给杨彩凤交代,他知道女人们说话麻缠,给她讲不清,她再说给柳县长,算是得罪柳县长了。想想不如直接说给柳县长,柳县长能明白。他便去找到柳大林汇报说,郐丽最近谈恋爱了。柳大林听了说,年轻人谈恋爱很正常嘛,不用干涉。

柳大林回到家里,鹭鹭就闹他,她说她很喜欢郐丽阿姨,要郐丽阿姨快来教琴。柳大林没有办法,托县一初中的校长找来个男老师教鹭鹭学电子琴,鹭鹭哭着不跟男老师学。这还不算,柳鹭第二天早晨不吃饭了,也不上学了。杨彩凤趁机说话了,你柳大林咋日弄的,小郐不来教孩子了?柳大林两手一摊说,人家谈恋爱了,我啥办法!杨彩凤眉一挑说,谈屁恋爱,早不谈,晚不谈,这两天谈起来了,还不是那天晚上你看见那小邰板着脸?!你这个人,走一步摸摸屌,小心过余。杨彩凤不仅当面如此,背后还支持柳鹭闹,鼓动她以不上学威胁爸爸,爸爸走后,她再送她上学去。

柳大林偏爱女儿,见女儿不吃饭不上学就心软了。他第二天上午到办公室,找来邰丽说,让你好好学习的,你不但不学习反而谈起恋爱来了。

邰丽故作惊讶地说,没,没谈恋爱呀,我是去上夜大函授去了,谁说我谈恋爱了?

柳大林摆摆手苦笑着说,我不管你谈没谈恋爱,谈恋爱也正常,上夜大更好。只是俺家鹭鹭喜欢你极了,除了你,别人谁也教不了她。要么你辛苦一下,隔一晚上夜大,隔一晚教柳鹭学琴,让她妈妈带着到你宿舍学,怎么样?

邰丽这才真正明白了柳副县长的心思,"哧"一笑,说,俺是俩女生住一间房啊!

柳大林拍了拍脑袋,在屋里转了一圈后,说,明天我让方占坡给你调成单间,今晚你还先去家里教。

邰丽莞尔一笑,说,成!

十七

　　王春宝去深圳打工后这是第二次回三山凹。第一次是前年过春节回来。这次不年不节的回来干啥?而且是见村里的娃娃们就发广东产的块糖或饼干。孩子们吃着蹦着笑着喊着,甜,香!甜!香!糖果封住孩子们的口但封不住大人们的嘴,大人们还在猜测着,王春宝回来干啥?有的说他是想老婆大脚了!有人接腔说,这把年龄了,再想也能憋到春节,就大脚那样也没啥可想的,抱着也是臭巴脚,跑一趟路费恁贵,不如在外花三百块钱打一炮!有的人说话更呛,抢白道,你们眼瞎,没看看王春宝见娃娃就发糖块塞饼干,摆阔的,炫富的,让你们看看,我王春宝虽然不当生产队长了,但如今腰里有钱了!其实,他们都没有猜对。

　　这天晚饭后,王春宝带着自己买的两盒饼干和妮妮让他捎给革儿的衣服来到宝山家。宝山想着他从深圳回来了,而且替自家带来了东西,也得客气点,让黄新月拾掇两个菜,他拧开一瓶白酒,两人喝了三杯之后,宝山问起他在深圳的情况,王春宝便滔滔不绝地讲起来。

　　白娃走后,工棚夜里没以前热闹了。王经理虽然后来嫌白娃怕下力气又爱往女人堆里钻,但又很留恋白娃唱的戏。有一天,下了夜班,王经理可能耐不住,说我,春宝啊,你与白娃是老乡,白娃会唱曲子戏你就不会唱一句?听那意思明显是要我唱戏。这可真难为住我了。我小时候看社火,听爷爷们敲着锣鼓点唱着,大呀娘呀真真肚子疼,黄金酒面疙瘩喝喝就不疼。于是,我找个搪瓷洗脸盆倒扣在床上,用个筷子敲打着试唱。王经理听了摆摆手,不行,不行,老掉牙了。我不能让王经理失望啊!想起小时候跟着叔叔听他学戏,那时候没谱子,只记他学调门念着,申黄申申黄申申黄申黄,申黄申申黄申申黄申黄……可我没记住戏词,我就编了词套着那申黄调唱了起来,清晨起来去赶集,碰见鸭子疙瘩泥,中午赶集回来后,鸭子还在疙瘩泥……就这,王经理听了跷起大拇指说,王春宝,你行嘛!后来,我又想起来个呀哟调,琢磨琢磨,又套咱这里土得掉渣的词,小大姐我今年一十八,呀哟一呀哟,心里早想着去婆家,呀哟一呀哟,呀哟呀哟一呀哟……就这,王经理喜欢上我了,民工们也都喜欢上我了。

后来有一次月底发工资。工资册上造的是发给我一千五百元。我签了字,王经理把钱塞给我。我扭过身一数,一千六百元,多一张。当时我心里咚咚跳,一百元就是两天的工资呀!王经理是忙乱中数错了呢,还是有意考验我呢?我怔了一下,没再多想,一扭身把那钱递了过去,王经理,多给了一张。王经理呆了一下,看着我笑了笑,接过那张票子。发完工资,他过来拍拍我的肩膀说,春宝,好兄弟!从此,我感觉王经理真信任我了。

上个月,王经理下工的时候脚崴住了,伤住筋但没有伤住骨。工地上一二百号人,他歇不住,深圳那地方你不知道,现在跟战场上一样,也是轻伤不下火线。可他要到工地一扭一扭地脚也疼呀,两天后脚脖红肿了。没人能劝住他休息,连到诊所处理一下也不去。我小时候,我娘腿摔伤过,我见过我爹给娘捻筋。夜里下班后,我去一个小店买了一瓶烧酒。等到王经理也下班回到工棚,我端了一盆温水,给他泡了脚,然后把烧酒往一个碗里倒有二两,划一根火柴燃着,碗里的白酒蹿起蓝色的火苗,我用手指蘸着冒着火苗烫手的热酒往他脚脖处轻轻地擦。当初,王经理也是不好意思让我给他洗脚、擦酒。我给他讲,这是我家的家传秘方,你试试看,他才勉强同意。我头天晚上给他捻了一次,第二天他就感觉走路有点舒服,我再给他捻筋时他就不推辞了。

一连捻了七天,他的脚消肿了,似乎对我感情也加深了。那天是在白天,他提出让我再给他捻一次。白天工棚里没人,捻的时候他问我,王春宝,你想不想挣大钱?没想到他提出这句话,我一笑说,来深圳没有不想挣大钱的吧!他又问我,你会不会开挖掘机?我毫不犹豫地说,我原来学过开东方红拖拉机,应该差不多吧!我继续用手指蘸着那蹿着蓝色火苗的烫手的热酒给他捻着筋,他继续说,你扛水泥、运石料、搬砖头只能挣个工资,一年只是个一两万,一辈子也发富不大。你如果能买台挖掘机,我把挖土方的活儿给你,一个月就能挣一两万,一年挣二三十万轻轻松松的。这时,我掉眼泪了,王经理给我掏心窝话了……

宝山一直没打断他的话,听他说到底,听出了门道,翻翻眼问他,一台挖掘机得多少钱?

王春宝也翻翻眼看看宝山,说,新的买不起,我看中了一台二手的,得五十万元。

宝山咂舌,呲,太贵。

春宝应腔说,我也嫌贵。可王经理说,高投入才能高产出。

宝山给他碰了一杯酒,咽肚后说,你手头现在有多少钱?

王春宝不好意思地说,我手里满打满算不足五万元。在深圳,与人都没交情,谁肯借给咱钱?妮妮家,我知道也不宽裕,两人养活两个孩子。我想想,虽然我在外打工,还得回来依靠村支部。

宝山又端起一杯酒与他喝了,一时没说话,心里想,春宝这事得支持。他放下酒杯,说,我肯定会支持。我手头攒有七八万元,全给你。

王春宝一听很高兴,说,你的钱我不白使,给你分红。

宝山低着头说,不讲这话,还差的钱咋办?

王春宝脸又愁上了,说,还得指靠你想办法。

第二天,张宝山找到丹桂香,因为丹桂香管着"三粉"公司的账,她知道哪家有多少钱。丹桂香把底子交给了他,他找几个大户做工作,几户大户听了都摇头。他们原以为王春宝在外挣了大钱,现在返回来找乡邻借钱,肯定是在那边做了亏本买卖,没人相信他买了挖掘机能挣大钱,死活也不答应借给他钱。宝山又开支委会村委会,动员大家支持王春宝,只凑了三两万块钱。宝山后来想起白娃,他知道白娃有钱,也出手大方,便领着春宝进城见白娃。白娃见了宝山、春宝也很热情,尤其是想起当年为找黄花琴到深圳春宝待他不薄,说什么中午也要留他们在店里吃饭。吃饭中间,宝山没让春宝开口,自己开口说,春宝在深圳揽住大活了,需买台挖掘机,想借个二十万元,算入股也行,付利息也行。白娃一听,头摇得拨浪鼓似的说,哥呀,我是表面光彩肚里饥呀,酒店亏着的,马上就断链。所有的食材都欠着账,连中午咱喝这瓶酒也是我在隔壁小卖部赊的。一听白娃说的穷样还得借给他钱。宝山知道他有钱,只是不肯借,心里丧了气,没往下说,领着春宝又回三山凹。张宝山又到镇上找了信用社、农行营业部,回答是最大额度贷款五千元。他找到涂富国书记给这两家打招呼,一家也只开口贷给一万元。七拼八凑还差三十万元没着落。

两人又想了一夜,决定再去县城找大林。第二天一大早,他俩就坐上车往县上去。走到县政府门口时,王春宝犹豫了一下。宝山问,你犹豫什么?王春宝说，我想起来了，那年去深圳时大林给我掏二十元路费到现在也没还呢。宝山扯住他的衣袖说，走吧，你说那算鸟事，以后你挣大钱了加倍还。

大林没有会议，正巧在办公室里，听了他俩说的情况，没有说一句话，皱着眉头，想了一阵，就往几个银行打电话询问情况，询问政策。打了一遍电话，他压了话筒，站起来在办公室来回走了几步，问张宝山，你敢不敢以"三粉"公司名义贷款？款贷到手再借给春宝哥，个人名义贷这么多是不行的。只有这个变通办法了！严格说是违规的！

敢！宝山看了王春宝一眼说，这有啥不敢的！其实他看王春宝这一眼，是要王春宝有个态度。

王春宝不解其意，只顾傻笑。

大林这时没有看宝山，而是看着王春宝说，这样做是有风险的，连着你支书的乌纱帽啊！

宝山脑子反应快，忙说，我知道，更连着你柳县长的乌纱帽啊！

王春宝这才明白过来，连忙说，请你二位放心，这不是胡买卖，开挖掘机只要肯吃苦卖力，肯定能挣钱，挣到钱我首先还贷款。我会没明没夜地干活，尽快赚回本钱！

大林又叮嘱宝山说，这是突破了金融政策的，农行行长信用社主任也担着风险的，你回去就找镇上的营业部和信用社，一定把事做周严。然后又叮嘱王春宝说，春宝哥，你拿到钱一定要把事办好，实话告诉你，我可是不仅让你买这一台挖掘机挣钱，而是想让你将来买更多台挖掘机。如果仅此而已，我就用不着冒这个风险了！

王春宝连连点头，明白，明白。

柳大林接着说，你如果把事情弄砸了，上级撤我之前，我可要先撤了张宝山。

张宝山趁机"将军"道，你撤我之前，我先开除王春宝党籍。

王春宝站起来郑重地说，大林你放心，去深圳闯荡这几年，你哥我也变聪明了，不是原来只会敲钟喊上工的生产队长了！我一定会把事干好！不但不让撤你们职，更会为你们脸上争光！

今天天气好，太阳出得早，白娃起得也早。他站在工棚前伸个懒腰，看着三幢即将封顶的四层楼，心中充满喜悦，自言自语道，真是天无绝人之路。

他说这话虽是自言自语，其实心里是想说给陶志中和方占坡他们听的。柳大林任常务副县长后，他隐隐约约感到这俩家伙有意疏远他了。让他难以忍耐的是，半年前他也是没活干急了，也半是试探，他去找到陶志中说，陶局长能不能再找个项目干干？半年都没挣一分钱了。陶志中瞥他一眼说，有个叶胡桥你修不修？他知道叶胡桥是个村名，也知道有条国道通过这个村子，但他知道这个地方没有河，修什么桥呀？也许是公路上有什么新规划，便问，多少造价啊？陶志中回答说，你大概也知道吧，这地方没有河，能修多大的桥？能有多大的造价？就是因为村里污水常常流到路面上，需要开一条沟，埋上几截水管，把污水由路面改从管道排走，顶住天一万元造价。白娃一听"哧"笑了，说，这工程太小了，搁不住干。嫌小？陶志中又𠮿他一眼，拍拍沙发扶手，示意他坐下。白娃坐下后，陶志中说，我给你讲个故事也算是笑话，你听听。白娃挨着陶局长坐下洗耳恭听。陶志中讲道：俩二杆子日久不见，见面后聊起工程来。老王说，兄弟，我手头有几个工程，有大有小，介绍给你弄俩钱花花，接大的还是小的？老张说，当然接大的，小的够鸟用。老王说，大的是给喜马拉雅山安个电梯，给太平洋做个护栏，给大西洋装个顶棚，你接哪个？老张说，太他妈大了，整不了。来个小的也行。老王说，小的？给苍蝇做个口罩，给蚊子做个胸罩，给跳蚤做双手套。老张一听，说，滚！故事讲完了，白娃脸红了，他知道陶志中是在耍笑他，没等陶志中说滚，他自己就滚了蛋。

那段日子他非常苦闷，和黄花琴离婚了，闪红红追不上不说，也离开公司了，爹也死了，生意也做不成了，一连串雪上加霜的打击，尤其是爹死让他极为伤心。爹死时把他叫到跟前说，丽莎服装公司奠基那天的闹事者是他花钱收买的人。原因是他到镇办厂没人瞧起他，他恨柳大林支持张宝山挤掉他支书官位，便想在大场合玩他柳大林个难看。否则，他死不瞑目！后来，爹让他把那口铁钟搬出来再敲三声听听。他不敲，说爹，你这是让敲丧钟的？爹不依，不敲就骂，他只得敲，真的是敲到第三声时，爹一命呜呼了！他一度想到再去深圳，给王春宝写了信，要帮忙给介绍个事干干。幸亏王春宝给他提供了深圳房地产放开了的信息，他下决心做房地产。他就游走在城里城外看地。一次，他无意之中跑到了城南村的废弃窑厂，眼前豁然一亮——这废弃地，地价肯定便宜，离城又近，差不多有一千二百米。他一打听，这地又不在城镇规划区域内，又不用批手续，肯定是笔好生意。但他不认识村主任，他知道城边的村主任都牛烘烘的，得要个像模像样的脸面人说的。他想起了曹一宽，因为县医院就挨近城南村。他一见曹一宽，曹一宽说跟村主任老姜是好兄弟，满口答应。当晚就设下酒宴。老姜一听白娃是三山凹的，而且与县里常务副县长是老乡加发小，就说好商量，但提出自己也要占股份。闪红红返回公司的当天晚上，就给老姜来个"血战金沙滩"，把老姜喝得胃出血，但合同也谈成了，地价一亩两千元，老姜占十分之四的股份。因为老姜占有股份，什么事情也都顺当，总规划六幢楼，第一期先盖三幢。没有吃拿卡要的，村里也没人来敲竹杠，三幢楼三个月就呼呼啦啦起来了，很快就要封顶，封顶后售楼卖房收票票了。

白娃越看越高兴，心里越想越滋润，不由得胡乱哼哼唱了起来：

> 人走时运马走膘
> 兔子走运时枪也打不着……

同志，这房子是哪儿盖的？突然，有人在他肩膀上拍了一下。白娃停住唱，两眼一瞪，只见是个四十岁上下干部模样的人，一手扶着自行车把一手搭在他的肩上。他见此人不怒也不笑，以为是想来买房的，便脱口而出：是兄弟咱盖的！你要买吗？你如果买，算是第一个买主，大大的优惠！他得意地操着日本鬼子小队长的腔调说着。

是你盖的就免得我往村里跑了。干部模样的人扎稳了自行车，手一挥说，停工，立即停工！说话如斩钉截铁。

凭什么让停工啊？这……这……白娃正在兴头上被泼了一瓢冷水，愣住了。

你不用这、这、这的，这是基本农田！来人越说越严肃。

这原本是废弃窑厂，我买的时候就是废弃地。白娃争辩着说。

干部模样的人又说，当初就是因为这是基本农田，不能毁地建窑才叫停的！停工，立即停工！否则，后果自负。说罢，骑上自行车走了。

白娃从干部模样人的态度里意识到了问题的严重性。他立即三步并作两步跑到城南村村部，见老姜说了情况。老姜刚吃过早饭，嘴里噙着烟点点头，呜啦着说，有这个情况。白娃一听更急了，说，这，这怎么办哪？老姜把嘴里噙着的纸烟从左嘴角滚到右嘴角,咕哝着说,咋办? 好办,柳县长不是你发小吗? 他一说话,啥都压住了。

老姜越说得轻松,白娃越害怕,因为他态度满不在乎,吊儿郎当,没事人一样,无疑是把这个压力传导到他白娃身上了。他当时确实在酒场上吹过牛,说自己同大林亲得如同割头一个人,现在他又咋能否定呢?! 否定不了的。

他立即返回临时搭建的工棚里,他和闪红红也够吃苦的了,自从开工就在工棚里吃住。他把情况告诉了闪红红,闪红红一听,说,城边人都精得很,老姜是个滑头,不能听他说,你现在不能去找柳大林,你诬告过人家你忘了? 民间有句俗话,你伤害过谁,也许你自己早已忘记,但被你伤害的人却永远记着。你去找柳大林事情只会更糟糕!

这该怎么办呀! 白娃难住了。

老姜是抱着不哭的孩子啊,所以他不急,他虽有百分之四十的股份,他其实是干股,以一部分地钱入的股,这盖好的房子即使扒了他的土地还在啊,所以他不怕! 他是在踢皮球! 你踢给俺,俺踢给你吧! 闪红红想着眨着眼,她有了主意,对白娃说,你现在进城去转一圈,回来就对他说见柳县长了,柳县长意见是,你白娃来说是私人渠道,这事应该通过公事渠道,让老姜找城郊乡党委书记,城郊乡党委书记来找我汇报就好解决了。

白娃照闪红红说的,两人开上车进城转了一圈,到上午 10 点多钟的时候,跑到村里,他照闪红红的话对老姜学说了一遍。老姜听了连连摆手,嘴里还是噙着烟呜呜啦啦地说,不行,不行,我是怎么也不能见乡里书记,上次为这建窑厂我都受过批评了,这次再去见乡书记,乡书记会说我明知故犯,肯定会大训而特训我的,他不但不会找县里领导说,反而会与土地局一个口径,一个字,扒!

闪红红见老姜一推六二五,有点气愤,开腔说,你明知有前情,当时应该讲清楚啊!

老姜恼了,把嘴里噙的烟卷吐掉,号叫着,当时你老公给我说,他跟柳县长亲得割头一个人一样,我想着你们有大个子顶住天的,才把地卖给你们。你老公当时若不说有柳县长这个后台,磕仁头我这块地也不会卖给你们的。

白娃与闪红红你看看我,我看看你,一时没话说。

老姜又看看他俩,说,你们别犹豫了,快去找县领导吧,等土地局汇报到县里,县领导一发话,啥都完蛋了。

白娃给闪红红递了个眼色,示意她回去再商议对策。他们正要扭头走,一个民工慌慌张张地跑进村来,喊着,白经理,白老总,城里来了一帮人,要扒房子的,咋……咋……办呀?

老姜皮笑肉不笑地说,看看,我没说错吧,县领导发了话,你就完蛋了,你几百万就打水漂了,快去找你们后台去吧!

闪红红顾不上听老姜的屁话,拽住白娃胳膊就往工地跑。工地上站着七八个身强力壮的小伙子,个个手中拿着钢钎,怒目圆睁的。领头的还是昨天来的那个干部模样的人,这次他亮牌了,自称是县土地局执法大队王队长。王队长看见白娃就递过来一张纸,说,老板,请你过目,这是县土地局的拆迁通知书,我们执法大队负责具体执行。

白娃接过通知书一看,真的,上边盖有县土地局红彤彤的印章,他浑身筛糠似的抖起来。

王队长说,你不用抖,只说咋拆,我们拆还是你自己拆?最好的方法是用炸药炸,省工,快,人工拆时间长,你还得花工钱,你看咋合算?

白娃抖得更厉害了。闪红红狠狠瞪他一眼,抖什么抖,真是个小蛋子!她上前嘻嘻一笑,说,王队长,上级命令俺服从。依我看,也不用劳驾众兄弟,俺自己拆,更别说用炸药炸,炸了成一片废墟,社会上啥东西都是国家的财富,炸毁就糟了。依我看,你就容俺一天,让俺回三山凹请老家人来扒,农村劳动力工钱低,再说,扒下来还能落个囫囵砖头,运到别处还有用。

说炸是吓唬他们的,目的是想有点震慑力。所以,王队长听了闪红红的一番话便说,好吧,宽限三天,三天没有行动,可真要炸!

闪红红听了,心里也轻松许多,说,三天内一定行动,队长放心,若没行动,队长想咋炸咋炸。

王队长见闪红红说得诚恳,手朝跟随的人一挥,撤!

执法队的人走了,白娃蹲在地上欲哭无泪,身子还在抖。闪红红看到他那一堆泥样子,恨得咬牙切齿地说,你是学巫婆下神的?抖什么抖,抖管狗屁用!你还不快快找柳大林去!闪红红刚才应付执法队那一番话,目的就是为了拖延时间,留个找柳大林的机会。

白娃手捂着肚子站起来说,还是你去找吧,你那张嘴会说。

闪红红知道自己早已在柳大林那里碰扁了鼻子,去了也没用,便说,我嘴比得上你嘴？你那嘴会唱会呱嗒，能吹得碾盘飞上天，星星落了地，白天出月亮，夜晚出太阳，你快去吧，时间就是金钱！

白娃叹口气，说，你知道我伤了他，他会很恨我的，怕是找他也不会留情，或许还嫌扒得慢，说不定还真让一炮炸掉！

闪红红扑闪扑闪眼，说，现在你知道了吧？啥事不要做绝，撵贼也不要撵到门口，给自己留条后路。唉！她叹了口气后，又说，中不中，你去试试，不能坐以待毙，万一说通了呢？不管怎么说，你们总算是发小，打断胳膊连着筋，你去见他，等于给他低了头，他兴许会给你面子的。

白娃又想了一阵，问，总不能空手去吧？

闪红红睖他一眼，问，你今年几岁了？

三十七八了，你还不知道？

那还用喂你吃啊？

白娃明白了，简单吃了点午饭，开上车到超市去，想买中华烟又嫌价钱贵，想买帝豪烟又嫌档次低；买酒也是同样，贵的嫌贵，便宜的嫌贱，犹豫来犹豫去，翻来覆去地搞价钱，一眦时间两点半了，慌慌张张买了四条中华烟，两瓶五粮液，装进袋子，放进车里，开着往县政府去。刚到县政府门口看见柳大林骑着自行车出来，后边还有一群人都骑着自行车跟着出来。晚了，他心里这样想着，晚了一步。他很后悔刚才不该在商店讨价磨蹭，他也不好停车问那一队人马都往哪里去，想着只有等到晚上再去找柳大林，就开着车去县医院找曹一宽讨计，曹一宽听了他叙述的经过，埋怨说，你嘴上贴到条了？咋不早说的，早说还可找土地局长通融一下，拆迁通知书一下达谁也没办法。他丧气地开着车回工地，快到工地的时候，他看见一片明晃晃的自行车扎在那里，在太阳的照射下发出耀眼的光亮。是不是拆迁队又回来了？慌忙踩油门加快车速，高低不平的土路颠得他几次头碰住车顶。到了停自行车的地方，他停住了车，紧忙去追赶围着楼盘转的一帮人，一看走在最前边的人就是柳大林，脸铁青着，后边跟的人除了认识陶志中，其他的都不认识。他猜得出都是与建这楼有关系的部门头头脑脑，一个个都是眼骨碌碌转着看，也不说话。他想喊大林不敢喊，想叫县长不敢叫，只得干笑着说，各位领导都好啊！大林没吭声，其他人都不吭声，连陶志中也装得不认识他似的。他忙掏出一盒中华烟撕开，一个个递烟，没有一个人接他递的烟。这帮人围着楼盘转了三圈，没有一个人说话。转罢后，柳大林站在一个地势高的地方朝四处望望,那帮人也站着四处张望。望了一阵,柳大林说了一句,走!回政府!一个个都身子一跳跨上自行车,车链子哗啦啦响着走了。望着远去的领导们,白娃此时想到一句话,人走背运盐罐生蛆。仅晚到县政府一步,算完了,彻底完了。他肠子都悔青,不该在超市为买贱买贵讨价还价耽误了时间。他像六月天缺水蔫了的黄瓜秧一样耷拉着头抬不起来。只等着来扒楼了!闪红红一直追问他中午去城里见没见到柳大林,他憋住气一句话也不敢说。

柳大林带着几个局委的头头们回到县政府会议室开始讨论。他是上午快下班时接到机要室转来的一个批件。批件是县土地局关于侯子耀占有基本农田建楼的处置报告。上边有政府一把手毕县长批示:请大林同志迅速研办。他便利用午休时间立即通知相关局委领导来研究处理这件事。

柳大林坐在会议室中间的位置,脸上没有一丝笑意,比平时更严肃。他朝土地局长点点头,示意他先发言。土地局长的发言当然与给县政府写的报告调子是一致的。从发现城南村建窑厂讲到现在白娃建楼房,讲得性质挺严重,最后建议坚决用炸药炸掉,给乱占耕地的起到震慑作用。大林又朝城建局长点点头,你讲!城建局长挠着头绕七绕八绕到结尾时说,我觉得这事得慎重,楼房盖到这个程度,炸了也是个浪费,但也得给个惩罚,杀一儆百。柳大林接上问,城市规划在你那儿吧?城建局长答,在,有个城建规划科。现在的规划是哪年编制的?大林又问。1965年的。局长答。柳大林接着又说,侯子耀建这房属于农村建房,还是属于城市建房?城建局长答,目前不在城建规划范围内,应属农村建房。柳大林头扭个九十度问同自己坐在一排的城郊乡书记,农村建房也应该到乡里办建房证呀?办证没有?城郊乡书记说,办没办证我还不清楚,我现在问问农建所。柳大林将手中的茶杯在桌子上猛地一蹾,杯子里的水溅了出来,溅到他的手上,他也没顾擦,手指头"梆梆"敲着桌子恼怒地说,问什么问?你也太官僚了!你们怕是有人喝人家酒了吧?你们和土地执法大队都够官僚啦!那三幢楼是一夜之间就冒出来的吗?当初建窑厂也是一夜之间打的窑,黑烟滚滚才看见的吧?我们现在的政府太官僚了,一小群大官僚养了一大群小官僚!接下来,他又点将陶志中发言,老陶,你谈谈看法。老陶知道柳大林与白娃之间的关系,但摸不清柳大林此时的真正想法,像小学生一样咬着笔杆,说,这个……这个……这个事与我们交通局没有半毛钱关系,不过……不过……刚才几位的发言虽有点小分歧,但各有道理。我相信大林县长的水平,会有一个好的处理办法。会场上的人都低下头笑了,小声议论说,这家伙真是个老油条!油!老陶可不是一般的油!

与会人员发言够一遍了,柳大林站了起来,平常这样的会议他是不站起来的,现在他有些激动,忍不住要站起来。他讲道:这件事,城郊乡肯定是有责任的,靠县城这么近的距离以前建窑厂,不仅毁坏基本农田,而且污染县城空气,叫停是正确的。不可思议的是,窑厂叫停是让恢复基本农田的,不但没恢复反而又建起楼房来,这里边与我们的基层干部有很大关系,肯定是有猫腻的。城郊乡要负责彻底查清,严肃处理。城郊乡书记连连点头,一定,一定。

柳大林没有理会他,继续讲,我先打一个比方,一家人要娶媳妇备有一堆木料,有黄花梨木,有榆木,黄花梨木是要做家具的,榆木是要做床的。结果木工年岁大了眼睛不好使,错把黄花梨木做成了床,现在是要把床毁掉重新用来做家具呢,还是就用榆木做家具?这个问题讨论清了,后边的事就好统一思想。

大家交头接耳议论一阵子,认识是一致的,当然是不可以把床毁掉再来做家具,那样,什么也做不成了,反而浪费了。

柳大林接着讲,刚才城建局长说了,我们的县城规划是三十年前的,需要修编了。大家应该看到,未来发展的方向是要加快城镇化步伐,二三十年过去了,县城还是六平方公里,如果修了编发展起来,那么现在窑厂这个地方,他停顿了一下,问城建局长,窑厂离县城有多远?局长答,估计有一千二百米。大林又问,如果修编,窑厂这个地方会不会划入城区?局长答,如果修编有可能靠近市中心了。柳大林接着讲,要的就是这句话,现在县委县政府正在考虑新城区规划,县城三年内要达到十平方公里,五年内要达到十五平方公里。此外,大家都知道,现在城里许多双职工没房住,住房难是个大问题。城建局可以不可以帮助侯子耀规划规划设计设计,把它建成一个美丽的小区,卖给城里的双职工住。税务部门可以收他的建筑税,怎么样?大家都点头称赞。柳大林看了陶志中一眼,接着讲,老陶,你也别说与你没有半毛钱关系,现在窑厂那地方城不城乡不乡,道路没人负责,你交通局负责把路修了,让住户风雨无阻。陶志中这时回答得很干脆:没问题!柳大林最后又说,鉴于窑厂这个地方目前还没纳入城市规划,侯子耀擅自在此处建商品房,虽然是废弃的窑厂,但确实是占用了原本基本农田;虽然这块基本农田过去遭到破坏,但侯子耀还是应该拿出占用基本农田赔偿费。你们土地局算一算账,造一亩良田需用多少钱? 让侯子耀把造田费拿出来,上缴县财政,县财政拨到可以造田的地方去,让农民用这笔钱再造田,把占用的基本农田补出来。今后不管谁占用了耕地,都要拿出这笔造田费,大家讨论,看可以不可以? 大林说完坐下了。

大家七言八语,都说柳县长讲的是理,这个办法好,完全同意,坚决拥护。

柳大林看大家讨论的意见一致,没什么说的了,才又站起来说,如果大家同意,我就向县政府常务会议汇报,常务会议通过,各单位照此执行;如果通不过,我说的算"一风吹"。不会"一风吹"的。大家说着都弯腰提包要走。

三天后,白娃收到县土地局的通知,罚款三十万元,作为造田赔偿费。白娃接到通知书后,感激涕零,双手捧着通知书跪在地上泪流满面地说,谢天谢地!

十八

柳大林从县医院出来心情很沉重。因为医生告诉他,国超爹的病是胃癌。而且建议最好转到南都人民医院去,南都的医疗条件好,医疗效果会更好。转院并不难,难的是怎么弄清楚国超爹患癌的原因,做一个好的治疗方案。他找到院长叫来几个"权威"医生给国超爹作了会诊,并在一个小会议室里展开了讨论。医生们讨论中说了很多原因,有说因饮食不节,忧思过度,脾胃失司,运化失常,气结痰凝,久积所致;有说是遗传,幽门螺旋杆菌感染,都有可能……还有一个医生说,生态环境不好也会致癌,丰和县北部山区人口患癌的比例比平原地区大。前边几位医生的话并没引起柳大林的注意,因他知道国超爹家祖宗几代没有癌症遗传,国超爹也没有不良习惯,而引起他注意的是最后那位医生说的"北部山区人口患癌的比例比平原地区大"这句话。他想到山区去搞一个调研。

秋收过后,柳大林开始进山,他计划用十天时间,先由浅山再到深山。他只带了机关最年轻的工作人员小张跟随,不坐小车而是骑自行车。第一站是前往九里山,尽管这地方给他心灵留有伤痕,但毕竟是他战斗过的地方,地熟人也熟。他和小张一前一后骑着自行车沿着当年宋立功送他去上任的山间公路往前走。情况不同的是,道路已不是当年的沙石路,变成沥青路面了。快走到黄巾河时,看到桥已架起来了,是钢筋混凝土打桩撑起桥梁。他回想起当年洪水肆虐过不去河的情景,想到了当晚住在舅舅家的情形,心里一热,想到几年没去舅舅家了。只记得杨彩凤告诉他,娘死时舅舅来过,他因当时抗洪奋战在铁河大堤上没有回家,也没见到舅舅。他印象也就是那晚在舅舅家过夜之后再没见过舅舅,不,不是,是舅舅领着表弟到九里山公社,找他给安排工作,他拒绝后再没见过舅舅。他想到此顿时觉得亏心,决定拐舅舅家看看。于是,他和小张商议掉头去舅舅住的村子。秋收已过，大地寥廓，一切尽入眼帘。走到村西半坡腰的地方，他看到一片坟墓旁边有一座新坟，坟上还有几个花圈。他印象里外爷外婆就埋在这个地方，小时候娘带他到外爷外婆的坟上送过纸钱。他站住了，想先到那片坟地上看一看。他又犹豫了，这里的地形地貌已发生了很大变化，原先的记忆是模糊的，小时候的记忆是许多沟沟岔岔。地块切割得零零碎碎，眼前是如《朝阳沟》里唱的"层层梯田把山腰缠"。他拿不很准，又推上自行车往前边半山坳村子里去。

到了舅舅家门口，他打了个激灵，觉得有一股"死气"。大门敞开着，院子里的东西七零八落，没有人的声音，只有一只饿扁了肚子的小白狗卧在花椒树下，瞪着一双警惕的眼睛朝他们有气无力地"汪汪"叫了两声。他和小张将自行车在院子里扎好，他让小张自己拉把椅子在院里坐下，自己推开堂屋的门，喊了两声"舅舅"，西间房传来舅舅低沉的应声。他撩起布帘子，看见舅舅躺在床上，头下枕着两个摞在一起的枕头，身上半盖着被子。舅舅眼望着他，如小狗一样有气无力地说，林娃，你稀客呀！他听出舅舅的话带有讽刺的味道。他去坐到床沿上，说，舅，你咋骂我都听，也怪外甥不孝，也是因为……没等他说完，舅舅手一摆，打断他的话说，你娃子别往下说了，我知道你的话要拐弯哩！

大林被舅的话说得脸红身热，额上冒出了汗，亲舅如父，打他也是应该的。他没恼，接着问：我妗子呢？

舅抹了一把老泪说，你妗子上西坡吃土去了。

大林身上忽然产生了一股凉气。这已经证实刚才看到的那座新坟就是妗子的坟。他也擦了一把泪，说，妗子去世也该给外甥个信儿，外甥也来送妗子一程。

舅翻白他一眼，说，外甥是大官，咋敢惊动！外甥连说一句话都不肯说，能会有时间到山沟来吊孝！

大林明白舅舅还在为当初没答应给表弟安排工作耿耿于怀。大林没做解释，他现在做任何解释都是苍白无力的。他叹了口气，又问，表弟呢？

舅又低下头抹把泪水，泣不成声地说，别问你表弟了，你当时若为你表弟搭一句腔，你妗子也许不会死。

情况有这么严重吗？自己就这么大的过错？大林有点忏悔。他欲掏出纸巾蘸泪水之际，两个村干部模样的人进到屋来，连声喊着柳县长柳县长的。一个人上来握住柳大林的左手报着自己名字，说自己是村支书，另一个人攥住他的右手报着自己的名字，说自己是村主任。原来是柳大林进村时，有人认出了他，因为他们在电视上经常看到柳大林，就到村部给村干部报了信。舅见村里"一、二把手"都来了，也就起了床，让大家坐到堂屋正间聊。小张挺机灵，跑厨房烧了开水给大家喝。村支书给大林说了他舅母去世的原因。他表弟二十八岁才娶上个离过婚的媳妇。二老想着孩子成家了，抱孙子指日可待了。他表弟也就外出打工去了。舅舅舅母年岁都大了，不能担水，过门的媳妇天天得去崖子下边担水吃，通往崖子的小路坎坷不平，几次担水都快到家门口了，路上的石尖绊住了脚，人也摔倒了，水也摔洒了，最后一次是水桶也摔坏了。新媳妇本来是听说老公表哥在县上当县长来了有福享，没想到一点福也沾不上，还得天天担水吃，想着来到这缺水吃的地方，担水的日子没个头，便扔下扁担和摔坏的水桶跑了。他表弟从外地回来找了几个月没找到老婆，后来可找到了自己的老婆，老婆已嫁给平原上一个村里的男人并且怀了孕。他表弟生性暴躁，一气之下跳进铁河，是冲到汉江还是冲进长江或是冲到哪里淹死了也不知道，死不见尸。他舅母得知此消息心里比刀割还难受，媳妇跑了，儿子死了，绝望之下就服毒自杀了。

大林听着听着忍不住放声痛哭，跪到舅的面前说，舅啊舅，外甥不孝，你打吧，你打吧！你外甥再错，发生这么大的事也应该告诉你外甥一声啊，你……你让……你外甥终生有愧！咋给九泉之下的娘交代……

大林一哭，舅也心软了，忙扶他起来，劝解着说，当时也打算给你捎信，想着事已发生，说也无用，你伤心不说，又影响工作。舅就是再气你恨你甚至想打你，也不想影响你的工作误了事，想让你成大器！

舅给他解说了一阵后，村支书又给他说，俺这地方还算有水吃，只是挑水的地方远些。再往深山里边去，挑水要跑十几里路几十里路多的是。歪五垛那地方有很多户连挑水的地方也没有，就在门口挖个水窖，指靠夏季下猛雨往水窖里积满水管吃一年，歪五垛那一带因水质毒害患病而死的每年都有。村支书这番话更戳痛了柳大林的心。他红着眼睛站起来说，我明白了，我柳大林不仅是欠我妗子我表弟的命，而且是欠广大山民一笔债！我柳大林应还这笔债！他去舅母坟上吊唁后，动员舅舅进城去住。舅说，我眼前不能去，要去也得守到你妗子过百日之后。他听了也理解舅的心情，掏出五十元钱塞给舅，要舅过好生活。

村支书、村主任也对柳大林说，请柳县长放心，村里一定会安排好老人家的生活。

柳大林十天跑了六个山区乡，有三个乡属深山区。一路上，他没有打扰乡政府的干部，直接进村入户，看到了在山外边没有看到的世界。他看到了跑十几里担水的山民，看到了存水的水窖。那些水窖有的用砖头石头或用混凝土砌起来；有的就是土池子；没有泉源的地方，水窖的水就是夏季下暴雨时灌进池子里蓄存下来的，一窖子水管一户人家吃一年，窖子里的水是乌的，有一股说不上来的味儿。看到这种情形，柳大林几次掉下眼泪，解放这么多年了，我们山区群众吃水的问题还没解决，真让人愧疚。更让人寒心的是，山里边鳏寡孤独老人较多，他们压根儿就没有生儿育女。憨傻痴呆的人多，有的娃娃看脸蛋很可爱，一搭讪，只嘻嘻笑不说话，要么是聋子，要么是哑巴。男女壮年人中，有不少是粗脖子，很漂亮的妇女脖子上长个大葫芦似的肉疙瘩，有的老汉佝偻着脊背，好似是那脖子的肉疙瘩给坠弯了腰。这个他懂，是甲状腺增生长成的瘿。调查到这些情况时，他想起了一句话，一方水土养一方人。水与人的生命、水与人的质量关系是极大的。他曾听人们说过，五朵山下三条河，铁河、赵河、鄂陵河。铁河两边历来人很平庸；赵河两边尽出人才，明朝时出过探花，清朝时出过两位进士，从民国到新中国成立后出过多位州官县吏，考上大学的学生也多；鄂陵河两旁多出二货。这些都使柳大林又想到一句话，对于人来说，水是仅次于氧气的重要物质，水质影响到人的质量。所以，他每到一处，都要采集水的标本，他和小张回城时，自行车上挂的全是水瓶瓶。

这是柳大林进山调研的第七天晚上，皎洁的月亮挂在天上。

白娃开着他那辆桑塔纳轿车来到县政府家属院，他把车停放在近靠柳大林家的边道上等着，等了不到十分钟，约好的板车工拉着一台立式钢琴也到了。白娃下了轿车过去，走到大林家门口，用手指梆梆敲门。他手指敲的力度很有分寸，发出的声音既能让房主听见，又不让惊动左邻右舍。白娃虽是个粗糙人，但该细的时候他也会很细。选择这个时间来，就表现出了他内心精细的一面：既不能来得太早，来得太早容易碰上人，也不能来得太晚，太晚领导及家人都休息了，影响人家休息会讨人厌烦甚至不给开门。他敲了两遍，院内有了应声，他听见像是穿着拖鞋的滋啦滋啦声，这滋啦滋啦声由远而近，到了门口，里边问，谁呀？他听出是杨彩凤的声音，便轻声答应道，我，白娃。

大门"哗啦"开了，杨彩凤也不热情也不厌烦地说道，怎么这时候过来？

货刚到，嫂子！白娃以前叫她彩凤，大林当上常务副县长后，他开始称呼她"嫂子"。

杨彩凤立刻警觉起来，问，什么货？

钢琴！白娃神秘兮兮地说，刚从广州进回来的，就两架，星海牌的，正宗货！他说话的时候，两个搬运工已从板车上卸下货。

杨彩凤手摆着，说，停下，停下！当下钢琴刚在县城流行开，谁家屋里放架钢琴，是时髦的，也是很令人羡慕的。白娃没想到杨彩凤会阻止。她不但阻止，而且毫不领情地问道，谁让你给俺家买琴啦？

嫂子先别说这个，让把钢琴抬屋再说，搬运工还没吃饭呢。两个搬运工在他俩说话之间已把钢琴抬进客厅。杨彩凤忙去拦却拦不住，因为钢琴的体积大分量重，两个搬运工都累得满头大汗，她一个女人家哪有力气拦得住呢。她只得拽住白娃胳膊说，老弟你慢走，大林交代过，不准收任何人送的东西，这么大个物件我都不知道咋回事，你怎么可让抬进来？咋抬来还咋抬走。

白娃两手一摊，笑着说，买琴的事我跟大林商量过，给友友买一台，给柳鹭买一台。他知道柳大林没在家，才敢这样胡诌。

这是大开支，买一两万元的物件，他不可能不给我说。杨彩凤不相信地摇摇头。

白娃从腰里掏出个"老婆脚"，这种手机因比"大哥大"体积小了些，类似前朝古代缠过脚的老太婆脚那么大，所以人称"老婆脚"。他递往杨彩凤手里说，你给哥打个电话问问。

杨彩凤接过手机给大林打电话，打几遍手机里都是"嘟嘟"响，接不通。趁杨彩凤打电话之机，白娃噘噘嘴示意两个搬运工先把钢琴外包装拆掉。杨彩凤把手机递给白娃说打不通。

白娃笑了。他心里明白，这种手机覆盖半径很小，大林在山里，山里压根没信号，她就是把手机打烂也打不通。白娃将那"老婆脚"又装进兜里，说，嫂子你放心，哥真知道，哥回来要说没这事我还拉走，好吧？

杨彩凤一瞅，钢琴已拆了包装的纸箱，"裸体"地摆放在客厅，左不是右不是地说，你，你们咋可把包装拆了，拆了包装咋拉走的？俩搬运工没理她走了。

只要说拉走,有的是办法,几根绳子捆捆就拉走了,根本不用使吊车。白娃故意开着玩笑说。

柳鹭做完作业从内屋里跑了出来,看见亮铮铮的钢琴觉得好新鲜哟!柳鹭很喜欢钢琴,去别的同学家玩时看见同学家有钢琴曾很羡慕,此时,自己家里有了钢琴,当然很高兴。她拽着妈妈的胳膊,嚷着,妈妈,不要拉走,不要拉走嘛。杨彩凤说,你爸爸不知道,不行。柳鹭胡闹着说,爸爸知道,爸爸知道!

站在一旁的白娃嘴咧着笑着,说,你看看,鹭鹭都说爸爸知道。别再说了,嫂子,大林哥回来如果真说不知道,我真拉走。说完扭头走了。他心里说,只要今晚把钢琴放到你屋里,以后咋也拉不走了的。

正如白娃所料,琴只要放到这儿,就拉不走了。柳鹭看见琴就喜欢得不得了,第二天到学校就眉飞色舞地给同学们说,俺家有钢琴了。中午放学回来还带两位特别要好的同学来参观。晚学回来,她要弹琴,妈妈不让她弹,还嚷着,别乱弹琴,别把琴弄坏了。柳鹭嚷着,让邰阿姨来教我弹。妈妈不去叫邰阿姨。鹭鹭在周五这天晚上竟然自己去把邰阿姨叫来了。邰丽一看见钢琴,也很喜欢,从学校毕业到现在几年里没摸过钢琴了,手早已痒痒的。她把钢琴椅拉过来,坐上去就弹,先弹了一曲《春江花月夜》,接下来又弹《梁祝》。她弹琴十分娴熟,芦苇根般嫩白的十指在琴键上飞舞跳跃。她时而用力按下黑键,时而轻轻点下白键,动作那样的自如那样的优美。她那张瓜子脸时而扭过来,时而侧过去,白皙的脖子如安轴承了似的灵活,身子却坐得笔直沉稳。尤其是《梁祝》的曲调弹得优雅动听,如小溪流水潺潺,如春蚕吐丝缠绵。杨彩凤过去特别爱听梁山伯与祝英台的戏,这音乐更拨动了她的心弦,使她感受到了梁山伯、祝英台的情切切、意绵绵、凄惨惨的情形。于是,她听完就禁不住让邰丽教柳鹭学弹《梁祝》。邰丽微笑着说,小孩学琴要先从基础学起,我在学校刚开始就是从小汤教材入门,然后学习大汤,再然后学习车尔尼599,中间穿插哈农和C大语阶,C大调琶音和弦。杨彩凤听着如同鸭子听雷,半点也听不懂,但还佯装听得懂一样不住点头。

邰丽说罢,朝柳鹭一招手,来,小乖,还先学弹《雪绒花》。

柳鹭坐到钢琴椅上,邰丽帮她掌握好姿势,不断地指导着她,手指自然弯曲,指尖立起,对,手型要像老虎爪型,双臂放松,对,对,来,来,我先唱谱你跟着我弹。咪索来,多索发……雪绒花,雪绒花……不错,不错,鹭鹭真棒!邰丽朝柳鹭跷起大拇指,来,阿姨给你示范一下,你瞪大眼睛看着,然后你自唱自弹。

咪索来,多索发……钢琴发出的声音。

雪绒花,雪绒花……柳鹭唱的声音。

第二天晚上,郜丽准备教鹭鹭学弹难度稍微大点的曲子。教弹之前,她先弹奏波兰钢琴诗人肖邦的夜曲,这曲子冲淡平和,寂静悠然,轻缓中透着那么一点点沉思。杨彩凤和柳鹭站在郜丽身旁听得津津有味,门突然被推开了,不是别人,是柳大林回来了。他望着眼前的情形呆若木鸡,嘴里喃喃地说,这,这,哪儿来的钢琴?郜丽停住弹琴,她已经没有第一次在家里碰见他的羞涩,而是很大方地笑着说,柳县长,怎么样?觉得好听吗?

好听,好听!柳大林嘴里这样说着,眼睛却瞪着问杨彩凤,哪来的钢琴?

不是你让白娃买的吗?杨彩凤也瞪着眼问他。

哪有的事啊,我托谁买也不会托他白娃买啊!柳大林说着声音有点发颤。郜丽眼看夫妻俩又要吵架,不吭声溜了。大林见郜丽走了,声音也高了,手指着彩凤说,你脑子进水了,他说你就信?你就不会打电话问问?

你的手机打不通!杨彩凤也说得唾沫星子四溅,把当时的情形叙说了一遍。最后她强调说,这都是你的朋友干的事,别怨我!

啥我的朋友!柳大林扑通坐到沙发上说,他明明视我为敌人,在外边却到处宣扬和我是朋友,这人真鬼!

杨彩凤嘴一努,连刺带拉地说,谁让你官大的,讨饭叫花子没人说跟他是朋友。

柳大林不再与妻子争吵,他从腰里掏出手机要给白娃打电话。本来屋里有座机他不使,他知道一用座机就暴露目标了,用手机白娃弄不清他此时在哪里打的电话。这个办法果然有效,一接通电话,他问白娃在哪里,白娃说在家里。说罢,白娃又反问一句,你在哪里?还在山里?他回答说,刚从山里回来,请你过来一趟。白娃迟疑了一下,说,你刚回来就先好好休息,过一天你方便时我去看你。

我不累,我不需要休息,你现在就过来。柳大林气冲冲地说。

白娃大约磨蹭有一个多小时才过来。大林看见他二话没说,手指着那台钢琴只说了三个字:快抬走!

白娃皮笑肉不笑地说,哥,用不着发这么大的火,给娃娃们买个玩具算个啥？我给友友也买的有，抬回去咋办？一个娃不能弹两架琴吧？

柳大林"呼"地从沙发上站起来，板着脸，说，少废话，快抬走！

白娃站在大林对面，自个儿点支烟吸着说，我知道你忌讳的啥，咱跟别人不一样，咱从小就是亲兄弟。

柳大林睖他一眼说，咱俩没有血缘关系，啥亲兄弟？现在咱俩是官商关系，咱俩如果是一个爹生，一个妈养，这琴我可以考虑收下，但不是，就这，少啰唆，抬走。

白娃受不住这话，脸红了，而且泛紫红色，嘴结巴着说，大林……县长，我……称你……县长了……你别把话说恁绝，我知道你计前嫌，我白娃心是肉长的，窑厂的房子你拦住不让扒，帮我个大忙，跟救了我的命差不多。你说，我赚了那么多钱，给娃们买架琴算个啥？

柳大林站他面前抹着腰说，子耀，我郑重地告诉你，我不计前嫌忌后嫌！再给你说实话，窑厂的房子没让扒，不是袒护你，那是县城规划新区的需要，是解决当下职工住房困难的需要，不是因此，我肯定让炸掉！

白娃翻翻眼，冷笑一声说，我知道你大林没恁狠的心。大林没有接他的话。他捻了烟，接着说，这样，琴让娃们先玩，你啥时有钱啥时给我，你不是受贿，我也不是行贿，可以吧?！

不可以，你必须把琴抬走！

半夜三更的往哪儿找人抬？

你找不来人抬，我找人抬！

这时柳鹭又从屋里哇哇哭着出来，嚷嚷道，不让抬走，我不让琴抬走。

白娃便趁机说，不抬，不抬，叔叔不抬。

柳大林哄着柳鹭说，鹭鹭不哭，鹭鹭听话，这不是咱家的琴，咱不能要，等咱家有钱了，一定给鹭鹭买琴，买国际品牌的琴。

我不，我不，我就要这架琴，我喜欢这架琴，我不让抬走。鹭鹭说着躺地上滚着哭。

白娃弯下腰，心里得意脸上却装作难为情地拉着鹭鹭的手说，鹭鹭不哭，不哭，这架琴不是叔叔给你爸买的，是叔叔给鹭鹭买的。他又抬眼看看大林说，你看你，惹娃娃哭干啥的?！我可不会给你哄娃娃！白娃说罢溜了。

第二天吃过早饭，柳鹭上学去了。柳大林给杨彩凤商量说，这琴白娃自己不会拉走,上午鹭鹭不在家,她在家肯定闹人,你趁这个时间找两个人把琴给他送过去。

杨彩凤一脸犹豫地说,鹭鹭很喜欢这架琴,抬走了会伤孩子的心。依我看,咱借几个钱给白娃,以后再慢慢还账。

柳大林摇摇头,说,你不是糊涂人咋说些糊涂话,规矩不可坏。以后再有人送东西咋办?还折成钱给人家?咱家不是收购站。你想想,性质不一样。

杨彩凤想想大林说的也在理,没再反对,但她说不知道白娃家住何处,如果打电话问白娃,他肯定不说。柳大林让她去"温州小哥"发廊问黄花琴,就急急忙忙上班去了。急中容易出错,这是后话了。杨彩凤一切按照老公的吩咐做了。

柳大林到单位后先把邰丽叫到办公室,谈了谈,说为什么不能要这架琴,又讲鹭鹭如何任性,说鹭鹭最听邰阿姨的话,请邰阿姨中午去家吃饭,劝解鹭鹭。

邰丽想了想说,好吧,试试看。

柳大林见邰丽接受了任务,也高兴了,说,相信小邰同志能完成这个任务。

邰丽现在见柳大林也不怵了,眼珠子转了个圈,完成任务给我啥好处?

柳大林没想到现在年轻人说话这么直率,沉思了一下,开个玩笑说,给你介绍个好老公。

邰丽又莞尔一笑走了。

中午邰丽提前下班,到学校门前接柳鹭。她知道如果柳鹭到家一看钢琴不见了,哭闹起来就难哄难劝了,就被动了,必须趁她不到家就在放学路上给她谈心,这样就主动了。她在校门口等的时候,幸好柳鹭看到了她,扑上来亲昵地喊她邰阿姨。柳鹭听邰阿姨说专门来接她高兴得蹦了起来。邰丽帮她拎着书包,边走边给她讲,钢琴是西洋乐器,意大利人巴托罗密欧·克利斯多佛利18世纪发明的,鸦片战争以后,钢琴蹚着鸦片的祸水才进入中国。而称为"东方钢琴"的古筝,历史比钢琴还要早。邰丽又给柳鹭讲,古筝很好玩,它音色优美,音域宽广,演奏技巧丰富,深受民间欢迎,古代很多文人墨客都喜爱古筝,写下了许多优美词语评价曲目的画面,如元朝学士张翥就写下这样的词:行云不动暮雨生,流莺瞥目飞鸿惊。宫驰羽疾争新声,花月六宫无限情。柳鹭听了拍着手笑着说,太美妙了!邰丽见她有了兴趣,接着给她讲,其实你已过了学钢琴的最佳年龄,学钢琴要五六岁七八岁学,练就"童子功",你现在的年龄更适合学弹古筝。先秦时伯牙就创作了《高山流水》名曲,流传至今。改革开放这些年来我们国家出现了许多青年古筝演奏家,到德国、法国、英国、荷兰、俄罗斯许多国家去演奏,使筝这件乐器走向了世界,为祖国争了光。所以,学弹古筝也能成大器。太好了! 柳鹭兴奋地跳起来,但立刻又皱上眉说,那还得买筝呢? 郜丽笑笑说,我原来学过弹古筝,家里就有一架古筝在闲着,搬我宿舍就是了。阿姨真好! 柳鹭踮起脚亲了郜丽一口,两人高高兴兴回家去。

走到家门口,屋里传来了吵架声,郜丽拽住柳鹭的胳膊不让进屋。

呵呵,今天找黄花琴问白娃住处的,没想到遇到个好事,免费洗了头。杨彩凤的声音。

天底下没有免费的午餐,你别占她的小便宜。柳县长的声音。

我没占她的小便宜,我占我男人的小便宜了,嘿嘿! 杨彩凤冷笑了两声,又说,我男人在她那留有钱。

那是那天……那是那天……柳县长似乎在回忆着说。

那是那天什么,你那是哪天? 那天你是喝迷魂药了,还是舍不了那骚货? 还口口声声把自己说得可干净! 杨彩凤声音越来越高。

唉! 那是那天是去参加黄龙……服装节……司机小杨带我去吹头发……我也不知道,不信你问小杨! 听得出柳县长的声音在发抖。

小杨能管住你的腿? 能管住你的头? 我问小杨? 我问你吧! 男人们就是这个贱样! 听得出杨彩凤说这话的声音是在咬着牙。

真的……不管咋说,就去那一次! 不管怎么说怪我自己好了吧!

一次? 不止一次! 杨彩凤又冷笑着。

今中午我不做饭了,想吃自己做。后来听见杨彩凤把瓢勺碰得啪啪响。

郜丽在门外正犹豫着怎么办,柳鹭看看她说,阿姨,咱进屋吧,你一去,他们就不吵了。郜丽想想有道理,在门口有意咳嗽了两声,推门进到院里。两个人果然不吵了。杨彩凤从屋里走出来,看着郜丽笑着说,哎呀,刚才我和老柳还在说,柳鹭怎么还没放学呢? 原来你去接她了,今中午你要在家里吃饭,我就下厨。

郜丽笑着,没有推辞。

柳大林正坐在办公桌前批阅文件,小张推门进来了,手里拿着一沓子化验单放在他的办公桌上说,柳县长,水样的化验结果已从市里拿回来了。柳大林急忙拿起化验单看水的抽样化验结果,只见他们采集的水样大致分三种情况:第一种是含砷超标,第二种是缺碘,第三种是重金属超标。小张很机灵,他等柳大林看完化验单又递上几页纸说,柳县长,这是我从网上下载的资料,您看看。柳大林接过几页打印的资料急速地浏览起来。字意如针刺眼:饮用水含砷超标,会导致色素脱失,皮肤刺激,容易造成砷中毒,砷是水中剧毒的砒霜……缺碘,容易造成甲状腺肿(地甲病),是 IDD 主要表现之一。特征,甲状腺增生肥大,脖子越来越粗,造成粗脖子病;之二,造成婴儿发育不良,智力低下,或出现聋哑;怀孕期妇女饮用缺碘水,易造成流产、早产、死产、畸形……重金属超标,容易造成人头痛、头晕、失眠,甚至破坏骨骼……柳大林又翻过一页,美国环保总署发布的研究报告中称:饮用水中共有七百五十六种有机化合物,其中二十种是致癌物,二十三种为可疑致癌物,十八种为促癌物,还有五十六种是致突变化……

柳大林看到最后,手抖动得捏着的纸哗哗作响。他将那几页资料扔到桌子上,背着手来回踱着方步,说,水质差,要人命啊!这个是民生大问题!接着,他扭过头朝小张说,你抓紧起草个调查报告。第一部分写上我们所到山村看到的情况;第二部分写水对人生命的至关重要性;第三部分写建议,要广筹资金,集中资金解决六个山区乡的农民吃水、行路、就医难三件大事。两天之内把稿子拿出来。小张点头答应。这小子手快,笔杆子也硬,第二天就把报告送他手中。他一看,小张的材料写得很翔实,他很满意,只添了七个字:送宋书记、毕县长。

三天之后的一个早晨,天刚亮,柳大林就接到方占坡打来的电话,说宋书记约他早饭后一同下乡,并要带上日用品,此行要干什么,他心里已猜出了几分。

柳大林一到车旁,宋立功说,柳县,你坐前边带路。宋立功还没这样给他开玩笑称呼过。柳大林微笑着坐到挨着司机的位置上。而方占坡和小张却挨着宋立功坐到后排位置,都十分拘束。

上了车,宋立功便对柳大林说,你的调研报告我看了,很好,提出了山区发展的一个重大问题。不过,我没充裕时间照着你上次的路线走完,只有三天时间,让我看哪些地方,就听你的安排喽!一定要看到有代表性的。

柳大林点头说好,指挥司机开动了车。

虽然他们是坐小车去的,但是不能通车的地方就下来走路。然后,小车绕道接他们上路。基本是三分之一的路程坐车，三分之二的路程步行。翻山越岭，跨沟蹚河，宋书记同他们一样走，而且不要别人搀扶，他虽然累得气喘吁吁，满头大汗，但一直乐呵呵的，一路上也是详察细问，看到的情形与柳大林报告的情况是一致的。虽然内心深处对山区落后农民的苦难很内疚很自责，但没有听到他叹气，没有流露出任何悲观情绪。一路上，他除了跟山民们聊天，他们四人无论是坐在车上还是行走到路上他都没有说过一句话。

三天的调研就要结束了。这天下午，天非常蓝，将要西下的太阳格外红，是紫红。宋立功带他们站在一个较高的山头上，语重心长地说，柳大林你为丰和县立了一个大功啊！以前我虽然也来过山区，但受时间和交通条件的限制，进山很少，偶尔进山一次也是走马观花，浮光掠影。这次你算是把山区的家底摸透了，我也算清楚了。北部山区太穷，需要解决的问题太多，我们欠山区人民的债最多，现在到该偿还的时候了。

柳大林听着只是点头，没有说话。他知道宋书记还要讲下去，示意方占坡和小张注意记录。

宋立功是有话还要说。他大手一挥，指着群峰林立的远方说，但这里也是最有潜力的地方，最有作为的地方，不是有句话，叫要想富，先修路嘛！这次不单是你提出的解决吃水难、就医难、孩子入学难问题，这六个山区乡要山、水、田、林、路综合治理，集中整治，连片开发，不仅让农民吃上优质水，孩子有学上，患病有医治，还要让山区能开进去汽车，荒山要变成金山银山，让农民腰包鼓起来，甚至要使山区人民过上比平原群众更富裕的生活！

柳大林听得浑身发热，血液也加速了流动，脸涨得通红，兴奋地说，还是宋书记境界高啊！

宋立功接着说，回去后，你要把原来的报告再充实一下。关键是资金，要把农综开发资金、水利资金、公路资金，以及少量的扶贫资金和一切可以利用的资金全部捆在一起，用于山区连片整治开发。宋立功转了一下身子，越说越激昂，一旦县委、县政府联席会议讨论通过，就迅速启动，花上三五年工夫，使北部山区变个样！用上十年八年功力，让山区大变样，山是花果山，水是银河水，路是金光道。

柳大林、方占坡、小张都一齐鼓掌。

我再告诉你柳大林！宋立功又转过身来对柳大林说，我考虑，要成立一个贫困山区连片整治开发领导小组,我不当组长,毕县长也不当,组长就由你来当,任务就砸给你!

柳大林笑着弯下腰双手拱着说,接旨!

一星期之后,丰和县委、县政府开了整整三天的党政联席会议,专题讨论北部山区开发问题。

县常委一致赞成北部山区连片整治开发的宏伟设想,一致同意柳大林担任开发领导小组的组长。从此,柳大林头上又多了一顶帽子。经过半年的设计规划,次年五月份,先从两个乡五个村开始试点。从此,经常可以听到开山炸石修路的炮声和咣哧咣哧打机井的钻探声,炮声是震天地响,打井的钻机是"日日日"地响,响那样子像是要把地球钻透。人们也经常看见柳大林骑着单车在山间穿梭的身影,偶尔也可看到他停下车来,在修路的山道上或是在钻机井建水塔的现场指指点点的雄姿……也可听到他弯着腰同群众一起推火箭锥的啊嗨声……

已是上灯时分,张宝山还在和县机械厂来的两位师傅在油毡搭起来的棚房里筹划安装加工粉条的机器。也是王春宝回来说购买挖掘机,使他动了心思。春宝走后,他就在琢磨,春宝买了挖掘机就可以挣大钱,不然,每天搬砖、扛水泥、抬石子只能挣个工钱。自己做粉条不也是这样吗?六七个人围着一口锅,两个师傅各自抱着一个钻了孔的葫芦瓢,狠劲用拳头捶那揉成面块似的粉团,都是累得满头大汗,气喘得呼哧呼哧,一天下来也就是做二百斤粉条,平均每个人每天就是挣个一元多钱,一个月也就是三四十元钱,何时也发富不大。倘若也能用机器加工粉条,不也能像王春宝的挖掘机一样能搂住大钱喽?想了一夜之后,宝山第二天早晨起来就骑上自行车进城,还专门买了两盒黄金叶香烟,到县机械厂找到厂长,给厂长递上黄金叶后,才说出想让给制造加工粉条机的要求。厂长听了笑笑说,咱这厂子只会做老虎钳子、扳子,磨面机的轮子,铁皮箱子柜子,你说那东西咱都没见过,做不了的。

厂长,你可以找技术人员研究研究,集中大家智慧,万一能做了呢?宝山说着又扔过去一支香烟。

厂长不接烟,眼翻翻他,揶揄地说,一万也做不了,能做你做个给我看看。

厂长的话太噎人,但求人就得下作,受得住话,看人家的脸。宝山仍赔着笑脸说，厂长，我要能做就不来求你了。这加工粉条机也不会太复杂，我相信你旗下有技术力量，能攻下这个技术关。

厂长又是眼一瞪凶巴巴地说，厂里的情况你能比我还清楚？

宝山仍是赔着笑说，我肯定没有厂长您清楚，但我相信，能！咱中国人有智慧，原子弹卫星都造了，造个加工粉条机还不像玩泥团一样？

去去去，我还有事，没闲工夫跟你说些天方夜谭。厂长说着就要关门往外走，边走边说，你找造卫星的人给你造去吧！

张宝山从机械厂走出来还不死心，推着自行车在街上转，转着想着咋打开厂长这把锁。转着转着肚子饿了，咕咕叫，他才想起早晨没吃饭，到街边买了个烧饼，蹲路边啃着。突然有人在他肩膀上拍了一巴掌，他扭头一看，是交通局陶局长。陶局长笑着说，大支书咋能蹲这儿啃烧饼，走，中午我请你下馆子。宝山也是那次交通局要给三山凹修公路认识了陶局长。他知道陶局长是因为柳大林这层关系才对他这么客气，就带着乡下人的憨厚笑了笑，说，局长不用请我下馆子，去你那儿喝口开水就可以，这烧饼干太难咽。陶局长领着张宝山到自己办公室坐下，给他倒了一杯冒着热气的开水，开水里还泡了信阳毛尖。然后问他，张支书进城来办什么事？受这种罪？张宝山把到县机械厂求研制加工粉条机以及厂长的态度给陶局长学说了一遍，陶局长一笑说，嘿，这厂长是个熊家伙！陶局长顿了一下，说，我给你找他试试。他说着往门外走去。他知道机械厂门前有段路需要修补，前些时厂长还来局里找过他。他到电话室给机械厂厂长打了电话，说是柳县长家乡的，要支持好，不能拒绝嘛……一会儿，陶局长过来对宝山说，给厂长讲好了，满口答应。然后又嗔怪道，你见厂长为啥不说你是柳县长家乡三山凹的支书呢！宝山笑了笑，说，我这个人，轻易不卖人家县长牌子！

当张宝山又回到机械厂时，厂长热情得像久别的老朋友，连声道歉，还弄了四个菜，搁了一瓶酒。宝山说自己吃过了，不用吃了，只用给我们研制加工粉条机就行了。厂长硬要拽他坐下，你吃过饭也喝两盅。厂长还指着站在一旁的两个人说，他俩都是工程师，说不定哪一杯酒喝出灵感的。张宝山想想也是，即使喝不出灵感，喝两杯也能给他们联络下感情，研制粉条加工机可能会更用心些，便坐下给两位技术员敬了几杯酒。酒这东西真是联络感情的好东西，两位工程师喝了几杯后，就郑重地表态说，三个月之内保证研制出加工粉条机。

俩工程师也真上心,第二天就来村里考察参观手工制作粉条的工艺流程,然后又到南都市机械厂学习求教,半个月内拿出了图纸,经过反复修改试验,两个月后第一台粉条加工机就诞生了。一试产,很鼓舞人心,还是一组七个人,用这台机器每天产量一千公斤,能赚一百多元,每人日工资可达到十元左右。

　　这下好了,村里的二十几个加工粉条小组看用机器做粉条效率高,收入高,抢着要粉条机,下午厂里一批运来七台机器,宝山就忙着卸机器,规划安装机器的位置。但是机器还少,各小组都想要,互不相让,又都是一齐报名的,先给哪组?宝山有点为难了。几个组长这时围着宝山嚷着说,要么抓阄?抓阄就抓阄。宝山去村部弄了一把纸团,走过来说,这纸团有画"+"号的,有空白的;凡是抓住画"+"号的先安装。宝山故意先把手攥紧,而后喊声"开始",松开手掌大家一齐动手抓了纸团,各自都在抖开纸团看。突然,毕改兰跑过来大声喊道,宝山哥!宝山哥!快,快去,大林县长在西边大路上被村里人围住了!

　　为什么?宝山问。

　　别问为什么?你快去给大林县长解围!毕改兰已经怀孕四五个月了,走路直喘气,声音很急促。

　　张宝山听毕改兰喊得这么紧,也不管那几个抓的什么阄,拔腿就跑。毕改兰却坐到地上跑不动了。

　　还有一百多米远就听见一群男男女女的吵嚷声。村里人盼你当官算瞎盼,你给外乡外村修路打井,为啥不给咱村修路打井?你给外乡开发咋不给咱三山凹开发?

　　咱村的路会给修的,咱村也列入开发片区了,只不过是先后有个顺序,咱村这条路现在还可以走嘛,只等老垭口一打开,把咱村通往黄龙镇这条路连接起来,很多山货还要路过咱这儿运往县城和全国各地的。

　　你没睁眼看看,"白娃路"已砸毁了,铺的沥青都成豆腐渣了。

　　柳大林没有立即回答,因为他自从上次被放耙挡道之后再没走过这条路,但他不能这样说。宝山这时已赶到跟前,向大家喊着,各位乡亲不要吵,咱三山凹也列入连片开发整治区了,怪我没有及时给大家传达清楚,不能怪大林。

　　场上静了片刻后,又嚷成一笸蜂似的,你为啥给老关垭修个水塔?咋不给咱三山凹修个水塔?旁边有个人趁机煽动着,你们说这话是盐罐里话——咸话,老关垭是他舅家!

到底是舅家亲还是爹家亲？另一老汉接上扯着嗓门说，天说爹亲，他爹不是早死了，他舅还活着的！他爹要活着，肯定是先爹后舅了。

张宝山听明白了，老关垭打了机井，特别是修了水塔后，三山凹人站在村边是能看见的。早些时他就知道，村里人看见老关垭村那座水塔一天天高起来就眼红，嘟嘟囔囔，说三道四。他也没理会他们，以为不过是闲说说而已。他现在正挠着头组织语言说服大家，柳大林却开腔了，咱村的水塔也会给建的！

眼前首先需要的是井，打机井！先打井，再修水塔！没有机井修水塔管用？国超爹患胃癌你知道吧？你接进城看的病，也是喝坑塘里的水喝的啦！有人说他前些年在北山当石匠锻石器喝粉尘喝的了，不是，他是喝这坑塘里水污染的啦，还是先打机井吧，打了机井再建水塔。吵嚷的声浪又一次掀起高峰。柳大林并不知道张宝山后来把机井填了的事，便说，打过机井了啊！我在九里山当书记那年就给村里打了眼机井呀！

嘿嘿，那老汉冷笑着说，也不知道是出鬼了还是出神了，那机井刚打好，水哗哗流；不到一个月就不出水了，一滴水也不出了，后来连井口也找不到啦！

大林听了，迷惑不解，大声喊着，宝山呢，张宝山呢？你给乡亲们解释解释！

张宝山自知理亏，张不开口给大家解释，挥着手朝大家喊话，乡亲们，别嚷嚷了，先让大林回县里，他还有很多公务，明天我给大家解释。

此时群情激奋，大家蕴藏在心中的怒火像火山爆发一样喷发了出来，喊声更高，不行，柳大林今晚必须给我们有个说法，官大咋着，官大不压乡邻！

大林第一次听说机井断水被填封，也感到莫名其妙，就大声说，宝山，张宝山，我今晚回县上没事，我十天不回县政府，地球也照转，这世上没有离不开谁的。我站这儿等着，等你给大家解释，解释完了我给乡亲们表态。

张宝山当着这么多人确实不好解释，他要把大林拉到一边去，在场的人不让大林去，大林也不愿意到旁边去，宝山只好捂着自己的嘴巴贴在大林的耳朵上耳语着当时封井的原因和经过。大林听了非常愤怒，头上火冒三丈，"呼"地扇了宝山一个耳光，你真混蛋！宝山捂着生疼的火辣辣的脸，无话可说。他当时也是为了大林，这时想想也真不该。但他只能咬烂舌头血往肚里流。柳大林不再理宝山，但也不能出卖宝山。他朝大家喊话：各位父老乡亲，这个机井废了我不知道，明天我就亲自带人来勘察，再给咱村打机井，打了机井建水塔，让家家用上自来水！

柳大林有了这句话，可以放他走了。当他找到自己骑的自行车时，自行车却推不动，弯腰一看，自行车前后两个轮胎不知道什么时候被哪个人趁混乱之机偷偷用小刀扎破了。张宝山要追查扎轮胎的人，大林拍拍宝山肩膀说，不要追查了，骑上你的自行车先把我送到黄龙镇去。于是，张宝山推来自己的自行车骑上，大林坐在货架上，在月光下颠颠簸簸地行进在"白娃路"上……

柳大林言而有信，第二天上午真的带着一辆货车，拉着打井队的技术人员、工人和测探水源的物探仪，还有打机井用的钻机和架子。大林亲自帮助技术员从货车上卸下物探仪，跟在技术员身后用物探仪寻找可打机井的水眼。宝山也跟着只是耷拉着头不说话。这种物探仪是用电阻率法，各种地层电阻率是不一样的，仪器上显出的曲线就像人做心电图的曲线一样，技术员通过这种曲线来分析有无地下水和水源情况。他们围绕着村子找了一圈，找来找去还是找到原来打机井的地方。技术员说，只有在这个地方可以打。张宝山翻着眼看了看柳大林，柳大林明白他的意思，眼瞪着他说，嘴闭住！

柳大林待了一天，看着支起打井架子，钻头钻进地里哐哧哐哧响起来，他才离开。这种打井机是20世纪50年代洛阳矿山机械厂学习苏联技术生产的乌嘎斯，是一种冲击钻，机器转动起来一点一点的，像"磕头虫"一样，小孩们都围着看热闹。大林也每天来看一次进度。打到第九天的时候，钻头钻不进去了，打井队长请示柳大林，怎么办？柳大林手一砍说，不怎么办，钻不进去使劲钻！队长说，已经钻坏两个钻头了，好像遇到了比石头还要坚硬的东西。柳大林心里明白了，又找到张宝山，他知道只有张宝山清楚当初封机井使用了什么东西，便问其谜底。张宝山说当时使用了混凝土，厚度估计有两米。柳大林听了咬着牙，扬起巴掌又想掴他一耳光，想着都几十岁的人了，而且已打过他一巴掌了，手又落了下去，骂了声我真想……大林要说真想撤了他的支书，但想到昨晚对宝山打也打了骂也骂了，人都顾张脸，再说得宝山吃不消顶回来就难看了，所以没有说出口。大林把队长和技术员叫到一起，说明了实情，让技术员研究办法。技术员听后讲，只有改用红星钻。红星钻是80年代郑州探矿机械厂生产的回旋式钻机，威力大，能打三四百米的深井。这种钻杆下边是圆铁桶似的钻锥，一圈是用钨、钛、锰材料焊上去的像老虎牙一般的锯齿状，无坚不摧，是一切坚硬东西的克星。大林听到有办法了，很激动，手一拍大腿说，那就换用红星钻吧！队长说，再钻两天试试，如果还不行，再换红星钻，换一次钻机拉来拉去不说，扒井塔、搭井塔也挺麻烦的。大林低头想了想说，不用怕麻烦，换吧，时间不能磨了。

钻机换成了红星钻。大林一直蹲在钻机旁。宝山说大林，你走吧，你放心，我不会再干鲁莽事了，我已不是二十年前的宝山了。大林说，现在我不是不放心，是我一定要等到井水出来。

时值三伏天，骄阳似火，打井工人们晒得满头大汗，脸也黑了，大林也坚持着同工人们一样晒着。乡亲们又心疼他了，自发用芦席在工地搭起凉棚，搬来竹床和椅子让他和工人们休息用，有的送来茶鸡蛋或油馍，有的抱来大西瓜或消暑的绿豆汤，有的请大林到家吃饭。大林感动得热泪盈眶，心里说，多好的乡亲啊，他们太容易满足了，只要有一口好水喝！他一直等了两天，等到那张牙舞爪的红星钻彻底钻透了那两米厚的混凝土，井底下"哗"的一声冒出了水才离开……

然而他却没能马上走开，村里又来许多人把他围住了，说是家里已备好了酒菜，要他吃了喝了再走。他怎么也不肯，说还有公事得赶回县里。乡亲们见他执意要走，不再拦挡。就在这时，一个年轻人飞跑过来跪下抱住了大林的双腿，村里人都认出是老五的儿子小六，一齐嚷着，小六你干吗？快放开手！小六"哇"一声哭了，我……对不起大林叔叔……大林叔叔……大林和在场的乡亲们都觉得莫名其妙。宝山一把扯起小六胳膊，胡闹啥的？小六仍哭着说，大林叔叔，我那晚不该用刀扎了你的车胎，不该……

十九

　　无情的时间"唰"地又过去了三年。

　　最无情的是天公在 1998 年腊月初七后半夜里悄悄下了一场小雪。县长毕沃野凌晨 5 点钟从南都市自驾轿车返回丰和县的路上，车滑进沟里一命呜呼。噩耗很快在县城传开，继而传遍全县，在丰和县其影响不亚于发生了一场七级地震。由于他独自一人驾车，谁也不知道他夜里到南都市干什么去了。交警队在调查车祸发生原因时，确定不是酒驾，是由于路滑车子方向失控滑进沟里的。疑问是毕沃野夜里去南都市干什么去了。他是在家吃的晚饭，又参加了一个小时的县委常委会，会议结束后，从司机手里要过车钥匙，离开丰和县城的。交警从车上找出了他的手机，从手机上查阅了他当日的联络电话，都是县内工作电话，而且没有一个与南都市人通的电话。交警从他身上摘下一串钥匙，核对了一下，有三个钥匙是家中门锁钥匙，有一个办公室门锁钥匙和一个文件柜钥匙，唯有一把钥匙咋也弄不清楚是哪里的钥匙，连后来市纪委介入调查也没弄个水落石出。于是乎，人们判断毕沃野在南都市弄有私房包有情妇。这样一来版本就多了，有人说他包养的情妇是搞工程的女人，长得美丽又风骚，甚至说在丰和县就搞过个项目。有人说是大盛百货楼上卖化妆品的女郎，白净高挑又漂亮。还有人传说那情妇还给他生了个男孩子，而且已在南都实验小学读了一年级。说得有鼻子有眼，但都查无实据。对于车为什么滑到沟里，没人讨论路面雪滑，也没人怀疑他的车技，讨论更多的是带有颜色的东西。有的说他是黑来暗走心里恐慌把不住方向盘造成的；有的说他是夜里与情妇干的次数太多筋疲力尽掌不住方向盘造成的；有的说他肯定是欢实一夜没睡好觉打瞌睡双手丢了方向盘；有人说毕沃野起的名不好，"沃"字去掉三点水就成了"夭"字了，不夭折才怪……

人们不管怎么猜测怎么瞎说，说一阵也就过去了。不管毕沃野怎么死总之是已经死了。人死如灯灭，灭了也就灭了。

人们很快转入关注谁来接任县长。关注这个比讨论毕沃野怎么死更重要了。格局大的人讲，因为这个关系到丰和县未来的发展，关系到丰和县人民的生活；格局小的人嘴上不讲，心里盘算着谁当县长于自己有利益……大多数人的目光投向了柳大林身上。不仅因为他是常务副县长顺理成章该他接替，而且是因为他的政绩有口皆碑，尤其是他搞三年山区集中整治连片开发取得了初步成效，老百姓得到了实惠，让这样的人干有希望！众人眼"毒"，一个月后果然是柳大林接任了县长。

柳大林任县长最高兴的当然还是三山凹人。张宝山更是高兴。他得到这个好消息的当天晚上就激动得没有睡好觉。他甚至还想到北山里那个风水先生的话，看来你老家伙也是"巫婆没鸡巴，顺嘴胡疙瘩"，这眼机井还是在那老地方打的，而且打得更深了，并没有破坏风水，大林不但官没掉而且又高升了，如此看当年大林被免掉九里山公社书记并不是因为打机井坏了风水。还是大林境界高自己境界低啊！害得乡亲们一二十年没有好水吃。

他选了个周六上午带着黄新月和革儿进了城。革儿已十八岁了，该让他到城里蹚蹚了。他找到白娃，找到表姐夫曹一宽，约众兄弟一起去大林家，给大林祝贺祝贺。虽然曹一宽、白娃对柳大林都有些意见，但毕竟大林是县长了，别人想高攀也高攀不上的，所以只要大林不计较，自己还计较什么呢，也都乐意去。他们置办了一些酒菜礼品，晚饭前来到柳大林家。柳大林家已不在县政府家属区房产处的房子里，搬到了喜苑小区的商住楼里。八层，三室一厅。宝山选的日子也不错，周末，一般都宅在家里。大林两口和孩子全都在家。他们一行几人，目前只有宝山与大林关系融洽些，就由宝山领着上楼来。张宝山摁摁门铃，门开了。杨彩凤开的门。一踏进门，张宝山就大呼小叫着，恭喜啊！他指着后边的一群人说，今天队伍庞大，来给柳大县长祝贺的！杨彩凤似笑非笑地说，什么大县长啊，在你们眼里他永远是柳大林。此时，柳大林正在卧室里用座机打电话，打完电话趿拉着拖鞋走出来，说，你张宝山祝什么贺呀，分明是想来讨酒喝的。大林边说边坐在客厅的单人沙发上。他说话的时候，面带着微笑，声音也比往常温和，脸上泛着红光。看得出来他情绪蛮好的，人逢喜事精神爽嘛。

他高兴，客人们也都少了拘束，各自找位置坐下。张宝山指指他提来的放在茶几上的两瓶全兴大曲说，今天不喝你的酒，俺自带"干粮"。柳大林没接他的话茬，指着站在一旁的革儿和友友说，孩子们都长这么高了！孩子大了催人老啊！张宝山说这话的时候，几个男人相互看了看，是的，脸上都有了皱纹。照张宝山事先安排，黄新月、杨彩凤早已进厨房去了。柳鹭和友友都在县一高读高一，同班同学。她听到友友的声音，拉友友到自己房间里去，剩下革儿跟大人们坐着听大人们闲聊。

杨彩凤、黄新月两个把弄的一桌菜端上来了。柳大林去卧室床底下摸出两瓶酒，说，今晚我请客，喝我的酒，不能喝宝山的酒。

张宝山手一拍大腿说，你请客也可以，你当县长了嘛！

前几杯共饮，大家都说些恭贺的话。

三杯过后，宝山要给大林敬酒，他的理由是专来祝贺的。大林要给他们几个敬酒，理由是感谢他们多年的支持帮助。恭敬不如从命，他们只有让大林敬酒。宝山是今天的联络人，当然第一杯酒先敬他。宝山爽快地说，我喝，县长赐的酒我喝了！说实话，咱光腚娃那时候做梦也想不到你能当县长！大林笑了笑说，你说得没错，我没考上大学之前，想着这辈子顶住天能当个村支书！宝山不知大林的话是调侃还是那时的真实思想，此时觉得当个村支书也真不赖，所以，柳大林倒第二杯时，他哧溜又喝了，喝罢说，不管怎么讲，三山凹地气动了，你也算为三山凹人争光了，我虽不能说荣宗耀祖，因为咱不是一个祖宗！大林眼一睁说，你这个讲错了，大中国虽是百家姓，但都是华夏儿女，一个老祖宗。宝山连连点头，歉意地说，嗯，还是大林境界高，就凭这一条你就是县长的料，以后你只管当好你的县长，我村支书就是你的看门神，看好你家老祖坟！柳大林走到曹一宽面前，自己先喝了一杯，表示对连襟姐夫的敬意和感谢，然后给姐夫斟满一杯酒，说，满心满意。姐夫理解其中意思，仰颔喝了。大林倒第二杯时，曹一宽说，我跟宝山讲的话不一样，我压根儿没想到你能当县长，我当时可是一见你，就觉得你很有才气，是当官的料！大林点点头，有这话。曹一宽挤眉弄眼地说，所以那时候我才把小姨子许配与你。女人们和孩子们挤在茶几上吃饭，杨彩凤听见了，说，姐夫，要不要给你嘴上戴个口罩？！曹一宽不理会小姨子，继续往下说，可你说的话，你忘了吧？你说你若当了官第一个就提拔表姐夫，现在呢？要求也不算高，说多遍了，就个副院长嘛，你只用一句话。大林"噗"一声笑,说,遇机会吧!曹一宽见大林终于松口了,眼一闭,"哧溜"喝了。

　　大林走到白娃跟前,问,子耀,你咋喝?大林没喊他白娃,他认为白娃年龄大了,再喊他白娃显得不尊重,所以喊他大名。白娃嬉笑着说,倒几杯喝几杯。大林说,我讲给你三句话,看你爱听不爱听。白娃一迭连声地说,爱听,爱听,你讲什么话我都爱听。大林说,第一句,我有时候脾气不好,说话难听,你要理解。白娃说,理解,理解,官大脾气长,很正常。大林又说,第二句,你现在是全县冒尖户,小平讲要摸着石头过河,我说句通俗话,咱办事要着底!白娃说,你放心我不会让砸了牌子。柳大林又说了第三句,干事要依纪守法,守住底线,这样我才好支持你!白娃拍拍胸脯说,你放心,我绝不会给你扒豁子,抹黑!大林"噗"一笑说,你看你,又拍胸脯的,我看见你拍胸脯就害怕。白娃脸郑重起来,说,我现在拍胸脯跟以前拍胸脯不一样,今天是同着宝山和曹大哥给你县长大人拍的,可不是耍儿戏。大林又说,宝山咱三个都是属马的,你可不要马失前蹄啊!白娃又拍拍胸脯说,不会,不会,只会一马当先。大林连给他倒了三杯,他一股气喝了。

　　接下来由宝山、白娃、曹一宽给大林敬酒。敬酒节奏缓了些,他们边喝边叙往事,气氛很是融洽。最后,宝山喊革儿来给大林敬酒,大林摆摆手,娃们不喝酒,别让娃娃们学这一套。宝山说,他不小了,十八岁了,也算大人了,该给长辈们敬个酒。白娃曹一宽也附和着,大林没再阻拦。革儿敬酒时,大林问他,革儿现在干什么?革儿脸一红,不说话。宝山说,今年高中毕业没考上大学,他也不想再复考。不上学也得干个什么呀!大林说。宝山这时接上话茬说,我也不想给你添麻烦,我那时没上成大学,在农村干一辈子,总不能让娃们也在农村干一辈子,得出息点。大林皱着眉说,现在没学历不好安排呀!宝山说,好赖给他找个差事,沾个公家边就行。大林回想起舅舅家表弟一事造成的遗憾,便答应了。

　　宝山见大林答应得爽快,高兴地又喝了几杯。临走时,晕晕昏昏地喊着,杨彩凤,你也不来送客?杨彩凤看着他那好笑的样子捂着嘴笑。黄新月嗔他说,喝二两猫尿就现原形了。张宝山不管黄新月怎么说,又喊叫,杨彩凤,咱三山凹出个县长不容易,你要当好饲养员!我就是你家守门神,看好你家老祖坟!黄新月扯着他的胳膊说,快走吧,别瞎胡喷了。

　　从城里回来后的几天里,张宝山和黄新月天天都在盼着大林来电话。黄新月叮嘱宝山,你要给村部通信员交代好,一定不要打瞌睡漏接电话。宝山又叮嘱黄新月，你没事就在院子里守着，大林的电话也可能会打到家里来。

好些天过去了，没有消息，他们有些没有信心了。一个晚上，快 11 点了，他两口子都脱衣上床了，床头的座机突然响了，夜里的铃声可能比白天更响，震人耳朵。宝山睡在床外边，他伸手抓过话筒，"喂"了一声，听筒里传来的是杨彩凤的声音，说是让革儿周一到政府保卫科报到上班。并说，由方占坡带革儿去保卫科。

一听到这消息，两口子喜得脸上如开了花。革儿要到县政府上班了，虽说是搞保卫的，总算是县政府大院里人了。他们提前一天去城里给革儿买了西服，没回三山凹，就住在城里等到星期一。一大早他俩就让革儿把西服穿好领带系上，提前半个多小时带着革儿走进县政府院里。过去张宝山来过几次，虽是找大林的，但走到这大院里总是缩手缩脚探头探脑的，今儿个走到这院子里似乎气壮了些，脚步迈得有力些，头也抬得高了些。他知道方占坡的办公室，直接去到他那儿。方占坡早已在办公室等候，见到了他们眉开眼笑地说，哟嗨！这么兴师动众！张宝山一笑，说，娃娃小，不懂事，不放心！方占坡说，交给我你们尽管放心。他用眼睛打量了一下革儿，说，小伙子挺帅！说罢，朝革儿一摆手，走！跟我走！张宝山、黄新月跟着娃儿一起去到保卫科。保卫科是个单间办公室，坐着两个四十来岁的人，一个人穿着便衣，一个人穿着警察服装。他们进门，那两个人也没站起来，不像方占坡对他们那么客气，似乎他们不知道是县长安排的事儿。黄新月觉得屋里拥挤退出门外。方占坡给穿警服的人交涉了几句，穿警服的人拉开提包拉链，取出一张丰和县保安公司劳务人员登记表递给他，他递给了革儿。革儿接过表格，也没坐椅子，拱着腰趴在桌子上填完后递给张宝山说，爸，你看我填得准不准？张宝山一看是与县保安公司签订的劳务合同，而且合同期三年，试用期三个月，愣了，问方占坡，这不属于政府保卫科？穿便衣的人开腔了，说，以前我们保卫工作属机关后勤管，现在机关后勤管理改革了，保卫科只挂个牌子，具体保卫工作统一由公安局的保安公司来管，人属于他们管理，工资由他们发放。他指指穿警服的人说，这是公安局的谢科长，你这是柳县长交办的任务，他才直接来到县政府给你们办手续，一般人都要先到保安公司去办理劳务合同，然后再分配到相关单位去值班。张宝山有点失落地看着方占坡说，不然，我再见见柳县长？方占坡说，今天县长有会，你见不上。接着又给他解释说，你见县长也是这个样，现在所有的行政事业单位用的勤杂工都这样，购买劳动力，而且这也是柳县长率先实行的用人制度改革。是购买劳动力？不是以前的固定工全民工？张宝山心里凉了半截。他看一眼黄新月，问，你说咋办？黄新月嘟囔着说，大林要办也不给娃办个正儿八经的工作，这是个啥？她嘴一努，看着革儿说，听娃的意见。革儿忽闪着一双炯炯有神的眼睛说，就干吧！宝山觉得革儿挺懂事，没闹人，心里得到些许安慰，就看着方占坡说，尊重孩子意见。

接下来，保卫科长领革儿到隔壁的房子里，是个两间通房，一排放着六张床，指着最西边的一张床说，你就睡那张床。一天六班倒，每班四小时。你先休息会儿，中午12点有人叫你上岗。革儿点点头，然后朝爸爸妈妈说，爸，妈，你们走吧！黄新月有点舍不下，毕竟孩子要单独工作生活了。革儿看出了妈的心思，又说，妈，你放心，我没事，你们回去吧，我爸事儿忙。张宝山心里说，这孩子真懂事，在家叫爹，到城里知道叫爸。

黄新月跟张宝山出了县政府大门，走了一段路停住了，她对张宝山说，老张，我想等到12点看看娃上班什么样。宝山想了想，说，可以。咱先找个地方吃饭，吃过饭找个地方躲着看，不要让娃看见咱，如果他看见咱会拘谨的。黄新月"嗯"了一声。他两说着又往前走。宝山问黄新月想吃啥。新月说，听传说福建沙县人在城里开有馆子，做的馄饨很好吃。宝山以前也听说过但没吃过，便爽快地说，我也想吃沙县馄饨。两口子走了两道街，找到福建沙县千里香馄饨馆，要了两大碗馄饨，两格小笼包子，吃得饱饱的，然后又返往县政府。此时已是下午2:15，他两口子站在距县政府大门口六七十米的大街旁的一棵大梧桐树后边，瞄看着革儿。革儿站在县政府大门口的一个"安全岛"上，他身着一身深蓝色制服，也有肩章臂章，与警察不同的只是臂章上是"保安"二字。但他有着警察的威严和气质，一手拿小红旗，一手拿小绿旗，嘴里噙着哨子，不停地"嘟嘟"吹着，交替挥动着手中的小红旗小绿旗，指挥着车辆的出入。宝山看着自豪地说，革儿棒呀！黄新月略带微笑地点点头，用手绢蘸掉眼角没有落下的一颗热泪珠……

一天早晨，曹一宽正和妻子杨彩云在吃早餐，医院人事科长来他家说，请曹科长上午到卫生局人事科见邱科长去。现在的科长不分级别，混淆了，科级叫科长，股长级也叫科长，甚至股级单位的中层也叫科长。曹一宽问人事科长，有什么事？人事科长说他也不知道。曹一宽冲的燕麦片，还有半碗没喝，搁下碗问妻子，可能是我的工作有变动？要不，让我去人事科干吗！杨彩云也把碗搁下，说，去吧，肯定有好事。

兴许真是让我当副院长的？曹一宽边在屋里走动着边说，如果是，大林应该给透个信啊！

杨彩云也喜滋滋地说，你一去见邱科长不就知道了，揣测个啥，浪费脑细胞！

曹一宽笑着跨上自行车走了。走了几米又折回来，说，老婆，上午你别上班了，在家等我好消息。

中，中！你今个像范进中举了似的。杨彩云在厨房边洗碗边嘟囔着。

杨彩云真的给单位请了假，在家等老公的好消息。她知道老公熬了这些年了，也该升了。她知道老公为这个副院长朝思暮想焦虑不安，也常听到外人说，你妹夫当着县长多好的条件，不利用亏了……每当老公想找妹夫当副院长，她虽不极力支持，但也不强烈反对，她也想让老公早当上早安生。

快中午时候，杨彩云正在厨房切菜备午餐，隔窗子看见曹一宽推着自行车回来了，脸板得如块黑铁皮。她猜出老公肯定没得到好消息，所以也不吭声，怕一吭声如点了引信爆炸了。曹一宽进了客厅，自己拉把椅子坐下，抱住茶杯咕咚咕咚喝了两杯水，然后将茶杯在茶几上一蹾，朝厨房里喊着，杨彩云，你也不问问我啥情况！

杨彩云从厨房出来站到他身边，说，有情况你自然就给我说了，还用我问。她说着翻老公一眼，不是当副院长？不是就算啦，你不当副院长我也不会给你闹离婚！

曹一宽一脚踢开旁边一个小凳子，煞着恶气说，副院长跟我这科长一没二色，还是个股级，没任何意义。杨彩云继续追问，他才讲出邱科长谈了，让他到第二医院当副院长。第二医院是个副科级单位，副院长也是个股级。

杨彩云听后说，你不就是想当个副院长嘛，啥一医院二医院，副院长比科长好听就行嘛！好听管卵用！曹一宽站了起来，喷着唾沫星子说，二医院总共五六十个人，我现在当这科长也管二三十号人的！杨彩云嘴一撇说，还是不一样，当了副院长或许能升正院长的。曹一宽又一脚踢翻盛满猫粮的塑料盆，愤怒地吼道，当狗蛋，二院院长四十五岁，我今年小五十了，能熬过他？杨彩云也火了，大声说,你对我发这么大脾气顶啥用? 你找柳大林说清好了呗! 老婆火了,他反而熄火了。他给杨彩云叙述,他出了卫生局就给柳大林打了电话,柳大林说,先干着吧,这不用上常委会,简单。别看这位置,下边也还有好多人盯着呢。他又给杨彩云分析道,柳大林说"不用上常委会"这句话使他明白了,不上常委会就不在他的职权范围内,他没责任影响小。说到底,柳大林还是不顾人,怕影响了他的乌纱帽。

杨彩云听了,心里也有点埋怨大林,但嘴上没有说出来,劝解老公道,大林叫你先干着就先干着,听这口气,有回旋余地,骑着驴再找马! 找骡子吧,找马? 曹一宽又发怒起来,我小五十的人了,还有什么等头找头? 我彻底看透了,遇住个骡子货,不管使! 当初你眼瞎了,看上他个小雷锋,把你妹子嫁给他!

杨彩云将手里端的一小碟醋搅酱油加蒜泥"哗"地泼到曹一宽脸上,骂着,你个混账东西,到底是你把我妹子介绍给柳大林还是我介绍的? 你说!

曹一宽不说话了,两眼被酱醋和蒜汁特别是蒜泥蜇得睁不开眼而且辣得难受。杨彩云见此状慌了,忙去打来一盆水帮他洗脸冲眼。曹一宽眼能睁开了,又在屋里转了几圈,手一摆说,这个骡子货也指靠不上,我想通了,彻底放弃当副院长的念头,下海去! 也许挣钱比当这个小官官强!

杨彩云又嘴一噘,说,挣钱也不是容易的,下海也得有本钱,

曹一宽手一扬说,本钱不是问题。接着他给她讲了80年代两个人的发富记。第一个,老家北边姜营村有个姜三,苦想做生意没一分本钱,有一天他去菜地锄地,不知谁家大白兔跑到他家菜地偷菜吃,他狠狠心一锄头下去砸死了大白兔,拎到街上卖了一元五角钱,他拿着这少得可怜的本钱去石佛寺玉雕市场批发了三十个玉石烟嘴,赚了钱又去批发……就这样滚雪球成了玉商"大亨"。第二个,城南况家庄有个名叫况茂的,腿勤快,外号"兔子腿"。有一天,邻家有媳妇相亲,托他去买菜,给他五元钱。这况茂早想做生意,苦于没本钱。到菜市街他起了歹心,揣上这五元钱下湖北了,邻居家遭的罪不说,况茂用这五元钱滚成了暴发户。讲完这些,他问杨彩云,例子我给你讲了,本钱的事不是事,你只说支持不支持我下海。

你自己拿主意,跳江我也不拦你!

曹一宽下午在家被子蒙住头睡了半天觉。黄昏时分他骑着自行车去到街上,约白娃到了一个茶馆,两人要了一壶红茶,边喝边聊,话语中他又把柳大林

大骂一通,白娃没有附和,他心里有数,知道他俩是连襟,两家虽有矛盾,但打折胳膊在袖里,说不定有一天两家和好了,串通柳大林骂了自己,人家现在是县长,自己得罪不起。

曹大哥,你今天约我来,就是听你骂大林的?白娃拦住他的话。

曹一宽顿了一下,说,我想给你商量件事。

你说!

我想下海!

真的?

不假!

白娃眨巴眨巴眼,说,我支持。凭曹大哥这些年走南闯北的经验,还有你那张嘴巴子,下海准行。但有一条,白娃又眨巴眨巴眼说,现在很多人只见贼吃馍,没见贼挨打。经商可没有坐办公室端公家饭碗那么舒坦,不脱几层皮,是难以成功的。

曹一宽摇摇头,吃苦我不怕,我怕没本钱。

白娃明白了他的意思。又呷了一口茶,将茶盅放下,说,有话直讲。

我手里没几个钱,得你借我几个。

得多少?

曹一宽半耷拉着头沉思了一下,说,我想不脱离我的老本行,想开个药械公司。本钱大些,你借我三十万就行。

白娃知道他在这方面是行家里手,有优势,又有人脉,经营这东西准赚钱,两眼骨碌一转说,我懂的,搞这买卖本钱大,给你五十万!

白娃出手之大方,之慷慨,是曹一宽没预料到的。他激动地站起来握着白娃的手说,好兄弟,谢谢你,你说要多高利息?

白娃将身子靠到椅背上不悦地说,曹大哥,你说外话了,我不要你利息。想当年,还是你去市管会把我车子要回来的;再说,开发窑厂也是你牵线,不是你,我白娃也不一定有今天。滴水之恩,涌泉相报,你的恩报不尽。

曹一宽几乎流出了泪,双手紧紧攥住白娃的手说,兄弟,等我见了回头钱,先还你的账。

三个月后,曹一宽办完了一切审批手续,城隍庙下街的丰和县宏大药械有限公司在一阵噼噼啪啪的鞭炮声中正式挂牌开业了。

宝山昨晚到家就发烧,高达 39.8℃。宝山这次生病与他搞的粉条加工机有关。粉条机省人省工效率高,挣钱快,家家都想使用机器加工粉条,三五户就可以合伙买一台,全村已发展到五六十台,周围村子里的人跟着学,也买起了粉条加工机,搞起了粉条买卖。可是机械化程度高了,人都变懒了。当下种红薯的人少了,因为种红薯用不上机器,全靠手工栽种,只能在收红薯时用机器挖。其他农作物都可机耕机种机收,谁想干那费工耗时又累身子的农活? 所以就连号称红薯大省的河南红薯的种植面积也大大减少。然而三山凹这一带包括整个黄龙镇搞"三粉"加工专业的农户却日益增多。这就出现了供需矛盾,原料少了反而争收争购的人多了。这次宝山就南下湖北、四川,又杀回马枪,跑到安徽、山东,总共用了七天时间,签订了二百吨薯干供应合同。一路上他吃尽了苦头。火车,有票坐着,无票站着,有客车坐客车,无客车坐大货车。七天七夜里基本没有住过宾馆和旅店,不行路也就在车站候车厅里休息。这趟外出,他单枪匹马一个人,没有合适人跟。男的没有懂业务的,丹桂香懂业务却是个女的,不方便,又怕黄新月吃醋。一个人也好,可以省路费。焦虑和紧张是导致感冒的主要因素。这种紧张和疲劳的"游击战"最终使他患上了感冒。

　　到家后,黄新月看他感冒了,要去找医生给他打点滴,他摆摆手说,不用,盖两床被子捂捂汗,好好睡一觉病就轻了。然而早晨起床时他仍发着高烧,温度一点也没降,而且鼻子也有点齉,说话瓮声瓮气,像打鼓一样。黄新月又要去找医生输液,他又摆摆手,不用,喝碗热汤发发汗就好了。黄新月想起民间一句俗话,风塞鼻子齉,想喝面叶汤。她就弄了大葱、萝卜、生姜、大蒜、香菜掺在一起熬了半锅汤,擀了手工面叶煮给他吃。黄新月坐在床沿上,看着他喝,喝了一碗额上已汗津津的,新月又给他盛了第二碗让他继续喝。新月回忆起自己小时候伤风感冒喝这种面叶汤时,娘总是拉起床单盖她头上,说这样出汗快。就也掀起床单捂他头上。人感冒时容易发脾气,宝山瞪她一眼,说,你这是要猴子的?黄新月像侍弄小孩一样看着他说,床单捂上不让跑汗。宝山一只手端着碗,一只手扯下床单说,一股尿臊味。黄新月脸呆着说,瞎胡扯,现在没小孩尿床,哪来的尿臊味? 找事! 宝山边用筷子挑着面叶往嘴里塞边说,不是尿臊味就是汗臭味! 黄新月更加恼火,一把扯下捂在他身上的床单骂道,你龟孙弄不好是在外边找婊子了! 回来嫌老娘脏了!

恰在这时,门被推开了。革儿脚步"咚哧"一声进屋来。他身上没穿保安服,而是穿着西服。他把一个行李包"扑通"一声扔到地上,呼哧呼哧喘着粗气拉把椅子坐下。

娃知道你爸病了?黄新月一扫脸上的阴云,亲昵地看着儿子问。

革儿摇摇头不说话。

娃不是回来看你爸的?

革儿仍摇摇头,不说话。

宝山瞪一眼黄新月,问恁多干啥?娃就不能回来休息几天?

革儿站起来将西服上衣一脱扔往床上,气势汹汹地说,你娃子不干了,不当狗腿子了!

咋?

咋回事?

受啥委屈了?

别发脾气,有话慢慢说。

宝山和黄新月四只眼睛望着革儿问。

革儿压根不知道自己不是张宝山的骨血,甚至觉得这个爹比这个娘还待他亲,有话爱给爹说,尤其是心灵深处的话。他与别的孩子打个颠倒,别的孩子是见娘敢说见爹不敢说。待爹喝完那碗面叶汤,娘进厨房洗碗去了,他才去坐到爹的床头给爹叙述说:

保安不是人干的活,这活儿虽不脏也不累,但心肠软的人干不成。心肠硬又往往容易同出出入入的人发生矛盾,斗嘴、磨牙,甚至背后骂娘,尤其是一些"小萝卜头"经常给保安横鼻子竖眼……

县政府的保安是更不好当的,一些要到县政府办事的普通人没有出入证,让进还是不让进?让他登记他嫌麻烦,问他找谁他又说不清,该进不让进的百姓骂,不该进的让进了领导骂……分寸难掌握呀……

两个多月来,我在政府大院里看见过大林叔两次,都没敢上前说话,为什么?我自己也说不清楚。不知道是害怕他还是怕别人知道这个关系。在大门口值班时,见到过大林叔出入几次。第一次,大林叔微笑着拍拍我的肩膀没有说话,我也没说话,认识也当作不认识,因为我不懂该喊他柳县长还是叫他大林叔。第二次,大林叔看见我点点头说,好好干!我唰地立正,两手并齐,说了声,谢谢首长！这也许是我跟电影或电视上学的……第三次，大林叔看见我，没拍我肩膀也没点头，边走边不经意地说，不要耍态度啊！我又是唰地立正，两手并齐，铿锵有力地说，是！坚决执行首长命令！

两个多月里，我觉得最难办的是对待上访群众。每逢处理上访事件，我都回味大林叔讲的不要耍态度。我领会他说的不要耍态度是针对群众讲的，肯定不是指领导。哪个保安敢对领导耍态度？那是想走人的。可是，那些小头头脑脑在上访群众面前可是耀武扬威的，动嘴就说，有事找信访局去！闭口就说，你再胡闹我还让公安来抓你。每当这时候，我心里如针扎一样地难受，有几个老百姓无冤肯告状……

昨天是星期一。机关里都称星期一是"黑色星期一"。刚开始我不明白"黑色星期一"是什么意思，时间久了，才明白因为星期一这天上访的人数多。这一天，上访的人数是比往常多了些，有四五起。前几起经过信访局干部调解都走了。到晚上快下班的时候，有一起还吵嚷着不走。我听明白是为村委换届集体上访。从他们的喊叫声中，我听出他们说新选的村委主任贿选了，要求重新选举……

天黑时，来了几个乡干部动员上访群众回乡政府解决。上访群众拗着不回乡政府，他们说新选的村委主任与乡长是亲戚，要求县长接见解决……一直对峙到晚上10点钟。我知道大林叔这天去市里开会了，没在县上。他们要求来个副县长，副县长也没来。这些上访群众躺在县政府大门口坚决不走。这时候管信访的副主任方占坡下令了，来了几个公安干警扯起躺在地上的群众顺地拉，一旦被拉的群众头碰到铁闸门上会不会流血？我的心在颤抖。

方主任走过来吼我们几个保安协助公安警察往外拖人，上访群众哭爹叫娘地吼，我听着很心酸，下不了手。方占坡跑过来朝我屁股上踹了一脚，凶道：你站着像只驴一样干啥的？快把他们撵走！我身子哆嗦着说，柳县长讲过，不要耍态度！方占坡又用脚踢着我说，你小子听明白，我听柳县长的，你听我的！我还愣着没动。他夺过我手中的警棒朝我屁股上抡了一家伙，骂着，二货，保安就是政府养的狗，让你咬谁你咬谁！你二蛋得不轻！这时，我抹了眼泪，呛他一句，我是人，我不是狗，我不会咬人！方占坡又凶道，你臭小子还敢犟嘴？我告诉你，你现在不是人，你就是狗，不会咬人你就滚！

滚就滚！我当场脱下保安服装一甩就走了……爹，我当时还想着，如果遇上咱村群众去上访我该咋办？

这问题太尖锐了。张宝山一时没反应过来，不吭声。

一直站在门外的黄新月走进来朝张宝山说，你就再进城找找大林，让革儿去个没上访群众的单位当保安。

革儿扭过脸朝着黄新月说，娘，别为难爹了，也别为难大林叔了，我宁愿在农村当一头拉犁的牛，也不想去城里做一条咬人的狗！

宝山忽地从床上坐起来说，革儿，你是个懂事的孩子，你有出息，有骨气，爹没看错你，答应你！爹现在就需要你这样一个人跟着跑趟子。他说着又咳嗽了几声，吐了一口痰。

革儿忙上去扶住他，说，爹，你快躺着，别再受寒，是病不是病，复发比先重。革儿捺下爹的身子，帮他掖好被角。

黄新月眼角又滚出一滴发热的泪珠，心里说，革儿是大人了。

二十

丰和农谚:掏钱难买五月旱,六月连雨吃饱饭。产生这一农谚的背景:五月正是收麦打场的时候,六月正是秋作物生长旺盛期。

偏偏这年五月连阴雨,麦子长在地里收不回来,熟透的麦子在穗上发了芽。收获的麦子人不能吃,都卖给附近的牧原公司做猪饲料了,猪如今也享了福,不再吃糠咽菜了。人们指望秋作物丰收把夏季丢的粮食补出来,可六月恰恰又遇上了大旱,而且旱得很哪……

张宝山急得心如火焚。他天天跑到地里去看:西瓜长到拳头那么大不长了,秧子也耷拉下去;西红柿只开花,不挂果,后来花也不开了;黄瓜面对着竹子搭的架子咋也爬不上去;棉花开了花结的棉铃长到大拇指头肚那么丁点儿也不长了;芝麻开了花也只结个葫,葫里没有籽儿;玉米吐穗了正长棒子的不长了。好的前景是结个老鸹头……农村人称这情形为"搿脖旱"(意为要命处)。如果再继续旱下去,地里的农作物只能变成柴火,当柴烧也不起烟呀!村里人人都急,可望天兴叹呀,机井里的水位也天天下降,抽出的水也只能供上人吃畜饮。连丰山脚下千年不断流的倒流泉也断流了。

张宝山站在山包上四处张望。他看见了北边那一库清水,那是铁河水库。铁河水库有东干渠、西干渠,西干渠是放水用于九里山乡四个行政村农田灌溉的。东干渠是用于黄龙镇三山凹几个村农田灌溉的。遗憾的是,两个干渠在农田分包到户后基本毁了,有的全填平,有的半填平。挨着谁家地头谁当家,平了可以多点面积多种几棵庄稼。也有一部分农户没把渠填上,他们认为,水渠是集体的土地,联产承包分的田没有计入这部分面积,不应归于己有。总之,这条渠现在断断续续。断断续续也不能通水呀,"肠梗阻"!

张宝山从山包上下来,朝北走去,他用脚步丈量填平半填平的渠段,合计起来有两千米左右,也就是大约有两公里。他心算了一下,也就是三万多立方米的动土量,一个劳动力一天挖三方,得三千多个工,全村所有劳动力都动员起来得干三天。可是有三分之一男劳动力外出务工经商去了,村里仅有的六百多个劳力多是妇女,得七天才能挖通。可现在一天也等不得呀,必须抢时间,争速度。他又一想,现在有挖掘机、推土机,也可以用啊。人机齐下,应该是三天时间就可以拿下这工程。

张宝山想到此处,心里一阵兴奋。问题又来了,现在劳动力和机器都不可能尽义务了,必须得有报酬,否则没人干,即使有人干也是狼上狗不上,形不成合力。他回到"三粉"公司找到丹桂香,让桂香看看账面上有多少盈利。丹桂香告诉他有二百多万。开挖一立方土五元,这点钱真是杯水车薪啊。他与村委会主任商量开个村委会,统一大家思想,重新修复东干渠,抗旱浇秋。"三粉"公司拿一部分钱,再以村里资产贷款一部分,至于随后还债,到时再想办法,使用机器可赊账一部分。大家十分赞成。他到镇上信用社求贷款。恰好这时信用社、农行营业所都接到了上级通知,让支持抗旱贷款,更可喜的是镇政府又分给了他们村县财政下拨的五十万元抗旱资金。有了这些,张宝山心里踏实了,动员全村劳动力,雇用了十几台机械先干,然后款到即付。三天时间东干渠果真如期修复了。西干渠涉及的几个村,看到三山凹修复东干渠,就也动员起来修复了西干渠。这样,问题又来了。

天气长期干旱无雨,铁河上游几乎断流。持续的高温也使库存的水不停地蒸发,水位持续下降。本来五千万立方的蓄水量,这时大约只有三千万立方。势必出现争水现象。

前边说过,铁河水库坝址在九里山乡上河村地盘上。上河村有着地理优势。他们知道库水存量还不够他们浇田用,所以,尽管东干渠修复,上河村和九里山乡的其他两个村就是联手把持着东干渠的闸门不让开闸放水。水库管理所的老王几次要去开闸,把守闸门的四条硬汉子用肩把他扛到一边去。张宝山往县水利局抗旱指挥部打了电话,反映了情况,指挥部人来也指挥不动。后来在黄龙镇政府和三山凹的呼吁下,县水利局主管水务的副局长兼抗旱指挥部的副指挥长来了,指挥长是由县里分管农业的副县长兼任,他副指挥长的威力也大,强令守闸人开闸放水。副指挥长很负责,看着水放了才走。但副指挥长刚走一个多小时,九里山的人又强行关了闸门。水管所的老王这时已成了傀儡。

张宝山再次到镇上找到涂富国书记,涂书记又跟九里山乡党委书记协调,九里山乡长来水库做协调工作。乡长有本位主义思想,来协调也是走形式,做样子,给守闸人讲,我来了你们得给我个面子,开闸放水,即使我前脚走,你们后边再关闸我也不管不问。这样,九里山这边的人更是有恃无恐,把闸门看得更紧。

三山凹人早已嗷嗷叫了。他们像一群没有驯服的野马被圈进栅栏里一样狂躁。他们开口骂九里山人,更多的是骂张宝山。还有人对着张宝山的脸骂,你真是个软蛋,放不来水让我们修渠干球用的?你们鳖头缩进肚子里啦?怕得不敢伸出来?年轻人有的拿着铁棍,有的拿着火叉要去铁河水库大坝与以上河村为代表的九里山人死拼。张宝山组织村干部拦住了。黑炭娃一把抓住张宝山的衣领说,你还记得吗?二十几年前九里山人要炸掉铁河水库大坝,我们誓死保卫大坝干什么?就是为了以备旱用,今天我们不能任人宰割!

张宝山红着脸说,我知道,我知道,正在协调嘛!

协调顶屁用,不是协调几次了吗?等协调好咱地里庄稼都旱死完了!

有的喊着,张宝山你有本事你干支书,没有本事就让位,别占着茅坑不拉屎!

好,好,我争取快点协调下来,大家再给我点时间,如果再协调不了主动辞职。

又过了一天,仍不见协调的结果,三山凹人急得眼睛冒火耳朵冒烟,谩骂张宝山的浪潮一浪高过一浪……

革儿是个血气方刚的青年,他对九里山那边人的所作所为也是怒火满腔,但听着村里人谩骂父亲也难以忍受。他知道父亲是个敢作敢为的人,并不懦弱,只因他是村支书,比较理性,也不敢让村民们蛮干。革儿暗动心机,要为父亲解困。他在这天中午独自一人戴着一顶麦秸编织的草帽,而且把前帽檐尽量拉得罩住脸,使自己的眼睛可以看见别人,别人却不能看清他的脸。这就是谁也想不到的一个二十岁小青年的心机。他到铁河水库走了一遭,看到了水闸房被几个硬汉死死地把守着。他脱掉衣服,佯装游泳,在渠首游了几圈,把闸门瞄了又瞄,闸门是木板做的,有三米多高,二十多厘米厚,估计有八个棒劳力用木椽子也难撞开。他听村里的老人讲过,这闸门是用血柏做的,极为坚实。那血柏是双柏村的。村名因两棵柏树而得。两棵柏树五六丈高,粗得三四个大男人手牵手才能抱住,树龄有三百多年。村上的人传说树上有"仙家",1958 年大炼钢铁烧木炭,村里的树都伐完了,也没敢伐这两棵柏树。铁河水库修好要做闸门,闸门天天沤在水里,必须用坚实的木材。柏木坚实,人们才下决心锯倒两棵柏树。听说,锯树的时候,树流了血,流遍了全村,人们曾经认为树成精了,是仙家流的血。后来,人们有了科学知识,才知道血柏是柏树的一种。

　　他凭着自己前些时跟人开山炸石的经验,判断只有用炸药包才可以炸开这铁壁般的闸门。他继续佯装闲游一样,在闸门周围游来游去,又沿库边游了几圈目测着各个方位与闸门的距离……回家的路上他便想下一个问题,炸药问题。他觉得不能去建筑队保管处领取炸药,保管员没有经理批准也不会发给炸药,况且也会走漏消息。他懂得硝铵、硫黄、木炭灰在一起可炒成炸药,便决定自己炒。炸药炒成管用。他高兴极了。他苦苦思索了半天,谋划了爆破水闸的大胆行动。他觉得一切是周密的。现在唯一需要的是有一个水性好胆子大的合作伙伴。他把村里所有的伙伴盘算了一遍,觉得没有十分合适的。他皱眉想了好长时间,想起了一个人——友友。友友放暑假回来,由于爸妈离异,觉得住任何一处都不合适,就回到老家跟奶奶住。他俩几次去铁河水库游过泳,知道友友蛙泳、自由泳、蝶泳、仰泳,样样通。可是友友是在校大学生,他愿意帮自己做这件冒险的事吗?必须先试探友友的态度。吃过午饭以后,他便约友友去铁河水库游泳,游泳过程中他发泄了对上河村人严把闸门不往下游放水的愤怒,引起了友友的共鸣,他才放心地边游泳边说出自己爆破水闸的行动计划。他原以为友友会不接受或犹豫,没想到友友态度果断,说了三个字:我支持。他俩便在水面上嬉戏,实际是在做"军事演习",两人并且立下"君子协定",绝对保密,仅此二人,哪怕是亲爹娘也不能说。

　　回家时候已是下半晌了,革儿去宅后坡上砍了几十根竹子扎了一个竹排。把自制的二斤炸药用塑料布包了三层,他知道炸药是丝毫不能沾水的,若沾了水就前功尽弃,所以包了三层塑料布还不放心,又用塑料编织袋裹了两层。安装的导爆管,也用塑料胶布粘了三层,并用尼龙绳把这个炸药包缠了又缠紧了又紧,严防爆炸装置沾水受潮。这一切准备停当以后,革儿又想起引爆导火索需用点燃的东西。无论是使用火柴还是打火机必须举在手中,而且必须慎之又慎才能确保不受潮沾水。这样,游泳时只能用一只胳膊拨拉水,难度就大了。他给友友说后,友友说,没关系,他有电子打火机,只要用塑料布裹好,他可以一只手举着电子打火机一只手拨拉着水浪前进……

后夜两三点的时候,大地黑洞洞的,天空格外黑,只可望见头顶的星星。两位密友蹑手蹑脚地来到事先选定的下水处,轻声潜入水中。革儿用双手托住竹排,向前推进,炸药包就放在竹排上。友友一只胳膊帮革儿推着竹排,一只手高举着塑料胶布裹着的电子打火机……距水闸还有十米,八米,七米,六米,五米……这时候,革儿夺过友友手中的电子打火机,以最快的速度揭掉打火机上粘的胶皮,"叭嗒"打开火机,万好,火机冒出了火苗,瞬间,点燃了导火索芯。瞬间咻溜溜喷出火焰,又是瞬间,变成火舌……两个人用尽全身力气将竹排猛劲推向闸门,旋即扭头拨拉着浪花向回而逃……不到两分钟,只听身后"咚"的一声,如惊雷般地响,火光映红了半库水,水花溅起两三丈高。瞬间,憋久了的库水也愤怒地咆哮着如排山倒海之势涌出闸门,奔腾而下……

他俩想按原计划返回岸上,但此时已身不由己,好似被"水墙"挡了回来,涌出闸门打着滚儿顺流而下。由于闸门是柏木做成的,非常坚实,闸门并没有完全被炸开,几乎只炸掉一半,留下的茬子像锯齿一样。革儿的头撞到锯齿般的木茬上流了血也毫无知觉。他两个被水冲散了,谁也找不到谁了。革儿喊友友,听不到友友的应声;友友喊革儿,听不到革儿的回音。大约随水冲有二百多米,水流不那么湍急了,水也浅了,革儿抓着渠旁一墩芭茅上了岸。他在岸上沿着渠向前奔跑,估计可以撵上水头了,他又喊友友,友友答应了,也爬上了岸。这时,革儿激动地将两手卷成喇叭形状朝村里喊着,三山凹的人咧,水来了,快起来改水呀!快起来浇田!友友拍拍他的胳膊,革儿哥,别喊了,你扭过身看。革儿回首一看,身后有打着手电筒的,有打着灯笼的,有举着火把的人奔往大坝方向。也隐隐约约听见有人喊着,来人呀!闸门被炸开啦!快呀!快抓爆炸犯呀!……

革儿哥,咱快跑吧,别让抓住!

抓狗蛋,不用怕,正义在我们这边!

不大一会儿,三山凹那边也有人打着电筒举着火把出了村,革儿知道他们是出来改水浇地的,又高兴地喊着,水来了,快浇水呀……

别喊了,革儿哥,快跑吧,北边有人追过来了,到跟前了。革儿扭头一看,几个打着手电筒的男人奔跑而来。他俩拔腿就跑,没想到,一个石头绊倒了革儿,友友忙扶起他,他一只脚踝崴住了,走路一颠一颠的,跑不开了。友友急得头上冒出了汗,来,我背你!革儿说,你背不动我,你头前跑吧!我不能丢下你不管,那样还算哥们儿吗？眼看追他们的人很快就要赶到跟前，他俩急忙躲进茂密的芭茅丛中藏了身。不多时，一辆白色警车追赶过来，老远，那车灯放射出的光线就照在他俩身上，他俩藏不住了。警车嘎吱一声停住了，车上下来了两位警察。革儿没等警察搜索，自己从芭茅丛中走了出来。友友紧随其后。一个警察喊着，水闸是你们炸的吧？警察说着手电筒在他俩身上照了几照，友友这才看见革儿头上流着血。炸怎么？不炸又怎么？革儿毫不畏惧地说。警察一把扯住他的胳膊说，上车。上车就上车，脚正不好走呢！另一个警察又去扯着友友胳膊往车上拉，革儿说，别拉他，与他无关，我一个人炸的。警察说，鬼话，一个人干不了这惊天动地的事。友友忙说，警察叔叔，你听俺说……没有什么说的。警察又扯着他胳膊继续往车里塞。友友急中生智，大声喊道，三山凹的人听着，警察抓人啦！警察……那位警察朝他背上捶了一拳，吼道，你再喊！再喊揍死你！友友也被推上了车，车"轰"一声开跑了。

三山凹在地里浇水的人听到喊声朝北边跑了过来，上河村那边听见喊声的人向南而来，双方人遇到一起谁也看不见谁，混在一起厮打起来。有的可能还打着了自己人，三山凹对上河村人霸住不放水早已怒火满腔，下手格外狠……这一厮打现场谁也看不清楚，谁吃了亏，谁赢了仗，谁也不知道。第二天早晨上河村传出消息，说夜里有两个人被打伤了。8点多钟，上河村人抬着两个伤员到九里山派出所示威，强烈要求找出打人凶手，强烈要求严惩爆炸犯！乡派出所对黑夜里被打伤的人找不到凶手，因为黑夜里看不清，没有任何证据，也只有把这些罪名恶果都加到张革儿、侯友友头上。实际上他们当晚把张革儿和侯友友带到了乡派出所后就连夜审讯，革儿和友友对自己的行为供认不讳。他们现在把打伤人的罪过也加到这两个年轻人的身上，两个年轻人不服。派出所以双方发生厮打是由他俩爆炸闸门引起的，他俩是罪魁祸首，强行加罪于他们。他们以最快的速度将整理的革儿和友友的材料传真到县公安局。县公安局也立即批准将革儿和友友以爆炸罪先拘留起来。

张宝山在天刚亮时得知了革儿与友友炸开闸门放水以后被九里山派出所抓了，心里一震：一是觉得俩孩子冒失；二是觉得俩孩子有种；三是觉得事情重大。他知道俩孩子被九里山乡派出所抓去很麻烦，知道自己去派出所也说不下来，就骑自行车到镇政府找到涂富国书记汇报了情况，涂富国给九里山乡党委书记打了招呼后，他才去到九里山派出所。当张宝山跨进派出所大门时，眼前的一幕使他惊呆了:革儿和友友都戴着手铐,正在被推着上车。他扔掉手中推着的自行车,一溜小跑跑到所长面前,先给所长递烟,派出所所长根本不理他,只对围观的人说,要将这两个臭小子押送县看守所去。宝山听了,脑子一嗡,事大了。三山凹要丢脸了。三山凹丢不起这脸啊! 再说,革儿不管怎么处理还好说,他就是个一般农村青年;友友正在读大学,学校知道了还不开除他学籍? 宝山想到这里,心说,不行,得进城去找县公安局长据理力争,给两个孩子讨个公道。

到了公安局门前,把门的民警不让他进门。无奈之中,他想到了一个东西,这东西他从来没用过,决定掏出来试试——县人民代表大会代表证。民警一看见代表证惊呆了,他知道县人大代表是监督"一府两院"的,更不用说监督公安局长了,他给方局长通了电话,方局长在接待室接待了张宝山。张宝山陈述了他的理由,要求放人。恰在这时上河村的几十号群众抬着两个伤员喊叫着围堵了公安局大门,要求公安局严惩凶手。这帮人也是知道三山凹有人在县里当着县长,怕公安局包庇,故意来示威的。公安局长推开窗户看着上访的群众说,张革儿和侯友友属爆炸罪无疑,引起的群众斗殴更得负责。你要求放人是不可能的,即使县长来说也不可能放人。张宝山一倔起来走了,走到门口扭头睃那局长一眼,心里说,你小子说话挺口满的,我就不信县长发了话你不放人。公安局大门被群众堵着,他也怕上河村人认出他,也不去大门口推自行车了,从公安局后门走了。

到了县政府,柳大林不在,听说是下乡看抗旱去了。他知道大林的习惯,下乡不带秘书,不找村干部,电话也不好找。他知道自己要说的事情重大,给别人讲也无用。他就在政府值班室等,等到天黑也不见大林回来。他想,大林早晚是要回家的,他到街上又是吃个火烧馍就去往大林家里等候。

快 11 点钟时,柳大林回来了,他看见宝山坐在沙发上,头像公鸡叨食一样一点一点地在打盹儿。他有意咳嗽了一声,宝山睁开了眼,看见大林立刻变成一只精神抖擞的公鸡,瞌睡全没了,他站了起来,想要倾诉,但大林没等他说话就劈头盖脑地批评道,你张宝山支书咋当的,竟安排人去炸水库!

张宝山苦笑着说,根本不是我安排的,是孩子们自己去的!

那也是你缺乏管教! 小小年纪就这么大的胆子?! 柳大林脱掉一双沾有泥巴的皮鞋,换上拖鞋坐到宝山对面继续说,你就没想想那是多么危险的事情!

宝山见大林是这种态度，觉得不能说软话，便说，娃子们也是被逼到这一步。他们上河村没一点龙江精神，就不说龙江精神，修水库有我们一份，用水没我们的份儿了……

柳大林跑了一天，看见满眼的庄稼将要旱焦，心里更焦，有水利条件的地方在抗旱，没水的地方老百姓望天兴叹！争水的纠纷不断传进他的耳朵。所以，一看见张宝山他就想发泄。他没好气地说，天旱日久，争水可以理解，有了矛盾就协调嘛，但不应该去炸……全县都像你们这样炸开了，我这县长还咋当？

张宝山挥了挥手说，根本协调不动！上河村人霸道得很，跟土匪差不多。

协调不动再协调嘛，没有商量不通的事。大林站起来两手一摊，说，这一炸好了，三山凹又炸出名了！县长老家就这样炸，别处呢？

宝山见大林火气不小，说得也在理，又改口服软说，好，好，千错万错都是我的错，我张宝山给镇上给县上写检查，咋处理我都行，让公安局先把俩娃放了。

放不了！柳大林斩钉截铁地说。

我去顶罪，把俩娃放了总可以吧！宝山铰上了。

柳大林摇摇头，说，谁犯法谁受刑，现在不搞替罪羊！

张宝山感觉到公安局早给柳大林汇报了似的，急得跺着脚说，你就给公安局说一声，把俩娃放了，掉不了你县长！

柳大林手比画着说，现在是法制社会，公安局是依法办案，我说一声？说两声也不管用！再说，公安局即使听，把你这边人放了，九里山那边人闹起来咋办？按下葫芦浮起瓢是一样的。

张宝山明白了柳大林的意思，特别是最后一句话，使他如梦初醒。他觉得应对大林晓之以理，动之以情，便说，我就求你一次，把俩娃放了，放不了两个放一个，先把友友放了，友友正上大学，学校知道了咋交代？如果你怕九里山人不依，只要把娃们放了，我带着娃们去给九里山人磕头请罪，或是我带上三山凹全体村民去给九里山人磕头请罪！可以吧？

柳大林有点厌烦地说，你张宝山能说出口你找公安局长说去，我柳大林说不出口！

张宝山眼白瞪白瞪柳大林，"呸"地往痰盂里吐了口痰，从茶几纸盒里抽张纸巾擦着嘴说，我张宝山要能说动公安局长，不来找你大县长了！真是官大自奸啊！他吐痰实际是在发泄发威。

你张宝山也太袒护你娃娃了！上次当保安不辞而别,这次又犯爆炸罪!……张宝山没等他说完,向前跨一步,面对着他说,他为什么不辞而别,县长大人你知道吗?娃子是不想在县政府当狗!

柳大林此时脸上如泼了猪血红透了,手指着宝山说,什么当狗,给谁当狗?!

今天不说这个,这不是正题,正题是放人,我只问你一句话,六个字:说不说,放不放?

柳大林口气仍是很硬,我回答你一句话,四个字:不说,不放!

张宝山又"呸"一声往痰盂里吐了口痰,气势汹汹地往门口要走,走到门口觉得气压心,今天要把心里的气全放出来,又折回来站在客厅中间,手挥舞着大发雷霆,柳大林啊!你个忘恩负义之人,你是县长我照样敢骂你!咱一个河里洗过澡,谁也知道谁的屌!画匠不给神磕头,知道你是哪沟里的泥!你上大学咋上的?你应该清楚!我为什么不能上大学?原因你也明白,你不会健忘吧!

大林眼白瞪白瞪他,你说完!

我当然要说完!张宝山捣着大林说,我今天就是要说完!你在九里山被免掉公社书记时,我们咋对待你?为了不使你丢官,当时虽说也怨我胡搞,可那表明张宝山对你的一颗心哪!我挨了你的耳光你的骂,也挨了村里的人骂,我都忍了咽了,县纪委调查你和黄花琴在深圳的事,我出了假证言,我不知道有风险吗?我还没傻到那地步!可为的啥?为了朋友情,更是想着你当个官不容易,图你官再当大点,可你官当大了为谁办好事了?刚才你说革儿在政府不辞而别,你知道原因吗?不说这,娃也不愿意干!但是,早知道你安排当个保安根本不用找你柳大林,我村支书到县城随便找个人就安排了!当时我心就凉半截,你还能说出口?!扯远了,还说争水这事,别说你是三山凹人,你不是三山凹人,你是县长也得秉公论断!两个娃炸水闸,你想没想过为什么要炸?……你只怕丢了县长乌纱帽,你就不怕三山凹人扒你柳家老祖坟?!

宝山,你不用说难听话了……

我非说不可,还没说完呢!张宝山越说越上火。1976年腊月,我从公社批斗完回去,咱仁在你家喝的鸡血酒,你当时说,苟富贵,勿相忘。当然这话不是你创造的,重复别人的,但从你嘴里出来就代表你的心声!大林要插话,宝山手一挥不让他插话,继续说,你还记得不记得当时还说,谁日后食言谁是王八蛋?

柳大林受不住话了,也站起来红脖子涨脸地说,张宝山,你不用再说下去了,你认为柳大林是王八蛋就是王八蛋……

你柳大林不是王八蛋,是王九蛋! 张宝山咬着牙说,你连杜思先生都不如,人家个华侨为替祖先报恩,还给三山凹捐个学校……

柳大林接上说,宝山你把话说尽了吧? 你现在来坐到我的位置上想……

我没你那么大的本事,坐你位置上头晕! 他说着一扭头走了,走时把门带得"哐当"一声响。

柳大林没有送他,仍坐在沙发上,点着支烟,闷抽着。

杨彩凤是个贤内助,每当大林与人谈事时她都要躲进卧室去,今晚仍然如此。她就是听到大林说话不顺耳也等客人走了再去与大林校正。今晚不同的是,身边多了一个人,柳鹭暑假回来了,陪同她一起看电视剧。大林与宝山的对话她母女俩都听见了,早忍不住想出来但还是忍住了。她们想,他俩是发小咋吵都行,怕自己哪句话说错了又火上浇油。宝山一走,母女俩一同从卧室出来。

彩凤说,老柳啊,你今晚对宝山的态度过分了!

柳鹭更是焦急地说,爸,你就搭句腔把革儿和友友放了。宝山叔说得有道理,如果不放友友,开学时我就不好意思入校门。

柳大林将手中的烟蒂在烟灰缸里狠劲拧了拧,不耐烦地挥着手说,去去去,都睡觉去,没你们插的腔。

彩凤乜他一眼,哟,厉害啥厉害,这里不是县政府,是家!

柳鹭怕爸妈吵起来,忙拦住说,妈别说了,爸爸会考虑的。

杨彩凤正要进卧室,柳大林又喊住她说,老杨,我给你讲,你明天上午买点火腿肠、方便面,再弄两只烧鸡送给那俩娃子吃。另外,你去了给看守所讲,不准虐待,更不准打骂! 否则,拿他所长是问。

爸爸,明天我也去好吗? 柳鹭问。

柳大林挥着手说,去吧,去吧! 想去就去!

柳鹭见爸爸松口了高兴地说,爸爸,你一天也累了,早休息吧!

柳大林又是挥着手说,你们睡吧,我想静静。他在沙发上又坐了一会儿,去站到阳台上,望望天空,天黑蓝黑蓝,虽然没有月亮,却星星繁多,一颗比一颗亮。往常他只觉得灰尘大天空灰蒙蒙的,看见的星星很稀少。今个儿为什么整个天空是如此的干净? 早晨县气象台预报有雨,现在看天象没有一丝丝下雨的迹象。唉,天旱时天气预报也不准了,这之前已经五次预报过有雨,天上却没有洒下一滴雨星星。他小声喃喃地叹道:天哪,你还要旱多久,你还让百姓活吗?百姓才过几年好光景?你就撑着不下雨?他鬼使神差地"扑通"跪在阳台地板上,仰望着天空,双手合十,我祈求上天,你若让百姓过好光景,就快下雨吧!……他看看腕上的手表,已是 12 点 10 分。他怕打扰老婆休息,又回到客厅坐到沙发上,掏出手机给气象台长拨电话,一拨拨通了,用很低沉的声音问道,王海洋,今晚到底会不会下雨?……你别说预报有雨,你们预报五次有降水过程却都没雨……这次有可能降雨?看天象咋不像会下雨……我告诉你王海洋,这次再预报不准,我可要撤了你气象台长!而且你得把名字改掉,什么王海洋的!他忍不住越说声音越高,说完,他狠劲地摁了关机键。

杨彩凤披着睡衣从卧室探出头来嘟囔道,天气燥你脾气也躁,对谁都要发脾气,他是个县气象台台长,他能管得了老天爷?老天爷不下雨他有啥办法?连中央气象台也没办法!

柳大林没再作声,去躺到了床上。

张宝山回到村里的时候已是后半夜,屋里还坐满了人,这些人不仅是关心革儿和友友的事,他们在等着支书拿主意。因为水闸口炸开了以后,尤其是革儿和友友被派出所抓走以后,上河村人更加嚣张,他们用几十条麻袋装上沙,又把水口给堵上了。三山凹人实在是再也忍耐不下去了,要跟上河村决一死战。但革儿和友友被抓,其他村干部怕再捅大娄子,拦着大家不要盲目冲动,等支书回来再说。现在宝山回来了,屋里炸了锅似的。这个说,张宝山你不能再媳软蛋了,再软下去,丢你八辈子祖宗的人!那个说,上河村这简直是骑在三山凹人头上拉屎拉尿!还有的说,咱村出个县长还被这样欺负,如果不出个县长还不让上河村给血洗了?这句话又触动了张宝山的神经,他吼叫了一声,你们都滚回家睡觉去吧!让我脑子再静静!

人们走后,张宝山喊黄新月,拿酒来,我要喝酒!黄新月拿出一瓶庆丰酒搁他面前。他又说,给弄两菜。因为他两顿没吃饭了,这时才嫌饿。黄新月去厨房炒了两个菜端了上来。他又眼翻翻她说,坐我对面陪我喝。黄新月知道他心情不好,不惹他,一切顺从他,就坐下陪他喝酒。

黄新月揪心革儿的事,早就想问没敢问,喝了几杯后,她才小心翼翼地问,革儿和友友的事怎么说?放不放?

放骡子放马！张宝山将手中的酒盅"啪"一摔,爆粗口了,他当县长了,六亲不认了!

你给人家好话多讲嘛!黄新月劝着说。

张宝山又喝下一杯酒,说,没想到他变得这么快!从今以后与他断来往,我再也不当他家的守门神,不看他家老祖坟了!

火头上别说气话。黄新月又主动给他斟上一杯酒,说,咱娃娃还没放回来,还用得着人家,等娃娃们回来了,再发火也不迟!再说,上河村又堵了水口,你得想办法先解决这问题。如果再解决不了,你在村里就没威信了,你的支书就难干下去了!

两口子一直说话,喝酒,忽然听到一声鸡鸣,才知道天快亮了,黄新月说,你快眯眯眼吧。张宝山没有眯眼,他说,我得到村部去,披件外衣走了。

柳大林床头的电话铃"丁零零"急促地响了。他伸手抓起话筒,习惯性地"喂"一声,但他的"喂"音未落,听筒里立即传来粗暴的声音,柳——大——林——县——长,你家老祖坟被挖了!

什么?柳大林脑子似乎还没反应过来。

你家老祖坟被挖了!对方又重复一遍。

他听出来了,是张宝山的声音,他没作反应。

不过,没挖完,没挖你爷奶的坟,没挖你祖爷祖奶的坟,只挖了你爹的坟。他的心房颤了一下,但还没反应。听张宝山再说什么。他电话里感觉到张宝山喘了口粗气才接着说,因为你爹是修铁河水库炸死的,让你爹进城见你说说库里的水该不该三山凹用。电话"啪"挂了。

柳大林也放下话筒,摸出压在枕头下的手表,看了看,5 点 10 分。杨彩凤侧起身问他,谁来的电话?听他声音怎横。柳大林明白她没有听清楚,也就没回答。他睡不着了,心里如针扎一样难受。他揣摸张宝山的话是吓唬他的,他知道以宝山的品质是做不出扒人祖坟的事的,但他能说出这样的话,说明他已是气愤至极。唉,世界上不怕敌人怕朋友,不怕远亲怕近邻。他也担心万一有别有用心的人煽动,乡邻们正在火头上,说不定还真会发生……他索性穿上衣服起床,还说杨彩凤,你也起来吧,早点吃吃饭去看守所给那俩娃娃送吃的。然后,他走到客厅,又坐到沙发上,用手机打电话。喂,方局长吧,最近为抗旱争水闹纠纷的比较多,你们公安局抓紧发布一个维持正常抗旱秩序的通告……和水利局联合发?也可以……我说,对涉水闹纠纷的案件处理一定要有法可依,但也要具体情况具体分析,记住,具体情况具体分析。他重复了一遍,继续说,定性要准确……不汇报……不用汇报,照我前边说的就是了。给方局长打完电话,接着又给方占坡打电话,占坡呀,抓紧给有关主任汇报,安排下午再召开个抗旱浇秋紧急动员会……参加人员范围可以大点……讲话稿就不用了,我自己讲。

太阳更大,气温更高,田里的禾苗更枯,人心更焦。

张宝山拱着腰骑着自行车猛劲地蹬着,巴不得一分钟就骑回三山凹。他刚到张村参加完镇上召开的抗旱保秋战地会。涂富国书记亲自召开的,号召全镇干群不靠天不等雨,千方百计挖掘利用一切可利用的水源抗旱保秋,能浇一亩是一亩。会上他给涂富国书记也汇报了上河村霸水的情况。涂书记说,镇长正在与九里山乡政府和县水利局协调,争取晚饭前后三方会商,眼下抓紧利用好其他水源。会议一结束,宝山就让通信员通知了村组干部,让大家到村部等他回去开"诸葛亮会"。

腰里挂的手机丁零零响了,他一只手掌车子把,一只手接电话:喂,请讲!

宝山哥,你在哪儿?我是毕改兰。

改兰,让大家别急,我五分钟到家。

现在有个更急的事,哥!

请讲!

村里一群人正往南坡去扒大林县长家的坟!

什么?宝山脑子一"嗡",急切地说,是谁?谁在胡闹台?

人很多,我也拦不住!毕改兰几乎是带着哭腔说,估计他们很快要到坟地了……我觉得是个要事,忙给你汇报。

明白!张宝山知道柳大林家的坟地,车子把一扭,往回返二百米下了便道,他双脚像刚才在公路上一样猛劲地蹬。他知道得速速赶到拦住,千万不能胡戳乱子。自己早上给大林电话讲的是气话,万万不能酿成实事。他老远看见黑压压的一群人像蚂蚁一样蠕动,扯着嗓子大声喊叫:站——住,站——住!人群中有人听见了,停住了脚步;没听见的人继续往前走。他看见了,男男女女大概有六七十号人，有的扛着老虎爪子，有的手拎铁锹！站——住！都——站——住！张——宝——山——命——令——你们——站住！前边是耕地，不能骑车了，他把自行车扔在地头，飞也似的往田地里跑。有的人已经站住看见了他，他也看见了这些人，他顾不上同他们打招呼，仍呼哧呼哧地往前跑着，要去拦住走在最前边的人，走在最前边的几个人离大林家坟地也只有十几米了。他慌张中又被一个大土块绊倒，他爬起来连身上的灰都顾不上拍，拼命往前跑着喊，站住！我操你娘的，站着！他急得骂了起来。接近了，他看见了走在最前边的黑炭娃，忙喊，黑炭哥，站住！黑炭娃往这边瞥了一眼没站住，只是脚步放慢了些。

再有两三米就到了大林家坟地，宝山就像马拉松长跑赛运动员最后冲刺一样抢到了黑炭娃等四五个人的面前，累得身上的汗就像水浇的一样，喘着粗气，上气不接下气地说，黑……黑炭……哥，你……你们要干什么？

扒旱骨桩呀！黑炭娃直言回答。

别，别，别胡，别胡闹！宝山仍是上气不接下气。

什么胡闹呀？你没看庄稼都快旱死了！扒旱骨桩有什么胡闹！一群妇女跟着黑炭娃喳喳。

哪有什么旱骨桩啊？别信谣言！

宝山听老一辈讲过旱骨桩，说是人死后亲人眼泪不小心流在死者身上，或者是出殡的日子不好坟地的风水不对，死者尸体就会变成旱骨桩。旱骨桩浑身长满绿色毛发，很恐怖的！但凡说是旱骨桩的没有老坟，都是新坟。因为新坟地虚容易吸水蓄水，扒几尺会有湿土，所以容易迷惑人。还有，按传说成为旱骨桩的逻辑，为什么丰年雨量充沛之年没有……这些年几乎没有人相信旱骨桩的迷信说法了，怎么现在又冒出这邪说？

后山老先说的啊！黑炭娃接话说，他说旱骨桩就在咱南坡，我问具体位置，他死也不说，我给他讲，大旱这么严重，不说庄稼，连我酿醋的水都快没了，人都愁死了，你就指点迷津吧，也算行行好。我跪下赌咒发誓他才讲，柳大娘就是旱骨桩，不信你们可以扒开坟看看有没有湿土。我们就来扒开看看是不是。

不可信！千万不要信！宝山摆着手说，老先他怎么不讲大林老爷是旱骨桩呢？因那是老坟，年长日久坟土干得同石头一样；大林娘是新坟，新坟的土虚，含水量大些……

那就扒开看看是不是，才能证明，不是再封住就是了！黑炭娃说着就想扬老虎爪。对呀！扒开看看也不坏事！万一是的呢？扒开看下不就好了嘛，都不用愁眉了！七嘴八舌说个不停。

宝山见群情难以抑制，干脆把后山老先那年说村东打机井怎么不好，他怎么偷偷摸摸用水泥掺沙把机井封了，大林这次又让在原地方打了机井，并没有坏了风水，照样当了县长的事情说了一遍。说到最后，他扑通跪下说，是我张宝山当年干了伤天害理的事，堵了泉眼，填了机井，使全村人十几年没水吃，我对不起全村人啊！今天再不能相信老先的话，别再上老先的当。不要扒，大家都回去吧，我给大家磕头了！我张宝山在这里给大家磕头了！

宝山磕头的时候大家仍是议论纷纷。

谁信老先说的话谁吃亏！真的！我张宝山若有半句假话，别说你们轰我下台，你们用铁锹劈死我，我也无怨无悔！真的，兄弟姐妹们，你们回去吧，回去吧！

此时，天上的西北方向涌起了乌云，乌云的速度很快，马上就会飞到头顶，远处已可以看见闪电，隐约听到隆隆的闷雷声……张宝山仍喊着，回去吧，大家快回去吧！别让大雨来了淋着你们！

头顶上"咔嚓"一声雷响，人们像散了群的羊，狂奔着往家跑，宝山还蹲在大林爹娘的坟头上……

几乎是同时，全县抗旱电话会议在县电信局电话会议室召开着。柳大林自己主持自己讲，对前段时间抗旱好的地方表扬，差的批评，特别提出了如何解决好争水的问题。他要求，现在虽然不是大集体了，但还要有集体主义精神，还要发扬"龙江"精神……这时外边天黑了下来，乌云上来了，会场上的人已不再注意柳大林的讲话，两眼都往窗外望着。接着，他又讲道，大家千万不要再相信天气预报了，天气预报在大旱大涝时总是预报不准的。大家也再不能等天望雨了，要丢掉幻想，即使天上布满云，响着雷，扯着闪，雨不落下来就还要坚持抗旱！柳大林这番话刚落音，天上就"咔嚓"响了一个炸雷，震得屁股下的凳子都晃了晃；紧接着，"唰啦"一道闪电，电闪亮得很，照得会议室都是白的；紧接着大雨如注……

柳大林连雨伞也没打，冲过雨柱坐到车上，对司机说，去铁河水库。这时候去铁河水库干什么？没人知道。

二十一

　　友友从拘留所出来那天，白娃和黄花琴都去了。白娃是开着豪车去的，黄花琴是骑着木兰牌摩托去的。白娃不想看见黄花琴，也不好意思说话，就坐在车里听收音机。

　　友友出了拘留所的大门。第一眼看见的是妈妈，快步走到妈妈身边。黄花琴看见儿子，心疼得流出了泪水，说了一句话：没有瘦。

　　走吧，妈，我带你。友友看着那辆木兰牌摩托说。

　　就在友友要跨上摩托车的时候，黄花琴告诉友友说，你爸也来了。说着给友友指指白娃的坐骑，你过去给你爸打声招呼再走。友友看见了那辆白色的帕萨特车，走了过去。白娃把座椅后背放得很低，半躺着闭着眼还在听收音机，对友友来到车边毫无察觉。友友用两个手指弯弓着"嘣嘣"敲了两下车门，他才看见友友，激动地看着友友说，娃子出来了。他边说边打开车门，喊道，上车吧！我是不想跟你妈妈说话，才坐在车上等你。他说这话似乎是在表白。

　　我跟我妈骑摩托，我说过，我带她。

　　白娃眼一瞪，说，老子专门来接你的，你不坐，让我放空回去？坐车上我还有话要给你说哩！后边的话用的是命令的口吻。

　　你让我妈也坐车上。友友说着目光瞄向黄花琴那边。白娃的目光也跟着瞄过去，说，她坐车上？摩托咋办？

　　友友嘴朝后备厢一挑，说，放后备厢里。白娃说，摩托放进去盖不住盖。友友咧了咧嘴说，盖不住就不盖了嘛，你后备厢里还有啥隐私？

　　白娃无奈，只得依了友友。

　　黄花琴和友友并肩坐在后排。

　　车一启动往前走，白娃就开始训友友：咋样？让你住城里你不住，去乡下惹个祸,受受罪舒服了吧?

友友哼了一声,说,俺们在里边也没受罪,没人管俺们,我和革儿哥天天玩"狼背猪",杨阿姨给送了许多好吃的,我还吃上了从来没吃过的侯记烧鸡,断筋离骨,香得很哩!

杨彩凤送去的? 白娃疑惑地问。

还能有谁? 友友反问。

车内沉静下来。

大约过去有十几分钟,友友开腔了,爸、妈,你俩还是复婚吧!

白娃和黄花琴都没作声。

友友接着说:我现在深切地体会到歌德说的一句话,无论是国王还是农夫,家庭和睦是最幸福的。倘若不是你俩离婚,我也不会回乡下惹下祸。我还在想,假若你俩不复婚,到我结婚时,你俩咋去出席我的婚礼?

白娃和黄花琴虽不知歌德是谁,是干什么的,可友友的话意能听明白,但两人还是不作声。

顿了一下,黄花琴说,到时候你爸带上你那个年轻阿姨不是更风光! 白娃从后视镜里看见黄花琴说完话的时候嘴撇了一下。他没有接腔。

说话别带刺,说话带刺最不利解决问题。友友碰了碰妈妈的胳膊,然后朝白娃说,老爸,现在关键是你的态度!

咱老家有句俗话说,后娘难当,剩饭难烫! 白娃说完又往后视镜里看,观察黄花琴和友友的表情。

友友叹了口气,用手拍拍白娃的座椅背,说,我早想在杂志上发表一篇文章,呼吁天下离异的父母们,当你们决定分手时,应好好为子女想想。

恰在这时,白娃的手机"嘟嘟"响了,一接通,手往后递着说,友友,找你的!

找我的? 友友不相信地说着接过手机,先"喂"了一声,哦……鹭鹭啊……现在正往家走……谢谢你关心! 吃饭? 不用吧……太谢谢你了! ……好吧,恭敬不如从命。他挂了电话,将手机又递到爸爸手里。

白娃边接手机边问,柳鹭邀你吃饭哩? 友友点点头"嗯"了一声。白娃正愁中午不便与黄花琴坐一起吃饭,听这样一说,一拍大腿,太好了! 紧接着又来了一句,你娃子可要紧紧抓住她!

抓住她什么? 友友不悦地问。

白娃激动地说,抓住她当你媳妇!将来找个县长老丈人!

友友听了很生气,起了高腔,老爸,你思想太龌龊了吧!我们是同学之间的友谊关系。

其实黄花琴听到柳鹭约友友吃饭,心里也暗暗高兴,说友友,先到店里我给你洗洗头,清清爽爽地去见柳鹭。

白娃接上说,先到云海国际洗浴一下,冲掉身上的晦气。

友友冲了澡,洗了头,美了发,看上去是个极其吸引人眼球的帅哥。

柳鹭早已在歌德新天地等候,这是丰和县城唯一一家可以喝咖啡也可以吃西餐的餐馆。她给友友打通电话后就来要了个包厢,点了两份牛排。自己先要了一份巴西咖啡边品边等候友友。友友来了,她立刻眉开眼笑地站起来给他打手势,友友刚在她对面坐下,她就问友友:你觉得这里环境怎么样?友友环视了一周,都是棕色的沙发,包厢迎面处挂有枣红色的布帘,如果想与世外隔绝,拉上帘子就可以成为单独的世界。

县城里的水平嘛,还算可以的。友友点点头说。

你怎么这么长时间才来呀?柳鹭显然是表示自己等得有点急。

去打扫下卫生。友友说。

柳鹭"哦"了一声,眼皮忽闪了几忽闪:我说咋更帅了。友友腼腆地笑了笑没有说话。柳鹭接着说,我点的牛排,要的七分熟,可以吗?太可以了!友友高兴地说。

你要果汁还是要咖啡?与你一样,你喝什么我就喝什么。友友说着脱下外衣。

今天是给你压惊的,要尊重你的意见。柳鹭努着小嘴说。

友友不以为意地摇着头说,没什么可惊的。记得一位哲人讲过,人生就像奔腾的江水,没有岛屿与暗礁,就难以激起美丽的浪花。

柳鹭跷起大拇指,称赞道:我很佩服你的勇敢!她说着按下服务铃,让服务员上菜。

服务员把热腾腾的牛排端上来了,友友边用叉子和小刀切着牛排边说,不是我勇敢,是革儿哥勇敢!

你俩都够勇敢的!我最欣赏勇敢的人!柳鹭说着把自己切的一小块牛肉夹给友友。哎,革儿哥今天同你一起出来了吗?

没有。友友摇摇头。

为什么？柳鹭骨碌着两只明亮的眼睛问。

你是真的不知，还是明知故问？

真的不知。

友友告诉了她。这次事件县公安局定了三条意见：一、爆炸事件是在九里山上河村村民独霸水库的背景下发生的；二、张革儿、侯友友动机不是破坏水闸而是炸闸取水，虽有爆炸行为但构不成爆炸罪，应定为扰乱社会治安；三、张革儿、侯友友虽本意为公，但擅造炸药擅用雷管，应给以处罚，张革儿是主谋，拘留十五天，侯友友系盲从，拘留十天。因此，也由看守所转拘留所。

友友边嚼着牛肉边说，我弄不明白，我们是为村里群众办好事的，却成了扰乱社会治安分子？

柳鹭收敛了笑容，一本正经地说，有时法律与人性甚至与道德也会产生矛盾。我听说一个故事，一个煤矿的矿长和副矿长都是特大贪污犯，在审讯过程中，副矿长把受贿人和行贿人全供了，只判了几年刑。那个矿长守口如瓶一字不吐，结果被枪毙了。被枪毙的矿长坟头上终日纸烟袅袅鞭炮声不断，人们说他是好人。副矿长刑满释放出来后，人们看见他就骂甚至朝他吐唾液，说他是坏人。当然，这个事不能与你们的事相比，我是说有时法律与道德，法律与人性是有矛盾冲突的，会不一致的。友友没有说话。柳鹭觉察他内心有点不悦，她把一块牛肉塞进嘴里嚼着说，其实呀，你讲的情况我是知道的。这次，还是我爸要求公安上具体情况具体分析，要定性准确。若不是这样，公安或许会给你们按爆炸罪处理的。

友友停下手中的刀叉郑重地说，既然你爸说话管用，你就求他再说句话，让革儿哥也早日回家。

柳鹭也停下手中的刀叉郑重地说，法律如山，定了的就不能随意改变。革儿哥也不在乎这三五天。柳鹭说着端起橙汁，来，碰杯！

友友边端起果汁杯子边说，你若不给你爸说，不放革儿哥快出来，我就找公安局长要求再去陪革儿哥几天。

别较真了吧！柳鹭眼瞥着友友说，你忘了，后天咱就开学了，我今天约你就是谈明天起程的事。

你先去学校报到，帮我请个假。友友说完，扬起头一口气喝完那杯果汁。

柳鹭见友友思想那么固执,决定晚上找爸爸求情。她先打电话问爸爸晚上是否回家吃饭。爸爸说,晚上回家吃饭。她十分高兴,帮助妈妈做了四个菜。提前在餐桌上放了红酒。柳大林到家一看,问:今天怎么这样丰盛?柳鹭说:老爸,你忘了你宝贝女儿明天就要上学走了。柳大林这才笑呵呵地说,抱歉,抱歉,忘了,忘了。柳鹭说,那得罚酒三杯。柳大林仍是笑呵呵地点着头说,罚酒,罚酒,喝喝喝喝。柳鹭趁爸爸正喝得高兴,提出了让打招呼提前放革儿回家的事。

大林将酒杯往餐桌上一搁,摇着头说,不行,定过的就不能变了。

什么事都有个变通嘛!柳鹭摇着爸爸的胳膊说。

不能再变通了。现在这就已是底线了,不能再突破了。大林说得很严肃。

柳鹭嘴一噘说,要不,我找方叔叔说去。

柳大林眼瞪得溜圆,吐出了两个字:你敢!

柳鹭说不通爸爸,就苦口婆心地说通了友友,两人先上学校报到,在革儿出拘留所的前一天他们跟学校请了假,连夜从省城乘火车,天亮时赶到丰和县行政拘留所。革儿爸妈来得更早,也在那里等候。上午9点多钟,革儿从拘留所大门出来时,友友奔跑过去抱住革儿。革儿问:你怎么没去上学?友友说,我又回来了,鹭鹭也回来了,专门迎接你的。革儿感动得哭了。友友也哭了,泣不成声地说,没想到我们本来是为大家的,却来到这个地方。革儿说,别哭了友友,吃一堑,长一智。这十几天里,我想了很多,知道明辨是非了。以后遇事我们就不会再莽撞了!

两人拥抱了许久……

张宝山没有急于领革儿回家,而是带着他和他娘黄新月在街上酒店吃了饭。他本也要请友友和柳鹭一起吃饭,却没有留住。吃过饭革儿急着回家,娘说她没在城里看过宽银幕电影,想看电影,革儿同意,三个人就去电影院看了电影《四喜临门》。从电影院出来已是下午4点。他们去汽车站搭上了去黄龙镇的班车,下了班车步行走回三山凹。这时,天已黑蒙蒙的了。张宝山的"设计"成功,他要的就是这个时间到家。昨夜里他就在想,革儿住了半月拘留所,丢脸了,尤其是支书的儿子进了拘留所村里人在背后还不笑掉大牙,甚至在背后捅他脊梁骨。他怕村里人见了革儿会耻笑,臊脸,所以有意策划在城里看电影拖延时间,磨到天黑时到家,不让村里人看见革儿,要不,他的脸就得装进裤裆里去。

张宝山想错了。村里人对革儿根本不是那样看。他们早已闻知革儿今天要回家来,下午就在村头等候。走到村头的时候,张宝山看见站着黑压压一群人,他犹豫着是退还是进。就在这当儿,噼噼啪啪响起了一阵鞭炮。张宝山脸红得发烧,他想起了去年镇长由于调戏镇妇联主任被调走时,有人在机关院里放了鞭炮。这……这也等于是臊他张宝山脸的!他想退也退不及了,只得硬着头皮往前走,反正这时脸也看不很清楚了,臊就臊吧!他这样想着的时候,有人喊叫,欢迎张革儿回到三山凹!欢迎革儿哥回家!这是一群小伙子,他们呼喊着跑过来与革儿拥抱在一起,拥抱一阵后,簇拥着他回到家里。到家后来了不少年岁大点的人,有的扪来新鲜的鸡蛋,说革儿受亏了,让补养补养。有的送来刚刚摘下的熟得红鲜鲜的苹果、大枣,黄澄澄的柿子、鸭梨……他们对待革儿简直像打了胜仗从前线归来的英雄。张宝山、黄新月看着眼里都含着热泪。的确,在村人眼里,革儿就是个英雄。不仅是因为炸闸放水,乡亲们也知晓革儿在县政府当保安不打上访群众,不愿在城里当咬人的狗而回到村里。还听说他买馒头偷偷塞给上访的残疾人吃。甚至还有人传说,革儿往玉米地里送粪,碰上村副主任在玉米棵里边撕扯大脚嫂边脱裤子,革儿一脚踹到村副主任腚上……这事儿是真是假不好落实。不管怎么说,村里人私下议论起来,革儿虽是个遗腹子,但这娃子有种气,有正气,有骨气……

到了冬天,村委会换届改选,革儿被选上了村委会副主任。这个选举结果使张宝山傻眼了,他完全没有这种思想准备,出乎他的意料。革儿不是张宝山的骨血却是黄新月身上掉下的肉,对儿子受到村民的拥护虽然喜上心头,但也觉得是块难捏的热芋头。张宝山回到家里甩着手说,这咋办,这咋办?黄新月横他一眼说,啥咋办?群众选上了就干呗!晚饭时,还做了几个菜,开了一瓶酒,让他父子俩喝几杯。

喝酒中间,爹问,你咋想的?

革儿说,我还是个晕头鸭子,听爹的。

爹喝了一杯又说,往后要开个"村两委会",咱一家就四只眼睛两张嘴,况且我兼着村主任,别人可能会说咱父子俩把村里权全揽了,成一霸了。

革儿说,也可能。人言可畏。他又喝了一盅酒,翻眼看看爹,低下头说,要么,我辞了,或宣布选举结果废了?

不能,不能! 宝山连声说。他毕竟不是亲爹,怕再说下去黄新月听见又要多心吵架,忙与革儿对了一盅酒说,爹不是这个意思,爹本心还想让你干更大的。

我也不是干大的料子,你儿子知道自己几斤几两。革儿脑子很清醒。

张宝山不置可否,又问,毛主席的大儿子死到朝鲜战场上你知道不知道?

知道,在书上看过。他叫毛岸英。革儿眼看着爹,目光含着迷惑。

张宝山接着说,毛岸英当时积极报名参加抗美援朝,毛主席那时候也是想让儿子经受锻炼,只是后果没想到……

革儿解开了爹的话意,两只眼睛亮了,说,爹,儿子也想上战场受到锻炼,可惜现在没有机会。

张宝山说,爹怕你吃不了苦啊!

革儿说,爹,我不怕吃苦,只是现在想吃苦没苦吃。

张宝山听了这番话夸奖道,算你娃子懂事。来,喝酒。又与革儿碰了一杯。然后说,我想让你出去一段时间,最好是去打工,先不介入村里工作,缓冲一下,看看村民们有啥反应。对你个人来说,也算淬淬火,锤炼锤炼,更硬实些。

革儿沉思了一阵,说,鸟儿要飞就往远处飞,要飞就往高处飞。干脆我上南方打工去!

是不是真心话? 张宝山两眼盯着革儿问。

是真心话。革儿看着爹坚定地说。

来,再整一杯。张宝山脸上没笑心里乐了。喝了酒,张宝山说,你再认真琢磨琢磨,琢磨透了,你给你娘说,别让我说,也别说是咱俩的话。

革儿点点头,我懂。

十天之后的一个早晨,张革儿在深圳站下了火车。他扛着一个大蛇皮编织袋,提着一个包裹。包裹里是他的行李,编织袋里装有十斤三山凹出产的粉条。那晚爹给他聊过之后第三天,他找到一个合适机会,给娘说了,他知道说这事也得趁娘心情好的时候。娘当时听了说,要打工就也去深圳,到深圳有你姑母姑父照应。他听了心里暗喜。娘就让爹给姑母打了电话,姑母也很欢迎。临行时,爹让他给姑家带几斤粉条,让姑家也尝尝家乡特产,也算是给他们带的礼物。革儿出了火车站,拦了一辆出租车,给司机说了要去的地方,司机示意他上车,他与司机并排坐着。开了一段路程,司机见他大包小包的就问他,兄弟是来打工的还是投靠亲友的?他看了一眼司机,淡淡一笑:两者有什么区别?司机也没看他,直视前方,滔滔不绝地讲起来,来深圳的人嘛,没有闲来的,像你们北方农村来的基本都是打工,一种人是自己去碰,另一种人找亲戚朋友熟人,或是通过亲戚的亲戚,朋友的朋友,熟人的熟人,去找事干。最后司机瞟他一眼说,我看你带有特产,估计这里有熟人。他没有回答司机,在琢磨司机的话。心里说,投亲靠友一般是无路可走的,需依赖亲友生存或是找到立足之地。自己去碰,一是靠运气,二是靠本事。他又想,自己来深圳是找苦吃受锻炼的,应该试一试自己的本事,看能否依靠自身力量找到一份工作,如果依靠姑母家给找份工作还验证不了自己的本事。司机停住了车,给他指路,从前边向右拐走二三百米就可到达他要去的地方。他站在街边犹豫了一阵,最后决心自己先去碰碰,如果真碰不到再说去姑家。于是他扛着大包提着小包沿着街道往前走。看见路灯杆上、建筑物上、公交车站牌上都贴着许多招聘小广告,大多数是酒店、美发厅、足疗馆招服务小姐的。他继续往前走,看见一路灯杆上贴张小广告,驻足细看,上面这样写着:

本公司需招一名杂工,要求男性,年龄在 18 岁至 45 岁之间,文化程度不限,身强力壮,吃苦耐劳,试用期一个月,试用期间包吃包住,薪金 500元,试用期满留用后,月薪视贡献大小面议。有意者请联系 13×××××××××。

深圳市腾达有限责任公司
1999 年 12 月 7 日

革儿看上面的日期只过去了两天,估计还有希望,便记下手机号码,继续往前走,找到个公用电话亭,打通了那个手机号。接电话的像是个五十来岁的大叔,说欢迎他前去应聘,并给他说了坐公交车的路线和具体位置。革儿放下电话,就照那大叔说的路线去乘公交车,大约半个小时到了腾达公司。他到公司门口看见一位穿着油腻腻的劳动布工作服的人正低着头在摆弄机械零件,便搭讪道,您是刚才接电话的大叔吗?大叔抬起头,是啊,你?革儿答道,我就是要来应聘的。哦,哦,进来吧!大叔应承着,没有停下手中的活儿。革儿跨进屋里放下肩上扛的手中拎的包包。大叔嘴一挑说，自己拉把椅子坐下，壶里有水自己倒着喝。革儿是有点干渴，没有客气，去倒了一杯水坐下喝。他边喝水两眼边偷偷把屋里瞅了一遍。

　　三间通房，北边的一间放有两张办公桌对合在一起，桌子上放有一台电脑，一位小美女头缩在电脑后边，不知她在电脑上搜索什么。那两间房的地方，堆放有新的、旧的、破的机械零件，车胎、大油桶、小油壶等乱七八糟的东西。他喝了一杯水，又添了一杯水，并且过去给那大叔的茶缸里也添满了水。大叔抬头看了看，也没说谢，但开始给他介绍情况。他们公司招聘的杂工实际上就是给他当助手的。他是公司的维修工，因为公司用的机械都是大型机械，大机械零件也大，有的零件重量达四五十公斤，有时操作需要有人帮助抬着或搬着，他也是五十出头的人了，往往一个人弄不动。革儿说，没问题，我身上有的是力气。师傅告诉他，维修一般都是在工地现场维修，而且不分白天黑夜，半夜机械出了故障半夜就得去修，甚至一修就是一夜，也不管刮风下雨，所以得找吃苦耐劳的人。革儿说，这些师傅都不用担心，我受得了。师傅又讲，在深圳干事都得是多面手，一个人顶几个人用。本公司也是这样，除了前边讲的活儿，还有购油啦，给机器加油啦，保养啦，总之是需要干啥就干啥，所以叫杂工。革儿又说，这些师傅都不用担心。师傅看看腕上的手表，说，再有半个多小时老板就回来了，老板回来说了才算。

　　不到半小时，门外响起了"咚哧咚哧"的脚步声，脚步的响声很重。师傅瞅着革儿说，老板回来了。革儿忙站起身表示迎接。老板进屋了，他穿着灰色的沾有很多油点和泥巴的风衣，高筒子胶鞋，米黄色的安全帽下架着一副墨镜。有点老板气派。革儿心里说。师傅给革儿介绍，这就是我们王总。接着他又给王总说，这年轻人是来应聘的。哦，哦。王总"哦"着摘下墨镜。两个人都愣住了。

　　革儿诧异地问，你是春宝伯吗？

　　是啊！王春宝挠着头说，你，你咋像是张宝山家儿子？

　　是呀！春宝伯！我就是革儿。革儿好奇地笑着说。

　　坐坐坐坐。王春宝摆着手让他坐下，自己也脱掉安全帽和风衣去坐到办公桌后边的大椅子上，然后问，你娃儿不好好在家待着，跑这儿来胡闹啥？

　　革儿回答说，在家也没什么合适事干，想出来闯闯。

王春宝说，你爹当着村支书，还给你找不来个合适差事干？

革儿说，我不想在家门口晃，想来深圳这大熔炉里炼炼。

王春宝似乎又想起了什么，一时脑子又像被桃胶糊住了搜索不出来，挠着头，哦……哦……你没找你姑姑，我当初来深圳就是你姑姑介绍的。革儿不好意思地笑着讲了自己为什么要自己来应聘的初衷。王春宝听了，手一拍桌子，你娃子有志气！但我得给你姑姑打个电话报告一声。他边说边要拨电话。

革儿忙说，伯伯，先别给我姑姑联系吧，等你决定收留不收留我再给我姑姑联系。

王春宝笑眼看看他说，收留你不收留你，得请示你姑姑。他边说边拨打手机，接通了：喂，春妮啊，中午到公司吃饭吧，有客了……哪里客？不告诉你，给你个惊喜！中午时间是有点紧，……晚上，也可以，晚上可要带着你老公……好，搞定！

晚上5点多钟，王春宝就带着革儿来到"河南老家"。这是个不大的酒店，地道的河南菜，一行六个雅间，他要的是六号雅间。他俩在等候的过程中闲聊着，革儿给他说着三山凹的变化，他给革儿介绍着近几年他在深圳的发展情况。王春宝从革儿爸帮他贷款买第一台日产二手挖掘机，到现在发展到七台国产挖掘机，可承揽一切二十层以上高楼挖地基工程，低层建筑开挖地基更不在话下。革儿听着啧啧称赞，决心要留这儿干。王春宝由衷地说，我应该感谢你爸和你大林叔当初给我的支持啊！不是他们支持，你伯伯我没有今天啊！两人正说着，一位服务员把门推开了，说了声"贵宾到"。比风还快，他俩还没站起来，妮妮和郝老师一前一后跨进门了。妮妮看见革儿大张着口，哇！真是惊喜啊！中午还和你姑父盘算着，该到了，怎么还没到，今晚不见你，明天就要往家打电话了！革儿只笑说不出话。他看见姑姑已不是当年的姑姑了，脸上已没了水灵气，眼角也有了浅浅的鱼尾纹。姑父也已有了老相。唉，别说哪地方水土养人，到了年龄大的时候啥也挡不住。王春宝热情地安排妮妮和郝老师入座，让服务小姐拿来菜单请他俩点菜。推来让去的最后还是王春宝点菜。红酒、洋酒、白酒都要了，声言要与郝老师喝个一醉方休。

席间，王春宝去了洗手间，妮妮问革儿，你怎么能跑到王春宝这里？革儿说了思想和过程，妮妮嗔怪道，你咋这么幼稚？

郝老师摆摆手说，别批评，现在的年轻人缺乏革儿这种幼稚。

妮妮接着说,你姑父已给你联系了一家电器公司,那里活儿轻,你说怎么样?

革儿微笑着说,我既然到了这里,就在这里干几天试试。干不下去再调。他说时看着姑父,觉得会得到姑父支持。

郝老师的确支持,对妮妮说,我的意见,尊重革儿的意见。

王春宝从洗手间回来了,边甩着湿淋淋的手边问,革儿的事,你们两口什么意见啊?

妮妮、郝老师异口同声,拜托王总。

王春宝嘻嘻哈哈地说,谢谢信任,谢谢信任,敬酒,敬酒。他掂起红酒瓶咕突突给每人斟满了酒。

二十二

　　白娃皮肤还是白的，但脸皮儿已有些皱褶。因此有些人开始称他叫老白娃。不过多数人还习惯喊他白娃。

　　白娃开发窑厂建房赚了钱，但赚得不多。因为它属于非正常建设，政府在控制着物价。真正挖到第一桶金，是在房地产市场真正放开后，他在校场路南头买了七亩地，价格便宜。因那地方解放以前几百年都是杀人的地方，被称为"鬼"地，多年前这一带的老人们曾传说，每逢半夜时分总听见有敲门声，开了门却不见人。有的传说更瘆人，不仅听见敲门声，还能听见冤死鬼喊冤，拍着门喊叫说，找个针吧，找根线吧，缝缝头吧。所以村里卖地的时候，想着这地方阴气重，盖了房子也不会有人买，就以两千元一亩的低价卖给了他，他盖了四幢六层楼。因为那时候缺房户多，再个是公家人很少迷信，还有很多人认为，阴气再重的地方，聚居人多了阳气就盛了，就是有鬼，鬼也吓跑了。所以房子很快销售一空，而且卖了高价钱，大赚了一笔。白娃是个"烧包"，见不得有钱，把帕萨特换成了宝马，他在窑厂建的房自己留有一个大套住着，这时候还又在南都市望花湖旁边买了一幢别墅，闲暇时常带着闪红红去那儿小住。这样使得白娃搞房地产上了"瘾"。如今他又要开发第三个楼盘了。

　　白娃酝酿开发第三个楼盘时，张宝山也曾进城来找过他，动员他把太公湖开发了。宝山给他讲，太公湖很有名气，有很多美好的故事传说，周边风景也不错，县里搞贫困山区连片开发时道路也通了，投两三百万元景点就可以开放了。而且太公湖西边连着二龙三潭、宝天曼、老界岭，东边连着五朵山、楚长城、七十二潭，会是一条旅游热线，一次投资长久收益。白娃拍拍宝山肩膀说，兄弟呀，你是不懂啊，搞房地产遍地是黄金，不拾也得捡呀，不捡心里痒啊！搞旅游开发是长线，见回头钱慢，而且得不断投入。搞房地产是一次性投入，回笼资金也快。

　　他开发的第三个楼盘就是现在"白娃酒店"这一块。这块地产原本是物资公司的仓库。物资公司是计划经济的产物,现在进入了社会主义市场经济,物资局包括物资公司均已撤销,安置公司下岗职工及公司改制要买断工人工龄需要一大笔资金,公司需要处理这块地。因这地方是临街房,价格比其他地方更贵一些,白娃掏二百万元将这块地买了下来。花这么大的价钱买下这块地开饭店显然不合算。加之来这地方吃饭的多是些"穷单位"或有权单位,欠账多,账还难要,有的甚至挂账四五年。还有些有权人吃了饭嘴一擦就走了,连账也不记。所以饭店一直是亏赔。白娃和闪红红两人合计,饭店不开了,将房子拆掉,盖成高层商住楼,赚大钱。

　　白娃没想到的是现在形势变了,一是县城里房地产公司已不是他一家而是几十家了,竞争激烈;二是土地和建筑市场都规范了。他把原来的商业用地现在要变成居住用地,用地性质变了,不但要交纳土地出让金,而且地的差价又高了,又多花去大几十万元。而更闹心的是办理土地证和建筑许可证。土地手续办了半年多时间,建房手续又历经近一年时间。要经城建、规划、房管、文物、人防、消防、地震、墙改办等多个部门批准,有些部门还要经四五个科室盖章,总共盖了五十一个章子。盖这五十一个章子等于求了五十一个爷,求五十一个爷就得给五十一个爷上供,这五十一个爷还是大爷,每个大爷后边有三两个小爷。小爷们吃吃喝喝小恩小惠就算了,大爷们就得封红包了。塞大红包小红包还得看他那个章子的权重。盖一个章子不跑三五趟、磕几个头是盖不了的。啥时候章子盖不了,就得不断上供。有些单位不盖章,白娃想,只要不断加柴没有烧不开的水,就多次送红包。也有不吃"供"的红脸汉,也不乏既想当婊子又想立牌坊的伪君子,白娃对付这些人也有一套,他利用逢年过节的机会去送礼,如端午节送箱鸡蛋去,中秋节送盒月饼去,过春节送箱茅台酒或五粮液,根据不同对象权力的大小塞进去一万两万甚至三万五万的贿金。白娃很会说话,送鸡蛋时他说,领导啊,这是我专从山里弄的柴鸡蛋,你可一定自己吃啊!送月饼时,他说,领导啊,这是老家做的传统式五仁月饼,现在市场上没卖的,你可一定要亲口尝尝。送酒时,他会说,领导啊,现在假酒多,这酒是我专门从茅台酒厂(或说五粮液厂)由武警护送出厂门自己拉回来的,你可一定一定要留着自己喝……他说这些话会让人感到他不是送礼的是送心的。也有遇到清官的时候,发现他塞有钞票退回或训他时,他会哭丧着脸说,领导啊……这……这我也不清楚,说实话,这也是手下人或关系户想干我工程的,送给我时我也没顾上看就转手送给您了,可是不好意思啊!他又变成了并不存心行贿的正人君子。

就这样弄下来到章子全部盖完可以开工时钱也没了,已经没钱开工了。但是没有问题,可以贷款,银行见有这块地皮抵押会贷给的。他到建行申请,一笔就贷到五百万,分两期支付,首笔先到位二百万就放了鞭炮开工了。开工仪式上,白娃又高兴地唱起曲剧:西门外放罢了三声炮……

当天晚上喝完开工酒,闪红红同白娃认真算了算送礼花出去的钱,没零没整二百九十一万元。

闪红红心疼地问白娃:几百万就这样白白打水漂了?

白娃听了,怕显得自己无能,便说,钱能送出去才是本事,没本事的想送也送不出去。况且,房子一开始盖,不用盖好就可以提前售房,钱就回来了。也许送出去一个钱,捡回来三个钱。

闪红红说,你个猪货呀!那赚回来的钱是咱的心血钱劳苦费呀!

那你说还能怎么样?白娃两手一摊。

让羊毛出在羊身上。闪红红说得果断。

你意思是抬高销售价?白娃眼睫毛扑闪着说。

闪红红瞪他一眼,你个笨家伙,抬高价谁肯买呀?怕是会给买房人吓跑的。

白娃不吭声了。

闪红红用手指捣捣他的头说,猪脑子啊,你就不会搞隐形降低成本?

你说是偷工减料?白娃脑子似乎开了窍。

闪红红嘴一撇说,我也不知道,你那猪脑子慢慢想吧!她说着一扭身进卧室躺床上去了。

白娃独自一人坐在客厅沙发上,独说独念,隐形降低成本,隐形降低成本……

这时,闪红红尖叫一声,过来吧,别在那儿念藏经了。

白娃笑微微地进卧室脱掉衣服上了床,闪红红哼哼着抱住他的身子,他伸手往枕头下摸安全套。闪红红说,今晚不戴套了。白娃听了一阵惊喜,因为他和闪红红二次复合后,每次做那事,闪红红都说自己不想怀孩子。白娃觉得她不想怀孕更好。两人相欢之中,白娃问,你不怕怀孕了?闪红红翻白着那蒙眬的醉眼说,你这把年龄了,你那种子也难以发芽了！以后再不戴那个了,让你好好地享受。白娃听着既高兴也不高兴。为什么高兴不言而喻,不高兴的是听到闪红红这话第一次感觉到自己将要老了。其实他根本不知道闪红红打的算盘。闪红红之所以给他解"禁",是看他的生意做大了,开发这个楼盘又可以赚大钱,只有有了孩子才可能分割他更多的财产……

黄花琴自从那天接友友从拘留所出来,心里经常想起友友车上说的话:爸,妈,你俩还是复婚吧！……假若你俩不复婚,到我结婚时,你俩咋去出席我的婚礼？每当想起这话她都心如针扎。觉得儿子提的问题是个问题。可惜那天话刚开了个头,柳鹭来了电话,打断了她和白娃交谈这个问题的机会。她最近想与白娃复婚的念头越来越强烈。原因一是儿子越来越大,虽然还没谈来对象,但肯定离结婚的时间越来越近。二是老白娃现在很有钱,而且钱会越来越多。自己如果不与白娃复婚,一大疙瘩钱会装进闪红红的腰包。连儿子友友也不一定能得到。三是闪红红个贱女人越来越"烧燥",整天开个红颜色的梅赛德斯奔驰跑车在大街上窜来窜去,好像一个丰和县城盛不下她似的,很使她黄花琴塞心。她决心要与老白娃复婚。她决定去省城找儿子。话题是儿子先提出的,现在还得由儿子把这个话题续下去。再说,儿子说话,爸爸会听的。她乘坐欧洲之星大巴到了省城,见到友友,表明她愿意接受儿子的意见,同意跟他爸爸复婚,要儿子跟她一起回家做他父亲的工作。友友听后也说了几条意见:一是我支持妈妈同爸爸复婚,也可以给我爸做工作,但爸爸听不听是两回事。在中国,老子说话儿子必须听,不听老子可以揍儿子;老子如果不听儿子话,儿子不可以揍老子。二是复婚的事不是一两次可以谈拢的,得个过程,我不能老耽误功课。三是当初离婚是妈妈提出来的,现在复婚妈妈应主动找爸爸谈谈,表示诚意。如果妈妈不愿主动,建议找亲友先给爸爸引个线。

黄花琴觉得儿子讲得有道理,回来后就去到三山凹找姐姐黄新月,想求姐姐出面帮助做白娃工作。黄新月如今脸上也有皱纹了。她坐在屋里看着大彩电听着妹妹的叙说。妹妹说完了,姐姐说,娃子讲的话全有道理,现在想复婚是好事。但能不能复婚关键是白娃,难度又在闪红红,因为她年轻貌美缠着白娃,白娃轻易不会放下。最后姐姐说,男人的事得由男人来管,让宝山去找白娃,他们是发小,深浅话都能说。黄花琴点点头,姐的话有道理。她没见姐夫在家,问,姐夫呢?姐姐告诉她,宝山在东坡挖水塘呢,晚上才能回来,中午在工地吃饭,得等他晚上回来再说。黄花琴晚上约有事,下午得回城,便骑上摩托去工地上找姐夫。黄花琴现在骑的已不是木兰小摩托,换成了嘉陵大摩托,速度快,一会儿便来到工地上,她听见机声隆隆,看见十几台挖掘机、推土机在工作着。旁边不远处搭有一个绿色帆布篷,帆布篷旁边扎有十几辆自行车。她想着姐夫一定在工棚里,把摩托车扎在路边,走着往工棚去。

去年夏天柳大林正在召开抗旱浇秋动员会,突降暴雨,柳大林却乘车前往铁河水库。当时大家都不知道这时候他去铁河水库干什么。现在都知道了,柳大林当时到水库要看雨水能不能把水库灌满,有多大的泄洪量。他到水库一看,水库的水不仅蓄得满满的,泄洪道泄不及,东西两条干渠也都像河一样地排洪。柳大林顿时脑洞大开,洪水泄掉是种浪费,何不想办法把泄掉的洪水蓄起来旱时用?那样就可以少些争水纠纷。他回县城后,就找来水利局的工程技术人员研究,并几次到实地考察测量,最后决定沿东西干渠每隔五百米挖一个可蓄水三百万立方的水塘……这样,东干渠沿线可挖三个水塘,西干渠沿线可挖四个水塘,加起来增加两千一百万立方蓄水量。相当于又修一个小型铁河水库。有人形象地说,这叫"长藤结瓜"。柳大林听了高兴地说,好,就叫"长藤结瓜"工程。此工程纳入了年度财政预算,拨付了资金,开了春就动工,先在三山凹这边开挖一个做试点。他亲自坐镇指挥。这阵儿,他正和涂富国、张宝山等几个村镇干部坐在工棚里研究下两个水塘开工的事……

黄花琴走到工棚前,看见柳大林几个人正在里边谈论得十分热烈,没敢进去,朝姐夫招了招手扭头就走。张宝山想到黄花琴到这里来找他一定是有急事,便起身往工棚外走。邻村的支书给他开玩笑说,咃,小姨子一来看你急的!宝山回敬他一句,你以为没人知道你和你儿媳妇有一腿!他出了工棚看见黄花琴往路边走就也撵到路边,站那里问,有啥事?她就从根到秧讲了儿子友友的话,又讲了姐姐黄新月的话。张宝山听得有点急了,说,里边还开着会呢,你长话短说。黄花琴不好意思地看了姐夫一眼说,想让姐夫出面给白娃个龟孙谈谈俺俩复婚的事。宝山不假思索地说,复婚我支持。

隔了一天,宝山进城,在梁家大院要了个雅间。梁家大院在新中国成立前是个大商人开的铺子,窄而深,古式建筑,后花园亭台楼阁,小桥流水。现在有人租下来开了茶餐厅。宝山约黄花琴时说约白娃了,约白娃时没说约黄花琴,所以白娃没有思想准备,虽然宝山坐中间,有意让他俩相视而坐,他却低着头不看黄花琴一眼,不停地看袖珍式手机。

宝山端起酒杯说,我专门从老家带的米酒,你俩尝尝,咱三山凹的水酿的酒香啊!

白娃与黄花琴都端起来喝了。喝过三杯,宝山起身给他俩都敬了酒。酒过之后,场面又冷了下来。宝山似笑非笑地说,你俩也得给我敬个酒吧!好!白娃掂起壶给宝山敬了两杯碰了两杯搁下了酒壶。宝山眼瞟着他故作不解地说,也不给花琴倒一杯?白娃只得又站起来给黄花琴倒了一杯,黄花琴喝了。他把酒壶又放到桌子上。宝山眼瞪着他说,怎么只倒一杯呀?我的酒你还舍不得?白娃不冷不热地说,一杯就行了。说着又掏出手机看。有点心神不宁的样子。黄花琴这时掂起酒壶,给宝山敬了三杯,接着就给白娃倒。花琴给白娃倒了两杯,白娃虽然仍呆着脸但喝了。宝山微微一笑,说,这样就好嘛,好赖夫妻一场。古人说,一夜夫妻百夜恩,百日夫妻似海深。你俩那么多年患难与共的,而且还有了儿子友友,这是多少年的修行啊!他说着给黄花琴递个眼色,示意她后边不要反驳,脸又转过去看着摆弄手机的白娃说,依我看当初花琴就不该提出离婚,你当时太冲动。

黄花琴也演戏般地挤出两滴眼泪,说,当时我是有点冲动,女人们嘛,头脑简单。不过,俗话说,一个巴掌拍不响。白娃抬起头想反驳什么,黄花琴不给他机会,抢着往下说,也因为现在友友这么大了,友友那天说的话也有道理。他爸要是没意见,我同意复婚。

白娃猛然抬起头,歪着脖子摆着手说,不可能!不可能!为啥不可能呢,我看过一本杂志上有句话,两人分手了就不要复合,合了之后还会再分手,原因同前。我观察了几对离婚又复婚的,结果还是真又离了的。

宝山抽着烟说,我估计这种情况多是年轻人吧?

白娃点点头,然后又愤愤地说,而且离婚多是女人提出来的,女人的心,就像放风筝,摇摆不定。

你?……黄花琴激动地站起来指着白娃想要反驳,宝山手势向下压着示意她坐下,不要说话。继而他哈哈一笑,说,早些日子我来县上开会,参加一个饭局,饭局上都是高人,一晚上的话题都是讨论女人,一个比一个讲得好。其中一位女士讲得最生动。她讲,国内外心理学专家研究结果证明,男人对女人最专

一、痴心。女人对男人的心最多变。二十岁的女孩,喜欢青春、阳光、长得帅的男生;三十岁的女孩喜欢男人成熟,有稳定的收入;到了四十岁喜欢男人事业有成,老练沉稳;女人到了五十岁,喜欢男人温文尔雅、幽默、会讲故事;到了六十岁,喜欢男人有丰富的经历,对生活有深刻的认识;到了七十岁,喜欢男人身体健康,陪自己散步,一起看夕阳西下……而男人呢,从二十岁到八十岁一直喜欢年轻漂亮像鲜花一般的美女。有人不相信,到某个大学问一位九十岁高龄的老教授,为什么能这么长寿?教授说,我大学毕业留校任教,一直看着二十多岁如鲜花般的美女,现在老了腿脚不灵便了,坐在阳台上天天看见的还都是些漂亮的女孩,哈哈……

白娃听完"噗"地笑了。这是他今天坐到这里唯一一次笑。

张宝山也从鼻孔里冒出一声笑,说道,我知道你听了要笑。那天在场的人听了没有不笑的。他深呼吸了一下,叹口气说,这其实是对我们男人的讽刺啊,说到底是男人花心!

白娃没有递话,又把手机掏出来看看。

宝山有点不悦了,绷着脸说,一个中午你都在不停地看手机,有啥事?

没事,没事。白娃嘴上说没事,其实是担心有事。因他来时闪红红问他中午跟谁一起在哪儿吃饭,他如实说了。闪红红嘟囔道,跟他张宝山吃个啥?他知道闪红红内心排斥三山四人,更排斥张宝山。他对闪红红说,几十年老发小,搁不下面子。闪红红说了句,早去早回。小心我查岗!

没事看个啥?谁不知道你有个手机!张宝山脸涨红地说着,从腰里掏出个"老婆脚"往桌子上"呼"一搁,我腰里也掖有这家伙,不过,是个二手货。

不好意思,不好意思。白娃说着关了手机塞进兜里。

张宝山接着没好气地说,实话讲,花琴想复婚是对的,孩子们都大了,很快要结婚,这种家庭局面令孩子们难堪!

白娃闷了一阵,瞅了瞅黄花琴说,中啊,我也同意复婚。但你给我支支招,闪红红咋处理?

黄花琴说,她就没跟你结婚呀!

白娃翻她一眼,没结婚也是事实婚姻。

事实婚姻?黄花琴也翻翻眼说,婚姻法上没这一说。

张宝山朝他俩摆着手说,别抬杠,别抬杠,事都是商量着来的。

白娃开始上气,"呼"站起来,手指着黄花琴说,你有本事你把她撵走,我就跟你复婚!

你真让我撵我就撵!黄花琴也站起来说。

你撵不走老娘!闪红红突然咆哮着哗啦推开门进来了。

张宝山和黄花琴一时目瞪口呆。白娃虽没像他俩那般目瞪口呆,头上也出了虚汗,他一直担心闪红红来查岗,但没想到她真来了。没黄花琴在他啥也不用怕,但有黄花琴在他有一百张嘴也说不清。

张宝山知道事弄砸了,但他还能沉住气,看着闪红红说,我们就是多喝了点酒嘛,酒后胡言,你应该理解。

闪红红哈哈一声冷笑,张支书真会装好人,你这双簧戏唱得还不错,实话告诉你,我已在门口站二十分钟了,实在忍不住我才闯进来!你们说的话我全听见了。

张宝山听她这样说,恼羞成怒,一只手叉着腰一只手指着闪红红说,你这种女人太可怕!

闪红红又哈哈冷笑一声,手指着黄花琴说,张支书,你眼窝头不准,那个女人才可怕,母老虎!

黄花琴浑身抖着说,老娘是公老虎,压过你个母老虎!

你压个屌!闪红红龇着牙喊叫着,老娘知道你个理发匠多大本事!

黄花琴不是她的对手,但也不甘示弱地说,老娘不是理发匠,老娘是美发师!

闪红红又哈哈冷笑一声,美发师,美发师,美发师有本事就把这男人拉走!她说着手指着白娃。

此时,餐厅里其他人也听见了,都站在门口看热闹。张宝山气得浑身颤抖,上下嘴唇哆嗦着吼道,侯子耀,就这女人扔到垃圾桶里都没人捡,你还稀罕得不得了!

侯子耀他要稀罕,你没办法。闪红红冷笑着带着嘲弄的口吻瞅着张宝山说着,扯着白娃胳膊往外走。

白娃怕得罪了宝山,脚步往前刺溜着头往后扭着看着宝山说,哥,你别生气,哥!

张宝山气得肚子像个鼓,喷着唾沫星子说,你有脸就别再回三山凹!

一对狗男女走了。看热闹的人也散了,各进各房间继续吃喝去了。

张宝山抽了两支烟,冷静了一阵,低声对黄花琴说,复不了算啦!

黄花琴头趴在桌子上哭泣着说不成话,过了一会儿才擦擦眼泪,说,我不是不甘心,我主要是想跟那女人斗一斗。

张宝山摇摇头,别斗了,你斗不过她,浪费那时间不如多做宗生意。

黄花琴没再说话,只是哭泣……

闪红红肚里有个东西在一天天长大。

白娃盖的楼房在一天天起高。

两个人都笑得合不拢嘴。

这天晚上,两个人躺在床上睡不着闲呱嗒。

白娃说,看来种子还可以,发芽了。

闪红红嗲着说,地墒好呗!

说完,两个人都咯咯笑了。他俩都明白对方笑是啥意思。南都一带民间传说,说张仲景七十岁还没有儿子,觉得自己年事已高无望了。一次他到山坡上采药,遇见一农夫犁地种小麦,他抓起箩筐里的麦种一看,籽粒都很瘪,随口问农夫,这样的种子能发芽吗?农夫回了一句,能,只要地墒好。先生顿悟。回家后,一是研究了养生之道;二是娶了个十八岁的大姑娘为妾。第二年果真生了个白白胖胖带鸡鸡的娃娃。他俩的笑都与这个故事有关。

楼,今天就要喜封金顶了。丰和习惯,立梁封顶这天,东家是要请匠人吃桌的。现在工程队人多了,不可能人人都坐桌,但一定要请工头坐桌喝酒,其他人发十元二十元的红包,自己想吃买着吃,不吃钱就攒自己腰包里。一大早,两人开着车来到工地上等候与工头衔接。刚停车,飞来一对喜鹊喳喳叫个不停。

闪红红看看头顶上掠过的喜鹊,连声说,喜庆,喜庆!

二十三

邰丽忐忑不安地走进柳大林办公室。她不知县长要找她谈什么。因是小张通知她的,很正式化,所以她内心多少有点紧张。县长办公室的门开着,但人不在,她一个人站在那里静静地等候。这时间,也有几个人来找柳县长,见县长不在,就走了。

大约有十分钟,县长回来了,刚才那几个找县长的人就像蜜蜂的嗅觉般灵敏,"唰"地又拥进来。柳大林让他们在外边稍等,他要跟小邰谈点事情。要谈点事情,有什么事情谈? 是自己工作上出了什么错? 往好处想,他曾经说过给自己介绍个好老公,难道真是……邰丽心中打着小鼓似的。

最近在干些什么? 柳大林很温和地说。

没干什么,就那些工作。邰丽淡淡地答。

你对人生有什么考虑?

一下子出这么大个题。她心里有点蒙,猜不着县长说的人生指什么,也就含糊其词地回答:没什么考虑。

没考虑,坐晕船? 柳大林拿过一本文件夹,边翻阅边说,他似乎有意把这场谈话氛围冲淡。

邰丽脸红了,她脸一红很好看,就像含苞待放的花蕾。她弄不清县长的意图,干脆笑着不说话。

你甘愿在机关这样泡着? 柳大林又把文件夹合上搁在一旁,继续说,你们现在的年轻人啊,缺乏我们年轻时候的理想、抱负、志向、激情。那时候我们天天唱着我们走在大路上,意气风发,斗志昂扬……我们天天朗诵着《接班人之歌》,我们年轻,像一轮红日刚出海,我们健壮,像一排排白杨要成材……天天想着将来有一番作为!

柳大林说着说着站了起来，激情澎湃。见郜丽呆呆地望着他，又坐下来，说，最近县委决定，选拔一批年轻干部尤其是女干部到基层去锻炼，先去当村官，锻炼一段时间再到乡镇任职。我准备推荐你和小张都下去。你怎么样？

郜丽茫然地看着他，说，我没这样想过，没思想准备。

正说着，门被推开了。方占坡带着宋立功的司机进来了，说宋书记让接他过去。柳大林朝郜丽说了声"你考虑吧"，就拎着公文包跟着出了门，上了宋书记的车。柳大林坐车上心里在嘀咕，有什么重要事？因为通常宋书记找他都是打电话，或是由县委办公室电话通知他。车从县委后门进了院，他问司机，怎么走后门？司机告诉他，前门被上访群众堵住了。哦。他点了点头。现在群体上访堵大门是常有的事，也没引起他内心的震动。

到了宋立功办公室，宋立功也没说别的话，先推开窗户，要他过来往外边看。

柳大林走到窗户前向外一望，坐着黑压压一片，有七八十人，多是些妇女和老头子、老太太。老太太们都搬有小凳子坐着。有几个人拉着三条白布印着黑字的条幅。他瞪大眼睛瞅着条幅上的黑字，横幅上分别写着："老白娃是黑心开发商　强烈要求老白娃的黑后台与我们对话　打击黑心开发商还我阳光"，一片乱糟糟的景象，臊红了柳大林的脸。他明白这帮人为什么来县委上访而不去政府。他看着宋立功说，我下去与他们对话。宋立功连连摆手说，坐，坐，不急。柳大林喘着粗气说，宋书记，这帮人矛头是对准我的，可这件事我不清楚。

所以，我不让你急着下去对话，要先把情况弄清再说。宋立功若无其事地说。

不过，有一个情况我心里有数，群众说的老白娃叫侯子耀，我的老乡，也是发小，一定是他打我的旗号了。柳大林说着，手里夹的烟都在抖动。

你这杆旗是明竖着的，许多人打了你也不一定知道。所以，你先把情况弄清。宋书记安慰着他。

柳大林接着说，我下去先把他们支应走，不让他们打扰你的工作。

宋立功说，我让信访局同志去做工作，你先不要露面。

柳大林将手中的烟蒂在烟灰缸里一撚，看着宋立功说，宋书记，你还是把我交流到外县工作，在家乡不超脱。

超脱不超脱，不完全在于在哪里工作，现在通信发达了，手机、电话、信息，什么都能用,先不说这个。

宋书记真是个明智的人啊!那我去了。柳大林站了起来。

还让我的车送你。宋立功目送柳大林出了门。

柳大林下了楼,宋书记的车还在发动着等他。他坐上车从后门出来以后,要司机停下车,他拦了一辆出租车坐上走了。他要出租车司机把他拉到白娃建房的地方。宋书记的车号市民们都知道,车到任何地方都会被认出来,一传开就可能打草惊蛇。他考虑到这一点才决定坐出租车来到白娃盖楼的地方。此时这里正噼噼啪啪地放着鞭炮,烟气弥漫,纸屑乱飞。柳大林让出租车停下来,他没下车,隔着玻璃抬头数了数是九层。然后又让出租车拉着他围着楼转了半个圈,又看了看周围住户的房屋,明显感到这栋楼影响后面住房的通风和采光。他让司机把他拉往县政府,他怕司机知道他是政府官员,离县政府还有百十米就下了车。下车时,他问司机多少钱?司机说,不收钱了!您是县长能坐我的车是我的荣幸。他否认自己是县长。司机眯着眼睛微笑着说,您就是柳县长,我在电视上见过您。他为了避免与司机拉扯,掏出五元钱扔给司机就下车大步走了。

司机又开上车在街上寻生意,走到县委大门口看见上访群众堵塞了交通,几次鸣喇叭群众也不理睬。他下了车,看见拉着白布条幅上面的字,明白了柳大林县长刚才的行踪,挤进去喊道,兄弟姐妹们,别在这里瞎闹了,我是出租车司机,刚才柳县长坐我的车到老白娃那地方看了,肯定是为解决问题的,你们快回去吧!上访群众哗地围过来,问他真的假的?他说真的,绘声绘色地讲了刚才拉柳大林的过程。有的人不相信,说,甭听他吹牛,柳大林不可能坐他的出租车。有人还说,别信他的鬼话,他是信访局的托。出租车司机说,我不是托,我说的一切都是真的。无论他怎样说,上访群众也不相信。他就继续去开他的出租车。拉开车门时发现柳大林的公文包忘在后座上,如获至宝,把公文包拿出来举得高高地喊着,你们看,这是柳县长的公文包忘我车上了,我还得送到县政府去呢。几个人不相信,要拉开包看个究竟。一看,一个纸皮笔记本上写着"柳大林"三个字,才私语着撤不撤……

柳大林边走边打手机,他找主管城建工作的齐副县长,齐副县长在市里开会。他就直接要规划局长到他办公室里。不大一会儿,规划局长来了,规划局长是个四十多岁的外行人,社会上称他年轻的"老油子"。柳大林问他对侯子耀在新华下街盖的楼房知道不知道?"老油子"说有点印象。柳大林又问批准他建几层?"老油子"挠着头说,这个还真记不清楚,得问问规划科长。他说着就要摸手机打电话。柳大林说,你也别问了,让规划科长把全部资料带来。这时,门卫保安员推开门,把公文包放他桌子上,说是一个出租车司机送过来的。柳大林一见,正生气却笑了,哎哟,看我的脑子。说着用手拍着后脑勺。过了二十多分钟,规划科长来了,翻阅资料查明,侯子耀在新华下街建的怡心楼批准设计建筑高度为二十三米五,七层双面四个单元五十六户。

柳大林问规划局长,你们知道他现在盖了几层?规划局长心里猜肯定有问题了,便嘟囔着说,我得去看看。

柳大林手梆梆敲着桌子说,不用看,我告诉你,已盖到九层了。

是吗?规划局长翻着眼看着柳大林说。

是吗什么是吗!今天周围的群众都到县委大院集体上访了,反映影响周围居住房屋采光通风。

这还真不知道。规划局长又开始挠头。

不知道你们就抓紧去弄知道。柳大林看看腕上的手表,说,现在是 11 点 45 分,我就在办公室等候着,两点以前听你们的汇报。

不到一点钟,规划局长就带着规划科长和执法大队长来了。汇报说,侯子耀开发建设的"怡心楼"确属没经规划部门批准擅自加高两层。按规划设计不影响附近房屋通风采光,加高后确实影响了周围民居的通风和采光。

柳大林目光巡视他仨一遍,问,你们意见咋办?

他仨你看我,我看你,都不说话。俩科长在县长面前当然没有说话的资格,最后还是局长开腔说,罚几个款算啦!

柳大林"啪"一拍桌子,废话!

他仨吓得一愣,也没弄清县长说的是"屁话"还是"废话"。但他们从没听过柳县长爆粗口。

柳大林从椅子上站起来说,罚几个款怎么办?分给各家各户?这能解决附近民居的通风采光问题吗?你们懂不懂通风采光不好会影响居民的身心健康?居民为什么集体上访?担心的就是健康问题!我们不能拿居民的健康当儿戏!规划法对违章建筑怎么规定的?

规划局长说,拆除!

是啊,我们也不能把法规当儿戏!柳大林脖子上青筋暴跳,手指又梆梆敲着桌子说,如果一罚了之,今后都私搭乱建怎么办?如果都采取罚款的办法,县城的建筑还不乱了套?侯子耀这次违章建筑与上次开发窑厂建房情况不一样,性质也不一样,他是明知故犯,蓄意违规,再不能一罚了之,非法建筑部分必须拆掉!还周围居民阳光!

规划局长带着执法大队长又来到怡心楼建筑工地,没见老白娃,问民工,民工说,喝酒去了。在哪儿喝酒?不知道。规划局长一想,一个县城就白娃有辆宝马车,好找,找到宝马就找到白娃了。于是就开着车寻找白娃的踪迹。

白娃闪红红两人这阵子在"潮州人家"酒店正与大工头、二工头喝得热闹。闪红红怀孕了不敢喝酒,主要是陪伴招呼场子。其实,他三个人已喝晕了。越晕越馋酒。不晕喝不到这个时候。

二工头卷着舌头说,不……不能喝了……下午还得干……

不……干了……封顶了……没啥干……大工头也卷着舌说。

白娃吆喝着,……来……来,再满上……你俩再碰一杯!

服务小姐"哗"推开门。闪红红以为是来催场的,连声说,马上结束,马上结束。她没想到是规划局长进来了,心里说,这家伙是苍蝇,能闻到味?又得拿一瓶,嘴上却故作惊喜地说,冯局长来了,你来得正好!她忙吆喝服务员,快加凳子,快加凳子!白娃癔症半天才看见冯局长,吐吐啦啦地说:peng(彭)……局长……来了,他把"冯"发音成"彭",今天……喜……封……金顶……来喝……喝杯……喜……酒!

冯局长挨了县长的训,并且对他擅自加楼层也非常恼怒,两眼瞪得鸡蛋大,唾液四溅地吼叫道,喝尿吧,你还喝喜酒哩!

两个醉汉被冯局长的吼声镇住了,愣住不吭了,仿佛不醉了。

闪红红以为是喝酒没请冯局长,局长怪罪了,忙赔着笑脸说,局长别生气,今天是忙些,没顾上请局长……

白娃这阵脑子似乎也清醒了,双手合十作着揖说,隔日专场,隔日专场!

啥鸡巴专场哩,别做窑厂的梦啦,快回去扒房子吧!冯局长见他们喝成这个样子,知道说不明白,喊叫过就扭头,让执法队长把白娃的车钥匙要过来,发动了车,扔下两个工头不管,让闪红红扶着白娃上车,把他俩拉回工地。冯局长的车在前头,执法队长开着他们的宝马车跟在后头。到工地后都下了车,闪红红扶着白娃站在那里,冯局长走过来往楼顶上指着说,你擅自加盖的两层扒掉,现在就扒!冯局长说罢,朝执法队长一招手,执法队长上了车,走了。

闪红红脑子清醒,听过之后呆若木鸡,呆了一会儿,她捶着白娃的腰骂着,你个二货,二货,只顾自己喝,不请人家局长喝!

白娃半醉不醉地说,没事,没事,隔日……专场……喝茅……茅台……

闪红红看说不成话,就把白娃搀回家,让他先睡觉。下午5点半钟的时候,县城管执法大队送来了一张违章拆除通知书,她的手抖起来。唉,从嘴里说出来的是液体,用文字写出来的是固体。她真的锁上了愁眉。她推了几次白娃,白娃呼噜噜酣睡叫不醒,她气得骂了一声:真个猪货。她也不吃晚饭,躺到了床上,后来饿了,想起了肚子里的宝宝,便冲了杯奶粉。半夜里,白娃醒了,她把那张通知书递给他看,白娃揉揉两只惺忪的眼睛,看了三遍,心里一震,嘴上却安慰闪红红:没事。

什么没事啊!闪红红咬着牙,恨得只想用手拧他,一把夺过那张拆迁通知书在他面前抖动着说,白纸黑字红彤彤的印,你还说没事?

白娃不以为意地摇着头,说没事就没事,两场酒就摆平了。再不行,甩两个红包,你看摆平摆不平?

闪红红嘴一撇,说,别太自信了吧,你没看今天下午冯局长那脾气,你把人家得罪了!

白娃手一拍大腿,大不了再罚三十万,赚的还比罚的多。

第二天他去规划局,先到执法大队找大队长,大队长不在。他又去找规划科科长,办公室门锁着。最后他去找冯局长,冯局长办公室也没人。他问门口保安,保安说不知道。他就打几个人的手机,个个手机都关着。他没精打采地回家去。下午,闪红红鼓动他再打这几个人的手机,两个科长都没开机,冯局长手机通了但没接,他又打了几遍,还是不接。闪红红又鼓动他给冯局长发短信。于是他开始发短信交流。

白娃:冯局长您好,我想请您晚上坐坐。

冯:对不起,外出考察。

白娃:回来给您接风。

冯:不可。

白娃:要么我电话先给您汇报一下?

冯:不汇报,抓紧把你超盖的两层扒掉。

两人互相看了一眼。闪红红说,你再给他打电话。白娃拨了冯局长号码,对不起……关机。闪红红手指捣捣他的头说:人家就是出去躲你的。两人又沉默了一阵。闪红红说,农村有句俗话,劈柴劈小头,找官找大头。依我看,你还是去找柳大林。

白娃犹豫了一下,说,那次在一起吃饭,大林还说我,要遵纪守法……

闪红红打断他的话,领导嘛,都是这样的官话。

白娃提了提精神,站起来说,我现在就去。

闪红红在他脸上亲了一口,祝你成功!

白娃来县政府次数多了,又开着豪车特别惹眼,所以保安也都对他印象深,出出入入的也就没人拦他。他到政府院内没见柳大林在办公室,转了一圈问了几个人也都不知道县长去向,只得返回。他走到大门口的时候,看见一辆小车过来,忙躲到一边给小车让路。小车却停住了,司机探出头对他说,县长让你上车。他一听喜出望外。上了车,心里却有点紧张。因为他上车后县长却一言不发,脸偏到一边往车窗外望着,就是不看他。车开到后院,县长下了车头也不扭直朝办公室去,白娃尴尬地跟随身后,但他保持有五六步的距离,他预感到了情况不妙:县长非常生气! 自己既然想来见县长解决问题就只得硬着头皮跟上走。

进了屋,柳大林脱掉风衣挂在衣架上,扭过头,眼也不看他,问,你是来找我的吧?

白娃不好意思地笑着说,是的。

柳大林这才看了他一眼,说,我知道你会来找的,也知道你要说什么。你也不用说了,只告诉你两个字,快拆!

这……这……

你不用这个那个的,就两个字,快拆!

白娃明白柳大林是什么情况都知道了,再说闲话也无用,不如直接摊出自己的底牌,吭哧着说,该罚款就罚款吧,你罚多少我掏多少! 也不让你为难。

柳大林一听格外上火,手指捣着白娃脸说,休想! 你是吃惯腌菜不嫌酸,这次与上次情况不同,别再做那春秋梦! 大林向前走了一步,我问你,规划给你批七层,你为啥要盖九层,明知故犯嘛!

白娃厚着脸皮干笑着说,也是想多增加几套房,降低点成本,多赚几个钱,把……他想说把送礼的钱捞回来,但觉得不可说就没再说下去。

你为了多赚几个钱,就不顾周围老百姓?柳大林又手敲着桌子说,你知道不知道今天多少老百姓到县委上访闹事,以及造成的恶劣影响?

白娃嘿嘿奸笑两声说,他们闹几次也就不闹了。

柳大林气愤地用拳头在办公桌上猛一捶,屁话!老百姓不闹也得拆。他的拳头捶得狠,震得桌子上茶杯里的水溅了出来。他弯腰捡来抹布边擦着桌子上的水边说,你知道不知道,不通风透光的屋子潮湿,易滋生细菌,压抑人的心理,影响人的情绪,极不利人的身心健康!

白娃知道已无理可讲,便说,算我错了,不管怎么讲,你是一县之长,抬抬胳膊我就过去了。

知错就改,拆掉!柳大林毫不含糊地说,这个胳膊不能抬,不是我不抬,是规划法不抬。给你抬,后边呢?你们腰里有了几个钱就不怕罚款?不行!没有余地,还是一进门说的两个字,快拆!

老白娃恨恨地回到家里。闪红红看到他像秋后霜打的叶子,可怜巴巴的样子,也不像往常那样对他大呼小叫了,轻声问,不松口?白娃有气无力地说,封得很死。闪红红劝他,别灰心,没有打不开的锁。阴阳五行还相生相克呢,金克木,木克土,土克水,水克火,火克金,总会有人能克动柳大林。一句话提醒梦中人。他想起了儿子友友,友友与柳鹭在一起上学,而且从友友的言谈中能感觉到友友与柳鹭恋爱着。他晚上估摸友友该下晚自习了,给友友打了电话,说了事情原委,要友友陪柳鹭回来一趟,做做她父亲的工作,因为父亲都很宠爱女儿的,会听女儿的话。友友答应了父亲。

过了两天,还没见友友和柳鹭回来,白娃又有点急了,给友友打电话,打不通,便给友友发了条信息:刻不容缓,速回。快半夜的时候,他欲要入眠还没入眠,听见手机"嘀"一声,这是短信信号。他忙拿起手机,手机又"嘀嘀"响了几声,他一看,果然是友友发来的信息,他急速地浏览信息内容:

爸,您说的事柳鹭很上心。因正逢期中考试,学校不批假。鹭给她爸打电话讲,求他手下留情,并说,如果不放您一马,她考试完还要回去。

381

一条没发完,他开始读第二条:

> 鹭爸说,孩子们上学就上学,不要管家里的事,更不要受人之托打扰公务。爸是一县之长,必须立党为公,不能感情用事。

他又翻出第三条,内容是这样:

> 你如果一定要回来就拉上友友回来,让其做好父亲工作。友友是个懂事的孩子,又上大学了,相信友友定能通情达理。如果友友不接受,你也别白跑,安心学习。

白娃看完把手机递给闪红红看。闪红红这女人可贵之处就是有毅力和韧性,照农村人说,就是只要有缝就要钻。她把手机往床上一扔,说,找张宝山,他俩关系不是铁吗?白娃苦笑了一下,难为情地说,上次在梁家大院给人家弄得多难堪。他话语中没敢带个"你"字,生怕在火头上惹恼了她。闪红红听后似乎忘了那次的情形一样,哈哈一笑说,啥叫朋友?朋友就是打烂头缝缝还是朋友。你打,你就给张宝山打电话。白娃一打,关机。闪红红看看时间,又过12点了,说,睡觉,明早起床再打。

张宝山这是第二次来深圳。

他这次来是要给新成立的"深圳市美味三粉经销公司"挂牌。该公司的成立与革儿有直接关系。革儿前年来深圳时给姑妈家带了十斤三山凹的粉条,鬼使神差到王春宝的公司应聘打工。他把带来的十斤粉条一破两份,给了姑家五斤,给公司留了五斤。公司的炊事员做了顿萝卜猪肉炖粉条盖浇饭,民工们吃了都说特别香,而且比海鲜盖浇饭香多了。特别是那粉条到嘴里滑溜溜的,吐噜吐噜地咽进肚里很舒服,吃了一顿就馋得要吃第二顿。王春宝让革儿给家里打电话干脆再发一百公斤来供大伙儿吃。没想到这帮吃货吃上了瘾,一顿没粉条就喊吃不下饭。王春宝又让张革儿往家打电话,索性一次让发来一千公斤。过端阳节了,王春宝想着给集团公司王老板(就是当年聘用他的山西的王经理)

送点鸡蛋鸭蛋有点俗气,就给他送去十斤三山凹的粉条。没想到王老板吃了说,三山凹的粉条不叫粉条,叫"香死狗",要多弄点给全工地上的民工吃。

王春宝这次又让革儿往家打电话,干脆订购两吨。革儿这时想,现在深圳民工中有几十万北方人,北方人饮食习惯都爱吃粉条,不仅平常吃,逢年过节也要吃。何不让三山凹的"三粉"打入深圳市场呢?他把自己的想法电话上给爹做了汇报。爹听了很激动,爹只说了两句话:这个想法很有价值,给你春宝伯伯谈谈,依靠他在深圳设个窗口。

一天晚上,革儿见春宝伯伯有闲,便给他谈了这件事。春宝伯伯听了顿了会儿说,好事是好事,铺个新摊子不容易的。革儿不以为然地说,其实只用到工商局办个营业执照,在街边上租一间门面房,有一台电脑,在网上搞定购定销就可以了。你娃子精!王春宝听了顿开茅塞。又问,人呢,还得从老家派人来?革儿说,我业余时间就可搞起来,深圳这里不是有许多人身兼多职嘛!你会电脑?王春宝问他。革儿腼腆地笑笑,说道,我有意无意地跟着小湘女学了点。小湘女就是他刚来时看到的那个头缩在电脑后搜索资料的小女孩。王春宝听了又说一句,你娃子精!最后又说了一句,你娃子抓紧把电脑学通达,营业执照好办,深圳这地方效率高。

就这样,有时白天王春宝带着革儿去办有关手续,晚上,革儿跟着小湘女学电脑。不到十天,革儿就利用业余时间跟着小湘女把电脑学得很通达了。小湘女夸他太聪明。两个人,一个人教,一个人学,不经意间也会耳鬓厮磨的,所以,小湘女对他产生了好感,也愿意帮他一起做业务。半月时间,营业执照拿到了手,一个月内租到了两间门面房。王春宝看革儿是个苗子,估计他能够单打独拼成就一番事业,自己的笼子里装不下这个勤杂工。同意他暂时兼职,业务拓展起来后可以离开腾达公司。湘妹子说话直,在一旁听了问王春宝,老板,如果我愿意跟着革儿去干呢?王春宝知道这妞跟革儿黏上了,脱口而出,你如果愿意嫁他当媳妇你就去,不做他媳妇就别去,去了容易出问题。小湘女红着脸说,老板,你怎么能这样说话呢……

一切条件都成熟了,定于6月8日上午挂牌开业。宝山提前两天过来做筹备工作。他本来打算让丹桂香同他一起来做筹备工作,他权衡利弊以后让她迟来一天。

当天晚上王春宝自然要为宝山接风,地点还是安排在"河南老家"。妮妮和郝老师都来了，革儿和小湘女也在场。气氛十分热烈，酒喝了不少。宴请刚接近尾声，妮妮说郝老师带几个学生，得回去给学生做课外辅导，两口子就告辞了。这时候，张宝山嘴朝革儿一挑：你到外边玩会儿，我跟你伯伯说几句话。虽然没对小湘女说，小湘女也跟着革儿溜达去了。

雅间只剩他俩了。张宝山还没开口，屋里寂静下来。春宝为了打破这种寂静，掂起酒壶，又要敬酒，宝山忙拦着他说，不敢喝了，再喝就要出酒。

春宝这时也不讲究了，衬衣一脱搭在椅子上，光着膀子，手比画着说，我给你讲啊，我总结了一条理论，都说叫"王氏酒理论"。隔三两个月吐吐酒就像洗洗胃，三五个月大醉一回，醉得如一摊烂泥，醉得鞋子衣服都不脱就躺下睡了，而且能睡他两天两夜，醒来后也知道是怎么回事，脑子却像断片了一样什么也不记得。胃里虽然难受，浑身却十分轻松，如同做了个"休克疗法"。

宝山摆着手说，谬论，谬论！

春宝往杯子里斟着酒说，你认为谬论？许多人还赞成我王氏酒理论呢。接着，他端起酒杯，说，你看见没有，那俩孩子恋上了，你不用发愁孩子娶不上媳妇了，你喝不喝？

宝山没有接杯，干笑一下，说，八字不一定有一撇的，再说，现在的年轻人变化大，今天亲亲爱爱，明天招手拜拜！

春宝否定地摇摇头，说，你这个娃精得很，他能把小湘女哄得跟着他晕转。

宝山谦虚地一笑，说，谈不上精，只算脑子够使。

春宝将杯子搁到餐桌上，神秘地用手捂着嘴说，宝山，我说句难听话，你听了别恼。

不恼。

春宝怕一旦说话中间革儿闯进来，仍用手捂住嘴小声说，老乡们都咕唧说，玉米稻子杂交后的种子产量就高，革儿娃子这么聪明是不是当初黑毛跟张宝山杂交的，嘿嘿……

张宝山巴掌"啪"一拍桌子，不好意思地笑着说，你去吧，别瞎胡喷，我是黄新月怀了革儿两三个月后才跟她交上手的。

春宝又诡谲地笑着说，这事就黄新月你俩清楚喽！说着又端起酒杯，不管是不是杂交的，你总算养个好儿子，凭这，你也得喝了这杯酒。他突然又放下杯子，看神情好像是想起了前几个世纪的事情，唉，对了，还有人说，如果革儿不是张宝山的血脉,黄新月嫁他后为什么不再要二胎?怀了二胎还堕胎?

宝山一笑说,实话告诉你哥,当时我思想也是反复斗争的,黄新月若再生了,一个是亲骨血,一个不是自己骨血,一个样亲也摆不平,思想上有阴影,两口子容易闹气;再说,那时候计划生育形势紧,我也得带个头!

不谈那档子事了,继续喝。宝山这会儿是捏着鼻子也灌不进去,连连摆手说,真不能喝了,不能喝了。

春宝将手中的酒壶一蹾,差点儿把酒壶打碎,脸色不悦地说,宝山,别说能不能喝,敬酒无恶意,喝酒不是喝酒是喝感情的,实话给你说,处理完你大脚嫂的丧事回深圳后这三个月,我滴酒没沾嘴唇,今天不是你来,我仍然不会沾酒。我下决心半年不沾酒,沾一滴酒我觉得对不起大脚。

春宝哥,你听我说。宝山接过酒盅放在自己面前。他知道半年前大脚嫂突然查出肝癌而且是晚期,不到三个月就去世了,临送大脚嫂走那天,不仅她的儿子们连春宝也是捶胸顿足地痛哭。由此可见春宝对大脚的感情。所以他还得试摸着说。他干脆把那杯酒咕嗞喝了,亮了杯底,咳了一声才说,春宝哥,我问你一句话,可能唐突,但也不唐突……就是你将来老了之后还跟大脚嫂睡一头不睡?这是三山凹民俗文化,对德高望重的老人死了不说死了,说老了,以示尊重。

王春宝自斟一杯喝了,手抹了抹嘴,又夹块菜填嘴里嚼完咽下去,顿了会儿,说,你意思是问我再娶不娶二房嘛!

宝山点了点头,是。

春宝眼翻翻他,又低下头说,娶是肯定要娶,往后还要活几十年的。只是大脚坟土未干,眼下暂不考虑。

宝山接着说,其实你和大脚嫂感情深浅,不在于你续弦早晚,而在于心里永远怀念着她。宝山点着一支烟抽着,吞吞吐吐地往下讲,只是眼下有个好头得抓住,不能耽搁。

啥好头?春宝关切地问。三山凹这一带说媒,合适的人,讲土语叫好头。

丹桂香在豹子死后一直守寡。宝山说着弹了弹烟灰。

王春宝头摇得拨浪鼓似的,不行,不行,这女人裤腰带松。

不松。

你拽过,知道不松?

宝山反驳道，那你过去拽过？知道松？

王春宝无语了。宝山又翻翻眼说，据我这些年观察这女人品行端正。咱农村人思想狭隘，见女人有点姿色或是性格活泼些，就说人家裤腰带松。其实哪个裤腰带真松他们也不知道。桂香这女人很聪明，会办事也会过日子，是个很合适的头。别错过，下手晚了别人也许就抓走了。这女人要是嫁给三山凹以外的人，我觉得可惜了。我之所以提前来一天，就是想给你先谈谈这事。这是张宝山谋划的一盘棋，现在走的仅是第一步。

王春宝思索了一阵，说，我比人家大十几岁哩！

张宝山说，男人比女人大十岁八岁正常。

王春宝又思索了思索，指指自己的头，你看我，一头白发了，人家青头丝，看见肯定嫌老。

宝山一笑，说，这好办。深圳大街上到处都有染发店，一染就黑了。

那不是造假了？

张宝山拍拍他脑袋说，你来深圳这么久了，观念还没转变，这不算造假，这叫重塑形象！

我想想。春宝说着又摸了一支烟点着。

别想了，要染快染。丹桂香是明天的火车，要抢在她到来之前，让她一见有个好印象。宝山撺掇着。

春宝看看宝山花白的头发说，你头发虽然没我白得多，但也不少了。我染你也染，你不染我也不染。

宝山哈哈一笑，说，你是想找个垫背的，好，我陪你染！

两人出门上街去，没走多远，就有一个染发店，便进了店里。一个多小时后出店时，两个白头翁变成了一对黑老鸹。两人相视一笑。宝山说春宝，至少年轻十岁！春宝说宝山，你也是。

8日上午10点钟，深圳美味三粉经销公司挂牌开业。开业仪式请了杜思先生和黄龙镇在深圳的有脸面的人物参加捧场。仪式很简单，杜思先生与张宝山共同揭掉盖在牌子上面的红绸子，放了一挂鞭炮，就完事。中午设了宴席，宴请嘉宾，张宝山有意安排丹桂香和王春宝坐在一个餐桌上。王春宝不断给丹桂香夹菜。丹桂香这时候还蒙在鼓里，不好意思得不停地说着，我自己来，自己来。

宴会结束时，张宝山来到丹桂香主持的这一桌，掏出一沓子红彤彤的人民币往丹桂香手里塞着说,你下午跟春宝哥一起去逛逛商场,给你新月嫂子买套连衣裙,回去让她高兴高兴。

丹桂香没有立即接钱,忸怩着说,我眼光不行。

张宝山说,我相信你的眼光。

丹桂香边接钱边看着张宝山说,我虽然没来过深圳但我方向感强,跑不丢,春宝哥多忙的,别让他跑了。

我怕你跑丢了。张宝山笑着看着春宝。春宝脸红红的,笑着不说话。

要么让革儿给我当向导吧,春宝哥是大老板的,陪着我,我会拘束的。丹桂香仍忸怩着说。

去吧,去吧,别多话了。春宝哥车在外边等哩。宝山连说带劝让她上了春宝的车。

下午,张宝山在宾馆房间里同革儿谈话,先是讨论经销公司牌子挂起来后怎么经营,又谈到"三粉"现在销售量大了,原料紧缺成了问题。种红薯费工,好多地方的人不愿种红薯。现在机械化程度高了,人变懒了,什么都不想干。连街上搞小买卖的都懒得用嗓子喊了,录个音让电喇叭不停地喊:西瓜便宜了,五毛钱一斤,一块钱两斤;甜瓜,甜瓜,甜得很哪,不甜不要钱……所以,还得注意了解现在哪些地方薯干产量大。谈完工作的事,谈家务事,宝山询问革儿眼前同小湘女的关系处于什么阶段。革儿毫不隐瞒地回答,处于初恋阶段。张宝山又说,得考虑小湘女将来愿意不愿意去河南,革儿张口要回答还没回答的时候,有人敲门,革儿去开了门,是丹桂香提着几个服装袋回来了。革儿让她进房间后自己就出去了。

宝山望着丹桂香说,你第一次来深圳,也不在街上逛逛,回来这么早?

丹桂香没有回答,先掏出一套黑色连衣裙,说,这是给嫂子买的,你看咋样?这是给你买的T恤衫,你看好不好?

张宝山看也没看就称赞说,好,好!

丹桂香又把一沓子钱扔到床上说,钱没用上,春宝哥刷卡啦!

吔,春宝财大气粗了,使上银行卡啦?! 多少钱,我再还给他。宝山故意忽悠着说。

丹桂香又掏出一件荷绿色的连衣裙,抖动着说,深圳好是好,服务员不好,讹买讹卖。咋啦? 桂香给宝山叙述着她给黄新月买好衣服后,一个服务小姐拿着这件连衣裙说,大姐,你皮肤这么白,穿上这件连衣裙试试,效果肯定好。她摇摇头说,俺乡下穿不了俏色。服务小姐劝着穿不穿试试效果。王春宝也一旁鼓动着说,试试就试试,试试不要钱嘛。于是她进试衣间试了裙子,她出来对着镜子一看,合身是很合身,但不是农村妇女穿的,便又去试衣间脱了下来。没想到那服务小姐非要让她买下不可。她说她不喜欢穿,服务小姐说她试过的衣服沾了汗卖不出去了,她非得买走不可。无奈,她说自己没有带钱。春宝却在一旁说他可以刷卡。就这样,服务小姐硬把这件裙子塞给了她。讲到最后,她说,我觉得还有一种可能,或许是春宝哥导演的。

张宝山诡诈地一笑,说,如果真是春宝哥导演的,或许是他想对你表达点心意,也是好事啊!

啥好事?丹桂香脸上略带羞涩地说,虽然我老大不小啦,但也得保持女人的自重,不能随便接受一个老男人的东西,我得退给他,要么给他钱。

不能,千万不能。张宝山摆着手说,春宝哥现在成大款了,给你买十件衣服也拔不了他一根汗毛。再说如果真是他的心意,你退还他,等于刺了他的脸。

丹桂香想了想,说,要么我带回去送给他女儿穿,他女儿个头和我差不多。

更不能,更不能。张宝山激动地跳下床,你两个,用现在流行话说都叫单身……正说间,他的手机响了,是白娃的来电。他中午看到白娃打了四五个电话,他一直没顾上接,再不接太不给面子了,便接了电话,喂,请讲!

哥,你在哪儿?

深圳。

什么时间回来?

说不定。

你快点回来,有急事找你。

我忙得放屁空都没有,谁管你的破事。张宝山一听他说事,不耐烦了。

哥,真是个破事,哥真得管管,快快回来。白娃的声音很焦急。

好了,好了,我这阵忙着呢!张宝山不等他说完就挂了电话。他接着对丹桂香讲,说实话,我还真有意给你俩撮合撮合。

丹桂香愕然地瞪着一双大眼睛,表露出没有任何思想准备的样子说,你知道他比我大多少岁?

宝山不以为然地"哎"了一声说,别只看实际年龄,现在有个说法,人有三个年龄,生理年龄、心理年龄……你看春宝哥现在乌发童颜,精神头好着哩!

丹桂香咕哝着说,我现在也一个人惯了,没有嫁人的想法。

宝山在屋里来回走动着,很郑重地意味深长地说,桂香,实话对你说,你现在还不算年纪大,有句话很难听,你应该也知道这句话,寡妇门前是非多。当初你新月嫂子为啥对你有戒心,我不说,你心里也明白。我再给你说句实话,本来咱俩这次该一块儿来,我为啥走前头? 就是忌讳咱一起走有人说闲话。你结婚了,也就方便工作了。还有,我记得你当初说过不离开三山凹,嫁给春宝哥不就不离开三山凹了,多好的事。再说,你俩想一起生活,就来咱这经销公司,常驻深圳。

我才不喜欢大城市哩。丹桂香低着头玩弄着手指甲说,就银环唱那,山沟里空气好……后边的几个字她没说完。

怎么样都行,一切由你定,你琢磨琢磨。张宝山眼瞟着观察着她的表情说,你觉得我说的是,我就给春宝提说提说。

张宝山的手机又响了,是涂富国来的,便立即接通电话。丹桂香听出是个领导电话,便离开房间。但,她没拿那条裙子。

二十四

　　尽管张宝山说不管白娃的破事,他也不知道白娃有什么破事,但白娃还是不停地电话催他快些回来,通话次数多了,不经意间泄露了返程的车次,所以一下火车白娃便迎上了他,夺过他手中的行李包,拽他坐上那辆宝马车,拉他到了怡心楼工地,叙说了近段发生的情况以及他找大林求情遭到拒绝的经过。宝山在停工的楼前站立了半天没有说话,最后批评他不该搞违规建筑。因闪红红不在场,白娃把责任推到了闪红红身上,说当时也是红红的主意,为的是降低成本,多赚几个钱。宝山眼瞪着训斥他,我就不明白你为什么对那个骚女人那么言听计从?白娃苦笑着说,哥呀,与闪红红的事不是眼前的主要矛盾,以后你咋说,我咋听。眼前要解决的主要矛盾是找大林不让扒掉超盖的两层。宝山又眼一睖说,你找就封口了我找还能开口?白娃皮笑肉不笑地说,你说与我说不同,我说代表我个人,是私事。你是三山凹村支书,我是你村民,你为你村民说话应该的,是公事。宝山听了没有作声。白娃又一本正经地鼓动着说,支书哥呀,你别犹豫,你可以理直气壮地去找大林说。这些年上级不是提倡农民进城务工经商嘛,你说农民进城不该受欺负!城里出街痞,欺负乡下人。咱乡下人住房,谁还管什么采光不采光通风不通风哩?有房子住就行!咱乡下人吃饭塞饱肚子就行,城里人又是什么牛奶麦片的,吃饱肚子撑着没事干,尽瞎找事。

　　哎,哎,你别这样讲。张宝山打断他的话说,现在乡下人可不是你说的了,那是过去,现在也讲生活质量了,讲幸福指数了。

　　白娃寻了个没趣,红着脸说,好好,不说那了。你只管跑一趟,说成了我感谢,说不成我也就死心了。

　　话说到这份儿上,宝山答应跑一趟。白娃要开车送他到县政府,宝山不要。宝马车太招眼。

张宝山来到县政府后院,看见柳大林办公室门前停着一辆白色的面包车,车在轰隆隆发动着。车旁站着一男一女,他都认识,男的是跟随柳大林的秘书小张,女的是办公室二科的邰丽,他们手里都拎有一卷行李。小张与平日没有什么两样,邰丽明显没有往日光鲜,长头发剪成了齐肩短发,衣着也没有往日洋气,墨绿色的上衣,黑蓝色的裤子,脚穿白色球鞋,而不是平常穿的又黑又亮的高跟皮鞋。他正要上前搭讪,柳大林慌慌张张从办公室出来往面包车跟前走。两个年轻人见领导来了,各自先把自己的行李拎着上车,坐到后排的位置上去。

　　宝山看不明白这是什么行动,他想给大林打招呼,不知怎么打招呼好。大林却先给他打招呼,宝山,你是来找我的吧?

　　宝山连忙应声,是的,是的,刚从深圳回来想给你汇报汇报。

　　车上说,我正好也往那一路。大林说着先把他推上车,自己后上车并拉上了车门。柳县长让司机拐到县委门口去。到了县委门口,一个五十来岁的人腋下夹个公文包站在那里,车停后,那人拉开车门,坐到了副驾驶的位置上。柳大林没有说话,后排坐的两个年轻人热情地同他打招呼:郑部长好! 宝山这才回忆起来,他是早些年县委组织部干部科郑科长,现在也熬成部长了,不过人也熬得显老了。这时,柳大林才给郑部长介绍说,他是三山凹村支书张宝山。郑部长说了句,久闻大名。张宝山恭维着说,郑部长好! 郑部长开着玩笑说,我姓郑,实际是副部长。宝山说,正部长副部长都是部长。

　　接着,柳大林问张宝山,看出来我们今天干啥的?

　　张宝山笑笑,不明白。

　　柳大林告诉他,送下去两个村官。

　　宝山点点头,哦,好事。咋不给我们村一个?

　　郑部长说,这是要派往山区落后村的,你是先进村。

　　大林问,你想要哪一个?

　　宝山说,给哪个要哪个。

　　大林说,嘴里不说心里话,你肯定想要小邰。

　　宝山见大林今天心情不错,就笑着附和道,是官刁死民,你猜得可准。

　　大林头往椅背上一靠说,你想得美,小邰才不给你,就你老婆那醋坛子,我们小邰去了受不尽的委屈。

　　邰丽这时在后边咯咯笑着说,没事,县长,我是专治吃醋的女人。

一阵说笑之后恢复了平静，柳大林郑重地对小张小邰讲，你两个的任务不仅是三年内改变一个村的落后面貌，每半年还要给我写一份调研报告，不局限你们驻的村，包括周边的村，主要是民生方面的，如扶贫、医疗、教育等，给我提供决策参考依据。谁完不成任务可要打板子。

说说呱呱出了城。

大林这才侧过身子，问张宝山，你要说什么？

张宝山觉得不能先说白娃的事，应该先说工作。他给大林汇报了在深圳挂牌成立三粉经销公司的事，大林听了大加赞扬。宝山又讲，目前看，销售市场会越来越大，可能会供不应求，原料更加紧缺。但在深圳听了个信息，泰国有大量木薯干，但是得疏通渠道，从国家贸易进口，一吨得一百多美元，成本高；也可以直接从民间经销商手里采购，成本低，一吨八十美元左右。无论哪个渠道都必须用外汇。需要协调丽莎服装公司能不能用他们的外汇。

大林点了点头，说可以协调。

接着，宝山汇报了他这次在深圳成立了三山凹务工经商党员小组，一来可以不使党员组织生活出现空白，二来可以使党小组协调解决务工人员中的矛盾。他让王春宝当了党小组组长。

柳大林听了很兴奋，一连说了几个"好"。并对郑部长说，三山凹在务工经商人员中成立党组织的做法值得推广，你给宋书记汇报一下。郑部长赶忙说，立即落实。

柳大林又问宝山，还有什么事？

宝山犹豫着。

大林看出了他顾及车上的人，把耳朵侧了过来说，没事，讲吧。宝山贴着他耳朵手捂着嘴巴小声说，我回来在火车站碰见了白娃，他很不高兴。

大林脸一黑说，让他高兴，群众就不高兴了。

还有没有变通办法？

不能变通。大林果断地说，白娃这个人我观察了，表面上看是紧跟改革步子走，实际是趁我们摸着石头过河钻改革的空子，给改革开放抹黑。

宝山又想了想，嘴巴又贴到大林耳朵上说，这话让别人说，你别亲口说。我说句不该说的话，据民间传说陈世美中状元之后，并没有抛妻弃子之事，是他的几个同乡学士进京找他求官，他不给面子，惹恼了同乡学士，才把他编到戏上弄成丑角。

大林生气地手一挥说,我不怕编!而且他也不顾车上人听见,大声地说,让他丢掉幻想,快扒!别再绕圈了。

车到了三山凹路段,宝山要司机停车,柳大林不让他下车,要他到后山里的几个落后村传授传授三山凹村的致富经。他说三山凹也没什么经验传授,坚持要下车。郑部长也在一旁劝他,恭敬不如从命。他只得跟车走。车上他不便给白娃打电话,他给白娃发了两条信息,第一条是给白娃传递了柳大林的态度。后面还缀了一句:当初让你开发太公湖,你要开楼盘,栽了吧!第二条是要白娃安排人把他的行李捎回三山凹。到了九里山,每到一个村,柳大林都要张宝山介绍他们搞"三粉"加工产品销售到深圳的经验,介绍他们在外务工经商人员中成立党小组的经验,那些村里的支书都对他刮目相看,像恭维县长一样恭维着他,他着实风光了一番。他回忆起前几年的"争水事件",那几个村的人骑到他头上,今天见到他当爷敬,心里不由得喜滋滋的,晚上回到家里还是满面春风。

在他刚跨进堂屋那一刻,黄新月用一种怪异的目光惊奇地发现了他乌黑的头发,又用一种让人捉摸不透的口吻说,哟,去深圳几天也换头了。

宝山不好意思地嘿嘿一笑,说,春宝要让我跟他一起去理发店染的,其实我也不想染。

黄新月从鼻孔里发出一声"哼",然后说,大脚死了,春宝熬不住,如果带你一起去找婊子怕你也会跟上去的。

绝不可能。宝山说话的时候看见了放在地板上的行李,想打开行李掏出给老婆买的衣服表忠心,边开拉链边问,是白娃送来的吧!

黄新月也不用眼看他,回了一句,你问你的行李。

宝山感到了新月不悦,没再多说。在他拉开拉链翻找给老婆买的那条裙子的时候,看到了春宝给丹桂香买的那条荷绿色裙子也还在包里。那天下午丹桂香把两条裙子放在房间后再没去他房间。因他在深圳一直很忙,没顾上送丹桂香房间去。头天晚上开党员会成立党小组弄到凌晨1点多,5点多起床要往火车站赶车,匆匆忙忙收拾行李,他没多想,慌慌张张一同塞进自己提包里。现在他怀疑黄新月可能已翻过他的行李包,索性把两件裙子都拿出来,抖动着说,这黑色连衣裙是给你买的,这绿色的是春宝给丹桂香买的。他本担心黄新月会暴跳如雷,黄新月却懒得理他,眼也不往这边瞅。他心里想,看来这婆娘比过去有涵养了。

　　宝山万万没有想到,晚上上床以后黄新月突然要要。他与黄新月许久没那个事了,今晚突然提出要要,而且吃晚饭前她脸上一直带着情绪。宝山心想,她肯定是要刁难找岔子的,便不好意思地尴尬地笑着说,你知道我已经力不从心了。再说,出去这一趟,时间安排得紧张,特别累,怕也发挥不了了。他叹了一声,也可能是老了。

　　黄新月冷笑一声,不是你老了,是我老了。老牛都想吃嫩草。

　　宝山难为情地笑着说,你说的哪门子话呀。

　　黄新月又冷笑一声说,以前我真认为是你说的那样,现在我才明白,人的精力是有限的。这段时间我又放松你了,你可又花哨起来,去深圳带着她,还给她买了花裙子,一人一件……不愧当支书的,很会平衡!

　　你……你怎么这样说。宝山气得脸色发紫,"呼"地从床上坐起来,拉开电灯说,我都给你解释过了。

　　黄新月也"呼"地坐起来大声吵着,张宝山你也够蹬鼻子上脸了,你给那野女子买裙子就买了吧,还专门拿回家让我看,分明是向我示威的,存心气死我,你俩结婚吧!成全你们!

　　你咋恁爱吃醋呢!

　　不是我爱吃醋,是你硬掂着醋瓶逼我喝!

　　新月你是通情达理人……

　　不说,不说,睡觉。

　　她说着去客厅睡到沙发上。第二天清晨,黄新月从宝山行李包里掏出那条绿裙子,直奔丹桂香家去,丹桂香开了门看见是她,忙赔着笑脸说,嫂子快到屋坐。黄新月黑着脸将那条绿裙子甩到丹桂香脸上说,你野男人给你买的你穿吧!穿上他看见你更喜欢!

　　丹桂香知道是误会了,说,春宝哥给我买我就说不收啊,如果我收自己就带回来了。

　　你收了啊,不收就亏了他的心。黄新月骂骂咧咧地说,俺男人去时精精神神,回来却像霜打了一样。……这段时间放松你们了,你们越来越猖狂!

　　丹桂香忙解释说,嫂子,这裙子真是春宝哥给我买的我不收……

　　呵呵,你俩早串通一气了,说得一字不差。新月又冷笑着扭头走了。丹桂香家里人都围过来问桂香咋回事,她气得嘴脸乌青,不理会家人,撺着黄新月往她家去,正好碰上张宝山从门口出来。宝山是见黄新月出门了,又看看包里的绿裙子不在了,怕是黄新月出去闹事了,慌忙出来找她,果然不出所料。丹桂香将那条绿裙子撺到张宝山脸上,爆出了粗话,张宝山!你连老婆都管不住,还当什么支书!

白娃仍不甘心,旱路不通就走水路。

他给宝山送过行李,就开车到后山找到那位"风水老先"。之所以称他为"老先",是因为他已九十六岁高龄,还耳聪目明,思路清晰,说话字字句句有板有眼。他一看见白娃就说,老板你最近运势低迷,有破财之象。白娃一听老先讲出此话,便佩服得五体投地。他没意识到老先看到了他一副哭丧相和他那辆扎在大门口许久没有洗刷的宝马车。他跷起大拇指连声说,先生真是高手,真是高手!因急不可待,没等老先再讲,便把超高建筑政府逼拆一事叙说一遍,求先生给一解法。老先听了眯会儿眼说,此事系老板你运局决定,有发财就有散财,如同走路,走一冈就会走一洼。此时,你的财运到了洼地。老先说到此处又止住了。白娃见老先不说话了,又急着问,老先生你快给我指点指点,讲一解法,使后生财运扭转过来,走出洼底。他越急老先越不急,塌眯着眼,双手拈着山羊胡子。半天才吐出一句话,此举乃伤天害理之事,若是讲出,必折先生阳寿。白娃急了,忙掏出两千元递了上去,老爷子放心,若是伤天害理之事,只会折我老白娃阳寿,也不会让折您老阳寿。老先见钱眼开,便一字一顿慢悠悠地说,女为阴人也,阴人破身出血便会转运聚财。你财运极低,必须玉女破苞,洁纱收入置于隐处,便可时来运转,大发血财。白娃听了,趴地上给老先连磕仨头,又奉上一千元,拨马而回。

路途上,白娃又犯愁了:往哪儿去弄这处女红呢?他想想必须到娱乐场所去找。丰和地方小容易传出去,坏名声。他想到最后决定到南都市去。市里娱乐场所多而且规模大,只要花钱定可办到。他到了南都已是晚上8点多钟,正是歌舞厅上人的时候。他到了金莎娱乐城,通过总台服务小姐找到了老板。老板是个年轻人,不足四十岁的样子,长得人高马大。他问老板能否找到个处女过夜?老板说,可以,但价格贵。

多少?

老板伸一个指头。

一千？他问。

老板白他一眼，我给你两千你给我找个。

好，好，他连忙改口说，一万就一万，只要真是处女。

保证是处女。老板说得很肯定，并要他交定金五千元，另外五千直接付给小姐。他交过定金后，老板让一位服务小姐带他到一个隐蔽的房间等候。9 点了，人没来。10 点了，人没来。11 点了，人还没来。他急了，几次催促老板，老板总说马上到，马上到，就是不到。更急的是他有泡尿憋得实在憋不住，屋内没有卫生间，出去又怕人来了。过了 12 点人还没到，他才去到舞厅边上的公共卫生间撒了尿，不管小姐到没到，身体轻松了许多。一直到凌晨 1 点，才过来了一位小姐。

小姐长得小巧玲珑，妆也化得很漂亮。白娃一见非常喜欢，先问小姐哪里人，小姐说是南方的。他又问小姐，你是处女吗？

此时，小姐恼怒地说，有你这样问的吗？要不要，不要我就走！

要，要。

白娃脱了衣服之后，小姐关掉大灯，只留个夜灯，屋里呈昏黄色，朦朦胧胧。小姐脱掉衣服后，白娃先抚摸一阵，从胸部到腹部。摸到腹部时感到有一拃长一道疤痕似的，他问了小姐，小姐说是患阑尾炎做过手术。他知道阑尾不在这个位置，便开了大灯，一看那拃巴长的一条红疤跟黄花琴肚子上的疤一个样，明明白白是剖腹产后留下的疤痕。白娃像吃个苍蝇似的恶心。不做了，什么也不做了。他开始穿衣服，小姐也开始穿衣服。

小姐(这时候应该称小媳妇了吧)站那儿手伸着，钱！

白娃懊丧地递过去五百元。

小姐不接，老板给你讲多少？

白娃说，我要的是处女，你又不是处女，我又没和你做什么！

小姐火了，你什么没做呀？

白娃说，没有做爱。

小姐口齿伶俐，说话如刀子一样刺人，那是你不做，不是我不让你做。唐代名妓天水仙哥，撩开帘子看一眼就得花一百两银子呢，何况我赤裸裸的美体暴露在你面前，你摸也摸了，爬也爬了。说完，还赖着不走，非要五千不可。

白娃无奈给老板打了电话诉说,老板不耐烦地说,我也不能扒掉一个个小姐裤子看看啊？款你照付吧！

这真如有人说的,啥叫无奈,无奈就是疯狗咬人一口,人却不能咬疯狗一口。他只得如数付了款才被放行。

开着车,出了城,白娃的心堵得很,几股怒火交织一起,咬着牙唱起了曲剧《越王负荆》中无霸的一段唱:

> 一言激起满腔愤,
> 怒斥勾践无道君。
> …… ……

他回到家已近深夜 3 点钟。

他轻轻打开门,怕惊醒了闪红红。他没有开大灯,开了落地灯。他脱掉鞋子,蹲在沙发上抽闷烟,一支接一支,一会儿,烟灰缸里堆满了烟头。他摁烟头的时候很用劲,就像是要将心中那些愤恨的人摁死似的。

卧室的门"吱"一声开了。他目光瞄了过去,闪红红穿着一件粉红色的睡衣,腹部好像装有一个小圆球似的。三个月了,该出身了。闪红红望着他那张沮丧的脸,没有起高腔,温情地问,怎么这么晚才回来？

转圈去了。白娃说着脚伸下来穿上鞋子。

转圈也不能到这时候,人家都不睡觉？闪红红说着拉了一把大椅子坐下。她嫌坐沙发窝屈。

白娃编了个谎,想到市里找找人压压柳大林,喝酒时间长了。

怎么样？闪红红急切地问,盼有一线希望。

白娃摇摇头,不中。

没有别的办法了？

白娃不吭。

到底还有没有别的办法？

白娃还是不吭。

你讲话呀,你是猪？闪红红急得想上去拧他耳朵,事到如今,你还憋什么？

白娃叹了口气,摇摇头,还是不说。

你不说,我就睡了。闪红红站起来要走,但她没走,实际是想听他快说。

白娃又叹气,说,有个办法但不能使。

有啥不能使的? 你说给我听听。闪红红又坐在大椅子上。

白娃又摇摇头,不能使。

火烧眉毛眼前急,还有啥不能使的,只要管用,啥方法都使。闪红红拧着他耳朵说。

处女红……白娃抬起头眼皮往上翻着,把"风水老先"说的话讲给了她。

去你娘的吧! 你是又想尝鲜的吧! 闪红红推他个趔趄走了。

我就说不能使嘛! 白娃望着闪红红的后影说,这不是我胡编的,你可以去后山找老先问问嘛,若有半句假话,遭天打五雷轰。

砰砰,有人敲门。

白娃面带一脸疲倦开了门。一名穿着黑色制服的年轻法官站在门前,递给他一个信封,让他在一个夹子本上签了字,走了。他关上门回到屋里,撕开信封,掏出里面巴掌大的一片纸一看:传票。身上打了个寒战,心想,真是走上霉运了,事情越弄越大了。闪红红还躺在床上,问他来人是干什么的。他告诉她,是法院送来的传票,那帮闹事者将他告上法庭了,要他侯子耀周三上午8点到法院出庭。顿了一会儿,闪红红说,扒吧,既然扛不过去就扒掉,到法院打官司丢人花钱耗时间,官司也赢不了。两个人反复推敲之后决定:不等法院开庭,将超高的两层扒掉。

白娃立即去找来原施工队的工头,商议拆扒方案。达成了两条协议:第一条,先拆楼顶、后拆墙。第二条,由于原协议价中只有建筑价格,没有拆扒一条,拆扒需由甲方按工时再付工钱。双方就此草签了一个协议书。第二天,白娃给法院递交了拆扒保证书,不再出庭。法院答复同意后,施工队当即上人开始拆扒楼顶。楼顶是钢筋混凝土浇筑的,连接成一体的。遗憾的是当时不是铺的楼板,如果当时也像其他层铺楼板撬掉就可以了。这种浇铸的楼顶拆扒难度较大。头天,民工们先选定南面一间作业面为突破口。他们先用冲击钻钻了洞孔,然后用八磅锤砸。试验效果还可以。次日上午就加派了力量,上了两把冲击钻,八个棒男力抢着八磅锤砸。冲击钻"日日"的钻声与八磅锤咚哧咚哧的敲砸声交织在一起震耳欲聋。周围没上班的老头子、老太太都站在旁边看,有的是看热闹,有的是看笑话,有的心里高兴,也有人为之叹息……总之,这些人心理是复杂的。到了快 11 点的时候,只听"哐咚"一声巨响,是闷响而不是脆响,围观的人先是一愣,瞬间四散逃跑。楼顶上的操作工鬼哭狼嚎一般"爹呀娘呀"地叫着。当他们清醒过来的时候,看见有两大块浇铸板残缺不齐地塌了下来。在现场负责的施工队副总一看,吓得脸色苍白,迅疾爬了上去,看见有三四个人受伤,有的头部流血,有的胳膊腿受伤,只有一个人没伤。还有一个叫黄毛的没见着。他就连喊几声,也喊不应,急忙打电话给工头汇报,工头几分钟后开着一辆工具车带了几个人在塌下来的水泥残板中扒找。不知是哪位好心人往 120 打了电话,不大一会儿,救护车鸣哇鸣哇开来了,先把几名伤员拉往医院。工头喊着黄毛黄毛,还听不到黄毛的应声,赶忙扒坍塌的楼板,终于在楼板底下找到了黄毛,黄毛满身是血迹,不能说话。他赶忙又往 120 打电话,不到五分钟救护车又鸣哇鸣哇地来了,黄毛被艰难地抬到楼下,放担架上抬进救护车,救护车又鸣哇鸣哇地开走了。

白娃不忍心目睹他上两层楼的扒掉,所以没来现场。工头在赶往医院的路上给他打了电话,说明了事故情况,要他立即赶到县医院去。工头到了县医院,医院里等着缴费,不缴费不予接诊,也不办理住院手续。白娃气喘吁吁地跑来了,工头要他速缴医疗费。白娃不缴,理由是他们没有注意施工安全。工头说,具体责任咋划分是后边的事,现在要紧的是先缴费,救人要紧。白娃哭丧着脸说自己现在困得身上没有一分钱,车都加不起油停了,所以是跑着来的。工头来不及与他闲磨嘴皮,自己身上装有三万元,就先垫上用。他要白娃快筹钱,估计三万块也只解燃眉之急,花大钱还在后边呢。正如工头所料,三万元只算办了住院手续和接诊。第二天就得续费,不续费就随时停止治疗。因为医院遇到治了病没人交钱的扯皮事太多了,所以也不得不采取防备措施。工头又找白娃缴钱,白娃不缴。他说原来签订有合同,合同上写得很明确,施工中出现的不可预见性包括人身保险都在总额资金内。工头鄙夷地看他一眼说,老白娃,你别假装糊涂了,那合同是大楼建筑合同,不含扒楼这一项,那时候谁也不知道你这楼现在要扒掉两层。白娃是小聪明小智慧,他往往忽视一些小细节却又是事关重大的问题。工头这一说,他就蒙了,一向能言善辩的白娃站在那里像个木雕人。工头有点恼火,老白娃,你说话呀,瞌睡不当死!医疗费你少拿一分钱也不行,你不服咱上法院打官司。白娃脑子这才开窍,木讷地说,我得回家给老婆商量。工头又乜他一眼嘲弄地说,你老婆,结发妻离婚了,闪红红又没有证,再商量,这个钱你赖不掉。

白娃回家给闪红红说了发生的事情。闪红红听了脸色煞白,张开嘴骂道,你个老白娃啊,真是个丧门星! 戳这么大的窟窿咋补啊!

白娃一筹莫展地说,走上倒霉运了有啥办法呢。

闪红红在屋里转了几圈,心想老白娃真的是走上倒霉运该破财了? 莫非真像风水老先说的? 然后她指责道,你个丧门星成天就会说说唱唱,嘻嘻哈哈,脑袋其实就是个榆木疙瘩。这事你赖不过去,先借钱给人家付医疗费吧! 天快黑时,她又说,这事我也没办法,我得出去转转,要不,我会爆炸! 她说完,拎上她的普拉达包,开上她的红色跑车出门走了。

白娃愁得脸像一个核桃壳,往哪儿去借钱呀? 他想到了曹一宽。曹一宽开公司时借过他五十万,在他动工盖楼时去要人家已还了账。他想想曹一宽这人也算宽厚,不会不给脸的。他趁吃午饭时间到城隍庙下街找到了曹一宽。曹一宽听他叙说了情况,也埋怨他粗心,协议书有漏洞,该拿药费。当即给他账户上打了二十万,他算是暂时捂住了医院这一头。到了晚上,闪红红还没回来,他给闪红红打手机,手机通着没人接。到快半夜的时候,他又打她手机,手机关机了。第二天第三天她的手机一直关机。白娃急得身上冒出了汗,心里空得如被狼掏了似的,想着这女人是不是跑了? 关键时刻背信弃义了? 唉,啥叫夫妻,夫妻就是能同甘苦共患难的,闪红红啊闪红红,咱俩虽不是夫妻也算夫妻啊,只不过是缺那一张纸,那张纸是你不要的,如果你真跑了,真说明我白娃眼瞎了……可是,他想归想,人不见影,电话里没音,心里忐忑不安哪! 他干脆开车去了她的娘家,娘家人都说没见红红回去,这使得白娃更加六神无主,回到家里衣服也没脱就躺床上睡了,睡也睡不着……

就在他昏昏欲睡的时候,他似乎听见有钥匙开门的声音,他的反应这时候特别敏捷,"呼"地从床上起来,开了灯,又去客厅开了大灯,满屋亮堂堂的,他又拉开反锁,门开了。闪红红回来了。他惊喜地扑上去笑吟吟地说:红红你回来了。闪红红一把推开他,进了屋。这时候他才看见她身后跟有一个小女孩。小女孩看上去有十三四岁,身个有一米三四的样子,很瘦,皮肤很黑,塌鼻子,小眼睛,上嘴唇盖不住下牙齿。白娃第一感觉是长相很丑陋。进屋后,闪红红先烧开水泡了一碗方便面给小女孩吃,自己冲了一杯奶粉燕麦片吃。这期间,闪红红一直没有跟白娃说话，白娃一直坐着抽烟，像个蒸汽机一样。吃过之后，闪红红让白娃先回卧室睡觉，她将小女孩领进一个小房间里。小房间里有一张小床，专供临时来客住的。她将小女孩安顿好后，才来到卧室。她坐到床沿上，对白娃说，我找了三天也找不到合适的女孩，最后无奈把远房一家亲戚的孩子找来了，百分之百符合你的条件，你开吧。不过，我没给她讲，看你自己本事了。今晚不一定就要那个，你先让她适应适应，预热预热。白娃尴尬地低下头说，这怎么好意思呢？闪红红没正面回答他，两只眼睛像锥子一样扎着白娃的两只眼睛说，我对你够忠心了吧？忠心，忠心。白娃连声说。他说这话是发自内心的。连他自己也没想到闪红红能做到这一步。

白娃没有去小女孩的房间，还在自己卧室陪闪红红睡觉，但他并没有睡意。他一点也不中意这个女孩，比起 KTV 里那些漂亮女孩差一百倍。可是，他想想，自己现在需要的不是漂亮的脸蛋而是处红……

闪红红也没睡着。她为这件事是费尽了周折，真是在没办法的情况下找到深山里边自己的远房亲戚。这女孩上初中。她之所以去找这个女孩，也是偶然发生的事实让她相信了老白娃给她讲的"风水老先"的话，她想让他消灾转运聚财。她之所以选这个女孩也有自己的主意：一是丑，白娃不会相中，以后不会纠扯；二是自己的亲戚自己能掌控。白娃他不想丢手也得丢手……

两个人都没睡着，却都装作睡着了，不说话。

三天过去了，小女孩还不拢白娃的身。尽管他俩给女孩做好吃的，还给她买了新衣服，小女孩也总是躲着白娃。每次白娃走近小女孩时，小女孩惊恐得就像一只小羊羔看见了一只张着血盆大口想要吞吃她的野狼……

这些，白娃不好意思给闪红红讲。闪红红不傻，心知肚明。工头不断地打电话给白娃催促续缴药费，白娃不说是急得一夜白了头，却也苍老得像是六七十岁的人了。这天上午，闪红红给白娃讲她要去南都一天。白娃对闪红红的意思心领神会，感动得热泪盈眶，心里说，红红真好，我白娃眼力没错。就在闪红红走后，他将门反锁上，将所有的窗子都关紧拉上了窗帘，不顾小女孩竭尽全力的反抗和挣扎，像一只疯狂的猛虎一般强暴了她。他用事先准备好的洁白的纱巾收藏了她身体内流出来的鲜红的血……随之将这"圣洁之物"放在了他办公室的秘处。

白娃此举无济于事。他接着得知的是更坏的消息。怡心楼楼顶坍塌事故发生后,县安全生产部门迅速报告到县政府办公室,办公室人员又将报告很快送到柳大林处。柳大林立即做出两条批示:一、医疗单位全力救治伤员;二、占坡同志牵头,由安全生产、规划、城建及有关部门迅速组成调查小组查明事故原因。三天后,调查小组已初步查明事故发生的主要原因是:楼顶浇铸的楼板按设计应使用8圆钢筋,而楼主为降低成本偷工减料,使用了"瘦身钢筋"。即把直径8毫米的盘圆钢筋拉长为6毫米的直径,增加了钢筋的长度,却降低了钢筋的承载力。其他原因正在进一步查明中。对于一个私营企业采取这种偷工减料手段如何处理是个复杂的问题,县政府需慎重研究处理。但有一条可以明确,伤员的治疗费用该由投资方负责。与此同时,柳大林到医院看望了受伤民工,嘱咐医护人员要确保受伤人员生命安全,尽快使受伤人员康复。一周之后,四名轻外伤人员已康复出院。其中两名重伤员,一名腿部骨折需住院两个月治疗;另一名伤势最重的黄毛,初步确诊可能会成为植物人。

白娃听到这两条消息后如五雷轰顶。黄毛是三山凹邻村郝寨人,才二十五六岁,家有一个两岁的孩子和一对年迈的父母,不说医疗费是个无底洞,就他儿子的抚养费和父母的赡养费也得一大笔款啊!使用"瘦身钢筋"都是闪红红出的馊主意,可他现在不敢说半句埋怨闪红红的话,只能自吞苦果。他更怕的是这苦果自己难以吞下去。

果然,几天以后,买房户开始有人找上门来要求退款。这些人不知从哪里知道了"瘦身钢筋"的消息,而且知道楼梁用的钢筋也不合格,觉得怡心楼住进去不怡心且担心,不退房才怪呢。这无疑让白娃和闪红红雪上加霜。

这天,闪红红问白娃,你要的处红我给你办了,可你的运势咋不见好转,还更倒霉呢?

白娃说,运势这东西转化得有个过程吧,就像蒸馒头一样,慢慢上汽,汽圆馍熟。

闪红红点点头,也是。过会儿又问白娃,你手中还有多少钱?得拿出来,谁要求退房款就退给他,这样才能撑住,否则,顶不下去。

白娃枯皱着脸说,我兜里没一分钱,不行,就把这辆宝马卖掉?!

闪红红摇摇头,车不能卖,车是金字招牌,卖了车社会上人算知道你彻底穷了。

白娃说，要么你跑跑银行，贷点款。

闪红红拳头一捶桌子，我也这样想。然后就去开车往银行。车还没有发动，几个男人、女人就围住了她，拿着条子要退房还款，闪红红对他们嘻嘻笑着说，哥们姐们请放心，有楼在就有人在，这房不愁卖不出去。只是你们预交的钱都用在建筑上了，你们想退房没问题，我这就去银行贷款，贷回来马上给你们退款可以吗？

众人见闪红红态度友好且正忙贷款，还有什么不可以呢。

闪红红去了建行和中行都碰了一鼻子灰。银行人消息灵着呢，他们这种情况谁敢再贷给款呀，催还贷款还嫌来不及呢。银行不给贷款，闪红红预感到更大的危机会接踵而来，白娃的公司这次会被彻底击垮，自己得早做准备。她在街上转了三圈才回家。到家也没给白娃说真话，而是编了一套假话：银行里人说了，你们公司是大户，不支持你们支持谁呀，你只要还贷三百万就贷你五百万，还贷五百万就贷给你一千万！

白娃听了觉得还算乐观。可问谁去借钱呢？曹一宽借过了，张宝山也没什么大钱，盘算过来盘算过去，自己圈子里没太有钱的人。

你老婆黄花琴有钱。闪红红提醒他说，你们离婚时她手里攥有一笔钱，她这些年开发廊又挣不少钱。

白娃听了，觉得这话摸不着天，本来不会笑也"哧"笑了，说，她即使有钱会借给咱吗？

闪红红眼骨碌骨碌，嘴一努，说，前段时间她不是找你复婚嘛，你就说你现在想通了，愿意复婚。

白娃又觉得很滑稽，淡淡一笑，说，你以为她信吗？她有那么幼稚吗？

我觉得此人有点幼稚，不幼稚不会找你复婚。闪红红用既鼓动又带着嘲弄的口吻说。

白娃否定地摇摇头，上次话已说绝了。

闪红红从桌子上摸过一支烟燃着，这是她第一次抽烟。她吐着烟圈说，你见她可以说些攻击我的话，说你识破了我的真面目，怎么怎么坏，尽说我的坏话，把我说得狗屁不是，但也不用夸她，夸她她反而不信。

白娃也摸一支烟抽着说，就这么个小县城，消息传得快得很，咱眼前的困境她可能也会风闻，她虽然不算精明，但作为常人，一想也会怀疑到咱是想套她钱的。

笨蛋！闪红红把手中正吸的烟掐掉，翻他一眼说，你第一次去谈，就不要谈钱，只跟她谈感情。女人们嘛，你别正儿八经，捣捣乱乱地给她说。我可以再给你放宽点"政策"，你可以赖她床上，甚至夜里不回来。只要她没混别的男人，不会不吃荤。

白娃现在对闪红红深信不疑，照她说的，晚上去了黄花琴那里。不到一个小时就折回来了，说，不中，开不动。

闪红红脸一甩，手指头像捣蒜泥一样捣着他鼻子讽刺着说，黄花少女你都开了，连她个老乞婆还开不动？栽干坑里淹死去吧！没见过你这样的高级笨蛋！白娃脸霎时变红，咂咂嘴，要说什么还没说，闪红红又拦住了他的话，复婚的事早先是你儿子提出来的嘛，你可以找你儿子回来通融通融，她该相信她儿子的话吧！

一句话提醒梦中人。白娃想，也是。就是不说与黄花琴复婚，家里发生这么大一件事也得给儿子说一声。他给友友打了电话，友友真的回来了。友友回来看看那楼顶坍塌的毛房说，这地方根本就不适合盖商住楼，面临大街人喊马叫，汽车隆隆，噪声大，不宜居，盖商业楼做超市多好。白娃听了很佩服，儿子的大学没白上，有见识。可眼前火烧眉毛的是钱的问题，就让儿子去说服黄花琴复婚。儿子问他，真复婚？他伸出个小拇指头说，爸说假话是小狗。儿子去见了黄花琴，回来讲，妈妈说了，要复婚就得领证。白娃将此话反馈给闪红红，闪红红听了，高兴地一拍大腿说，领证就领证，你领去吧！我从来不相信那张纸。白娃第二天真的去与黄花琴领了证。领证后两天，黄花琴就给他拿出了一百万。不过，她说是通过别人转借的。

转借也行啊，你让她多转借点。闪红红说，如果不好借可以给付利息，甚至高于银行利息。

我再给她说说。白娃嗫嚅着说。

说去吧，从今晚起你就可以完全搬过去住。闪红红很干脆地说。

白娃犹豫地看了看闪红红。闪红红从他那犹豫的神态里看出了他的心思，说，没关系，我不吃醋。以后你可以随便回来随便走。

白娃仍是顾虑重重地说，我是与她假复婚，她却让我写保证书与你一刀两断……

闪红红爽朗地一笑,一刀三断也没关系,我耐得住。只要她能给弄到钱,她让你写血书也可以写。当下要紧的是渡过难关。她说着拉开普拉达包,掏出来三扎人民币,每扎十万元,扔到桌子上说,你看看,这是我的私房钱,也对上。我也可以找亲戚朋友熟人借,你也不一定单单依靠黄花琴。秦桧也有仁朋友,你整天吃的喝的那么多朋友,也可以找他们嘛,十万不嫌多,一万不嫌少。买针不买针,试试朋友心。困难的时候正是试验谁是真朋友谁是假朋友。闪红红说完,从衣柜里扒出白娃的几套衣服打了包,往客厅沙发上一扔,去吧!她看白娃还在犹豫着似乎是摸不出她是啥心态,她拍拍自己凸起的肚子:你放心地去吧,就我这样子想偷汉子也偷不来!

白娃内心对闪红红不仅放心而且很感激,需要处女时人家给找来了,普天下没有第二个女人会这样做;眼前急需资金人家把私房钱也拿出来了,这女人真是跟自己铁了心的。他很庆幸自己,没看走眼,患难之交啊!

次日,白娃开着他那辆宝马车拉着黄花琴一起回到了三山凹。三山凹人见他俩复婚了,都说复婚好!黄老七虽然老得卧床不起了,见到他俩也躺在床上笑。村子里除了张宝山,没有人知道白娃的怡心楼风波,觉得白娃生意做大了,风光了,开着宝马车,都是羡慕的目光。白娃带着黄花琴拎了两提牛奶专门看了丹桂香。因为丹桂香管着"三粉公司"的财务,目的是摸清村里谁家是有钱大户。掌握了底子后,他把这些大户请到家里来喝酒。喝酒中间装作闲谈,炫耀自己在城里又开了大楼盘,许多人眼红想入股他不干,肥水不流外人田。白娃知道黑炭娃家开着醋厂,肯定有钱,也专门请了黑炭娃喝酒。开醋厂肯定是微利,听说搞房地产这么赚钱,要求入资五十万。白娃像小媳妇上床半推半就地答应。黑炭娃家入了股,其他几个大户也都要求入了股。有的小户没大钱提出钱存他公司可以不可以,白娃慷慨地说,只要相信我白娃,有啥不可以的?我给你高出银行十倍的利息!就这样,集资两百五十万元。这些户小钱给的是现金,大钱直接打到了白娃给的账户上。白娃这个账户也是闪红红开的新账户。回到了城里,黄花琴想着用别人的钱付那么高的利息太不合算了,把自己还剩余的五十万现金也给了白娃,白娃对黄花琴说,这钱拿去给银行还贷,就可再贷回一千万元。一千万贷款到手就会立刻打个翻身仗,儿子友友出国留学、娶媳妇什么也不用愁了。

第二天上午,白娃要把这笔现金送给闪红红去,因为闪红红是公司财务,现在还靠她与银行打交道，但他不能给黄花琴讲清楚，说自己去银行办理。就要开车走，黄花琴说那么大一笔款他一个人去不放心，要陪他一起去。这可难住了白娃。他不能让她跟，又不能不让她跟。闪红红在那边催得火急，不停地打电话，幸亏他昨晚把手机设置了静音没被黄花琴发觉。白娃这时撒了个谎，说车打不着火，边摆弄车磨时间边想办法。黄花琴坐车上急了，又下车去要换鞋子。白娃趁黄花琴不在跟前，忙给闪红红发了信息说明了情况。闪红红立即回了个信息，你在家等，我有办法。大约过去了十几分钟，闪红红披头散发地来了，左手里拿着一把剪子，右手拿一个药瓶，药瓶里其实装的可乐，到门口就骂着，你个老白娃，坏良心的东西，你把老娘搞成大肚子了，你又跑了，你说你外出借钱的，又跑过来睡你老婆娘，老娘非把你的老树根剪掉不可，要不用都不用！白娃看她的样不知是真是假，吓得全身哆嗦，直往后退。黄花琴从院子里出来，想要上前去夺剪子，闪红红大骂，你个臭婆娘真能缠啊，真缠复婚了啊！你敢近老娘一步，剪子扎瞎你的眼！她还摇晃着手中的药瓶说，这瓶硫酸泼你脸上毁了你的容！黄花琴不怕那把剪子，但很怕那瓶硫酸真的毁了她的容，忙回到院里关上门。闪红红利用此机，掏出她的备用钥匙开上那辆宝马车飞也似的跑了……

半小时以后，黄花琴坐在院里哭爹叫娘地喊，我的钱哪，老白娃啊，你个混账东西，又叫老娘上当了，又让她个臭女人拐跑了吧？拐跑了吧！

两个女人都成了白娃的老娘了。街坊邻居聚了好多人在看热闹。白娃又是气得跺着脚又是耐着性子劝说，哭啥哩？她跑不了，跑不了，她只不过转一圈就回来了！我敢保证她会回来，她真跑了，我就栽洗脸盆里淹死！

闪红红还算有良心，真没有跑。她半小时后给白娃发了条信息：

老公，钱不能还丰和的银行，说先还再贷是骗人的，还他们就打水漂了。我得把这笔钱存南都市的银行去。将来还得养你小儿子呢。办完手续我就回去。

白娃看到这条信息，证明自己的判断没错，觉得闪红红就是比自己多个心眼。他知道前些时有这种情况，一些负债大户去银行贷款，银行人说，你先还三两百万，再贷给你五七百万。结果贷款户还了以前的贷款，银行后边就变卦不贷给了,把企业治死了。想到这些,他心里更踏实了。信息内容本不该让黄花琴看,又不得不让她看,不然她不放心,还哭,就让黄花琴看了。黄花琴夺过手机看也不看摔出去好远。白娃慌忙去捡,幸亏没有摔坏,只是手机屏碎裂几道纹。

天很黑了,闪红红还没回来,白娃有点急了。他正急的时候,手机又嘀的一声来了短信提示音。他猜肯定是闪红红给他来的信息,一看,果然是,不过,一看内容,他大张着口,脸变形了……

机屏上隐约可见的几行字是:

> 老白娃,别骂我无情,我还给你留一条路,我给你的车留下,放在南都大修厂,你来开回去吧!看来你老婆也是个菜包馍,你守着她吧!我这些年为你的付出还没捞够本,你也不必心疼。

这天下午是课余时间,球场上有的同学在打篮球,有的同学在打乒乓球,还有的同学打羽毛球。

友友在建筑学院,柳鹭在音乐学院。大学里过去的系现在都叫学院了,也不知是规模大了,还是跟着社会上的升格风。两个学院之间的距离起码有七八百米,但友友却喜欢来找柳鹭一同打球。他们打的是羽毛球。

友友穿着运动衣。柳鹭不爱穿运动衣,还是一身玉兰色的短裙。柳鹭爱发球,她发球很诡诈,让对方揣测不到她要往哪个方向发,是要发高还是要发低。然而,无论她怎样发球,友友都能应对。友友接球的姿势很美,总像凤凰展翅,鹞子翻身。高球他能俯着后背挑过去,低球他能侧着身子剟过去。友友发球既高又猛,男孩的力度本来就大,他发过来的球总像陀螺一样旋转着。一米六二身高的柳鹭总得跳起来,很用力地剟过去,剟的时候总是喘着气喊叫着,打回你老家去!友友又过来的时候,也反击着说,打回你老家去!这样,一个球能来去持续着打二三十拍还不毁球,他们这种喊叫声会越来越高,越喊越有球,甚至有时候是龇着牙喊的。

糟!这个球友友过来更高,柳鹭判断不准,过早地跳了起来,球却从她头顶上飞过去,身子后俯时失去平衡跌倒了。旁边的球友们有的正打得热火朝天没看到,有的同学在休息,看到了却在哈哈大笑。友友吓得出了一身冷汗,他扔下球拍,慌忙从球网下面钻过去扶起柳鹭,连声问着怎么样,怎么样? 柳鹭笑着说,没事,没事。友友要她站起来走几步试试,她站了起来,走着有点跛,麻疼麻疼地挤着眼。友友要背她去学校医院看医生,柳鹭说,没事,不用小题大做,坐旁边休息会儿就好了。友友扶她往操场边的梧桐树下去。这时,友友身上的手机响了,友友顾不上接,一直扶着她来到梧桐树旁,在一条情人椅上坐下来。友友要给她揉患处,她说,不用。友友又说,要么,我用口给你吹吹? 记得小时候胳膊腿哪个部位摔着了,用口吹几下就不痛了。柳鹭看看周围的人,用手指捣一下他鼻子,你别出洋相了吧! 友友手机又响了,柳鹭要他快接,他看下机屏说,是我妈妈电话。你妈妈电话才得快接。柳鹭催促道。当友友接的时候,对方挂了。柳鹭催他打过去,他便打了过去,电话通了。

没等友友"喂"一声,妈妈火急火燎的声音就从听筒里传出来。友友,你快回来,家里又出大事了!

我回不去,柳……他看着柳鹭,想说柳鹭摔着脚了,但"柳"字刚出口,柳鹭连忙给他摆手不让说,他没有说出来,只说,有什么大不了的事?

你爸,你爸……妈妈声音结结巴巴。

我爸怎么了? 友友急切地问。

他又被那个女人骗,骗……骗了……几百万,这回彻底砸了! 妈妈在电话那边呜呜哭起来。

哭管什么用啊? 你好好说嘛。

半个月了,你爸他现在还不报案,只坐屋里惆怅,叹气……

为什么不报案啊! 傻瓜! 友友声音大了。

他说,他说……一报案就全露馅了……捂住,外边人不清楚,还能多蒙几天……妈妈仍泣不成声。

…… ……

友友接完电话后,垂头丧气,长叹一声。

柳鹭听到了一些,但她听不完全明白,问道,怎么了?

友友摇摇头,我算投错胎了!

柳鹭"哧"一笑说,不管投对投错,你好就好!

友友又摇摇头,叹口气,说,怎么讲呢,我妈呢,糊里糊涂的,没什么头脑,打个比喻,就像一朵花,看着挺鲜艳就是没香味;我爸呢,就农村人说的小诸葛,只盘算小九九,没有大智慧,是聪明反被聪明误的那种人。

柳鹭"哧"笑了一声又不笑了,欲言又止。

友友看出了她有话不说,便催着她,你讲呀!快讲!

柳鹭又笑了一下,说,有句话我早就想给你讲,一直没讲。你应该也知道,差一点,你妈就是我妈,我爸就是你爸。

我知道!什么都知道。友友毫不掩饰。他红着脸含情脉脉地瞅着柳鹭说,我想,有一天,我管叫我妈也是你妈,你爸也是我爸!

柳鹭捶他一拳,想得美!

二十五

　　欧洲谚语：即便是盖住火，也盖不住烟。闪红红携款外逃一事，白娃虽对外封锁消息，不向公安机关报案，但也有人风闻。黑炭娃是昨天得知的。城里来了个商人批发红醋，聊起白娃说及此事。黑炭娃听了，脸不是更黑了而是发白了，煞白。那女人跑了，岂不是他那五十万元也飞了吗？他家五十万元来得不容易，他的醋厂是个手工作坊，一年的产量五十吨，一吨醋的利润千元左右，五十万得他多少年挣哦！

　　黑炭娃谁也没讲，骑上摩托车飞往县城，老远看见白娃的宝马车还停在门口，心里松了一口气。

　　白娃的宝马车停在这里，没有人知道这是他的计策。闪红红携款外逃他之所以不报案与施这计谋是相关联的。他记住了闪红红的一句话：宝马车就是你的金字招牌。有宝马车就象征着有钱。即使负债累累，在外人眼里他起码还没有穷到底。闪红红外逃若是报了案，抓到闪红红还好；如果抓不到闪红红，要账的退房款的就会把他围个水泄不通，他想跑也跑不掉的。现在有人问，闪红红是不是跑了？他说是谣言。又有人说，没跑咋没见她影儿呢？他说，这笔贷款数额大，县行做不了主，她到市行转圈去了。近几天又传出怡心楼打的过梁钢材也不合格。的确存在这个问题，调查小组做了结论的，但是没给县政府汇报，还处在保密阶段。但风还是漏出来了。这样，退房户一天比一天多。白娃能沉得住气，他的底气就在这台宝马车上。每当有人要钱时，他指指那台宝马车说，放心，有钱给你，不相信你把车开走抵账！人多时，他会说，放心，闪红红一回来，钱马上就贷出来。有人喊叫着，闪红红都跑了，你可别跑掉！他嘻嘻笑笑，手拍拍宝马车说，你放心，老白娃不会跑的，要跑早开上这奔奔车跑了。这一说，确实堵了不少人的嘴……

黑炭娃用手拍拍门,许久不见人开门,他又拍了一阵,门开了。开门的是黄花琴。闪红红跑后,白娃为了稳住阵脚,把假象造得更真,特意让黄花琴搬到他原来和闪红红住的房子里。这样可以一举两得,既使黄花琴放心,也让债主放心。

黑炭娃到了客厅,黄花琴把白娃叫了出来,白娃怕他也是来要钱的,身上打了个寒战。因为欺骗了光屁股时就在一起玩耍的老乡,亏心啊!但他外表仍是不慌不忙,让黑炭娃抽烟,黑炭娃不抽。黑炭娃目光瞟着观察白娃,脸瘦了一圈,两眼都是黑眼圈,这是焦虑睡不好觉的特征。黑炭娃从白娃的神情中,猜测到买醋人说的话没错。黑炭娃也算半个商人,也有半个商人的精明之处。他感觉到现在要让白娃退四五十万元,可能是一分钱也退不回来,还打草惊蛇。所以,当白娃问他"有事吗"时,他回答"没事"。

没事,晚上就在家吃饭。白娃说着,吩咐黄花琴下厨。

黑炭娃摆摆手,意思是不在这里吃晚饭,便趁机说,有两句话说完就走,就是张不开口。

白娃一听,心又吊了起来,但表面上仍若无其事地说,老兄老弟了,有啥张不开口的。

黑炭娃故作不好意思地说,我儿子也就是你侄子明天要去南都相亲,女方是个土豪家的千金,咱也得体面点,想用用你的宝马车,排场排场。

白娃松了口气,嬉笑着说,儿子相亲好事啊,当叔的得支持,车你开去吧!他眨巴眨巴眼,这是他想计策的习惯动作。此时,他也是处处留心设防。又眼朝黑炭娃一翻:不过,这车我一时也离不开。

黑炭娃看出他老白娃是耍滑了。心想,越是这样越得稳住他心。便说,要么,我今晚住下不走了,叫娃儿明早来,请女方到咱丰和县城,就说咱摆桌请他们,还恭敬些。你早点选个档次高点的酒店,到时候你和娃儿一起开着车去就行了。中午吃饭你也参加,看看那妞,给娃子参谋参谋。

白娃一听,想想,又去大酒店吃香的喝辣的,别人看见了会认为他还是有钱,合算,于是欣然答应。

黑炭娃夜里就住在县城,给儿子打了电话,让次日起早带上烟酒到白娃预定的御龙苑酒店荷花厅。第二天将近 11 点的时候,白娃兴冲冲地开着车接上黑炭娃往酒店去。白娃有意把车开到酒楼正门口选了个显眼位置停下。到了雅间点过菜,黑炭娃瞅瞅儿子,问,烟哩?酒哩?儿子从一个纸提袋子里掏出了两瓶本县产的庆丰酒和两盒普通帝豪烟搁到酒桌上。黑炭娃眼朝儿子一瞪,怒冲冲地说,拿这档次的烟酒招待客能相成吗?没一点办事水平。快去换成大中华五粮液。儿子嘟囔着说,我兜里没钱。黑炭娃乜一眼儿子脸又扭过来对白娃伸着手,老弟,你给娃子先聊着,我赶紧开车往超市采购去。别等人家来看见就被动了。黑炭娃训儿子时白娃的心其实也在咚咚跳,他生怕黑炭娃也说兜里没钱向他借钱或是让他到超市买烟酒,他脸就掉地上了。所以,白娃一听黑炭娃说自己去超市,吊着的心才平静下来,顺手把车钥匙递给了黑炭娃。黑炭娃拿上钥匙走到门口又扭回来板着脸训儿子,有眼色点,注意给你叔叔添茶。

白娃在黑炭娃走后,也没坐在雅间喝茶。他估计酒店里到了上客的时候,专门去到大厅晃悠,想让更多的人看到他今天也在这大酒店里吃酒。不管别人看见没看见他,他都主动跟人家打招呼。心里很爽。

客人差不多都进了餐厅,白娃也回到荷花厅。他一瞅手表,黑炭娃差不多去四十分钟了。酒店去超市开车五分钟足矣,采购采购烟酒,再折回来也不会超过二十分钟,怎么能去这么久?他问黑炭娃儿子,你爹怎么去这么长时间?黑炭娃儿子回答一句,可能高档烟酒不好买。他坐下继续喝茶,喝到12点半,还不见黑炭娃回来,也不见黑炭娃说的客人到,他有点急了,慌了,让黑炭娃儿子给他爹打手机,一打,手机在沙发上响着,原来黑炭娃手机没带。这没办法,只有继续等。白娃心里嘀咕着,莫非他去路边接亲戚去了?一直等到1点钟,黑炭娃还没回来,白娃更急更慌了,跑到酒店大门口去等,到街边路旁等,还是没见黑炭娃的影子,他又回到荷花厅。这时已是午后1点多钟了,白娃心颤着问黑炭娃儿子,你说的亲是哪里人?黑炭娃儿子说,没有说亲啊!白娃头上"唰"地出了一层冷汗,紧追问一句,你爹说你今儿个要相亲呀,专门让我安排的高档饭店。黑炭娃儿子也莫名其妙地说,我只听我爹说今儿中午有客。老白娃身上的血一股劲往头上涌,觉得天旋地转,"扑通"倒在沙发上,失去了亮光的两只眼睛望着黑炭娃儿子,我上你老爹的当啦!

白娃的确上黑炭娃的当了。黑炭娃开上白娃的车,刚开始心里还怦怦跳,车开得慢,出了城心平静下来,路上人稀,他加快了车速,一口气将那辆宝马车开回了三山凹。黑炭娃判断白娃也不敢追回到三山凹要车。如是那样,他进得了村,出不了村的。他将车停放在醋厂院子里,将车钥匙藏到了谁也不知道的秘密处。有人见了惊讶地说,咥,黑老板也买上高级车了。有的人认识车号:咦,这不是白娃的车吗?是!他大胆承认。明人不做暗事。他给大家讲了他咋听到城里人讲白娃公司的消息,咋样施计将白娃的车弄到了手。说到最后他总还要骂一句:老子这不算无义小人,他骗我,我哄他,扯平!

黑炭娃将白娃宝马车开回来的消息如风一样传遍全村。村里早些天往白娃公司入股入资的几十人立刻拥到醋厂,问黑炭娃情况,黑炭娃如实给大家讲了。大家听后如一把盐撒在油锅里炸开了。吵的吵,骂的骂。这熊货,兔子不吃窝边草,他却专坑乡邻。有的说,在家吵没用,赶紧进城找白娃要钱去!受骗的几十人就像一窝分群的野马蜂嗡嗡嚷嚷进城去。到了城里已是黄昏时分。他们到了白娃公司,公司的门锁着。他们找到白娃家里,白娃没在家。他们不知道,就连黄花琴也不知道,白娃在猜出黑炭娃开走了他的车后如摘了魂,觉得已无路可走,无计可施,逃跑了。他们嚷着要黄花琴赔钱,因为白娃那次回村她始终陪着在场。黄花琴哭哭啼啼地诉说着,她也是上当了,她辛辛苦苦攒的钱也让白娃骗去被那个姓闪的女人卷走了。有的人嚷着,没钱就搬他家的电视机,有的说要抬他屋里的冰箱,还有人说要抬他客厅的红木家具……此时,大鹏劝大家说,屋里东西不能拿,这是私有财产,抬走是侵犯人权。家里的东西与那台宝马车不同,车是公司财产。几个人围着大鹏讨办法。大鹏想了想说,我们也去找大林,他是县长,他肯定有办法。不过,不能去太多人,去多了,若他在办公室,办公室坐不下;若他在家,家里也容纳不了,还是去几个代表好。在场的人听了都同意,推选出四五个代表跟他一同去。

柳大林正在家吃晚饭,外边有人敲门,杨彩凤搁下饭碗去开门。她隔着猫眼往外看,站着五六个男子汉,扭回来对大林说,像是上访的,有两个脸熟,似乎是三山凹的人。大林嘴一挑:开门。门开了,五六个人一齐拥进来。大林一看就是三山凹人,前头的是大鹏,他叫了声,大鹏哥,你稀客。他脑子里立刻浮现出当年是赤脚医生的大鹏热心为娘治病的情形,便吩咐杨彩凤,快给他们做饭吃。几个人都说吃过饭了。吃过饭的人与没吃过饭的人是不一样的,大林看出来他们没吃饭,催促彩凤快煮面。大鹏说,不麻烦彩凤了,只说几句话就走。大林摆摆手,意思是让他们不要客气了。在杨彩凤做饭的时候,大林问他们,是不是都在白娃的公司入股或是集资了?大家都睁着眼睛奇怪地望着他,意思是:

你清楚?大林说公安上刚给他通报了情况。接下来又说,现在的骗子与过去不同了,过去的骗子是骗陌生人,现在的骗子专骗熟人,过去的骗子是骗小孩,现在的骗子是骗老人。几个人听了思忖思忖朝大林跷起大拇指:说得对。之后,都各自要求能快点把自己掉进去的钱弄出来。这时候,杨彩凤把一大盆子萝卜白菜炖猪肉端了上来,给每个人盛了一大碗。大林又去摸出来两瓶庆丰大曲酒,咕突突倒了几大杯,每人一杯,喝酒配炖菜。酒足饭饱后,他们就告辞回家。大林送他们时,说要去看看那些老乡。几个人劝着说,你别去了,那么多人,你一去,七嘴八舌的说得你走不了。大林说,没关系,一定要去看看大家。那些人这时都聚在县政府门口等着,大林见了他们用愧疚的口吻说,兄弟姐妹们,很对不起,出这样的事情政府有责任,我个人也有责任。闪红红卷钱出逃没人报案,我们不知道;侯子耀是今天才逃跑,情况也不清楚。下午已通知过了,我现在就要去政府开会研究,争取尽快处理。请你们放心。我已给县政府招待所打了电话,大家先到那里吃饭,吃过饭有客车送你们回去。大家听了大林的话心里热乎乎的,什么也不说,去招待所吃过饭就乘车回家了。

柳大林当晚召开了由公安、法院、城建、银行等有关部门领导参加的会议,认真讨论研究了"怡心楼"诱发的事件。由于情况十分复杂,会议一直开到夜里近12点,最后形成了一致意见,并出了会议纪要,纪要着重强调:

一、由公安部门牵头迅速抓回外逃的闪红红、侯子耀。

二、由法院、银行等部门组成清算小组,彻底清理"白娃建筑公司"的资产、债务和非法集资问题。

三、由城建部门与安全生产部门组成专门小组,研究怡心楼的险房处理问题。

除此之外,又加了一条:汪仁昌(黑炭娃大名)是以入股形式投资,应是利益共享,风险共担。他私自开走白娃建筑公司的车辆应予追回作为公司资产处理,不能归为己有。

三山凹的集资户和入股的人实在是等急了,等不及了,又一次聚结成群到了县政府门口。这次挑头的是黑炭娃。那天他把白娃的宝马车开回家正为自己的高明之计而得意呢,公安局和法院来了两个人,说这辆车是白娃公司的资产,和其他资产一起处置后统一兑付集资户,不能归他一个人所有,便把车执行走了。到嘴的鸭子又飞了,他心里格外窝火,对柳大林极为不满。怡心楼旁边的居民和在怡心楼预购房子的人见到三山凹人来政府上访,便也串到一起来到了县政府。他们都打着横幅拉着白布条幅,内容无非都是:强烈要求惩治黑心开发商,当官不为民做主不如回家卖红薯,打击开发商还我血汗钱。两路人马汇集到一起就成了"大部队"。信访局的人慌了,管信访的方占坡慌了,调来了几十名保安和协警也阻拦不住。他们推开县政府大门聚集在县政府办公大楼的空场上,呼叫着口号向县政府施加压力。这时天上刮着四五级的东北风,飘着雪花他们也不嫌冷,反而有一种热气腾腾的感觉。以至到后来,这群人直接喊着,柳大林下来!柳大林,下来!黑炭娃干脆赤膊上阵,成了领喊者,他喊一声柳大林,上访群众齐应:下来!柳大林,下来!柳大林,下来……

正在他们喊得非常热闹的时候,方占坡朝他们挥着手喊道,大家不要喊了,不要喊了,闪开路,柳县长来了!快闪开路!

场上突然冷静下来,鸦雀无声了,他们瞪着眼睛四下瞅,柳大林在哪儿?柳大林不是从办公楼里出来,而是从大门外进来,他身上的棉大衣上也落有雪花。他从人们闪开的缝中侧着身子走到人群中间。他表情刚毅,毫无畏惧之色,面对上访群众放开他铜钟般的声音讲道:乡亲们,你们的呼声我听到了。我是到乡下访贫去了,听说你们来了,我立即返回。侯子耀公司发生的事,虽属侯子耀的责任,但政府有更大的责任。我是县长,我应负主要责任。你们有的是受了骗,有的是不明真相,不管哪种情况,都是经济利益受到了损失,你们痛心,我也痛心、同情。过去的话,我们是父母官,现在的话,我们是人民的儿子,我们应该为大家着想。我虽然也是三山凹人,和侯子耀是同乡,是发小,但我可以负责地告诉大家,我柳大林与侯子耀无一点经济来往和利益交换。我绝不徇任何私情,一定亲自牵头处理,秉公处理,而且尽快处理,两个月之内如果处理不好,我主动辞职。不,我不等到两个月后辞职,我要使大家的经济损失先得到补偿然后再辞职!场上响起热烈的掌声,为柳大林的态度叫好。

眼看事态就要平息,黑炭娃喊了一句:伙计们,不要轻易相信,是官刁死民,他是哄哄咱们算了。人群中又骚动起来。柳大林气得怒声呵斥:黑炭娃你不跳高看不见你来了?你胡煽什么?然后手指着黑炭娃对上访群众讲,我告诉大家,这位先生也是三山凹的,也是我的同乡,他大名叫汪仁昌,外号黑炭娃,他是在白娃公司快倒闭时盲目入了股,要不回钱,就把白娃的宝马车开走了!我们让公安、法院从他手里把车要回来了,要拍卖掉,大家共享,你们说,应不应该?!

应该!上访群众一齐应声。此时,黑炭娃脸羞得无地自容。在场的群众被柳大林的担当精神所折服,一场风波终于平息。

已是夜间 11 点钟了,县政府三楼会议室里却亮如白昼。

柳大林正主持召开有关部门负责人会议,研究如何加快处理白娃公司的问题。讨论中有所争议。一种意见是按非法集资诈骗罪进入司法程序,同时,由清算小组对现有资产处置变现给群众,兑付多少是多少,缓解民愤;一种意见是不对侯子耀采取强制措施,让他继续经商挣钱还债,利于长期稳定。柳大林让大家充分展开讨论,所以会议延迟下来。

会议室的门被推开一条缝,一名民警手中拿着一本蓝色的公文夹朝方局长招手,方局长就出去了。过了十几分钟,方局长进来了,他把那个蓝色的文件夹递给柳大林。柳大林耳朵听着会议的讨论,目光同时移动到了文件夹的字面上,只见上面写着:

控诉书

尊敬的县公安局领导:

我是四山乡八里岔行政村葛条趴自然村的村民秦小九。今年农历五月初,也就是杏黄时节,一远房亲戚闪红红来到我家,说是瞧看我娘,她叫我娘姑奶奶。恰遇我小女儿秦小燕过周日在家,她对我说这孩子长得聪明伶俐,在山里读书太可惜了,应该到城里去读书,城里教学质量高,还能见大世面,长大肯定会有大出息。我说,到城里读书费用高出不起。她给我讲,只要九你同意,娃娃的学费我掏了。孩子正好是过了暑假读初二,我就动员女儿小燕跟她去了。她临走时还留给我家三千元,我们实在不好意思。她的出手大方使我们心里很不安。当时想着,她也可能是在城里做大生意发大财了,不在乎钱了。

女儿去了一周时间就回来了。刚回来的几天里一直哭不吃饭不说话也不睡觉。过了些天才说了一句话,爹,我不进城了,城里人坏,城里人狡猾。我安慰她说,娃呀,农村人也复杂。她说,以后我不出家门了,也不上学了。从此再也没说过一句话,一天到晚同哑巴一样。前些时,女儿小燕的肚子胀起来,而且一天比一天胀得大,她娘怕她是肚里长瘤子了,带到乡医院做检查,医生说是怀孕了,我老婆破口大骂医生,混账东西,畜生,我女儿才十四岁,怎么会怀孕?当不了医生你就卷行李回家。吵声惊动了院长,院长让做了B超,也说是怀孕了。我们听后脑子立刻炸了,还不敢相信,又带到县医院检查,结论也是怀孕了。我两口无法面对这一现实,当时真想一起去跳井。后来,追问女儿小燕是怎么回事,女儿只哭不说。她娘说,再不讲实情就要用绳子勒死她扔山沟里喂狼吃,她才讲了真实经过。我女儿小燕到闪红红家第四天,这天白天闪红红不在家,闪红红的男人把门反锁上,连窗子都关严,要对她进行强暴。女儿小燕当时用牙把那男人胳膊咬伤几处也抵抗不了,他用一根细绳子捆住小燕的两只手,小燕就用脚踢,还是抵不过那男人的兽性,最终还是被强暴了。会阴处也破裂了。闪红红从外回来开了门,小燕趁机往外逃窜,要到公路上撞汽车碰死,被闪红红抓住。女儿还是要死不活,闪红红强把女儿安排在宾馆住了三天,还领她到医院在会阴处缝了几针。女儿临走时闪红红塞给她一万元,女儿坚决不收。她还给小燕跪下说,妞回家别告诉你爹妈,你表姨会为你娃娃出气,日后有机会一定杀了他个畜生。她也一直没给女儿说那个男人的姓名和与她的关系。幸好女儿小燕还记得他们住在窑厂小区6号楼一单元三楼东户。今天我们上门去找,门上了锁。访问邻居,邻居说男人女人都早跑了。我们真是上天无梯入地无门,我也没有文化,只有请律师代写这一诉状,请求公安部门亮剑执法,为山民申冤!

控诉人 秦小九
2007 年 11 月 15 日

柳大林看完控诉书后,朝方局长摆摆手,两人出了会议室。他们看走廊里没人,就站在走廊里小声交流。

这个男人很大可能是侯子耀吧?柳大林问。

不是可能,是肯定。方局长说。

情况越来越复杂。柳大林语气坚定地说,不能心慈手软了!

417

方局长点点头说,必须抓捕他了!

二人又进到会议室,柳大林没有做会议总结,只说了一句话:天已经很晚了,随后再找时间讨论。

白娃没有跑远,他就躲在南都市鑫园小区的别墅里。这栋别墅除了闪红红和他,丰和县没人知晓。他觉得住在这里是安全的。这时候他还不晓得强奸秦小燕一事已被告发,更不晓得公安局已动手四处抓捕他。他心里还在生气,气柳大林绝情绝义,若不是柳大林让扒掉超高的两层楼,绝不会引起后边一连串的倒霉事,更不会被逼到躲藏起来不敢见人的地步。况且超规建筑也不是我白娃一个人这样做,你为何先拿我开刀?为保你的乌纱帽就让我白娃倾家荡产?

已快夜间 12 点了,他越想越咽不下这口气,想要发泄,若不发泄天明前可能会憋死。他忍不住拨柳大林的手机,一拨拨通了。对方"喂"了一声,谁呀?

他没有回答自己是谁,劈头一句:柳大林你小子对我下手太狠了!

怎么了?柳大林的声音。

你说怎么了?你想把我侯子耀置于死地是吧?他咬牙切齿地说。

子耀,你在哪里?

你不用问我在哪里?我只告诉你一句话,垃圾桶也有装满的时候!兔子急了也会咬人!

子耀,你回来吧,回来咱们好好谈谈。

没什么好谈的!你柳大林手拍胸膛想一想,你把我姓侯的逼到这一步亏心不亏心?咱上学时候你们家很穷,那时候我对你什么样?咱结拜兄弟时你是咋说的?白娃这辈子没干什么对不起你的事。他把手机从左手换右手,不停地说,唯一对不起你的一件事是把黄花琴领走了。你应该知道民间一句话,母狗不摆尾,公狗不上前。当时黄花琴若没有那个意思,我敢领她跑吗?……你免掉九里山公社书记跌入低谷时,我请你喝酒,要把闪红红送给你陪你开心,而且当时曾说算我白娃还你个女人,你拒绝不收。你不收我就留下自用,你还有什么可仇恨我的?

子耀,你别翻旧账,旧账早一笔勾销……柳大林电话里的声音一直很温和……你回来吧,回来一切都好说,一切都主动,否则你会越来越被动……

柳大林你休想圈弄我,要想让我回去,你承诺政府赔偿我五百万,弥补我扒楼的损失！白娃口气越来越火。

顿了一分钟,听筒里才又传来柳大林的声音,政府会依规办事,依法行政,你还是回到丰和县咱坐下来谈谈,好吧！你也可以说个地方我派车去接你,让你风风光光地回来……

白娃嘿嘿冷笑两声,我知道是官刁死民,但我白娃也不二,你猜我会上你的圈套吗？我懂,凡出卖人的人都是关系最密切的人。我再警告你柳大林一句:朋友翻脸是一把刀！

子耀,你不要……

白娃"叭"地挂了电话,出了气可以心安理得地睡觉了。但他没有想到公安部门能把电话定位。柳大林将与白娃通话情况给方局长通报后,公安立即照定位查到了他的住处,迅速出警在鑫园别墅抓捕了他。

带回丰和县后,方局长组织警力对侯子耀连夜突审。他对强奸少女秦小燕一事供认不讳。

第二天,丰和县公安局又派出两个小组,一个小组负责抓捕闪红红,一个小组到九里山乡后山村找风水先生调查落实有关情况。到了村里,村里人说风水先生刚下葬入土。真的巧,这风水先生也不知是闻到了气息一死了之,还是正如他自己说的,指使别人干伤天害理的事也会折自己阳寿？天知道！

二十六

柳鹭上午去超市逛了半天，她要给爸爸买一件上衣，因为爸爸从来没有穿过名牌衣服。她把雅戈尔、罗蒙、红豆、步森、七匹狼等挑了个遍，最后看中了金利来，就买了一件白底浅蓝色暗条的衬衣。她给爸爸买衣服也是有目的的。她毕业已经快两个月了，去向还不明确。每次说起，爸爸总说，等等，别急。已这么长时间了，她有点等不下去了，所以，她想给爸爸买件漂亮的上衣，让爸爸高兴时好说话。因爸爸这些天来很少高兴，总是阴沉着脸。她中午就等着给爸爸个欢喜，爸爸没有回来。一直等到晚上。

柳大林是将近 11 点钟到家的，仍是一脸的沉闷。他把公文包往沙发上一扔，仍是坐沙发上先抽烟。他今天应酬了一天的小报记者，应酬小报记者要比应酬大报记者累得多，费心思得多，因为小报记者问话比大报记者更刁钻，稍有不慎被抓住把柄就会弄得瞠目结舌，甚至很被动。他今天应对的记者是关于城区中小学大班额的问题。这个问题是个普遍问题，但记者到了丰和县就说是你丰和的问题。也正是由于是个普遍问题，记者才要通过采访解决这个问题。这个问题，也真是他头疼的一个问题。乡里农民进城务工经商的要保证孩子在城里入学，不仅是这些，丰和这地方历史上就有"耕读传家"的社会传统，到了经济发达的今天，乡下的有钱人也都要千方百计送孩子进城读书。现在城里的学生越拥越多，乡下的学生越来越少，越是少越要攀比着进城入学。演员是台下观众越多唱戏越有劲，观众越少演员唱着越没劲。教师也是这样，学生少了教着也没劲，教学质量也就下降。教学质量越下降越留不住学生，形成了恶性循环，城里学生人满为患，师资不足，乡下教师竟有失业的。进城来上学吧，还要择名校，央人托己打招呼，名校的校长在暑假前后得三个月关掉手机躲起来。一个班级八九十个学生，甚至超百人，学生坐那儿伸不开腿直不起腰。两个人的课桌坐三个人,甚至有坐四个人的,得侧着膀子坐。老师隔一段时间得把学生调座位,左边的调到右边,右边的调到左边,不然都得斜眼症了。还有不少家长反映,学生在家做作业,身子也是侧着的,甚至走路身子也侧着,因为形成习惯了。有的还开玩笑说,孩子长大当兵体检怕也不合格,因为两只胳膊不平衡端不稳枪。柳大林又抽了一支烟,还在想。政府不是不知道这个问题,也不是没有解决这个问题,这几年对城区教育的经费逐年递增20%以上,又建了几所新学校,建的新学校比老学校漂亮多了,家长不送学生去,他们说新学校教学质量不高,孩子就没到新学校上学怎么知道教育质量低?硬是要往那老学校挤,任凭身子侧着也要挤,挤进教室了又埋怨坐得太拥挤,口口声声说政府不作为!今天那小报记者提了一个特别刁钻的问题,小学生们坐得那么挤那么紧,会不会容易造成早熟早恋啊?真他妈的狗屁!他真想回答,你问小学生去?可他怕记者认为是搪塞,没敢说出,只能哈哈笑笑。

柳大林大概思想从紧张中松缓下来了,掐了烟,喊了声,鹭鹭,来。

柳鹭早就想把给爸爸买的新衣献上,见爸爸一脸的郁闷也不敢吭声。这时听爸爸喊她,高兴地捧着那件没有拆封的金利来衬衣走到爸爸跟前,说,这是女儿今天给爸爸买的衣服,你试试,这可是名牌的呀!

柳大林手挡过去说,我不穿!

你怎么不穿啊!柳鹭撒娇地噘上小嘴,咕哝着说,女儿给爸爸买衣服是孝敬的又不是行贿的,你干吗不穿呀!

柳大林拍拍沙发,先坐下说话。

柳鹭挨着爸爸坐下,听他要说什么。

暑期马上就要过去,学校就要开秋学了。

柳鹭点点头,是的。

柳大林抻手拢拢头发,接着讲,我考虑了这么长时间,决定让你到三山凹学校去教书。

我才不去呢!柳鹭立刻拉长了脸。

你听我讲完。柳大林给柳鹭说,他的决定基于两点:一、前段时间他去农村学校搞了调研,农村教师结构极不合理,年龄大的多,年纪轻的少,而且缺"音"少"美",天真可爱的孩子们最爱唱歌画画,可没老师教。二、前段时间杜思先生打来电话,问学校学生情况。三山凹学校是华侨捐助的学校,不但不能让这个学校垮了,而且应该走在全县农村学校前头。最后他说:鹭鹭你带个头,到乡下学校去! 随后,县委政府还要动员一批城里老师到农村任教。

我不去,我不去! 柳鹭头摇得拨浪鼓似的说,我不能因为是你的女儿就得到乡下去教书。我堂堂一个本科生,起码也可以在县城高中当个音乐教师吧!

鹭鹭,你听我说。

我不听你说,我的事不用你管了,我自谋职业好了! 柳鹭一偏回了自己房间,"嘭"的一声关上了门。她知道父亲的性格,他每说出一句话都是经过深思熟虑的,谁也改变不了他。所以她不愿同父亲谈下去。

爸爸又来敲门她没开。后来妈妈也来敲门她也没开。她还不耐烦地嚷着,不让你们管我的事,就是不让管了嘛,睡觉! 柳鹭这么生气,不仅是不愿下乡,还有更深层次的原因。她已与友友相爱。两人毕业前商议在哪里就业,友友说他爸爸的名声已毁,自己没脸面回丰和,想远离家乡,况且省城的舞台大些,发展前景也会好些,就在省城就业。柳鹭当时也侧面给母亲谈过,母亲说就她一个独生女,应该在父母身边,况且父亲当着县长在县里想干什么可由自己意志去挑选。柳鹭当时想着也是,她再与友友商议时没达成协议,友友坚决不回丰和。柳鹭给他讲,一二线城市有利于展示才华,能够充分发挥自己聪明才智,发展空间大些,但是节奏快、压力大,得很拼;三四线城市工作生活压力都不大,最舒服宜居,建议友友最好是回到南都市工作,自己先在县城工作,待结婚生子时,父亲是县长何愁调不到市里去。这么说,友友同意了,并已在南都市一家建筑集团应聘就业。可现在父亲要她到山不山川不川的乡旮旯里去,怎么行呢? 别说自己受不了那个苦,与友友见一次面也不容易的。再说,友友会答应吗? 即使友友答应,这么远的距离,婚姻基础会稳定吗? 但这些她知道不能给爸妈说,如果给爸妈讲了,她判断结果只有一个:与友友的婚事告吹。所以,她翻来覆去,一夜都没有睡好觉。

天亮时她才睡着,一直睡到中午 12 点多才起床。妈妈准备了她最喜欢吃的牛奶麦片、烤面包、水果沙拉和八分熟的煮鸡蛋。她又是洗又是刷,又是梳又是抹,就差没化妆。妈妈催促了几次她才到餐厅坐下来。妈妈看着她眼皮微微浮肿,知道她夜里没睡好,趁她吃饭的时间劝她说,你爸也是好意,他可能是想让你去乡下镀镀金。

柳鹭一听又火了,把正喝的牛奶杯放下说,我根本不需要镀金,我本身的光环足够用了,大学本科,学士学位,答辩论文一等奖……全校演讲大赛第一名,市大学生音乐会通俗唱法第二名……况且我准备走专业,并不打算走仕途!

鹭啊,天下父母最真,你爸不论给你怎么安排都是要为你好!杨彩凤文化水平低,她组织不了更好的语言给女儿讲。

柳鹭用牙签边扎着沙拉水果边说,去到那山不山川不川的乡旮旯里,到处脏兮兮的,冬天没暖气,夏天没空调,苍蝇蚊子满天飞……不说这些,好,我不怕吃苦!离城这么远,不说别的,谈个恋爱也不方便,优秀的帅哥谁肯找个乡村女教师!

皇帝的闺女不愁嫁!你爸是县长,瞄你的人多着哩。最近就有人打听你,我说你刚毕业,没上班,等等再说。杨彩凤轻声细语,生怕惹恼了女儿。

柳鹭听到这话心里有点紧张了,她担心父母真给她介绍对象,忙打断妈妈的话,摆着手,打住!打住!我的婚姻你们千万不要操心,我要自己来挑选,我的青春我做主。

好,好,你做主,你只要选个好女婿,我和你爸爸当然会高兴。

柳鹭端起奶杯,咕嗞咕嗞喝掉,瞄妈妈一眼,这可是你说的啊!然后哼着流行歌曲,你从哪里来,我的朋友,好像一只蝴蝶飞进我的窗口……哼着又往卧室去。

晚上柳大林又是回来得很晚,到家又是吸了一阵烟,然后又是那样喊了一声,鹭鹭,来!

柳鹭过来了,咕嘟着嘴站在爸爸身边说,请吩咐。

柳大林又是拍拍沙发,说,坐下讲。

柳鹭挨着爸爸坐下。

柳大林拉开公文包,取出一个信封,递给她说,这是县教委开的介绍信,你先到黄龙镇教办室报到,然后再去三山凹杜思学校。他说着翻眼看看女儿:其实,按规定你应该先参加招教考试,但政府为留住人才,对音乐美术专业开有绿色通道,你就免试了。

噫,你说这我还沾多大光了,我不沾这个光,我不去,坚决不去。柳鹭又气势汹汹地回到自己卧室,把门"哐"一声关上。她更生气的是,爸爸还是过去老子管儿子那一套,在她没答应的情况下硬把介绍信开了。

柳大林身子这两年也有些微胖,跑了一天也懒得动,坐在沙发上气呼呼地大声喊叫着,你去也得去,不去也得去!就念了几年大学不知道你姓啥了!

杨彩凤过来拉他进卧室,快睡吧,大呼小叫的,不怕楼上楼下听见。

柳鹭见爸爸对她发火,本想冲出去干脆把她与友友的事端出来算了。随即想起古人一句话:语迟则贵,事缓则圆。觉得如果这时候端出来,只会给爸爸火上浇油,把事情彻底弄砸。任何时候任何事情硬要往枪口上撞只有牺牲,后退一步则有利生存。她又冷静地想想,现在自己与友友还不到结婚的时候,起码得工作上一年半载,到那时亮牌也不迟。又想到如果这么长时间待在城里,就得住在家里,在家里晚上或是双休日给友友打个电话谈情说爱的甚至约会也不方便,说不定什么时候会被爸妈听着或是露出马脚。从这个角度考虑,到乡下去教书不一定是坏事。就像是一条小鱼放进了湖泊里,任自己去游……想着想着她偷笑了。拿定主意后,她趿拉上拖鞋,开了门,去拍着爸妈卧室的门说,老爸,别生气了,我做乖孩子,听你话,明天就到三山凹去!

你骗老爸的吧?!卧室里传出爸爸的声音。

柳鹭咯咯笑着,不骗你,老爸,真的,别生气了,睡吧!我想起养生专家讲,不要带气睡觉,不要带气吃饭,不要带气喝酒……总之,少生气不会得癌症。所以,我就赶紧给你表个态,不让您老气着了,你快快活活睡觉吧,啊!

柳大林在卧室内听着高兴地操起《红灯记》中李玉和的腔调,好闺女!

柳鹭到学校前几天还算适应。因为小朋友们见到长得这么美丽的音乐教师很高兴。学校里很久没有上音乐课了,即使上音乐课也是男老师。男老师的声音不好听,歌声就像泄洪时的瀑布。现在这位美丽漂亮的女教师,两只白嫩得如芦苇根般的细手指在电子琴键上如蝴蝶般地飞舞,她那清脆的如百灵鸟般的声音,领唱着"让我们荡起双桨,小船儿推开波浪……"一时间,校园里流行起《让我们荡起双桨》的歌声。她望着那一张张鲜花般的少年儿童的笑脸,听着他们快乐的歌声也很开心。很多事情往往一开始都有一种新鲜感,当新鲜感过去的时候,带来的就是无聊。柳鹭也逃不出这个规律。最无聊的是晚上。四年的大学生活,使她习惯了大城市的喧闹和灯红酒绿。而这学校里初中班晚自习过后就黑漆漆一片。学校的老师大部分家在周围或在镇上,下了课骑上摩托或是自行车回家了。她一个女教师,即使有男老师在校也不可能找他们去聊。她除了给友友打打手机别的没什么事干。打手机信号也不好,时而声音清晰,时而声音呜呜啦啦混沌不清,还不停地断线。打一次手机也很头疼很吃力很烦人的……

刚过一个星期,她寂寞的问题就得到了解决。郜丽来了。郜丽在九里山当了一段时间的村官,就调到了黄龙镇并提拔为镇妇联主任。乡镇干部都要分包到村工作,郜丽原本包的鲁氏营村,柳大林给涂富国打了招呼,就把郜丽调整分包三山凹村,目的是让她来给柳鹭做个伴儿,方便生活。郜丽当天上午骑着摩托车来到学校见到柳鹭时,两个人激动地拥抱在一起,拥抱得比一对情侣还亲。郜丽现在也变了,已没有以前的秀气和水灵,脸晒得黝黑,说话粗门大嗓的,甚至还带脏字。这也许是当村官磨炼的,也许是结婚生子后的必然。她见了校长就开门见山地说,我就吃住在学校里,来当护花使者。校长说,现在老师和学生都少了些,房子宽余,来你三个也欢迎。郜丽就在学校住下。当晚她俩还习惯地睡在一张床上,兴奋地谈论到半夜。当郜丽告诉柳鹭,是柳县长专门让她到三山凹包村,实际是让她来陪伴她时,柳鹭说,爸爸真好。郜丽说,别看你爸爸脸色总是很严厉,其实他内心很温柔。柳鹭说,爸爸是刚柔相济,绵里藏针。郜丽一伸大拇指:正确。

一眨眼到了深秋。

星期日这天一大早友友给柳鹭打来电话,说南都电影院里新上映电影,女主角是栗薇。栗薇是柳鹭心中崇拜的偶像。友友知道她心中这个秘密,所以给她打了这个电话。柳鹭听了十分高兴,要郜丽骑摩托送她到黄龙镇。现在乡下乘公共汽车已不像二十多年前那么难了,到处都通了公路,乡镇都有了直达市里的班车。柳鹭到黄龙镇就直接搭上了去南都市的公共汽车,不到 12 点钟就在南都汽车站下了车。友友在车站门口迎接她,还给她献上一束鲜花。鲜花里有她特别喜欢的红玫瑰、康乃馨。她知道红玫瑰的花语是热恋,康乃馨的花语是热情、魅力,使人柔弱的爱,真情,温馨的祝福,热爱着您……一个恋,一个爱,合起来就是恋爱。她抱住鲜花那一刻,激动得在友友脸上吻了一口。友友当然也表现得更为热烈,吻了她的双颊。这时候,他们两个怎么也想不到两架由上帝创造的极高像素的照相机"拍"下了这个镜头。

他俩手牵着手沿着大街往前走,柳鹭的手机突然响了。她在黄龙镇上车后关闭了手机,十分钟前估摸友友该给她打电话了才开了手机。她一看是父亲的电话,神情紧张地看着友友说,我爸的电话。友友说,接吧!

喂,老爸!

啊,鹭鹭,你在哪儿?

我在学校。

是在学校吗?

是在学校。她回答时心有点虚。

天凉了,你妈妈说,让给你带床厚点的棉被捎过来。

不……不用了。下周日我回家取。柳鹭的心更虚。

我马上就到。

马……上……? 柳鹭心里更加恐慌,额上出了虚汗。

爸爸已挂了电话。她给友友说了爸爸的情况。友友说,你快回电话,给爸爸说实话。

怎么说? 柳鹭瞪着一双恐慌的眼睛,我说找你谈恋爱来了?

友友手扒着她的肩膀,耳语了几句,让她快回电话。

柳鹭忙回拨了电话,笑着说,老爸,我刚才以为你给我开玩笑呢,我也就给你开玩笑了。实际上,我来南都了,想看场电影,新上映的,栗薇姐姐是主演。

什么时间的电影?

下午1点,1点钟的电影。

哦,看完电影晚上一定回来。

好的,爸。

一定!

一定!

柳鹭挂了电话,出了一身虚汗。妈呀,没说过谎话,说谎话是这样的难受。

你为什么要说谎话呢? 友友看着她问。

善意的谎言。柳鹭用手抹着头上的汗珠。

我不认可善意的谎言,善意的谎言也是谎言,也是在欺骗人。友友很认真地说,我爸吃亏就是因为他一辈子都在说善意的谎言。

我如果不说谎,我爸妈肯定不同意。

不同意就不同意呗,也用不着说谎,这是必须面对的问题。

柳鹭把抱在怀中的鲜花狠劲摔在地上,呜呜地哭起来,我跑这么远来找你,你原来就是这么个态度。

友友弯腰捡起地上的鲜花说，我说的是实话，鹭鹭，我虽然很爱你，但我知道最终是竹篮打水……我知道……我知道我父亲的事太恶劣了！

电影不看了，回家！

电影还是要看的，票已买了，退不掉，也转不了手了。

……　……

柳鹭怎么也没有想到，自她从汽车站出来，父母亲就一直在她身后。的确，父母亲是要给她送棉被子的。今天是周日，父亲有点空余时间，母亲说天凉了该给鹭鹭送床厚点的被子。父亲就答应了。父亲想着去前给她打个电话，免得她外出到山上什么地方玩了，耽误时间。柳鹭是一上公共汽车就关了手机，怕的就是父母亲打电话。没想到父亲打她电话打不通，就打了郜丽电话，问柳鹭的情况。郜丽不知其中缘由，实说柳鹭去南都了，并讲了具体过程。柳大林把话学给了杨彩凤，引起了杨彩凤的警觉。世界上唯有母亲最了解女儿。她早感觉到柳鹭与友友的一些蛛丝马迹，柳鹭过去一天几次给她打电话，为什么今天不告而辞去了南都而且关了手机？她以前去南都坐过这趟班车，知道这趟车的时间点，就给老公说，也赶上这趟班车，跟柳鹭一起逛南都。柳大林想，今天总归是星期日没有什么要紧事，就答应了老婆。他们提前十分钟到了车站，看到了柳鹭从汽车站出来。令柳大林震惊的是，接他女儿的男孩竟是老白娃的儿子。从友友献花那一刻，他就看得一清二楚，心都要碎了。他要让司机停车，想跳下车去，大喝一声干什么的！杨彩凤忙拽拽他的胳膊，他明白司机在场，自己又是一县之长，极力咬着牙忍住，就是在车上打电话也还装得很平常，但司机哪能知道他是在上牙咬着下牙，差点把牙咬碎。直到看见柳鹭与友友进了电影院，他才让司机开着车到市政府院里绕了一圈，佯装找个市领导，之后，才回到家来。他回来的时候，还给柳鹭发了一条信息，要她看完电影一定回来。

柳鹭晚上9点多钟的时候回来了。柳大林长吁短叹地躺在沙发上。柳鹭也故作没事一样地笑着去坐到沙发旁边的一把椅子上，说，哟，老爸，你宝贝女儿去看个电影你就这么不高兴哟！

柳大林突然从沙发上气势汹汹地坐起来问，你跟谁一起看电影？

我一个人呀！柳鹭说得真的一样。

再说一遍。

我一个人。

谁给你献的花？柳大林开始揭老底。

没，没人给我献花呀！柳鹭心虚了，但嘴还硬，我看个电影，还有谁献花呀！又不是皇帝的女儿！

别嘴硬！柳大林手指着她说，你为什么把花摔在地上？是谁又把花替你捡起来？

没，没有啊？柳鹭嘴上这样说，心里却在想，怪，这些情节爸爸怎么知道呢？

尽说假话！柳大林手拍拍茶几，茶几上的茶杯都震得掉到了地上。

柳鹭虽不清楚爸爸怎么知道这些，但清楚一点，纸包不住火了，便假笑着说，爸你想听真话？

嗯。

只有给你说真的了。柳鹭很平静地说，既然你知道了刚才说到的那些细节，你就应该明白，我和友友恋爱了。

柳大林又"啪啪"拍拍茶几，你怎么能和他谈恋爱？！

柳鹭也生气地站起来，反问道，我为什么不能和他谈恋爱？！友友是优秀大学毕业生，是大学生中的优秀共产党员，曾获职业生涯规划设计大赛一等奖，三争三创演讲一等奖，中原市大学生田径运动会马拉松赛第三名，学生会副主席，毕业前抢救落水儿童还获得了见义勇为奖，他哪一点不好？！

我没说他不好。柳大林站了起来，两手插在裤兜里，两道目光像箭一样射向柳鹭，他爸是强奸犯你知道吗？

杨彩凤这时也从卧室走出来说，他爸还是你爸的情敌！

柳鹭冷笑一声，说，这太狭隘了吧？

去去去，说这干吗！柳大林朝杨彩凤摆摆手，示意她别插嘴。

柳鹭接着对父亲说，他爸是强奸犯我知道，但也不能搞株连啊！"文化大革命"中划分黑五类，还有可教育子女政策呢。

你说得没错，我的宝贝！柳大林弯着腰皱着眉嘴唇几乎挨着柳鹭的鼻子说，你没替我想想，让我这个县长怎么面对一个强奸犯做亲家，况且这个犯人现在还没有宣判！

柳鹭沉默了一阵，也站了起来，也双手插在裤兜里似笑非笑地说，其实，这个问题解决起来也很简单，你只用卸掉县长的面具就好面对了。

柳大林整个身子都在发抖,他叹了一口气,抖动的手指着柳鹭说,让你去读了四年大学,唯一让我感受到的是你学会狡辩了!

不是狡辩!柳鹭看着父亲,她觉得似乎面对的不是父亲而是一个辩论的对手,仍用犀利的语言说,任何一桩事情的出现都不是孤立的。按照辩证唯物主义系统论的观点,友友父亲走上犯罪道路有多种因素,多个人造成,包括你这个县长也有一定的间接因素。

柳大林恼羞成怒地骂道,柳鹭,逆天了,你?!

不是……

鹭鹭你别犟嘴了。柳鹭还要反驳,杨彩凤从屋里出来拦住她的话,你和友友这桩事,别说你爸反对,妈妈我也反对。你真与友友结婚众人不耻笑你也耻笑咱家。唉,老天爷要是有眼,现在让老白娃个龟孙死了,这事也就好办了,妈也会答应。再退一步,老白娃若是去拦路抢劫当刀客,别强奸人家女孩子,也还好听,你别执拗了!

柳大林余怒未息地坐到沙发上说,现在看,让你去乡下教学去错了,你还回城里来教书吧!

柳鹭用鼻音"哼"了一声说,老爸,你还是县长哩,当县长也得有当县长的章法啊!你想让我下乡就下乡,想让我进城就进城,那么容易?

柳大林又"叭"一拍桌子,我有这个权力!

你别老拍桌子!柳鹭仍不示弱,用嘲讽的口吻说,我不否认你的权力。我明白你的意思。其实,你想错了,与友友恋爱是我的权利,不是你让我谈就谈,不让我谈我就不谈。

柳大林又啪啪拍拍茶几,老子我有的是办法!

好吧,我等着你的办法,拜拜,我现在仍回三山凹去!她说着拎起放在桌上的包扭头噔噔噔下楼去。

杨彩凤急了,撵到门口喊,这么晚了,你去哪儿? 拐回来!

柳大林嚷道,别喊她,她愿去哪儿去哪儿!

杨彩凤扭回头来咕哝道,老古语没错,养个闺女是冤家!

二十七

　　王春宝家门口灯火辉煌,热闹非凡,出出进进的人穿梭不断。这些穿梭不断的人都是为他结婚帮忙的。他原本是计划春节就与丹桂香举行婚礼的,丹桂香是个知书达理人,说还是等大脚嫂过了周年,不过周年起码也过去个大半年,这样对过世的人也尊重些。桂香这样说,他自己还有什么说的呢。

　　丹桂香和春宝去镇上民政所办了结婚证就一起到家来。其实他俩早已偷吃"禁果",重温"春梦"了。那是在年前腊月间,是"三粉"销售的高峰期,张宝山派丹桂香到深圳去促销,他给王春宝打了电话让到火车站去接人。王春宝那几天什么事也不干,就一天到晚围着丹桂香转,天天顿顿吃海鲜,生蚝、扇贝、三文鱼、大龙虾什么的。这东西蘸芥末生吃味道最好,刚开始丹桂香吃不惯,吃了两顿觉得生吃比做成熟的好吃,也就习惯了吃生的。刚开始吃生的有点闹肚子,春宝说,喝点白酒就好了,白酒杀菌。丹桂香试了试喝了几杯白酒很管用。临走的前一天晚上,春宝在一个大海鲜店定了桌,让革儿和湘妹子都去陪,点的海鲜应有尽有,除了常吃的几样,又加了海胆、金枪鱼、象拔蚌,还都是活的。这晚,丹桂香吃了不少,白酒也喝了不少,说是晕了,也知道路,说是醉了还认识人。回宾馆没脱衣服就躺床上了。

　　春宝因第二天早晨得送她去火车站,就也在宾馆住下。标准间两张床,不睡也浪费了。他也就躺那张空床上。那几类生猛海鲜吃了壮阳,夜间春宝身子燥得受不住,忍不住扒丹桂香的衣服,丹桂香半醉不醉半推半就的,春宝就干了,还挺棒。久旱逢甘露的丹桂香虽蒙蒙的,但也感到前所未有的爽。第二天早晨他俩不知是真睡过了还是都有意睡过,误了车,又续了一天房,多住了一夜。王春宝送桂香上火车站时,桂香抛了一句,张宝山说人的实际年龄与生理年龄不是一回事,这话不假。春宝咧嘴笑笑说,现在生活水平高了,幸(性)福指数也高了。所以，他俩的婚礼咋办只是个形式。丹桂香也不计较细枝末节，一切随春宝的意，她只说个大原则：热烈，简单，自己高兴，也让大家高兴。其实春宝啥事都与她商量着来。有两件事办得别出心裁，与众不同。

第一件事，婚联。上联是：大脚无情弃我去，下联是：桂香有爱进门来。横批：你情我愿。这对联也是春宝与她商定的。春宝原来想的婚联是：大脚无情离人间，小香有意进门来，横批：上帝安排。丹桂香将他说的修改了，她解释说，写大脚无情离人间，既悲伤又哀怨，写成大脚无情弃我去，表示着不舍与怀念，新婚不忘旧人。下联呢，"意"是个多用字，"爱"是个专用字。贴到门上，看见的人都赞扬说，这婚联写得好！

第二件事，待客。原本几个近门弟兄说春宝娶了丹桂香这样的好女人，多买些烟花爆竹放放庆贺庆贺，实际是想炫耀炫耀，春宝说花那些钱没用，那是过眼烟云，等于是烧钱还污染空气，深圳那些大城市从来就不放鞭炮，烧那些钱不如请客人吃了喝了。对请客这件事，王春宝与丹桂香有点小分歧。丹桂香的意思是，二婚了待啥客的，自家人吃个饭算了。春宝说，得待客。这些年他不在家，逢年过节亲戚家也没个来往，时间久就断亲了。他还有个想法，说自己当生产队长时没领导好，使全队社员们饿了肚子，现在借改革机遇自己挣到钱了，请原来生产队的社员们大吃大喝一顿，算是个弥补。丹桂香说，原来的生产队已经解体，在原来生产队基础上改成的村民小组已不是原版，有些户都迁走了或是举家进城了，有些户是后来划过来的。春宝问现在咱三山凹村（指自然村）有几个村民小组，丹桂香说，原来是三个生产队，现在还是三个村民小组。有多少户？二百四五十户。春宝一拍大腿说，全待客，一户来一个代表，男人女人大人娃子谁来都可以，概不收礼，谁的也不收，一分钱也不收，算咱犒劳乡邻了。丹桂香说，你再想想，算不算大操大办，铺张浪费呀？春宝拿不准，安排人去请来宝山。

宝山听春宝说了待客计划后问，全待客得多少桌呀？春宝扳着指头算，一户来一人，也就二百四五十人，一桌坐八个人，也就三十多桌，加上老亲旧眷，四十桌足了。一桌八百元，七碟子八碗，红肉白肉，四喜丸子什锦汤，面叶馃子都有，也够丰盛了。四十桌也就三万两千元，加上酒水满打满算六万元包住了。宝山盘算盘算，六万元对春宝不算啥，至于算不算大操大办，他不收礼请大家吃饭应该不是问题。他又多了一个心眼，过去黄新月给丹桂香闹过两次，真不真，假不假,沸沸扬扬的,现在王春宝与丹桂香结婚了,村里人都来吃酒席了,啥都清楚了,"余毒"也彻底肃清了。宝山想到这些,帮他们拿了主意,可以这样办。

　　事情定下来之后,春宝又说,村里二百四五十户一户一户去请,太费时间,按理说,得家家送喜帖,时间也来不及。村里现在也没大喇叭了,不能在大喇叭上喊了,看咋样能把他们的美意传递给各家各户。宝山低头一想,把三个村民小组长叫来,让三个组长分头通知各家。这个办法好,任务压给了三个小组长,春宝就不用操这份心了。现在村里待客也比以前省心省事,不用请厨师垒锅灶,东家借桌子,西家借椅子。镇上有红白喜事服务公司,只用把定金交上,标准说好,一条龙服务。掌勺的,刷锅的,洗碗的,连端菜的服务员都一个团队全来了,蒸笼、面板、大锅、小锅、桌子、椅子、帆布篷一共两汽车就拉过来了。现在那一群穿来穿去的人,都是在忙着搭棚子,摆桌子,擦椅子……为明天中午的四十桌筵席紧张地做准备。

　　第二天早晨,帆布篷全搭好了,晴天不怕晒太阳,阴天不怕下雨淋,四十张酒桌一字排开,拉一百四五十米长的距离,很是气派。服务小姐们穿着整齐的红色服装忙个不停,从厨房里冒出来的炸油馍煮羊肉烧鲤鱼的香味儿弥漫了整个村庄……

　　快中午的时候,一些远路亲戚陆续到了,村子里只有没上学的馋嘴娃娃在待客现场绕来绕去,讨块糖吃或是抓把瓜子焦花生就跑了,大人们几乎还没有来,只有几个村干部和三个小组长来了。春宝知道,农村人没有时间观念,习惯的是要干就把活儿干完再吃饭。春宝看看手表,过 12 点半了,心里有点急。过去有句话叫客走主人安,现在春宝的心情是大家快点来吃了喝了心净。他对宝山说,这时间了,咋还都磨蹭着不来? 咱又不收礼,他们怕掏钱? 没讲清楚? 宝山说,不是,给大家宣传过了。他让找来一串鞭炮燃着噼噼啪啪响了两分钟,这叫"齐客炮"。农村人习惯是听到这鞭炮声知道要开席了,就会去入席就座。

　　鞭炮声响过一阵子了,还不见上人,春宝急得头上冒出了汗。宝山理解他的心情,让几个村干部和小组长们再分头去家家户户喊人,可几个村组干部几乎没喊来人,硬拉了几个人,到门口松了手又跑了。过了午后 1 点钟,村里还是基本没来人。春宝问宝山,咋办? 宝山也有点生气,不悦地说,芝麻秆喂驴,吃不吃由它,人不识抬举没办法。已来的客人早饿透了,只有开席,七拼八凑,连春宝的近门人都坐上,只坐了九桌半,那半桌是只坐了五个人,没坐满。没坐满也开席。刚开席,来了一个人,黑炭娃。春宝和宝山忙拉他入席。他半猫着腰看看桌上的酒,什么酒呀?二曲!啊,二婚喝二曲呀?二曲算屌!就拿这小酒敬乡亲啊!他瞅瞅春宝说,你以为你有钱了,不收礼就请吃酒席了?谁稀罕!他拍拍腰包,没有多的有少的,礼钱还是掏得出来的!你耻笑乡亲们没钱?是没有你钱多,呵呵!呵呵!他这时从裤裆里摸出一瓶绵竹大曲,呵呵,你们喝二曲,我喝大曲,醋匠还是喝得起的!呵呵,呵呵……财大气粗就喝个茅台五粮液呗,或是也喝个大曲?谁拉也不坐,闹一阵走了,很臊人脸!

丹桂香也气鼓鼓地躺在床上。她自从在代销点工作到现在,在三山凹也算是个人前人,今儿个她也觉得脸面丢大了。更重要的是过会儿得陪着春宝去给所有的客人倒酒表示感谢和敬意,这是新郎新娘必不可少的一道程序。可她今天觉得是怎么也出不了这个门,没脸面对那些客人。她想了想,对春宝说自己头晕得厉害,速去派人找村卫生所的医生来。不一会儿,卫生员背着红"十"字箱来了,是个三十多岁的女人,是县卫校毕业的。卫生员给她检查了一遍,说没什么毛病,只是血压稍高一点不碍事,休息休息可能就下去了。她要求卫生员给她输液。卫生员说,大姐,你这情况不需要输液,况且扎针挺难受的。她说,我不怕难受,输点盐水就行。卫生员无奈给她扎上针输液,她算逃避了给客人敬酒这一关。

下午三四点钟,婚事服务公司的团队人马大部分都撤了,帆布篷也撤了,锅碗瓢盆桌子椅子也拉走了。婚庆公司把那些剩菜剩饭装满两个塑料桶,拉到养猪场又卖了钱,可春宝该掏的钱一分也没少。

晚饭后,客人闲人都走完了,王春宝又把张宝山请来,拾掇了四个小菜,拿出了一瓶好酒,丹桂香也一同喝着说话。

王春宝先举了一杯,咱喝吧,宝山,今儿个,你哥脸掉到地上了。

宝山喝了,酒杯一放,说,别在意。

王春宝实际想与宝山探讨一下今天出现这尴尬局面的原因,又叹口气,问,黑炭娃今天来闹啥的?还是因为我当生产队长时得罪了他吧?

不是。宝山摇摇头说,过去二三十年了,谁还记得那!

丹桂香问,莫非是我改嫁村里人看不起?

也不是。宝山摇摇头,现在这年代旧思想早没了。

要么是我年岁大些,桂香岁数小些,我娶个娇滴滴人们羡慕嫉妒恨?春宝又问。

宝山还是摇头，你说的原因都不存在。你和桂香要结婚走到一起在村里传说大半年了，说风凉话的人没几个。

要么是没上门去请，没送帖子，礼数没走到？春宝觉得这种可能大些。

宝山说，现在人们对礼数没有早些年讲究了。

那到底有啥原因？春宝追问。

宝山主动给他两口子碰一杯，喝过之后，宝山伸出两个手指头，嘴里吐出两个字，仇富。

仇富？

嗯。

春宝与宝山互相对了眼神。

宝山又举杯给他两口碰了酒，喝过之后接着说，我下午在村里串了串，听了听，琢磨琢磨，深层次原因可能就这俩字。咱这农村人也怪，你真要收礼待客，他必来，没钱借钱也会来。为啥？他得撑这个面子，行这个人情。旧社会遇着大灾荒，穷苦人饿得要死，到大户家吃舍饭，脸能拉下来，谁也不嫌丑。如今，谁也不欠吃欠喝，你免费请村里人吃喜酒，他们觉得你腰缠万贯要大牌了，烧躁了。他们心里还说，俺也不是掏不起那十元八元礼钱，你有钱要大牌你要吧！谁也不稀罕免费吃你那喜酒。黑炭娃虽是耍酒疯，也能明白其中味。

丹桂香点点头，现在社会上仇富的人是有的。

王春宝听了，瞅瞅丹桂香说，老婆，你还是跟我上深圳吧，别舍不下这山窝窝。我知道，咱这里农村人眼界窄，笑人贫，恨人富，我知道，根深蒂固。

丹桂香瞅瞅张宝山，没说话。

此事怪我事前没参谋好，我自罚一杯。张宝山说着斟了一杯喝了。王春宝、丹桂香也陪着喝了一杯。

张宝山放下杯子看了看王春宝说，春宝哥！咱这里有句老话，在哪儿跌倒从哪儿爬起来。有志男人都是这样。依我看，脸丢在哪个地方还从哪个地方捡起来。你在外边干得再大，挣钱再多，是你的，富不了乡邻，也不能给乡邻带来实惠。依我看，你在咱三山凹干出个名堂带富乡亲最好。

这话说到丹桂香心窝处。她一直不想离开三山凹，主要是惦记豹子爹娘和两个孩子。她举起手说，我赞成宝山的意见。

王春宝脸又拉下了，说，宝山你说的理也是理，我也懂。可咱三山凹干啥能挣来钱啊？除非北京城迁到三山凹才能有工程干！

张宝山一笑说，北京城也迁不到三山凹，北京城也不容易迁，迁个县城也不容易的。你若有心在家干，我明天带你进山看看。

来，来来，再喝一杯。春宝说着又斟满三杯，各自端起来咕嗞嗞干了。宝山放下酒杯站起来开着玩笑说，我知道你两个也盼望已久了，不耽误你两个抱住睡觉。你俩夜里好好想想，商量商量，想通了，明早春宝哥叫我上山。不叫我，我就进城找柳大林去，还让他协调外汇购泰国木薯干的事。

第二天一大早王春宝就叫上张宝山进山。宝山带他来到了太公湖边，站在一棵大松树下给他讲，咱这太公湖名气很大，有很大的开发价值，西边连着二龙三潭、宝天曼、老界岭，东边连着五朵山、楚长城、七十二潭，再远点，东连少林寺，西接兵马俑。太公湖一开发，就会与这些景点连成一条旅游热线，游客多的是，门票收入一年估计上千万。宝天曼、老界岭景区周围都是农家乐饭店，沿途几公里都是小卖部和旅馆。太公湖景点搞起来，也会到处都是农家乐，小旅馆。能带动好多产业项目，周围百姓就跟着富起来了，到那时候村里人谁不说王春宝好，王春宝棒！宝山同他讲时，还伸出一个大拇指。

王春宝想了想讲道，说姜太公在此钓鱼是民间流传，没有史料考证，据说姜子牙就没在过咱这一带。

张宝山笑了，没有史料考证才好办哩！我听一位高人讲过，开发旅游四个字：造谣，造假。姜子牙没在过这里，咱也可以编他在过咱这儿，而且编得比真的还真。就是联合国教科文组织来了咱也敢跟他们辩论。我去云南旅游，导游小姐一块石头讲半天。景观嘛，可以打造，周边绿化起来，把铁河水库的水引过来，养两只天鹅游着……思路开阔点，肯定能打造好。他们继续往山顶上爬着。到了山顶，一看太公湖像个太极图。王春宝惊奇地瞪着眼睛说，怪！这湖有点怪。宝山笑笑说，不是怪，是贵。画龙点睛之处就在于这湖像个太极图，世界上独一无二吧？

王春宝点点头。宝山又带他沿湖看了一圈，指指点点的。看完之后他们又坐在一个大石盘上休息。王春宝心里又默谋了一会儿，说，如果我要开发，得把革儿拉进来。

他娃子行吗？宝山明知故问。

春宝一伸大拇指,当然行,这娃精着呢,脑子比我好使! 随之,他又神秘地问,丰和县驻深圳务工经商人员党委会要吸收革儿入党,给村支部来函了吧?

来过函了。

那就好。

我还是他的入党介绍人呢。

我知道。

在返回的路上,王春宝又对张宝山说,搞旅游开发规划设计很重要,咱都是外行,只会看个热闹,咱进城找找大林,他眼界宽,让他给选个设计院好好设计设计。宝山连声说,当然是,当然是。春宝又说,我还得回深圳,找山西王老板汇报汇报,争得他的支持。这也是个礼节,不能说走就拍屁股走。宝山又是连声说,当然是,当然是。

王春宝回到深圳,当晚就提两瓶洋酒和一包喜糖去看望山西王老板,因他现在是集团公司董事长嘛,况且自己能发展到今天,成为人前人,是得了王老板之恩。到了王老板家里,王老板说,屋里太闷,要到海边喝啤酒去。他知道王老板爱晚上去坐到海边那块大岩石上唠嗑,坐岩石上有海风吹,凉习习的,还有海浪哗哗的涛声,让人心旷神怡,既可解除一天的疲劳,又能焕发激情,迎接更好的明天。他们路过一家小商店时,春宝顺手拎了一打百威啤酒,两个人就坐在大岩石上喝着啤酒唠嗑。

喜事办得挺顺利吧? 王老板问。

春宝"嗯"了一声,回答,还算行。

王老板拍着他的肩膀说,老弟呀,你真有艳福啊,五十大几的人啦,又娶个年轻漂亮的媳妇。

王春宝笑笑,朦胧中也可以看出他是得意而又不好意思的笑。笑过之后说,也是托老板你的福啊!

是春宝你自己的积德啊! 哈哈。王老板笑得很爽朗。

顿了一下,春宝说,这女人哪儿都好,就一点不好,她咋也不愿到深圳来。

那咋办? 还能两地分居? 王老板很认真地说,你俩也算跟老夫少妻沾点边啊,短时分可以,长时间不行。

她还想让我回去。春宝试摸着说。

让你回去?

嗯。

还回去种地? 王老板有点不悦地问。

村里有个旅游项目,村支书也支持我开发。春宝把太公湖的情况及村支书的开发设想给王老板一五一十全讲了出来。

王老板好一阵没说话,连喝了两瓶啤酒,最后把一个空酒瓶"嗖"一声摔到海里去,扭过头说,回吧回吧!

春宝从来没见过王老板往海里扔过酒瓶,知道他心里不悦,便说,老板,我只是给你汇报汇报,也没想着就要回。

回吧,我也支持你回。王老板话语里没有任何不满的情绪,只是有点不舍的意思。回去也好,对家庭有利,对村里也有利,现在各地都希望回归创业嘛。

谢谢老板理解。春宝诚惶诚恐地说。

那你这里一摊子打算咋办? 王老板问。

春宝当然已想过这个问题,但也不是心里完全有数,慢吞吞地说,这一摊子就留这里,老板你看,如果有人接了让别人全接了更好,给多少钱都行,分批给也行,村里开发的项目如果能上马,也是陆续用款。王老板听了一时没有说话。春宝又接着说,自己也不是马上就走,旅游项目还得搞前期论证,规划设计。如果开发可行就回去搞,不行就不回了。如果回去,干成了干;干不成还来深圳跟王总干。

王老板心里默谋了几分钟,果断地说,王春宝,你别讲晃荡话,大男人,说话办事不能尿不尽似的。记住,开弓没有回头箭! 然后,又掂起啤酒瓶与他对酒。

返回时,王春宝又绕到三山凹美味"三粉"经销公司,见屋里还亮着电灯便敲了门,是湘妹子开的门,她一看见王春宝便热情地说,王伯伯屋里坐。春宝进屋后,见她只身一人,便问,革儿呢?

湘妹子说,他去参加新党员宣誓会去了。

太好啦! 王春宝很激动。

我也说好。湘妹子也喜滋滋的。

王春宝坐下就与她聊,聊了这一段的经销情况,又聊到准备回三山凹搞太公湖开发,最后说,想带革儿一同回去。湘妹子听了说,我支持,景点建成了我带朋友们去那儿玩。王春宝逗她说,革儿走了,你会不会丢了? 湘妹子咯咯笑

你养过孩子,应该知道。孩子年幼时生一次病,发一次烧,免疫力就比以前强了,生病次数多了,发烧次数多了,免疫力就更强了,身体就结实了,扛得住风寒。王春宝心情极为复杂地说,娃子也真是有种气。不过,我心里也真是下不去。宝山又摇着蒲扇说,你们都别放心上,十五天一晃就过去。

　　夏天的雨后,大地焕然一新,天空变得湛蓝,空气也变得新鲜。小鸟们也呼朋唤友地从林子里飞出来,在蓝宝石般的天空中自由自在地飞翔,河里的小鱼儿在水下快活地嬉戏,湖里的小青蛙也把荷叶当作了它们的游乐场,在上面一会儿跳一会儿叫,一会儿唱一会儿笑……好像万物都是高兴的,就连地上的小草也发出吱吱的声音,伸着脖子向上长。

　　工地上民工们因大地的退热清风的凉爽也有了好心情,干着活儿有说有笑。还有人破喉咙哑嗓地唱着陈年古代的野调"疙弯弯,疙弯弯,大姐担水不换肩。一担担到麦子山,麦子山,有人看,姐儿长个满月脸,胭脂官粉擦半碗……"丹桂香知道春宝这几天心情不好,专门来到工地上陪春宝。她听到这野调饶有兴趣,跑去站到窗子前听,听得咯吱咯吱笑了。唯有王春宝坐在简易房里仍是一脸的抑郁。革儿被森林公安带走后,他就像被摘了魂似的。尽管张宝山安慰他说,十五天一晃就过去了。可他咽不下去。他想起小时候跟一群大孩子去玩耍,路过一家桃园,大孩子们偷了桃子嘎嘎笑着跑了,他没有偷桃子,却被桃园的主人抓住打了一耳光。他觉得这次就像小时候那次一样的冤屈。他在简易房里一会儿站起来面对着墙壁骂骂,一会儿又坐下长吁短叹。这场猛雨唯独没有冲刷走他的坏情绪。那人儿还在唱着:看看身,是好身,绸子布衫花对襟;看看腿,是好腿,绿绸裤子刷露水;看看手,是好手,又白又嫩莲花藕。丹桂香听完那段野调儿,又转过来往他的茶缸里续着水劝着他,别气了,宝山、新月都不气,你还气个啥的?气坏了你身子工地上的活儿就搁下了。春宝听了也说,不气了,走,到工地上看看去。刚站起来听见外面传来汽车"嘀嘀"的喇叭声,又扑通坐到椅子上,脸色变得煞白,眼睛瞪得乌鸡蛋似的结结巴巴地说,丹桂香,你……快看看……是不是……森林公安又来了?

　　丹桂香大步跑到窗口,侧歪着头往外看,一辆白色的面包车开到了门前的大路上。雨后道路松软,轧下去两道深深的车轮印痕,车轮转动甩出的细砂浆溅在车身上。她头还没探出去,看见宝山摇下车玻璃喊着,春宝,春宝在没在?

车这时停稳了。王春宝一边答应着一边往外跑。在，在。话刚落音，车门开了。天哪，是大林！王春宝几天来第一次笑得这样灿烂，脸上的褶皱都是笑。他上去紧紧握住柳大林的手，你回来了！大林给他介绍着跟随在身后的人，旅游局长蔡景春，交通局长孟长安（陶局长的后任），政府办主任方占坡……涂富国就不用介绍了，春宝笑着同他们一一握手。领导们都伸出的是一只手，他是双手紧紧地攥住。张宝山最后下车。他说宝山，你也不提前给我打个招呼？宝山说，领导不让我打招呼。

柳大林很自然地朝施工的地方走去。宝山推他快去陪着大林，好好汇报。王春宝跟上去，也不知从何汇报起。没等他开口，大林先说了一句，春宝哥，你是丰和县第一个回乡创业的。他附和着，应该的，应该的。大林又说，改革初期你没跟上，这几年步子可是快了许多。春宝仍附和着说，应该的，应该的。大林接着又说，初期的一些莽汉已马失前蹄了！春宝明白他话语的指向，不知接什么话好。走到由两根木杆子架着的"太公湖旅游开发效果图"前，大家都站住了。大林要他给各位作了讲解。讲解完后，大林又把张宝山叫到跟前说，太公湖的开发视野要再开阔一些，格局再大一些，这个作为一期，周围再规划一下，周围几千平方米都绿化起来，变成森林氧吧，也可以叫绿叶配红花，否则，只是一个盆景。最近宋书记去江浙一带参观回来讲，我们要学习践行江浙的"两山"理念。我们原来提的山要变成花果山，路要变成金光道，河要变成银河水，有点空洞。我们要先把荒山变成青山，让青山绿水成为金山银山。这次让旅游局长、交通局长跟我一起跑，就是要先调研，把我们丰和山区的旅游资源摸透，建成一个大旅游圈，太公湖就是大旅游圈的起点。所以，起点要高，气魄要大。大家一齐鼓起掌来。掌声刚落，大林又要去看钓鱼台。

看钓鱼台时，大林问，姜太公的雕塑计划用什么材料？

王春宝答，铜像。

铜像？大林眉毛头皱着自语。

设计院讲，太公是圣人，应该是铜像。春宝解释说。

大林抬起头说，设计院只考虑了一面，没考虑另一面。当然，圣人雕像可以都是铜像，可铜像一般都在地面上，与空气接触，不接触水，即使风吹雨淋也是有时限的。可太公像是立在水边的，天天雨露潮湿，铜长时间见水会生锈的。其实，依我之见就用我们伏牛山的大理石。我见过我们丰和石匠雕的人像，看上去惟妙惟肖的,不次于巴黎罗浮宫的断臂维纳斯。

春宝听了说,你给牵个线,我们去联系。

不!大林摆摆手,我只是一家之言,你们与专家再探讨探讨。

春宝指点着介绍了姜太公钓鱼台周边其他渔翁的设计,小木屋的布局,还有山包上建造八角亭的位置。

柳大林朝张宝山摆摆手,要他过来与王春宝站在一起,然后说,有一点,你们要明白。游客到这里并不是真要看姜太公钓鱼的。钓鱼有什么看的?全国各地江河湖泊哪里没有钓鱼的?为什么非要跑你这里看?他们是要看太公文化的。要深入挖掘,让这里的一块石头一棵树,甚至一对鸟儿都有故事。

你给我们组织几个秀才帮助写写,我们毕竟肚里缺墨水。宝山接嘴说。

可以。大林接着说,要把这里的山打造得分外妖娆,水打造得格外清秀。游客到这里是要看到与其他地方不同的景观。

我们进一步研究,进一步研究。宝山看着春宝点着头说,表示对大林的意见有个态度。

最后,大林问,有没有什么要帮助解决的问题?

王春宝看了看宝山,宝山又看看涂富国,涂富国轻轻摇了摇头。于是春宝欲言又止。

大林看出了他们有话要讲且心有顾虑,取下头顶的太阳帽扇着风说,有什么就只管讲嘛,我们来就是帮助你们解决问题的。

春宝把森林公安抓走革儿的事详细讲了。

柳大林笑着看了宝山一眼,说,如果我没有记错,革儿这是二进宫吧!

宝山不知大林是嘲笑的还是开玩笑的,红着脸说,我教子无方。

大林扭过脸来问春宝,乱砍的林木在哪里?

春宝手朝建造八角亭的山包上指了指。大林没有吭声,扭头朝山顶走去。其他人也都无声地跟着上山。虽然是雨后天气有些凉爽,但一爬山又都是满头大汗。到了山顶的时候,春宝看见大林的衬衣已被汗水浸透,其他个个也都是汗流浃背。春宝向前两步引着大林走到那一堆还未被太阳晒干的柞木棵子跟前。大林抓起几根看了看,又弯下腰把一堆枝枝杈杈的东西扒到底看看,看完绷着脸说了一句"乱弹琴!"然后让方占坡打廖道三电话。

在场的人都知道廖道三是林业局局长,他们相互交换眼神,意思是廖道三这小子有好戏看了。

　　方占坡把电话拨通后,递给了柳县长。柳大林接过手机,劈头盖脑的训话就像下冰雹:廖道三! 你手下的警察可是老和尚打伞——无法无天啊! ……咋什么咋? 把三山凹的张革儿关进拘留所你不知道? ……什么乱砍滥伐,局长大人,我请你过来看看,就是几墩灌木丛子,叫乱砍滥伐林木吗? ……乱弹琴! 简直是乱弹琴! ……你问什么问,你不用问了。就那么点小权力,不使使厉害就显不了你们威风了! 我说,胡乱执法也是违法! 行为极其恶劣。……快放人,不是放人是送人,把人速速送过来! ……劳驾你局长大人亲自把张革儿送回来,我柳大林就在太公湖等你,不见你人我不走! 在场的人听了心都吊着,屏住了呼吸。柳大林犹豫着要挂电话的时候,又加了一句更狠的话:我告诉你廖道三,不仅是把人送回来,还要向三山凹人道歉,你琢磨是你道歉还是让你的警察道歉! 他“啪”地合上翻盖手机,扔给方占坡,气呼呼地下山去,真的坐到了王春宝的简易房里等候他们送革儿回来。

　　跟随的人都预料廖道三来了场面会很尴尬的,所以都劝大林走,他坚持不走。最后,旅游局长说,柳县长咱还有一个景点没看呢,他才走了。

　　傍晚时候,廖道三带两个警察来了。张宝山不但没让道歉,晚上,还把廖局长和那两位警察请到家里,拿出好酒大喝一场,俩警察醉得在他家哕了一地。黄新月捏着鼻子说,酸臭酸臭,闻着恶心死了!

　　革儿埋怨说,老爹,大林叔给你尚方宝剑你不使,却要当软柿子让人捏! 张宝山说革儿,娃子你不懂,弓弦不能拉得太紧,咱敢把林业局长脸面弄地下? 万一有一天大林不当县长了或是到外县工作了,人家报复咱有的是机会,即使人家不报复,说不定什么时候咱还需要林业部门支持的。人得长前后眼。

三十

革儿睡得很酣。他六七天没睡好觉了,严重缺觉,是需要好好补一个觉。小湘女这时候是多么想要他快快醒来,与他说话,可又忍耐着没有打扰他。小湘女在革儿被森林警察带走后的几天里,一直接不到他的电话,也打不通他的电话。革儿在被带走的那一刻,手机就被收了,当然是打不通的。革儿离开深圳回三山凹时,两人有个约定,每天至少通一次电话。这几天里一个电话也没有,使小湘女由不安到狐疑。她后来忍不住了,就给春宝打电话,问革儿的电话怎么打不通,春宝应话总是支支吾吾,吞吞吐吐,遮遮掩掩,让小湘女越发怀疑。昨天晚上她索性锁了店门,跑到深圳机场买了张到南都的机票就飞过来了。她是早晨 5 点下的飞机,雇了辆出租车把她拉到这山沟沟里来了。革儿回来后王春宝激动得睡不着,早晨 6 点多钟就起床在门前晃悠,边晃悠边思考着柳大林昨天下午给他提出的要求。忽见来了一辆出租车,又见出租车里出来个小美女,定睛一看是小湘女,惊喜地迎上去说,你怎么来了?小湘女微笑地瞪着眼睛,操着湘西口音说,我怎么不能来的?正是吃早饭的时候,王春宝为了让革儿好好补觉,自己陪小湘女在门口的石凳上吃早餐,边吃边给她讲述了前几天发生的事情。小湘女听后不但消了气,还伸出一个大拇指点赞:革儿哥,好样的!

吃过早饭,春宝上工地去了,让她在房子里等着革儿醒来。张革儿实在是太困了,翻了个身,又睡着了,又翻了一个身又睡着了。有关人士研究说,人睡一夜觉大约要翻三百次身。看来有可能是真的。那条毛巾被在革儿手中无意识地拉来拉去,已揉成了一个团团,裹在他的腰部,他的上身和两条腿都赤裸裸的。小湘女第一次见到革儿的身子是这样的,但她一点儿也不害臊。她完全可以在房子里弄出点什么声音来把他吵醒,或是亲昵地用自己的小手在他的腋下胳肢胳肢,这是男人身子的敏感区,一胳肢他准会醒来,但她都没有做,而是脱下鞋子赤着脚轻轻地搬一个凳子坐在他的床前,看着他幸福而甜蜜地睡觉。她发现他睡着两个嘴角还挂有一丝丝笑意。

醒了,革儿醒了。他看见了小湘女,是梦吧? 他睁大了眼睛,不是梦。他呼地坐直身子惊奇地望着她,也是那句话,你怎么来了? 小湘女也还是操着湘西口音说,我怎么不能来的?

革儿想,小湘女几千里地过来,无论如何也得抽一两天时间陪她玩玩。春宝不仅给他批了假,还把那辆桑塔纳车给了他,让他拉着小湘女好好去玩。革儿自然是先带小湘女回家,一家人见了十分高兴。革儿他老爹在深圳见过这妞儿,高兴是高兴,不很激动。黄新月激动得很,笑得眼里都涌出了泪花花,做母亲的见儿子有了女朋友女儿有了男朋友,那是最幸福的事。她把屋里所有好吃的东西都拿出来给小湘女吃。左邻右舍也都过来看稀罕。小湘女本来长得就玲珑,今儿个上身配着雪纺白衬衣,下身穿着牛仔超短裙,看上去简洁大方又精干。他们见了小湘女个个都啧啧称赞:咂,革儿娃娃真有本事,寻来这么个乖巧的好姑娘! 咂,这妞儿长得跟电影电视上的小明星一样。有点知识的人说,湘西就是出美女……

革儿看看日历,今天正巧是农历七月初七,牛郎织女鹊桥会的日子。他对小湘女说,七月初七是中国的情人节,咱不过西方的洋节,过咱自己的情人节。农村里过情人节没啥氛围,到镇上去。小湘女点头同意。下午 5 点多钟的时候,革儿就开着车拉着小湘女往黄龙镇去。

镇上有星巴克吗? 小湘女问。

这儿不是深圳。革儿一笑说,有咖啡屋就不错了。

革儿知道镇上有家"红月亮"咖啡屋。他把车一直开到"红月亮"咖啡屋门前,带着小湘女咯噔咯噔上了二楼,找了个位置坐下,要了两杯巴西咖啡。喝了几口后,他对小湘女说自己出去一下,就噔噔噔下楼去了。他出来是要找花店的。从街东头走到街西头,街南头转到街北头,十字街转遍了,只有一家"蓝湾鲜花店",一间门面房。他进到店内,看见卖鲜花的是一个肥胖的中年妇女,穿着蓝色上衣,黑色短裤,趿拉着一双拖鞋,与她从事的职业极不相配。这就是大城市与小城镇的区别。大城市里的卖花姑娘都如鲜花一般的漂亮美丽,让你看见她就有买花的欲望。

有红玫瑰吗? 革儿看着胖女人问。

胖女人边给一个女孩子扎着花边说,还有几枝,你挑吧!

革儿走过去抓起两三枝一看,花朵不鲜艳而且有点枯皱,像个愁眉苦脸的小佳人似的。他问老板娘,花瓣这么皱?

胖女人说,这花也不知道从云南哪个鲜花基地切下来,送到昆明,然后坐上飞机到郑州,从郑州转到南都,从南都转到丰和,再从丰和县城转到这镇上,是个人也跑累了,还能不皱眉? 能到咱镇上就不错了,你还挑剔啥的?

嘻,这女人讲的似乎挺有道理的。革儿心里说,嘴上却问,多少钱一枝?

五块。

太贵了吧?

嫌贵你不买。

语言好生硬哟! 革儿明白,她是独家生意,所以价格扳得死,服务态度差,若是有几家竞争,她态度绝不会这样。革儿犹豫着,买还是不买? 他真是看不中这花相。不过,情人节该是送红玫瑰的,就像喝茅台酒一样,不管酒假酒真喝的是心情,心情是真的,他决定买下。革儿懂得玫瑰花语,他觉得,一心一意啦,这世界只有我俩啦,长久啦,十全十美啦,都有些俗气,他想买十二朵,表达——对你的爱与日俱增。可他数了数,只有七枝。他知道七朵玫瑰花语是:我偷偷地爱着你。这个不切合实际,他们是公开爱着的。最后,他只有挑了三朵玫瑰花,代表我爱你! 又配了几枝郁金香紫罗兰,让老板娘扎在一起抱着回咖啡屋去。到了咖啡屋,却没见小湘女了,他问服务生,服务生说小美女出去了。他掏出手机给她打电话,没人接。他想出去找,怕碰不上面,跑乱了,就决定等待。不到十分钟,楼梯上传来咯噔咯噔的脚步声,果然是小湘女回来了。他高兴地迎上去将花儿献给小湘女,并在她脸庞上吻了一下。小湘女边接花边用英语说了一声:Thank you!

他俩坐下来的时候,小湘女将花儿放在沙发上。革儿抱歉地说,这花儿不太鲜净。

小湘女明白他话中的意思,毫不计较地说,没关系,再鲜艳的花也会凋谢,唯有开在我们心中的花永远不会凋谢! 她说着从包里掏出一个装有腰带的盒子,递给革儿嬉笑着说,拴住你,不让你跑了的。

革儿接过腰带,说,谢谢你。说过,又补充一句,不过,你说的话应该是我说给你才合适。

小湘女用手扑打着他的胳膊说,你还有什么不放心的?几千里都跑来了,还不是投怀送抱的。

革儿咯咯笑着,放心,放心!

两人又喝了一杯咖啡。革儿觉得镇上太冷清不热闹,小湘女玩不尽兴,想到县城里去。又一想,县城里繁华程度也与深圳差得远,如果能联系上友友,到南都去,又多一个人,玩得会开心一些。于是,他就拨友友的电话,接通了,友友非常欢迎他们去。

革儿开上车又往南都去,车速很快,没过8点就到了南都。刚进入市区,友友就打过来电话,说他在公司门口等。革儿到南都市建工集团门口拉上了友友,三人一同到友友预定好的"宝利来"大酒店。革儿坚持没有要雅间,只在零点餐厅吃了点。吃过饭直接去了大舞厅。舞厅里全是青年男女,挤得满满的,友友想要个包厢也要不到,他们只有坐到舞池外摆的沙发椅上。没有摆放啤酒红酒的桌子茶几,友友就只要了一包爆米花和一盒口香糖,放在小湘女怀里。

这时,舞厅里放起"迪斯科"音乐,小湘女把爆米花口香糖塞给革儿,自己跳进舞池蹦迪去了。革儿给友友聊起前几天被森林警察带进拘留所,因此中断了与小湘女的联系,小湘女就急得飞了过来。友友听了很羡慕,赞美革儿有福气,夸奖小湘女有真情。之后,友友不再说话。革儿想提及柳鹭的话题,犹豫着不知该提不该提。革儿有一次使用爹的手机打电话,无意中看到了爹跟郜丽相互发的短信,知道了柳鹭生病的情况,当时他很担忧,想问爹,但没敢问,毕竟也算是偷看。几天后,他趁爹不经意间询问柳鹭的情况,爹横他一眼,说,少打听。他便明白这事很保密,也就没敢再吭。今天这个日子这个环境他忍不住想提柳鹭的事,便问,柳鹭最近怎么样?友友回答,一直没有联系。革儿明白友友还蒙在鼓里,便问,她生病住院你不知道?友友立刻警觉地问,鹭鹭生什么病,在哪里住医院?看来友友是一无所知啊!周围人对他是隐瞒着的。给友友说不说实话呢?革儿想,别人瞒着友友可以理解,自己同友友虽不算同生死但也算得上共患难的朋友,应该给他说实话。他就把看到老爹手机上的信息告诉了友友。友友听了"呼"地站起来,想要说什么还未出口,小湘女过来把革儿拉进了舞池……

友友一大早乘公共汽车到了邻县,几经打听找到了安定医院。他一脸恐慌心神不安。昨天晚上听到革儿说柳鹭得了那种病,他心乱如麻,如坐针毡。他愧疚,他自责,他明白柳鹭是因为他患上了这种病。他几乎一夜未眠,眼皮现在还见浮肿。

友友先到了住院部。住院部的服务台后坐着一位穿白大褂的年轻护士,她正在忙不迭地整理病历之类的资料。友友轻轻走上前去,轻声地问,同志,请问一个叫柳鹭的病员住在哪个房?

护士想也没想,脱口而出,没有这个病号。

同志,麻烦你查一查,她是我的亲戚,我知道她就在这里住院。友友脸上堆着干笑恳求道。

护士见他态度温和,彬彬有礼,出于职业本能,去坐到电脑前,摁着鼠标,把病员一览表扫了一遍,也没抬眼看他,回复说,没这个名字。

她是柳树的柳,白鹭的鹭……

我看是你有病吧?!护士没等他说完,翻他一眼,不耐烦地说,我还需要你教我识字吗?

友友没精打采地走出了住院部。但他不甘心,在病房楼转悠。病房楼是座四层楼,他想把四层全转遍,也许能看到柳鹭。但是这医院同其他医院不一样,病房是全封闭的,找不到门,看不到人,只能看到走廊里有等候探视的家属在焦急地等待。但他在一层的东门口有一个发现,这个发现的价值此刻对他来说不亚于当年意大利航海家、探险家克里斯托弗·哥伦布发现了新大陆,使他觉得有了一线希望,就是墙上挂有一张镜框镶着的病员分区图,图上标有男性区、女性区、老年区、青年区、轻度区、中度区、重度区……青年区在二楼东端,他就先上二楼去。友友这时幻想着,柳鹭的父亲是县长,交往人员多,也许会没通过住院部通过私人关系安排进病房。想到此,他有了信心。到了二楼的青年区,他看见墙上有一个"医生值班室"标示牌。他轻轻地用手叩门,里边没有一点动静。过了一会儿门"咣咚"开了,门是铁门,所以响声大。随着响声出来一位男医生,他看见里面坐着两三位女医生。他趁机闪进值班室内,几位医生一起嚷,干什么的?干什么的,出去!出去!他苦笑着用乞求的声音,对一个年龄大的医生说,阿姨,我想问一个叫柳鹭的病号。没这个人!没这个人!几个医生异口同声地说。革儿说得清清楚楚的是在这个医院,为什么没有呢?他非常苦恼地想。他想到,在我们这个国度里,人患了这种病比患了癌症还受歧视,一般来说都很注意保密,柳鹭是不是用了化名?他灵机一动打开手机,从机屏上显示出柳鹭的相片,递到一个个医生面前说,就这个女孩,就这个女孩,长得十分漂亮的一个女孩。医生们都不屑地扫了一眼,摇着头或摆着手,发出同样的声音:没有这个女孩。

友友懊丧地走出医生值班室。但他不甘心,除了男性区、老年区,其他区他都去了,都采用这种办法去寻找柳鹭,然而没有获得任何信息,反之受到不少冷眼和呵斥。跑了半天一无所获,他很沮丧,但并不死心,他给革儿打了电话,问他说的情况究竟准确不准确,革儿的回答是准确,但他看的信息是十天前的信息。友友这时想,也许是鹭鹭病愈出院了,或许是病重转院了?一切皆有可能,一切不得而知。他试着又给柳鹭打电话,电话报停。他又给柳鹭的几位同学打电话,回话都是:最近联系不上。这使友友更加的不安和焦躁。他决心要把事情弄明白,要弄明白只有找柳鹭的家人才能弄明白。此事,不可找她父亲,只能找她母亲。他又担心自己打电话柳鹭的母亲也不一定接,得找个陌生手机号。他回到南都市后,借用同事的手机拨打柳鹭母亲的电话,不出所料,柳鹭母亲果然接了,他惶惑地说,阿姨,我是友友,我知道我这是多余,但我还是想问问鹭鹭最近忙什么?杨阿姨说了一句,鹭鹭读研去了,就挂了电话。友友彻底明白了,万念俱灰,追悔莫及。他痛恨自己,是自己毁了柳鹭。他整整睡了一天一夜,哭泣了一天一夜,最后,抹干了泪,给老总递了辞职书,给任何人也没讲,离开了这座城市……

天不亮黄新月就起床了。她知道南方人爱喝粥,要早些起来煲粥,给小湘女吃。昨天晚上她就把糯米淘了又淘,生怕有沙子,把冰箱里冷冻的瘦肉解冻后又放进保鲜层,甚至连皮蛋也剥去了壳一同放进保鲜柜。同时也把红枣、核桃仁准备好放在篮子里,免得早晨起来慌张。她不好意思问小湘女爱吃什么,问了人家也不好意思说,回答肯定是什么都行或是随便之类的话。所以她准备煲两种粥,皮蛋瘦肉粥和红枣核桃糯米粥。到时小湘女爱吃什么吃什么。

黄新月从卧室出来,看见革儿睡在沙发上,心里一怔:这娃子,真傻!她想去推儿子一把,没有去推,这时推也晚了,天快亮了。

昨天黄新月可是煞费苦心了。革儿同小湘女出门时,她问革儿,晚上住镇上宾馆还是回家来住?革儿回答,当然是回家住。黄新月回过头就开始收拾革儿的卧室,把那些乌七八糟的东西全弄出来,该扔的扔,不扔的也放进储藏室。她跪在地板上用抹布把地板擦得亮得可以看见人影。把卧室的角门、窗子,甚至连客厅的地板、桌子、椅子、电视机,包括自己的卧室及所有该擦的地方都擦得没有一点灰星星。收拾干净后,她又把革儿床上铺的盖的全扯掉,换上了新褥子新床单,把那条有汗味的毛巾被也塞进大立柜里,换上了一床新夏凉被。原来床上只有一个枕头,她赶忙去村里小超市买了一对枕头和枕巾,而且把两个枕头有意摆放在床一头。……她折腾了一个下午,把一切都弄得崭新干净,就像布置的结婚新房,就差门上贴个"囍"字了。

昨晚,革儿和小湘女到 11 点多才回来,她也看着电视等到 11 点多。两个人回来洗漱后小湘女就钻进卧室了,革儿却在客厅里支折叠床,黄新月一见慌了。她知道现在的年轻恋人不结婚大都同居了,不同居有机会也就睡一起了。她认为革儿和小湘女不会例外,也会住在一起的,没想到这孩子却要睡客厅。她怕革儿不与小湘女睡在一张床上会冷落小湘女,她多多少少有这样的念头:希望儿子先把小湘女占有了,免得拖得时间久小美女变卦,更重要的是革儿也老大不小了,同村和她年纪不相上下的都抱孙子了。她一步跨过去拦住儿子不让支折叠床,嘴往卧室挑了挑,示意儿子到卧室里去睡。儿子摆摆手,意思是,不可以。因小湘女就在卧室里,他母子俩都不能大声说话。黄新月嘴贴在儿子耳朵上小声说,别傻,上屋睡。革儿同样嘴贴到娘耳朵上小声说,还不成熟。娘又那样嘴贴过来说,催熟,西红柿急着上市都打催熟剂的!革儿差点儿笑喷,咋也没想到娘嘴里说出这样的话,但他憋住没有笑,又摆摆手,意思还是不可以,又低下头继续支床。黄新月急了,边扯革儿的胳膊边狠劲地跺着脚,那意思是,你不听话,娘生气了!革儿也跺跺脚,意思是,别烦我!他把床支起来,欲要躺下,黄新月又急又火,她此时不知哪儿来这么大的劲,一把将革儿扯起来,双手猛地按住他的后背将他推进卧室里去,并双手轻轻拉上了儿子卧室的门。她还不放心,干脆将那个折叠床搬到院子里,放在黑影处。折回来,又坐在客厅看电视,过了二十几分钟没见革儿出来,她才进自己卧室安心休息。没想到这孩子夜里不知怎么又来躺到沙发上睡……可她还不能表现出自己有情绪,该煲粥还去煲粥,看见小湘女还是堆着一脸笑。

早饭后,黄新月塞给革儿两千元钱,让他带小湘女到城里去买套衣服。小湘女听了说,不用了,阿姨,这里不会有我看中的衣服。黄新月一听脸拉下来了,心里说,这妮子,口气这么大,怕是这屋里盛不下的金丝鸟,怨不得革儿说不成熟。革儿看出了娘的心思,忙解释说,妈,湘妹子是不让你花钱。小湘女也接上说,是的,阿姨,我衣服多的是,买多就浪费了。再说,我也不想去城里逛,现在整天在大城市里,今天想去山里边新鲜新鲜。说完,她就牵上革儿的手,要他带着自己进山去。

张宝山看着革儿和小湘女出了大门后,从屋里来到院子里对黄新月说,准备几个好菜,晚上请春宝过来吃个饭。黄新月没接他的话,嘟噜着,咋看有点不靠弦似的。宝山嗔她道,瓜熟蒂落,水到渠成,你急个啥?再说,现在年轻人的思想你根本掌握不住。他咳了下嗓门继续说,你猜我为啥说请春宝来吃饭的?两个娃子都是跟着春宝打工认识的,一来对春宝是个感谢;二来呢,虽然现在年轻人谈恋爱大都不用媒人了,但结婚时也还得有个证婚人。再说呢,他俩一旦中间出个啥枝杈,也好让春宝说话。黄新月没有吭声,默认。

出了家门的时候,革儿就与小湘女松开了牵着的手,肩并肩走着。虽然现在年轻人搂搂抱抱的不算什么,可革儿觉得在乡亲们面前还是稳重些好,这不是因为村里人还有封建意识,他认为这是修养,这样也是对乡亲们的尊重。这里不比深圳,在深圳大街上咋抱都可以,反正谁也不认识谁。在村里你过于出格,会让人在背后唾骂或捣脊梁筋。还应该入乡随俗。所以,他们在村里穿过的时候,看见的人都是投来羡慕的目光,赢得的都是赞美声。

出了村,革儿就又牵住了湘妹的手,小湘女看他一眼说,你娘真有意思!

有什么意思呀?

你还不知道?

不知道。

别装了吧! 小湘女眼乜着看着他说,她昨晚把你推进屋干啥?

革儿大着胆子说,想让跟你上床的!

那你咋不上的? 小湘女脸红着说。

怕你给推下来。

你猜我会不?

革儿摇摇头,说,不!

小湘女嘴一努,说,想得美吧,肯定!

哼! 我真要上,你也不行! 革儿撇下嘴说,是你在我家的床上,我做主。

在你床上也不行,你没有证!小湘女"咯咯"笑着说。

你说对了,就是因为没有证……革儿狠劲地攥攥她的手说,不过,我真要上你也没办法。也正是因为你在我家我才不上床,这是我对你的尊重,也是对婚姻法的尊重。

谢谢你对我的尊重。小湘女说着,看看周围没有人,抱住他在脸上亲了一口。

革儿在脸上抹了一把,红红的,笑了笑说,如果是到你家,你娘那样安排,我肯定会上床的。那是对你娘的尊重。

小湘女白他一眼,臭美吧你!我娘才不会那样安排的。

要么,我今晚就把你睡了。革儿故作认真地说。

小湘女嘴巴也溜,那我下午就开路。

前边过来了一辆运石料的拖拉机,把他俩分到大路的两侧。拖拉机走过去之后,他俩又扭到一起,手拉手往前走。小湘女问,这里的山哪里最好看?革儿说,远处好看的得一天跑,近处好看的就太公湖。但他想,一到工地上人们肯定开玩笑,怕小湘女不懂这里的方言,误会了。但他没有说出来。小湘女说,那就去看太公湖。革儿为了不使工地上的人看见小湘女,就绕到对面的山顶上看。哇,这水面真像一幅太极图啊!革儿告诉她,就是因为像幅太极图才要开发这个景点。

革儿还说,搞景点不能照搬别人的,必须搞出自己的特点。昨天下午在镇上买玫瑰花时,我就产生了一个念头,在这里种他几百亩玫瑰,搞个玫瑰园。

小湘女说,我看到了,这里山上有很多野蔷薇,蔷薇可以嫁接月季,搞月季园会来得更快些。我学农的,就懂这个。

好!革儿点点头说,可以给春宝伯伯建议建议。

他俩转悠到快中午的时候,小湘女热得受不住。他们就下了山,拐到简易房里去看春宝,春宝却不在。革儿给春宝打了电话,春宝回话说,他在镇上呢。并说已接到他爹的电话,晚上见。这时日上中天,太阳更毒,热得更狠,跑回村里有四五里路,革儿担心小湘女中暑,看见过来一辆手扶拖拉机,是空车,便问小湘女坐不坐手扶,小湘女说,坐。革儿一看是本村的,他叫六娃,一招手,拖拉机就停下了。他俩坐到上边,颠得合不拢嘴。小湘女乐呵呵地说,这跟坐过山车一样。

下午,还有一杆多高的太阳拼命耍着威风,把大地烤得蒸笼似的闷热闷热。

热,热,热。王春宝一迭声地喊着进到张宝山家的院子里。革儿和小湘女听见他的声音忙到院子里迎接他。他到了屋里还是满头大汗。屋里放有一台台式电扇一台立式电扇开着还是不凉快。宝山听见他喊热,从卧室出来顺手拿了一把大蒲扇递给他。王春宝不接,说宝山,你是想省电的还是买不起空调?你若是买不起我送你一台。你看看村里还有几家没安空调?宝山一本正经地说,我就是等村里所有农户都安了空调我再安。你是支书你应该带头消费嘛!现在提倡消费。张宝山不以为然地摇摇头,村里还有二十几户没有脱贫,我们不能奢侈。他指指那台二十英寸的大电视说,花大钱买这台大电视机是因为我爱看新闻,能及时听到党中央的声音。春宝拉一把椅子边坐边说,好久没有听人讲政治课了!

酒菜端上了。黄新月可是攒劲了,黄焖鸡、炸河虾、老鸭汤、蒜泥茄子、红烧鱼……七碟子八碗摆满了桌。桌上还放了两瓶五粮春。

头三杯酒是宝山提议。

第一杯酒,他提议,为欢迎小湘女来到三山凹干杯,没争议,大家都喝了。

第二杯,他提议,为感谢春宝哥支持我的工作而干杯!春宝连声说,没有,没有,是你支持我的工作。但酒也喝了。

宝山又提议第三杯,说,感谢春宝哥对革儿的厚爱、培养和教育。

春宝不端杯,说,对革儿厚爱是真的,但培养教育还是支书你!

宝山不愿废话,说了句,算共同吧!春宝才把杯端起来喝了,大家也都喝了。

宝山提议过三杯后,哥哥宝庆接着提议酒。宝山夫妇今晚请哥嫂过来喝酒,是因为小湘女来了,应该请哥嫂过来见见小湘女,全家聚一起乐一乐。宝庆因年龄大了些,不敢多喝酒,只提议了一杯。

该春宝提议酒了。他很沉气,燃着一支烟抽了两口后说,我提议三杯酒,都是祝贺酒。第一杯,祝贺张家来了好媳妇。

黄新月有意眼瞟了小湘女一眼,趁机嬉笑着说,俩娃还没结婚的,不能说是媳妇。

算是准媳妇吧?王春宝看着小湘女问,算不算?

小湘女很大方地说,算,肯定算。

啥时间结婚呀？王春宝明白黄新月的心思，有意借机问。

小湘女拍拍革儿肩膀，问他。

春宝眼扑扇着问革儿，你说，什么时间结婚？

革儿不假思索地说，太公湖景点开放那一天。

小湘女脸涨得通红，举起手说，我同意。

大家都高兴地喝了。王春宝故意逗黄新月说，吃定心丸了吧？

黄新月乐呵呵地说，早就吃定心丸了。不过，那一天你可得当证婚人哟！

当然，当然。王春宝鸡叨米似的点着头。接着他又提议第二杯，一本正经地说，第二杯呢，祝贺张革儿高升。全桌人都两眼一齐看着他，意思是问，高升什么啊？有什么高升的？春宝故意卖了个关子，又抽了一口烟才说，今天下午董事会通过，我只当董事长，卸任总经理，由张革儿接任总经理。

宝山接一句说，你别拔苗助长啊，老哥！

黄新月故作谦虚地说，你别把革儿肩膀压坏了，他嫩着呢。

春宝说，娃子的肩膀我知道，挑得起来。

革儿忽地站起来，两道剑眉舞动着，十分坚定地说，不管是总经理还是副总经理都是跟着春宝伯伯打工受锻炼，我愿意唯春宝伯伯马首是瞻，谢谢春宝伯伯信任，我喝一杯。

小湘女也忽地站起来说，我也陪一杯。

真是"夫唱妇随"了。大家鼓掌。鼓过掌又一起举杯。

黄新月要起来敬酒。王春宝摆摆手示意她坐下，说，别急，更好的事情还在后边呢。王春宝说一句，卖一次关子。他又抽起烟。张宝山、黄新月都莫名其妙地望着他，能还有什么好事呢？其他几个人也都是茫然的目光看着他。春宝将手中的烟一掐，说，祝贺张革儿预备党员提前转正。

在场的其他人都听不转这档子事，只有张宝山应该能听转，但他也是一头雾水，看着王春宝说，春宝哥你这话……咋蒜地里冒出棵大葱！

王春宝自己斟满杯子，又给宝山斟上，说，来，咱俩共饮了。两人喝罢，王春宝用手把嘴一抹，呵呵一笑，说，张支书我今儿个篡党夺权了。本来是你的事，今儿个我干了。不过，事前，我看过党章。党的章程第一章第四条，关于党员享有的权利中第八小条讲，党员可以向党的上级组织直至中央提出请求、申诉和控告，并要求有关组织给以复查和答复。

说到这里他又停住了，又掂起酒壶给自己和宝山、黄新月各斟一杯，喝了。宝山仍是一头雾水地望着他，他又是用手把嘴一抹，小湘女递给他一张餐巾纸，他摆摆手，不要。然后，两眼瞅着宝山说，上午我去镇上找到涂富国书记，我对他说，涂书记你也知道这事，前几天在森林警察胡乱抓人时，张革儿关键时刻站出来替我去县里坐拘留所，一般人是做不到的。现在是和平年代不打仗，看不出谁是英雄，谁是逃兵。像张革儿这样顾大局、敢担当的人，我认为，当下他就是英雄。涂书记听了点点头。我又告诉涂书记，张革儿曾在深圳机场捡到一个皮包，他想着失主一定很着急，包里肯定有失主的身份证和名片，想从中找到失主的联系电话，拉开包一看，里边装有好多个银行卡不说，还有两万美元现金。他立马拉上包的拉链，在机场一直等到失主来。

　　还是在深圳，建工集团一位机手高位截瘫，缺钱做手术，张革儿带头捐款，并组织广大农民工献爱心，给那位机手募集了五万多元。因此，当时我积极介绍他入党。这次，他关键时刻能站出来，我认为他成熟了，已经是合格的共产党员，建议让张革儿提前转正。

　　张宝山听明白了，点了点头。王春宝呵呵一笑，手指着张宝山说，对了，宝山，涂书记当时听了，也像你这样点了点头。但他说，预备党员转正是有程序的，应该是村支部先上报。我当时一笑说，涂大书记你聪明一世糊涂一时，他爹是村支书咋好讲儿子的事。涂书记回答我说，春秋时晋国人祁黄羊就内举不避亲，你可以向张宝山建议嘛。我又笑了笑说，涂书记，张宝山的性格你应该知道，我的建议他会采纳吗？涂书记手一拍桌子说，你只管建议！就这个，你说？

　　张宝山不吭，也自己先斟上一杯酒，说，来，春宝哥咱俩喝了。宝山喝过亮了杯子，春宝也亮了杯子。

　　宝山放下杯子，说，首先感谢春宝同志。

　　王春宝愣着眼神看了看宝山，咄，刚喊过哥，又喊同志，打起官腔了。

　　宝山没受他情绪的影响，继续说，刚才我讲过，不要拔苗助长啊！我知道革儿是个好苗子，但我觉得蹲蹲苗有好处，不要急，要多淬炼淬炼！

　　黄新月这时剜一眼张宝山，对着春宝说，你看看，他当个支书，娃的啥事他都怕沾着他……选个副村主任，他不让当，把娃弄到深圳……

　　革儿知道爹和娘好斗嘴，小湘女今儿个在场，要是再斗起嘴可难看，忙站起来说，老妈你胡说啥，上深圳是我自己要去的……我愿意去那大熔炉里淬炼！

王春宝又接上说，新月呀，革儿不上深圳咋遇上小湘女的，你能有这么好个媳妇？

黄新月酒劲上来了，说，好，那页翻过去了，这一次娃转正你得办，涂书记都表态了。张宝山酒劲也上来了，手一拍桌子，黄新月，你不要干政！

黄新月也"啪"一拍桌子，而且拍得更响，桌子上的盘子碗都咣当当响。要说黄新月是个明理人，今儿个未过门的儿媳妇在场，她应该忍让。但她想的是，自己不能在未过门的小湘女面前成为弱者，要撑起自己的面子。所以，随着拍桌子震椅子的响声，她的声音也更高了，这次我非干预不可！你不办，我就去找涂书记，我知道我娃你不亲……

小湘女也不知怎么劝好，因为是未过门的公公婆婆。她急得瞪着眼看着王春宝说，王伯伯，你快劝劝他们。

王春宝也担心黄新月再说下去会把实底抖出来，一把扯着她的胳膊进了厨房，劝导她，别胡扯！

黄新月极其愤怒，忍不住嘟囔着说，我知道革儿不是他的亲生，他内心排斥……

打住，别说啦！王春宝用半是批评半是劝解的口吻说，这个我最清楚，前年个在深圳宝山给我讲过，你们当初完全可以要二胎，给宝山生一个，宝山为啥不要生？就怕两个孩子摆不平生气，所以他放弃你再生，你应该比我更清楚。

客厅里，宝山也在大呼小叫地给革儿讲，上午村支部会研究了两件事：一、如何按照大林县长要求打造好太公湖风景区。调子已定，洼里种粮，坡上种花，山上种果；二、就是既然你回来了，就让你履行副村主任职责，抓旅游。他娘的，没等说，就知道吵！

宝庆劝宝山，你别在意，少说两句，人喝酒了把控不住。爱子之心，人皆有之。

小湘女接上说，伯伯讲得对，叔叔别生气了。你们如果再吵下去，我明天就走了。

宝山不吭了，开始抽烟。

革儿来到厨房劝娘，老妈，别吵了。我春宝伯伯是好心，我老爹意见也没错。早转正晚转正都没多大关系，无非是多经受些考验。小湘女刚才说了，你们再吵，她明天就走了。

黄新月一听说小湘女要走,慌了,立刻拿哭做笑,跑到客厅说,张支书我给你道个歉,刚才老黄喝晕了,大人不给小人怪,你宰相肚里撑舟船。

张宝山"噗"笑了,笑得嘴里噙的烟头也掉地上了。他边弯腰捡烟头边说,啥宰相肚里撑舟船,村支书肚里盛蚂蚱。

这天晚上,革儿与小湘女一起住卧室了。他为的是让老妈高兴,不再跟老爹吵架。

躺在床上的时候小湘女说,我发现你们北方人吵架很凶。

南方人不吵架吗?革儿说。他是想巧妙地反驳。

也吵。小湘女说,不过,我们南方人吵架也吵得温柔。你听说过一句话吗?宁听湘西女骂娘,不给山西人搭腔。

革儿说,其实不算什么吵架,他们都是表达对我的爱。没根本分歧,我老爹是大爱,老妈是小爱。所以,表达方式和言语也就不同,不同就会摩擦。

小湘女问,你将来也会像你老爹这样吗?

革儿说,我性子会同我老爹这样硬,但我对女人会表现出温柔。

这么说嘛,还可以。小湘女说着往床那头扔了个枕头……睡去吧!

三十一

柳大林出了深交所,仍是意气风发,红光满面。他今天才真正体会到什么叫一锤定音了。他和杜思先生还有杜丽莎刚出了大门,一辆商务奔驰车"唰"地开了过来,这当然是杜丽莎事先与司机通了电话。杜丽莎打开后车门,让柳县长上车,柳县长推让着杜思先生上车,杜思先生不肯,他就搀着杜思先生的胳膊,绑架似的把老先生弄上了车,自己才绕到左边上车。之后,杜丽莎微笑着拉开前右门上了车。车缓缓前行,他们各自取下佩在身上的红飘带,系上安全带。车终于驶出密集区走上了主干道。

杜丽莎扭过头来说,柳县长,到吃午餐的地方大约有一小时路程,这两天你很累,可以在车上眯一会儿。

好的。柳大林说着脱下那件深蓝色的西装上衣,拽松了紧紧箍在脖子上的深红色领带。他想眯会儿,但睡不着,仍沉浸在兴奋之中,仿佛还在深交所的大厅里。他回顾着进行过的一项项程序,回味着与杜思先生一同敲锣时,两个锣锤瞬间击打在铜锣中心发出的铿锵有力的声音以及那悠长的余音。这是南都市第一家在深圳上市的公司。这个公司就是他柳大林一手抓起来的由丽莎服装公司与黄龙"快乐鸟"服装公司合并组建起来的深丰丽莎服装集团公司。今天在深交所正式上市,要有两个最权威人士来敲锣,杜丽莎就请他和她的父亲杜思来敲这个锣。无疑,他是代表官方,丰和县人民政府;她父亲杜思先生代表的是投资方。丽莎服装公司占61%的股份,快乐鸟服装公司占39%股份,当然由他们控股,杜思先生就是集团公司董事长。柳大林感触最深的是今天这个活动的仪式,既走的是形式又不是形式。整个仪式走完只三十五分钟,还是几家上市公司合并在一起举行仪式,多么节省时间。参加仪式的只有上市的几家公司的各方代表,没有邀请什么领导。每家公司的介绍也只三两分钟,也没有观众席,按丰和的土话讲叫自拉自唱自己听。此时,柳大林想的就是今后地方上办什么活动也要像这样删繁就简。

杜丽莎见他没有睡意,又扭过头对他说,柳县长,中饭你们四十分钟要吃完,司机拉上你们直接去香港机场,因为过海关过安检到登机没有四个小时就不行,所以你们得抓紧吃抓紧走,我就不管你们了,你看怎么样?

柳大林笑笑,说:有你老爸全程陪同,还代表不了你哟? 杜思先生扶扶鼻梁上架的金丝眼镜,微笑着不说话。

当然能代表喽! 杜丽莎又扭过头去。

柳大林这次参加完深圳的上市仪式以后要同杜思先生一起去泰国谈购进木薯干一事。因为"三粉"加工业由三山凹兴起之后,不仅是黄龙镇,还有几个乡镇也都搞了起来,县里成立了"三粉"产业集团公司,统一打一个品牌,已成丰和县农产品的一个主打产业,需要进口大量薯干。因此,他要与杜思先生一同到泰国给有关人士洽谈。由于他的时间表安排得太满,当初预订机票时已没有今天下午由深圳飞往泰国的航班,只有从香港飞了。所以,柳大林带着歉意对杜思先生说,把老爷子搞得也太紧张了,怕是要累着你!

杜思先生摆着手,用潮州语说了一句,mo men doi(没问题)。

饭菜刚端上,柳大林的手机响了。他一看是宋书记秘书来电,起身到外边去接,又回到雅间时,他对杜思先生讲,杜老,我不能与你一起去泰国了。

怎么了? 杜思没想到有这么快的变化,不解地问,一个电话就变了?

柳大林回答说,宋书记要我尽快回去,县里有重要事情。

你订的泰国航班的票是退不掉了,让莎莎快给你弄返程票。杜思边说边给杜丽莎打电话。

不大一会儿,杜丽莎慌张地跑过来说,联系售票处了,往郑州的航班只有一张票了,随行人员走不了,你一个人走?

就一个人走。柳大林显得很急。

一个人走安全吗?

大男人,又不怕谁吃了。

饭也不能吃了,现在就得走,干脆我送你到机场。杜丽莎说。

一上车,杜丽莎又说,看你当领导也不容易,到哪儿都打仗似的。

习惯啦! 柳大林说。

过了会儿柳大林问，你还没找到老公？

杜丽莎莞尔一笑，说，不是没找到，是就没找，也不打算找。

为什么？

杜丽莎又一笑，说，怕离婚的最好方法就是不结婚。

柳大林鼻孔里冒出"哧"一声笑，既有哲理，又是谬论。

谬论就谬论吧，反正单身女郎是令人羡慕的，不管对男人还是对已婚的女人。杜丽莎说着话又加快了车速。

柳大林从郑州下飞机坐车回到丰和县时已是晚上9点多钟，他行李也没送回家，就直奔县委。宋立功书记一直在办公室等他。他进宋书记办公室时，见宋书记在悠闲地看报纸，感觉不到有什么要紧事似的。他第一句话说，宋书记，我先给您汇报下丽莎服装集团上市的情况？

宋书记放下手中的报纸，摆摆手，不汇报了，成了就好。他在宋书记对面坐下后，宋书记从黄金叶烟盒里抽出一支烟燃着，然后把烟盒扔给他，意思是要吸自己取。他也摸出一支但没燃火，两眼望着宋书记，期望他讲出有什么紧要事情。宋书记吸了两口烟后，给他讲，自己是晚饭前才从郑州回来。宋书记说了一句，停住了，又吸了一口烟。大林感觉他那从容的样子，一点也不像是有什么紧要的事情，莫非是秘书传错了？宋书记接连吸了三口烟后才接着说，省委组织部领导找我谈话了，省委决定，要我回市委工作，任副书记。

好事啊，祝贺您！柳大林兴奋了，他比宋书记还兴奋，眉眼都在笑，不由得燃着手指中夹着的那支烟。

都是党的工作嘛！宋书记有意显得内敛些，其实他心里也很兴奋，只是不外露，让人感觉不出来。他又吸了一口烟，接着说，我路过南都时拐到市委，见到了唐书记。唐书记讲了，市委近期不打算运作干部，过段时间再通盘考虑，决定由你代理县委书记的工作，两个院都照护。

柳大林内心很复杂，低着头在烟灰缸里摁灭了烟蒂，然后抬起头说，我记得前年就给您汇报过思想，在家乡干超脱也是不超脱，想换换县。再让我负责全面工作，压力山大啊！他很想说宋书记您还兼着吧，我还干活就行。可他想想没敢说。县里的事现在太难干，说不定什么时候放个"冷炮"，县委书记也不一定坐得住，会前功尽弃的。也许宋书记早急着拍拍屁股走人。

宋书记弹弹烟灰，说，市委既然这样决定就有这样决定的道理，代理嘛，时间不会很长,是个过渡。换句话说,就是明确你在这里干,书记你也还得干。

柳大林没说话又点着一支烟,他此时内心很复杂。

宋书记也又点着一支烟,吸着说,别再纠结这个了,先主持。市里也不再来人宣布,明天上午 9 点钟召开个县四大班子会,我宣布一下就行了。

柳大林回到家的时候已是夜里 10 点钟,他没有敲门,自己用钥匙开了门,幸好门没有反锁。打开门,屋里黑洞洞的,他摸着门口的电灯开关,打开了客厅的大灯,一片辉煌。他把随身带的行李放在沙发旁边。这时,他有点渴,想喝点水,用手摸摸水瓶,两个瓶里都空空的,没有水。他想着彩凤已经睡了,也不想打扰她,自己去厨房拧开液化气打火开关,是电子打火,他平时很少下厨房,不熟练,打了几下也打不着火,最后可打着了,火苗"嗵"一声冒得好高,差点要烧着他的眼睫毛。铝水壶放上以后,他想进卧室先给彩凤打声招呼。走到卧室门口,似乎听到彩凤在低声哭泣,哭泣声很弱小,不走到这个位置是听不到的。他侧着身耳朵贴在门缝处听,听清了,彩凤是在哭泣。他又折过来,坐在沙发上抽烟。他的心情也又开始沉重起来。

自从柳鹭患上那个病以后,他和彩凤心里一直压力很大,在外边忙忙碌碌的时候家里什么事都忘了,甚至与同志们搅在一起开玩笑时也笑得前仰后合,可一回到家里便十分地郁闷,枯皱着脸,正如《北国之春》那句歌词,"一对沉默寡言人"。彩凤心理压力更难承受。女人家本来就脆弱,原来下岗后在街上摆个小摊干点事,这几年年岁大了些,站半天脚腿受不住,后来也收摊了。她作为县长夫人,也不方便出去与人交往,怕交往不对又招来麻烦。没事做,一个人坐屋里更苦闷。柳鹭得的病,说又不能说,闷在自己心里,闷上加闷,难免暗自神伤。他多次夜里回到家看到她一个人以泪洗面,劝也就那几句话,劝说多少遍了,也不想说了,说了也不管用,自己也就一个人坐那儿抽烟。用"在外风光,回家心慌"这八个字概括他是再也恰当不过。烧水壶"呜呜"叫了,他忙起身去灌开水,最后留了一点倒进茶杯里。往常彩凤听到他回来,不论多晚都会起来侍奉他,问吃饭没,要不要再烧点汤,今儿个却为什么不出卧室?也许是自己出去几天,她一个人在家孤独又添了几分哀愁?他等到杯里的水温了些喝完后才去推开卧室的门。卧室也是黑洞洞的,他摸着开关,开了灯,看见彩凤躺在床上闭着眼,但眼角有泪水。平时没有注意,这时候他发现彩凤已不是过去的彩凤,头发稀疏了许多,也白了许多,一个五十岁的女人看上去却像个七十岁的老太婆,苍老多了！

老杨。大林坐到床头喊了一声。这二年他已不喊彩凤，喊她老杨了。老杨也不喊他大林了，喊他老柳。老柳用手轻轻拍着妻子的肩膀说，别难过了，老杨，鹭鹭的病能治好。这次我在深圳专门咨询了医生，说了鹭鹭的病情及发病的原因，医生说可以治愈的。大林给她说的是真话。他在深圳期间的确抽空一个人坐出租车去了深圳精神卫生中心，与医生做了畅谈，因为在这里谁也不认识谁，可以放开说。他没想到说了这句话，杨彩凤竟失声痛哭起来。老杨，老杨，都年过半百了，又不是小孩子，咋越说越不听哄了。他越说彩凤哭得越厉害，最后弄得他也掉下了眼泪，泪滴滴到了彩凤的脸上。彩凤见他落泪了，反而停住不哭了，彩凤不哭他的心好受了些。大林去倒了一杯水放在床头柜上，说，你喝点水。杨彩凤摇摇头，不喝。大林这时又问她，晚上吃饭没有？她不摇头也不说话。看样子，她晚上没吃饭。大林说，你想吃挂面还是喝疙瘩汤？我给你做。什么也不吃，你别做。杨彩凤说着又闭上了眼睛。大林又劝道，老杨，饭得吃，身体要紧啊，你别这样，心放宽点，别把你身体也弄坏了。这一说，杨彩凤又呜呜哭起来。老杨，到底怎么回事，你说嘛，是生我的气还是怎么？如果是我哪一点做错了我给你赔不是，在深圳很忙，没顾上给你打电话，你别介意……

杨彩凤翻了个身，扭了个面朝里，用手拍打着枕头，不是！不是！

那是什么？老杨，你说出来我心里好受些。柳大林说着在床头柜上抽了一张餐巾纸揝眼睛。

杨彩凤又"哇"一声哭了，哭着断断续续地说着，今天去……医院……检查出……恶性东西……了。她不想说出那个"癌"字。

什么？

恶……性！

大林身上打了个冷战，恶性病？

杨彩凤终于冷静下来，把在医院检查的病情告诉了柳大林。半月前，她隐约感觉左边乳房有点不舒服，也没在意。昨天与楼下尤局长的老婆聊起来，尤局长老婆听了大惊小怪地说，你快去医院检查，怕不是好东西。她今天早晨起床后空腹去了县医院，做了B超后，医生建议她去做钼靶。做钼靶的是个年轻医生，知道她是柳县长夫人，很认真细致地给她做了检查。检查后几分钟没有说话。病人往往能从医生的面部表情观察出自己有病无病和病情的轻重。彩凤心跳着问医生怎么样？医生沉默了一分钟才说，你们有条件最好去北京或是郑州的医院做个复查。杨彩凤一听心里明白，只是医生没有把"癌症"二字说出来。

柳大林听后很揪心，浑身的神经都紧张起来，心想，万一彩凤真是癌症这个家还怎么过呀！更重要的是她肉体要承受痛苦的折磨……但他觉得这时候自己需要镇定，自己若不镇定彩凤的精神状态就会垮下去。于是，他对彩凤说，没事，老杨，县级医院水平低，有时有误诊的，不用害怕。然后他告诉她宋书记调走的事，等把宋书记送走，就带她去郑州或武汉找医院复查。

杨彩凤仍忧心忡忡地说，有什么复查的，又不是中医把脉问诊靠经验，仪器检查是精确的，啥病就是啥病，不可能误诊。

柳大林继续安慰她，仪器也是人看的，人的水平有差别。

杨彩凤听老公这么说，心平静了些。

柳大林其实心也不安，他问彩凤要报告单和片子，彩凤说，医生没给。他心里打起小鼓，不给检查结果肯定是恶性的，否则，医生不会不给报告单。所以，他心里也如坠上个大石头，决定明天送走了宋书记立即带她去郑州找医院复查。

第二天上午宋书记在县四大班子会上宣布了省委、市委的决定后连午饭也没吃，就被市委一位副秘书长接走了。宋立功走后，县委两位副书记要找他汇报，宣传部长要找他汇报，办公室主任也说有几个紧要事情得请示他……他又忙了个昏天黑地，到了夜里快 12 点钟才到家。他抱歉地对彩凤说，明天得召开各乡镇党委书记和县直一把手会议稳人心，开完会咱就去郑州。彩凤说，你开吧，见阎王也不在乎早一天晚一天。他听了心里很难受，又安慰彩凤，别说些晦气话，我判断没事。第二天开完会，第三天又有更要紧的工作……彩凤姐姐彩云急了，也理解大林代理了县委书记工作肯定比以前更忙，就找到大林说，你忙吧，我带彩凤去郑州医院复查。大林不同意，说自己必须亲自带彩凤去复查，再等他忙过这一两天。可他的工作却一天比一天多，一天比一天忙，唰一下过去一个星期又一个星期。后来他说双休日去，彩云说，双休日权威医生都不上班，只是些普通医生上班，还是等工作日吧。到了又一周，大林还是没时间，市委通知要召开全市决战四季度工作会议，县委书记、县长必须参加。时间又得推迟了。大林也觉得不能再推了，就给彩凤、彩云商量，趁去南都开会，先到市人民医院做个检查,市人民医院这几年水平也是蛮高的。彩云说,市医院也可以,市医院里她有熟人。彩凤也同意姐的意见。

市委召开这样的会议,县委办公室得去一名副主任。柳大林还不习惯带县委办的人去,仍带方占坡去。小张当村官后,他也没要秘书。其实县委书记、县长这一级按规定不许配专职秘书,实际上却都有秘书,只是明文不任专职秘书,名义都安排在办公室某个科室工作,实际起着专职秘书的作用。柳大林现在负责县委、县政府两个院的工作没个人跟着服务,还真不行。一时找不到合适人,他就让组织部通知小张从村里回来还跟他做秘书工作。因此,这次方占坡和小张就跟着他来做大会期间的服务工作。会议快结束的前一天,他打电话要彩凤彩云提前到南都找到一个宾馆住下。会议一结束就带彩凤去做复查。散会的当天下午,柳大林给方占坡说,他留半天时间陪老伴检查下身体,要他们先回县里。

第二天早晨7点钟,杨彩云、柳大林陪着杨彩凤往市人民医院去。彩云在头天下午也已经给医院约好了,给熟悉的医生也打过电话。路上,杨彩云问大林多长时间没检查身体了,柳大林"嗨"一声说,我跟吃铁了一样,身体壮得很,近两三年就没感冒过,从没检查过身体。杨彩云说,到了这个年龄,我建议你也做个体检。彩凤说,是呀,我同意姐的建议,你也顺便体检下。你平时工作忙,今天正好来医院了,不用再专门找时间,检查一下,有病没病心里有个数,可以安心工作。姊妹两个都建议,柳大林觉得也有道理,同意到医院也开个体检单。到医院门口下车时,柳大林发现方占坡、小张都在门口站着,就责备他们为什么不回县里,来医院干吗!两个人异口同声说,我们来服务服务。大林挥挥手说,正常体检有什么服务的,回去吧!方占坡和小张只笑不说话,仍然跟在后边走。领导夫人检查身体是个服务的机会,也是个献殷勤表忠心的机会,他们怎肯放弃呢,宁愿受批评也不能走。

杨彩云去开了体检单后,领着大林和彩凤先去采血,采完血后采尿液采粪便,去内科做了心电图和X光检查,找外科医生给彩凤做了乳房检查后,接着去彩超室做超声。市医院的设备是比县医院先进,是彩超。做彩超的医生不到五十岁,高挑个儿,瘦削的脸。彩云给大林、彩凤介绍说,别看他人样一般,技术可不一般。北医大毕业的,还多次在北京一些大医院进修,做B超方面可以说在南都市独有权威,在省内也数一数二,他做的诊断报告到北京的一些医院专家们也认可。大林、彩凤听着直点头。医师先给杨彩凤做 B 超,侧过来翻过去地反复检查,做得很细致认真。检查过,彩云小声问医师,怎么样?医师说,问题不大。需要再做个钼靶吗?彩云又问。她问这句话的目的是想进一步从医师嘴里掏话。医师告诉她,钼靶采用的是放射方法,而彩超只是一个超声反射形成的图像,两种方法不相同,一般以钼靶形成的图像为标准,彩超只作参考。她这个只是 3a,肯定是良性,做不做钼靶都可以。

　　他俩小声咕哝完后,开始给柳大林检查。给柳大林检查的时间更长,大约用了七八分钟,反反复复地检查,中间医生停了下来,出去又找来个有 50 多岁的女医生过来看图像,女医生看了图像又亲自"操刀",用超声探头蘸着黏糊糊的耦合剂在他的胸部游来游去。之后,女医生与男医生用很低很低的声音咕哝了两句就出去了。柳大林以为医生可能知道他是县长,对他检查得更加细致认真,从体检床上起来的时候,边用卫生纸擦着身上黏糊糊的东西边笑呵呵地问医生,没事吧?医生说,等你全面检查完后再出报告。医生给杨彩云递个眼色,示意让两个体检的人先走。

　　柳大林和杨彩凤出去后,医生问杨彩云和柳大林是什么关系。杨彩云说,女的是她妹妹,男的是她妹夫。医生说,你妹夫的乳腺问题严重,必须做钼靶检查。杨彩云一听,脸色立刻变得苍白。她接过两张报告单出了彩超室。她看见县政府那两个家伙也还站在门口,就阻拦他们,坚决不让他们再跟了。自己一个人领着彩凤和大林去做钼靶检查。两个人的钼靶检查结果与超声检查结果一致。杨彩凤的乳腺瘤为 3a,不手术,不用药,不打针,6 个月后复查。柳大林双侧的乳腺瘤为 4a,也就是恶性,建议手术。男人得乳腺癌杨彩云也是第一次听说,觉得有点不可思议。她让大林两口子在门诊大楼一楼找个地方休息,自己拿着两个人的彩超报告和钼靶报告去找主管业务的顾副院长,顾副院长看了报告单,与医生意见一致,柳大林必须手术。具体什么时间手术由他们自己决定,如果不愿在市院手术也可以到郑州或北京的医院去手术。杨彩云一听犯难了,她先给老公曹一宽打了电话说了情况,曹一宽说了两个字:不管。并立即挂了手机。她知道老公对柳大林意见很大,没再勉强。可她却愁上了,紧锁着双眉,在顾副院长门口站了很久,不知该怎么给他两口子说。

　　柳大林和杨彩凤坐在门诊楼大厅的连椅上也都愁眉不展。彩凤内心更加焦躁不安,姐姐去了半个小时她觉得去了半个世纪似的漫长。彩云过来了。他俩看见她过来了，虽然她故作什么事也没有的样子，可她眉眼之中藏不住内心的惆怅。她也过来坐到连椅上，什么也没说，只喊着累。等了两三分钟她还是不说话，大林预感到不会有好消息，又不想说出来。他站起来说去个洗手间，实际是示意彩云到一旁去说话，彩云明白他的意思跟着走了过去。他俩在卫生间与药房之间的走廊里站住了。

啥情况？大林急切地问。

怎么说呢？杨彩云低下了头，开不了口。

姐，是啥情况你就如实说，彩凤她有心理准备。即使她心理准备不足，你相信我也能做好她的思想工作。大林鼓动彩云快说。

大林越是这样说，彩云越是说不出口。因为大林没一点点思想准备，她怕说了对他打击太大，太突然。她咂咂嘴，又叹气，还是不说。

见彩云不说，大林又催促道，姐，你不用顾虑，我知道你心里也难受，你就快些说吧，咱站这里时间越长，彩凤心里越怀疑她的病，心理压力越大。

她的病问题不大。

那就给她如实说嘛。

如实说她可能会更揪心。彩云说着扭过头，脸对着走廊的墙壁，想流泪。

为什么？

女人往往对丈夫的身体看得比自己的身体更重要。

难道是我的身体检查出了问题？大林猜出来了，心"咚咚"跳着问。

杨彩云点点头。

大林回想起在彩超室做 B 超时那一幕……心里完全明白了。他定了定神，说，姐，你就全端出来吧，我挺得住。

我怕你挺不住。

我挺得住！

杨彩云从包里掏出柳大林的 B 超报告单和钼靶报告单递过去，我都不相信男人会得这种病。我问顾副院长，他也说，极少极少。

大林看着报告单手抖动了两下，很快又镇静地说，相信科学，大医院里奇奇怪怪的病多了。

要么你去北京大医院再检查一下？彩云这才抬眼看了看他。

大林果断地说，用不着跑了吧，简单个病，又不是复杂病症，就在这儿切掉算了。

或是你再做个核磁共振？她实际是在安慰他。

钼靶已经很权威了，何必再费事，多花钱。

你为全县做恁大贡献，花几个钱算啥。

问题是花这个钱没用。姐，走吧，过去给彩凤说说。大林说着头前走了。

慢，慢，大林，再想想咋给彩凤说。杨彩云攥着柳大林说，我真怕彩凤她接受不了，还是稳妥一点好。

大林采纳了彩云的意见，先到医院旁边一家饭店吃饭。饭后，杨彩凤问检查结果到底啥样？她一直怀疑肯定是问题大，大林和彩云不敢给她说，所以憋到这时候才问。彩云还没张口，大林先开口说了实情。不出所料，彩凤一听"哇"一声哭昏了过去。彩云忙拦了一辆出租车，她和大林把彩凤抬上出租车飞奔医院去……

柳大林给市委做了汇报，给县委副书记李来福打了电话，委托他负责好工作，自己办了住院手续在市医院住下来。杨彩凤虽然情绪得到了控制，但大林怕她留在医院事事担心，况且她的身体又虚弱，说小张在这里，她可以回去。但她坚持不回，说自己回去也安不住心，在医院还会安心些。彩凤不走，柳大林就动员小张回去，因为病房里容纳不了几个人，医院也要求不能多留陪护人员。小张说，领导住院我必须时刻守在身边，我虽然工作上是你秘书，其实我就是你儿子，我怎么也不能离开，病房里住不下我可以去躺走廊里。都不愿走，也就都留下吧！

晚上快下班的时候，顾副院长来到病房，他知道柳大林不仅是县长而且代理着县委书记，觉得责任重大，特来病房与他商议手术问题。这是一间特需病房，所谓特需病房，就是一个房间只住一个病号，有两张床，一张病号床，一张陪护床，配有一对简易沙发。虽然是下班了，顾副院长还穿着白大褂。他两个就坐在简易沙发上说话，柳大林自然要先说些感谢之类的话。

寒暄几句之后，顾副院长把话切入主题，柳县长，我想给你商量一下，首先感谢你对我们医院的信任。说实话，像您这一级领导干部大多数人做个手术不是到北京就是到郑州。其实我们也愿意让领导们到上级医院去治疗，因为在这里治疗，医院是要担责任的。我说这话绝不是医院怕担责任，是对领导负责。

479

柳大林点点头。

顾副院长接着说，所以呢，我想，柳县长你如果想到省里医院去，我们可以帮助联系，保证你到那里就能住上院。

柳大林摆摆手，不用，不用。不用折腾了，咱医院的水平我相信。

顾副院长又说，或者我们从郑州从武汉医院请个专家来给你做手术，甚至北京专家也请得来，无非是多几个费用。

柳大林又摇着头说，不用那么麻烦，根本不需要，不就是拉个口子嘛，小手术。我小时候割牛草，后来长大了在生产队干活，割麦、割谷子、砍高粱，手上脚上不知割了多少口子，流过多少血。那时候消毒办法就是撒泡热尿浇上去，或是就地抓把细土面敷上去抑制流血。哪有现在这么娇气！我唯一的要求，抓紧时间，节省时间，时间对我最重要。

顾副院长当即给他准备手术，测血压、查免疫力、血凝常规、拍胸片、查肺功能、麻醉试验……一切指标正常，于当晚 12 点前完成第一次手术。医院为了慎重起见，先切除其中一个瘤子，拿到上级医院进行活检。因为本院还没有活检的能力和设备。活检之后，根据活检报告才能决定是否二次手术。南都有直接通往北京的火车，当晚医院就把切出的肿瘤采用冷冻包装连夜派专人送往北京医院活检。

活检结果没出来，就是在医院静休。他要求回县里工作，医生不同意，主要是怕回去后伤口感染。他无奈只好用电话联系工作。县委、县政府的同志要来看他，他一律拒绝，若有工作必须向他汇报的，一律电话联系，不许人来。他同时给秘书小张交代，对他住的房号及病情治疗情况一定要保密，不许给任何人提供，拒绝一切人来探视。

小张答应一切照办。其实他心里是有数的。前天体检做完 B 超杨彩云阻拦他和方占坡不要跟随后，他和方占坡就猜出柳县长两口子一定是有人检查出身体有严重问题了。手术后，又把切除的肿瘤送北京化验，可见切除的东西不是好东西，他就有些担忧，不仅为柳县长的身体担忧，更为自己的前途担忧。他觉得应该找机会给柳县长提出自己的想法了。

这天上午，杨彩凤去街上买水果去了，因为医生嘱咐患者多吃水果，防止便秘。本来该他上街去买，因为杨彩凤毕竟年岁大了，上下楼不方便。可是，他想到了这一点却也装模糊，因为他想让杨彩凤出去后自己有个机会给柳县长汇报汇报思想。

杨彩凤出门后,他给柳县长倒了一杯开水放在床头柜上。他知道医院门口就有卖水果的,杨彩凤会很快回来,所以得抓紧时间。还没等柳县长喝口水,他就开口说,柳县长我一直想给您汇报思想,可您总是忙,总是没有机会。

柳县长戴着眼镜正在看报纸,取下眼镜望着他,你说吧!

小张坐到陪护床上也望着他,说,我今年也三十二三的人了,也在乡下锻炼几年了,眼前您当家了,把我的副科解决了吧?

柳县长没想到他提出这样一个要求,沉思了一下,说,我现在是代理主持县委工作,不能随便研究干部的。

小张应变能力也强,一笑说,我认为您代理才是好机会呢。按《条例》规定,如果您一扶正,必须得调到外县当书记,我就更没机会了。他不敢也不能说出自己的另一个担心,万一你是癌症死了呢,我就更没戏了。

柳大林抽动了两下鼻翼,心里暗笑了一下,才开口说,提拔任用干部是有严格标准严格程序要求的,不是你想的我一说就行,尤其是与我有紧密关系的人,即使有机会,也需要更加慎重。

小张"将"了他一"军",邰丽不就早当上副镇长了?

柳大林被他"将"得噎住了气,就像一个囫囵馒头塞在喉咙,一时说不出话。他又戴上眼镜,抓过报纸,目光在报纸上浏览着,似乎心不在焉地说,邰丽那是县委出于培养女干部的需要,各乡镇要配一名女副乡镇长,才安排的。

小张又大着胆子说,中央不是也有培养年轻干部的要求嘛,我应算是年轻干部吧?

柳大林目光还在报纸上,也不看他,一副懒得理他的样子,那你等组织挑选吧!

等组织挑选,不如您一句话。小张紧逼。

如果组织部门找我了解你的情况,我可以介绍。组织部门不找我,我不可能主动为你说话。柳大林脸上露出不高兴的情绪,眼睖睖他说,你们不要以为跟领导就可以近水楼台先得月,也可能近水楼台不得月。

那我跟您几年算白跟了,跟您还不如不跟!小张也表现出不悦。

这小子今儿个这么放肆,好像变个人一样,不像以前那样唯唯诺诺恭敬从命。柳大林一股怒火涌上胸腔,他摘掉眼镜连同手中的报纸摔到地上,他想大声喊叫，一想到这里是医院不能大声喧哗，便压着嗓门说，张小刚，不想跟我，你现在就可以走，没人要你待在这里。

正在这时，杨彩凤拎着一兜苹果、香蕉进来，瞪着一双不明白的眼睛问，你俩咋了？

他俩都没有说话。快吃午饭的时候，张小刚手机响了。他一看是方占坡来电。张小刚是方占坡的表外甥，这个关系隐藏很深，任何人都不知道。方占坡当时安排他跟柳县长当秘书，目的就是让他当"眼线"，他们比电影电视上那特务还隐藏得深。当然，方占坡没给他交代"眼线"的任务，那样怕外甥有思想压力。方占坡只用从他随意的说话和闲聊中就可知道柳大林的思想和行迹。这次他来的时候，方占坡给他讲过，要一天汇报一次柳大林的病情。张小刚觉得这时候不便在病房说，便摁了"拒绝"键，发了一条信息：我现在不方便说话，稍后给您回电。他出去吃午饭的时候，给方占坡拨通了电话，说了柳大林做手术的情况，并说已把切掉的一个瘤子连夜送北京切片化验去了。

听筒里传来方占坡的声音，显得很激动，……小刚……那切掉的瘤子肯定是个坏东西吧？哪有一次不切完，分两次手术，还送北京医院化验，难道自己医院化验不了？百分之百是个坏东西。奇葩啊，男人得个乳腺癌，真是奇葩！

张小刚说想回去。方占坡说，想回你就回来吧，把车也带回来。

张小刚在街上吃了点饭回到病房，柳大林已午睡了。他便小声对杨彩凤说了个假话，杨阿姨，饭前的电话是我爱人打的，刚才又打过来了，说我母亲也生病了，很想念我，要我回去看看，我在这里也用不上。杨彩凤连忙说，你回吧，快回去照顾你母亲。我想让车送我一下。他故意嗫嚅着说。你喊上司机好了，车在这里也没用。杨彩凤见老柳睡着了，自己当了家。

其实柳大林没睡着。小张走后，他睁开了眼睛。杨彩凤给他说，小张回家了。柳大林说，走了好。杨彩凤从话音里感觉到老柳不满意，趁机接住问，我上街买水果回来听到你俩是不是在叮当嘴？柳大林摇摇头，没有。又闭上了眼睛。

三天过去了，北京医院的活检结果还没出来，看来还得在医院住几天。来时都没带衣服，杨彩凤给大林说她回家一趟取几件衣服，半天打个来回。大林说，不用赶那么紧，他一个人在这里也没事。杨彩凤去公共汽车站搭了车。回到家里，屋里一股霉气，她把门窗都打开通通风，把一切电器、液化气开关都检查一遍关好。彩凤是个细心人,她还不放心,想把总电闸关掉,一看冰箱里塞有好多菜,还有鸡蛋和肉制品,拔掉电源菜会坏,不拔电源又怕电起火,她把冰箱里的东西全掏出来送到姐家,回来才找衣服,衣服包好天已黑了,她觉得挤公共汽车耽误时间又不安全,就给司机小孟打了个电话,小孟接了电话,说他出车得经方占坡主任批。给方主任打个电话有啥难的?方占坡从来是嘴勤腿勤,没事也往家里跑。她接着打方占坡电话,方占坡这几天里已确认柳大林是患了乳腺癌,露出了两面人的本来面目,一副幸灾乐祸的样子,逢人就说,奇葩!真奇葩!男人得个乳腺癌,你说奇葩不奇葩?所以,杨彩凤给方占坡打电话,方占坡没接。打第二次时,方占坡接了,问她啥事,她说要个车送她去南都。方占坡说,车有,但是只为领导服务不为家属服务。娘的,这小子今儿个咋这样说话?杨彩凤差点儿气炸肺。她"啪嚓"挂了电话,去车站挤了公共汽车,那车上客人不多,司机吆喝着转了半个城,看再也没人坐了,才开始往南都走。她赶到南都医院已近夜里 10 点钟。老柳问她,咋这么晚?老柳在病中,她本不想说这些事惹他生气,但她为了使老柳对人心中有个数,还是憋不住说了。柳大林淡淡一笑,没说话。

第二天早晨天刚亮,门被推开了,柳鹭进来了,她怀里抱着一个花篮,她的脸如花篮里的鲜花一般,已没了早些时候的抑郁神态。去年在邻县安定医院抑郁症得到控制以后,她为了调节情绪,就决定考研。因为在学校里可以静下心来学习,可以不受外界的一切干扰。况且又是音乐学院,音乐可以滋养神经,利于控制病情复发,爸妈也很支持,她就又考入了武汉音乐学院读研。她进门第一句话就是:爸爸,早安!

鹭,你?你怎么知道了?柳大林又是喜又是忧地说着,忙从床上坐了起来。

柳鹭嘴朝妈妈一努,说,妈妈昨天下午晚些时给我打了电话,我连夜从武汉坐上火车,天不亮就到南都了。她边说边把花篮放到爸爸的床头柜上,笑嘻嘻地指着花,爸爸,你看,这兰花、金菊、红玫瑰、康乃馨、文竹、满天星都是祝您早日康复的。柳大林喜得连声说好。

杨彩凤看老柳情绪好,也高兴地笑了。

老柳一住院,她就想给柳鹭打电话,分担一点自己的心理压力,又怕再刺激了柳鹭,诱发了她的病,一直没有打,也没给老柳谈。后来,她又想,老柳得这么重的病,内心也一定很想女儿,也完全应该告诉女儿,让她来看望看望爸爸,对她爸爸一定是个很好的安慰。可她一直犹豫不定,也是昨天晚上方占坡不给她派车还说了那么可恶又噎人的话,她越想越生气,生气中忍不住就给柳鹭打了电话。但没把病说得那么严重,只说肝部有点不舒服,县里工作忙,住院静休几天。

爸爸,肝怎么不舒服?疼吗?柳鹭坐到了爸爸床前,手拉着爸爸的手。

柳大林听女儿这么说,知道老杨没给女儿透实情,又看见老杨给他递眼色,心里明白了,若无其事地说,时而疼,疼得很轻,医生说是肝气不和,用点舒肝利气的药就好了。

柳鹭有点内疚地说,一定是女儿气着爸爸了,怒气伤肝嘛,爸爸,我以后就不气你了,我想好了,我读研这期间,集中精力学习,不考虑个人事情,甚至我还想这辈子打单身,现在单身很流行!

柳大林连忙摇摇头说,不是,不是女儿给爸惹的病,是爸这段时间工作压力大,与你无关,你千万不要这样想。也不要想单身,爸妈就你一个女儿,你不能单身一辈子,要养儿育女!你说这段时间集中精力学习我赞成。都说时间是个好东西,时间能解决很多问题。我想你和友友的事情等一等,会有解决的办法。

门又被"咚"一声推开了,顾副院长穿着白大褂来到病房,跟他一起来的有外科主任和护士长。顾副院长一进门就笑呵呵地说,万幸啊,柳县长,活检结果出来了,良性!

外科主任随着说,我们院长也是捏一把汗,生怕是恶性。

柳鹭听了一愣,神情如惊弓之鸟似的问,爸爸,究竟是什么病啊?

柳大林一笑说,你听医生讲。

顾副院长又接上说,这样的话,后边的手术也可以做,也可以不做,做不做,问题都不大。

柳大林手向下一砍,果断地说,全部切除,不留隐患,免得以后再住院。

顾副院长哈哈笑笑,柳县长干工作有魄力,治病也有魄力啊!

柳鹭明白过来了说,爸妈,原来你们在骗我啊!柳大林又一笑说,这就叫善意的谎言。杨彩凤也接着说,原来病情不明,怕你听了压力大。

当天下午5点钟,柳大林二次手术已顺利完成,回到病房输液消炎。越是这样,院方越加重视,这一夜安排两个护士轮班护理。

第二天上午8点钟,顾副院长又带着外科主任和一群医生护士来查房,柳大林要求回县里输液,顾副院长说,不可以,要防止伤口感染,感染就麻烦了。他请求道,输三天怎么样?县里工作多呀!顾副院长也是为他这次手术顺利而高兴,给他开着玩笑说,县长同志,不要急嘛,一定要坚持一周。毛泽东主席讲过,身体是革命的本钱。身体好了,工作的时间长着呢!为了一时的工作不顾身体,也可能会造成不能长久工作。查房的人走后,护士又来给他扎上了针,继续输液。柳大林这时把手机递给杨彩凤说,老杨,你给宝山打个电话,让他约上曹大哥来一趟,说我想他们了。

早上8点前宝山就赶到了城里。革儿给他开着车。他不知这阵子曹大哥在家还是在城隍庙下街公司里,就给曹大哥打个电话,一问,曹大哥说他每天早上都是7点半准时到公司。他们又开上车来到了公司门口,革儿坐在车上,宝山去了曹大哥办公室。

这么早进城来,有何贵干?曹一宽财大腰粗,说话也撇腔了。

宝山递上烟,曹一宽挥着手说,不抽,不抽。不管现在曹大哥怎么摆架子,宝山都不介意,因为当年贫穷困难时,曹大哥对他们也蛮好的。曹大哥不抽他抽,自己打着火机燃了烟吸了一口,说,想约你一起去南都看大林,他做手术了。他没直接说大林约,他想先探探曹大哥口气,因为他知道曹大哥对大林心里有隔阂。

曹一宽摇晃着脑袋,摇晃的幅度很大,就像山风口处安装的风力发电机的扇叶摆动的幅度那么大,我不去,我今天有更重要的事情。

宝山嬉笑着翻他一眼,你有啥重要事情,不就公司的事,钱啥时间挣个完!

曹一宽又晃着脑袋,还是刚才那样大的摇摆幅度,白娃今天开庭,我得去旁听。

闪红红抓住了?宝山喜得嘴里能塞个鸡蛋。

不抓住她怎么能开庭。曹一宽瞥他一眼,说些傻话。

好!张宝山一阵兴奋。心里想,曹大哥能去参加白娃开庭旁听也难得呀,说明他还是讲仁义的。不过,白娃的事毕竟是丑事,去不去无所谓。可这话他只在心里说,嘴上却说,大林让我约你了,许多人想去医院看他,听说他都拒绝,只约咱俩。他期盼着曹大哥能答应。

白娃也邀请我了。曹一宽不经意地剥一颗口香糖塞进嘴里嚼着说,法院只让白娃邀请三个人旁听，他邀了我，黄花琴和他儿子友友。说到此，他又哼了一声，想吐掉嘴里的口香糖，那口香糖粘在牙上不好吐，他用手扯掉扔进垃圾桶里，接着说，他柳大林现在想起曹一宽了，他这辈子给谁办过啥仁事？还不如白娃，白娃在我困难时候，我张开嘴借三十万，白娃一吐口借给我五十万，才撑起这个店。哼，不去！

宝山觉得说不动曹大哥，看样子他是铁了心不去，但他还是希望能说通曹大哥，继续动员着，曹大哥，过去的事就过去了。你去参加白娃的旁听也算仁义，够情味。话又说回来，你去不去旁听，对白娃来说都一样，他还是那个罪跑不掉。你去看看大林，给他个面子，也算给表弟个面子。

曹一宽不想听他再劝，站起来说，你早些走吧，我也得走，那边是9点半开庭。宝山头前出来，曹一宽后边出来，"哐咚"一声关了门，走到门外又愤愤地说，树怕挖根，人怕伤心。曹大哥我心伤透了，别说他柳大林现在是代理书记，他当正式县委书记我这辈子也不会去见他！

宝山只得说，好吧，曹大哥，今天我代表你，你也代表我，晚上我回来，听你讲讲白娃开庭情况。

曹一宽说，回来我请你喝酒。

张宝山进到病房的时候，杨彩凤没看到曹一宽，也没问曹大哥怎么没来呢，她早已猜出曹大哥十有八九不会来。宝山先说了，曹大哥外出没在家，他一个人过来。彩凤明白大林约他们来是想说些心里话，给宝山倒了杯茶就出去了。

这次跟阎王爷擦肩而过？宝山嘻哈着说。

大林也笑笑，没那么严重。

你说也怪，本来是妇女病，男人得了。本来你是给彩凤做检查的，她的轻，你的重。宝山手比画着讲着，不过，俗话说，人有一忧必有一喜，看来你要当书记了。

大林多天没有这样开心过，也讲了一句玩笑话，我再也不能说我当书记了先提拔你！

宝山也笑着说，我是个老农民，就不找你提拔。

两个老朋友，今天都很开心。大林仍然笑着说，约你今天来就是想谈谈老农民的事。这几天躺在床上也睡不着，思考一些问题，平时没机会细谈，今天可以细谈谈。宋书记走了，他在丰和的发展思路一定得延续下去，不但一张蓝图绘到底,而且得千方百计绘得更好。不管我代理多久,都得代理好。宝山点点头,听他继续讲。记得那天我在太公湖讲过,宋书记在江浙考察回来说,要把荒山变成青山,青山就是金山银山。我想这些话说到底,根本意思是要农民富起来。我们丰和是个半山区县,还有相当一部分农民没富起来,离小康水平距离还大,我们要缩小这个距离,就要走生态经济之路,把清水变银行,让青山变金山。这话说起来容易,要成为现实必须得撸起袖子,甩开膀子干,宁可脱层皮,换来遍地金……

宝山不住地点头,表示赞同他的意见,并汇报说,我们支部会已讨论三次了,确定的调子是:洼里种粮食,南洼是一脚踩出油的地,必须种粮食。坡上种花卉,山上种果树,一湖带三山,三山衬一湖,打造美丽乡村。涂富国也很支持,答应最近帮我们论证,花卉种什么,果树种什么。最近镇里要组织去江浙一带参观学习,学习回来以后就抓规划落实……宝山讲了很多,大林都耐心听了。听到最后,他说,不管是种粮种花种果,都要规模化发展,产业化经营,让农民有经营权、参与权,要走产业合作社的道路,由原来的农民外出打工,到最后又回到乡村就业。宝山说,三山凹有条件有基础走出这样一条路子。大林说,好!很快就到年底,又得准备新年度的三级干部会议,希望你到时候能够做个典型发言。

典型发言嘛,宝山挠挠头,咱还是先做后说吧!

大林看看吊瓶,马上就要滴完了,他伸手按一下床头的叫铃,铃声响了。半分钟时间,护士就跑来换瓶子。宝山一笑,心里说,现在什么都先进了,他想起过去在县医院输液,瓶里还有很多水都得提前去喊护士来换瓶,因为如果喊得晚了,护士没来药水就滴完了,针管里就会回血。

护士换完药瓶走后,宝山看大林的嘴唇有些干裂,端起杯子给他喝水。大林喝了两口接着说,与曹大哥的关系一直是我一块心病,他对我很恼火,我对他也很头疼。今天他不来,我也能理解。狄尔治夫人有句话,原谅敌人要比原谅朋友容易。因为通常,对敌人的要求要比朋友低得多。敌人,你不欠他的,他也不欠你的;朋友之间毕竟有你帮我,我帮你,朋友之间有感情友谊和信任。敌人是你已经得罪过的人,再得罪一百次一千次也跟一次一样;朋友是一次失去信任,终生难以弥合。大半辈子了,什么看不透?酒场没朋友,无酒友不来;商场没朋友,财散义尽;情场没朋友,无钱情断;赌场没朋友,都是你算计我,我算计你，你想让他输，他想让你输；官场也没朋友，官场人只要没有戒心，能诚心共事，就是好同志。官场也不能交朋友，官场如果搞成朋友关系，容易同流合污，结党营私。

输液管子里的水不紧不慢地滴着，大林不紧不慢地讲着，小时候结的朋友才是真朋友，可是朋友也会变化，感情和友谊也需要淬炼。现在唯你一个朋友。其实，一个朋友也好。亨利·阿达姆斯讲过，一生有一个朋友足矣，两个太多，三个就会惹麻烦。事实证明不是这样吗？我说这不是把曹大哥当敌人，他仍是好大哥，过去他对我们有恩惠，在我还是穷学生时，他给我很大帮助特别是给我娘治病；我参加工作后，他仍全力支持我走上仕途，都历历在目……终生回报不完……

宝山点点头，这点我有同感。

输液瓶里的液体一滴一滴地滴着，大林陷入对往事的回忆中，这几天，我老在回忆，老在反思，当初我确实说过，如果我当了官第一个提拔表姐夫的话。那时确实有那种思想，也确实是带着感情说的。但越步入仕途，越觉得做官并不是想象的那回事。一次，遇见一位知名作家讲过一句话，至今记忆犹新，他说，你们做官感情用事不得，我们创作理智不得。换言之，创作必须带感情，做官必须得理智。宋书记也曾给我讲过，共产党的干部不能感情用事。再说曹大哥，我们现在都是共产党员了，是干部了，不能完全照喝鸡血酒时说的话办事，该废弃的必须废弃。对白娃事情的处理，我就是一条，坚持党性原则，丢掉哥儿们义气。当然表姐夫也绝不是咬住那句话不放，而是他一直抱住自己的欲望不放。其实他后来走这一步不错，我说的不错是指他做得很成功！我不因为他的成功而使自己羞惭甚至后悔无脸相见，恰恰我为他的成功而更佩服他，也祝贺他！曹大哥没来，你可以把我的话带给他，委托你了，宝山！

宝山握住他没有扎针的那只手说，我会给曹大哥讲好，没事，你放心。我们是一家人，打破头还是亲兄弟！

瓶里的液体快滴完了。大林又摁了"呼叫"……

宝山从医院出来以后，又去了趟市农科院找院领导谈了请专家的事，农科院领导说明天就可以派专家去考察，他高兴极了。革儿拉着他到县城的时候，天已经黑了，他原本想见见曹大哥谈谈，因明天专家就要到村里，晚上得提前安排些事情,就决定不在城里停留。但他还关心白娃开庭的情况,就采用电话形式与曹大哥沟通。

曹大哥电话上告诉他,法官当庭宣布,侯子耀犯了强奸少女罪,判处有期徒刑六年,非法集资罪判刑一年,合并判有期徒刑七年;闪红红是协从罪,判刑三年,非法集资罪判刑一年,合并判四年有期徒刑。

资金呢,闪红红裹走的资金追回来了吗? 张宝山很关心资金问题。

曹一宽又告诉他,闪红红裹走的资金基本追回来了,经济损失不大。

那还可以。宝山松了一口气。

曹一宽又对他说,闪红红的目的是想囤钱,所以她基本没挥霍浪费。她是跑到了闽南一个风景区,认给一个孤寡老太太当干女儿,在那里学制茶。公安去逮她时,她正在同当地人一起炒茶。

白娃态度怎么样? 宝山又问。

白娃态度还算端正,表示不上诉。他也没请律师。闪红红请了律师辩护,但被驳回了,她也表示不上诉。

他俩在法庭上都啥样的表情? 害臊吗?

你这个张宝山呀,问那么细干吗? 你要写小说吗? 曹一宽电话里虽有点烦,但还是耐着性子给他讲了。闪红红有时还嬉皮笑脸的,多次被法官呵斥。白娃表情很羞愧。他看见我时点了一下头,我明白他意思是感谢我去旁听,后来再没有抬眼看我。友友没有去。进门时我碰见了黄花琴,听她说没有联系上友友。我发现白娃瞄了一眼黄花琴,流下了两行眼泪。我读懂了他的两行泪:一行是说,老白娃我很后悔,后悔莫及;一行是说,老白娃我对不起你和友友,请原谅。后来,一直到庭审结束,白娃都没再抬头,一直低着头。

花琴呢,花琴承受得住吗?

黄花琴在法庭里时不时哽咽。宣判结束,走出法庭后,她在法院大厅里号啕大哭……后悔自己一错百错……谁也劝不住她。

你让新月找时间进城安慰安慰她。

明白,挂了啊! 张宝山又想起了啥,紧忙又把话追上去,哎,曹大哥,你别烦,我再问问,闪红红肚里怀的娃娃呢?

你有脑子吗? 闪红红有可能生吗? 曹一宽声音烦烦的。

哎哎,我再啰唆一句,还有秦小九……那女子……

知道啰唆还啰唆,判侯子耀赔偿秦家女子身体和精神损失费三万元哩！你去想吧！

咔嚓！曹一宽这次真挂了电话。

三十二

　　太公湖景点经过两冬一夏的打造已经达到了开放的标准。春宝心想,开放时一定得搞个开放仪式,请请各路神仙,免得中间再找麻烦。他让革儿一边做个策划,一边试运行。试运行期间是不收门票的。因不收门票,很多人想先睹为快。最早是附近的人来看,一传十,十传百,百传千,千传万……越来越多的人趁不收门票来看太公湖景观。革儿把开放仪式的方案送给了春宝,春宝看了说,不急,再过两三天。

　　有一天黄昏,突然发生一个惊人的事件。从县城来的一辆面包车拉了六七位游客,反正是不掏钱,看了半天还舍不得走,直到天黑才离开景区。出了景区他们在距景区大门二三百米新开的农家乐吃美食,由于看得高兴吃饭也高兴,不由得喝起了酒。司机是个年轻人,见大家喝酒忍不住也要喝,来的游客坐他的车又不好意思阻止他喝,所以司机没少喝酒。他觉得天晚路上没人,车开得飞快。恰在这时对面过来一辆手扶拖拉机,拖拉机没有开灯,"哐咚"一声巨响,两个铁老虎撞到了一起。面包车受了伤,没大碍,车是铁包人嘛,虚惊一场逃跑了。手扶拖拉机却连车带人滚进了山沟里,这种情况下拖拉机手是最危险的。因为手扶拖拉机没有人身安全防护设置,出了车祸十有八九要摔死。路过的人看见了喊起来,附近几个农家乐的人都跑过来围观。围观者中有人给王春宝打了手机,春宝此时没在景点上,他立即给革儿打了电话,革儿立刻赶到现场。他看见滚进沟里的手扶拖拉机仍在"突突"响着,冒着烟,当即跳下沟去,发现拖拉机手被压在拖拉机头下,身上立刻冒出一身冷汗。他先把拖拉机弄熄火,吆喝几个人下沟来把拖拉机头翻过去,只见拖拉机手遍体鳞伤,满脸是血。由于天黑看不很清,他打开手机上的电筒往他脸上一照,啊!是村里老五的儿子小六。他连声地喊小六,小六不应声。他吆喝着赶紧抬往医院,围观的人都说小六不行了，没一点儿气了，两眼发呆，七窍出血没救了。革儿想，有救没救得医生说了算。这时候他给村医生打电话，村医生回城里过周末了。革儿谁也不商量扛起小六就朝通往黄龙镇的公路上去。开农家乐的大嫂紧跟在他身后，因为逃跑的那帮游客是在她店里吃的饭，她认为有点牵连，觉得虽帮不上忙也陪革儿做个伴壮壮胆。革儿扛着小六一口气跑了两公里，公路上不见个车影，大约二十几分钟才过来一辆货车，大嫂忙站路中间拦住了车。司机头探出来说，怕是死了的吧？大嫂连声说，没死没死。革儿也说，求师傅行行好吧，人没死，还有救。司机不作声算是同意吧，大嫂帮革儿把小六弄到车厢里，给司机塞了二百块钱，司机把他们拉到了黄龙镇卫生院。

到镇上卫生院一检查，小六没有死，没有反应是因为醉酒昏死过去了。小六脱离了生命危险，有了血压，有了心跳。但他的左腿骨折了，如果不及时转院就会错过最佳治疗期。革儿顾不上与小六家里联系，让镇医院通过120要来救护车，又连夜陪着把小六送到县骨科医院。第二天天刚亮，小六家人来后，革儿才知道小六那天在景区结了账，腰里有了万把块钱，高兴地喊村里几个小哥们儿喝酒，酒后鬼使神差地开上空拖拉机又往景区跑。

第三天革儿到王春宝办公室，他还没说话，王春宝将一张《南都日报》递给革儿，他一看报纸上登了一条消息，标题很醒目：无义司机酒后逃逸，有义青年夜扛"死尸"。革儿说，报道不准，应写为伤员。春宝一笑，说，记者也是为了抓人眼球嘛。革儿说，我都没见记者，记者们咋知道这事情的？春宝又一笑说，记者们灵敏得就像狗鼻子似的能嗅到味儿。接着，春宝又对革儿说，这起车祸虽然发生在景区之外，与景区毫无关系，但肇事的面包车毕竟是到景区来旅游了，小六的医疗费咱全付了，先送去五万元。残疾一个人，穷了一家人，三山凹可能又多了一个贫困户，以后小六家咱就帮扶了（小六出院后，王春宝就让他到景区停车场看管车辆，按月支付工资这是后话）。

春宝带着革儿到医院送过钱后第三天，《南都日报》又跟踪发了一篇消息，标题是：无义司机丧德受谴责，景区"老板"解难救助受赞扬。王春宝看到这篇报道后，把革儿叫到他办公室抖动着报纸说，革儿，你看看，你看看，咱景点还需要搞开放仪式吗？还需要做宣传做广告吗？不需要，这比广告效果强一百倍。所以，不做广告了，也不搞仪式了，就这，开放，卖票。革儿当时听了说，春宝伯伯呀，你不搞开放仪式，我哪天与小湘女结婚呀？前年可是说过的，太公湖景点开放那天我和小湘女结婚,你不能当作戏言呀!春宝扔给他一万块钱说,你俩旅游结婚去吧!果然不出春宝所料,没过多长时间,四面八方男女老少蜂拥而入,太公湖景区游客爆满,景区每天门票收入十几万。春宝喜得合不拢嘴。村里人更是笑呵呵的,农家乐,小卖部,卖茶鸡蛋的,烤羊肉串的,卖凉粉的,刮甘蔗的……如雨后的春笋,一夜之间冒出了许多。有人开玩笑说,光卖卫生纸就能发财。村里人没有不感激王春宝的。

　　这年秋天,丹桂香生了个白胖小子。村子里沸腾了。人人都说,咂,春宝真是好积德呀,过去六十岁得一子都是稀罕,春宝六十五了还又得一子,真能写今古奇观了!也有年轻娃娃给春宝开玩笑说,春宝爷爷,要不要进城做个 DNA 呀?春宝嬉笑着说,随便,随便。村里人说,不能随便,上次你俩结婚请吃桌大家没吃,这次你必须得请大家吃桌。春宝这把年龄了得个儿子欢喜是欢喜,但也有点不好意思,光说请客就是不请。村里开始有人给他家送鸡蛋挂面,春宝拒收。送鸡蛋挂面的人说,若不是你开发太公湖景点,俺咋能找个挣钱门路哩?这礼你必须得收,权当俺感谢你了!春宝说,应该感谢宝山支书,是他动员我回来开发的。而且你们更得感谢张革儿,是革儿黑夜义举救小六登了报,把太公湖扬了名,带来了众多游客。村里人不依,凡是开农家乐的,小卖部的,卖小吃的都拥着往他家送鸡蛋。最后,春宝家送来的鸡蛋盛了几大筐箩,收的挂面装了几大箱子,白糖红糖上百斤,娃娃穿的衣服几十套。春宝无奈,在娃娃满月这天又摆了五十桌,结果不够坐,最后又加了十桌,总共摆了六十桌。全村人兴高采烈,男人们喝得可来劲了,一个个晕得鸡子不认得鸭子。几个会玩的女人,有的拿出锅底灰,有的掏出描眉的笔,把春宝满脸涂成"黑人"了。女人们这样逗乐是有寓意的,意思说他是个窑匠,烧的货出窑了。

　　待过客,春宝看着那成堆的鸡蛋挂面红糖白糖,发愁了。这么多东西别说丹桂香坐一个月子吃不完,坐十个八个月子也吃不完。他又把宝山找去商议处理良方,最后决定,一部分送给村里的孤寡老人及体弱多病的人吃,另一部分送给镇上敬老院。王春宝心里这才坦然,同时明白只有大家都富了才不"仇富"。

三十三

　　这天革儿午休得正香,老爹喊醒他,说是来客了。革儿起来到客厅一看,啊,是友友!他还带着一个戴眼镜的人在沙发上坐着,他们看见革儿立刻站了起来,如果不是那个戴眼镜的人站在旁边,革儿一定会蹿上去和友友来个拥抱。友友自从那次去医院没找到柳鹭后便从南都消失了,再也联系不上他,真是想死他了。革儿忙给他们泡茶倒水。因那个戴眼镜的人在场,革儿也不便问他这两年到哪里去了。这时,友友给革儿介绍戴眼镜的人:这位是乔专家,南方农业大学研究生毕业,在花卉研究方面已发表多篇论文,现在是云南安宁八街玫瑰花种植基地的顾问。革儿朝乔专家点点头,乔专家也朝革儿点点头。友友接着给宝山伯伯讲,他是从网上看到三山凹要搞花卉基地的招商信息,特邀请乔专家到村里来考察下这里的气温、土质、水分是否适合种植玫瑰花。昆明那边一个花商觉得当地种花土地空间已很小,想到中部来发展。张宝山开口先说了欢迎外地商人来三山凹投资开发。又说,不过我们重点是想种植月季,月季花期长。友友说,这个我明白,宋代大诗人苏东坡就赞美月季是:花落花开无间断,春来春去不相关。牡丹最贵惟春晚,芍药虽繁只夏初。惟有此花开不厌,一年长占四时春。

　　革儿接着给友友讲了前几年七夕节在黄龙镇给小湘女买玫瑰花遭遇的尴尬,之后他就去昆明考察学习了几天,并带回了种子,种了两亩做试验,是头年9月种植的,次年5月果然开花了,枝条分别达到了三十厘米至五十厘米,花头达五至八厘米,可以做切割鲜花上市。鲜花送到黄龙镇花店、丰和县城花店,店里购买的很少。他们说夏季不是切花上市的旺季,只有到了冬季,圣诞节、元旦、春节、情人节、元宵节一节连一节,才是切花上市的旺季,因为需求量大。他当时问花店老板,能否帮着给南都市的花店介绍推销一些,那老板一笑说,你的切割鲜花没有昆明的名气大,大城市讲的是品牌。夏季的切花玫瑰所销无几,没有钱赚。他没有灰心,就在冬季搭起大棚。冬季三山凹包括整个中部地区气温很低,快交腊月了,眼看切割玫瑰到了需求旺季,枝条缩着脖子长不起来,花还只是蓓蕾,当时急得采取了许多升温办法,包括购买了几十台电暖器放进棚内加温,花是催开了,但枝条太短,花朵太小,送到花店人家不屑一顾。这次是彻底地砸了,赔了。当时在花店问了昆明切割玫瑰的价格,一盘算,即使催生出来的玫瑰花达到花店要求,成本也比从昆明空运过来的高三五倍。从此,他就死了种玫瑰的心,决定还是围绕太公湖种植月季,打造月季景观,带动太公湖旅游。

友友听革儿讲过后说,他们要种植的玫瑰不是切割鲜花,而是要种植食用玫瑰和制药玫瑰。张宝山一听两眼放光,问:玫瑰花还能当饭吃当药用? 友友说,当然可以了。他指指戴眼镜的人说,乔专家就是专门研究这个的。张宝山眼看看革儿说,给郜丽书记汇报一下? 此时郜丽已任黄龙镇党委副书记,但仍在三山凹蹲点。他给郜丽打了手机,郜丽说就在村部。听完汇报后,郜丽兴奋地说,种月季和种玫瑰并不矛盾,月季与玫瑰同科同属,在外国统称 rose。说句俗话,玫瑰的祖先就是月季,漂洋过海出国后经过培育改良成了玫瑰。再说,他们种植的玫瑰虽然观赏期短,但花儿可以做食品药品,附加值高,产业链条长,只要他们考察后觉得适宜种植就欢迎,而且给予一定的优惠政策。

当天下午他父子俩就陪着友友和乔专家到山坡上去考察走访,采集各种标本。张宝山陪着乔专家在与村民交谈时,友友把革儿拉到一边坐在一块大石头上讲起来。那次,他在医院没找到柳鹭,特别是遭到杨阿姨的搪塞后,他明白了柳鹭得的什么病,而且是在绝密的情况下治疗的。这是一种很痛苦的病。他当时曾想离开这个世界,让自己永远不出现在柳鹭的视野里,从柳鹭的记忆中抹去。可他又一想,不行,这是一种消极的情绪,自己应该持积极态度,想办法帮助柳鹭治好病。他想起《白蛇传》里白素贞为救郎君许仙曾冒险盗灵芝仙草,还有许多民间传说,为救人一命跑遍千山万水找仙人寻仙草……虽然这些可能是人们的一种想象,但表达的是人与人的真挚爱情。再说,只要有想法就可能有成功。他决定走千里路,寻百名医,读万卷书,为柳鹭找到医病的佳药良方。于是,他去过多个医院,拜见过多个医生,医生均回答,目前最先进的药只有 Risperidone Tablets(利培酮片),中药就不知道了。后来,他找了许多中医,说法不

495

一,莫衷一是。有一天晚上,在某个县城大街上晃悠,看到一个男孩送给一个女孩一束玫瑰花,女孩接花时嘎嘎嘎地笑。他脑海里立刻浮想联翩……鲜红的玫瑰花是女孩的兴奋剂。从人体生理学讲,笑能刺激大脑产生对人体有益的物质,笑能引起愉悦的感觉,笑是一种缓解机制,笑对健康有益。他当时曾冒着风险走近美女问道,美女,请问你看见玫瑰花为什么这样高兴?美女得意地眯着眼说,因为高兴所以高兴。男孩子怒目圆睁地瞪着友友说,你干什么的?神经病!说时还想用拳头捶他。女孩还嗲着说,不要吃醋嘛,人家问一句有什么关系?她转而对友友说,你如果送我玫瑰花我也会收的,赠人玫瑰,手有余香,有什么不好的,不是吗?友友当时感觉到,女孩见到玫瑰简直是醉了!这一连串的想法,使他产生了一个念头,玫瑰花能否治愈柳鹭患的那种病?他找来《本草纲目》《黄帝内经》《神农本草》《灵药秘方》……每晚阅读到深夜,没有在书中找到这样的记载。后来,他无意中从《本草纲目拾遗》中看到了玫瑰花可以治多种病,其中提到可以活血通经,舒肝化郁。柳鹭的病根不就是一个"郁"字吗?他如在黑暗的天空看到了一颗星星,在茫茫无际的汪洋大海中看到了一叶小舟。他极兴奋,有希望了……他跑到云南访问了许多花农,碰到了乔专家,乔专家说他就在研究这个课题。友友遇到了知音,配合乔专家攻克这一难关……研究出了治抑郁症的玫瑰系列产品。他巧妙地把这些产品寄给杨阿姨,柳鹭服用以后效果出奇的好……

柳大林到乡下去调研了一天,在村里吃过晚饭,回到县委已是 10 点多钟,他整理完当天的调研笔记,冲个澡,半躺在床上浏览着当天的各类报纸,既是学习也是了解当天新闻。这也是他每晚睡觉前的一个习惯动作。他翻阅完《人民日报》,又拿起《南都日报》的时候,床头的座机电话响了。这个电话是很少人打的,只有县委的主要领导、身边工作人员和杨彩凤等少数人有紧要事时才打的。大多数人不会往卧室打电话影响他休息。他伸手抓起话筒,电话里就传来一个熟悉的声音,大林,打扰你休息没有?

宝山,你怎么这时打电话来?……好消息?好消息就快讲!

柳大林是半年前调来东城县任县委书记的。当时宋立功作为市委副书记又是丰和县的前任书记,找他谈话,说县委书记、县长虽然不宜在本地任职,尤其是县委书记更不宜。但考虑到书记、县长两个人不能同时调出,市委倾向他留在丰和县任一段书记,待调去的新县长熟悉了情况他再调出,过渡一段时间。柳大林当时坚持请求市委调他异地任职,便于超脱。宋书记当时对他说,其实市委没有发现你不超脱的,我在丰和县工作了那么多年也没感觉到你不超脱。柳大林给宋书记讲,我可以掌握自己并尽力使自己超脱,但我掌握不了别人、难以使别人超脱,我不给他们划线,他们一些人会给我划线,我如果继续在丰和县干下去,我心不寒,他们一些人胆寒哟。柳大林讲的是有道理的。他从市医院手术出院回丰和县以后,确认他不是癌症,方占坡、张小刚,不仅他俩,还有其他一些人都吓破胆了,生怕柳大林收拾他们或是给小鞋穿。若是他在丰和任了县委书记,这些人还不是终日丧魂落魄的,或是唯恐天下不乱制造"地震"。宋立功当时理解了他的话意,给市委建议他调出,即决定他任东城县县委书记。他到东城县以后,只与丰和县两个人保持热线联系,一个是杨彩凤,一个是张宝山。他之所以与张宝山保持热线联系,出于两点考虑:一是对家乡三山凹的发展仍然关心;二是张宝山毕竟是老朋友,深浅话都可以说,自己抓基层的想法可以与他讨论,听取他的意见,同时也可以通过他听到基层干部的真心话,便于指导本县的基层农村建设。

宝山电话中给他讲了友友带着乔专家到三山凹考察,经过论证要在三山凹投资五百万元开发玫瑰花生产基地,搞玫瑰花产品系列加工项目。他是从玫瑰花加工的药用产品可以治疗抑郁症,给抑郁症患者带来福音的角度给大林报告的。实际想让大林以后再不用为柳鹭的病担心了。

种玫瑰花的效益怎么样? 柳大林问。

宝山继续说,专家讲,咱这里气候条件不适宜栽种切割鲜花,种玫瑰花观赏不是主要的,主要是用来加工,产业链条很长,可以制作玫瑰花茶、玫瑰花酱、玫瑰花露、玫瑰精油、玫瑰花蕾……宝山一口气说了十几个品种。

大林也越听越兴奋,把话筒从左手换右手,说,宝山啊,的确是个好项目,好项目要做好。现在党的"十九大"报告提出了农村振兴战略,你们要把项目同农村振兴结合起来搞,搞成产业化经营,最好是成立个花卉合作社,不要再从农民手中租用土地,要让农民以经营的土地入股,农民有了股权可以分红,就有了稳定的收入。农民还可以到花卉基地做工挣工资,把在外地务工经商的农民再吸引回来,这样就可以解决空壳村的问题,使农村再度充满生机。

大林,我们一定照你说的思路走。

你们要给涂富国同志汇报一下,争得镇上的支持,我也希望你们闯出经验,到时我带东城县的干部去学习。

哈哈!欢迎你回来指导!

弄好了,我们就去学习!

真的!他俩在笑声中挂了电话。

张宝山听了大林的一番话,思路大开,不仅通过友友和乔专家引进的云南玫瑰种植加工项目成立了安丰三山凹玫瑰生产合作社,还把王春宝、张革儿搞的月季花基地也改制成立了丰和县三山凹中国月季开发合作社。就连洼里种粮食,也采用了股权制的模式。毕改兰虽然嫁到上河村,也把在外地搞粮食贸易的老公拉回到三山凹,将一部分村民在南洼的耕地全部以股权制方式集中起来,成立了三山凹五谷丰登合作社,合作社给各家各户发了股权手册,大家可以按季分红,土地由五谷丰登合作社统一耕作,统一种植,三山凹又打出了五谷丰登农产品品牌,实现了农工商一体化……

2017年五一劳动节,三山凹美丽乡村风景区全面开放。这天,天气晴朗,阳光明媚,春风荡漾。三山凹的几面山坡上,百花齐放,争奇斗艳。月季园里,伯爵夫人戴安娜、伊芙·伯爵、摩纳哥公主、婚礼钟声、高山之林、和平、杰·乔伊、俏红玫、绝代佳人、超级明星、伊丽莎白女王、小特里阿农、月月粉、花花公子、伊豆舞女、腮红、绝代佳人等五六十个品种,红黄蓝紫粉,灿烂多彩。玫瑰在中原地带逢五月也是盛花季节。玫瑰园里,红玫瑰、白玫瑰、戴安娜、冷美人、香槟玫瑰、楼兰玫瑰、金香玉、红袖、粉雪山、玛利亚、凡尔赛等二十多个品种,每一种花都开得十分鲜艳,光彩夺目。满山遍野,游人如织,一张张幸福的笑脸跟花儿一样。一朵朵鲜花仿佛也都微笑着,有的是微微低着头含羞不语;有的落落大方高昂着头,似乎在用各自的花语给游客招手致意……真个是人在花中,花在人中。客道上的电瓶车来来往往穿梭不停,曲径上的人流形成了多个"之"字形。山下几处游人围成了团儿,多是儿童,他们是在围观拉石磨的小毛驴子,曳石碾的老黄牛,打芝麻油的光脊背汉子,玩辘轳的白头翁,飞针走线的绣花婆……小朋友们一个个瞪着好奇的眼睛看着,问爸爸或是问妈妈,问爷爷或是问奶奶,这是干什么?爸爸妈妈爷爷奶奶们耐心地解释着,并夹杂着自己小时候的故事……

上午 10 点钟的时候,一阵噼噼啪啪的鞭炮响过,接着咚咚嚓嚓的鼓乐声,柳大林与张革儿,张宝山与王春宝陪着城里来的客人,揭开了两块竖着的大理石上蒙着的红纱。两个如美女一般披着红纱的大理石被揭掉盖头以后,露出了本来面目。左边的一块大理石上刻的字样是:丰和县农民摄影家采风基地。右边的一块大理石上刻的字样是:南都市曼妙时光婚纱拍摄基地。随着那咚咚呛呛的鼓乐声,一对对穿着婚纱的新人如星星一般散落在花丛中;一个个戴着太阳帽或鸭舌帽的农民摄影家像蜜蜂一样在花丛里飞来飞去,手中的照相机"咔嚓咔嚓"拍个不停……看热闹的人叽叽喳喳地议论着,过去乡下人进城拍婚纱照,如今城里人来乡下拍婚纱照!

友友换着柳鹭走过来了。友友一身深蓝色西装,柳鹭没有穿白色婚纱,而是着一身大红色拖地裙,她怕花草挂着了裙子,手提着裙子下摆,脸上喜洋洋的。

柳大林手里捧着照相机冲到了友友和柳鹭的面前,他身后还跟着几位影友。他现在是丰和县农民摄影家协会会长,跟随他的都是协会会员。他们有的站着,有的半跪着,有的小步跑着,啪啪啪拍个不停。有的跷着大拇指称赞新郎新娘,有的不停地喊着 OK、OK。柳大林满头大汗,取下头顶的太阳帽说,友友、鹭鹭,你两个虽然今天是迟来的婚礼,可拍这婚纱照是全免费的。跟在友友柳鹭身后的黄花琴、杨彩凤都微微笑着。

拍照之后,柳大林约张宝山、王春宝和张革儿一同再往山上去。走了一段,他们站住了。张革儿看着山下遍地花香,人头攒动,喜不自禁地感叹道,谁不说俺家乡好啊!

这时,一位头发花白的人也朝他们走过来。此人身着一件花衬衫,手里掂着个照相机,他边走边喊着,张支书,张支书,我找你半天了,三山凹名声大了,你支书架子也大了!

没有,没有! 张宝山说着愣着神,认不出他,但他也不能说不认识。

那人似乎意识到张宝山认不出他了,便自我介绍说,我是《南都日报》的司马记者,当年曾采访过你的栗子香红薯。张支书可能忘了吧?

啊! 是的,是的,没忘,没忘。张宝山忙跑前一步握住司马记者的手说,多年不见，人都变样了！

三山凹更是大变样，祝贺你啊！司马记者把张宝山的手攥得更紧，摇着说，我想采访一下，请你谈谈三山凹的振兴之路。

张宝山朝革儿招呼，要革儿过来。革儿来了，张宝山先给他介绍了司马记者，然后对司马记者说，这是我儿子，他现在是村支部书记兼三山凹中国月季开发合作社主任，你就采访他吧！

张革儿带着司马记者登上太公湖的八角亭，两人面对面坐下。司马记者先讲，今天没有采访提纲，漫谈。张革儿也说自己只能讲些故事片段……

那一天吃过晚饭，也就是夏秋之交季节，天气仍很闷热，三山凹称这天气为"秋老虎"。老爹找我坐在院子里的梧桐树下唠嗑。老爹有这个习惯，隔一段时间就找我唠唠，说说村里的事情，名义上是给我闲说话，感觉好像是想验证一下他的思路是否可行，然后再提到村支部会或村委会上。

老爹抽了两根烟后才说话，刚开口，嗓子就咳痰。我趁机把压在心底好久的一句话甩出来，老爹，我说句话你可能不喜欢听，你年岁大了。我说到此感觉这话不合适，忙改口，不，不，你年岁不算大，按联合国新划分的年龄段六十岁还算是中年。我是说烟这东西不是好东西，你尽量戒掉或是少抽。老爹不以为然地说，什么事物都是一分为二的，不能说吸烟没一点好处，没好处咋能流传几千年，人见人第一个礼节就是敬烟？照你说的，敬烟就是害人的？他说的似乎颇有道理呢，我没有反驳。

老爹开始讲，最近我看到一个现象，有一个感觉，其实早已看到了，感觉到了，只是没有深想，最近深想了，就是看到洼地里坟冢太多，无论是种庄稼还是收庄稼，机械操作都不方便，有时候机械刮着了坟头，农户还跟机手发生摩擦。毕改兰老公就找我诉过几次苦，说搞农村振兴，也得抓点滴小事，聚沙成塔啊！景区里，还有月季园玫瑰园里，特别是看见鲜花开得正艳，瞅见个坟冢就像正兴致勃勃地吃一碗香喷喷的米饭突然掉进个苍蝇那样的膈应。我点点头说，有同感。老爹见遇到了知己，便亮出底牌，说，我想建一处公墓，把地里的坟冢都迁出去。

赞成！我立马举起拳头。

爹继续慢条斯理地讲着，迁坟可不是件容易的事，咱农村人特别讲风水,再一点就是敬先人,祖先在地下安安生生睡得好好的,你要去惊动老祖先,他不忍打扰。

听到这里,我给老爹鼓劲说,到时咱家先带头。

咱家肯定是得带头。老爹顾虑重重地说,有些事,带头也不一定带得动。我想,这个公墓要造得有吸引性,吸引大家愿意把坟迁去。所以,我想,得搞成花园式公墓。到那里感觉不到是公墓,是花园。

老爹你真是太高了,高家庄的高!我禁不住给老爹点赞。老爹又说,最好是市场运作,谁愿意干就选好地方征好地,谁投资谁受益。到时候咱也不逼谁家迁坟,姜子牙钓鱼——愿者上钩。

太对啦!老爹!这时,我对他真是顶礼膜拜。

两天后,"两委"的"村事公开栏"里贴出了关于建造三山凹村公墓的招标公告。公告一贴出,我立马找春宝伯伯,春宝伯伯说,村委这个决议好,这是美化净化景区的大举措,对景区是大好事。我没鼓动他,他就投了标,也中了标。中标后,他带着我选址,选址过程中,我与春宝伯伯意见有了分歧。他选在紫山的背阴坡,我倾向选在朝阳坡。他说,阴宅嘛,就该在阴处。我说,那可不一定,我见许多阴宅就选在朝阳坡。万事万物都是向往光明的。你听过《洪湖赤卫队》里韩英唱的歌吧?连韩英都唱道:娘啊,儿死后,你要把儿埋在那洪湖旁,将儿的坟墓向东方,让儿常听那洪湖的浪,常见家乡红太阳。春宝伯伯笑笑说,那是戏。他又说,朝阳坡显眼,让人一撒眼就看见,不舒服。我对他讲,春宝伯伯,咱要建造的是花园式公墓,一撒眼看见的都是红花绿叶而不是坟冢。再说,建在背阴坡里,阴气重,花木不旺,人一去祭祖就觉得阴森森的,谁愿去?春宝伯伯终于点头了。我们公司找技术人员进行了规划设计,基本是三米见方,一家的坟可迁在一起。到了后秋,公墓将要建成之时,发生了一件"政治大事"——在村里应该算是一件政治大事吧,我记得很准,2015年5月29日那一天,我当选为三山凹村党支部书记。

起因是黄龙镇的"三粉"产业已发展到相当规模,以前虽有黄龙"三粉"集团的牌子但没实际运行,这时候要实质性运行了,镇党委、政府选我老爹去任集团的党总支书记、董事长。三山凹是全县更是全镇"三粉"产业的发起地和领头羊,这个职务当然是只有张宝山莫属了。这话可能说得不谦虚啊，别见笑。老爹也就答应了。镇党委很会把握时机，此时，正逢村委换届，镇领导就让党支部、村委会一并改选。万万没想到党支部书记、村委会主任都选上了我。我当时一下子蒙了，真话，我这么嫩的肩膀挑得动这么重的担子吗？

能挑动！老爹说。

我不知道我哪里够条件。

老爹说，村里党员、群众认可你，你就够条件。

我老妈黄新月这时候一天到晚都是笑的，她终于明白了老爹为什么总是让我磨磨，磨磨，淬淬，再淬淬！那两天，她又是给老爹灌酒喝，又是包饺子，做卤面。女人们一高兴，茶饭质量也好了。

当支书就是接我老爹的担子，照我老爹原来的路子走。也就是官场上的流行语：一任接着一任干，一张蓝图绘到底。其实，这只是一种说法，杀猪杀屁股，一人一杀法，没有几个绘到底，因为情况是在不断变化，硬要绘到底是僵化。但我必须一张蓝图绘到底，继续抓好洼里的粮、坡上的花、山上的果，走好农业产业化的路，让乡亲们脱贫致富。

眼前硬件任务就是抓紧把紫山公墓完工，把田里的坟迁出来。这是个看得见摸得着的事情。于是，我就让春宝伯伯赶工期，抓紧让石匠锻墓碑，镶墓穴，让绿化工栽松柏树、玉兰树，种月季花和菊花。松柏玉兰树是一块墓地四边栽四棵。菊花品种很多，种的颜色有黄、白、紫、绿、墨的，有一朵两色红黄各半的"二乔"，红黄二色的"鸳鸯荷"，有背面为黄色、腹面为红色的"金背大红"，有花瓣以一色为底色、其上有多色或斑点的"梅花底"。月季花也以黄、白、粉、紫为主。这样打造出来的公墓也算是五彩缤纷，花园一般。

咱们三山凹风俗是清明节和寒衣节为迁坟的日子。我让工期撵紧的目的就是赶上农历寒衣节迁坟。为了鼓励迁坟，经过村委会研究，第一批迁坟的墓地钱由村里全部支付；第二批迁坟的墓地钱由村里支付一半；第三批迁坟的墓地钱由村里支付三分之一。以后迁坟的墓地钱村里一概不付。这个政策提前十天公布于众。

我和老爹商量，寒衣节也就是农历十月初一，先把俺爷奶老爷老奶，也就是祖父祖母曾祖父曾祖母的坟迁到公墓。迁坟的前两天，我把老爹叫回来,把大伯大娘堂兄弟们请过来,先开个家庭会,这事得让老爹先开口。没想到,老爹刚把意思讲出来,就炸锅了,大伯吵着:爹是我俩的爹,不是你一个人的爹,不能你说迁就迁,我不同意! 谁敢动坟上一锹土我要谁的命! 堂兄弟们嚷着:爷奶是我们共同的爷奶,不是你私有的,你不能为了当支书,就不要八辈子祖宗! 你敢在祖坟上刨一铁耙子敲断你脊骨! 吵得凶呀……我第一次明白,事情不是想象的那么容易啊!

大伯一家杠上了确实麻烦。给他们做思想工作,显然不行;硬着手迁坟更不行,俺迁他拦闹腾开了别说在村里丢人,迁坟这项工作肯定搁浅,推行不下去。我想,得使个"招数"。想到半夜,有了个点子,我激动地忍不住把小湘女叫醒。她睡得正酣,把她叫醒她很生气,猛地推我一把,噘着小嘴凶巴巴地嚷道,干吗呀,你? 我把心里想的告诉她,她不但不生气了,反而佩服地说,你真有点子。

第二天上午她早早地去到黄龙镇上,到移动公司买个新卡号装到手机上,俺俩商议了一段词儿:祖坟迁不迁,请把手机看。村看村,户看户,村民看的村干部,村干部看的张革儿。然后把这段词儿群发到村里一部分人手机上,当然目的是发给大伯家的堂兄弟们,发给别人是为了搅浑水,不让大伯家认为是专门发给他们的。短信一发出,村里就传开了,嚷开了。

趁热打铁。我知道我登门不行,得让小湘女去大伯家造访。小湘女颜值高,乖巧,嘴甜,湘西口音,说话好听,大伯大娘堂兄堂嫂都喜爱她。她一进大伯家门就操着湘西口音喊着,伯哟,娘哟,哥哟,嫂哟,你们看到没哟,有人在手机上发信息了哟,攻击革儿了哟! 堂兄弟几个都说,看到啦! 看到啦! 他妈的,哪个舅子存心不良,糟蹋咱革儿,找到揍他去! 小湘女淡定地说,打人犯法哟,使不得的哟! 他们使的计哟,造舆论坏咱哟,咱要不迁坟哟,他们就告状哟,撤了革儿职哟,让咱丢脸面哟,咱可丢不起哟! 堂兄弟几个一听觉得事态严重了。其实大伯一家也想让我当着支书,他们也怕我丢了村支书。兄嫂几个一商量,共同给大伯大娘做工作,主要是大伯。大伯年岁大了,也听儿子们的。隔了半天,大伯跑过来对我说,革儿娃,祖上的坟就迁吧!

寒衣节这天,我爷爷奶奶老爷老奶的坟就迁到了紫山公墓。迁坟那天,我专门买了几挂鞭炮,不停地走着放着,还请了一班响器,走着吹着,目的是造个声势，引起村民们的注意，让大家知道张家迁坟了。然而并不奏效，其他没有一家迁坟的。村干部也没一个响应的。对此，我没生气，也没发脾气。经过了，才知道，每一家都不容易。何况这是一桩冲破几千年固有的思想理念，触及人们灵魂的大事。

傍晚，老爹从镇上回来，俺俩还是蹲在院里的梧桐树下。天气已凉，梧桐叶已枯萎，时不时落下一片，掉在我的身上或是落在爹披的小棉袄上。爹还是抽着烟给我说着话儿，革儿，这对你是一场严峻的考验啊！我回他说，老爹，我思考了，主要是咱自家的影响力不够大。咱虽然带了头，但群众会认为，你带头是应该的，你们是想挖个坑让俺跳的，俺不跳。

都不跳咋办？老爹两眼盯着我问。

虽然是黑瞎天，我仍然能看见老爹眼里放射出的光柱。我回答说，我想找个影响力大点的人物带个头。他问谁？我说，大林伯伯。老爹听了大吃一惊，"呼"一声掀掉身上披的小棉袄扔在地上，压着嗓门说，你是星星月亮都敢摘呀！他是县委书记你敢动员他？况且他又不在咱县工作了！我满有信心地说，老爹你就甭管了！

说去就去，我第二天就搭车去了东城县。因为我知道周一领导们都是特别忙的。快中午到了县委，一位工作人员听说是书记家乡来的人很热情，说柳书记正在开会，领我到接待室先休息喝茶。大林伯伯到1点钟才来到接待室，笑呵呵地说，开了个会收不了场，让你久等了。我看见大林伯伯气色很好，讲话连说带笑很爽朗，跟我在丰和县政府当保安时见他不一样，那时候总见他愁眉不展，似乎心事重重，从没见他大说大笑过。我与大林伯伯寒暄两句就一道进了餐厅。这是一个单间，餐桌上菜已摆好了，两荤两素一个汤。坐下后，大林伯伯仍是笑呵呵的，似乎刻意地说，你第一次来，本应喝点酒，可是我们规定工作日不能饮酒，就委屈你了。我对大林伯伯说，我们基层现在也不喝招待酒了。他看我一眼说，好啊！

又吃了一会儿，大林伯伯又朝我笑笑问，革儿，你有事吗？你爹身体好吧？

还好。我爹也让问候您。

大林伯伯点点头。我知道大林伯伯时间宝贵，没再"走过门"，开门见山地把村里发展花卉产业及太公湖景区目前的游客及每年门票收入情况，还有建造紫山公墓村民们的观望心态——给他做了汇报。他听着不住地点头称赞，连说几个"好"字。最后他把饭碗一搁，哈哈大笑，手指头捣着我说，你革儿娃精啊，你名曰来给我汇报，实际是来动员我迁坟的！

大林伯伯才精呢，他怎么一下子就猜出我是来动员他迁祖坟呢？我当时用好奇的眼睛望着大林伯伯违心地否定着说，不是，不是。大林伯伯瞄我一眼说，不管你娃子是不是，我给你表个态，你办的这件事有前瞻性，也是有胆略的，我支持。先把我家的祖坟迁到公墓去。我也没时间回去，你就安排人迁了，该掏的费用我掏。我说，费用的事村里有规定，按规定办。他又嘱咐我说，面积留大一点，我百年之后也要栖息到那个地方，叶落归根嘛！我虽然离开了那片土地，但不会辜负那片土地，忘不了乡情，记得住乡愁。最后他又建议我，眼界要放宽点，站位要高点，发展花卉产业要把乡村振兴结合起来，把农耕文明挖掘出来，打造成三山凹美丽乡村风景区。我当时听后顿开茅塞，又拓宽了思路。临走时，我又征求大林伯伯的意见，坟就到明年清明节迁吧？他说，我不在乎清明节不清明节的，你找个方便时间就迁了，明年清明节我可以到你新建的公墓去扫墓。你搞好了，我还可以带上我东城县的基层干部去考察学习。

回来后，我给几个村干部传达了大林伯伯的意见，大家建议还是按风俗来，到第二年清明节把大林伯伯家的祖坟迁到了公墓。村里人见大林伯伯家迁了坟，好多人都来到公墓要看个究竟，公墓里满眼苍松翠柏，鲜花盛开。大家说，真跟花园一样，让祖先们躺在这里远比躺在那荒草丛生的野地里舒服，也就陆续把坟迁入了公墓。

大林伯伯那年清明节虽然没有回来扫墓，但后来果真派来了一个参观考察团，学习咱三山凹的乡村振兴工作，可是给咱三山凹撑了面子，鼓舞了士气。今天你看到的三山凹美丽乡村风景区，都是大林伯伯指导着俺干起来的……

司马记者也许觉得坐久了，想活动活动，提出到山上边走边说。他们来到半山腰时停住了，革儿指着他背后的山顶说，这架山猕猴桃已经挂果了。又指指丰山磨山说，那两架山也开发了，去年种的树，今年扎稳根，明年就挂果，到时不仅卖鲜果，还要加工成猕猴桃酱、猕猴桃饮料、猕猴桃果脯……家家户户都有股权,到时候家家户户都可以拿着本本来分红利了!革儿又要司马记者向下看。

司马记者扭转过身,随着张革儿的目光,两眼俯瞰着山脚下的村庄。三个村庄各自一色,多半是灰色"徽派"建筑或是红色的两层小楼。还有四分之一的平房,平房也就是一层的,房顶上趴着太阳能热水器,也有个别人家还竖着老式的电视天线。那一排排平房与两层楼房之间偶尔被一两户低矮的老瓦房隔断,显得参差不齐。这时候司马记者点点头,说,看明白了,村里还有少数户没有脱贫。

张革儿说,没错。俺村干部一人包两户,组干部一人帮一户,富裕户党员也一人包一户,一帮一,三年内要使这些贫困户脱贫,达到小康!

司马记者接过一句,可不要放空炮啊,三年时间过着快得很!到那时我再来采访你!

张革儿接着讲,所以我建议你这次采访就别见报了,等到三年之后看结果!

三十四

夏至这天，白娃刑满释放。他本应服刑七年，由于他服刑期间表现较好，主要是他那张嘴能说会唱，活跃了狱中文化生活，因此被减刑一年，提前释放回家。释放前，监狱里提前通知了他的家人，也就是黄花琴。当然是个好消息，黄花琴也提前告诉了亲友们，告诉了儿子友友。友友始终嫌丢脸，没有来接。曹一宽、城建局执法队队长、黑炭娃及村里那几个原来与白娃有交情的人都来到双石碑监狱接他。白娃走出大门时，看见一群亲友来接他，感动得眼泪不住地哗哗流。白娃是真老了，身子佝偻，头发全白，脸上布满皱纹，笑一下脸就皱得像一朵凋零的白菊花，牙齿也掉了两颗，说话嘴不关风，好像是个吐拉舌。过去没见过他的人，绝对想不到他当年很帅。

曹一宽让他的司机接过白娃手里拎的疙疙瘩瘩的一个包袱，放进车后备厢里，然后让白娃和黄花琴坐在他车子的后排，他坐在副驾驶的位子上。临关车门时，他探出头朝其他两辆车招招手，示意尾随其后，直奔丰和县城。走了一段路，白娃看着曹一宽，也已不是以前的满头乌发白胖白胖的模样了，头发花白了，身体虽然还胖，却是一种臃肿的老态。他叹息了一声说，都老了。曹一宽接一句说，我们是岁月催老了，你是在里边折腾老了。白娃爽朗地笑了一声，曹一宽黄花琴却奇异地看着他，没想到他的笑声这么爽朗。他接着说，在里边的几年没有受折磨的感觉，在里边也学习政治，读书、看报、唱戏、唱歌，业余文化生活很活跃，日常饮食也规律，还做健身操，感觉是一场"修行"，知道该怎么做人了。曹一宽冷笑一声，你这话可以见柳大林说，是柳大林当初告密公安局抓了你，你见他可以道一声谢。白娃听出了曹一宽的话音，很认真地说，这事不能埋怨大林。实话说，起初我真恨他，后来我更恨他，恨得想一口吞了他。曹一宽扭过头说，是吧？是的。白娃继续讲，刚到号子里没几天，柳大林来了，后边跟着监狱长和一些狱警,说是检查监狱工作的。当时我看见他,立即背过了脸。我听见他喊了一句,侯子耀,好好接受改造啊!我感觉他是有意来取笑我的,心里骂他,王八羔子用不着放屁!后来听见他低声对跟随他的人说,这个侯子耀是我的同乡,光屁股时都在一起玩尿泥。到了晚上来了两个狱警,帮我搬到了一个条件好的房间,里边的小领导也隔三岔五地来问长问短,再没有人大声训斥我,也不让我干重活累活了。后来我才明白,大林名义是检查号子里的工作,实际是暗示下属优待我。我感觉真是这样!曹大哥,他们当领导的,做事的确巧妙,见了他真得道一谢。曹一宽听后似乎有些感触,没再说话。

快到县城了,曹一宽给同乐巷一个小餐馆里打电话定了个雅间。曹一宽懂得这一点,虽然要给白娃接风洗尘压惊,但也必须低调;虽然他是出了狱但也不是什么体面事,所以要定个偏一点僻静一点的地方,少让人看见。他们到县城的时候,已经是中午 12 点半,白娃要去澡堂洗个澡冲冲晦气,曹一宽说,时间太紧了,一洗就洗到 1 点半左右去了,不能让大家都饿着肚子等,就用酒水冲走晦气吧,酒这东西也消灾避邪。白娃说,不净净身子对大家不礼貌。曹一宽说,今天来接你的都是自己人,谁还讲究礼貌不礼貌的,见你出来就好。白娃就接受了曹一宽的意见,没再坚持,跟着曹一宽来到预订的饭馆里。饭馆很小,就两桌。看样子像是店老板用自家住房改造的,所以名字就叫"老家饭馆"。老板用这四个字作为店名,另一层意思可能是让客人到这里就有回家的感觉。

店老板是个五十多岁的驼背人,头上光秃秃了。他把菜单拿过来要他们点菜,曹一宽对店老板手一挥说,点什么点,你安排就是了,多要荤的少要素的,盘子弄大一点。老板很听话,端上来的全是大鱼大肉,盘子堆得如山高,汤水滴溜溜往外流,简直像河水漫滩。曹一宽不仅想到白娃嘴馋了需要多吃肉,而且也想到了他在狱中肯定几年没喝过酒,就让司机搬来一箱"单家工坊"烧酒,六十度的,抓口,让老白娃痛痛快快地喝一场,过过酒瘾。白娃见曹一宽对自己这么个服过刑的人还这么义气,感动得要跪下给曹一宽磕头。曹一宽连忙拉住他说,使不得,使不得,别折煞我也!白娃抹着眼泪说,我无法感激,感激不尽呀!曹一宽说,中午你多喝几杯就有了。

曹一宽先打开一瓶酒,说,今儿个我拿这个酒,牌子叫"单家工坊",刚上市的,绝对是好酒。为啥叫"单家工坊"呢,大家都知道,"单"在字典上,一是姓,念 shàn,另一个是念 dān,意思是独一无二。酒坊的老板确实姓 shàn,这酒呢,确实独具特色。他一手掂着酒杯,一手倒酒,先拉酒线,酒线洁白如丝,拉了几乎半米多长。接着又让大家看酒花,酒倒进杯里冒出的花如啤酒的白沫似的溢出老高。众人一起拍手称赞,好酒,真好酒。曹一宽接着说,不是吹牛的,这好酒你们真都还没喝过,喝了就忘姓了。可以说,先声明一下,曹某可不是为此酒做广告的。此酒,一曰口感好。入口丝滑细腻,酒体鲜爽,余味甘甜,五味谐调,回味持久绵长。二曰身感好。喝了口不干,头不痛,越喝越精神,醉得慢,醒得快。三曰眠感好。饮后入眠快,眠得深,睡得香。四曰体感好。酒后轻松舒畅,神清气爽,身心愉悦,关节像抹了油。大家早已被曹一宽说得心里痒痒的,流口水了。

于是乎,饭桌上一场酒战拉开了序幕。白娃要先给曹一宽敬酒表示感谢,曹一宽要给白娃倒酒表示接风洗尘。两人没有用酒壶,手中各掂一瓶酒,在对峙着。一同来的人都朝白娃吆喝着,你的心意大家都明白,今天是给你接风洗尘的,就让曹总先倒酒吧!恭敬不如从命,白娃就放下手中的酒瓶,听任曹一宽倒酒。既然大块吃肉,就要大碗喝酒,曹一宽拿来一只茶馆里喝茶用的那种白瓷碗,咕突突倒进去半斤酒。白娃也没说"谢谢",这时说个"谢谢"似乎太假了,太苍白无力了,还是用喝酒的实际行动代替"谢谢"两个字吧。他接过酒碗,仰起脖子咕嗞嗞一口气干了。接着,曹一宽又将瓶里剩下一半酒咕突突倒进碗里,不废话,白娃又仰起脖一口气喝掉,一斤烧酒已经下肚里了。曹一宽扭过头,又拧开酒瓶上的塑料盖,给前来迎接白娃的人逐个倒酒。基本上也都用大碗喝,虽然没有像给白娃倒得那么满,半半拉拉的,但一下子也都倒他个二三两。酒这东西让人兴奋,让人疯狂,越喝越热闹,越喝越刹不住,你敬我,我敬你,推杯换盏,不亦乐乎。

就在气氛正热烈时,黑炭娃提出,白娃啊,好久没唱戏了吧?

白娃说,唱啊,在里边也唱啊!由于掉了几颗牙齿,嘴不关风,他把"唱"字吐音为 cāng。

那你唱一段我们听听吧!

大家一齐吆喝他快唱。

白娃说,没有弦子。

众人说,清唱吧,就清唱。

清唱得利利嗓子,有人又给白娃捧上一碗酒,让他喝了利嗓子。他仰头喝

掉,嗓门咳了两声,就唱起他最拿手的曲子戏:

> 小仓娃我离了登封小县,
> 一路上我受尽饥饿熬煎……

来,来,来,再补养补养,唱来劲点。黑炭娃喊着将一大块肥肉塞进他嘴里。白娃噎住了嗓门咽不下去。有个朋友拿了半罐雪碧,喊着,喝口水冲下去! 白娃接过就喝,到了嘴里才知道是酒,也吐不出来了,只得咽下去。

唱啊,接着唱啊! 曹一宽高兴地喊着。

> 问解差离洛阳还有多远?

曹一宽替他念白:哎呀,我的妈呀!

> (唱)顷刻间我要进鬼门关……

黑炭娃又端来一碗酒献上说,二弟,二弟就要进鬼门关了,再喝一碗,喝了再去见阎王吧!

黄花琴急忙拦住说,别让他喝了,他喝得够多了!

曹一宽拉黄花琴,你别拦,大家都高兴,他也高兴,他只要愿喝就还能喝,不能喝他自己就不喝了。

白娃接住酒碗没喝,接着往下唱:

> 我实在不愿再往前……

这一句刚落腔,白娃手中的碗"叭"一声掉在地上摔个粉碎,他也随之"扑通"一声醉倒在地。少数人提心吊胆,多数人哈哈大笑。有的说,进鬼门关了? 有的说,他装晕的。唯有黄花琴紧张起来,她惊喊着,老侯,侯子耀,你快醒,快醒醒啊! 白娃不醒,两眼紧闭。快啊,快啊,曹大哥,你看,他……子耀他不是喝死了吧? 曹一宽满不在乎地说,喝不死的,只是喝得猛了些,可能是在里边几年没喝酒了,也没酒功夫了! 有人说,醋解酒,快拿点醋来。饭店老板也慌了,赶忙倒了半碗红醋端过来,跪在地板上用汤匙舀着往白娃嘴里灌,却灌不进去,红醋从两个嘴角又流出来,像血一样又流到地板上。老板惊呆地望着围在四周的人,恐慌地喊着:快,快送医院,怕……怕……是不行了。曹一宽立刻紧张起来,面色由原来酒后的红润变得蜡黄,黄得不仅如蜡,更像是贴上去的一张黄表纸。他觉得这时上医院也来不及了,"扑通"跪下,用右手的大拇指狠狠掐住白娃的人中,掐了两三分钟,老白娃毫无反应,而且上下牙齿死死地咬在一起。曹一宽见掐人中无效,急喊旁边人:快抬上车,送医院! 黑炭娃的儿子和城建局执法大队长两人将白娃往曹一宽车上抬。黄花琴跟在后边哭着喊着,老侯啊,老侯,快醒醒! 快醒醒,你快睁开眼,快睁开眼吧,你不能死,不——能——死——啊!

车飞驰到了县医院急诊部。由于曹一宽路上已给急诊部打了电话,几位医生、护士都在门口等着,把白娃从车上抬进诊室,有的忙着量血压,有的忙着听心脏,有的忙着做心电图,有的忙着把脉搏……没血压,没心跳,没脉搏,心电图不出图。急诊部主任最后掰开他的眼皮看看瞳孔,叹着气说:早死了! 黄花琴听了大放悲声,她虽然与白娃一生磕磕绊绊,没啥感情,但毕竟夫妻一场,接受不了这沉重的打击啊! 哭一声又一声,老侯啊,你别走啊,你回来吧! 老侯你心这么狠啊,刚回来没进屋可就又走了,你儿子还没见上你面啊! 你不想见我,你该见见你儿子吧……

白娃不是死在医院里,医院里也不让他的尸体放进太平间,只得拉回他窑厂小区的房子里。白娃死得太突然,太突然,黄花琴虽然一时接受不了,哭了一阵也就不哭了。曹一宽给友友通了电话,友友天黑的时候才从三山凹回到城里。曹一宽给友友说,麻痹大意了,只顾热情地让你爸喝酒了,对不起。友友说说什么呢,亲友们都是好意,不可埋怨。最后说了一句,谁也不怪,怪他自己把握不住自己,他一生都没有把握住自己。黄花琴和友友都是迷迷瞪瞪的,整个后事由曹一宽操办。他问友友,老头后事咋办? 友友知道他老爸活得不光彩,死得也不体面。说什么形式都不搞了,亡人入土为安,早火化掉送回三山凹,安葬在公墓里。

第二天上午,友友又回到三山凹,叫上他的堂叔,一起到紫山公墓的墓地转了几圈,选了个满意的地方,决定把亡者安葬在这里,以后把侯德纲的坟也迁过来。公墓下边有三间平房,平房就是公墓管理处。这里住有两个管理人员,他们负责亡者在此的安葬事宜和公墓的管护,如花木的浇水施肥及卫生清扫工作。友友同堂叔一起去到三间平房里,见老五叔在,就给老五叔讲给父亲选了一块墓地,需要交多少钱。老五叔说,公墓成立有管委会,管委会主任是村主任兼。凡在公墓安葬的都要先报经村主任批准。这时,他叔侄俩才想起得先去见张革儿,因他现在是村支书兼村主任。他们便往村里去找革儿。去的路上,友友心里直打鼓,一边想,找革儿也没问题,革儿是他要好的朋友;一边又想,革儿应该是知道他父亲去世的消息,却也没打个电话问问,更没有去吊唁,说不定革儿是有看法的。友友心里说,人家都有个争气的父亲,自己咋没有呢?不想了,人死如灯灭,想也无用了。到山下的时候,友友给革儿打了电话,得知革儿在村部。

他们到了村部,村委会刚刚结束,参加会议的人刚走,革儿在清扫地上的烟头纸团之类的垃圾,看到友友同堂叔进来,客气地让他们坐下。革儿给他们倒着水,眼睛瞅着友友胳膊上戴着的印有一个白色"孝"字的黑袖章,说,友友节哀呀!友友点点头。革儿接着说,本该给子耀叔叔送个挽联或花圈,刚才村委们还在讨论,无论是送挽联还是送花圈,上面的字都不好写,所以也没讨论出个结果。

友友摇摇头,摇得很沉重,就像一座大山压在他的头上。事情在他判断之中,乡亲们是瞧不起父亲的。他呷呷嘴说,革儿,咱好朋友亲兄弟了,送不送挽联和花圈都无所谓,人死了,送啥都是无用。我见你是想商量老人安葬的地方。

革儿毫不思索地说,那就葬鳖盖崖去!

友友抽了一口冷气,这股冷气从脊梁骨蹿到尾巴骨。他知道鳖盖崖是个乱坟茔,是那些非正常死亡的,生前有劣迹的,也就是三山凹人说的,八辈子不入祖坟的人埋葬的地方。可见革儿是把父亲看作另类了。友友的脸如挨了耳光似的火烧火燎,也如抹了辣椒水似的热辣辣的,但他没有表现出来情绪,口里说,革儿哥,你让把他老人家葬在那地方,我做儿子的心不安哪!他虽然不争气,可他毕竟生我了养我了,我虽然对他也十分痛恨,但还是想给他葬个好地方,到公墓去!公墓环境很好,他虽然死得窝囊,也得让他有个满意的安息地!

革儿摇摇头,说,友友,按咱弟兄俩的情义没说的,咱俩从小到现在没分歧。别的什么事都好说,就这件事我不能答应。不是我,全村人也不会答应。子耀叔叔生前是个强奸犯,死后是个酒鬼,还醉死在城里,全县人都知道,他把咱三山凹人丢尽了。紫山公墓是一片净土，不能让他污染。

革儿这番话像箭一样穿进友友的心里，但又是实话，无可反驳。他又哑哑嘴说，老人他生前虽然触犯刑法判了刑，可在劳改期间悔改得好减了刑，释放后也是公民；他是醉死不假，但醉死原因你应该也清楚。

革儿说，他虽然被释放，但污点一生永远清除不掉。我承认他醉死是有原因的，但咱三山凹村规民约有一条，禁止酗酒。他也冒犯了这一条。友友，你理解我一次，原谅我一次，不要怪我不客气。你不想把子耀叔叔葬在鳖盖崖，我放一马，埋到河滩地去。但他一定不能进紫山公墓，我们要保持这片净土，不能因他污染。

友友堂叔怕革儿越说友友心里越难受，给友友递个眼色，说，走。

从村部出来后，堂叔对友友说，革儿是初生牛犊不怕虎，他老爹跟你老爸是发小，你母亲和他母亲是亲姊妹，不如去找他老爹说。

堂叔领着友友见了张宝山，张宝山听了友友的那番话，也给革儿讲了，革儿也还是那些话，不同意侯子耀进紫山公墓。

友友跟堂叔回到城里，天已经黑了。他们也没给黄花琴提说见革儿的情况。在友友眼里，母亲是那种糊里糊涂的人，也理不了什么事。友友找了表姑父曹一宽，他知道曹一宽面子大，求他到三山凹说服张革儿。曹一宽觉得是自己组织的酒场把白娃喝死的。他也知道白娃的死如头号新闻一样在全县传得纷纷扬扬。甚至有人嘲笑他，曹一宽夸"单家工坊"酒喝了眠得深，白娃可眠得深，都眠进土里了。他觉得自己根本没脸去三山凹，更不好意思去讲情。但他给友友出主意，去求柳大林，柳大林德高望重，如今又是三山凹"农村振兴工程"咨询委员会的顾问，说话张革儿肯定会听的。

过了夏至，就进入了高温期，天气炎热，到了下午更是闷热。柳大林给王春宝打了一个电话，约他到八角亭上喝茶。柳大林2014年4月就给组织上递交退休申请。说明高考时担心一次考不上，低写了年龄，将1954年出生假写为1956年。组织部门讲，干部的年龄一律以档案记载且以最早记载为准。虽然他后来填表写为1954年出生，但组织上也因他政绩突出坚持让他干到档案年龄。柳大林2016年5月退休后，告老还乡，带着老婆回到了三山凹。村里聘他为三山凹"农村振兴工程"咨询委员会的顾问，王春宝要聘他任太公湖景区顾问，每年给他三十万高薪,他不接受,只当村里的顾问,不要一分钱补贴。只要求住在太公湖景区里,没事时,摄摄影,喝喝茶。

柳大林带了一包茶叶和宜兴紫砂壶,王春宝让销售部一位年轻姑娘提了两瓶开水到八角亭上。八角亭上放有一张小木桌,四边摆有四个木墩子,这是专供喝茶用的。到了亭子上,姑娘用开水把柳大林带的紫砂壶冲洗干净后,问柳爷爷泡哪种茶。柳大林嘴一挑,对王春宝讲,有金骏眉,还有前一天郜丽来看他,说是杜丽莎让捎给他的深圳加工的玫瑰花茶。王春宝说,喝玫瑰茶。小姑娘将茶泡好,他两个坐着品茶。王春宝没喝过玫瑰茶,连声称赞,好喝,好喝。

这当儿,景区的喇叭响了,播放的音乐是古筝。这是柳鹭在广播室弹奏的。她是从武汉音乐学院研究生毕业后在南都大学音乐学院里任教,暑假来太公湖景区义务演奏。王春宝不懂这个,大林听出来了,是《高山流水》。他还知道《高山流水》分为“高山”“流水”两个部分,第一部分是高山。他听着,眼前仿佛已不是小山包了,如坐在高山之巅,眼前时而是群峰迭起,连绵起伏,时而是奇石林立,直插云端;或苍松翠柏,古木参天;或野果压枝,山花烂漫……弹到流水了!柳大林自言自语一句,又眯上眼睛。眼前是一泻千里的高山瀑布:一会儿是山麓清泉,云雾绕山;一会儿是涓涓流水,小桥人家,泉水叮咚……

爸爸!一个男孩子的声音在他耳旁轻轻响起。柳大林睁开了眼睛,哦,友友,你坐,有事吗?他明白友友没事是不会到山顶上来找他的。

友友和堂叔在木墩上坐下。柳大林要给他叔侄俩倒茶,友友拦住没让倒,讲了他父亲去世的经过和他找革儿想把父亲安葬到紫山公墓遭到拒绝的情况,最后求老人家给革儿讲个情,实现他们的愿望。

柳大林听后沉默了两分钟,从王春宝手里借过手机,给张革儿拨打了电话,要他到八角亭来。而后,他们边喝茶边闲聊。

大约有四十分钟,革儿气喘吁吁地上来了。他一看见友友叔侄俩也坐在这里,便知大林为什么让他来了。他一边用手拉下搭在肩膀上的毛巾擦着汗一边说,大林伯伯你不用讲了,我知道你要说什么的。按你们老一辈的情分我不该拒绝子耀叔叔安葬在紫山公墓,可是,我们的紫山公墓处在青山绿水之间,四周繁花似锦,空气清新,连鸟儿飞到这里也是歌唱的,它简直不像一座公墓,而像是一个公园、一块宝地。可子耀叔叔心灵龌龊,前身是个强奸犯,后身又是酒鬼,让他安放在这个地方,会侮辱了这块宝地,污染了这片净土……

革儿哥！友友没等革儿讲完，站起来拦住说，这山上的美化，也有我一份汗水，我不讲这个，谁也知道。我想说的是，我知道我爸爸有罪名，心灵肮脏，又醉酒而死，会被乡亲们嗤之以鼻甚至唾骂。也正如你说的，紫山公墓环境优美，是一片净土。也正是基于与你同样的认识，我才想把我父亲安葬在公墓，让这里优美的环境，清新的空气，还有那带着芳香的泥土，把他这一生龌龊的灵魂肮脏的躯体在此地得到除污净化。如果人真有脱胎转世一说，让他净化后的来生里能够成为一个高尚的人，一个纯粹的人，一个有道德的人。他继而转向柳大林说，爸爸，我父亲这辈子辜负了你，让他下辈子不辜负你！

柳大林沉重地点了点头，他听了友友的话很同情。他便用商量的口吻对革儿说，你子耀叔叔有前科，被司法部门依法惩治了，但没被剥夺政治权利，他释放后就同样是一个公民，可以享受公民的权利。他虽然酗酒而死，是偶然的，况且他不是主观的，也有客观原因造成的。我再说一点，也是很重要的一点，紫山公墓不是烈士陵园，就让他葬那里吧！你说呢？如果群众不通，你就做做群众工作，求得大家同情理解，好吗？他说着看了看春宝，春宝哥，你说呢？春宝也对革儿说，你大林伯伯讲的话有道理，就让你子耀叔叔葬紫山公墓里吧。

柳大林站了起来，手朝紫山方向指着对革儿说，你子耀叔叔葬在那个山头，我和你春宝伯伯还有你老爹闲时坐在这个山头喝茶聊天，虽在阴阳之间，但也可以一同听着水响鸟鸣，一同看着这山山水水的变化，仿佛都又回到童年一样。

革儿看着友友用抱歉的口吻说，听了两位伯伯的话，我心里也开了窍，答应你们，你们去选位置吧！

友友说，具体位置已经看好了。

革儿说，走，咱再一同去看看。

三个人和颜悦色地说着一同往紫山走去。

王春宝一边往柳大林杯子里添着茶，一边说，白娃这辈子活得窝囊，死得窝囊。

柳大林叹了口气说，还不是因为贪财贪色又贪酒。

春宝也叹口气道，其实白娃也是个心软人，好人。

柳大林摆摆手，一脸不能苟同的表情说，我不认同你的观点，心软不一定就是好人，人要分是非，该硬的硬，该软的软。

春宝点点头，嗯，有道理。

柳大林又意味深长地说,人一生,不图官不图财最好,我这辈子若不是走仕途,不背当官的包袱,也不会一辈子活得不畅快。我看看你,看看宝山,虽一辈子当个老农民,日子过得多滋润。

王春宝呷了一口茶,也诉起自己的苦衷,春宝哥我一辈子也坎坷呀,少年丧母,中年丧妻,你大脚嫂走那前后我也挺难受。他又喝了口茶后,神秘地小声对大林说,你羡慕宝山他日子过得滋润,可你也清楚这革儿不是他的骨血,他的血脉也……

柳大林知道他下面要说什么,忙打断他的话,别瞎说!大中国,百家姓,挖根问祖,都是同一骨血!

王春宝不说话了。

柳大林从亭子里走出来,站在山坡上欣赏鲜红的夕阳。这时,喇叭里的音乐附和着残阳的晚景。他听出来了,这阵子柳鹭弹的是《渔舟唱晚》……

第三天上午,侯子耀的骨灰在紫山公墓安葬。老亲旧眷来了不少人同他告别,张宝山、柳大林也来了,无论白娃前身如何,他们也得来送他最后一程。他的骨灰盒下土的时候,几乎没有人哭,只有黄花琴一个人在哽咽。没有任何仪式,也没有三鞠躬。匠人用花岗岩锻造的石板盖合上以后,没有按照传统风俗,墓前没有上香上供,也没用白酒绕坟墓浇上三圈。只有儿子友友跪在地上烧了些纸钱。这中间友友从上衣兜里掏出一张白纸,白纸上写的是:

对酒的控诉

酒啊酒,多少富豪权贵将你请为座上宾,
多少文人墨客才子佳人为你写下诗篇,
酒啊酒,可我要控诉你罪恶滔天。
不说你张扬了曹孟德,书写了鸿门宴,
不说你助武松三拳毙虎,
也不说你助匡胤杯酒释兵权。
我只控诉你:
古今中外多少人借你发疯,
多少人借你夺权;

有时你更像一种暗器，

把英雄豪杰搁倒，

把村夫莽汉撂翻。

也因你弄出了多少冤案，

使多少人因你成为囚犯；

因为你多少家妻离子散，

也因为你多少人命丧黄泉……

我不说把你斩尽杀绝，

只希望你在人世间少惹麻烦……

友友把掏出的这张白纸抖了抖说，爸爸，你走了，我不给你上香上供，也不给你叩头，更不给你送酒，我代你写了一片檄文《对酒的控诉》，你见到阎王爷的时候，把这篇檄文递给阎王……一定要递，让阎王能严惩酒妖之罪，饶恕你之过，让你下辈子还做人，做一个高尚的人，做一个纯粹的人，做一个有道德的人，补偿你这辈子在人间的罪过……他说着将一纸诗文扔进焚烧的冥币中，那白纸也迅疾燃烧，瞬间化成纸灰，白纸的纸灰是黑色的，一阵风吹过，它飘了起来，飘了几丈高，好像一只黑蝴蝶……

柳大林看了一眼宝山说，咱不给子耀鞠躬了，为他默哀一下。

张宝山点点头，默哀。

在场的人也都跟着他俩默哀……

老白娃就在这样的气氛中永远地离开了这个世界。

三十五

张宝山腰里的手机不停地嘟嘟响,他看看还是王春宝打来的也没接。天蒙蒙亮时王春宝就给他打来电话,说是有很重要的事找他。他估计王春宝也没什么很重要的事情,便回话说,等参加完白娃的葬礼再去。春宝知道大林也会去参加白娃的葬礼,就嘱他活动一结束拉上大林一起到公司。此时,他正和大林一起下山。

这地方现在也真成风水宝地了。宝山边走边说,早晨春宝讲,昨天县城就有两拨人来买墓地。

大林接上说,县城人在喧闹的环境里生活了一辈子,应该喜欢到这宁静的地方栖息。可以给春宝哥建议,扩大陵园,但不要都搞这种墓穴式的,可以推广树葬花葬。

他们说着走近公司门口,看见王春宝在焦急地等待便加快了脚步。

有什么要事? 宝山问。

春宝急躁躁地一只手拽着他俩一只胳膊,跨进办公室的门就说,这次可给你老支书出出气,逮住个贼!

贼?

偷花贼! 还是个女贼! 王春宝待他俩坐下后叙说着。前几个月,他就发现地里种的名贵月季,白天栽上夜里被偷走许多,前边补种上,后边又被盗走。他没吭声,在三山凹的田野里山坡上村前屋后悄悄地寻找,却没找到一棵月季苗子。上星期,他从山东寿光购进一批"蓝月亮""矮仙女"月季苗,刚种上又被偷了。这次补种后,昨天夜里他一个人悄悄蹲在地里看守。后夜三四点钟的时候,他瞅见一个女人来了,等那女人拔满了一箩筐的时候,他猛扑上去将其擒拿。迅即喊来两名保安员将偷花女拉进公司里,电灯下一看,女人是上河村的。

他见过这女人白天就在花圃里插苗，还见她签名领工资，这也类似是家贼啊！他气得要狠揍这女人，偷花女"扑通"跪下诉说，自己丈夫偏瘫卧床多年，养不起两个孩子，见种月季赚钱也想在自己地里种月季花，可是没有本钱……求老板开恩饶罪。

饶了，饶了！宝山没等他说完就连声说。

王春宝接上说，我当时听了也觉得她可怜兮兮，想放她走，那阵子脑子一转，他妈的，上河村多年与咱三山凹对峙，一次又一次欺负咱三山凹人，甚至还把咱革儿娃弄到看守所，所以就想借此事臊臊上河村人的脸，让十里八乡知道上河村出贼！我一时拿不定主意，夜里也不能打搅你们休息，所以等天亮了才给你们打电话。他说着看看大林和宝山，意思是听他俩拿主意。

别，别！宝山又连连摆手。他想起大林当县长时，就让他动员上河村也在坡上种植花卉，形成万亩花海十里长廊。当时曾沟通几次，上河村人不干。上河村人说，凡是三山凹干的咱不干，三山凹不干的咱偏要干。毕改兰嫁过去几年后当了副村主任，动员过多户种花卉，没一家愿意干。她自己带头种，种了几次，不是夜里被人用开水把苗子浇死，就是拔走当柴烧死。想到此，他说，现在这女人愿意种月季，就给她苗子种，利用她影响带动其他户，比咱宣传效果更好。

柳大林听得很激动，手一拍桌子，宝山说的我赞成！不但不罚她，更不要臊她脸。白天留她继续在田里干活，晚上派两个妇女送她回家，同时送给她更多苗子。大林说着站了起来说，前些时，我到上河村溜达，听到一部分村民表示愿意种花卉。现在上河村还没摘掉贫困村帽子，迫切需要发展经济，只是他们现在还有点搁不下面子。我就在想，目前是高温期，正是月季苗易插栽易成活的好时机，咱村组织一批幼苗支援上河村。他看春宝一眼，也不让你们吃亏，我利用我的老脸，到县林业局争取一笔育林扶持资金补给你们。然后，让林业局把月季苗以分配的形式送给上河村，怎么样？

当然好！

柳大林"扑通"又坐到椅子上，点了一支烟抽着说，我只是村里个顾问，讲了不算，张革儿现在是村里当家人，他同意了才算。

宝山掏出手机给革儿打电话，咕哝了几句后对大林说，革儿正陪外商在山上考察，马上就下来，还说外商正想见你。

外商见我个退休干部有什么用？柳大林吐出一口烟雾。

话说不久，一辆银灰色740宝马车在院子里停下来。他们目光一齐向外张望，车上下来三个人，张革儿、杜丽莎和一个五十多岁的男人。杜丽莎虽没当年那么光鲜，但风韵犹存。那男人一身格子西装，系着条金黄色的领带，看上去儒雅且有风度，他拎着个包跟在杜丽莎身后。柳大林忙起身到门口迎接，哎呀，是丽莎呀！杜丽莎一只手紧紧握住柳大林的手，一只手指着身后的男人介绍道，这是我老公，东方凯。

柳大林松开杜丽莎的手，握住东方凯的手，"嘿"了一声说，小杜终于找到这么帅个老公，没白等啊！搞哪行业的？

在深圳搞地产。东方凯笑微微地说。

那一定是大老板喽！柳大林斜视着杜丽莎。

不大，不大，世界第八！杜丽莎哈哈开着玩笑。

什么时间结的婚？也不告诉一声。

五一才在深圳举行的婚礼。

柳大林给东方凯介绍着张宝山和王春宝，他们相互握手。此时已近中午，大林要王春宝安排酒菜，给杜丽莎贺婚。

他们进到餐厅的时候，餐桌上已摆满了丰盛的酒菜。菜都是当地的山味，酒是五粮液，因是给杜丽莎祝婚，大林破例让安排了高档酒。杜丽莎却去车上拎来一提玫瑰花酒。盒子打开时，大家眼睛一亮，红、黄、蓝、绿四个古典美女造型的瓷酒瓶。呲，酒瓶就这么讲究啊？好，就喝这玫瑰花酒！柳大林赞美地看着大家说。他又瞟了一眼杜丽莎，你让捎来的玫瑰花茶已经喝了，很香。杜丽莎拧开酒瓶盖子，满屋飘散着扑鼻的玫瑰花香味。她手摇着瓶子说，柳书记，这酒更香，都说是女人的美容院，男人的加油站，老人的长寿丹！大家听了一齐鼓掌。

喝了第一杯酒后，又是交口称赞，味美，爽口，香甜。

礼节性的酒喝过之后，杜丽莎给柳大林讲了两层意思。一是她一直在女性身上打主意。除了服装就是化妆。于是她就把三山凹粗加工过的玫瑰花、月季花弄到深圳玫瑰花制品公司研发，没想到研制出玫瑰花系列化妆品的同时，研发出了玫瑰花食品系列药品系列，并且还研制出了月季花产品系列。目前，三山凹搞的是粗加工，她年初就与革儿"合谋"过，想从深圳玫瑰花制品公司引进一条生产线,在当地进行精深加工,深方公司已经同意合作。二是她老公东方凯由做地产转向了康养产业,已在贵州搞了康养村,带动了当地农村脱贫。最近想在三山凹搞"颐养园",一期先投资两个亿。她老父亲也很支持,说丰和气候好,四季分明,十分宜居。泰国太热,湿度也大,如果三山凹的康养项目能打造好,他也考虑归国来三山凹养老。

太好啦!柳大林高兴地掂起酒杯站了起来,真是太好了,这次是凰引凤啊!说着要跟杜丽莎碰杯。

喝过酒之后,杜丽莎讲,这项目不是她引的,是东方凯自己从网上发现的。一次,他在网页上浏览,被张革儿发的"三山凹人盼您回家"的广告词吸引住了,就仔细地研究三山凹,发现三山凹不但风景美丽独特,而且未来交通十分便利,2018年有一条高速公路从三山凹擦边而过,2019年10月南都要通高铁,丰和县设有高铁站。说到此处,柳大林又介绍说,南都市的机场也要从市内搬迁到黄龙镇北部丘陵地带……东方凯还分析道,三山凹地处郑州、西安、武汉三个新一线城市中心点,周围又有八九个三四线城市,养老资源很广。所以他看中了这里的区位优势。

柳大林又扭过身同东方凯碰酒,称赞东方先生不仅要为城市老人带去福音,更为三山凹人致富奔小康辟了又一条路径。希望东方先生抓紧考察,争取项目早日落地。

东方凯笑眯眯地嘴朝张革儿一挑,说,刚才我给小张支书泄露了,已经悄悄来考察过两次了,这是第三次。他从包里掏出一个水瓶,说,我连倒流泉的水也取样在深圳化验过一次了,弱碱性,富含硒和锶,且硒含量是正常水质的八倍,属于软水,完全有可能与法国的依云矿泉水媲美,人们仅饮用这泉水就可延年益寿。

张宝山听到这里想起童年时的传说,倒流泉里的水是"神水",曾有穷苦人去烧香"拜水",取水治病。后来随着农村医疗条件改善,慢慢没人去"拜水"了。现在他明白为什么传说是"神水"了,手一拍大腿,遗憾地说,可惜千百年都流到河里白白浪费了!

柳大林瞅瞅张革儿,说,小张支书什么态度?

革儿站起来说,我们已形成共识,村里拿土地入股,他们公司不用拿钱买地,村里原计划建的敬老院不再建了,纳入东方先生的养老项目,开发的饮用水村民可以享用。还有，村里要建的村史馆、大戏楼都由东方凯公司给设计建造，造价将来从红利中扣除，双方都节省投资。

柳大林两眼珠骨碌着瞅着张宝山，跷起大拇指，说，这娃子精，精！王春宝也一旁附和着说，我早就说革儿娃子精，他张宝山还故作谦虚！

杜丽莎又提出，如果引进了深圳玫瑰花制品公司的生产线，必须原料充足，不能让机器饿着。没等柳大林开腔，王春宝说出了刚才他们研究的如何让上河村也种植月季玫瑰的行动计划。革儿听了说，不用绕林业局这个弯子了，上河村派去了第一书记，他前几天在县上参加扶贫会，与那位第一书记已经聊了，新支书观念全新。近几天，苗子凑足，弄几台拖拉机，敲锣打鼓地给上河村送去。

什么也不用说了，喝酒！柳大林眉目含笑地看着大家说，有咱革儿娃当支书啥事都成！他又瞅瞅张宝山，宝山啊，青出于蓝而胜于蓝。张宝山一脸皱纹皱成一朵黑菊花，嘿嘿笑着，只点头，不说话。

东方凯又面对张革儿来了一句，张支书，我们的用工可得保证啊！张革儿手一扬，说，放心吧，俺村在外打工的已回来很多，需要时全撤回来！

三个月后，深圳东方凯康养开发有限公司三山凹颐养园项目开工……

半年后，深圳玫瑰花制品公司三山凹分公司挂牌运营……

不是尾声

2019 年国庆节第二天,宋立功要来三山凹颐养园老年公寓选房,柳大林、张宝山、郜丽、张革儿和几个农民摄影家早已在村口等候。

10 点钟,宋立功在涂富国的陪同下下了旅游巴士。涂富国现在是县政协副主席,郜丽已任黄龙镇党委书记。他们一齐拥上去同宋立功热情地握手,说着欢迎的话。

宋立功出于职业习惯,首先走进村里参观。一排排的两层红楼房映入他的眼帘,一户户庭院式的花园令他赏心悦目。道路两旁都是常青树和盛开的鲜花,每隔百十米都有一尊铜色的雕塑,童趣、孟母教子、孔子讲学、愚公开山,还有雷锋、焦裕禄、红旗渠英雄群像……目不暇接。村子里还有咖啡屋、小吃铺、美容馆、鲜花店……跟街道一样。他又走进了三山凹村史馆,参观了三山凹的村史,从图片到文字看到了三山凹的今昔变化,尤其是改革开放后的发展和脱贫致富奔小康的奋斗历程。他突然看到几张自己当年在三山凹检查工作的照片,饱含深情地说,三山凹人没有忘记我啊!他们路过文化广场的时候,戏楼里正在唱着大戏《花为媒》,观众大都是外来的游客。广场周围有多种健身器材,上年纪的人在做着各种健身活动,一群青年人在激烈地打篮球。宋立功在柳大林等人的簇拥下,又参观了玫瑰花、月季花产品生产线和猕猴桃产品加工车间和保鲜库。他每到一处,都是满脸笑容,兴趣盎然。

11 点钟,宋立功又来到了五谷丰登合作社。张宝山现在是这个合作社的主任。前年,他给镇党委政府提交了一份报告,说"三粉"属于传统产业,利润低,从外地进料往外地发货成本也高,况且现在农村也兴起电商,有几个人用互联网就搞定了。"三粉"已不可再作为支柱产业,应尽快转型,利用山区优势,发展绿色产业。他的报告很快被批准,自己便回村里兴办起合作社。合作社今天正在进行秋季分红,村民们个个手持股权本,排着队在领红利。宋立功不住地询问那些股民,家里几口人?分了多少红?一个个股民回答时,脸上笑得灿烂,言语甜润如蜜。宋立功越听越高兴,手拍着柳大林肩膀说,大林同志,你还记得我给你讲过80年代初期中央大领导来丰和县视察,问我建党一百周年时年龄多大了,还说我到那时候就可以看到我们国家全面建成小康社会了。今天我们已经看到了小康社会的曙光。周围的人听了都笑得如咧开嘴的石榴。

日近中午,张革儿叫来一辆电瓶车拉他们进入三山凹风景区,一路两行游客如织,满坡红花烂漫,林中百鸟啼鸣,这道沟边那座山下,或是客栈或是民宿,大门上都挂着庆祝国庆的红灯笼,插着大大小小的五星红旗。革儿示意电瓶车停下,他们沿着一条幽静的小道走到太公湖边上的松树林中,十几年前种的松苗如今已成林成荫。走有十几分钟,张革儿说,到了。宋立功抬眼看见一块竖立的大理石上刻着"颐养园"三个醒目的大字。再往前走,是一幢三层的老年公寓,公寓后边是医院。东方凯迎着他们,引领着参观在这里居住的老人的宿舍、食堂、餐厅、棋牌室、健身房、医疗室……宋立功问东方凯,每一座公寓都是这样吗?东方凯介绍说,一期已经建成三座这样的公寓,入住率达80%,宋老,你看中哪套住哪套!宋立功呵呵笑着继续往前走。他们进到了游乐室。杜思先生正在和村里的黑炭娃、国超、大鹏等一群老人在一起看着墙上挂的液晶大电视,电视上正回放着国庆七十周年的庆祝活动,这阵的画面是"新农村建设方阵"喜气洋洋地通过天安门。几位老人看得神情专注,也没注意到他们的到来。宋立功走上前去握住杜思的手说,杜老先生,住在这里好吗?杜思已经驼背,没有站起来,忙说,好,好!这里的麦子香,红薯甜,水质好,空气新鲜,住这里会活上二百岁!大家一阵哄笑。宋立功拍拍杜思肩膀,说,我和老伴也要来这里入伙,陪伴你!一群老人抢着说,欢迎,欢迎!

正午时分,他们一行登上了丰山八角亭。向南看,洼里是红了的高粱,黄了的玉米和谷子,一派丰收景象;向西向北看,一直到远方的九里山,是一望无际的花海和葱郁的树林;向下看,一辆辆载满山货的大卡车从村边驶上高速公路;向东眺望,数不清的铲车、推土机、塔吊,一幅轰轰烈烈的新机场施工场面。突然,火车的鸣笛声从东南方传来,隐约可以看见一条白色长龙向北飞去。人人看得心潮澎湃,热血沸腾。宋立功高兴地说,昨天他应邀乘坐了南都通往北京的首趟高铁列车,舒适极了!柳大林走近张宝山攀住他的手说,宝山啊,小时候做梦也没有想到,发展得这么快!我们这个偏僻的山村快要与城市连着了!

大家正谈论得热闹,突然,对面山腰里传来一个采花山妞的歌声:

三山凹的山来哟,红艳艳,

玫瑰花儿开满山……

三山凹的人来哟,笑红了脸,

小康日子比蜜甜……

2017 年 10 月 1 日动笔

2019 年 11 月 17 日完成一稿

2020 年 6 月 3 日完成二稿

后记

　　《三山凹》这部书2020年9月在作家出版社出版时,责编田小爽曾问我,要不要写个后记? 我说,不写了,没什么可说的了。当时的想法是,让读者自己去阅读、评判这部作品吧! 再者书稿写了近三年时间,写了六十万字,早已写得头昏脑胀,腰疼胳膊酸的,总编又让压下去十万字,我花了近两个月时间才减下去(本来那时候有疫情,出版社和印刷厂处于半上班状态,也不十分急)。定稿后,脑袋已"木"得一个字也不想写了。

　　今天,作家出版社和河南文艺出版社联手再版《三山凹》,我还是愿意说几句。我曾说过,《三山凹》这个题材十分难写。三个"发小",一个官员,一个农民,一个商人。三个人不在一个平台上,写他们之间的纠葛确实不易。它是个现实题材,既要写几十年的农村改革、脱贫攻坚、乡村振兴,反映出山乡巨变,又得有故事性、趣味性,让读者爱读。所以就得在故事编织、人物塑造、情节叙述上下功夫。《人民文学》曾在2020年第10期,摘选了几个章节,以中篇小说的形式发表。后来在一次研讨会上,时任《人民文学》主编、现任中国作协书记处书记施战军说,《三山凹》在《人民文学》首发后,很多读者自发地写评论给《人民文学》,这是少有的。《小说选刊》当即在当年第11期开辟的"山乡巨变·决战决胜脱贫攻坚"专栏里刊出。并授予了《小说选刊》的年度大奖。《长篇小说选刊》在2021年第2期"决战决胜脱贫攻坚,全面建成小康社会"专号首篇位置选发。《长篇小说选刊》2022年1月由专家和读者组织的评选第六届长篇小说2021年度金榜作品活动中,《三山凹》又被评为特别推荐作品。早在2021年5月13日,作家出版社有限公司、河南省作家协会、中国当代文学研究会、中共南阳市委宣传部联合在中国作家协会会议厅举办了《三山凹》研讨会。作协领导和与会的专家们对《三山凹》给予了高度评价。中国作协副主席李敬泽在贺辞中说，《三山凹》作为中国作家协会重点扶持工程的入选作品，它立足现实，以生动的笔触书写了自十一届三中全会前后到十九大之后四十多年来乡村的变化，这里面不仅有乡村生活的图景，更包含了人们精神面貌的巨变。时任中国作协书记处书记、现任中国作协副主席吴义勤在会上说，《三山凹》是一部反映波澜壮阔的农村改革历程的一个非常饱满的、扎实的、具有强烈时代气息的现实主义力作。既是一部改革史，又是一部创业史。著名文学评论家白烨说：《三山凹》是一部把传统的农村书写与脱贫攻坚联合起来的作品。作品守住了人的命运与乡村蜕变相牵连的大主题，使得看似繁复杂沓的故事，构成了满怀心绪的乡村蜕变的低吟浅唱。胡友笋、何向阳、梁鸿鹰、刘庆邦、胡平、贺绍俊、何弘、梁鸿、王国平、乔叶、宋嵩、崔庆蕾、刘大先、岳雯等著名评论家和作家都一致认为，《三山凹》是一部反映农村改革，记录脱贫攻坚、乡村振兴的鸿篇巨制。同时专家们也直言不讳地指出了作品存在的一些缺点和不足之处。这个版本就是根据专家们提出的缺点和不足做了些微修改。

《三山凹》的创作是以中原地带的深厚文化为底色，以勤劳智慧的中原人为书写对象。所以，河南文艺出版社与作家出版社联合出版《三山凹》是有意义的。在此深表感谢！

在此，也向所有关心、支持《三山凹》的领导、专家、朋友及编辑致谢！

李天岑

2022 年 2 月 16 日